Mord-Westfalen II

Der Westfale gilt als stur und maulfaul. Da stille Wasser bekanntlich tief sind, mag es auf den zweiten Blick nicht verwundern, dass aus Westfalen so viel geballte kriminelle Energie kommt. Viele spannende Storys aus den dunkelsten Ecken der Provinz bis in den tiefsten Ruhrpott mit liebenswert skurrilen Gestalten, überraschenden Wendungen und einer gehörigen Portion Lokalkolorit. Bei den kriminellen Geschichten aus Westfalen ist Gänsehaut garantiert!

Diese Krimi-Anthologie mit Schauplätzen in Ostwestfalen-Lippe und Westfalen vereint Krimi-Preisträger und Krimi-Legenden, Polizisten und Kabarettisten zu einer spannenden Sammlung von Geschichten, durch die sich wie ein roter Faden – unausgesprochen natürlich – die westfälische Mentalität zieht: „Gut, dass wir drüber geschwiegen haben."

Mit 32 Stories von Dietmar Bittrich, Volker W. Degener, Erwin Grosche, Max von der Grün, Frank Göhre, -ky, Sandra Lüpkes, Renate Niemann, Hellmuth Opitz, Gisa Pauly, Heinrich Peuckmann, Renée Pleyter, Jürgen Reitemeier & Wolfram Tewes, Jürgen Siegmann, Jobst Schlennstedt, Klaus-Peter Wolf u.v.a.

Tatorte sind, neben vielen anderen, Bad Salzuflen, Bielefeld, Bochum, Brackwede, Schloß Brakel, Dortmund, Gelsenkirchen, Herford, Herne, Schloß Holte-Stukenbrock, Jöllenbeck, Kamen, Mönchengladbach, Münster, Nutteln, Oerlinghausen, Osnabrück, Paderborn, Rödinghausen, Schildesche, Tatenhausen, Telgte und die Externsteine.

Entdecken Sie die dunkle Seite Westfalens.
Genießen Sie Mord-Westfalen II!

Günther Butkus
(Hg.)

Mord-
Westfalen II

Kriminelle Geschichten aus Westfalen

PENDRAGON

Unsere Bücher im Internet:
www.pendragon.de

Originalausgabe

1. Auflage 2009

Veröffentlicht im Pendragon Verlag
Günther Butkus, Bielefeld 2009

Umschlag: Michael Baltus, Uta Zeißler
Satz: Pendragon Verlag auf Macintosh
Lektorat: Eike Birck, Martine Legrand-Stork,
Theo Neteler, Jens Gottesleben
Gesetzt aus der Adobe Garamond
ISBN 978-3-86532-139-8
Druck: Aalexx Buchproduktion, Großburgwedel
Printed in Germany

Inhalt

Jürgen Siegmann

Novemberblues

Bad Salzuflen im November. Das ist wie Zahnschmerzen. Man geht abends ins Bett und hofft, dass am nächsten Morgen alles besser wird. Aber dann wacht man auf, nur um festzustellen, dass alles noch viel schlimmer geworden ist.

Der Sommer war unwiderruflich vorbei. Der Sommer, der die Stadt lebendig macht, mit den Kurgästen, dem Schützenfest, dem Weinfest, den Tischen vor Restaurants und Cafés.

Und der Winter war noch nicht da. Er liebte es, wenn es im Winter so richtig kalt wurde. Wenn er bei jedem Atemzug kleine Dampfwölkchen produzierte. Aber jetzt war November. Und das hieß Tage voller Dunkelheit und Nieselregen. Angewidert klappte Kommissar Johann Wolfert den Kragen seiner grünen Uniformjacke hoch, als er die Polizeiwache zu seinem täglichen Rundgang durch die Innenstadt verließ.

„Wie war es nur dazu gekommen, dass ich in diesem Kaff hängen geblieben bin?“ Diese Frage stellte er sich jedes Jahr. Im November. Und nie fand er eine Antwort. Er war jetzt fast sechzig Jahre alt und hatte sich längst damit abgefunden, in Bad Salzuflen seinen Lebensabend zu verbringen. Hatte sich mit der Stadt arrangiert. Sie sogar lieb gewonnen. Außer im November.

Es war seine erste Dienststelle gewesen. Und für ihn war klar, dass dies nur der Anfang einer glanzvollen Polizeikarriere sein würde. Damals, als er noch ein drahtiger junger Mann war, und ihm seine Freunde halb scherzhaft, halb bewundernd den Spitznamen „Jerry Cotton von Bad Salzuflen“ gegeben hatten. Aber so nannte ihn schon lange niemand mehr.

Wolfert hatte sich längst damit abgefunden, dass er keine spektakulären Fälle lösen würde. Keinen Bankräuber fangen, keinen Mörder überführen und keinen Drogenring ausheben würde. Wovon er früher immer geträumt hatte. Sein Alltag bestand aus kleinen Einbrüchen und Ehestreitigkeiten. Und aus Jugendlichen, die besoffen in Nachbars Garten rasten.

2003, am 7. November, da war endlich mal was los gewesen. Zwei Männer hatten die Sparkasse in Wüsten überfallen und waren dann zu Fuß geflüchtet. Damals hatten sie das ganze Programm gehabt. Großfahndung, Straßensperren, und er ... er war damals im Urlaub gewesen. Wollte endlich mal dem Nieselregen entfliehen. Seitdem machte er im November keinen Urlaub mehr.

Der Nieselregen legte sich auf seine Brille und verschleierte ihm den Blick. Und Johann Wolfert hatte seinen alljährlichen Novemberblues. Den Weg durch die Lange Straße hätte er aber auch blind gefunden. Fröstelnd verkroch er sich in seiner Jacke und ging gemächlich Richtung Marktplatz. Die wenigen Menschen, denen er begegnete, kannte er alle vom Sehen. Rentner und Hausfrauen vor allem. Fremde gab es um diese Jahreszeit hier kaum. Nicht bei diesem Wetter. Nicht im November.

Als er gedankenverloren den Markt umrundet hatte, lief er an der Brücke beinahe in die alte Oma Henneberg hinein, die leise Selbstgespräche führte und sich mit zwei schweren Einkaufstüten abschleppte. Trotz des nasskalten Wetters trug sie ausgelatschte Turnschuhe, einen dünnen abgewetzten Sommermantel und nur eine durchsichtige Plastikhaube als Schutz gegen den Regen.

„Na, Frau Henneberg, sind die Taschen nicht etwas schwer für uns?"

Sie schrak zusammen, aber als sie ihn erkannte, legte sich ein Lächeln auf ihr Gesicht. „Bei Ihnen bin ich mir nicht so sicher, Herr Wachtmeister. Aber für mich ganz bestimmt. Wir werden halt alle nicht jünger. Doch irgendwie müssen die Kartoffeln ja nach Hause kommen."

„Was ist denn mit Ihrem Bruder, Frau Henneberg? Kann der Ihnen nicht ein wenig zur Hand gehen?"

„Ach, der Wilhelm", sagte sie und ihre Miene verfinsterte sich. „Dem geht es gar nicht gut in letzter Zeit. Ich kann Ihnen nur einen guten Rat geben. Werden Sie nicht alt, Herr Wachtmeister. Es macht keinen Spaß, wenn das Leben langsam zu Ende geht."

Wolfert wusste nicht, was er darauf erwidern sollte, als sich die alte Frau zu ihm vorbeugte. „Gut, dass wir uns getroffen haben", flüsterte sie ihm verschwörerisch zu. „Ich weiß nämlich gar nicht mehr, was ich machen soll."

Obwohl Wolfert keinen Schimmer hatte, wovon die Frau sprach, setzte er sein Polizistengesicht auf und nickte ernst.

„Wissen Sie, ich hab' doch solche Angst vor Hunden."

„Wer hat denn einen Hund, Frau Henneberg?", versuchte er etwas Licht ins Dunkel zu bringen.

„Na, der neue Nachbar." Sie schaute ihn erwartungsvoll an, sichtlich verwundert, wie begriffsstutzig dieser Mann war. „Ich glaube, das ist so ein Pittbulle, wie sie ihn auch immer im Fernsehen zeigen."

Langsam kamen sie der Sache näher. „Ihr Nachbar hat also einen Pitbull und vor dem haben sie Angst?", fasste er vorsichtshalber noch einmal zusammen.

„Ja, das sage ich doch."

„Hat Sie der Hund denn schon einmal bedroht?"

Kopfschütteln. „Aber ich trau mich kaum noch aus der Haustür. Und dann hört der ja auch immer diese schreckliche Musik. Den ganzen Tag geht das so. Und die halbe Nacht."

Wolfert kam zu einem spontanen Entschluss und nahm Oma Henneberg die schweren Einkaufstüten ab. Die Polizei, dein Freund und Helfer. „Ich trag' Ihnen die nach Hause und dann schauen wir mal nach dem Rechten."

Dankbar strahlte sie den zwei Köpfe größeren Polizisten an und kurze Zeit später konnte man die beiden hinterm Rathaus die kleine Anhöhe hinaufgehen sehen. „Das ist also aus dem Jerry Cotton von Bad Salzuflen geworden", dachte er frustriert, als er im Schneckentempo neben der alten Dame her schlich. „Ein dicklicher Polizist mit Haarausfall, der alten Omas die Einkaufstaschen schleppt."

Als sie an einer Reihe Fachwerkhäuser vorbeikamen, die auch schon bessere Zeiten gesehen hatten, wanderte sein Blick gewohnheitsmäßig nach oben und er las das Motto, das sich quer über die Fassade zog: *„Alles auf Erden hat seine Zeit, Frühling und Winter, Freude und Leid"*. In den letzten Jahren hatte ihn nur immer mehr der Verdacht beschlichen, dass Freude und Leid nicht ganz gleichmäßig verteilt waren.

Oma Henneberg war in ein beharrliches Schweigen verfallen, bis sie am Gipfelpunkt der Straße neben einem leer stehenden Ladenlokal stehen blieb. „Früher habe ich in einer Fleischerei gearbeitet", sagte sie und ihre Stimme klang mit einem Mal um Jahre jünger.

Es war, als hätte sich eine Schleuse geöffnet. Erst stockend, dann immer schneller, immer lebendiger, begann sie zu erzählen.

„Schlachten war für uns immer etwas ganz selbstverständliches. Der Wilhelm und ich, wir sind ja auf dem Land aufgewachsen. Und ich war schon über dreißig, als ich in die Großstadt kam."

Womit sie offensichtlich Bad Salzuflen meinte, wie Wolfert amüsiert feststellte. Die alte Frau hakte sich bei ihm unter und redete unverdrossen weiter. Aber er hatte den Eindruck, dass sie ihn kaum wahrnahm, sondern einfach nur froh war, einen Zuhörer zu haben.

„Na, Sie wissen ja, wie die Männer sind", sagte sie ohne weitere Erklärung.

Wolfert konnte ihr erneut nicht ganz folgen, gab aber ein bestätigendes Brummen von sich.

„Eine schöne Zeit war das bestimmt nicht. Aber man kann sich sein Leben ja nicht aussuchen. Vielleicht hätte ich nie heiraten sollen, aber was wäre dann aus mir geworden? Mein ältester Bruder hatte inzwischen den Hof übernommen. Da konnte ich ja auch nicht ewig bleiben."

„Ihre Ehe war wohl nicht besonders glücklich?" Wolfert kam sich unbeholfen vor, hatte aber das Gefühl, dass er auch mal etwas sagen müsste. Er spürte, wie sich Oma Hennebergs Finger erstaunlich kräftig in seinen Arm bohrten.

„Nein. Das kann man wirklich nicht sagen. Dreißig Jahre hat er nur gesoffen und mich verprügelt. Und als er dann plötzlich gestorben ist, stand ich völlig mittellos da."

Sie blieb stehen und drehte den Kopf zu ihm hoch. „Herzanfall. Aber er hatte es auch nicht besser verdient."

Und schon ging sie weiter und Wolfert musste zwei schnelle Schritte machen, um sie wieder einzuholen.

„Mein anderer Bruder, der Wilhelm, der war ja damals auch schon Witwer. Und der hat mich dann glücklicherweise bei sich aufgenommen. Obwohl er selbst nicht viel zum Leben hatte. Und dann habe ich wenigstens einmal im Leben Glück gehabt, dass der Fleischer Paulsen Mitleid mit mir hatte und mir Arbeit gab. Obwohl ich doch schon fast sechzig war. Eigentlich waren das die schönsten Jahre in meinem Leben. Die Arbeit in der Metzgerei fand ich richtig schön. Aber das ist ja nun auch schon lange vorbei."

Sie hatten inzwischen ein unscheinbares Holz bedecktes Haus erreicht, das auch mal wieder einen neuen Anstrich vertragen hätte. Seit dem Rathaus waren sie keinem Menschen begegnet und die Straße wirkte wie ausgestorben, wäre da nicht das dumpfe Dröhnen einer Stereoanlage gewesen.

„So geht das den ganzen Tag", sagte Oma Henneberg verbittert, als sie langsam die Treppe in den zweiten Stock hinaufstiegen und die Musik mit jedem Schritt lauter wurde.

„Packen Sie in Ruhe Ihre Einkäufe aus und ich spreche in der Zwischenzeit mal mit dem Nachbarn", sagte Wolfert, als sie oben ankamen.

„Aber passen Sie auf den Pitbullen auf, Herr Wachtmeister", sagte die alte Dame und schloss hastig die Wohnungstür hinter sich, als er gegenüber klingelte. Aber er war sich sicher, dass ihr Auge am Türspion klebte.

Wolfert klingelte drei Mal und wartete geduldig. Dann hielt er den Finger auf den Klingelknopf. Zorniges Hundebellen mischte sich unter die Musik. Und plötzlich wurde die Tür aufgerissen. Noch bevor Wolfert jemanden sah, hörte er eine raue Männerstimme.

„Wenn du nicht gleich Ruhe gibst, dann hau ich dir ..." Die Stimme brach mitten im Satz ab, als die Männer Sichtkontakt hergestellt hatten. Nur der Hund, der sich bei näherem Hinsehen als normale Bulldogge entpuppte, bellte weiter. Und Rex Gildo besang seine „Fiesta Mexicana".

„Was wollten Sie sagen?", fragte Wolfert sehr freundlich. Sein Gegenüber trug Badelatschen, einen lila Jogginganzug mit weißen Streifen, ein fleckiges Feinrippunterhemd und eine Dauerwelle, für die andere ihren Friseur verklagt hätten. Zusätzlich hatte er sich für die Fiesta Mexicana mit einem Goldkettchenimitat und einer stattlichen Alkoholfahne geschmückt.

„Ach nichts, Herr Wachtmeister. Ich dachte nur ..." Wieder beendete er den Satz nicht.

„Das hat noch nie geschadet", sagte Wolfert und seine Stimme war jetzt wie das Novemberwetter. „Dann machen Sie gleich mal weiter damit. Sie müssen sich nämlich entscheiden. Entweder Sie haben in einer Minute die Musik leiser gedreht oder ich werde in zwei Minuten Ihre Stereoanlage beschlagnahmen."

Mit jedem Wort waren die Augen des Mannes größer geworden. „Hey, Moment mal. Wo sind wir denn hier. Sie können doch nicht einfach ..."

„Sie werden sich wundern, was ich alles kann. Und wenn mir in nächster Zeit noch einmal Beschwerden wegen lauter Musik oder Belästigungen durch Ihren Hund zu Ohren kommen, dann stehe ich wieder vor der Tür. Und dann werden Sie mich von meiner unfreundlichen Seite kennen lernen."

Als Wolfert kurz darauf in Oma Hennebergs Küche saß, fühlte er sich richtig gut. Das einzige Geräusch, das jetzt noch zu hören war, kam von dem Fernseher aus dem Wohnzimmer.

„Danke, Herr Wachtmeister", sagte die alte Frau mit strahlenden Augen, als sie ihm eine Tasse Kaffee eingoss. „Diese Ruhe ist eine Wohltat. Sie können sich gar nicht vorstellen, wie uns diese moderne Musik auf die Nerven geht."

Wolfert grinste bei dem Gedanken, dass jemand Rex Gildo als moderne Musik bezeichnete.

„Wir gucken ja nur Volksmusik im Fernsehen, der Wilhelm und ich. Besonders die Carmen Nebel mag ich gerne. Kennen Sie Carmen Nebel?"

Wolfert hatte keine Ahnung, wer das sein sollte, nickte aber trotzdem. Er hatte seinen Kaffee ausgetrunken und sagte: „So, jetzt muss ich aber wieder los. Die Arbeit ruft."

Als er Anstalten machte aufzustehen, kam sie mit erstaunlicher Behändigkeit an den Tisch und goss ihm ungefragt Kaffee nach. „Ach, bleiben Sie doch zum Essen", sagte sie flehentlich. „Ich freue mich so, endlich mal wieder jemanden mit richtigem Appetit hier sitzen zu haben."

Der Polizist machte einen zweiten Versuch aufzustehen. „Das wird Ihrem Bruder bestimmt nicht recht sein, wenn ich sein Mittagessen aufesse."

Sie drückte ihn wieder auf seinen Stuhl hinunter und wischte seinen Einwand mit einer resoluten Geste hinfort. „Wilhelm hat es sowieso mit dem Magen. Der isst kaum noch was. Und außerdem habe ich Schweinebraten zubereitet, den hat er noch nie so gerne gemocht. Tun Sie doch einer alten Frau den Gefallen."

„Was soll's. Es ist sowieso gleich Mittagspause", sagte er und schaute gerührt Oma Henneberg zu, wie sie dankbar wieder an ihren Herd eilte.

„Ich bin ja so froh, mal wieder ein lächelndes Gesicht an diesem Tisch zu sehen", sagte sie und stellte zwei weiße Teller auf den Tisch. „Einfach war das Zusammenleben mit Wilhelm ja noch nie. Aber seitdem er krank ist, kann man ihm gar nichts mehr recht machen."

Gabeln, Messer, zwei Wassergläser, grüne Papierservietten kamen auf den Tisch. „Immer hat er was zu meckern. Mal ist es zu heiß in der Wohnung, mal zu kalt. Mal sind die Kartoffeln verkocht, mal zu roh. So geht das den ganzen Tag."

Eine Flasche Mineralwasser, eine Schüssel mit Salzkartoffeln. „Die ganze Arbeit bleibt an mir hängen. Ich kann mir so viel Mühe geben, wie ich will, er hat immer etwas zu meckern."

Eine zweite Schüssel mit Erbsen und Möhren. „Schön ist das schon lange nicht mehr", sagte sie und stellte den herrlich duftenden Schweinebraten auf den Tisch. „Doch was soll man in meinem Alter schon machen? Das Geld reicht vorne und hinten nicht. Ich krieg ja kaum eigene Rente. Aber man muss halt immer versuchen, das Beste aus dem Leben zu machen. Man hat ja kein anderes, sag' ich immer."

„Kein Geld, aber mitten in der Woche Schweinebraten essen", dachte Wolfert und lächelte freundlich.

„Nun fangen Sie mal an, junger Mann. Das Essen wird ja ganz kalt." Und mit diesen Worten schaufelte sie ihm den Teller voll.

„Will Ihr Bruder ganz bestimmt nicht mit uns essen?"

„Nein. Der isst später. Lassen Sie den mal fernsehen."

Wolfert zuckte mit den Achseln und schob sich ein großes Stück Braten in den Mund. „Mmmh. Ganz vorzüglich", sagte er undeutlich.

Sie errötete wie ein Schulmädchen bei seinem Kompliment, machte aber keine Anstalten, selbst mit dem Essen anzufangen.

„Sie müssen aber auch etwas essen", sagte Wolfert, aber Oma Henneberg sah ihn nur mit seltsam entrücktem Gesichtsausdruck an. Und völlig unvermittelt fing sie an zu weinen und ließ ihren Tränen freien Lauf.

Mit Männern, die ihm Schläge androhten, hatte Wolfert Erfahrung. Mit Betrunkenen, die ihn beschimpften, oder mit randalierenden Fußballfans. Aber was man mit weinenden alten Omas machte, das hatte ihm in vierzig Jahren bei der Polizei noch keiner beigebracht. Hilflos saß er da und starrte auf seinen Braten, der langsam kalt wurde.

„Entschuldigen Sie bitte, Herr Wachtmeister. Das ist mir

furchtbar peinlich", schluchzte sie. „Aber es tut so gut, mal wieder jemanden zum Reden zu haben."

Ein weiteres Schluchzen schüttelte sie. Doch nach einem Moment hatte sie sich wieder etwas beruhigt und fuhr fort: „Es war alles so schwierig in den letzten Monaten mit Wilhelm, aber ich bin doch auf ihn angewiesen. Ich könnte mir ja nicht mal eine eigene Wohnung leisten. Und seitdem er auch noch so krank ist, mache ich mir ständig schreckliche Sorgen. Ich habe solche Angst, dass der Wilhelm mal vor mir sterben wird. Was soll denn dann aus mir werden?" Wieder schluchzte sie herzergreifend und Wolfert starrte auf seinen Teller.

„Wenn der Wilhelm stirbt, dann muss ich bestimmt aus der Wohnung raus. Ich kann die doch gar nicht bezahlen. Wo soll ich denn dann hin mit meinen achtzig Jahren?"

„Acht Mohrrüben", dachte Wolfert und schämte sich im selben Moment dafür, dass ihm nichts Besseres einfiel, als in dieser Situation Gemüse zu zählen.

Oma Henneberg weinte jetzt nur noch leise vor sich hin. Wolfert zählte seine Kartoffelstückchen. Sieben. Aus der Nachbarwohnung dröhnte plötzlich wieder die Musik herüber. „Eine neue Liebe ist wie ein neues Leben", trällerte Jürgen Marcus in einer Lautstärke, dass die Gläser auf dem Tisch vibrierten.

Insgeheim dankte Wolfert dem Nachbarn. Das war endlich eine Situation, mit der er umgehen konnte. Offensichtlich war der Kerl davon ausgegangen, dass der Polizist längst wieder verschwunden war. Kommissar Wolfert straffte die Schultern. „Ich fürchte, ich habe mich vorhin nicht klar genug ausgedrückt", sagte er. „Ich werde noch mal rübergehen. Und danach ist endgültig Ruhe. Das verspreche ich Ihnen." Er stand auf und ging zur Küchentür. Oma Henneberg saß immer noch zusammengesunken am Tisch und weinte. „Aber vorher bitte ich Ihren Bruder, mal herüber zu kommen."

„Nein, bitte nicht. Er braucht doch seine Ruhe", sagte sie halbherzig, machte aber keine Anstalten ihn aufzuhalten.

„Eine neue Liebe ..." Jürgen Marcus legte sich richtig ins Zeug und Wolfert klopfte an die Tür zum Wohnzimmer. „... ist wie ein neues Leben."

Er öffnete die Tür und die Geräusche der Talkshow im Fernsehen mischten sich mit der Musik aus der Nachbarwohnung. Wolfert sah den Fernseher, die Schrankwand Eiche-Furnier, ein abgewetztes grünes Sofa und einen niedrigen Wohnzimmertisch. Er sah eine vertrocknete Blume auf der Fensterbank, einen röhrenden Hirsch in Öl und er sah Wilhelms Fernsehsessel. Aber was er nicht sah, das war Oma Hennebergs Bruder Wilhelm. Auf dem Tisch lagen eine Fernbedienung und eine aufgeschlagene Fernsehzeitung. Ein Schälchen mit Knabbergebäck und ein abgestandenes Glas Bier. Und vor dem Sessel ein Paar karierte Puschen. Aber wo war Wilhelm Henneberg?

Mit einem Mal spürte er die Anwesenheit von Oma Henneberg hinter sich und drehte sich mit fragendem Blick um. Oma Henneberg wirkte noch kleiner und zerbrechlicher als sie eh schon war. Ihre Blicke trafen sich. „Was soll denn aus mir werden, wenn ich hier raus muss. Das ist doch mein Zuhause", sagte sie mit kaum hörbarer Stimme. „Eines Nachmittags, als ich vom Einkaufen kam, saß er da und war tot. Einfach so."

Die Worte drangen in Wolferts Ohren, brauchten aber ziemlich lange, bis sie in seinem Gehirn ankamen.

„Ich hab' ihn dann zerlegt und eingefroren. Was hätt' ich denn machen sollen, wenn seine Rente nicht mehr kommt? Ich weiß doch nicht wohin."

Wolferts Blick wanderte langsam zur Küchentür. Schweinebraten. „Der November ist so ein Scheiß Monat", dachte er und schaffte es dann gerade noch aufs Klo.

Willi Voss

„Satchmos" Trompete

Als Kortmann die Besucherzelle betrat, bot er genau das Bild, das sein Anwalt kurz vor dem Betreten der Haftanstalt von ihm gezeichnet hatte: Groß zwar, aber zerbrechlich, linkisch und vollkommen durchgeistigt. Beim besten Willen konnte Fleestedt ihn sich nicht als den von der Presse hoch stilisierten eiskalten Killer vorstellen. Die Hand, die er zuerst dem Verteidiger und dann ihm reichte, erschien ihm zu kraftlos, um überhaupt die schwere Colt Government Pistole halten zu können, mit der er laut Urteil seinen Jugendfreund Teyerbrandt kaltblütig und aus niederen Beweggründen erschossen haben sollte. Aber wie so oft, sagte sich Fleestedt, kann auch hier der Schein trügen.

„Herr Fleestedt ist Privatermittler", sagte Rechtsanwalt Zyprian, als er sich ächzend auf den Stuhl fallen ließ. „Ich nehme an, dass Ihre Frau Sie bereits über seine Bereitschaft informiert hat, in Ihrer Sache tätig zu werden?"

„Ja, das hat sie", sagte Kortmann kaum hörbar. „Aber ich weiß nicht, ob das nach der eindeutigen Beweislage und dem Urteil überhaupt noch einen Sinn macht."

„Wollen Sie kapitulieren?"

Kortmann bewegte die Schultern, schien jedoch nicht die Kraft zu haben, sie zu heben.

„Angesichts der Urteilsbegründung glaube ich ja fast selbst, dass ich ihn getötet habe."

„Haben Sie?"

„Nein", bellte Kortmann und warf Fleestedt einen Blick zu, in dem Empörung die Resignation überwog. „Ich weiß noch nicht mal, wie man eine Waffe benutzt."

„Sie sind nie Soldat gewesen?"

„Ich habe glücklicherweise Ersatzdienst leisten dürfen."

„Dennoch", sagte Fleestedt, „die Kriminaltechnik hat Ihre

Fingerabdrücke auf der Tatwaffe sichergestellt. Haben Sie dafür eine Erklärung?"

„Nein. Und so seltsam es Ihnen erscheinen mag: Ich habe dieses fürchterliche Ding nie angefasst."

„Müssen Sie aber!"

„Das behaupten die Kriminaltechniker, aber ..." Kortmann wandte sich an Zyprian. „Verstehen Sie jetzt, warum ich keine Hoffnung mehr habe und daran denke, auf die Revision zu verzichten? Der Abteilungsbeamte", fügte er mit einer Geste in Richtung Tür hinzu, „erklärte mir, dass lebenslang nach fünfzehn Jahren ausgesetzt werden kann."

„So ist es", bestätigte Zyprian. „Aber fünfzehn Jahre sind fünfzehn Jahre und ... Wie auch immer, die Entscheidung müssen Sie treffen, Herr Kortmann."

„Habe ich eine Alternative?"

„Sie haben eine, wenn Sie tatsächlich unschuldig sind", sagte Fleestedt. „Wenn Sie es sind, dann müssen die für ihre Täterschaft zusammengetragenen Beweise falsch sein. Sind sie es, besteht die Chance, das herauszufinden. – Also: Haben Sie den Mord begangen oder nicht?"

Kortmann schüttelte den Kopf. Sein Körper sank noch mehr zusammen, während ihm Tränen über die Wangen liefen.

„Ich schwöre, ich war's nicht, ich war es nicht!", brachte er mit letzter Kraft hervor, ehe er schluchzend über dem Tisch zusammenbrach.

„Ich jedenfalls habe selten einen Fall erlebt, in dem die Schuld des Täters so klar, so präzise und so überzeugend nachgewiesen wurde", sagte Kriminalhauptkommissar Sprekelsen, während er sich Kaffee nachgoss. „Selbst der Angeklagte hat trotz seiner Unschuldsbehauptung die Logik der Beweisführung als lückenlos und überzeugend bewertet."

„Das Ermittlungsergebnis hat er allerdings das Produkt eines auf Scheinlogik beruhenden Trugschlusses genannt."

„Dennoch habe ich nicht die Spur eines Zweifels: Das Gericht hat den richtigen Mann aus dem Verkehr gezogen. Und mit der beantragten Revision, Herr Fleestedt, werden Kortmann und seine Anwälte ganz sicher eine Bauchlandung hinlegen."

„Das sehe ich auch so."

Kriminalhauptkommissar Sprekelsens Brauen bogen sich. In seine Augen trat ein fragender, und wie Fleestedt filterte, verächtlicher Ausdruck.

„Sie ermitteln also in seinem Sinne, obwohl Sie von seiner Schuld überzeugt sind?"

„Ich ermittle, um mir ein Bild zu machen", korrigierte Holger Fleestedt und betrachtete das rosig glänzende Gesicht des Hauptkommissars, in dem grundehrliche, wässerige Augen wie Ölflecken auf einer Pfütze schwammen. „Wohin die Reise schließlich geht, wird sich herausstellen. Zugestimmt habe ich lediglich Ihrer Prognose hinsichtlich der Revision."

„Kortmann peilt also ein Wiederaufnahmeverfahren an?"

„Jedenfalls schwört er Stein und Bein, unschuldig zu sein."

„Wobei wir bei seinem Vorwurf wären, die Polizei hätte nicht nur schlampig, sondern einseitig ermittelt, nicht wahr?"

„Er drückte sich weniger gewählt aus."

„Und Sie folgen ihm bei diesem Unsinn?"

„Ganz und gar nicht", wehrte Fleestedt ab und schüttelte den Kopf. „Ich versuche lediglich, meiner Auftraggeberin gerecht zu werden, die, das wird Sie nicht überraschen, trotz der Beweislast ebenfalls von der Unschuld Ihres Mannes überzeugt ist."

„Liebe macht eben blind!"

„Lieben *Sie* Ihre Frau?"

Sprekelsen hob irritiert den Kopf. „Selbstverständlich", sagte er nach einer Schrecksekunde.

„Aber *sehen* können Sie, oder?"

Sprekelsen lachte in einer Weise auf, als müsste er einen Korken aus dem Schlund husten.

„Sie wissen verdammt genau, wie ich das meine! Und dass

der Fall eine lange Vorgeschichte hat, die einen solchen Schluss zulässt, sollten Sie in Rechnung stellen."

„Helfen Sie mir", bat Fleestedt. Angesichts des geröteten Gesichts und der plötzlich schmalen Augen hatte er jedoch den Eindruck, als wenn Sprekelsen ihn am liebsten aus seinem trostlosen Büro gewiesen hätte. Machte er aber nicht. Er hob seine Tasse und trank von seinem viel zu dünnen Kaffee. Fleestedt hatte seinen nach dem ersten Schluck stehen lassen.

„Hat Ihre Auftraggeberin, Frau Kortmann, Ihnen gesagt, dass sie in erster Ehe mit dem Mordopfer verheiratet gewesen ist?"

„Ja, aber auch, dass die Ehe bereits nach siebzehn Monaten geschieden wurde. Intakt war sie nur einige Wochen."

„Bis sie ihren Mann mit dessen bestem Freund betrog ..."

„Sie ist vor ihm geflohen."

„Behauptet *sie*!"

„Sie sagt auch, dass ihre Ehe ein wahres Martyrium gewesen sei. Eine Hölle voller Misstrauen, entwürdigender Kontrollen und Gewalt."

„Na ja ..."

„In seinem Haus soll es ein vergittertes Zimmer gegeben haben, in das er sie hin und wieder einsperrte."

Sprekelsen wog skeptisch den Kopf, bemüht, seine innere Ruhe wiederzufinden.

„Ich will mich nicht versteigen und behaupten, die Ehe sei besonders glücklich gewesen. Nein. Schon der Altersunterschied von fast zwanzig Jahren, ihre Jugend ... Ich glaube, sie war gerade mal achtzehn, als sie Teyerbrandt heiratete ..." Seine rechte Hand klatschte auf die Schreibtischplatte. „Meine Güte, in jeder Beziehung gibt es Spannungen, und in einer solchen, in der es um viel Geld ging, umso mehr, aber ... Dieses Zimmer ... Teyerbrandt hat es vergittern lassen, weil er einen sicheren Platz für seine Waffen brauchte. Er ist, er war passionierter Jäger, ein Tüftler, der einen Raum für seine Arbeit benötigte. Ob er seine Frau darin eingesperrt hat? Zeugen, die das bestätigen, haben wir jedenfalls keine gefunden."

„Haben Sie danach gesucht?“

„Wie gesagt, wir haben keine finden können.“

„Ich aber“, sagte Fleestedt, nicht frei von Genugtuung. „Eine Frau Geerdes. Sie half im Haushalt und wohnt jetzt in Bokel. Sie hat Sybill Kortmanns Angaben in vollem Umfang bestätigt.“

„Das sind Geschichten, die sechzehn Jahre zurückliegen und für den Fall keine Relevanz haben.“

„Sie hätten jedoch helfen können, ihn besser zu verstehen.“

Sprekelsen schnaufte verächtlich.

„Schnee von gestern“, sagte er abwinkend. „Für Sie ist die Sache hochaktuell, für mich erledigt, Herr Fleestedt. Gucken Sie sich meinen Schreibtisch an! Wir ersticken in Arbeit. Ich frage mich sowieso, was Sie sich von mir erhoffen? Ich bin zwar gerne bereit, einen ehemaligen Kollegen anzuhören, aber, um ehrlich zu sein, ich weiß nicht, wie ich Ihnen helfen könnte.“

„Da Sie der Erste am Tatort waren, wüsste ich zum Beispiel gerne, welchen ersten Eindruck Sie gewonnen haben.“

„Mein Gott, das alles ist seit über einem Jahr Geschichte! Was Sie brauchen, finden Sie fein säuberlich geordnet in den Protokollen!“

„Aber nicht Ihre persönlichen Wahrnehmungen.“

Sprekelsen warf einen gespielt verzweifelten Blick auf seine Armbanduhr.

„Persönliche Wahrnehmungen!“, stieß er aufgebracht hervor. „Meine Güte, ich war entsetzt! So oft haben wir hier im Haller Gebiet ja nicht mit Gewaltdelikten zu tun. Das viele Blut! Teyerbrandt war von einem Geschoss aus einer Colt Government voll in die Stirn getroffen worden. Die Kugel hat ihm den halben Kopf weggerissen. Bis zum Kamin hin war alles mit seinem Gewebe bespritzt. Er lag über der Sessellehne, und um an ihn heranzukommen, hätte ich über den blutnassen Teppich gehen müssen. Ich habe gar nichts gemacht, ich habe auf die Kollegen und die Medizin gewartet und zugesehen, dass ich nicht zusehen musste. Um ehrlich zu sein, mir ging das richtig an die Nieren.“

„Kortmann behauptet, nicht er habe geschossen, der Schuss sei durch das offene Fenster links vom Eingang, vom Parkplatz aus abgefeuert worden. Der Schuss hätte ebenso ihm gelten können."

„Unsinn! Die Waffentechniker haben eindeutig festgestellt, dass nur er geschossen haben kann!"

„Das Fenster war aber offen?"

„Das ist richtig."

„Aber ebenso, dass an den Händen Kortmanns keinerlei Schmauchspuren festgestellt wurden. Nicht wahr?"

„An seinen Händen nicht, aber an den Latexhandschuhen, die wir – ich glaube in der Hecke neben der Zufahrt zum Parkplatz versteckt – sichergestellt haben und die eindeutig per DNA-Analyse ihm zugeordnet werden konnten. Die Tatwaffe, die wir unweit des Hauseingangs unter einem Wacholderstrauch fanden, wies ebenfalls seine Fingerspuren auf, obwohl er sie vor der Tat noch abzuwischen versucht hatte." Sprekelsen lächelte. „Dass er zum Zeitpunkt des Schusses im Haus war, ist zweifelsfrei durch Zeugen festgestellt. Hinzu kommen Fingerabdrücke auf einer Flasche, auf Gläsern, an einem Tischfeuerzeug und auf dem Lehnenaschenbecher des Sessels, auf dem er Platz genommen hatte. Und wir haben Zeugen, die seine panische Flucht beobachtet haben."

„Überzeugende Beweise", gestand Fleestedt ein. „Was mich jedoch wundert, ist, dass Kortmann sich so unglaublich dumm verhalten haben soll. Ist er so dumm?"

„Sollte man einem Gymnasiallehrer eigentlich nicht zutrauen, nicht wahr?"

„Einem, der die Tat sorgfältig geplant haben soll, erst recht nicht. Haben Sie eine Erklärung?"

„Leider nicht. Wir haben selbstverständlich versucht, sein Motiv und sein Verhalten während und nach der Tat zu erforschen, aber da kam nichts. Wie auch, wenn er seine Täterschaft rigoros bestritt?"

„Dennoch sonderbar", sagte Fleestedt und strich sich durch

sein angegrautes Haar. „Noch sonderbarer, dass er tötet, obwohl er genau weiß, dass die Ärzte seinem Krebs verseuchten Opfer nur noch eine kurze Lebenszeit prognostiziert haben. Wenn er ihn hat tot sehen wollen, hätte er nur wenige Wochen warten müssen."

Sprekelsen rollte einen Bleistift hin und her.

„So sonderbar ist das gar nicht", sagte er entschieden. „Entweder wusste Kortmann nichts von Teyerbrandts Krankheit, oder er benutzt die Tatsache als fragwürdige Schutzbehauptung. Seine Gefühle sind einfach mit ihm durchgegangen, als Teyerbrandt die teure Trompete vor seinen Augen zertrampelte. Sie soll Louis Armstrong gehört haben. Wie auch immer, besonders relevant war und ist die Frage jedenfalls nicht, wie Sie wohl zugeben werden."

„Ich kann nicht anders."

„Sie können auch am Urteil nichts ändern, Fleestedt. Wenn Sie meinen Rat hören wollen, sollten Sie Frau Kortmann überzeugen, die Geschichte auf sich beruhen zu lassen. Die einzige Chance, die sie und damit ihr Mann hat, ist die Tat einzugestehen, sich zu seiner Schuld zu bekennen. Nur so wird er nach fünfzehn Jahren auf dem Gnadenweg entlassen werden können. Schweigt er, brummt er möglicherweise einige Jahre mehr. Verstehen Sie?" Das klang nach Verabschiedung. War es auch, wie Sprekelsen mit seinem abrupten Aufstehen demonstrierte. Er streckte Fleestedt die Hand entgegen. „Damit spart sie sich nicht nur getäuschte Hoffnungen, sondern eine Menge Geld. Sie werden ja auch nicht umsonst für sie arbeiten, oder?"

„Ich mach's nicht um Gotteslohn", sagte Fleestedt und erhob sich ebenfalls. „Aber Frau Kortmann kann die Kosten verkraften, scheint's."

„Na ja, ist nicht mein Bier, ist nur meine Meinung."

„So hat jeder die seine", sagte Fleestedt. „Ich frage mich zum Beispiel, was Teyerbrandt nach Jahren absoluter Feindschaft und Funkstille bewogen hat, den Kontakt zu Kortmann zu suchen."

„Dabei ist es ganz einfach", sagte Sprekelsen auf dem Weg

zur Tür. „Im Angesicht des Todes haben Menschen die Neigung, nicht nur Frieden mit sich, sondern auch mit ihren Feinden zu machen."

„Obwohl Teyerbrandt noch zehn Tage vor seinem Ableben mit viel Geld und allen Finessen Kortmanns Wahl zum Spitzenkandidaten seiner Partei hintertrieb?"

„Menschliches Handeln ist manchmal rätselhaft."

„Bestimmte Fälle auch", sagte Fleestedt. „Weil in ihnen hin und wieder rätselhafte Menschen auftreten. Zum Beispiel ein Mörder, der einen erklärten Waffennarren erschießt, obwohl er erklärter Waffen- und Jagdfeind ist. Kortmann hat wegen seiner Abneigung den Wehrdienst verweigert und den Ersatzdienst gewählt. Er ist gegen die Jagd auf die Barrikaden gegangen ... Wie kommt ein solcher Mann plötzlich auf die Idee, sich auf ein fragwürdiges Friedensangebot seines ärgsten Feindes einzulassen, sich eine Pistole zu beschaffen und damit zu töten?"

„Das müssen Sie schon Kortmann selbst fragen. Uns und dem Gericht hat er die Antworten verweigert."

„Sie haben allerdings auch nicht ermitteln können, wie, wann und wo er die Waffe erworben hat."

„Das ist richtig."

„Er schwor, sie weder besessen noch je angefasst zu haben."

„Dass das eine beinharte Lüge ist", sagte Sprekelsen überzeugt, „beweisen seine Fingerabdrücke auf der Pistole."

„Tatsächlich?"

Sprekelsen öffnete die Tür. Eine Antwort gab er nicht.

„Wenn es überhaupt einen Ansatz gibt", sagte Fleestedt und faltete die Hände über der Prozessakte, „dann in der Aussage Kortmanns, der tödliche Schuss sei vom Fenster aus, also von einem unbekannten Dritten abgefeuert worden. Ich weiß allerdings nicht, wie da die Zeugenlage ist."

„Fatal", sagte Rechtsanwalt Zyprian abwinkend. „Eine Kellnerin des Gasthauses Tatenhausen, eine gewisse Nadja Häusler, befand sich zum Zeitpunkt des Schusses im Garten und hatte den Parkplatz vor dem Haus im Blick. Sie hat keine weitere Person auf dem Parkplatz gesehen."

„Vielleicht übersehen?"

„Leider nicht. Aber ein Gärtner, der die Hecke in der Zufahrt beschnitt, bestätigt ihre Aussage."

„Hat sie Kortmann gesehen?"

„Ja, wie er in Panik aus dem Haus kam und in Richtung Versmolder Straße lief."

„Wie lange nach dem Schuss?"

„Sie sagte, es seien Sekunden gewesen."

„Auf die Hecke zu?"

„Nein, auf die Zufahrt."

„In Panik?"

„Wie von Furien gehetzt, entsetzt, wild flüchtend."

„Seltsam, nicht?"

„Nur zu natürlich, meine ich. Wenn man die Situation bedenkt."

„Ich denke an die in der Hecke versteckten Handschuhe. Wenn Kortmann Sekunden nach dem tödlichen Schuss über den Parkplatz gerannt ist, wann hat er sie ausgezogen und in der Hecke abgelegt? Die Waffe hat er vorher auch noch in dem Wacholderstrauch versteckt, richtig? – Wie hat er das in der kurzen Zeit schaffen können?"

„Mein Gott!", stieß der Anwalt hervor und schlug sich gegen die Stirn.

„Fleestedt genügt."

Zyprian blickte Fleestedt irritiert an, lachte auf und sagte zerknirscht: „Ich meine, das hätte uns eigentlich schon während der Beweisführung auffallen müssen!"

„Besser jetzt als nie", sagte Fleestedt und stand mit dem Gefühl auf, ein erstes Licht am Ende des Tunnels zu sehen. Er hoffte, dass es nicht das des ihm entgegenfahrenden Zuges war.

Das hoffte Sybill Kortmann auch. Sie stand neben Fleestedt

vor der Durchfahrt des Torhauses des Tatenhausener Schlosses und blickte auf den kleinwüchsigen Gärtner herab, der, eine Axt über der Schulter, mit verschränkten Armen und sichtlich verlegen am Brückengeländer lehnte. Hinter ihm, auf der stillen Fläche des Schlossgrabens, schwamm ein schwarzer Schwan.

„Mir tut's ja auch Leid, dass die ihn schuldig gesprochen haben, Herr Fleestedt, aber was ich gesagt habe, entspricht nun mal der Wahrheit. Ich hörte den Schuss und guckte auf das Haus, weil der ja von da gekommen ist. Erst war nichts, aber dann kam Kortmann raus und rannte wie vom Satan gejagt auf mich zu und nach oben auf die Versmolder zu, wo sein Auto stand. Die Nadja", fügte er hinzu und deutete über den Wassergraben hinweg auf das hinter mächtigen Bäumen erkennbare Gasthaus Tatenhausen, „die hat das ja ganz genau so gesehen."

Haargenau so, erinnerte sich Fleestedt an das eine Stunde zuvor geführte Gespräch mit der jungen Frau. Sie hatte auch bestätigt, den Gärtner an der Hecke gesehen zu haben.

„Sie hatten ihn also von dem Augenblick im Blick, als er aus dem Haus kam?"

„Genau."

„Was machte er? Blieb er erst mal stehen? Sah er sich um?"

„Nein, er ist richtig aus dem Haus *gesprungen*. Unter dem Vordach stolperte er, fing sich aber und ist dann an mir vorbei nach oben zur Versmolder Straße. Ich weiß nicht mal, ob er mich überhaupt gesehen hat. Ich stand ja auf der Leiter, um die Hecke oben rum zu beschneiden."

„Trug er Handschuhe?"

„Das weiß ich nicht."

„Sahen Sie in einer seiner Hände eine Waffe, eine Pistole?"

„Nein, die muss er vorher in den Kirschlorbeer geschmissen haben."

„Vorher? Was heißt vorher?"

Harry Lüpperts wechselte die Axt von der linken auf die rechte Schulter. Er blickte Fleestedt hilflos an.

„Na ja", sagte er, „bevor er aus dem Haus kam. Das Fenster rechts hinter der Vordachsäule war ja offen ..."

„Haben Sie Kortmann am Fenster gesehen?"

Lüpperts schüttelte den Kopf.

„Ich hab ihn erst gesehen, als er rauskam."

„Wie viel Zeit ist nach dem Schuss vergangen?"

„Nicht viel."

„Was heißt nicht viel? Eine Minute? Zwei?"

„Viel schneller. Ich hab den Knall gehört, hab in die Richtung geguckt und dann, dann tauchte er schon auf. Sie wissen ja, wie das so läuft, wenn man was hört und wissen will, was passiert ist. Das waren höchstens zehn, zwanzig Sekunden, würde ich mal sagen."

„Höchstens?"

„Mehr bestimmt nicht."

„Einen Zweifel, dass der Schuss im Haus gefallen ist, haben Sie nicht?"

„Der muss ja da drinnen gefallen sein!"

„Aber sicher, wirklich sicher sind Sie sich nicht?"

Lüpperts hob die Schultern.

„Um ehrlich zu sein, zuerst habe ich tatsächlich gedacht, er wäre draußen gefallen. Weil er so laut war. Aber dann ... Das ist ja dann von der Polizei so festgestellt worden."

„Und die haben es Ihnen gesagt, oder?"

„In der Zeitung stand das ja auch. Damals."

„Glauben Sie, die Polizei hat dem Kerl die Aussage in den Mund gelegt?"

„Warum hätte sie das tun sollen?" Fleestedt blickte Sybill Kortmann fragend an, während er das Schloss des Sicherheitsgurtes einschnappen ließ.

„Vielleicht, weil die Sache ganz anders ablief? Weil Teyerbrandt doch von außerhalb des Hauses erschossen worden ist?"

„Dagegen steht das Gutachten der Ballistiker, Frau Kortmann. Erstellt von unabhängigen Beamten des LKA, deren Technik sich nicht bestechen lässt."

„Der Mörder kann ganz gut draußen vor dem Fenster gestanden haben. Ist doch denkbar, dass er so schnell verschwunden ist, dass die Zeugen ihn nicht sehen konnten! Beide sagen, sie wären erst nach dem Schuss aufmerksam geworden! Dann erklärt sich auch, warum die Pistole hinter dem Kirschlorbeer gefunden wurde. Dort kann sich der Mörder ebenso gut versteckt haben. – Er ist einfach nicht gesehen worden!"

„Fußspuren im Erdreich allerdings auch nicht. Und vergessen Sie nicht die Fingerabdrücke auf der Waffe."

Sybill Kortmann ließ den Kopf auf das Lenkrad sinken.

„Mein Gott, mein Gott", platzte es verzweifelt aus ihrem Mund. „Es muss einfach anders gewesen sein! Es muss! Mein Mann ist kein Mörder! Er ist es einfach nicht!" Sie richtete sich auf und legte ihre rechte Hand auf ihre linke Brust. „Ich kenne ihn, mein Herz sagt mir, dass er unschuldig ist!"

„Gefühle, mögen sie auch noch so tief sein, sind keine Beweise", sagte Fleestedt und berührte ihre Schulter. „Wir können Ihrem Mann nur helfen, wenn wir unerschütterliche Tatsachen liefern."

„Ja, ja, ich weiß", sagte Sybille Kortmann verzweifelt. „Ich zermartere mir Tag und Nacht den Kopf, aber ... Wenn ich nur etwas tun könnte!"

„Erzählen Sie mir von Teyerbrandt", sagte Fleestedt, während er einen Geländewagen beobachtete, der über die Brücke in den Hof des Schlosses rollte. „Ich habe noch immer nicht verstanden, wieso er sich nach so vielen Jahren wieder mit Ihrem Mann in Verbindung gesetzt hat."

Sybill Kortmann wendete.

„Angeblich entdeckte er plötzlich sein Gewissen. Tatsächlich ging es um eine wertvolle Trompete, ein Instrument, das Louis Armstrong gespielt haben soll. Sie gehörte meinem Mann. Er hat sie von seinem Vater geerbt."

„Und?"

„Sie spielten damals recht erfolgreich in einer Jazzband. Teyerbrandt hatte sich im Haus ein Studio eingerichtet, in dem sie ihre Sachen probten und einspielten. Als ich ihn verließ, hat er sich geweigert, die Trompete herauszurücken. Mein Mann hat zwar auf Herausgabe geklagt, aber verloren, weil er den Besitz nicht belegen konnte. Genau das Gleiche passierte mit seinen Kompositionen. Teyerbrandt behauptete, nicht mein Mann, sondern er habe sie geschrieben. Er hatte Zeugen, die das bestätigten. Und er wusste sehr genau, wie schwer er meinen Mann damit treffen konnte."

„Er bot also die Rückgabe an?"

Sybill Kortmann nickte.

„Er sei schwer krank", hat er gesagt. „Es sei an der Zeit, die alten Geschichten zu begraben. Er bat meinen Mann um ein Treffen. In Halle. Sie trafen sich im Willem, in einem Café in der Innenstadt. Er gab meinem Mann den Koffer, aber die Trompete, die war da leider nicht drin. Ein bedauerliches Missgeschick, erklärte Teyerbrandt, das wohl auf seinen Zustand zurückzuführen sei. Er habe auf dem Instrument gespielt und offenbar vergessen, es wieder in den Koffer zu packen. Er müsse zwar ins Krankenhaus, aber er sei selbstverständlich bereit, nach Hause zu fahren, um meinem Mann die Trompete zu übergeben."

„Ihr Mann verzichtete darauf?"

„Nach so langer Zeit kam es ihm auf ein oder zwei Tage auch nicht mehr an."

„Er kam also mit einem leeren Koffer nach Hause?"

„Nein, Teyerbrandt nahm ihn wieder an sich."

„Das war's?"

„Er versprach, wieder anzurufen", sagte Sybill Kortmann und lenkte den Wagen in die Versmolder Straße. „Das hat er dann ja auch getan. Eine Woche später. An dem Tag, als er erschossen wurde."

‚Kurz nach seinem Dienst im Gymnasium', erinnerte sich Fleestedt an die Passage im Protokoll. Teyerbrandt hatte Kortmann gebeten, ihn zu Hause zu besuchen. Um fünfzehn Uhr. Dreizehn Minuten später hatte ihn die tödliche Kugel getroffen ...

„Ich war sogar überpünktlich", beharrte Kortmann. „Ich habe meinen Wagen oben an der Versmolder Straße geparkt, weil ich nicht vorzeitig im Haus sein wollte und weil ein Gärtner den Weg versperrte. Ich weiß das so genau, weil ich vor dem Eintreten noch einmal auf meine Uhr geschaut habe. Es fehlten nur noch fünf Sekunden bis drei."

Er wirkte frischer, nicht mehr so niedergeschlagen wie beim ersten Besuch.

„Was geschah dann?"

„Teyerbrandt bat mich, Platz zu nehmen. Auf dem Tisch standen Getränke. Wasser, Saft, Kaffee, eine Cognacflasche und Gläser. Ich habe mir Wasser genommen, einen Kaffee. Die Trompete, sie hat wirklich einmal Louis Armstrong gehört, lag zu seinen Füßen. Auf einem blauen Samttuch. Teyerbrandt hat über die alten Zeiten geredet, als wir mit der Band unterwegs waren. Über Sachen, die ich schon längst vergessen hatte. Ihm ging es nicht gut. Auf dem Tisch lagen Medikamente, Spritzen und braune Phiolen. Er entschuldigte sich und sagte, dass er unbedingt was gegen die Schmerzen nehmen müsse. Er zog eine Spritze auf. Er versuchte, sich zu setzen, aber seine Hände machten nicht mehr so richtig mit. Heftiges Zittern. Er bat mich, ihm zu helfen. Auf dem Tisch, in einer Nierenschale, lagen medizinische Handschuhe. Er bat mich, sie zu benutzen. Ich zog sie über, half ihm, sich die Spritze zu setzen. Es dauerte auch nicht lange und es ging ihm wieder besser." Kortmann hob die Schultern. „Viel besser. Er stand plötzlich auf, nahm die Spritze, die Handschuhe und ging in die Küche und wohl nach draußen. Wenigstens habe ich die Gartentür schlagen gehört, kurz bevor er zurückkam."

„Er nahm wieder Platz?"

„Ja."

„Was geschah dann?“

„Er lachte.“

„Er lachte?“

„Ja, er lachte, schüttelte sich geradezu. Minutenlang, wenn ich mich richtig erinnere. Dann nahm er die Cognacflasche und trank, ich schätze mal, fast ein ganzes Viertel. Er hielt mir die Flasche entgegen und erzählte mir, dass sie seine letzte Henkersmahlzeit sei. Die letzte deshalb, weil er, seitdem Sybill ihn verlassen habe, jeden Tag eine durchlebt hätte. Seit sechzehn Jahren, immer wieder, weil wir, sein bester Freund und seine einzige Liebe ihn verraten hätten. Jeder Tag sei für ihn eine Art Hinrichtung gewesen. ‚Jeden Gott verdammten Tag lag mein Kopf unter dem Henkersbeil, verstehst du? Jeden Tag habe ich meinen Tod erlebt. Und für euch habe ich mir die fürchterlichsten Qualen ausgedacht, Strafen, wie sie nur die Hölle ausbrüten kann. Ich hatte nur noch einen Gedanken im Kopf: Wie kann ich es euch heimzahlen, wie kann ich euch für euren gemeinen Verrat bestrafen? Wie nur, wie, wie, wie?‘“ Kortmann schüttelte sich, als erlebe er die Situation in diesem Augenblick. „Es war schrecklich, mehr als schrecklich, seine Anklage zu hören und zu wissen, dass er innerhalb kurzer Zeit begraben sein würde. Und noch schlimmer war, dass ich mich schuldig fühlte. Wirklich *schuldig*, verstehen Sie?“

Fleestedt nickte. Er war überzeugt, auch ein eher hart gesottener Mann hätte eine solche Situation nur mit seelischen Blessuren überstehen können. Für Kortmann musste es in der Tat eine Art Fegefeuer gewesen sein. Aber eines ohne Reinigungskraft.

„War das der Augenblick, als Sie hinausgelaufen sind?“

„Ich war dazu gar nicht fähig. Ich war wie gelähmt. Ich konnte einfach nicht begreifen, dass er mich beschuldigte, ihn mit Sybill betrogen zu haben. Hatte ich ja nicht. Sie war vor ihm geflohen! Zu mir, ja, das ist richtig. Aber nicht, weil wir ein Verhältnis miteinander hatten. Sie suchte Schutz. Sie brauchte Ruhe und Abstand, um sich über sich und ihre Situation klar zu werden. Ich glaube, sie wäre sogar zu ihm zurückgegangen, wenn ... Aber er war zu keinem Gespräch und erst recht zu keinem akzeptablen Kompromiss bereit, er wollte sein Recht, und das hieß, er bestand darauf, dass wir uns für den Verrat entschuldigten und dass Sybill unverzüglich und reumütig zu ihm zurückkehrte. Nein, ich bin erst geflohen, als er tot war. Nach dem Schuss."

„Erzählen Sie, was davor geschah!"

Kortmann stöhnte.

„Es war einfach nur schrecklich. Sein Lachen. Wie er sich dann erhob und die Trompete mit den Füßen zu einem Blechhaufen zertrampelte. Satchmos Trompete! Ich konnte es einfach nicht fassen. Seinen Triumph, seinen Hohn! Er fiel in den Sessel zurück, stieß mir seinen Finger entgegen und kündigte mit plötzlich eisiger Stimme an, dass dies lediglich der Anfang meiner Qualen sei."

„Und?"

„Er starrte mich nur noch an. Zurückgelehnt. Den Kopf an der Lehne. Wie weggetreten. Seine Hände ruhten auf den Lehnen. Und dann knallte es fürchterlich. Ich sah, wie sein Kopf zersprang und sein Blut an die Wand spritzte ... Ja, und dann bin ich wie von Sinnen aufgesprungen und gelaufen ..."

Mit oder ohne Waffe?, fragte sich Fleestedt voller Skepsis.

„Wie kommen Sie darauf, dass Teyerbrandt vom Fenster aus erschossen worden ist?"

„Weil ich es nicht gewesen bin. Und weil ich den Eindruck hatte, dass der Knall von dort her kam."

Fleestedt atmete tief ein. Log Kortmann?

„Auch Sie glauben mir nicht, nicht wahr?"

„Ich hab's lieber mit Tatsachen", sagte Fleestedt, als er sich erhob und dem Gefangenen die Hand entgegenstreckte. „Und die sprechen nicht gerade für Sie."

„Heißt das, Sie stellen Ihre Ermittlungen ein ...?"

„Noch nicht", sagte Fleestedt. „Der Nachlassverwalter hat mir erlaubt, mich in Teyerbrandts Haus umzusehen. Das werde ich machen, ehe ich eine Entscheidung treffe."

„Ich verstehe", sagte Kortmann. Seine kaum hörbare Stimme klang, als hätte er auch den letzten Rest seiner Hoffnung aufgegeben.

Hauptkommissar Sprekelsen lehnte im Eingang des Hauses, im Gesicht dieses nachsichtige Lächeln, das verdeutlichte, wie wenig er von Fleestedts Bemühen in der Sache Kortmann hielt. Auch Oberstaatsanwalt Messmer, der sich nur widerwillig auf das Treffen eingelassen hatte, machte den Eindruck, als hielte er seine Zeit für zu schade, um sie in dem muffigen Haus des Toten zu verschwenden. Nur Sybill Kortmann, die neben Rechtsanwalt Zyprian vor dem verstaubten Klavier stand, machte den Eindruck, als könnte sie nicht mehr lange an sich halten. Unablässig wechselten ihre Blicke zwischen Fleestedt und dem schwarzen Koffer hin und her, den er wie einen Schutzschild auf dem Tisch zwischen den Sesseln platziert hatte.

„Diesen Koffer", sagte Fleestedt im Plauderton, während er die im Badezimmer gefundenen Latexhandschuhe überstreifte, „fand ich im so genannten Musikstudio." Er nahm einen gebogenen Plastikgriff vom Tisch. „Dort, wo sich ursprünglich dieser Griff befand, ist jetzt ein sorgsam ausgeschnittenes Loch. Auf der einen Seite gerade, auf der anderen Seite rund." Er öffnete den Deckel und deutete auf eine vom Loch nach unten ausgehende Metallschiene, auf der mit Schrauben zwei Plastikzwingen angebracht waren. „Mit diesen Zwingen ist offensichtlich ein Tragegriff befestigt worden. Ein anderer als dieser hier, den ich übrigens in der Werkstatt fand", fügte er hinzu, während er den Plastikgriff in der erhobenen Hand kreisen ließ.

„Wollen Sie nicht endlich zur Sache kommen?"

„Ich bin bei der Sache, Herr Oberstaatsanwalt. Dieser Koffer diente Teyerbrandt dazu, Kortmanns Fingerabdrücke auf die Tatwaffe zu praktizieren. Er entfernte den Originalgriff und baute stattdessen die Colt Government Pistole als Ersatz ein. Ohne Magazin und Griffschalen selbstverständlich. Mit dem Versprechen, Kortmann die Louis Armstrong-Trompete zu übergeben, lockte er ihn ins Café Willem, gab ihm den Koffer und … Kortmann nahm und öffnete ihn und stellte überrascht fest, dass die Trompete gar nicht im Koffer war. Teyerbrandt redete sich damit heraus, sie aus Versehen nicht hineingelegt zu haben. Tatsächlich war das natürlich kein Versehen, sondern Absicht. Und zwar mit dem Ziel, Kortmann dazu zu bewegen, seine Fingerspuren auf dem Koffergriff zu hinterlassen. Genau das ist ihm mit dem sorgsam geplanten Manöver auch gelungen."

„Ich fürchte, die Fantasie geht mit Ihnen durch, Herr … Herr Fleestedt!"

„Den gleichen Verdacht hatte ich zunächst auch", räumte Fleestedt ein. „Ich konnte mir einfach keinen Reim darauf machen, was Teyerbrandt bewegt haben mochte, Kortmann nach sechzehn Jahren tiefster Feindschaft von einem Tag zum anderen zu einem Treffen zu bitten. Welchen Zweck, fragte ich mich, kann er damit verfolgt haben? Im Angesicht seines unausweichlichen Krebstodes tatsächlich Frieden mit seinem ehemaligen Erzfeind zu schließen?"

„Und?", fragte Sprekelsen auflachend. „Haben Sie die Antwort gefunden?"

„Ich fand unerschütterliche Beweise", sagte Fleestedt und trat einen Schritt zurück. Er ließ sich auf den Sessel fallen, in dem Teyerbrandt erschossen worden war und lehnte sich darin zurück. „Beweise, Herr Sprekelsen, die Ihnen leider entgangen sind. Beweise abgründigster menschlicher Infamie und unbeugsamen Hasses! Teyerbrandt dachte gar nicht daran, sich mit Kortmann und seiner ehemaligen Frau zu versöhnen. Sein Plan war, die ihm verbleibende Zeit zu nutzen, um die beiden Verräter, wie er sie nannte, für das ihm seiner Meinung nach zugefügte Unrecht aufs Fürchterlichste zu bestrafen. Sein Ziel war, Kortmann für den Rest des Lebens hinter Gitter zu bringen, um auf diese Weise auch seine Ex-Frau zu treffen. Um das zu erreichen, entwickelte er einen geradezu diabolischen Plan."

Sie starrten ihn erwartungsvoll und verständnislos zugleich an. Oberstaatsanwalt Messmer schüttelte skeptisch den Kopf.

„Klingt, das will ich gerne zugeben, recht logisch, aber ... Selbst wenn Ihre Theorie zutrifft, Fleestedt, einen Beweis erkenne ich nicht."

„Der steckt in diesem Sessel", sagte Fleestedt und legte seine Hand auf die rechte Armlehne. „Hier, unter dem Bezug versteckt, befindet sich ein Druckknopf. Was er auslöst, sehen Sie, wenn Sie sich umdrehen, Herr Oberstaatsanwalt."

Fleestedt drückte den versteckten Knopf. Ein dumpfes Geräusch erklang. An der Wand neben dem Fenster öffnete sich eine Klappe. Ein Stahlarm schoss heraus, verhielt einen Augenblick, ehe er in Richtung Fenster drehte und blitzschnell nach links ausschlug. Sekunden schwenkte die Stahlkonstruktion wieder zurück, die Klappe schloss sich mit einem leisen Klicken.

„Mein Gott!", entfuhr es Sprekelsen. Oberstaatsanwalt Messmer stand wie erstarrt. Sybill Kortmann stöhnte. Rechtsanwalt Zyprian hob triumphierend die geballte Rechte.

„Die mit Elektromotoren und Stahlfedern konstruierte Mechanik, die Sie da gerade gesehen haben, Herr Oberstaatsanwalt, Herr Hauptkommissar, ist für eine Colt Government Pistole ausgelegt", erklärte Fleestedt und erhob sich. „Für die Waffe, auf die Teyerbrandt mit Hilfe des Koffertricks Kortmanns Fingerabdrücke praktiziert und sich per Knopfdruck selbst umgebracht hat. Der Wurfmechanismus hat nach dem präzise ausgerichteten Schuss die Pistole durch das offene Fenster hinaus in den Wacholderstrauch geschleudert. Die Klappe schloss sich – Kortmann saß in der Falle einer Beweiskette, die unerschütterlich zu sein schien."

Sprekelsen drehte sich um, stieß gegen den Staatsanwalt, der fassungslos auf die Wand starrte, der nicht anzusehen war, dass sich dahinter der tödliche Mechanismus verbarg.

„Können Sie das noch mal öffnen?"

Fleestedt nahm einen silbernen Kerzenleuchter vom Tisch und reichte ihn Hauptkommissar Sprekelsen mit der Bitte, damit die aufspringende Klappe zu blockieren. Dann drückte er den Knopf zum zweiten Mal. Die Klappe schwang auf, der Stahlarm federte heraus, richtete sich auf den Sessel aus, schwang aus dem Fenster. Eine starke Stahlfeder entspannte sich. Sprekelsen hielt den Leuchter in die Öffnung und verhindert damit, dass die Klappe sich wieder schloss.

„Gütiger Himmel!“, entfuhr es Oberstaatsanwalt Messmer. Fassungslos starrte er in die Öffnung, sah erst den sichtlich verstörten Sprekelsen, dann Fleestedt an. „Ich glaube“, würgte er hervor, „nicht nur Herr Kortmann, auch wir müssen Ihnen sehr dankbar sein. Nicht auszudenken, wenn diese Teufelei unentdeckt geblieben wäre!“

„Ich tue halt was für mein Geld“, sagte Fleestedt leichthin. Und dann spürte er die Arme Sybill Kortmanns, die seinen Oberkörper umschlossen.

Dietmar Bittrich

Der Abklatscher

Meine Eltern sind treue Besucher der städtischen Theater. Doch die eigentliche Vorstellung beginnt für sie erst auf der Heimfahrt. Weil sie nicht mit dem Auto oder dem Taxi nach Hause fahren, hören sie in der Bahn die großen Monologe berauschter Helden. Sie erleben, wie jemand mit der Zigarette ein kunstvolles Muster in die Sitze brennt oder ein Nichtraucher den Polstern sein Monogramm mit dem Messer einritzt. Mit etwas Glück sind sie dabei, wenn ein Surfer draußen auf dem Trittbrett mitfährt und sich aufs Dach schwingt, oder wenn ein Sprayer während der Fahrt von außen sein Tag aufs Fenster sprüht, während ihn ein Kumpel von innen fotografiert.

Mit einer gewissen Wehmut erinnern sie sich an die Hindernisläufe längst vergangener Sportstunden, wenn sie über rollende Bierdosen und Erbrochenes steigen und über diejenigen, die beides hinterlassen haben. Sie geben sich den Anschein der Tierliebe, wenn der Kampfhund eines Dealers neben ihnen Platz nimmt und sie beschnuppert, und beobachten nicht ohne Argwohn, wie jemand zusammengetreten wird, weil sie befürchten, sie könnten selbst an der Reihe sein, bevor die Station erreicht ist.

Der Rat der Nahverkehrsgesellschaften, Angreifern in der Bahn nicht zu nahezukommen, ist nicht leicht zu befolgen. Auch reicht es nicht immer, das geforderte Geld herauszurücken. Den Gewalttätigen in eine unerwartete Situation zu bringen, wie Psychologen vorschlagen, etwa andere Fahrgäste zur Solidarität aufzurufen, sie zum Singen oder Klatschen zu ermuntern und im Chor „Lass das, lass das" zu rufen, erweist sich als schwer durchführbar. Oft sind abends einfach nicht genug andere Fahrgäste für einen Chor aufzutreiben.

Als meine Eltern am 9. Oktober 2008, einem Donnerstag, abends gegen elf Uhr von der Bielefelder Innenstadt nach Hause fuhren, duckten sie sich noch tiefer in ihre Sitze, als sie im Abteil das Splittern einer Glasscheibe hörten, begleitet vom Geschrei einer hohen Stimme, die sogleich unterging im Heulen des hereinstürmenden Fahrtwindes.

Als sie wenige Minuten später in ihre Station einfuhren, wagten sie nicht aufzustehen. Sie hörten, wie jemand das Abteil verließ, offenbar der letzte Fahrgast außer ihnen. Dann blieb alles still. Sie warteten.

In diesem Augenblick geschah draußen etwas Ungewöhnliches: Ein Mann vom sogenannten Begleitservice ging vorüber. Sie erkannten die Uniform mit Erstaunen und Erleichterung, und nun entdeckte der Mann auch sie.

Verwundert, dass noch jemand im Zug saß, öffnete er die Tür: „Hier endet der Zug! Sie müssen aussteigen! Kann ich Ihnen behilflich sein?"

Er reichte meiner Mutter seinen Arm und geleitete sie in übertriebener Kavaliersmanier hinaus. Der Bahnsteig war leer und dunkel. „Weshalb sind Sie in das hinterste Abteil eingestiegen?", fragte er. „So haben Sie den weitesten Weg zum Ausgang."

Meine Mutter behauptete, sie hätten den Zug nicht mehr rechtzeitig erreicht, um in der Mitte einzusteigen. Mein Vater sagte die Wahrheit: „Meine Frau meint, bei einem Zusammenstoß sind wir hinten am sichersten!"

Der Zugbegleiter lachte. „Ich bringe Sie zum Taxi."

Doch mein Vater war bereits ein Stück zurückgegangen, um den Zug zu inspizieren.

„Hier!", rief er. „Sehen Sie sich das an!"

Die Scheibe im letzten Fenster war vollkommen zerschmettert. Der Begleiter erschrak. „Das muss ich melden", sagte er. „Haben Sie irgendetwas davon mitgekriegt?"

Was die beiden erzählen konnten, war nicht viel: Sie hatten den Knall gehört, das Klirren, das Geschrei einer Frau. Gesehen hatten sie nichts. Er kritzelte die Aussage auf einen Notizblock.

„Sie glauben nicht", murmelte er, „was der Vandalismus uns jedes Jahr kostet." Er gab meinen Eltern eine Karte, auf der in Stahlstich sein Name zu lesen war.

Am übernächsten Tag entdeckten sie eine kleine Meldung in der Zeitung. Demnach war ein achtzehnjähriger Junge aus der Bahn geschleudert worden. Er hatte während der Fahrt an einer Haltestange geschaukelt, war abgerutscht, hatte die Scheibe durchschlagen und war draußen gegen einen Pfeiler geprallt.

Mein Vater wollte eben die Nummer auf der Karte wählen, da rief der Zugbegleiter schon an. Ja, die Sache habe sich leider so traurig aufgeklärt, erzählte er. Ihre Aussage werde nun nicht mehr gebraucht. Die Freundin des Jungen sei dabei gewesen und habe versucht, ihn zurückzuhalten; sie stehe noch unter Schock. Der Begleiter nannte die Zahl der Jugendlichen, die jährlich bei den Regionalbahnen durch Leichtsinn umkommen.

Vermutlich stimmte nicht einmal diese Zahl. Alles andere jedenfalls war erfunden. Ich habe den Mann, der meinen Eltern die Lügen auftischte, im Frühling des folgenden Jahres kennen gelernt. Es handelte sich um einen gewissen Robert Kerssenbrock. Er fiel mir am Bielefelder Bahnhof auf, als er den Rollstuhl einer Greisin aus der Bahn hob. Er sprach so liebenswürdig zu ihr, dass ihr steinernes Gesicht zu leben begann. Es hellte sich auf und bildete einen leuchtenden Kontrast zu dem nebeligen Grau, das ihn umgab.

Als ich ihn nach seinem Beruf fragte, gab er mir seine Karte. Ich erkannte sie sofort wieder. Unter seinem Namen stand: Diplompsychologe. Tatsächlich war er unter diesem Titel von der Bahn eingestellt worden. Er schulte neues Servicepersonal und stand in gewissem Ansehen, seit er eine Aktion namens „Sprüh dich frei" organisiert hatte.

Dabei stellte die Bahn Mauerflächen für Graffiti-Sprayer zur Verfügung. In Unterständen durften die Sprayer mit behördlicher Genehmigung und unter dem Beifall der Presse triste Ziegelwände mit Tags und Pieces schmücken. Es gab umweltfreundliche Spraydosen und für die drei besten Sprayer Freifahrkarten. In den Zeitungen warb Kerssenbrock um „Verständnis für die Kids“.

Umnebelt von den Fettwolken einer Imbissbude, erzählte er mir etwas von den seelischen Verletzungen der Jugendlichen, von Entfremdung durch die Beschleunigung gesellschaftlicher Prozesse in rasch wechselnden Bezugsgruppen vor einem Umfeld aggressionsbildender Reizüberflutung oder umgekehrt. Jedes aufgeschlitzte Polster, jedes Tattoo auf einem Waggon sei ein Schrei nach Zuwendung.

Die Wahrheit ist folgende. Am Abend des 9. Oktober 2008, als er nach einem Tag einfühlsamer Zugbegleitung und tätiger Toleranz heimfahren wollte, entdeckte Robert Kerssenbrock im letzten Wagen des haltenden Zuges einen Sprayer. Er erkannte ihn.

Es war Patrick Raban, ein achtzehnjähriger Autoschlosser, der als „Zero Nine“ an Waggons und gleisnahen Wänden sein Zeichen gesetzt hatte, unbeeindruckt von subventionierten Sprüh-Aktionen. An diesem Abend gegen elf sprühte Raban nicht, entweder weil seine Dosen leer waren oder weil er kein Publikum hatte. Lediglich ein altes Ehepaar saß zusammengekauert in einer Ecke des Abteils. Das waren meine Eltern.

Um nicht erkannt zu werden, streifte Kerssenbrock seine Uniformjacke ab und stopfte sie in seine Aktentasche. Mit abgewandtem Gesicht stieg er ein und kauerte sich hinter eine Trennwand.

Raban musste eben noch geraucht haben; es stank nach einem halluzinogenen Gemisch. Jetzt schaukelte er an einer Haltestange, als wolle er in der Langeweile wenigstens etwas für seine Fitness tun.

Kerssenbrock hörte, wie er sich mit den Springerstiefeln bald am Boden, bald am Fensterrahmen abstieß. Kurz vor der Endstation stand Kerssenbrock auf und stellte sich an die Abteiltür in Rabans Nähe. Der schenkte ihm nicht die mindeste Beachtung. Versunken in einen unvergänglichen Spice-Traum, schaukelte er mit stupider Ausdauer und schlug mit den Stiefeln den Takt.

„Ich brauchte kaum etwas zu tun“, erzählte Kerssenbrock. „Ich bin einfach hinter ihn getreten und habe gesagt: Jetzt gebe ich dir Schwung!, und habe ihn einmal ganz kräftig angeschoben. Die Sohlen seiner Stiefel waren eisenbeschlagen, deswegen durchschlug er die Scheibe. Ganz mühelos und glatt, aber mit betäubendem Lärm. Wegen der beiden Zeugen habe ich mit Fistelstimme noch etwas gerufen wie: Um Gottes willen, was tust du? Tue es nicht! Bitte, Liebling! Komm zurück!“

Schon hatte der Zug die Endstation erreicht. Kerssenbrock stieg aus, zog seine Uniformjacke wieder an und holte die beiden verschreckten Alten, meine Eltern, aus dem Abteil. Er war wieder ganz Gentleman und Diplompsychologe.

„Ich glaube, jeder Mensch, der anderen hilft, jeder, der Tag für Tag verständnisvoll und liebenswürdig und sanft ist, muss wenigstens einmal im Jahr vollkommen anders sein. Nach meiner Erfahrung reicht schon ein kurzer Moment konzentrierter Grausamkeit. Dieser Moment regeneriert. Er schenkt für lange Zeit Kraft, Gutes zu tun.“

Robert Kerssenbrock tut seit bald acht Jahren Gutes für die Bahn und ihre Kunden. Wie viele kurze Momente der Regeneration er in Anspruch genommen hat, weiß ich nicht. Aber ich hege Zweifel, ob all die Kamikaze-Kids, die Sprayer und Surfer, die gegen einen Lichtmast oder ein Signalzeichen prallten oder an einer Stromschiene verbrannten, tatsächlich Opfer ihres Leichtsinns oder des Luftsogs wurden.

Auch die Erläuterung, die Kerssenbrock mir zum Abschied gab, bleibt ein wenig unbefriedigend, wenngleich ich sie mir zu Herzen genommen habe.

„Die meisten Abgeklatschten“, erklärte er, „waren ohne gültigen Fahrausweis unterwegs.“

Michael Koglin

In der Erde von Dortmund

Das Stück Wurzelholz, das da vor mir lag, war gar kein Wurzelholz. Und auch kein Ast. Gleich neben meinem Pappteller und der Konservendose deutete der mumifizierte Rest einer menschlichen Hand direkt auf meinen Omen-Mantel. Handteller, Daumen, Ringfinger, Zeigefinger und kleiner Finger. Nur der Mittelfinger fehlte. Die Knochen waren schief übereinander geschoben. Das Ganze sah aus wie ein verschobenes Kreuz.

Ich saß also in meinem Heizungskeller und betrachte dieses seltsame Präsent.

Hinter mir zischte es im Heizungskessel. Ich kümmerte mich um die Wärme. Nicht, dass ich hier im Hotel hinter dem Alten Markt angestellt gewesen wäre. Nein, das war eine Art Gentleman's Agreement. Freier Mitarbeiter, du verstehst? Ich sorgte dafür, dass es mit der Wärme da oben und auch hier unten klappte. Ganz ohne Arbeitsvertrag. Geben und Nehmen in Dortmund.

Hier greift das alles ineinander. Wie bei einem Uhrwerk. Leben und Heizen lassen im Auge des Ruhrpotts.

Der Einzige, der von meiner Bleibe wusste, war mein Freund Pavel. Arbeitet eine Etage über mir. Als Oberkellner. Sein polnischer Vater hatte noch in der Zeche Hansa, Dortmund-Huckarde, geschuftet. Na ja, kann eben nicht jeder Bierbrauer werden in dieser Stadt.

Ich nahm einen Schraubenzieher und drehte das Ding da vor mir vorsichtig um. Irgendwie war ich mir plötzlich nicht mehr sicher, ob ich da nicht vielleicht in einem Horrorfilm gelandet war und die Hand sich gleich selbstständig machen würde und nach meiner Kehle greifen und ...

Keine Würmer dran. Auch kein Ring. Und die Fingerkuppen waren noch gut zu erkennen. Leder. An einigen Stellen wirkte die Hand irgendwie angenagt. Das Ding musste mir ein

Steinmarder hier reingeschleppt haben. Die wohnen unter den Dortmunder Kühlerhauben und machen sich um die Autowerkstätten verdient. Ist so eine Art biologisches Konjunkturprogramm. Abnagprämie. Kost und Logis frei. Und schön trocken haben sie's da auch zwischen den Kühlerschläuchen.

Ihre Kleinen zogen sie sicher oben in der Reinoldikirche oder einem der anderen Gemäuer auf. Wie gesagt, hier in Dortmund greift das alles ineinander.

Wie auch immer, ich hatte eine Menschenhand und die musste ein Marder natürlich irgendwo gefunden haben. Aber Geschenke kann man ja auch zurückgeben.

Also legte ich die eingewickelte Hand auf eine Bank im Westfalenpark. Und wartete. Gefunden werden musste die Hand, da half nichts. Bei der Polizei abgeben war mir zu heikel. Zumindest wenn man als Penner in Dortmund Station macht, wegen eines alten Luxusmantels Omen genannt wird und so gar keine Steuern zahlen kann. Können und wollen andere auch nicht, aber wir wandernden Gesellen mit unseren Pappbechern können schließlich nicht alle in Liechtenstein auflaufen. Was soll denn der Fürst dazu sagen, wenn er morgens aufsteht, auf sein Reich blickt und überall nur hochgehaltene Pappbecher sieht.

Der Westfalenpark war eine Enttäuschung. Niemand interessierte sich für mein Päckchen. Also versuchte ich es neben dem Brunnen in der Kleppingstraße.

Erschöpft setzte sich eine Frau im Nerzmantel auf die Bank. Gott sei dank, dachte ich, wenn die ein totes Tier um den Körper trägt, dann wird sie sich sicherlich nicht gleich in die Hose machen, wenn sie das Päckchen auswickelt. Sie putzte sich die Nase und beäugte dabei das kleine Stoffpaket. Blickte nach links, dann nach rechts. Sie stupste es an, fingerte dann daran herum, wie Frauen eben an weißen Tüchern herumfingern, und dann griff sie zu und dann war da der erste Finger und den sah sie sich ganz genau aus der Nähe an. Sie konnte gar nicht genug davon bekommen, überlegte wohl, was das für ein

Kunsthandwerk sein könne oder doch eine flotte Werbeidee eines Nagelstudios ... und dann kreischte sie auch schon los und ließ die Hand fallen.

Am nächsten Tag knallten es uns die Ruhr Nachrichten um die Ohren: Schlagzeile auf Seite 1: „Leichenteile gefunden – Mord nicht ausgeschlossen", „Dortmund zittert vor einem brachialen Mörder". Seite 2: Und weil so eine Hand nicht in den Ruhrpott gehört, wo ja, wie alle ganz genau wissen, nur ehrbare und fleißige Leute wohnen, deshalb wurde sie „vermutlich in der Stadt entsorgt". Seite 3: „Und so schützen Sie sich und Ihr Eigentum".

„Warum hast du sie nicht einfach abgegeben?", fragte Pavel.

Er schob mir einen Teller mit Hummerfleisch auf meine Esskiste. Buffetreste. Bei der guten Fürsorge von Pavel musste ich auf meinen Cholesterinpegel achten.

„Wenn ich da mit einer Hand auftauche, sperrt mich die Polizei doch glatt wegen Kannibalismus ein. Oder wegen Störung der Totenruhe."

„Störung der Totenruhe?"

„Stell dir die Schlagzeile vor: ‚Perverser Penner öffnet Friedhofsgräber'."

Pavel zog seine Brauen hoch.

„Diese beschissene Hand wird irgendein Köter auf dem Friedhof ausgebuddelt haben."

*

Schon am nächsten Tage stürmte er in meinen Keller und wedelte mit der Tageszeitung vor meinem Gesicht.

„Sie haben das Mädchen, das zu der Hand gehört, identifiziert. Muss schon vor vielen Jahren gestorben sein. Sagen die Gerichtsmediziner. Sauber mit einem Beil abgetrennt!"

„Die Polizei hat schnell gearbeitet."

„Identifiziert, weil man ihre DNA wegen eines Vaterschaftstest in der Datenbank hatte. Ist polizeilich wegen des Diebstahls einer Plastikblume aufgefallen."

Pavel fasste den Rest der Zeitungsgeschichte zusammen. Nach Aussagen der Mutter sei ihre Tochter Leona in einem Heim untergebracht worden und dort sei sie auch verstorben.

„Da weiß keiner was Genaues", sagte Pavel.

Menschen haben eine Geschichte. Menschen werden geboren und sterben und genau dazwischen ist ihre Geschichte. Was soll das? Ein junges Mädchen klaut eine Plastikblume und einige Zeit später verschwindet sie aus Dortmund. Keiner fragt nach, niemand weiß etwas. Dann taucht sie nach Jahren wieder auf. Das heißt, ein Teil von ihr. Ausgerechnet in meinem Heizungskeller.

*

Das Kind sei angeblich „debil" gewesen, sagte Pavel. Hätte alles verwechselt, in seiner eigenen Welt gelebt. Dabei leben wir alle in unserem eigenen Universum.

Pavel nagte auf ein paar Kürbiskernen herum.

„Wieso schickt man ein debiles Mädchen in ein Heim?"

Dann ging es Schlag auf Schlag. Die Zeitung brachte es in riesigen Lettern. „Vater von Leona tot aufgefunden."

Er war mit einem Spaten erschlagen worden. Man hatte ihn hinter dem Alten Hafenamt gefunden.

Ich suchte in einem Telefonbuch die Adresse der Familie heraus und wartete dort in der Klosterstraße, bis die Polizisten das Haus wieder verlassen hatten.

*

Schon beim zweiten Klingeln öffnete mir eine groß gewachsene Frau. Sie hielt den Kopf leicht geneigt, als müsse sie sich schützen.

„Was wollen ...“

Erstaunt registrierte sie, dass da kein Polizist vor der Tür stand, um noch eine Frage zu klären.

Die grauen Haare waren durcheinandergeraten. Ihren Körper versuchte sie in einem schwarzen Umhang zu verbergen. Sie sah mich ängstlich an.

„Ja?“, fragte sie.

Ein junger Mann drängte sich an ihr vorbei.

„Wir haben jetzt ganz andere Sorgen, verschwinden Sie.“

„Ich dachte, weil ...“

„Da muss noch eine alte Decke im Keller sein“, sagte sie. Ihr Sohn protestierte, dann schüttelte er wütend eine Strähne über das Gesicht und verschwand dann im Innern der Wohnung.

Sie drückte mir einen Schlüssel in die Hand und sagte: „Da unten liegt eine Menge Plunder, nehmen Sie sich, was sie gebrauchen können. Sind auch noch ein paar Weckgläser mit Obst und Gemüse im Regal. Kann sein, dass die noch gut sind.“

Ich blickte mich im Flur um und versuchte mir vorzustellen, wie Leona in der Küche herumgehopst war, um von einem frisch angerührten Kuchenteig zu naschen. Wie hatte sie ausgesehen? Zart und zerbrechlich. Oder pummelig?

Ich stieg die Treppe in den Keller hinab. Im ersten Raum breitete sich das übliche Gerümpel aus. Eine alte Stehlampe musste hier jahrelang darauf gewartet haben, ob sie nicht vielleicht doch noch mal gebraucht würde, und dann hatte sie ihre Zeit endgültig überschritten und jetzt war es ihr peinlich, sich zum Sperrmüll zu stellen. Daneben standen zwei Stühle, die vergeblich gehofft hatten, dass es einen Korbflechter nach Dortmund verschlug. Die Sitzflächen standen in die Höhe wie eine gegelte Strähne. In Plastiksäcken muffelte alte Kleidung und Bettwäsche vor sich hin. An der Wand lehnte ein Fahrradwrack, dessen wichtigste Teile längst in anderen Rädern vor sich hin rosteten. Auf dem Boden standen zwei Säcke mit Kohle.

Ein rechteckiges Kellerfenster stand offen. Hatte Leona hier gespielt? Sich verkleidet? Sich hinter den alten Wäschekisten versteckt? Neben den Regalen führte eine Holztür in den zweiten Raum.

Er war völlig leer. Von der Decke baumelte eine Glühbirne und verstrahlte ein mattes Licht. Und dann war es so, als würde mich ihr Geist berühren. Na ja, zumindest wusste ich plötzlich, dass sie hier viele Stunden zugebracht haben musste. Und sie musste immer die Taschen voller Kreide und Buntstiften gehabt haben. Von den Wänden leuchteten grüne Bäume, in deren Ästen lilafarbene Vögel saßen, daneben brandete das Meer an einen Wald. Neben dem Abflussrohr lief die Gischt auf einem grün schimmernden Strand. Seltsame Muscheln bewegten sich da entlang und aus den dunklen Höhlen blickten Augen auf die Schildkröten, die ihre Hälse aus einem Fluss erhoben. Sie musste an der Ruhr gespielt haben.

Auf den Bäumen versteckten sich kleine Kinder. Oder waren es kleine nichtmenschliche Wesen? Über allem leuchtete eine mächtige Sonne und der Himmel bestand aus Kruzifixen. Über allem schwebte der gekreuzigte Christus. War Leona von einem religiösen Wahn befallen gewesen? Auch ein Kind in einer Krippe hatte sie immer wieder gemalt und davor die Heiligen Drei Könige. Sie reichten dem Baby eine Stange aus Silber oder Gold. Die drei Heiligen trugen dunkle Anzüge, ihre Haare waren kurz geschnitten. Einer von ihnen streckte ein Kreuz über seinen Kopf. Leona hatte ihr Universum auf die Wände gemalt. Aber nein, die Wände waren ihr Universum. Eine Welt der Kreuze und Heiligen.

Plötzlich stand Leonas Mutter im Keller. Irgendwie wirkte sie hier unten viel größer. Und mächtiger.

„Wissen Sie, hier gibt es auch sehr persönliche Dinge ...“

„Ähh ... also ich habe die Malereien bewundert. Waren Sie das? Als Kind?“

„Meine Tochter“, sagte sie.

Ich folgte ihr die Treppe hinauf.

„Ist sie ... “

„In einem Heim gestorben“, sagte sie.

„Und wo ... also, wo wurde sie begraben?“

*

Pavel kratzte sich nachdenklich die stoppeligen Haare.

„Was erwartest du? Die Frau hat ihre Tochter verloren und jetzt ihren Mann. Kein Wunder, dass sie dir nicht gleich ihre Lebensgeschichte erzählt.“

„Aber sie muss doch wissen, wo das Grab ihrer Tochter liegt. Also, so ein Mensch kann doch nicht einfach sterben, irgendwo begraben werden und dann taucht seine mumifizierte Hand hier wieder auf.“

Pavel stippte eine Scheibe Ciabatta in meine Hummersuppe.

Irgendwie kam es mir vor, als hätte ich das Mädchen gekannt. Wir waren miteinander verbunden. Wie sie wohl heute aussehen würde? Ich versuchte, mir eine 28 Jahre alte Frau vorzustellen, doch ihr Gesicht wurde in meinem Kopf immer jünger.

Wo wartet man am besten auf eine himmlische Eingebung? Damit es schneller ging, machte ich mich auf zu einer Empfangsstation für kosmische Botschaften. Und genau da setzte ich mich in die vierte Bank.

Über dem Altar schwebte ein Kruzifix.

Die Bilder an den Wänden erinnerten mich an die Malereien im Keller.

Beim Ausgang stand ein Tischchen mit der Bitte um Spenden für den Erhalt der Kirche. Daneben lagen ein paar Blätter der Kirchennachrichten. „Der Seniorenkreis trifft sich wieder“, wurde da gemeldet und gleich daneben standen die Termine für das Treffen des Kirchenchors. Einige Ausgaben waren vier oder fünf Jahre alt. Angegilbt und wie aus einer untergegangenen Welt herübergerettet. Die drei leitenden Mitglieder des Kirchenchores posierten um den Priester. Alle in dunklen Anzügen. Stattliche Herren. Einer der Männer sah mit seinem wallenden weißen Bart fast aus, als wäre er schon einmal in der Bibel aufgetreten. Irgendwo musste ich sein Gesicht schon mal gesehen haben.

In dieser Nacht sicherte ich die Lüftungsschächte in meinem Heizungskeller mit einem Kohlesack. Nicht, dass am nächsten Tag auch noch ein Bein auf meiner Decke lag.

Der gurgelnde Kessel weckte mich aus meinen Träumen. Mit einem Maulschlüssel lockerte ich ein Entlüftungsventil und zog das Ganze dann wieder fest. Heißes Wasser tropfte auf den Boden.

Plötzlich wusste ich, an wen mich dieser Mann mit dem Wallebart aus dem Mitteilungsblättchen erinnerte.

*

Pavel war gar nicht einverstanden.

„Wenn sie dich erwischen, dann schicken sie dich nach Bottrop.“

„Was hat ein Penner in Bottrop zu suchen?“

„Eben.“

Trotzdem erklärte er sich bereit, Schmiere zu stehen.

Manchmal bin ich wirklich froh, dass ich auf meine Figur achte. Nur mein Hemd riss der Länge nach auf, als ich mich durch das Kellerfenster in den Raum gleiten ließ. Ich entzündete eine Kerze und sah mir die Bilder noch einmal an, die das Mädchen gemalt hatte. Der Lichtschein zuckte über die Wand und die Figuren begannen, sich zu bewegen. Ein Trickfilm. Leonas Welt leuchtete in kräftigen Farben. Und auch die Heiligen Drei Könige wurden irgendwie lebendig. Kein Zweifel, einer der Majestäten aus dem Morgenland musste Rainald Göres sein, der Vorstand des Kirchenchores. Die Ähnlichkeit mit seinem Bild in der Kirchenzeitung war erstaunlich.

Die metallene Tür war immer noch fest verschlossen.

Im ersten Raum hatte sich nichts verändert. Ich tapste mit

meiner Kerze durch den Keller. Wachs tropfte mir auf den Daumenballen.

Den auf dem Boden liegenden Kinderroller erkannte ich erst, als ich schon neben ihm lag. Meine Hand landete in etwas Weichem. Und es war warm.

„Alles in Ordnung?" Pavels zischende Stimme wehte durchs das Kellerfenster herunter.

„Ich weiß nicht", sagte ich. Pavel brummelte eine undeutliche Antwort.

Vorsichtig zog ich meine Hand zurück. Ich brauchte ein paar Minuten, um die Kerze wieder zu entzünden. Im aufscheinendem Licht erkannte ich den Körper einer Maus. Sie lag da, etwas platt gedrückt und blickte mich mit toten Knopfaugen an.

Hatten die Eltern ihr schwachsinniges Kind ermordet? Und was hatte das mit dem Vorstandsmitglied der Kirchengemeinde zu tun? War Leona vielleicht sein Kind? Also der uneheliche Bastard eines ehrwürdigen Mannes?

Mit einer Polaroid-Kamera schoss ich ein paar Bilder.

*

„Leona ein uneheliches Kind? Glaub ich nicht. Das regelt man heute anders", sagte Pavel.

„Aber hier? Das ist hier genau wie in Niederbayern. Baby unehelich geboren und in den Keller gesperrt. Zack. Hauptsache, der Nachbar merkt nichts."

„Und warum wurde der Vater, der deiner Meinung nach nur Stiefvater ... also warum wurde der umgebracht?"

„Keine Ahnung. Fragen wir mal."

„Wen fragen?"

*

Ich stand in einem gepflegten, ummauerten Vorgarten. Ein altes Fabrikarbeiterhäuschen. Idylle mit Sträuchern und Zierbäumen.

Die Klingel hörte sich an wie eine Kirchenglocke für den Hausgebrauch. Vibrierte angenehm im Bauch. Selbst vor der Tür.

Rainald Göres war auch im richtigen Leben ein stattlicher Mann. Groß gewachsen, aufrecht und mit einem imponierenden Bart stand er da vor mir.

„Wollen Sie Geld?", begrüßte er mich und zog sein Portemonnaie aus seiner Strickjacke hervor.

„Nein, danke, wenn man zu viel Geld in der Tasche hat, wird man am Ende noch überfallen."

Er sah mich verdutzt an, dann glaubte er zu begreifen.

„Tut mir Leid, aber ich habe gar nichts zu essen im Haus."

Ich zog das Bündel mit Fotos aus meinem Jutesack.

„Und?"

Göres riss mir die Fotos aus der Hand. Mit gleichgültigem Gesichtsausdruck blätterte er sie durch, dann riss er die Augen auf, um sie schließlich wieder zu Schlitzen zusammenzuziehen.

„Wo haben Sie das her?"

„Aus einem Keller."

„Und?"

Seine Stimme war eisig.

Plötzlich wieselte ein Rauhaarterrier um seine Beine und schnupperte neugierig in meine Richtung.

„Schön brav sein, Lucy, sitz." Lucy setzte sich.

„Und wer sind die anderen Heiligen aus dem Morgenland?"

„Was?"

„Na, die mit Myrrhe und Weihrauch und einem Kreuz in der Hand."

„Sehen aus wie der Assistent vom Chorleiter und ... tja, das sind Leute aus dem Chor."

Er stierte auf das Bild und nahm mich dann in seinen zornigen Blick. „Der Kassenwart ist tot."

„Das war's dann wohl?", sagte Göres und knallte mir die Tür vor der Nase zu.

*

„Wenn er sich zwanzig Jahre nicht zu seiner Tochter bekannt hat, dann wird er es auch jetzt nicht tun. Warum denn? Nur weil ein abgerissener Penner an seiner Tür mit dem Foto von einer Kinderzeichnung auftaucht?“ Pavel versuchte, mich zu beruhigen. Er mochte keinen Ärger.

„Aber wie ist sie gestorben und warum wurde sie nicht richtig begraben und wer hat ihren Stiefvater umgebracht?“

„Das mit dem Stiefvater ist doch reine Spekulation.“

Pavel hatte nicht ganz Unrecht. Ich stocherte im Nebel herum und bastelte an meinen wilden Theorien. Einerseits ging mich das gar nichts an, andererseits landet so eine Hand eben nicht von ungefähr in deinem Keller. Das ist ein Wink direkt vom Schicksal und dann muss man sich hinstellen und sagen „Guten Tag, Schicksal“ und „Was gibt es denn heute zu tun?“

In meinem brummenden Schädel tauchte zwischen all den Gedankenfetzen immer wieder dieses Bild auf. Das Kreuz, das über der Babykrippe schwebte und von Leona immer wieder gemalt wurde. Aber was war es? Fühlte sie sich davon bedroht? Oder verfolgt? Was also tun? Oder was nicht? Dabei ist alles ganz einfach, wenn man nicht darüber nachdenkt. Außer meinem warmen Plätzchen da im Keller des Hotels hatte ich eigentlich wenig zu verlieren. Und schließlich hatte man mir eine Hand untergeschoben und das war so etwas wie ein höherer Auftrag.

Ich klingelte also bei der Mutter von Leona. Sie öffnete mit verweinten Augen die Tür.

Als ich ihr das Foto von ihrer Kellerwand in die Hand drückte, nickte sie erneut und trat zur Seite.

„Das Kreuz, es ...“ Ihre Stimme erstickte, dann brach sie in ein hemmungsloses Schluchzen aus. Zwischen ihren Tränen erzählte sie mir, dass Leona das Kreuz in einem moorigen Waldstück gefunden hatte. Und weil Leonas Vater damit nichts anzufangen wusste, schickte er das Mädchen mit dem Kreuz zum Kirchenvorstand Göres. Der hatte den Wert des Kreuzes sofort erkannt und ihr das Versprechen abgenommen, niemandem von ihrem Fund zu erzählen.

„Er hat ihr gesagt, das sei Gottes Wille und ein Geheimnis und wenn sie das verraten würde, dann müsste sie in die Hölle. Leona ist nicht zurückgeblieben, sie ... sie war manchmal etwas ängstlich, lebte in ihrer eigenen Welt. Sie ist ... sie hat ihm geglaubt."

„Ja?"

„Sie war irgendwie rein, nicht verdorben, sie glaubte, dass alle ihr nur Gutes wollten."

Leonas Mutter brach erneut in heftiges Schluchzen aus.

Sie presste ein blaues Geschirrtuch vor ihre verquollenen Augen.

Mit dem Kreuz hätte alles angefangen. Das Mädchen habe den Vorstand des Kirchenchores immer öfter besucht und irgendwann sei es dann passiert.

„Musikalische Stimmausbildung", nannte er das. „Sie wurde schwanger ... mit vierzehn!"

Gemeinsam mit ihrem Mann hätte sie dann beschlossen, das Mädchen in ein Heim zu geben.

„Sie wissen nicht, wie das ist. All das Gerede und Getuschel. Ein Spießrutenlaufen ist das. Das Mädchen wäre ja nicht mehr froh geworden."

„Und das Baby?"

Die Augen von Leonas Mutter blickten starr auf ihre Finger.

„Eine Totgeburt. Ein Mädchen. Wir haben die Kleine begraben."

„Und das Kreuz?"

„Auf einer großen Auktion versteigert. Hängt heute in irgendeinem Museum. Wir haben einen Teil von dem Geld ..."

„Aber was ist mit Leona passiert?"

„Göres hat gezahlt. Schließlich hatte er das Kreuz und das ganze Geld ... sollten wir denn so gar nichts bekommen ... außer einer geschwängerten Tochter?"

„Also hat Ihr Mann Göres erpresst?"

„Wir haben gesagt, das Geld ist für das Heim."
„Damit ja nichts rauskommt."
Leonas Mutter knetete das Geschirrhandtuch.
„Aber sie hat ... sie hat geweint und sich versteckt. Sie wollte auf keinen Fall hier weg und dann haben wir ..."
Sie nickte in Richtung des Fußbodens.
„In den ... den Keller?"
„Das ist doch besser als ein Heim, nicht wahr? Damals war doch noch eine ganz andere Zeit. Das war doch besser, oder?"
Die Frau sah mich mit verquollenen Augen an.
„Nicht?", fragte sie noch einmal und nickte und dann wurde sie wieder von einem Weinkrampf geschüttelt.
Ich wusste, dass ich jetzt nicht weiter fragen durfte, wie Leona gestorben war. Ihre Tränen versiegten, ihr Blick wurde starr.

*

Rainald Göres blickte anfeuernd auf seinen Hund. Doch der begriff nicht, dass er jetzt als Waffe gebraucht wurde und einen Penner vertreiben sollte. Ich erzählte Göres, was ich von Leonas Mutter erfahren hatte.
„Papperlapapp. Eine Verkettung unglücklicher Umstände."
„So kann man das Schwängern einer Minderjährigen auch nennen."
„Da ist ja noch nicht mal sicher, ob ich überhaupt der Vater ..."
„Die anderen Herren haben sich also auch mit der Kleinen ..."
„Das war ganz anders. Sie wollte das, sie war ... frühreif, eine richtige Frau, trotz ihres Alters und außerdem ..."
„Was außerdem?"
„Ob Sie es mir nun glauben oder nicht, ich habe mich in das Mädchen verliebt ..."
„So sehr, dass Sie die Kleine in ein Heim abschieben wollten?"
„Mein Gott, meine Familie und ... was hätte ich denn tun sollen? Ich hätte mich schon um sie gekümmert."

„Sie wird reden“, sagte ich.

„Wer wird ...?“

„Leonas Mutter. Warum haben Sie ihren Mann erschlagen?“

Sein Gesicht lief puterrot an. Schweiß perlte über seine Stirn. Der Bart zitterte.

„Da gibt es keinen Beweis. Nichts, hören Sie? Ich hab ihn nur zur Rede gestellt, nur zur Rede gestellt. Und dann ... ein Unfall. Hören Sie ... “

Seine Stimme wurde messerscharf.

„Ich habe bezahlt. Fünfzehn Jahre habe ich für das Mädchen bezahlt. Und dann kommt raus, dass sie schon lange tot ist. Für nichts habe ich bezahlt, all die Jahre. Und immer diese Angst, dass etwas herauskommt. Jeden Tag habe ich daran denken müssen. Ich habe ihren Vater zur Rede gestellt.“

„Und dann stand da der Spaten.“

Er nickte.

*

Leonas Mutter schien auf mich gewartet zu haben.

„Leona hat sich selbst verstümmelt, mit dem Beil. Sie wollte nicht ins Heim. Wir haben die Hand dann im Kohlensack ...“

„Ohne Arzt, sie haben einfach ...?“

„Auch ich wollte weiterleben.“ Und dann brüllte sie: „Hier weiterleben, verstehen Sie?“

Sie forderte mich auf, ihr in den Keller zu folgen. Dann schloss sie die Eisentür auf.

Vor mir erstreckte sich ein länglicher Raum. Er war ausgelegt mit blauen Teppichen. In der Luft der Geruch von Tannennadeln und Kerzenwachs. An den Wänden wieder diese gemalten Landschaften, dazwischen Plakate mit Katzen und Hunden. Eine Ecke zeigte Pferdefotos, darunter auf dem Boden lag etwas Stroh. Jetzt duftete es leicht nach weihnachtlichen Räucherkerzen. Wohlig warm war es hier. Auf Stühlen saßen Plüschteddys und unter einer Lichterkette aus lauter kleinen Sonnen stand eine Babykrippe. Von der Decke schien ein großer runder Lampion-Mond unter einem blauen Himmel. Sterne aus buntem Lackpapier leuchteten herunter. Die junge Frau, die die Vorhänge des Himmelbettes mit ihrem Armstumpf auseinander schob, lächelte mich aufmunternd und glücklich an.

Sandra Niermeyer

Totenlesung

„Manchmal spinnt sie." Finn drückte auf Hildegard herum. „Bitte wenden Sie jetzt", beharrte sie. Wir standen in einer Einfahrt zu einem Zweifamilienhaus. Hildegard hatte uns zielstrebig hierhin geführt.

„Wahrscheinlich komme ich zu spät." Ich spürte, wie es in meinen Achselhöhlen feucht wurde.

„Wir sind früh genug in Bielefeld losgefahren", sagte Finn. Er riss Hildegard aus ihrer Halterung und drückte mehrmals den roten Knopf. Ich setzte rückwärts aus der Einfahrt. Hier war es bestimmt nicht.

Ich hatte von einer Münsteraner Literaturzeitschrift eine Einladung zu einer Lesung bekommen. Die Zeitschrift präsentierte sich seit dieser Ausgabe im neuen Gewand und die Vorstellung sollte mit mir sein, weil ich in der neuen Nummer vertreten war. Mir war nicht ganz wohl bei dem Gedanken. Mein Text enthielt ein paar schlüpfrige Szenen, die ich ungern laut vorlas. Ich hatte die Stellen nicht im Hinblick darauf geschrieben, sie einem Publikum vorzutragen.

„Fleischpenis", murmelte ich vor mich hin, „Fleischpenis, Fleischpenis."

„Was sagst du?" Finn war noch mit Hildegard beschäftigt. Manchmal reagierte sie nicht, egal, wie vehement man an ihr herumfummelte.

„Blutpenis", sagte ich. Ich hatte mich zu Hause beim Üben mehrere Male bei diesen beiden Wörtern verlesen. Das P wollte nicht aus meinem Mund, und das SCH auch nicht, ich verschluckte mich fast daran.

Ich umklammerte das Lenkrad. Die Feuchtigkeit in meinen Achselhöhlen nahm zu. Ich sollte als Erste lesen. Die Lesung fand in der Stadtteilbücherei im Aaseemarkt statt, aber Hildegard kannte den Aaseemarkt nicht. Sie versuchte hartnäckig, uns in die Einfahrt des Zweifamilienhauses zurückzulenken.

„Da!“, rief Finn plötzlich. Aasee las ich auf einem Schild, das rechts an uns vorbeischoss.

„Bitte wenden Sie jetzt“, sagte Hildegard.

„Typisch“, murmelte ich. „Erst weiß sie nicht, wo es lang geht, aber sobald wir es wissen, tut sie so, als hätte sie die ganze Zeit Bescheid gewusst.“ Wir fuhren auf den Parkplatz hinter der Bücherei, wie der Herausgeber der Literaturzeitschrift es mir beschrieben hatte.

„Sie haben Ihr Ziel erreicht“, triumphierte Hildegard. Sie schwenkte eine Fahne auf ihrem Display. Finn schaltete sie aus.

Die Stadtteilbücherei befand sich in einem Plattenbau, versteckt zwischen anderen Flachdachbauten. Mehrere Schilder wiesen auf sie hin.

Wir gingen eine Rampe und ein paar Treppenstufen hoch. Ich fühlte ständig nach dem Exemplar der Literaturzeitschrift in meiner Handtasche. Ich hatte Streichungen darin vorgenommen, um die Lesung auf vierzig Minuten zu kürzen. Die schlimmen Wörter hatte ich jedoch drin gelassen. Wahrscheinlich in einem Anfall von Masochismus.

Vor dem Eingang der Bücherei stand ein Mann, der die Hände rang. Er hüpfte sogar von einem Bein aufs andere. „Sie sind Frau Leyer, nicht wahr?“ Wahrscheinlich erkannte er mich von dem Foto, das ich ihm für die Münstersche Zeitung geschickt hatte. „Ich habe mich ausgesperrt“, sagte er, „und meine Kollegin ist gerade nach Hause gegangen.“

„Zur Not machen wir die Lesung draußen“, meinte Finn, „ist doch mild.“

Ich knuffte ihn in die Seite.

Herr Friedrich sah nervös auf seine Uhr. „Noch vierzig Minuten“, konstatierte er. „Bis dahin habe ich einen Schlüssel organisiert. Warum gehen Sie nicht so lange am Aasee spazieren, der ist gleich hier vorne.“ Er deutete zwischen den Plattenbauten hindurch nach links.

„Einverstanden“, sagte ich, „viel Glück.“ Insgeheim hoffte ich, dass er keinen Schlüssel finden, die Lesung ausfallen und ich mein Honorar trotzdem bekommen würde. Dann musste ich mir wenigstens keine Sorgen über Fleisch- und Blutpenisse machen.

Wir gingen an einem Edeka vorbei, in dem Finn sich ein Eis am Stiel kaufte.

Ich konnte vor Lesungen nichts essen.

Der Aasee war größer, als ich gedacht hatte. Mit dem Obersee in Bielefeld nicht zu vergleichen. Wir gingen auf einem asphaltierten Weg entlang, der endlos schien. Finn nahm meine Hand. Seine klebte ein wenig vom Eis.

„Lass uns nicht zu weit gehen." Ich sah ständig auf die Uhr.

„Vierzig Minuten noch", meinte Finn.

„Mittlerweile nur noch dreißig." Ich sah noch einmal auf die Uhr.

Bänke säumten das Ufer. Einige waren besetzt, meistens nur von einer Person. Ich erinnerte mich an eine Zeitungsnotiz in der Neuen Westfälischen, die ich vor ein paar Tagen gelesen hatte. In Melle an der Else war eine vierköpfige Familie spazieren gegangen. Vater, Mutter und zwei Kinder. Es war schon ein wenig dämmerig gewesen, wie heute. Sie waren an einer Bank vorbeigekommen, auf der zwei Männer gesessen hatten. Sie hatten die Bank schon hinter sich gelassen, aber etwas schien den Männern nicht an der Art gepasst zu haben, wie der Familienvater sie angesehen hatte. Vielleicht hatte er sie zu abschätzig, zu besorgt um seine Familie, vielleicht zu herablassend angesehen, dachte ich. Sie hatten ihm hinterhergerufen, waren aufgestanden, hatten ihn angepöbelt.

So viel hatte die Polizei rekonstruiert. Woher sie es wussten, war mir ein Rätsel. Vielleicht gab es Zeugen. Es endete so, dass die Männer erst den Vater niederschlugen, dann die Mutter, die dazwischen gehen wollte, und schließlich die Tochter und den sechsjährigen Sohn. Alle vier starben. Die Frau und die Kinder noch am Tatort, der Vater später im Krankenhaus. Der Sohn hatte einen vollkommen zertrümmerten Schädel.

Wer tat so etwas, dachte ich, einfach so, eine unbekannte Familie zu erschlagen. Ich fasste Finns klebrige Hand fester. Wir näherten uns einer Bank, auf der zwei Männer saßen. Sie trugen Jeansjacken und Jeanshosen, die aus den Achtzigern stammten.

„Lass uns umkehren", sagte ich zu Finn, „ich werde sonst nervös." Die Männer starrten uns an, als warteten sie auf uns. Der eine hatte einen hochmütigen Zug um den Mund, als würde er sich über meine Angst belustigen.

„Bitte wenden Sie jetzt", sagte Finn und machte auf dem Absatz kehrt.

Ich spürte die Blicke der Männer im Rücken. Wenn ich mich noch weiter damit beschäftigte, träumte ich heute Nacht davon.

„Hast du auch manchmal das Gefühl, andere wissen genau, was du denkst?", fragte ich Finn.

„Das nennt man Gedankenausbreitung in der Psychologie und gehört zu den Ich-Identitätsstörungen", sagte Finn, als läse er aus einem Lehrbuch ab.

Ich boxte ihn. Das tat ich ständig. Irgendwann rief er bestimmt beim Männer-Notruf an.

Wir näherten uns wieder den verschachtelten Plattenbauten. Finn kaufte noch ein Eis im Edeka, er ernährte sich hauptsächlich davon.

Wir folgten den vielen Schildern und landeten vorm Eingang der Bücherei. Herr Friedrich stand davor und strahlte. „Ich konnte einen Schlüssel auftreiben", sagte er. Die Tür zur Bücherei stand offen. Mein Mut sank.

„Ich esse noch mein Eis auf", meinte Finn. Ich folgte Herrn Friedrich in die Bibliothek und wurde einer Reihe von Leuten vorgestellt, deren Namen ich sofort wieder vergaß. Sie hingen alle mit der Bücherei zusammen. Es konnte gut sein, dass sie das einzige Publikum bleiben würden, wenn ich auf meine Erfahrungen mit anderen Lesungen zurückgriff. Ein Herr war fürs Fotografieren zuständig, ein anderer stand hinter dem Verkaufstisch mit den neuen Literaturzeitschriften, eine Dame schenkte Sekt aus, und eine zweite war für die Kekse zuständig. Ich schüttelte allen die Hand und lächelte freundlich.

„Ich setze mich noch mal ins Auto und halte ein Nickerchen." Finn war hinter mir aufgetaucht. Er hatte Stracciatella im Mundwinkel. Ich gab ihm meine Jacke.

Finn konnte immer und überall schlafen. Er teilte seinen Schlaf in fünf- bis zehn Minutenabschnitte über den ganzen Tag verteilt auf. „Sei um fünf vor acht wieder hier", bat ich.

Es trudelten immer mehr Leute ein. Offenbar würde es doch nicht bei den Büchereimitarbeitern bleiben. Obwohl sogar noch eine Dame aufgetaucht war, die für die Salzstangen zuständig war.

Die akademische Viertelstunde wurde voll ausgenutzt. Um fünf nach acht, um zehn nach acht kamen immer noch Leute. Nur Finn tauchte nicht wieder auf. Ich schaute nervös zur Tür.

„Wir wollen beginnen", rief der Herausgeber der Literaturzeitschrift über die Kekse und Salzstangen essenden Leute hinweg. Er rief es zweimal, bevor man ihm Beachtung schenkte.

Der Raum war voll, zusätzliche Stühle wurden geholt, nur Finn war nicht da.

„Eine junge Autorin", stellte der Herausgeber mich vor. Ich wurde schon seit zehn Jahren als junge Autorin vorgestellt. Das würde auch die nächsten zehn Jahre so bleiben. Im Literaturbusiness alterte man langsamer. Man konnte selbst mit 35 noch Preise für Nachwuchsautoren entgegennehmen. Wahrscheinlich ging man davon aus, dass das Gehirn von Autoren erst in dem Alter so richtig in Gang gebracht wurde, in dem sich Fußballstars und Tennisspieler in den Ruhestand verabschiedeten.

Herr Erhardt richtete ein paar Fragen an mich, die wir vorher durchgegangen waren und deren Antworten er schon kannte. Ich schaute immer wieder zur Tür, aber Finn kam nicht.

Meine Stimme war rau, als ich die ersten Sätze las. Das war immer so, legte sich aber nach dem dritten Satz. Mein Puls beschleunigte sich, wenn ich mich einem der schlimmen Wörter näherte. Mein Herz fing schon seinen Trommelwirbel an, wenn das Wort noch vier Absätze entfernt war. Zwei Sätze vor dem entsprechenden Ausdruck war ich einer Ohnmacht nahe, und direkt nach dem Wort machte sich ein Taubheitsgefühl in mir breit.

Ich schaffte den Text irgendwie, nur eine einzige Frau verließ polternd den Saal. Seltsamerweise nicht bei dem Wort Blutpenis und noch nicht einmal beim Fleischpenis, sondern sieben Absätze später beim Wort Gebärmutterhals.

Ich las gegen ihr Gepolter an, brachte sogar noch das Wort Spekulum und Muskelkontraktionen heraus, bevor ich erschöpft innehielt. Ein Hundertmeterlauf konnte nicht anstrengender sein.

Zum Schluss des Textes kam auch noch jemand zu Tode.

Das Publikum klatschte pflichtschuldig. Einige sahen mich entsetzt an. Erst jetzt bemerkte ich, dass der Stuhl der Frau umgefallen war.

Finn war immer noch nicht da. Mir war schlecht. Nicht nur wegen der Lesung, sondern auch, weil das ganz und gar untypisch für Finn war. Er schlief nie länger als eine Viertelstunde, und meine Lesung hatte vierzig Minuten gedauert.

Ich beeilte mich, nach draußen zu kommen, lehnte Sekt, Kekse und Salzstangen ab, schüttelte Herrn Erhardt die Hand, riss den Umschlag mit dem Honorar an mich und rannte die Rampe zu den Parkplätzen hinab. Die letzten Stufen ging ich langsamer. Von hier konnte ich das Auto sehen. Finn saß nicht darin. Ich lief ans Auto heran, drückte meine Hände gegen die Scheibe und spähte auf den Rücksitz. Auch dort lag er nicht. Unter der Fußmatte beulte sich Hildegard. Ich warf einen Blick auf die Uhr. Es war nach neun. Der Edeka hatte geschlossen. Finn konnte nicht mit einem dritten Eis beschäftigt sein. Unschlüssig drehte ich mich im Kreis. War er womöglich spazieren gegangen, nachdem er erwacht war und festgestellt hatte, dass er den Beginn meiner Lesung verpasst hatte? Er ging gerne nachts spazieren. Mittlerweile war es fast vollständig dunkel.

Irgendetwas zog mich zum Aasee. Finn vermisste das Wasser. In Bielefeld gab es nur die Lutter und den Johannisbach, beide konnte man mit einem Fingerhut ausschöpfen, aber dort, wo er herkam, gab es den Main.

Ich hielt mich links. In der Dunkelheit sahen die Plattenbauten noch hässlicher aus. Eine merkwürdige Gegend, ging es mir durch den Kopf. Ich kam an einem Blumenladen vorbei, der mir mit seinen grellen und kitschigen Arrangements auf dem Bürgersteig schon vorher aufgefallen war. Nun waren alle Blumen hereingeräumt. Sie standen wie ein kleines Heer im Eingangsbereich. Ich ging über die Straße. Waren wir vorhin auch über die Straße gegangen? Ich war mir nicht sicher. Mein Orientierungssinn war nicht der Rede wert. Wenn Finn dabei war, schaltete ich ihn ganz aus. Ich drehte mich um. Hatten wir auf dem Rückweg diesen Blick auf die Plattenbauten gehabt? Alles kam mir unbekannt vor. Ich ging weiter, bis ich zu einer Treppe kam. An die Treppe erinnerte ich mich. Die waren wir vor zwei Stunden auch schon gegangen, aber wahrscheinlich gab es hier mehrere Treppen. Der Aasee lag dunkel und still da. Ich hatte eigentlich keine Angst vor Wasser und war sogar eine gute Schwimmerin, aber Wasser in der Dunkelheit verursachte mir einen leichten Schauder. Der asphaltierte Weg sah bei diesen Lichtverhältnissen noch länger aus. Er schien sich im Nichts zu verlieren. Die Bänke waren leer. Um diese Zeit saß niemand mehr am Wasser. Die Menschen saßen zu Hause in ihren Wohnzimmern und schauten fern. Ich lief los. Ich blickte in die Ferne und erwartete Finn. Irgendwann würde sich seine große Gestalt gegen den Nachthimmel abzeichnen und sein weißes T-Shirt in der Dunkelheit leuchten. Ich kniff die Augen zusammen. Dort drüben war jemand, nicht so groß wie Finn, aber ich sah ein Gesicht in der Dunkelheit. Vielleicht saß er auf einer Bank. Ich ging weiter auf die Gestalt zu. Wenn ich nicht so nachtblind gewesen wäre, hätte ich erkennen können, ob es Finn war. Plötzlich schreckte ich zurück. Es waren die zwei Männer. Sie saßen immer noch so da, bewegungslos, als hätten sie die ganze Zeit ohne sich zu rühren dort gesessen und auf mich gewartet. Ihre weißen Gesichter waren mir zugewandt. Ich konnte ihren Ausdruck nicht erkennen, aber sie sahen mich eindeutig an. Ich blieb stehen. Ich merkte, wie kalt mir war. Meine Jacke lag im Auto. Der eine Mann stand auf. Wenn ich jetzt umkehrte, war es eindeutig, dass ich vor ihnen davonlief. Ich wollte sie nicht in meinem Rücken haben. Ich hatte Gefahr lieber vor mir, nicht hinter mir. Sie waren noch etwa zwanzig Meter von mir entfernt. Plötzlich griff der sitzende Mann dem Stehenden an die Jacke und zog ihn auf die Bank zurück. Die beiden drängten sich aneinander und starrten nach vorne auf ihre Knie, als hätten sie mich nicht nur nicht gesehen, sondern auch vollkommen vergessen. Hatte ich mich getäuscht? War der eine Mann gar nicht aufgestanden?

Ich merkte, dass ich die ganze Zeit die Luft angehalten hatte. Ich nahm einen tiefen Atemzug. Weitergehen würde ich auf keinen Fall. Die beiden waren unheimlich. Wer saß schon nachts auf einer Bank? Finn würde irgendwann zum Auto zurückkommen. Dann wäre es besser, wenn ich ebenfalls dort wäre. Ich drehte mich um und schrak zusammen. Vor mir standen vier Menschen: ein Mann, eine Frau, und zwei Kinder. Sie hatten eine gelbliche Gesichtsfarbe, die merkwürdig im Mondlicht schimmerte. Ihre Haare waren verklebt, wie wochenlang nicht gewaschen. Wir standen einen Meter voneinander entfernt. Ich sagte nichts. Ich gab nicht einmal einen Schreckenslaut von mir. Die Atmosphäre um mich änderte sich, alles lief langsamer ab.

„Sie haben von uns gelesen“, meinte der Mann schließlich nach einer kleinen Ewigkeit. Ich nickte automatisch.

„In Melle, an der Else“, fügte er hinzu, als wollte er sichergehen, dass wir von derselben Sache redeten. Ich nickte erneut. Mein Hals war trocken. Ich hätte nicht einmal sprechen können, wenn ich es gewollt hätte.

„Das waren die beiden.“ Er deutete mit dem Kopf in Richtung der beiden Männer. „Sie kannten meine Tochter, wissen Sie. Sie hat dem einen einen Korb gegeben.“

Ich sah auf die Tochter. Sie war vielleicht dreizehn oder vierzehn. Sie blickte die ganze Zeit zu Boden, als würde sie ausgeschimpft.

„Kein Grund, eine ganze Familie zu erschlagen, finden Sie nicht auch?"

Ich räusperte mich. „Kein Grund", krächzte ich.

Das konnte nicht wahr sein. Wahrscheinlich hatte die Lesung mich so unter Druck gesetzt, dass ich nun halluzinierte. Ich bewegte die Zehen in meinen zu engen Schuhen. Bei Alpträumen funktionierte dieser Trick immer.

„Ich habe etwas für Sie." Der Mann kramte umständlich in seiner großen Umhängetasche. Die Frau sah zur Seite, als würde sie sich für ihn schämen. Er beförderte eine kleine, glänzende Waffe zutage, die so altmodisch aussah, als wäre sie aus einem Schwarzweiß-Western.

„Wir können das nicht tun, weil Geister in der Welt der Lebenden nichts ausrichten können." Er hielt mir die Pistole entgegen, mit dem Lauf auf mich gerichtet. Ich wich zurück.

„Was?", fragte ich stimmlos.

„Wenn wir schießen, bleibt die Kugel in der Geisterwelt. Sie schafft die Hürde nicht."

Er streckte mir die Pistole nun so weit hin, dass sie meine Brust berührte.

„Was?", wiederholte ich. Meine Stimme kratzte. Ich wusste genau, was er meinte.

„Die beiden erschießen." Er deutete mit dem Kopf auf die beiden Männer. „Ein Lebender muss es tun."

„Ich bin überhaupt nicht zielsicher", sagte ich. Ich wunderte mich über mich selbst. Was sagte es über mich aus, wenn mir als Erstes meine mangelnde Zielsicherheit in den Sinn kam, meine vermutete Unfähigkeit, die Tat auszuführen, nicht aber moralische oder ethische Gründe?

„Sie haben sechs Schüsse, davon treffen zwei", versicherte mir der Mann. „Kommen Sie." Er packte mich am Arm und schob mich vor sich her. Seine Familie schlurfte hinterher, als wären sie durch unsichtbare Fäden miteinander verbunden. Erst jetzt sah ich, dass dem Sohn Gehirn aus dem Schädel quoll. Eine graue blutige Masse tropfte auf seine Schultern. Auch die Haare der anderen waren nicht fettig, wie ich jetzt sah, sie waren blutig. Sie waren zu dicken Klumpen verklebt. Der Sohn sah mich traurig an. Über seinen Augen lag ein milchiger Schleier, sein Kopf hing schief, als hätte er an der Seite, an der er gespalten war, Übergewicht.

„Beeilen Sie sich", sagte der Mann, „wir haben wenig Zeit."

Wir näherten uns der Bank von hinten. Die beiden Männer saßen starr. Ihre Köpfe rollten auf merkwürdige Weise nach vorne, als wären sie schon tot, oder zumindest eingeschlafen.

„Exekutionsstil habe ich mir überlegt", sagte der Mann. „Schießen Sie ihnen ins Genick, das ist am sichersten." Er drückte mir die Waffe in die Hand. Sie war kalt und schwerer, als ich gedacht hatte. Ich hielt sie ungeschickt, spürte, wie ihre Kälte sich in meine Handinnenflächen fraß.

„Machen Sie", sagte der Mann.

Er stand direkt hinter mir, berührte meinen Rücken, dahinter seine Frau, und hinter ihr die beiden Kinder. Wie eine Entenfamilie auf einem Ausflug. Alle hielten die Köpfe schief und fokussierten ihren Blick nicht richtig. Der Mann wirkte am lebendigsten, vielleicht, weil er als Letzter und erst im Krankenhaus gestorben war.

„Die beiden haben eine ganze Familie ausgelöscht", flüsterte er mir ins Ohr. „Einfach so. Bedenken Sie das."

Ich richtete die Waffe auf die beiden Hinterköpfe. Meine Hand zitterte mehr als bei der Lesung.

„Sind Sie sicher, dass es die beiden waren?", flüsterte ich. „Warum sollten sie von Melle nach Münster kommen?"

„Absolut", sagte der Mann. „Raten Sie mal, womit sie uns erschlagen haben."

Ich zuckte die Schultern.

„Mit einem Beil. Sie hatten ein Beil dabei. Als hätten sie auf uns gewartet. Oder auf irgendjemanden, den sie erschlagen konnten."

Ich zögerte immer noch. Mittlerweile drehten sich meine Überlegungen um meine eigene Sicherheit, wie ich feststellte. Unangenehmen Situationen entkam ich immer, indem ich anfing, meine eigenen Gedanken zu beobachten.

„Niemand wird Sie mit der Tat in Verbindung bringen“, sagte der Mann, als wäre ihm mein Kopfinhalt mindestens so bekannt wie mir. „Die Waffe nehmen wir mit zurück. Sie wird nie auftauchen.“ Er machte eine ausholende Handbewegung, als schlösse seine Welt die ganze sichtbare Umgebung mit ein.

Ich fragte mich, wo ich mich befand. In seiner oder in meiner Welt? Oder dazwischen? Die beiden Männer auf der Bank schienen uns nicht zu hören. Sie waren vollkommen in die Betrachtung ihrer Knie versunken. Oder vielleicht schliefen sie.

„Himmelherrgott!“ Der Mann riss mir die Pistole aus der Hand und drückte sie dem rechten Mann, dem, den ich zuvor aufstehen und mir entgegenkommen gesehen hatte, ins Genick. „So macht man das. An den Kopf drücken, abziehen. Schnell.“

Er gab mir die Waffe zurück. Meine Handinnenfläche war so nass, dass der Pistolenlauf der Schwerkraft folgte und nach unten rutschte. Ich schoss die Waffe einfach so ab, wie ich sie hielt. Der Schuss ging zwischen den beiden Köpfen hindurch. Die Kugel schlug in den asphaltierten Weg ein, ein paar Steine spritzten auf. Vögel flogen Warnrufe ausstoßend auf. Die Geisterwaffe funktionierte. Ich ließ sie vor Schreck fallen. Sie rutschte unter die Bank. Ich gab ihr einen Fußtritt, sie schlitterte über den Asphalt, dann rannte ich los. Hinter mir hörte ich ein lang gezogenes Heulen. Es stammte von dem Sohn. Er klang wie eine gequälte Katze.

Ich rannte und stolperte den ganzen Weg mit meinen hohen Schuhen zurück, bis ich die Treppe sah. Zwei Stufen auf einmal nehmend hastete ich sie hoch. Ich hatte mich noch nie so gefreut, Plattenbauten zu sehen. Aber wo war der Parkplatz? Ich lief um zwei Häuserecken und suchte nach den Schildern, die zur Bücherei wiesen. Wenn ich die Bücherei fände, würde ich auch den Parkplatz finden. Endlich sah ich die Rampe mit den Treppenstufen.

Ich rannte nach unten zu den Parkplätzen. Finns weißes T-Shirt leuchtete schon von weitem aus dem Auto.

„Wo bleibst du denn?" Finn war ausgestiegen. „Ich war vor einer halben Stunde an der Bücherei, aber dort war alles dunkel."

„Dasselbe könnte ich dich fragen", schnaufte ich. „Wo warst du während der Lesung?"

„Sorry. Ich war fest eingeschlafen und bin erst um halb neun wieder aufgewacht. Da wollte ich nicht mitten in deine Lesung stolpern und dich aus dem Konzept bringen. Also habe ich Musik gehört und auf dich gewartet."

„Um kurz nach neun warst du nicht hier im Auto", sagte ich. Ich war inzwischen wieder zu Atem gekommen. Die letzte halbe Stunde erschien mir wie ein Traum, an den ich mich nur noch bruchstückhaft erinnerte.

„Ich war die ganze Zeit hier und habe Musik gehört."

Ich sah ihn stirnrunzelnd an. „Du warst nicht Eis holen oder so was?"

Er schüttelte den Kopf. Konnte ich so durcheinander oder blind sein, dass ich ihn nicht gesehen hatte? Ich schaute durch die dreckigen Scheiben ins Auto. Hildegard hing wieder in ihrer Halterung, fest verkabelt und bereit zur Abfahrt.

„Warst du zwischendurch auf der Toilette oder hast dir die Beine vertreten?", versuchte ich es erneut.

Finn war sichtlich genervt.

Ich ließ mich auf den Beifahrersitz fallen. „Du fährst." Mir schwirrte der Kopf.

Finn startete den Wagen. Die Gegend war völlig ausgestorben. Nachts klappten sie hier die Bürgersteige hoch.

„Bitte scharrrf nach links abbiegen", meldete sich Hildegard zu Wort. Sie war immer fit, niemals müde oder überrascht.

„Wie war die Lesung?", fragte Finn, als er auf die Hauptstraße bog.

„Gut", sagte ich, „nur eine Frau hat den Raum verlassen. Sie hat ihren Stuhl umgeworfen. Ihr gefielen die Gebärmutterhälse nicht."

„Verstehe ich“, meinte Finn, „die Geschichte ist nicht jedermanns Sache.“

Er schaltete in den Leerlauf, weil vor uns eine Ampel auf rot sprang.

Vier Personen standen an der Fußgängerampel. Sie gingen in dem Moment los, als wir am Haltestreifen hielten. Ich schnappte hörbar nach Luft.

„Was ist?“, fragte Finn.

„Siehst du das?“, flüsterte ich. Ich starrte nach vorne, direkt in die Augen des Vaters, die nun auch mit einem milchigen Schleier überzogen waren.

„Was?“ Finn sah mich besorgt von der Seite an.

„Die vier Fußgänger.“ Ich hielt mich mit den Händen am Sitz fest, als könnte es mich nach vorne katapultieren.

„Da sind keine Fußgänger. Wahrscheinlich hat sich jemand einen Scherz erlaubt, die Fußgängerampel gedrückt und ist dann weitergegangen.“

Unsere Ampel sprang auf grün. Die vier hatten sich auf der anderen Straßenseite in Luft aufgelöst. Finn fuhr weiter.

Ich zitterte. Meine Hände zitterten, meine Knie, sogar meine Schultern zitterten.

Finn sah mich noch einmal von der Seite an, diesmal länger.

„War die Lesung nicht gut?“

Ich antwortete nicht.

Wir näherten uns der nächsten Ampel, die gerade auf gelb umsprang, und da standen sie wieder am Straßenrand. Der Sohn schaute mich anklagend an.

Finn gab Gas. Wir rauschten durch die Ampel, als die gerade rot wurde.

„Achtung“, warnte Hildegard. Das 50 km/h Schild blinkte auf ihrem Display. Ich drehte mich um und schielte über die Kopfstütze nach hinten. Sie schauten mir nach. Eine kleine, vorwurfsvolle Gruppe.

„Was ist?“, fragte Finn. „Wir sind hier richtig. Bielefeld ist schon ausgeschildert.“

Ich vergewisserte mich mit einem Seitenblick seines Gesichtsausdrucks. Er wirkte völlig ruhig. Er hatte nichts bemerkt.

Sie standen an jeder Ampel, die wir passierten. Manchmal warteten sie am Rand, manchmal überquerten sie die Straße und starrten in unser Auto. Im gelblichen Licht der Straßenlampen waren ihre Gesichtszüge erschreckend gut zu erkennen. Ihre Jacken glänzten feucht.

Einmal blieben sie in der Mitte der Straße stehen und fassten sich an den Händen. Als der Sohn mich ansah, schloss ich die Augen.

„Die haben eine genauso beschissene Ampelschaltung wie in Bielefeld", murmelte Finn. „Kein Mensch weit und breit zu sehen, aber alle Ampeln rot."

Er gab Gas und ignorierte Hildegard, die ihre Achtungsrufe häufiger, aber immer mit völlig neutraler Stimme von sich gab. Man konnte nicht mit ihr streiten. Selbst wenn man sie anschrie, gab sie ihre nicht-defensiven Antworten im normalen Ton.

Die Straße nahm kein Ende. Die Familie war wie bei Hase und Igel immer vor uns da. Ich beschloss, sie zu ignorieren und schaltete das Radio ein. Ich drehte den Knopf, bis ich Antenne Münster fand. Der Sprecher war deutlich erkältet, das hatte ihn aber nicht davon abgehalten, zur Arbeit zu gehen. „Am Aasee wurden heute Nachmittag zwei Männerleichen gefunden", sagte er. Ich drehte das Radio auf volle Lautstärke. „Die Todesursache ist ungeklärt. Obwohl nach Angaben der Polizei eine Waffe in der Nähe der beiden Leichen gefunden wurde, war diese offenbar nicht für ihren Tod verantwortlich. Die Polizei geht den Spuren nach und bittet um sachdienliche Hinweise aus der Bevölkerung."

Ich stellte das Radio leiser.

„Das waren die beiden Männer, die wir auf der Bank gesehen haben", sagte ich in die nächste Meldung hinein.

„Welche beiden Männer?" Finn hielt seine Augen starr auf die Straße gerichtet. Er beobachtete die Ampeln mit einer Spannung, mit der andere die Lottokugeln verfolgten.

„Wir haben direkt vor ihnen kehrtgemacht", sagte ich.

„Wo haben wir kehrtgemacht?" Er schoss bei gelb durch die nächste Ampel.

Ich gab auf. Wenn er Auto fuhr, war er nicht ansprechbar.

Seitdem ich mit Finn zusammenlebte, wurde mir oft bewusst, wie selektiv Erinnern war. Ich erinnerte mich an ganz andere Dinge als er. Was er sich merkte, hinterließ bei mir keinen bleibenden Eindruck, und was mir im Gedächtnis blieb, war ihm nicht stark genug aufgefallen, dass er es sich gemerkt hätte.

Die letzte Ampel auf der Hauptstraße zeigte rot, als wir uns ihr näherten. Die vier standen dort. Sie hielten sich an der Hand, nach Größe sortiert. Aber etwas war anders. Die Frau hielt ihren Kopf nicht mehr gesenkt, auch die Tochter blickte auf. Bevor wir losfuhren, warf ich einen kurzen Blick auf den Sohn. Er lächelte.

Volker W. Degener

Versenkt

„Irma 13-14 von Irma. Unfall im U-Bahnhof Strünkede. Eine verletzte Person. RTW ist unterwegs. Feuerwehr ist benachrichtigt. Anruf kam von der Bogestra."

„Verstanden!"

Horst Knüpfer schaut zu seinem Kollegen herüber, der ihm zunickt und die volle Musik einschaltet, Blaulicht und Martinshorn.

„Aber nichts überstürzen. Wahrscheinlich wieder ein Skater, der den Treppensprung nicht beherrscht", vermutet Boris Kasparek.

Kollege Knüpfer gibt trotzdem Vollgas. Der Streifenwagen wendet an der nächsten Kreuzung und rast dann zur Endhaltestelle der U 35.

Als die Oberkommissare Kasparek und Knüpfer ihr Eintreffen am Unfallort melden, springt zur gleichen Zeit der Notarzt aus seinem rot-gelben Jeep, gefolgt von zwei Sanitätern. Gemeinsam stürmen sie die Treppe zur U-Bahn herunter. Horst Knüpfer deutet auf Blutstropfen auf den Treppenstufen. Unten auf dem Bahnsteig gibt es eine kleine Menschenansammlung. Beim Anblick der Polizisten und des Notarztes bilden die Menschen eine schmale Gasse, die zu einem U-Bahn-Zug führt. Zwischen dem ersten und zweiten Wagen liegt eine Person auf den Schienen. Verwischte Blutspuren sind an der Fensterseite zu erkennen. Vergeblich versucht der Notarzt, an die Person heranzukommen.

„Ohne die Feuerwehr ist da nichts zu machen", erklärt er schließlich.

Die Polizisten halten Ausschau nach dem U-Bahn-Fahrer. Weil mehrere Männer in Bogestra-Kluft herumwuseln, ist der Fahrer nicht auszumachen. Aber dann zeigt jemand auf eine Frau, die auf einer der Bahnhofsbänke sitzt. Sie hält sich ein Taschentuch vor die Nase und starrt auf ihre Knie.

„Die Fahrerin. Ist völlig fertig, die Frau."

Oberkommissar Knüpfer geht vor ihr in die Hocke. Er versucht möglichst ruhig zu wirken, damit seine unvermeidlichen Fragen beantwortet werden. Es dauert einige Minuten, bis die Fahrerin das Geschehen halbwegs klar schildern kann. Gegen 20.45 Uhr kam sie hier im Bahnhof an. Endstation. Alle Fahrgäste stiegen aus.

„Ich habe einen Moment gestanden", sagt sie. „Wegen meiner Erkältung. Musste mich um meine tropfende Nase kümmern.

Als ich dann losfahren wollte, ein kurzer Kontrollblick nach hinten. Und dann sah ich einen Schatten und hörte einen furchtbaren Schrei. Da bin ich raus, und da lag jemand auf den Schienen. Ich habe ihn aber nicht überfahren."

*

Jobststraße. Zwei lange Häuserreihen, zweigeschossig zumeist, hellgrau gestrichen oder mit Kunstschiefer verkleidet. Davor parken Mittelklassewagen, erstaunlich viele zu dieser Zeit, am Vormittag. Mitte Juni.

„Du, hier bin ich noch nie gewesen", erklärt Tina Becker, als sie aus dem Dienstwagen steigt. „Als Wattenscheiderin verschlägt es einen kaum hierher."

Bernd Witte wirft einen Blick auf die Hausnummern auf beiden Straßenseiten.

„Immerhin, Navi-Else kennt sich hier aus", meint er.

Sie klingeln an einer Haustür. Es öffnet eine knapp dreißigjährige Frau, demnach etwa im gleichen Alter wie die beiden Mitglieder der Mordkommission. Die distanzierte Miene der Frau verdüstert sich noch weiter, als Tina Becker ihr den Dienstausweis präsentiert.

„Entschuldigen Sie. Kripo Bochum. Frau Clement? Wir haben ein paar Fragen an Sie."

„Sie meinen meine Mutter, Barbara Clement. Der geht es

nicht gut. Ich kümmere mich jetzt um sie. Komme jeden Tag aus Gladbeck hierher."

„Fred Clement war Ihr Vater?"

„Ja, ja, kommen Sie herein. Ich weiß Bescheid. Ermittlungen. Verdächtigungen. Überflüssige Unannehmlichkeiten."

Für drei Personen ist es ziemlich eng im Eingangsbereich des schmalen Hauses. Deshalb geht die Tochter sofort weiter bis ins Wohnzimmer.

„Unannehmlichkeiten? Wie meinen Sie das?", fragt Bernd Witte.

„Na ja, die haben wir alle dem Alten zu verdanken."

Witte und Becker werfen sich einen vielsagenden Blick zu.

„Sie sprechen von dem Getöteten, von Ihrem Vater", wirft Witte ein. „Klingt nicht gerade nach tiefer Betroffenheit."

„So ist es."

„Wir wollen vor allem mit Ihrer Mutter reden", erklärt Tina Becker.

„Wie gesagt, ihr geht's schlecht. Schon länger. Mein Bruder lässt sich hier überhaupt nicht mehr sehen. Die Fragen, die Sie ihr stellen wollen, habe ich ihr alle schon gestellt."

„Aber wir brauchen die Antworten."

Im gleichen Augenblick wird eine Schiebetür geöffnet, und eine Frau bewegt sich mit ihrem Rollstuhl auf die noch immer unschlüssig im Raum stehenden Besucher zu.

„Meine Mutter."

Eine Frau mit schmalen Schultern, einem offenen, ebenmäßigen Gesicht und klaren blauen Augen. Ihr dunkelblondes Haar scheint kurz vorher sorgfältig gebürstet worden zu sein. Frau Clement wirkt irgendwie zerbrechlich. Sie lächelt und bittet Platz zu nehmen. Dann deutet sie auf ihren Rollstuhl.

„Die steile Treppe. Vor acht Jahren ist es passiert. Meinen Job in der Parfümerie Pieper war ich los. Aber das wollen Sie sicherlich gar nicht hören."

Während sich die Tochter zurückzieht, versuchen die Kriminalisten Antworten auf ihre Fragen zu finden. Fragen zu dem

Getöteten, der mit einem spitzen Gegenstand niedergestochen wurde, bevor er in den Bahnhof flüchtete und dort verblutete.

Sie könne nichts zu seinem Tod sagen, meint Frau Clement. Dass es auf diese Weise mit ihm zu Ende ging, sei schlimm. Der Pfarrer sei gekommen und habe ihr die Nachricht überbracht. Bisher war alles normal. Wer ihn akzeptierte, ihren Mann, der kam gut mit ihm aus. Es gibt keinen Verdächtigen, keine Feinde. Aber mehrere Menschen, die ihn nicht mochten, erklärt die Tochter, die ins Wohnzimmer zurückgekehrt ist. Mich, mich mochte er nicht wirklich. Er ging oft allein aus, weil er den Anblick seiner Frau nicht mehr ertragen konnte, selbstgerecht war er, entschied alles allein ...

„Warum hielt er sich abends am U-Bahnhof auf?"

„Die U-Bahnstation ist hier in der Nähe. Aber mit öffentlichen Verkehrsmitteln war er eigentlich nie unterwegs. Er hatte doch seinen Werksopel, den Astra."

„Danke, das wär's für heute. Wenn Ihnen noch etwas einfällt ..."

Mit diesen Worten legt Bernd Witte seine Visitenkarte auf den Wohnzimmertisch.

Bevor Tina Becker später den Motor startet, schaut sie noch einen Moment lang auf die hellgraue Hausfront. Auch Bernd Witte muss seine Eindrücke erst noch sortieren.

„Schwieriges Puzzlespiel. Dem Toten wurde nichts geraubt, vier oder fünf Stiche, vermutlich mit einem Schraubendreher. Tod durch Verbluten, weil er nicht rechtzeitig geborgen werden konnte. Eine behinderte Frau. Eine Tochter, die ihren Vater hasst."

„Eine überaus zarte Frau. Duldsam, heißt das wohl."

„Scheint so. Ist dir aufgefallen, wie schön diese Frau noch ist? Wenn ich mal fünfzig bin, dann sehe ich bestimmt anders aus."

„Glaub' ich nicht", lacht Witte. „Und jetzt ab ins Präsidium."

*

Die Stimmung im MK III, geleitet vom Ersten Kriminalhauptkommissar Nils Jenke, nähert sich einem Tiefpunkt, denn die Ermittlungen stecken in einer Sackgasse. Auf dem Film der Überwachungskamera im U-Bahnhof ist nur der Getötete zu erkennen. Die Auswertung seines Handys brachte keine neuen Erkenntnisse. Noch sind nicht alle Gesprächsteilnehmer überprüft, es gibt noch zwei Adressen in Wanne-Eickel, drei in Bochum, Witten und Hagen, aber die Hoffnung, über die Telefonate etwas zum Tatgeschehen und über die Hintergründe zu erfahren, ist gering.

„Alles zurück auf Null!"

Um sicher zu sein, dass nichts übersehen wurde, lässt Jenke alle Aussagen und Erkenntnisse ein zweites und ein drittes Mal überprüfen, jeweils von einem anderen Teammitglied. Aber es lassen sich keine neuen Verdachtsmomente finden. Auch die Presseberichte bringen die Arbeit nicht voran.

„Dann müssen wir die Nachbarschaft, Kneipen und sonstige Treffpunkte abklappern", bestimmt der MK-Leiter. „Schließlich gibt es Aussagen der Familie, dass sich Fred Clement des Öfteren allein aufmachte."

Wie immer gibt sich sein Team zuversichtlich. Wer in einer Mordkommission arbeitet, der braucht keinen Motivationsschub, der gibt nicht auf.

*

Alles auf Null bedeutet für Tina Becker, noch einmal zum Haus der Familie Clement zu fahren. Sie klingelt ein Mal, sie klingelt ein zweites Mal – nichts tut sich. Mit einem gemurmelten Fluch macht sie kehrt. In dem Moment hört sie eine Stimme hinter der Tür.

„Wer ist da bitte?"

Die ruhige Stimme von Barbara Clement. Die Kriminalbeamtin eilt zur Tür und meldet sich.

„Zeigen Sie mir bitte Ihren Ausweis", sagt Frau Clement.

Tina Becker hält ihn in den Briefkastenschlitz und erschrickt, als der Dienstausweis darin verschwindet.

„Ich bin allein", erklärt Frau Clement. „Aber Sie können herein. Der Schlüssel liegt auf der rechten Fensterbank, hinter dem Blumenkasten."

Vorsichtig betritt Tina Becker das Haus. Frau Clement sitzt in ihrem Rollstuhl, lächelt sie an und gibt den Ausweis zurück.

„Tut mir Leid, ich kann die Tür nicht öffnen, wenn ich mit dem Rollstuhl heranfahre. Und das Aufstehen fällt mir schwer und dauert zu lange. Meine Tochter ist beim Bestattungsunternehmen."

Sie macht eine einladende Handbewegung, und Tina Becker ergreift den Rollstuhl und schiebt ihn ins Wohnzimmer.

„Hier ist noch etwas, das Ihrem Mann gehörte."

Die Beamtin hebt eine Plastiktüte hoch, in der sich ein Handy, mehrere Fahrscheine und Fotos des Getöteten befinden.

„Frau Clement, wir kommen nicht weiter bei unseren Ermittlungen. Ist Ihnen noch etwas eingefallen, was wir wissen sollten? Offensichtlich ist Ihr Mann doch des Öfteren mit der U-Bahn gefahren."

Die Angesprochene schüttelt den Kopf.

„Ich hatte viel Zeit, über alles nachzudenken. Gelassen, ohne Zorn. Aber ich konnte nichts Auffälliges finden."

„Ist Ihnen in letzter Zeit etwas Besonderes aufgefallen? Hat sich irgendjemand Ihnen gegenüber auffällig verhalten?"

„Vor zwei Jahren gab es mal einen handgreiflichen Streit mit einem türkischen Nachbarn. Der hat sich später ein Haus in Sodingen gekauft und ist weggezogen. Mehr ist mir nicht eingefallen."

Für alle Fälle notiert Tina Becker den Namen des Mannes und verabschiedet sich. Als sie den Haustürschlüssel wieder hinter dem Blumenkasten unterbringt, fährt die Clement-Tochter vor. Sie steigt aus und klemmt sich eine schwarze Ledermappe unter den Arm. Erst kurz vor der Haustür nimmt sie die Kriminalbeamtin wahr.

„Ach, Sie sind's. Gibt es was Neues?"

„Leider nein. Wir müssen jeder erdenklichen Spur nachgehen. Deshalb habe ich Ihre Mutter gebeten, noch ein wenig mehr über Kontaktpersonen nachzudenken."

„Was soll das alles überhaupt? Glauben Sie mir, ich weiß wirklich nichts, was Ihnen weiterhelfen könnte", sagt die Tochter und schaut auf die Uhr.

„Darüber können wir erst entscheiden, wenn wir alles wissen. Deshalb müssen wir dringend mit Ihnen sprechen."

„Okay, ich ruf' Sie mal an. Aber jetzt braucht meine Mutter ihre Medikamente."

„Melden Sie sich möglichst bald!"

*

Tina Becker sitzt wie auf heißen Kohlen. Mehrmals ist sie versucht, die Tochter anzurufen. Die meldet sich erst am nächsten Tag.

Sie weiß nur von einer Begegnung zu berichten, die etwas außergewöhnlich war und einige Wochen zurückliegt. Ihre Mutter hatte ihr beiläufig davon erzählt. Wenn der Vater mal gut gelaunt war, dann hat er die Mutter im Rollstuhl in den Strünkedepark gefahren, was ihm sonst eher peinlich war. An so einem Sonntag sind sie einem ehemaligen Sportkameraden von Fred Clement in die Arme gelaufen. Der wirkte irgendwie abwesend, als er angesprochen wurde. Und als er die Frau im Rollstuhl sah, wurde er blass, er wirkte richtig entsetzt und verabschiedete sich schnell. Der Name des Mannes war ihrem Vater erst später wieder eingefallen. Helge hieß er und sei ein Klasse Sportler gewesen, Handball oder Leichtathletik, Westfalia Herne, aber Genaues wusste der Vater auch nicht mehr.

Immerhin etwas. Tina Becker bedankt sich, nachdem sie mehrere Detailfragen gestellt, aber keine konkrete Antwort erhalten hat. Sie geht rüber ins Nebenzimmer, in dem ihr Kollege Bernd Witte arbeitet.

„Weißt du, ob Sportvereine so was wie ein Archiv haben?"

„Große Fußballclubs auf jeden Fall. Aber Kleckervereine – ich glaub's nicht."

„Westfalia Herne ist doch kein Kleckerverein! Ich brauche Infos zu einem früheren Mitglied im Verein."

„Der Ermittlungsaufwand steht doch in keinem Verhältnis ..."

„Verdammt, ich hab' sonst nichts in der Hand!"

„Nur mich. Okay, lass' es uns versuchen."

Nach einigen Telefonaten machen sie sich auf den Weg nach Recklinghausen, zu einem ehemaligen Vereinskassierer, der allerdings vor fünf Jahren als Parkettverleger in Rente gegangen ist. Am Telefon reagierte er erst mürrisch, schwärmte dann aber von seinen gut gepflegten historischen Archivalien.

„Man will ja auch wissen, was aus dem und dem jungen Menschen geworden ist."

Der Grund der Namenssuche erhöht seine Bereitschaft zur sofortigen Mitarbeit. In Recklinghausen-Süd folgen sie dem Ex-Kassierer in dessen niedrigen Keller, nachdem sie sich einen Kurzvortrag über den Datenschutz angehört haben.

„Hier also lagern meine geschützten Daten", erklärt der rüstige 70-Jährige und deutet auf mehrere raumhohe Stahlregale mit sorgsam beschrifteten Aktenordnern. „Alles nur Durchschläge und Kopien. Deshalb kann keiner was dagegen haben."

„Haben wir bestimmt nicht", bemerkt Bernd Witte mit einer leichten Spur von Sarkasmus.

Der Kassierer hat zwei Spots eingeschaltet, die sein Lebenswerk ins rechte Licht setzen. Es gilt, den Jahrgang des Getöteten zu finden, danach die Sparte der sportlichen Betätigung eines Gleichaltrigen mit dem Vornamen Helge. Sie gehen die Namenslisten durch, während der Hausherr ihnen Kaffee serviert.

Und sie haben Glück. Zwei Mal taucht der Name Helge auf. Als Handballer und als Leichtathlet. Die beiden Kriminalisten verabschieden sich wortreich und ein wenig überstürzt, so dass der inzwischen rotgesichtige Kassierer kopfschüttelnd seine Haustür schließt.

„Gib' dem Chef Bescheid", bittet Bernd Witte, der dieses Mal das Auto steuert. Tina Becker tut dies per Handy und lässt zugleich die beiden ermittelten Adressen überprüfen.

*

„Teutoburgia, das ist eine komplett erhaltene hundertjährige Vorzeigesiedlung", referiert Bernd Witte. „Gemütliche Bergbauhäuser, vor Jahren aufs Feinste renoviert."

Sie parken in der Nähe eines der kleineren Häuser auf der Baarestraße. Der Name auf dem Türschild an der rechten Doppelhaushälfte stimmt: Bilstein. Als die Haustür geöffnet wird, steht da ein mittelgroßer, schlanker, etwa fünfzig Jahre alter Mann.

„Ja, bitte? Was gibt's denn?"

„Sind Sie Helge Bilstein?"

„Kann sein. Und was wollen Sie?"

„Kripo Bochum – meine Kollegin Becker – ich bin Hauptkommissar Witte. Können wir Sie mal kurz sprechen? Es geht um Ihren ehemaligen Sportkameraden Fred Clement."

„Da kann ich Ihnen leider nicht weiterhelfen. Den Mann kenne ich nicht!"

Tina Becker meint, dass es jetzt Zeit wird, die Gesprächsführung zu übernehmen.

„Wollen wir das hier vor dem Haus ...?"

„Entschuldigen Sie. Ja, treten Sie näher. Bin bei Reisevorbereitungen. Deshalb kommen Sie ungelegen. Sogar äußerst ungelegen."

Vor der nach oben führenden Treppe steht tatsächlich ein Trolley. Auf einer Flurkommode liegen Reiseunterlagen. Aus einem der Zimmer tönt laute Klaviermusik.

„Tut uns Leid", sagt Bernd Witte und betritt entschlossen den Hausflur, gefolgt von seiner Kollegin. Der Mann eilt in das Zimmer mit der Musik und stellt sie ab. Draußen war es warm, hier im Haus ist es dagegen auffallend kühl.

„Sie wissen, dass Fred Clement kürzlich getötet wurde?"

„Weiß ich leider nicht. Meine Zeitung hab' ich abbestellt. Sagte ich ja. Urlaub. Belek. Flug und Hotel ganz günstig. Ab Dortmund. Abschalten. Andere Länder, andere Menschen. Mal durchschlafen."

Während der Mann wie aufgedreht spricht, geht er langsam in seine in unterschiedlichen Blautönen gehaltene Resopalküche und steckt sich eine Zigarette an.

Nachdem sich Bilstein gesetzt hat, lässt sich Tina Becker auf einem dunkelblau gestrichenen Küchenstuhl nieder. Ihr Kollege zieht sich einen Stuhl aus einer Ecke heran und nimmt ebenfalls Platz an dem Tisch.

„Sie leben hier allein?", fragt die Kriminalbeamtin. „Schon lange?"

Bernd Witte greift in seine Jackentasche, weil sein Diensthandy losträllert. Der Chef will wissen, wie weit die Ermittlungen gediehen sind.

„Wartet auf uns. In einer halben Stunde sind wir zurück!"

Mit dem Handy am Ohr und einer entschuldigenden Geste verlässt der Kripobeamte den Küchenraum.

Tina Becker hört dem Mann geduldig zu, der mit knappen Worten berichtet. Das Haus, das hat er geerbt. Von seinen verstorbenen Eltern. Vater war Bergmann. Er selbst ist immer noch Lagerverwalter bei einem Baumarkt. Die Geschwister sind ausgezogen. Nichts wurde verändert. Die Kinderzimmer sind so geblieben wie sie waren. Aber warum soll er das alles erzählen?

Er springt auf und lässt Wasser in ein bereitstehendes Glas laufen, das er hastig leert. Zwischendurch hat Tina Becker ein paar Mal besorgt zur geschlossenen Küchentür geschaut, hinter der ihr Kollege verschwunden ist.

„Irgendwann hatten Sie Kontakt zu Fred Clement. Wir prüfen das Umfeld des Getöteten."

„Dann sind Sie hier absolut falsch."

Endlich wird die Küchentür geöffnet. Mit einer Kopfbewegung macht Bernd Witte deutlich, so schnell wie möglich den Rückzug anzutreten.

Wie in Recklinghausen fällt die Verabschiedung auch hier kurz aus. Der Hausbesitzer atmet hörbar auf.

„Dann gute Reise, Herr Bilstein!“

Die ersten Meter legen sie schweigend zurück. Jeder ist mit seinen Gedanken beschäftigt. Dann stehen sie vor ihrem Dienstwagen.

„Wir müssen reden. Wie wär's mit einem Spaziergang zur alten Zeche?“

Tina Becker reagiert erst ein wenig irritiert, willigt dann aber ein und vergräbt ihre Hände in ihren Hosentaschen.

„Arbeiten und wohnen, im vorigen Jahrhundert war's noch möglich“, stellt sie mit einem Rundblick fest.

„Der Anruf passte mir gut in den Kram“, erklärt Bernd Witte, als sie losgehen. „Hab mich im Haus umgesehen und erstaunliche Dinge entdeckt. Aber der Reihe nach. Der Bilstein war tatsächlich ein guter Läufer, Westfalenmeister in der 4x400-Meter-Staffel. Im ersten Stock hängt eine Vereinsurkunde. Aber dann das Gespenstige. Du, in einem der Kinderzimmer brannte eine Kerze, und was meinst du warum? Dahinter waren auf einem schmalen Bett Barbiepuppen aufgebaut, ein halbes Dutzend. Stell' dir vor, Barbies! Wie ein Altar, wie ein Herrgottswinkel sah das Ganze aus. Mit brennender Kerze! Unerklärlich! Und auf dem Boden ein zerstörter Ken. So heißt der doch, oder?“

Tina Becker hat jetzt keinen Blick mehr für die frei stehenden Siedlungshäuser. Sie bleibt stehen und sieht Bernd Witte nachdenklich an, um dann loszulegen: „Barbiepuppen! Mensch, jetzt hab' ich's! Die Barbara Clement, sah die nicht irgendwie barbiemäßig aus? Die glatte Haut, die Augen, die Sauberkeit in Person, das passt doch!“

Auf Bernd Wittes Gesicht zeigt sich ein mildes Lächeln.

„Und der wollte gern ihr smarter Ken sein? Da hat leider ein anderer zugepackt, sogar kräftig zugelangt. Na, ich weiß nicht ...“

„Du, ich meine es ernst. Dahinter steckt doch so was wie ein Motiv.“

„Du hast Ideen!“

Jetzt ist es an Bernd Witte, seine Kollegin durchdringend anzusehen. Eigentlich sieht er durch sie hindurch. Entschlossen greift er sie dann am Arm, zieht sie mit sich, erhöht das Schritttempo, eilt mit ihr zurück.

„He, was denn nun?"

„Der will doch weg!"

Bernd Witte ist nicht mehr aufzuhalten. Als sie ihren Dienstwagen erreichen, bleibt er kurz stehen und rennt dann weiter, während er sein Handy in Betrieb setzt.

„Hört ihr? Ja, Zugriff! Kommt alle her. Das ganze Team. Sofort!"

Als sie kurz vor dem Haus sind, entdecken sie Bilsteins Trolley vor der Haustür. Der Mann biegt gerade um die Hausecke und versenkt mit einem schwarzen Plastiksack seinen Restmüll in einer Mülltonne. Dann schließt er die Haustür ab.

„Moment, Herr Bilstein!"

Wie vom Blitz getroffen, zuckt der Mann zusammen und blickt sich um. Seine Augen sind gerötet. Mit seiner freien Hand wischt er sich Tränen von der Wange.

„Was wollen Sie denn jetzt noch? Lassen Sie mich ... "

„Wir nehmen Sie vorläufig fest!", erklärt Tina Becker. „Herr Bilstein, schließen Sie die Tür auf."

Mit zitternden Händen und einem dumpfen Aufschrei kommt der Mann dem Auftrag nach. Die Tür springt mit einem satten Klack auf. Bilstein schleppt sich zur Treppe. Er sinkt darauf nieder und stützt sich mit einer Hand auf seinem Trolley ab. Bernd Witte kommt mit der schwarzen Plastiktüte herein.

„Mal sehen, welche Überraschung wir dem Sack entlocken können."

Mit einem Griff zieht er drei Barbiepuppen heraus. Anschließend packt er einen Plastikkasten mit einem fast kompletten Schraubendrehersortiment auf die Flurkommode.

Eine bedrückende Stille macht sich danach breit, die erst von Tina Becker beendet wird, indem sie neben Bilstein auf der Treppe Platz nimmt und sich räuspert.

„Jetzt erklären Sie uns mal, wie alles abgelaufen ist."

Bevor er sein Schweigen bricht, braucht Helge Bilstein, dessen Gesicht nun grau und faltig ist, einige Minuten.

„Im Schloss Strünkede läuft seit Ende Februar eine ungewöhnliche Ausstellung. ‚Barbie macht Karriere'. Die hab' ich mir an einem Sonntag, am 11. Mai, bis drei Uhr angesehen, weil es eine richtige Führung gab. Als ich auf dem Weg zur Bushaltestelle war, habe ich die Clements getroffen. Plötzlich war alles wieder so wie früher. Sie war immer in meinem Kopf, die Barbara. Verliebt war ich in ihr schönes Gesicht und ihren wunderbaren Körper. Jetzt aber im Rollstuhl! Sie hat mich erkannt, sich aber nichts anmerken lassen. Sie war so schön wie die Puppen meiner Schwester. Die hab ich damals heimlich aus- und angezogen und mit ihnen gespielt, als junger Mann. Das lag schon alles hinter mir, aber jetzt war es wieder da. Alles. Sie hätte es so gut gehabt bei mir. Aber er hat sie sich unter den Nagel gerissen, ich meine die Barbara. Ein elender Proll! Und er hat sie auf dem Gewissen. Schon lange ging das Gerücht, dass er hinter dem Treppensturz steckte. Er hat mir alles kaputt gemacht."

Helge Bilstein lässt den Kopf hängen, wischt sich über die Augen und fragt dann mit einem Blick zur Decke: „Darf er das denn? Mir einfach meine Erinnerungen ..."

„Gab es denn keine anderen Frauen in Ihrem Leben?", will Tina Becker wissen.

„Doch, aber keine ..."

„Was passierte dann?", fragt Bernd Witte ungeduldig.

„Ich wollte ihn zur Rede stellen. Hab ihn beobachtet, viele Tage. Abends ging er oft in eine kleine Kneipe oder fuhr nach Bochum mit der U-Bahn. Und dann habe ich ihn angesprochen. Hau ab, du Schleimer, hat er gesagt. Traumtänzer! Gelacht hat er. Kannst meine alte Clementine haben, so wie sie ist. Es gibt viele bessere, ich kenn' da eine in Bochum."

„Und dann haben Sie zugestochen."

„Nachdem er mir einen Fußtritt verpasst hatte. Ich wollte es nicht. Aber es ist so passiert. Ich wollte ihm nur Schmerzen zufügen. Den Schraubendreher habe ich immer bei mir, wegen der vielen Überfälle auf der Straße.“

„Und wo ist das Tatwerkzeug jetzt?“, fragt Tina Becker und erhebt sich, um die Haustür zu schließen.

„Im Schlamm, bei den Karpfen im Schlossteich.“

Renate Niemann

Wallfahrt

Bekanntermaßen fühlt sich das Böse zumeist dort am wohlsten, wo man es am wenigsten vermutet. Und wer würde schon vermuten, ausgerechnet in einem Pilgerzug einen schlechten Menschen zu finden, einen Wolf im Schafspelz, der zu allem Überfluss noch die Fahne der Heiligen Schmerzensmutter trägt? Und doch war genau dies der Fall, als sich am zweiten Samstag nach Peter und Paul, um drei Uhr in der Frühe, der Zug der Pilger aus den Kirchen St. Johann und St. Joseph, wo gerade die Meditation zu Ende war, am Johannis-Friedhof sammelte.

Noch waren sie nicht sehr viele. Ein paar Hundert vielleicht. Emil Lorenz befand sich an der Stelle, wo die Menge am dichtesten war. Mit beiden Händen umklammerte er einen dicken Stab, an dessen oberem Ende ein bläuliches Marienbanner hing. Es zeigte in der Mitte ein großes M, über dem eine goldene Krone thronte. Der Stoff roch nach muffigem Samt. Lorenz wandte das Gesicht ab.

Es war Ewigkeiten her, seit er zum letzten Mal eine ähnliche Fahne getragen hatte. Die Erinnerung schmeckte fade. Eine Fronleichnamsprozession. Damals war er vierzehn oder fünfzehn gewesen und trug das weiße Chorhemd eines Ministranten. Als er an einer Straßenecke ein paar Kumpel erspähte, die rauchten und dumme Witze rissen, hatte er beschämt den Kopf gesenkt und sich geschworen, dem ganzen Pfaffenzirkus ein für alle Mal den Rücken zu kehren.

Lorenz setzte seine Füße in Bewegung. Die nächtliche Sommerluft war lau, das Gemurmel der Gläubigen glich einem warmen Fluss, der langsam stadtauswärts strebte. Hier und da blitzten blaue Lichter in den Seitenstraßen. Und während die meisten Fahnen sich weit über die Köpfe der Gläubigen erhoben, blieb das Banner mit dem großen M bescheiden auf halber Höhe und verdeckte das Gesicht seines Trägers. Der alte

Samt streichelte Lorenz die fahlen Wangen. Ihm schauderte, als habe eine welke Hand ihn berührt. Seine Lippen murmelten fromme Worte, während er innerlich fluchte. Automatisch intonierte er ein Ave nach dem anderen. Auch die lange religiöse Abstinenz hatte das einmal Gelernte nicht ausradiert. Wenn das Blaulicht näher kam, senkte er den Kopf noch tiefer, und seine Gebete waren von einer verbissenen Andacht. „Maria, Mutter Gottes, bitte für mich Sünder und lass sie mich nicht erwischen ...“

Es war gegen 23 Uhr gewesen, als Emil Lorenz, auch bekannt als der „Rosenkavalier“, seinem Spitznamen wieder einmal alle Ehre gemacht und sich Zutritt in den Flur eines gutbürgerlichen Mehrfamilienhauses nahe der Osnabrücker Innenstadt verschafft hatte. Mit einem Blumenstrauß in der Hand hatte er im Schatten einer nahen Durchfahrt auf eine günstige Gelegenheit gewartet, und als ein junges Pärchen das Haus verließ, kam er im Laufschritt über die Straße geeilt. Er lächelte, um seinen Hals flatterte ein dunkel gemusterter Seidenschal, der ihm einen Anstrich von Seriosität verlieh. Der junge Mann hielt ihm sogar noch die Tür auf. Mit einem freundlichen „Danke“ schlüpfte er hinein und lief schnurstracks die Treppen hoch, als wolle er in einem der oberen Stockwerke seine Geliebte oder zumindest seine alte Tante beglücken. Auf dem Treppenabsatz hielt er jedoch inne und wartete, dass die Haustür ins Schloss fiel. Als die Schritte des Pärchens sich entfernten, legte er leise die restlichen Stufen zum ersten Stock zurück. An der rechten Wohnungstür hing ein fliederfarbenes Trockengesteck. Das goldene Namensschild trug den Namen Seidel.

Frau Seidel war eine weißhaarige Dame, die Emil Lorenz seit etwa einer Woche vom Sehen kannte. Sie war ihm in einem Feinkostgeschäft aufgefallen, wo sie Wachtelbrüstchen und Weinbergschnecken wählte. Emil Lorenz besuchte gerne Feinkostläden, denn wer dort einkaufte, bewegte sich meist in soliden finanziellen Verhältnissen. Die alte Dame war elegant gekleidet, und als sie zahlte, fiel sein Blick auf zwei schwere Goldringe an ihrer Hand. Für Qualität hatte er ein Gespür. Er schätzte auch die Karatzahl des Diamanten, der auf einem der Ringe prangte, und nickte zufrieden. Diese Dame war gut betucht. Und wahrscheinlich alleinstehend, resümierte er bei sich, denn Eheringe sahen anders aus. Vielleicht lebte sie mit einer Katze zusammen. Er hatte ein Auge für Menschen und ihre Lebensumstände. Er war ein Profi in seinem Geschäft.

Emil Lorenz war der alten Dame unauffällig bis zu ihrer Haustür gefolgt. In den nächsten Tagen hatte er sich damit beschäftigt, ihre Lebensgewohnheiten auszukundschaften. Sie bekam keinen Besuch. Die Schnecken und die Wachtelbrüstchen hatte sie wahrscheinlich alleine vertilgt, oder höchstens die Katze davon naschen lassen, von deren Existenz Emil Lorenz immer mehr überzeugt war. Einmal hörte er, wie eine Nachbarin die Dame mit Frau Seidel ansprach. Manchmal ging Frau Seidel aus und besuchte andere alte Damen. Manchmal saß sie auch in einem Café am Marktplatz, wo sie Apfelkuchen und Kakao verzehrte und in Kunstzeitschriften blätterte. Sie führte ein ruhiges Leben, ohne offensichtliche Höhen und Tiefen, und ohne wirtschaftliche Sorgen, wie es schien. Wenn es morgens frisch war, trug sie eine Pelzstola über ihrer modischen Jacke, und ihre ledernen Handschuhe waren handgearbeitet. In der ganzen Woche, in der Lorenz sie beobachtete, ging Frau Seidel weder zur Bank noch an einen Geldautomaten, was dafür sprach, dass sie genügend Bares im Hause hatte, in irgendeinem Döschen im Küchenschrank vielleicht, oder unter ihrem Kopfkissen. Einige Menschen waren unbelehrbar. Emil Lorenz nickte zufrieden und beschloss, der alten Dame in Kürze einen Besuch abzustatten.

Als im Osten der Himmel rosig wurde, verließen die Pilger die Stadt. Auch das Blaulicht blieb zurück. Während vor Sonnenaufgang nur der Rosenkranz gebetet worden war, im Wechsel mit einigen bekannten Marienliedern, wurden mit der aufgehenden Sonne Gesangsheftchen gezückt. An allen Kreuzungen stießen neue Pilger zur Prozession, die von Minute zu Minute länger wurde.

Die Wallfahrer folgten der Bundestraße 51. Vom Harderberg ging es in Richtung Oesede. Das Banner mit dem großen M hielt sich immer in der Mitte des Stromes, wo es sich am wohlsten zu fühlen schien. Emil Lorenz machte sich unsichtbar. Maria nahm ihn unter ihren Mantel. Irgendwie würde er schon aus der Sache herauskommen. Sobald sich die Gelegenheit ergab, würde er die Biege machen und versuchen, die holländische Grenze zu erreichen. In Apeldorn hatte er ein paar Kumpel, bei denen er eine Weile unterschlüpfen könnte. Da würde ihn niemand suchen.

Über den Feldern erhoben sich singende Lerchen. Bergan ging die Wallfahrt zum Herrenrest am Dörenberg, wo an der Klause die erste Rast lockte.

Als er Frau Seidels Klingel drückte, hielt Lorenz den Blumenstrauß so vor den Spion, dass sein Gesicht dahinter nicht zu sehen war. Blumen hatten wunderbare Kräfte. Sie öffneten alle Türen. Auch Frau Seidel hatte trotz der späten Stunde nicht gezögert aufzuschließen. Vielleicht erwartete sie auch jemand anderen. Als die Tür sich einen Spalt breit geöffnet hatte, war Lorenz vorgestürmt und hatte die alte Dame in die Wohnung zurückgedrängt, noch ehe sie schreien konnte. Ihre hellen Augen weit aufgerissen, presste sie sich die dünnen Finger mit den goldenen Ringen vor den Mund, als seine harte Hand sie rücksichtslos gegen die Garderobentür stieß.

„Geld und Schmuck. Und zwar schnell!“, herrschte der Eindringling sie an, der den Blumenstrauß hatte fallen lassen.

„Ich habe nichts“, sagte die Frau mit zittriger Stimme.

Lorenz wurde ärgerlich. Warum mussten diese Leute so dumm sein? Was brachte ihnen der Starrsinn, außer unnötigem Ärger? Wenn sie ihm gaben, was er wollte, verschwand er gleich wieder, was für alle Beteiligten am besten war. Stattdessen aber begannen sie Scherereien zu machen und ihm auf die Nerven zu gehen.

„Schnell, habe ich gesagt! Sonst ..."

Seine Faust bewegte sich drohend auf die Nase der alten Dame zu, deren Augen sich ins Unendliche zu weiten schienen. Mit der linken Hand griff sie sich an die Brust und wurde bleich.

„Ich habe nichts ...", stammelte sie noch einmal, bevor ihre Knie nachgaben und sie an der Garderobentür zu Boden sank.

Eine vage Sekunde lang hielt Emil Lorenz es für einen Trick, für irgendeine miese Mitleidstour. Das kleine Häufchen alte Dame aber, das sich vor seinen Füßen krümmte, erschauerte noch einmal kurz und blieb dann ganz still liegen.

Verdammter Mist, durchfuhr es ihn. Er schluckte. War sie vielleicht nur ohnmächtig? Es kostete ihn Überwindung, die zerbrechliche Hand zu berühren. Sie war ganz schlaff, und von unerwarteter Schwere, wie es nur die Hände einer Toten sind.

Verdammter Mist, durchfuhr es ihn wieder. Siedend heiß fiel ihm das junge Paar ein, das ihn unten eingelassen hatte. Nun, da er plötzlich so etwas wie ein Mörder war, gewann alles eine neue Dimension. Auf dem Teppichboden lagen verstreut die Rosen. Auch sein Gesicht hatten sie gesehen. In den Akten der Polizei war sein Porträt in mehreren Ausfertigungen vertreten. Es würde nur eine Frage sehr kurzer Zeit sein, bis sie seinen Namen kannten, und wussten, wo er wohnte. Er musste weg. Sofort. Weg aus dem Haus, und am besten auch weg aus Osnabrück!

In Bad Iburg standen Polizeibeamte an der Strecke. Emil Lorenz, immer mit gesenktem Haupt, war sich nicht sicher, ob sie nur die Prozession anschauten, oder ob sie ihm bereits auf den Fersen waren. Er kämpfte mit einem nervösen Schluckauf. Das fromme Gesinge begann ihm auf den Magen zu schlagen. Aber es wäre schwachsinnig gewesen, die Prozession jetzt zu verlassen. Er musste weiter. Die Vorbeter, die in regelmäßigen Abständen im Wallfahrtszug verteilt waren, stimmten unermüdlich neue Lieder und Gebete an, die sich wie Perlen an eine lange Schnur reihten. Ergeben setzte Lorenz einen Fuß vor den anderen und dachte zurück an die vergangene Nacht.

Eine Ewigkeit hatte er auf die reglose Frau Seidel gestarrt, die nun ganz winzig aussah, fast so, als würde sie vor seinen Augen schrumpfen. Seine Knie zitterten und das Herz schlug ihm bis zum Hals. Während einer verwirrten Sekunde überlegte er, ihr die Ringe von den Fingern zu ziehen oder die Halskette zu lösen. Doch er brachte es nicht fertig, sie noch einmal zu berühren. Und ihre Geldvorräte? Die Wohnzimmertür war angelehnt. Direkt neben der Garderobe hing ein großer Spiegel, und er hütete sich hineinzusehen, während er mit einem großen Schritt über die Tote hinwegstieg.

Als er das Wohnzimmer betrat, hockte dort auf dem Bücherschrank tatsächlich eine Katze, schwarz wie der Teufel, und blitzte ihn aus feuergelben Augen an. Zur gleichen Zeit wurden im Treppenhaus wieder Stimmen laut. Er verharrte und erinnerte sich an seinen Eindruck, dass die alte Dame jemanden erwartet hatte. Es klingelte an der Tür. Vielleicht war es das junge Paar. Emil Lorenz' Gedanken begannen zu rasen.

„Frau Seidel, wir sind es", rief die Stimme einer Frau. „Wir müssen gleich los."

Lorenz rührte sich nicht. Die Katze auf dem Schrank begann leise zu fauchen und zeigte die Zähne.

„Frau Seidel. Die Meditation beginnt gleich. Wollen Sie nicht mitkommen?"

Lorenz ließ den Blick zu der Marienfahne gleiten, die aufgerollt an der rosengeblümten Wand neben der Balkontür lehnte. Die Prozession! Vielleicht war das die Lösung. Er musste verschwinden, und Menschenmassen waren die sicherste Zuflucht. Ein Pilger unter Pilgern war so unsichtbar wie ein Sandkorn am weiten Strand.

Es klingelte abermals, nun unterstützt von energischem Klopfen. „Frau Seidel, wir brauchen die Fahne. Ist alles in Ordnung?"

Leise bewegte Lorenz seine Füße. Die Balkontür war der einzige Ausweg. Er befand sich schließlich nur im ersten Stock. Er würde springen. Im Vorbeigehen sah er auf dem Sofatisch eine Perlenkette liegen, die im Licht der Lampe schimmerte. Wenigstens etwas! Rasch griff er zu und ließ sie in seine Hosentasche gleiten.

„Frau Seidel. Wenn Sie nicht öffnen, werden wir jetzt den Schlüssel nehmen!"

Verdammt, auch das noch! Während Lorenz die Klinke der Balkontür drückte, hörte er wie sich der Schlüssel im Schloss drehte. Die Katze war lautlos vom Schrank gesprungen und strich mit einer glatten Bewegung um seine Beine. Ihm schauderte. Automatisch griff er nach dem Banner. Die Katze fauchte, und ihre scharfen Krallen schlugen durch sein Hosenbein. Mistvieh!

Lorenz biss sich auf die Lippen, schlüpfte auf den Balkon und zog die Tür rasch hinter sich zu. Das Banner flog über die Brüstung. Der Vorgarten besaß eine kleine Rasenfläche, wo es weich aufschlug. Dann stieg Lorenz selbst über die Brüstung. Durch die Glasscheibe der Tür sah er gerade noch das Licht im Flur heller werden, ehe er sprang. Ein Schrei in der Wohnung. Lorenz landete auf dem Rasen, weniger hart als befürchtet. Er rappelte sich auf, ergriff das Banner und verließ eilig den Vorgarten. Über ihm öffnete sich die Balkontür und eine schrille Stimme rief: „Da läuft er!"

Er nahm die Beine in die Hand.

Die Morgensonne war strahlend. Emil Lorenz schwitzte bereits. Mit der linken Hand fuhr er in seine Hosentasche und tastete nach einem Taschentuch, um sich die Stirn abzuwischen. Dabei kamen ihm wieder die Perlen in die Finger, die er hatte mitgehen lassen. Verstohlen zog er sie hervor. Er hatte kaum gesehen, was er da mitnahm. Es waren schöne, regelmäßige Perlen, garantiert echt, das sah ein Blinder. Ein kleines Vermögen. Dann glänzte plötzlich zwischen all den Perlen ein kleines, goldenes Kruzifix in seiner Hand. Lorenz stockte der Atem. Es war ein Rosenkranz. Ein weißschimmernder Rosenkranz, der sich im Sonnenlicht nun fast lebendig anfühlte. Wie ein Reptil schlang er sich durch seine Finger. Er hatte einen verdammten Rosenkranz gestohlen!

Lorenz schwitzte noch mehr. Am liebsten hätte er die Perlen in den Graben geworfen. Einen Rosenkranz zu stehlen war fast so schlimm, wie eine Seite aus der Bibel zu reißen! Das brachte Unglück! Auch wenn man gar nicht daran glaubte, war es nicht gut, das zu tun. Man forderte das Schicksal nicht ungestraft heraus.

Er versuchte, in das Geplärre des Vorbeters mit einzustimmen: „Ave Maria, voll der Gnade ..." Da musste er ganz plötzlich husten. Husten, bis ihm Tränen in die Augen traten, als habe er sich an dem unehrlich gemurmelten Ave verschluckt. Die Strafe ließ nicht auf sich warten. Nicht, dass Lorenz jemals viel Wert aufs Beten gelegt hätte, aber es ausgerechnet in diesem Moment nicht mehr zu können, ließ ihn ein kaltes Prickeln im Nacken fühlen. Die Stelle am Bein, wo die Katze ihn gekratzt hatte, begann zu brennen, und er war überzeugt, sich irgendeinen Virus eingefangen zu haben.

Emil Lorenz war lange Märsche nicht gewohnt. Fahrzeuge des Roten Kreuzes und des Malteser Hilfsdienstes begleiteten die Wallfahrt, und mehr als einmal dachte er daran, einfach stehen zu bleiben und sich aufsammeln zu lassen. Die Malteser würden ihn ein wenig aufpäppeln und die Blasen an seinen Füßen verarzten. Den Rosenkranz hatte er zurück in seine Tasche gleiten lassen, und nun schien sich dort eine lebendige Schlange zu bewegen. Das Banner wurde immer schwerer. War es nicht eine widerwärtige Ironie des Schicksals, dass er sich ausgerechnet hinter einer Marienfahne versteckte, nachdem er einen Rosenkranz gestohlen hatte?

Er lachte bitter und begann sich nach dem Moment zu sehnen, wenn er das Ding dem Nächstbesten in die Hand drücken und sich verkrümeln könnte. Er fürchtete sich vor der Ankunft in Telgte, vor der Gnadenkapelle, und vor allem vor der Statue der Schmerzensmutter, die er zuletzt als kleiner Junge gesehen hatte. Ihr trostloses Gesicht, die starre Gestalt ihres Sohnes, der tot auf ihren Knien saß. Lorenz zog den Kopf ein und schüttelte sich unbehaglich. Er wollte das nicht sehen, aber er konnte den Strom, in dem er schwamm, auch nicht verlassen.

In Glandorf wurde um 8 Uhr eine Pilgermesse gehalten. Danach gab es Frühstück. Lorenz, der seit dem Abend nichts gegessen hatte, bekam keinen Bissen hinunter. Das Einzige, was er zu sich nahm, war eine Tasse schwarzen Kaffees, der hoffentlich seinem Kreislauf auf die Sprünge helfen würde. Er schniefte. Er hasste den Sommer auf dem Lande, wenn der Heuschnupfen ihn fast umbrachte. Aber er wagte nicht mehr, das Taschentuch aus seiner Tasche zu ziehen. Die Furcht, dabei den unseligen Rosenkranz zu berühren, war zu groß. Er würde ihm die Finger verbrennen. Oder seine Haut mit Aussatz überziehen, und alle würden wissen, was er getan hatte.

Er zitterte, obwohl er schwitzte. Seine Wangen waren fiebrig gerötet. Die Sonne stach. Seine Gedanken vernebelten sich. Sie verstrickten sich geradezu, so dass es immer schwieriger wurde, die einzelnen Fäden auseinander zu halten. Sein Verstand schweifte in eine Ferne, die er längst vergessen zu haben glaubte. Warum musste er ausgerechnet jetzt an Großmutter denken, die seit Jahren tot war?

Mit dem Stoff der Fahne wischte Lorenz sich durchs Gesicht und über die feuchten Augenwinkel. Auch Großmutter war klein und zierlich gewesen und hatte weißes Haar gehabt. Und auch Großmutter hatte einen Rosenkranz besessen. Sie war eine von diesen unverbesserlichen, alten Frömmlerinnen gewesen, die dreimal täglich beteten und jeden Sonntag zur Frühmesse eilten. Er war bei ihr aufgewachsen, und sie hatten sich gegenseitig das Leben sauer gemacht. Diese ganze Heuchelei. Wie hatte er das gehasst! Und immer der gleiche Spruch, den Großmutter auf Lager hatte: „Was du auch tust, vor den Menschen kannst du es verbergen, vor der Muttergottes aber nicht. Sie schaut dir geradewegs ins Herz. Sie weiß immer, was du getan hast."

„Aber zum Glück ist sie nicht schwatzhaft!", hatte er eines Tages erwidert, als er die Leier nicht mehr ertragen konnte, und Großmutter hatte sich bekreuzigt und ihn einen Heiden genannt. Er hatte sich beinahe kaputtgelacht. Sie hingegen war in die Kirche gelaufen, um eine Kerze für ihn anzuzünden.

Von Glandorf ging es zur Klause bei Gut Oedingberge. Die Lichtung im Wald war eng. Dicht an dicht saßen die Pilger unter den rauschenden Kronen der Buchen, ruhten ein wenig aus und lauschten einer Predigt. Trecker mit Anhängern, die Rucksäcke und erschöpfte Pilger transportieren, standen auf der Straße, geschmückt mit Fahnen der Wallfahrtsvereine. Polizeiwagen hielten die Straße für die Pilger frei.

Lorenz hatte sich ins Gras gesetzt. Seine Gedanken drehten sich im Kreis. Nachdem er mit fünfzehn Jahren das erste Auto geknackt hatte, war Großmutter schwermütig geworden, und es war mit ihr bergab gegangen. Er hatte sich wenig darum gekümmert. Er hatte schließlich nur dieses eine Leben, und das wollte er auskosten, um jeden Preis. Als er siebzehn war, packte er eine Tasche und schlief fortan am Bahnhof oder bei obskuren Freunden und besuchte Großmutter nur noch, wenn er sonst keine Geldquelle auftat. Etwa ein Jahr später hatte Oma das Zeitliche gesegnet, und er hatte die kleine Hinterlassenschaft, die ihm zufiel, sofort in einem Pfandhaus versetzt. Er war schon damals chronisch knapp bei Kasse gewesen. Sogar ihren Rosenkranz hatte er verpfändet. Es war ein schlichter Rosenkranz gewesen, mit einem Kreuzlein aus preiswertem Gold. Aber zwanzig Mark hatte er schließlich doch dafür bekommen. Er erinnerte sich, davon die Werkstattrechnung für sein Moped bezahlt zu haben.

Zur Mittagszeit quälte sich der Pilgerzug über die lange, fast schnurgerade Bundesstraße in Richtung Ostbevern. Die Sonne war sengend. Nur wenige Bäume spendeten Schatten. Fast unendlich erschien der Weg bis zur nächsten Kurve.

Lorenz ächzte leise unter der Last des Banners. Immer wieder sah er Polizei an der Straße. Er war nun fest davon überzeugt, dass man ihn absichtlich nach Telgte geleitete, wo er seine Sünden büßen sollte. Wieder streifte der samtige Stoff seine Wange. Er hinterließ ein Gefühl wie alte Spinnweben, klebrig und voller Staub. Er war nie an Großmutters Grab gewesen. Auch vor ihrer Beerdigung hatte er sich gedrückt. Ein unerklärlicher Druck im Brustkorb hatte ihn befallen, als er sich vorstellte, sie im Sarg liegen zu sehen, die leeren Hände über der Brust gefaltet, in denen sie eigentlich ihren Rosenkranz hätte halten wollen. Das hatte sie irgendwann einmal erwähnt, und er hatte es ihr verwehrt. Er war ein Dummkopf gewesen. Es brachte kein Glück, es sich mit den Toten zu verscherzen.

Emil Lorenz schnaufte. Großmutter hatte nichts mit Frau Seidel zu tun! Sie hatte sich keine Pelzstola und keine Wachtelbrüstchen leisten können! Trotzdem wusste er genau, dass auch Frau Seidel nun gerne ihren Rosenkranz in den Händen halten würde, den er in seiner Tasche trug. Irgendwie waren sie alle gleich, diese kleinen, weißhaarigen Frauen. Immer am Beten, immer am Jammern. Machten ihm das Leben schwer. Machten ihm ständig ein schlechtes Gewissen, wo er auch ging und stand.

In Ostbevern war Mittagsrast. Lorenz bekam immer noch nichts herunter. Stattdessen musste er sich übergeben. Die Hitze drehte ihm den Magen um. Er lehnte die Fahne an einen Baum und schlug sich ins Gebüsch. Vielleicht könnte er sich verstecken, bis die Pilger weiterzogen, und dann der Landstraße nach Westbevern folgen. So könnte er Telgte umgehen. Einen besseren Schutz als die Menge der Wallfahrer würde er zwar nicht finden, aber dieses merkwürdige Gefühl, das immer stärker wurde, je näher er Telgte kam, war so unangenehm, dass er sogar bereit war, der Leichtfertigkeit die Hand zu reichen.

Er lief ein Stück abseits des Weges. Nach etwa einem halben Kilometer, auf dem er eine Siedlung links liegen ließ, spähte er zur Straße. Die Fahrbahn war gesperrt. Auch Westbevern war unerreichbar. Ein Polizeiwagen stand am Straßenrand und kontrollierte die Passanten. Wagen wurden angehalten. Das Buschwerk am Straßenrand endete nach wenigen Metern. Dann folgte eine große Weide, auf der Kühe grasten. Die Hoffnung zerplatzte. Die Weide würde er nicht überqueren können, ohne gesehen zu werden. Ihm blieb keine Wahl. Er musste zurück. Sein einziger Weg führte nach Telgte.

Die Fahne lehnte noch an dem Baum, als wartete sie auf ihn. Der Wallfahrtszug formierte sich noch einmal. Zu Hunderten flatterten Banner, Wimpel und Fahnen im Wind. „Nun, Freunde, sind wir wohlgemut ..." klang es über die Felder. Emil Lorenz trottete am Straßenrand mit gesenktem Kopf wie ein Sünder auf dem Weg zum Richtplatz. Aus den Augenwinkeln ließ er furchtsame Blicke in die Menge gleiten, dorthin, wo er einen weißen Kopf entdeckt zu haben glaubte, der ihn an Großmutter erinnerte. Wie war es möglich, dass diese alten Weiber noch so weit marschieren konnten, ohne mit der Wimper zu zucken? Da musste wohl wirklich der Glaube helfen ... Wieder ließ er den Blick schweifen. Der weiße Kopf war verschwunden. Ihm fröstelte. Von nun an blickte er nur noch auf den Boden.

Die ersten Pilger erreichten Telgte gegen 15.45 Uhr. Der hohe Turm von St. Clemens begrüßte sie schon von weitem. Aus vielen tausend Kehlen erklang nun das Telgter Wallfahrtslied. Emil Lorenz hätte sich am liebsten die Ohren zugehalten. Die Sonne hatte ihm den Verstand verbrannt. Die Kratzer an seinem Bein schienen sich zu entzünden. Ein Gefühl, als würden tausend Ameisen ihn beißen. Das war keine Katze gewesen, sondern ein schwarzer Dämon. Er hatte es nur zu spät erkannt. Und nun gab es kein Zurück. Nun führte der Weg unwillkürlich bis zur Kapelle, wo die Schmerzensmutter ihn anblicken und ihre Augen bis tief in sein Herz bohren würde. Vielleicht hatte Großmutter ihr zugeflüstert, was für ein schlechter Kerl er war. Und Frau Seidel hatte ihr gesteckt, dass er sie umgebracht hatte, obwohl das gar nicht stimmte. Eine ganze Schar weißhaariger, alter Frauen würde sich bei der Gottesmutter beklagt haben, wegen gestohlener Ersparnisse, entwendeter Handtaschen und respektlosen Benehmens. Wie ein großes Raunen würden die Anschuldigungen, all seine alten Sünden, auf ihn niederrieseln, wie ein feiner Regen, der durch alle Poren drang.

Die große Menge drängte dem Kirchplatz zu. Emil Lorenz hatte keine Kraft mehr, sich zu widersetzen. Vor der Kirche standen die Menschen so dicht wie ein Wald, und er würde nicht umfallen, auch wenn seine Knie ihn nicht mehr trugen. Das blaue Banner bedeckte sein Haupt. Eine kurze Andacht, von der er kaum etwas wahrnahm, wurde gefolgt von einem sakramentalen Segen. Danach setzte eine schwerfällige Bewegung ein, die dem Gnadenbild zudrängte. Lorenz fühlte wieder Übelkeit in seiner Kehle aufsteigen. Da war es, das lebensgroße Bild der Gottesmutter, das ein unbekannter Künstler vor vielen hundert Jahren aus Pappelholz geschnitzt hatte. Der traurige Blick, der geschundene Leichnam Jesu, alles war genauso, wie er es in Erinnerung hatte, und noch viel schlimmer.

Er wollte nicht weitergehen, aber er wurde geschoben. Er wollte den Blick abwenden, doch es gelang ihm nicht. Die Reihe war an ihm, das Kreuz zu schlagen. Schweißperlen liefen seine Schläfen hinab. Er wusste, dass Maria ihn durchschaute. Sie wusste alles über ihn. Alles, was er je getan hatte. So wie Großmutter gesagt hatte. Vor ihr konnte er nichts verbergen.

Er wagte nicht aufzuschauen, als er mit der Menge zum tausendsten Mal an diesem Tag zu murmeln begann: „Heilige Maria, Mutter Gottes, bitte für uns Sünder ..."

In seinem Hals fühlte er den Kloß dicker werden. „... bitte für uns Sünder ..."

Er kam über die Stelle nicht hinweg. „... jetzt und ... und ..."

Sein Mund war trocken. Er leckte sich über die Lippen, bevor die Worte ihren Weg fanden: „... jetzt und in der Stunde unseres Todes ...“

Das „Amen“ wollte ihm nicht mehr gelingen. Seine Brust verengte sich. Er begann zu keuchen. Er hatte gewusst, dass es so kommen würde. Fünfundvierzig Kilometer lang hatte er es gefühlt. Und doch hatte er weiterlaufen müssen. Er schwankte und die Welt begann sich immer schneller zu drehen.

Die Menschen ringsum waren in ihre Andacht vertieft. Langsam sackten ihm die Knie weg. Die Fahne entglitt ihm. Er sah sich selber fallen, spürte aber nicht mehr die Berührung mit dem Boden, obwohl der Sturz hart war. Hinterher sagten die Leute, er sei gefallen wie ein Stein. Er fühlte nur noch den Schmerz, der nach seinem Herzen griff wie eine große Hand, und es unter unerträglicher Pein zusammenpresste. Sein Körper auf dem Straßenpflaster krümmte sich noch ein paar Mal, bevor er sich mit einer Seligkeit entspannte, als habe die Hand ihn nun freigegeben. Die Fahne mit dem großen M sank auf ihm nieder, fast wie ein Laken, das ihn mütterlich bedeckte.

„Amen“, flüsterte er mit dem letzten Hauch. Zumindest behauptete das später der junge Mann, der sich neben ihm auf die Knie niedergelassen hatte, um ihm den Puls zu fühlen, den er jedoch nicht mehr fand.

„Er hat eine andere Wallfahrt angetreten ...“, sagte ein anderer und stimmte ein Vaterunser an, in das die Umstehenden ehrfürchtig mit einfielen.

Irgendjemand holte ein Handy aus der Hosentasche, und wenige Minuten später mischte sich Sirenengeheul mit den Stimmen der Gläubigen.

„Es ist Emil Lorenz, der Gesuchte“, sagte der junge Kriminalassistent, der den Ausweis aus der Jacke des Toten gezogen hatte, bevor der herbeigerufene Arzt ein graues Tuch über ihn deckte. „Er muss die ganze Strecke mitgepilgert sein.“

Der Kommissar rollte das Banner mit dem großen M zusammen. „Die Leute sagen, er sei zusammengebrochen, während er das Gnadenbild anstarrte. Jemand anders, der die letzten Kilometer neben ihm gelaufen ist, behauptet, Lorenz sei immer nervöser und blasser geworden, je näher sie Telgte kamen. Die Fahne in seiner Hand habe geschwankt. – Ich denke übrigens, dass es sich um das Banner handelt, das aus der Wohnung der Toten in Osnabrück verschwunden ist."

Der Assistent nickte.

„Der Doktor vermutet einen Herzinfarkt", fuhr der Kommissar fort. „Lorenz wird sich überanstrengt haben. Er war nicht mehr der Jüngste. Außerdem saß ihm die Angst im Nacken."

„Angst? Ich dachte, er wäre ein abgebrühter Kerl gewesen."

Der Kommissar zuckte die Achseln. „Was heißt schon abgebrüht?"

„Immerhin war er ein Gewohnheitsverbrecher. Einbruch. Diebstahl. Körperverletzung. Die ganze Latte rauf und runter."

„Gut, so gesehen war er sicher bis zu einem gewissen Grad abgebrüht. Aber er war auch Katholik. Und das saß noch tiefer. Ein harter Kerl ist er geworden, als er irgendwann Verbrechen begehen konnte, ohne ein schlechtes Gewissen dabei zu haben. Den Glauben aber hatte er bereits mit der Muttermilch aufgesogen. So etwas prägt."

„Wie gut, dass ich Atheist bin", sagte der Assistent, der die Sache unheimlich fand. „Vielleicht ist das der Grund, warum ich es nicht verstehe."

Sie schauten zu, wie die Bahre mit dem Toten in einen schwarzen Wagen geschoben wurde, während die Pilger, die sich auf den Heimweg machen wollten, ein letztes Marienlied intonierten: „Zum letzten Mal nach deinem Bild des Pilgers Aug sich wendet. Den Abschiedsgruß, Maria mild, der Pilger zu Dir sendet."

Hellmuth Opitz

Heimspiel für Plessner

Wie zärtlich doch so ein Zielfernrohr sein kann, denkt Plessner. Spielerisch fährt er mit dem Fadenkreuz durch den Haaransatz einer älteren Frau, die gerade ein paar Tüten mit Einkäufen in den Kofferraum ihres Seat hebt. Die Frau mag Mitte fünfzig sein und ahnt nicht, dass ihr Leben gerade von der Nervenstärke eines Zeigefingers abhängt, der auf dem Abzug eines Präzisionsgewehrs ruht. Plessner krault sie weiter an der Stirn. Er hat einen guten Blick auf den hell erleuchteten Parkplatz des Supermarktes, dessen funktionales Gebäude in einem grellen Gelbgrün gehalten ist. In der Mitte prangt ein großes stilisiertes Neon-M. Wind und Regen des Nachmittags haben sich etwas gelegt. Jetzt, Ende Oktober, wird es bereits am frühen Abend dunkel. Plessner liegt etwas mehr als 200 Meter entfernt im Unterholz einer Bahnböschung. Natürlich ist es feucht und kalt zwischen den Büschen und jungen Ahornbäumen, aber sie bieten noch genug Blattwerk, um ihn perfekt zu tarnen. Von hier sind es knapp 100 Meter Fußweg zu einem alten Fußgängertunnel, der unter den Bahngleisen verläuft und kaum noch genutzt wird. Auf der anderen Seite steht das Auto. Nach dem Schuss wird es kaum eine Minute dauern, bis ich verschwunden bin, denkt Plessner. Der Griff seiner Remington 700 Sendero liegt beruhigend kühl und glatt an seiner Wange, während er anvisiert. Jetzt läuft gerade ein junges Pärchen über den Parkplatz, im Einkaufswagen kräht ein Kind. Die Frau schäkert mit ihm und hebt es heraus, um es im Kindersitz ihres Autos anzuschnallen. Ihr Mann hat die Einkäufe verladen, schiebt den Einkaufswagen zur Sammelstelle und kommt mit dem Chip zurück. Die Frau lacht über irgendeine Bemerkung von ihm, berührt dann sein Gesicht und gibt ihm einen Kuss. Plessner schaut auf. Keine unnötigen Grausamkeiten. Nichts Demonstratives. Dafür ist er heute Abend nicht gekommen. Er hat eine feste Verabredung. Mit einer bestimmten Person. Nur dass diese Person nichts von der Verabredung weiß. Geduldig wartet Plessner auf seine Frau.

Heute kommt es drauf an. Heute ist Heimspiel. Auswärts hatte alles bestens geklappt. Er hatte die Dinge erledigt wie ein Profi. Vor fünf Wochen auf dem Parkplatz eines Baumarktes in Mönchengladbach hatte er einen Mann mit nur einem Schuss in den Hinterkopf perfekt getroffen. Und das aus gut 250 Metern Entfernung. Der Mann knickte ein wie eine Gliederpuppe und ließ dabei ein paar Regalbretter fallen, die er gerade im Heck seines Wagens verstauen wollte. Es war interessant, dass zunächst niemand einen Schuss vermutete, obwohl Plessner keine Schalldämpfer verwendete. Schalldämpfer sind gut für die Nahdistanz, bei größeren Entfernungen stören sie die Präzision. Im Verkehrslärm und dem Rattern der Einkaufswagen hatte anscheinend niemand den Knall eines Schusses bewusst wahrgenommen. Während er die leere Patronenhülse einsteckte, die Remington rasch vom Zweibein losschraubte und alles in eine überdimensional lange Sporttasche warf, hatte er sehen können, wie die ersten Umstehenden auf den zusammengebrochenen Mann aufmerksam wurden. Ihrer aufgeregten Gestik entnahm er, dass sie das Blut am Kopf für die Folgen eines Sturzes hielten. Als die ersten Handys gezückt wurden, um den Rettungswagen zu rufen, hatte er sich davongemacht. Anderntags hatte er vom heimtückischen Mordanschlag auf einen 62-jährigen Ingenieur gelesen. Der Mann, glücklich verheiratet, lebte mit seiner Frau in Kerpen, die erwachsenen Kinder waren schon außer Haus. Die Motive für die rätselhafte Tat lagen laut Presse völlig im Dunkeln, die Polizei ermittelte im Umfeld des Opfers. Vor zwölf Tagen dann hatte Plessner in Dortmund zugeschlagen. Wieder ein Supermarktparkplatz, wieder hatte ein Schuss gereicht. Dieses Mal war es eine junge Frau gewesen, 25 Jahre alt, die mit zwei Leinenbeuteln, aus denen Chipstüten ragten, sowie einem Sixpack Bier unterm Arm aus dem Supermarkt kam. Er hatte sie exakt in die Stirn getroffen, das schwere

Kaliber 338 Win Mag hatte ihren Kopf zurückschnellen lassen. Sie fiel mitsamt ihren Taschen einfach auf den Rücken. Die Passanten waren dieses Mal schneller zur Stelle und schauten entsetzt auf die Frau, der das Blut von der Stirn lief und von dort auf den Asphalt, wo es sich mit der größer werdenden Lache aus den zerbrochenen Bierflaschen mischte. All das hatte Plessner noch gestochen scharf durch das Zielfernrohr sehen können, bevor er seinen Platz zügig, aber gründlich räumte.

Dieser zweite Mord schlug ganz anders ein. Jetzt sprang die Boulevardpresse richtig darauf an: „Unheimlicher Supermarktkiller" – dieses Attribut zog sich durch die Schlagzeilen. Die junge Frau, eine Sportmedizin-Studentin, die bemerkenswert gut aussah, gab den reizvollen Kontrastpunkt in der bluttriefenden Berichterstattung. Unter der Schlagzeile „Unschuldiges Leben ausgelöscht" wurde geschildert, wie sie für eine Party mit Freunden eingekauft hatte – Knabberkram und Alkohol zum Vorglühen für den Discoabend –, bevor sie „feige aus dem Hinterhalt erschossen" worden war. Plessner interessierte ein anderer Aspekt weitaus mehr: Der Ermittlungsansatz der Polizei hatte sich mit diesem Mord verändert. Weg vom Einzelfall, hin zur Serie. Zur Vorgehensweise. Zum Tatmuster. Das kam ihm sehr entgegen. Findige Journalisten zeigten Parallelen zu einem Sniper in den USA auf, der vor einigen Jahren gemeinsam mit seinem Stiefsohn aus einem eigens dafür umgebauten Auto heraus auf x-beliebige Passanten an Tankstellen und Raststätten gefeuert hatte. Erst nach neun Toten und einigen Schwerverletzten war es dem FBI gelungen, das tödliche Duo festzunehmen. Neben solchen Fakten wollte die Presse natürlich auch „Hintergrund" liefern: Wichtigtuerische Kriminalpsychologen und selbst ernannte Profiler ergingen sich in profanen Täter-Analysen: Der Scharfschütze sei vom Tätertypus eher ein Feigling, weil er die Konsequenzen seiner Tat nicht genau sehen wolle, so lautete eines dieser Vulgär-Psychogramme. Plessner war das egal. Sollten sie doch mutmaßen. Ihm ging es dabei nur um eines: Keine Spuren zu legen. Wer als Scharfschütze nicht gerade so dumm war, Patronenhülsen oder Zigarettenkippen zu hinterlassen, konnte darauf zählen, dass nahezu keine DNA-relevanten Spuren gefunden wurden. Beim Nahkampf war das trotz aller Vorsicht nie auszuschließen. Plessner liebte die Distanz. Sie war bei einem Mord eben kein Zeichen von Feigheit, sondern von überlegtem Vorgehen. Augenzeugen nehmen eine solche Tat fast ausschließlich am Opfer wahr, der Mörder bleibt im Hintergrund verborgen. Eine solche Präzision kam Plessners Begriff von Perfektion nahe. Präzision. Perfektion. Plessner. Alles Worte, die mit einem „P" anfangen. Das P – dynamischster Explosivlaut des Alphabets. Konnte knallen wie ein Schuss. Präzision in Mönchengladbach. Perfektion in Dortmund. Und nun: Plessner in Bielefeld.

Ein Windstoß fährt durch die Ahornbäume und die Regentropfen fallen von den Blättern in den Kragen seiner Jacke. Plessner schaut durch die Zieloptik. Die permanente Beobachtung strengt an. Doch er muss warten, anders als in Mönchengladbach und Dortmund, wo er seine Opfer schnell ausgewählt und zügig liquidiert hatte. Er wartet auf seine Frau, die wie jeden Donnerstag nach dem Shoppen mit ein paar Freundinnen in dem Coffeestore über dem Supermarkt sitzt. Von hier aus kann er ihren metallicsilbernen Peugeot CC hervorragend sehen. Die Schussweite passt exzellent. Seine Frau wird das dritte Opfer sein. Das dritte Opfer einer Mordserie, die insgesamt fünf oder sechs Menschen das Leben kosten wird, so genau weiß er das noch nicht. Sie wird der Mord sein, auf den es ankommt, in einer Reihe scheinbar willkürlich ausgewählter Opfer. Eingebettet ins motivlose, Rätsel aufgebende Beuteschema eines Serienkillers. Auch die nächsten beiden Tatorte stehen schon fest und ergeben zusammen eine Blutspur, die sich von Westen nach Osten zieht: Mönchengladbach – Dortmund – Bielefeld – Magdeburg – Berlin. Vielleicht könnte er sogar noch einen Mord in Polen dranhängen. Sollen Sie doch glauben, dass sich da einer die A2 entlang mordet, um im Osten zu verschwinden. Ruhig, denkt Plessner, eins nach dem andern, komm runter jetzt. Der leichte Nieselregen setzt wieder ein. Die heikelste Aufgabe steht ihm heute Abend bevor. Würde ihn jetzt jemand nach dem Mordmotiv fragen, könnte er nur verlegen mit den Achseln zucken. Und bestünde derjenige dann darauf, wenigstens einen guten Grund dafür zu erfahren, warum er seine Frau umbringen wolle, würde er eine lapidare Antwort geben müssen: Sie nervt. Es ist die Summe von Kleinigkeiten: Die Art, wie sie in ein Brötchen beißt. Wie sie sich im Urlaub mit Sonnencreme einreibt und die Sonnenbrille als Haarreif benutzt. Allein ihr Name: Silke! Und wie sie mit ihren exaltierten Freundinnen redet, diesen verwöhnten Schicksen. Wie sie manchmal durchblicken lässt, dass sie den Hauptteil des Geldes in die Ehe gebracht hat als Töchterchen aus begütertem Hause. Und das, obwohl er sich in all den Jahren eine Zahnarztpraxis aufgebaut hat, die höchst erfolgreich läuft. Spätestens jetzt würde sie ihn kühl unterbrechen: „Mit meinem Startkapital und meinen Freundinnen." Plessner muss zugeben, dass sie in diesem Punkt Recht hat: Ohne die Flüsterpropaganda dieser Steffis, Heidis, Marias und Claudias hätte er nicht so erfolgreich in der besseren Gesellschaft Bielefelds reüssieren können. Doch – und das blieb festzuhalten – ohne seine Sorgfalt und Präzision hätte der Erfolg keinen Bestand gehabt. Im Grunde ist er ein Dental-Künstler. Nur ist das noch nie gewürdigt worden. Und genau das treibt ihn seit jeher im Innersten um, wenn er ehrlich zu sich selbst ist: Diese subtile Verachtung, die ihm seitens dieser Kreise entgegenschlägt. Einmal hatte er auf einer Party bei einer von Silkes Freundinnen zufällig ein Gespräch auf der Terrasse belauscht, in dem Steffi zu Conny gesagt hatte: „Ich weiß auch nicht, was Silke an Rolf findet. Der ist doch wie ein Klempner. Und außerdem so ein vergrübelter Einzelgänger. Dem mussten sie als Kind bestimmt ein Kotelett umbinden, damit wenigstens die Hunde mit ihm spielen." Worauf beide losgeprustet hatten, bis eine von ihnen Silke kommen sah: „Ssscht, Achtung!" Das war es auf den Punkt gebracht: Nix Künstler. Klempner war er in diesen Kreisen. Dienstbares Personal. Ein Fingerschnippen wert, mehr nicht. Diese Küsschen-hier-Küsschen-da-Begrüßungen: „Hach, Rölfchen, immer noch tapfer an der Zahnfront?“ – alles Fassade. Und Silke war im Grunde nicht anders. Diese unterschwellige Dominanz, mit der sie ihn, den tumben Handwerker, darauf hinwies, was in diesen Kreisen ein „must“ oder ein „no go“ war. Sich in dieser Gesellschaft eine Zukunft vorstellen? Nicht mit ihm. Gut, denkt Plessner, mögen sie ihn doch alle als gutmütigen Blaukittel in Weiß abstempeln, sie kennen seine dunkle Seite nicht. Seine Entschlossenheit. Seine zielgerichtete Organisiertheit. Seine professionelle Kälte. Seine – und auf diese Eigenschaft ist Plessner in diesem Moment besonders stolz: Skrupellosigkeit.

Ein Paar, etwa Ende 40, kommt mit vollem Einkaufswagen aus dem Supermarkt. Beide im Dresscode der Gutbetuchten. Sie in Barbour-Wachstuchjacke, Edeljeans und Tod's, er mit kariertem Tweedsakko, unter dem ein moosgrüner Ralph Lauren Pullunder leuchtet. Die Optik des Zielfernrohrs ist wirklich exzellent: Er fährt ihr mit dem Fadenkreuz durch das honigblond gefärbte Haar, zeichnet die kleinen Fältchen neben den Augen nach, den schmalen Strich der roten Lippen. Der filigrane Look der Besserverdiener. Jetzt ein Schuss eisenhaltige Hässlichkeit dazu, denkt Plessner amüsiert, während das Paar die Heckklappe seines nachtblauen Jaguar öffnet. Er dehnt seine Finger, die in der dauerhaft geballten Haltung am Abzug etwas verkrampft sind. Keineswegs fühlt er sich als Herrscher über Leben und Tod, wenn er seine Opfer anvisiert, wie es die Pseudo-Profiler in der Presse nach dem Tod der jungen Frau gemutmaßt hatten. Solche Machtgefühle sind ihm fremd. Die Auswahl seiner Opfer erfolgt nach strengen Richtlinien. Das wichtigste Kriterium heißt: scheinbare Wahllosigkeit. Mann oder Frau: egal. Gleichgültig, ob alt oder jung. Erst ein 62-jähriger Ingenieur, dann eine 25-jährige Sportmedizin-Studentin, als Nächstes würde es eben eine 38-jährige Zahnarzt-Gattin treffen. Opferauswahl nach dem Zufallsprinzip, dieser Eindruck soll sich bei den Ermittlern verfestigen. Denn wo ein Serienkiller scheinbar wahllos auf Supermarktparkplätzen quer durch die Republik tötet, verliert die Untersuchung des Einzelfalls zwangsläufig an Bedeutung und die Prävention tritt in den Vordergrund. Sie dürfen eben nicht bemerken, dass ein zielgerichteter Mord in einer Serie wahlloser Zufallstötungen versteckt wird, dass sich ein konkretes Mordmotiv im scheinbar motivlosen Rausch eines Schießwütigen tarnt. Dass er eigentlich kein richtiges Motiv für den Mord hat, umso besser. Er steht wirtschaftlich trotz des eingebrachten Geldes von Silke auf eigenen Füßen. Er hat keine heimliche Geliebte. Die Freundinnen von Silke würden Stein und Bein schwören, dass ein so gutmütiger Trottel wie er nicht in der Lage wäre, eine solche heimtückische Mordserie auch nur im Ansatz zu planen, geschweige denn durchzuführen. Plessner konnte sich die Freundinnen bei ihren Aussagen lebhaft vorstellen: „Herr Kommissar, wie soll ich sagen, der Mann hat eben nur Implantate im Kopf, haha.“ Es ist eine clevere Vorsichtsmaßnahme, die Serie auch nach dem Tod seiner Frau fortzuführen. Endete die Serie nach dem Tod seiner Frau, würde ihm mehr Aufmerksamkeit zuteil, als ihm lieb war. Die Polizei würde sich fragen, warum die Serie so abrupt aufhörte, was schief gelaufen sei. Und sie würden die Antwort im letzten Mord suchen. Nein, dann lieber noch zwei, drei Zufallsmorde anhängen und die Blutspur schön nach Osten ziehen. Hört sich leicht an. Aber Plessner gesteht es sich ein: Die Herstellung von Zufall ist ein verdammt hartes Stück Arbeit.

Heute kommt es drauf an. Heute ist Heimspiel. Hier in Bielefeld. Hohes Risiko. Plessner vertraut seiner ruhigen Hand. Und der Durchschlagskraft seiner Remington Sendero 700 Kal. 338 Winchester Magnum. Absolut zuverlässig auf 300 Meter. Speziell konzipiert für Sondereinheiten von Polizei und Grenzschutz. Eine wunderbare Präzisionswaffe, die ihm Roth da besorgt hatte. Überhaupt, Roth. Ein Glücksfall, ihn wieder getroffen haben. Er hatte Roth bei der Bundeswehr Anfang der 90er kennen gelernt. Bei Schießübungen hatte sich herausgestellt, dass sie beide außergewöhnlich gute Schützen waren und man hatte sie gefragt, ob sie sich eine Ausbildung zum Scharfschützen bei der Bundeswehr vorstellen konnten. Plessner hatte nein gesagt, weil er sich auf sein Zahnmedizin-Studium konzentrieren wollte, Roth hatte sich verpflichtet. Nach drei Jahren war er vorzeitig entlassen worden. Über die Gründe schwieg Roth sich bis heute aus. Er war der Typ, der immer Risiko ging, aber dabei absolut kalt, abgebrüht und nervenstark blieb. Sie hatten sich während dieser drei Jahre oft gesehen, auch nach Plessners Bundeswehrzeit. Sie waren mehr als Bundeswehr-Kumpels, sie waren „brothers in arms," wie Roth das nannte. Und das bezog sich nicht nur auf die gemeinsame Waffenkönnerschaft, sondern darauf, dass sie sich auch äußerlich ähnlich waren wie Brüder. Manche meinten sogar, wie Zwillingsbrüder. Gut, Roths Haare waren eine Nuance heller und die Nase ein wenig größer. Aber auf den ersten Blick konnten sie als Kopien ihrer selbst durchgehen. Sie hatten das während ihrer Grundausbildung bei der Bundeswehr oft genutzt, um sich Freiheiten beim Ausgang herauszunehmen, was sie einmal sogar drei Tage im Bau gekostet hatte. Das schweißte sie umso mehr zusammen. Aber die Entlassung bei der Bundeswehr hatte Roth dann doch etwas aus der Bahn geworfen, sie verloren sich aus den Augen. Plessner hörte Gerüchte, dass Roth sich als Söldner in Afrika verdingt hätte, und konzentrierte sich fortan auf sein Studium in Hamburg. Vor drei Jahren schließlich hatten sie sich zufällig wieder getroffen, als ihr Bundeswehrstandort in der Lüneburger Heide 50-jähriges Bestehen feierte. Sie hatten sich auf Anhieb blendend verstanden, die alte Chemie war wieder da, als hätten nicht zwölf Jahre dazwischen gelegen. Inzwischen hatte Roth sich ein kleines, aber gut gehendes Speditionsgeschäft bei Berlin aufgebaut. Er war vorher tatsächlich lange Jahre als Söldner umhergezogen: Tschetschenien, Mauretanien, Sierra Leone waren seine Stationen gewesen, bevor er im Herbst 2002 bei Blackwater anheuerte, die sich gerade auf den Irakkrieg vorbereiteten. Im Herbst 2003 hatte er dann wieder gekündigt, „bevor es richtig dreckig wurde", wie Roth sarkastisch lächelnd sagte. Sie hatten sich von da an regelmäßig getroffen, auch wenn Plessner es tunlichst vermied, ihn in seinen Freundeskreis einzuführen, der, wenn man es genau besah, ohnehin der Freundeskreis seiner Frau war. Vor etwas mehr als einem Jahr hatte er ihm dann von Silke erzählt, seiner aufgestauten Wut und der daraus resultierenden Neigung zur radikalen Lösung. Er hatte nicht eine Sekunde gezögert, Roth diese innersten Geheimnisse anzuvertrauen. Niemand aus seinem Umfeld kannte Roth, es gab keine Verbindung. Der hatte ihn ruhig angesehen und gesagt: „Du musst das anders aufziehen. Bette es in eine Serie ein." Einbetten klang schöner, als es tatsächlich war. Doch die vier, fünf unschuldigen Opfer, die dabei anfielen, hatte Roth mit der Bemerkung „notwendige Camouflage" abgetan. „Söldnersprache", wie er grinsend hinzufügte. Die Arbeitsteilung war von vornherein klar gewesen: „Du ziehst es durch, ich übernehme Alibi und Logistik." Die deutlich strukturierten Aussagen Roths hatte Plessner als Wohltat und nicht als Befehl empfunden. Wie es überhaupt befreiend war, als das Räderwerk des Plans sich in Bewegung setzte. Es kam ihm vor, als habe er bisher nur in Schonbezügen gelebt, als könne er nun einen Teil seiner Persönlichkeit plötzlich aus dem Gefängnis der Normalität entlassen, das Undenkbare denken und sogar ausführen. Für Roth schien diese außergewöhnliche Erfahrung Alltag zu sein, so entschlossen war er vorgegangen. Zuerst hatte er das Gewehr besorgt. „Irgendwo aus Bulgarien", hatte er vielsagend gelächelt, aber so genau wollte es Plessner ohnehin nicht wissen. Er hatte nördlich von Berlin auf abgelegenen Schießständen in der Schorfheide ungestört üben können und schon bald seine alte Bundeswehr-Form wieder erreicht.

Diese Form kommt mir nun zugute, denkt Plessner und wischt sich einen Regentropfen von der Nase. Silke wird in schätzungsweise zehn oder fünfzehn Minuten herauskommen. Er verspürt jedoch kein Lampenfieber, eher gespannte Erwartung. Dafür sorgt nicht nur das präzise Gewehr, sondern vor allem das präzise Alibi, dass sich Roth und er erarbeitet haben.

„Die Alibis sind das Wichtigste," ständig hatte Roth ihm das eingeschärft. Als er in Mönchengladbach den Ingenieur erschoss, hatte Roth zur gleichen Zeit seinen Wagen an einer Tankstelle in Bielefeld aufgetankt. Er hatte ein Sweatshirt von Plessner mit Aufdruck getragen, das leicht wieder zu erkennen war. Der Quittungsbeleg und die Video-Aufnahmen der Tankstelle würden belegen, dass er, Plessner, zur Tatzeit in Bielefeld an einer Shell-Tankstelle gewesen war. Die Ähnlichkeit zwischen ihm und Roth war auch nach all den Jahren noch verblüffend. Beide hatten noch volles Haar und die gleiche drahtige Figur. Die zwei Zentimeter, die Plessner größer war, fielen nicht ins Gewicht. Für den Mord abends in Dortmund hatte er inklusive Tatausführung sowie Hin- und Rückweg gerade mal drei Stunden gebraucht. Roth war nach Dienstschluss an seiner Stelle in die Zahnarztpraxis gegangen und hatte gewartet. Nach einiger Zeit hatte Silke ihn angerufen und gefragt, wo er denn bliebe. Er hatte geantwortet, dass er noch an Kostenabrechnungen für die Krankenkassen sitze. Silke hatte ihn dann gefragt, ob er erkältet sei, seine Stimme höre sich so rau an. Er hatte noch etwas wortkarg herumgebrummelt, worauf Silke ihn mit den Worten „alter Muffelkopp" angeraunzt und aufgelegt hatte. Das alles erzählte ihm Roth bei seiner Rückkehr mit leichtem Grinsen. Plessner wusste also genau, in welcher Stimmung Silke war, als er gegen 22 Uhr zuhause eintraf. Auch das ein rundes Alibi. Für Bielefeld war der Aufwand ungleich größer. Gemäß der Planung war Plessner heute Morgen zu einem großen Zahnärzte-Kongress nach Berlin gefahren, Thema: „Herausforderung Osten – wie stellt sich die Dentalmedizin dem Wettbewerb mit zahnärztlichen Billiganbietern aus osteuropäischen Ländern?" Während der Mittagspause hatte Plessner sich unauffällig verdrückt und mit Roth getroffen. Sie hatten die Autos getauscht. Roth hatte sich in Plessners Anzug geworfen und war an seiner Stelle zum Kongress zurückgekehrt, während Plessner mit Roths Wagen Richtung Bielefeld fuhr. Auf dem Kongress hatte Roth viele Visitenkarten verteilt und bei einem Diskussionsforum Fragen gestellt, die Plessner ihm vorher aufnotiert hatte. Kein Zweifel: Dr. med. dent. Rolf Plessner aus Bielefeld dürfte nachhaltigen Eindruck hinterlassen haben. In ihren Plan hatten sie aber noch eine zusätzliche Sicherheitsstufe eingebaut, „unser Sahnehäubchen", wie Roth es nannte. Ungefähr zur Tatzeit würde Roth mit Plessners Wagen in der Nähe des Kongresszentrums mit überhöhter Geschwindigkeit eine Radaranlage passieren, die zweifellos ein schönes Foto machen würde, wie Plessner nach einer anstrengenden Tagung etwas überreizt zu seinem Hotel fuhr.

Das musste ungefähr jetzt sein, denkt Plessner und schaut auf seine Uhr. Auch Silke muss jeden Moment herauskommen, der Coffeestore schließt um acht. Er hatte sie mal gefragt, ob sie und ihre Freundinnen es nicht als stillos empfänden, in einem Café innerhalb eines Supermarktes zu sitzen. Sie hatte ihn entrüstet angeschaut: „Erstens ist es kein Café, sondern ein Coffeestore und zweitens kriegt man dort den besten Latte Macchiato der Stadt!" Plessner kannte auch das drittens – Hafis, den syrischen Barista, der die versammelte Damenwelt mit seinen Schaumschlägereien das Schmachten lehrt. Im Grunde sind Silke und ihre Freundinnen doch ein Kaffeekränzchen, das sich jeden Donnerstagnachmittag von nahöstlichem Schmelz erotisch anprickeln lässt. Plessners Gedanken gehen etwas vor: Natürlich wird die Polizei Silke nach der Tat recht schnell identifizieren und sich bei ihm melden. Für diesen Fall hatten Roth und er auch die Handys getauscht. Roth wird drangehen, die Nachricht naturgemäß geschockt entgegennehmen und zusagen, so schnell wie möglich nach Bielefeld zu kommen. Er benachrichtigt Plessner, der drei Stunden später erschüttert bei der Polizei erscheinen wird. Konzentration, denkt Plessner und gerade als er das denkt, erscheint Silke. Sie kommt zusammen mit Steffi aus dem Supermarkt, die beiden umarmen sich zum Abschied, tupfen Luftküsschen in den Abendhimmel und gehen dann zu ihren Autos. Er schaut durchs Zielfernrohr: Silke bleibt einen Moment stehen. Sie dreht ihm den Rücken zu, sucht wahrscheinlich in ihrer Handtasche nach dem Schlüsselbund. Hinter ihr schiebt ein Supermarkt-Angestellter gerade eine Schlange von Einkaufswagen zur Sammelstation. Silke kramt immer noch. Das dauert, denkt Plessner, während er sie anvisiert. Er atmet ruhig und spannt den Finger am Abzug. Silke legt plötzlich den Kopf in den Nacken. Jetzt, denkt Plessner und drückt ab. Im selben Moment reißt es Silkes Oberkörper nach vorn, sie hält sich die Hand vor den Mund. Der Schuss erscheint Plessner übermäßig laut, es fiept in seinen Ohren. Er sieht, wie Silke sich wieder aufrichtet, ihr Oberkörper ruckt erneut nach vorn. Sie niest ein zweites Mal. Die Leute auf dem Parkplatz haben schnell gemerkt, dass es sich um einen Schuss handelt. Sie ducken sich hinter Autos ab, entsetzte Rufe sind zu hören. Auch Silke versteckt sich. Plessner sieht, wie der Supermarkt-Angestellte sich langsam über seine Einkaufswagen neigt, seitlich abrutscht und hinfällt. Das darf nicht wahr sein. Auf dem leicht abschüssigen Parkplatz setzen sich die Einkaufswagen wie in Zeitlupe in Bewegung und prallen schließlich gegen einen geparkten BMW, dessen Alarmanlage sofort losjault. Fieberhaft packt Plessner zusammen. Er findet die ausgestoßene Patronenhülse nicht. Egal. Alles ist egal: Der ausgeklügelte Plan hat sich in Nichts aufgelöst. In Bielefeld würde er nicht noch einmal zuschlagen können, das würde die Polizei höchst misstrauisch machen. Banale Worte fallen ihm ein: Pleiten, Pech, Pannen. Worte, die mit „P“ anfangen, dem Explosivlaut, der knallt wie ein Schuss. Und nachhallt wie Fehlschuss. Plessner, der Profi, hat keine Zeit zum Denken.

Max von der Grün

Die Puppe

Es war in jenem heißen Sommer des Jahres 83, den die Leute einen Jahrhundertsommer nannten, obwohl viele solcher heißen Sommer in diesem Jahrhundert gebrütet hatten, wie die alten Leute zu berichten wussten. Die Bewohner unseres Vorortes, der eine Mischung aus Landwirtschaft und Industrie, individuellen Häusern und uniformierten Siedlungen ist, saßen nicht nur an den Wochenenden oft bis weit über Mitternacht in ihren Gärten, auf ihren Terrassen oder ihren Balkonen, denn in den Wohnungen staute sich die Hitze, so dass auch der Müdeste nur kurzen und verschwitzten Schlaf fand. Die Nachbarn luden sich zum Grillen ein oder einfach nur auf ein Bier; Christa und ich vermieden es, Einladungen auszusprechen oder anzunehmen. Uns gefiel es, allein auf unserer Terrasse zu sitzen, und wer lange nachts im Freien ist, der vernimmt Laute, die er tagsüber überhört oder denen er in der Vielfalt der Geräusche keine Bedeutung beimisst.

Es war Mittwoch, der 10. August. Die Mücken und Fliegen wurden so lästig, dass ich mich nur noch mit einer Fliegenpatsche wehren konnte. Ich war gerade dabei, mir ein Glas Wein einzuschenken aus einer Glaskanne, die mit einem zylindrischen Einsatz versehen und mit Eiswürfeln gefüllt war, so dass der Weißwein eine gleich bleibende Temperatur behielt, das Eis mit dem Wein jedoch nicht in Berührung kam, als ich einen seltsamen Laut hörte. Er ähnelte dem Schrei einer Katze in Todesangst und ließ mich beim Eingießen einen Moment innehalten. Auch Christa hob den Kopf, aber während ich weiter angestrengt in die Nacht lauschte, senkte sie den Kopf wieder auf ihre Handarbeit. Christa strickte an einem Pullover, den ich im Herbst tragen sollte. Mehrmals in letzter Zeit hatte sie Teile des komplizierten Musters wieder aufgetrennt; entweder hatte sie sich verzählt, oder die Maschen waren ihr zu fest oder zu locker. Das alles machte sie mit bewundernswerter Geduld, ohne ärgerlich zu werden. Ich hatte manchmal den Eindruck, sie freute sich darüber, gewisse Arbeiten mehrmals auszuführen.

„Hörte sich wie eine Katze an, die irgendwo eingeklemmt ist", sagte ich und nahm neben ihr auf der gepolsterten Gartenbank Platz.

Christa antwortete nur: „Trink nicht so viel, denk an deine Leber, es muss nicht jeden Abend ein Liter Wein sein. Jedenfalls ist es nicht unsere Katze."

Dann saßen wir lange schweigend nebeneinander. Die Schwüle und das gleichmäßige Aneinanderschlagen der Stricknadeln schläferten mich ein, ich wurde träge wie unsere Katze, die sich neben mir auf der Bank räkelte. Nur die Fliegen, nach denen ich manchmal schlug, hielten mich wach.

Da war er wieder, der klagende Laut. Unsere Katze schoss hoch; sie sprang von der Bank und streckte sich lang auf den roten Klinkern aus, mit denen die Terrasse ausgelegt ist.

„Das war eine Katze irgendwo draußen", sagte ich mit Nachdruck.

Eine Stunde nach Mitternacht war es, und das Außenthermometer wies immer noch dreißig Grad Hitze aus. Christa hatte ihre Strickarbeit unterbrochen und ließ Nadeln und Wolle in ihren Schoß sinken.

„Du hast Recht, es war eine Katze. Die Katzenfänger sind wieder mal unterwegs, ich habe es gestern in der Zeitung gelesen. Hoch lebe die Wissenschaft."

Anderntags erwachte ich schweißgebadet. Ich zog im Wohnzimmer die Jalousien hoch; draußen war es friedvoll, kein Laut war zu hören, die Schwalben flogen noch nicht, die Sonne war schon zu ahnen, der Himmel versprach abermals einen heißen Tag. Noch im Schlafanzug trat ich auf die Terrasse. Unsere Katze, die während der Nacht draußen gewesen war, sprang mir mit weiten Sätzen und laut miauend entgegen. Sie umkreiste mit hochgestelltem Schwanz schnurrend meine Beine und lief dann durch das Wohnzimmer in die Küche, wo sie ihren gefüllten Fressnapf wusste.

Als ich ins Haus zurückkehren wollte, sah ich etwas am Turm der zweihundert Meter entfernten katholischen Kirche leuchten. Im Kirchturm sind zwei schmale, übermannshohe Fensteröffnungen, die, weil nicht verglast, gewöhnlich mit braunen Holzläden verschlossen werden; heute aber war der rechte Laden geöffnet, und in der Öffnung hing eine lebensgroße Puppe. Sie trug ein blaues Hemd und eine blaue Hose und einen Strick um den Hals.

Ich wollte es genau wissen und holte aus dem Wohnzimmerschrank mein Fernglas.

Was im Rundbogenfenster des Kirchturms hing, war keine Puppe. Dort oben hing ein Mensch, ein Mann. Es war der Fabrikant Heinrich Böhmer, mein Schwager, der Bruder meiner Frau.

*

Ausgezogen war Heinrich Böhmer kurz entschlossen aus seiner feudalen Villa, nachdem dreimal innerhalb eines Vierteljahres die Fensterscheiben im Erdgeschoss eingeworfen worden waren. Die Villa, die vor der Jahrhundertwende erbaut und von seinem Großvater im Inflationsjahr 1923 – sozusagen für ein Butterbrot – gekauft worden war, liegt im Süden unserer Stadt am Nordhang des Ruhrtals einsam und versteckt inmitten hundertjähriger Ulmen, Eichen und hoher Föhren; der Garten glich weniger einer Anlage als einer von Menschenhand unberührten Wildnis. Heinrich Böhmers Wahlspruch hieß: So wenig wie möglich eingreifen. Wuchern lassen. Die Natur hilft sich selber.

Die polizeilichen Ermittlungen brachten damals keine brauchbaren Ergebnisse. Gefunden wurden lediglich die Steine, wertlose Fußabdrücke und Reifenspuren auf den umliegenden Feldwegen, Fußspuren im Rasen und im Erdreich zwischen dem dichten Strauchwerk, das wie ein Schutzwall ein verwunschenes Schloss umzäunte.

Als dann in einer Juninacht des Jahres 82 bei wolkenbruchartigem Regen und böigen Winden beinahe alle Fensterscheiben und die wertvollen Scheiben der hohen Terrassentüre auch in weniger als fünf Minuten zum dritten Male in Scherben fielen und Böhmers Frau in panischer Angst in den Heizungskeller flüchtete, fasste Böhmer den Entschluss, sich eine Stadtwohnung zu suchen, möglichst in einem Hochhaus, das ihm die Möglichkeit bot, anonym zu leben und doch Menschen wie zum Schutz in unmittelbarer Nähe um sich zu haben.

Heinrich Böhmer fühlte sich bedroht.

Seine Zwillingssöhne Lars und Sascha waren in jener Sturmnacht nicht zu Hause gewesen. Als sie anderntags von einer Fete bei Freunden zurückkehrten, die neue Zerstörung mit Schrecken und Wut betrachteten und von der Absicht ihres Vaters erfuhren, beschworen sie ihn, seinen Entschluss zu überdenken. Der Auszug wäre, wie sie meinten, Flucht vor einer Gewalt, vor der man nicht fliehen dürfe, sondern die man bekämpfen müsse. Böhmer hatte seinen Söhnen erwidert, dass man nur die Gewalt bekämpfen könne, die einen Namen habe. Zudem sei die Aufgabe der Villa praktisch, sie sei ganz einfach zu groß geworden, seit beide Söhne zum Studium außer Haus waren, fast unbewohnbar für ihn und ihre Mutter, die selten genug hier sei, sich sechs Monate im Jahr in Südfrankreich aufhalte und diese Aufenthalte von Jahr zu Jahr verlängere. Für ihn allein sei das palastähnliche Haus ein unzumutbarer Zustand, auch Köchin und Dienstboten seien überflüssig, weil diese drei Menschen sich täglich selbst überlassen blieben und kaum noch Aufgaben zu erfüllen hätten.

Dank seiner guten Verbindungen und seines Geldes fand Böhmer schnell eine große Eigentumswohnung mit Rundbalkon, eine Luxuswohnung im vierten Stock eines eben erst fertig gestellten Blocks in Innenstadtnähe. Die Villa wollte er verkaufen. Es liefen auch reichlich Angebote ein; plötzlich aber besann sich Böhmer anders. Er hing doch mehr an dem Haus, als er sich eingestehen wollte; er war darin geboren und aufgewachsen, hatte glückliche Jahre darin verlebt.

Zu Beginn des Wintersemesters im Oktober 82 zogen dann zwanzig Studenten von der nahen Dortmunder Universität in die leere Villa ein. Sie flickten notdürftig die Schäden, hielten den Bau in Ordnung und schliefen einfach auf dem Fußboden, denn alles Inventar hatte Böhmer in der neuen Stadtwohnung untergebracht oder bei einer Spedition einlagern lassen.

Als er vom Einzug der Studenten erfuhr, wollte er die Polizei rufen und die jungen Leute vertreiben lassen. Das Gesindel, wie er es nannte, sollte Prügel beziehen. Seine Söhne rieten ihm ab: Er solle erst mal zuwarten, wie sich das Leben der Studenten entwickle, vielleicht könnten sie sogar von Nutzen sein, denn ein unbewohntes Haus nehme mehr Schaden als ein bewohntes.

Böhmer folgte widerwillig. Er verachtete, er hasste Leute, die mit dem Eigentum anderer umgingen, als sei es Schnee, der für jedermann kostenlos vom Himmel fällt. Er war davon überzeugt, dass diese Sorte Menschen nur solange gegen Besitz und Besitzende wettern, solange sie nicht selbst Besitzende sind; wären sie es einmal, würden sie mit den rüdesten Methoden ihren Besitz verteidigen. Er habe da seine Erfahrungen in den letzten zwanzig Jahren gesammelt.

Durch die Villenbesetzung war auch für jene ein Ärgernis entstanden, die in dieser Gegend ebenfalls in umzäunten Häusern lebten und sich nur unter ihresgleichen wohl fühlten, weitab von der verrußten großstädtischen Wirklichkeit. Dorthin flüchtete nun Heinrich Böhmer, Alleininhaber der Böhmer Elektrowerke mit fünfhundert Arbeitern und Angestellten, vor einer Gefahr, deren Namen er nicht kannte. Sein Werk, zeitweise bis zu neunzig Prozent exportabhängig, arbeitete seit Bestehen mit guten Gewinnen. Von wirtschaftlicher Flaute hatte es bislang kaum etwas verspürt, zum Erstaunen und Neid der Konkurrenten, denen Böhmer bei Tagungen des Arbeitgeberverbandes zwangsläufig begegnete. Missgünstige unterstellten ihm unlautere Methoden; er war sogar politisch anrüchig geworden, weil – wie allgemein bekannt – ein Großteil seiner Produktion in kommunistische Länder floss. Ihn berührten alle süffisanten Unterstellungen wenig. Er wusste nur zu genau, dass zu allen Zeiten die weniger Erfolgreichen Zuflucht bei der Verleumdung suchten, weil es ihnen an Verstand und Phantasie mangelte. Verächtlich sagte er: Gäbe es Verstand und Phantasie zu kaufen, die würden beides nicht kaufen, weil der Geiz ihnen längst die Gehirnzellen vermauert hat und allein Habgier ihre Lebensgrundlage ist.

Böhmer war nie selbst in einem kommunistischen Land gewesen. Er ließ die Leute von dort zu sich kommen oder schickte seinen Wirtschaftsberater Dr. Pauls, den Prokuristen Gebhardt, den Chefingenieur Adam.

Was Böhmer beim Unternehmensverband, bei Kollegen und Konkurrenten besonderer politischer Bedenklichkeit aussetzte, war die Tatsache, dass er in einem Betrieb einen linkslastigen Sozialdemokraten beschäftigte, der von der Belegschaft einstimmig in den Betriebsrat und vom Betriebsrat einstimmig zum Vorsitzenden gewählt worden war. Innerhalb und außerhalb des Betriebes verkündete dieser Mann, der Manfred Schneider hieß, seinen politischen Glaubenssatz: In unserem Lande wird sich erst dann etwas ändern, wenn die Besitzverhältnisse geändert werden, wenn die Eigentumsfrage zum zentralen Thema aller Parteiprogramme erhoben wird.

Diesen Mann ließ Böhmer gewähren. Auf alle Vorwürfe erwiderte er gleichmütig: Ich wünschte, ich hätte mehr solcher qualifizierter Mitarbeiter, dann würde das Made in Germany wieder seinen alten Glanz bekommen.

Das war Heinrich Böhmer, der Halbbruder meiner Frau, der unehelichen Tochter seines Vaters Klemens. Der hatte seinen Seitensprung immer hartnäckig geleugnet und an Christas Mutter weder Alimente noch eine Abfindung gezahlt. Zahlen, so sagte er, bedeutet doch nur Eingeständnis.

Heinrich Böhmer nahm Christa in sein Haus auf, als sein

Vater bei einem Autounfall in der Nähe von Düsseldorf ums Leben gekommen war. Der Sohn wollte gutmachen, was der Vater geleugnet hatte. Christa lebte fortan im Hause Böhmer, nicht aber als die Halbschwester eines reichen Mannes: Sie wurde das Kindermädchen der Zwillinge Lars und Sascha. Sie hat die beiden Jungen mit großgezogen, sie vielleicht durch ihren Einfluss ein wenig geprägt.

Später, als wir uns kennen gelernt hatten – in der Straßenbahn, ich half ihr, Apfelsinen aufzulesen, die aus einer geplatzten Plastiktüte über den Boden kullerten –, bat sie mich, in der Fabrik bei ihrem Halbbruder vorzusprechen, damit er mir eine angemessene Arbeit verschaffe. Ich hatte zwanzig Jahre als Industriekaufmann gearbeitet, bevor ich Photograf wurde; der Beruf eines freien Photografen – ich knipste für Zeitungen und Zeitschriften – war meiner späteren Frau zu unsicher. Ich drang auch bis in Böhmers Büro vor, aber dieser massige Mann beschied mich freundlich und entschieden: Ich stelle keine Leute ein, die beabsichtigen, in absehbarer Zeit mit meinem Haus in verwandtschaftliche Beziehungen zu treten, in welcher Form auch immer und wie die Verwandtschaft auch gelagert sein mag.

So abgefertigt stand ich wieder auf der Straße.

Ich war nicht einmal wütend, ich schämte mich. Nie wieder Böhmer, sagte ich mir.

Beinahe hätte diese Abfuhr zum Bruch mit Christa geführt. Sie fand, ich hätte mich ungeschickt benommen, mich unklug verhalten, lenkte aber nach Tagen des Schmollens ein und sagte: Verzeih mir, Edmund, ich hätte es besser wissen müssen. Es war dumm von mir, dir diesen Rat zu geben, dumm von mir, dich in diese Lage zu bringen. Es bewahrheitet sich wieder einmal: Man darf mit Verwandtschaft keine Geschäfte tätigen.

Acht Wochen später heirateten wir, und weil wir nie Kinder bekamen, so sehr wir uns welche wünschten, wurden Sascha und Lars, ohne es eigentlich zu wollen, Christas Kinder. Sie besuchten uns regelmäßig; auf diese Weise erfuhren wir, was in der Villa vor sich ging, was dort gesprochen und geplant wurde, denn seit unserem Hochzeitstag hatte Christa die Villa nicht wieder betreten.

Ich hatte mich nie besonders für Heinrich Böhmer und seine Welt interessiert. Christa aber blieb den Zwillingen Kindermädchen: Sie durften alle kleinen und großen Sorgen bei uns abladen, vor allem wurden jene Sorgen gebeichtet, die man den Eltern nicht beichten wollte. Lars studierte Betriebswirtschaft in Bonn, Sascha Jura in Münster. Soweit ich es mitbekam, hatten beide ein erträgliches Verhältnis zu ihren Eltern – schon deshalb, weil sich Heinrich Böhmer selten in die Angelegenheiten seiner Söhne einmischte und beide konsequent vom Betrieb fern hielt. Frau Böhmer, eine geborene Horsemann, hielt sich jedes Jahr für mehrere Wochen oder gar Monate in Südfrankreich, in Avignon auf, in einem zwar kleinen, aber komfortablen Haus, das sie von ihrem Vater geerbt hatte. Der alte Horsemann hatte zur Expansion des Böhmerwerkes nicht unwesentlich beigetragen. Zur Hochzeit hatte er seiner Tochter eine halbe Million Mitgift in bar vermacht, die Frau Böhmer ohne Wenn und Aber ihrem Mann gab, der das Kapital in seiner Fabrik investierte. Er konnte die modernsten Fertigungsanlagen kaufen, was ihm für Jahre einen konkurrenzlosen Vorsprung sicherte. Ehe die Branche begriff, was im Böhmerwerk vorging, hatte er sich ein bescheidenes Monopol geschaffen.

Heinrich Böhmer war ein erfolgreicher Fabrikant, der mit Härte, ohne rüde zu werden, seine Interessen durchsetzte, jedoch immer im Rahmen der bestehenden Gesetze blieb: nicht mehr, nicht weniger.

*

Nun baumelte er im Turm der katholischen Kirche, die vom Ruß und Dreck der vergangenen neunzig Jahre hässlich geworden war und wie ein vierkant angespitzter Bleistift über der Siedlung Neue Heimat aufragte.

Ich legte das Fernglas auf den Gartentisch, schnürte den Gürtel meines Bademantels fester und lief in Pantoffeln hinunter zur Kirche.

Trotz der frühen Stunde standen etwa ein Dutzend Menschen auf dem Vorplatz und starrten nach oben. Ein alter Rentner, den ich aus meiner Kneipe kannte, trat neben mich und sagte: „Da hat sich einer aufgehängt. In der Kirche. Den Menschen ist nichts mehr heilig, das müsste bestraft werden."

Einen Moment dachte ich darüber nach, wie man einen Toten wohl bestrafen könnte, erwiderte aber nur: „Man muss die Polizei verständigen."

„Ist schon passiert. Ich war der Erste, der den Toten entdeckt hat. Ich kann ab vier Uhr einfach nicht mehr schlafen."

Der Alte sah sich erwartungsvoll um. Eine junge Frau schlug die Hände vors Gesicht und weinte, auf der nahen Durchgangsstraße quietschten Autoreifen. Der Kirchturm war von der Hauptstraße gut einsehbar; morgens und abends fuhren zahllose Pendler vorbei.

Oben am Wasserturm, der sich auf einer Anhöhe ausnahm wie ein Riesenei auf Stelzen, sah ich Blaulicht aufblitzen und wieder verschwinden; wenige Minuten später hielt auf dem Kirchvorplatz ein Polizeiwagen. Zwei Beamte stiegen aus und sahen sich wie verschüchtert um; der Rentner lief eilfertig auf sie zu und deutete aufgeregt hinauf zum Kirchturm.

Der jüngere Polizist, der höchstens Anfang zwanzig war, sagte leise: „Auf was die Leute für Ideen kommen. Wenn das so weitergeht, quittier ich meinen Dienst. Jeden Tag Tote, das hält kein Mensch aus."

Ich schlich mich fort. Ich schämte mich plötzlich, weil ich mich zum Gaffer hergegeben hatte, obwohl ich mehr wusste als alle anderen.

Zu Haus holte ich meinen Photoapparat aus dem Schrank, schraubte das Teleobjektiv auf, setzte mich auf die Terrasse in einen Korbsessel und photografierte mehrmals den Mann im Turm. Plötzlich stand Christa neben mir und fragte: „Was photografierst du denn so früh? Willst du nicht Frühstück machen?"

Ich hörte, wie sie ein paar Schritte über die Klinker schlurfte, anhielt und umkehrte. Dann trat sie hinter mich und legte ihre Hände auf meine Schultern.

Ich saß stocksteif und wagte kaum zu atmen. Christa nahm zögernd das Fernglas vom Tisch, setzte es an die Augen und sah zum Kirchturm hinauf. Sekunden später krachte das Glas auf die Klinker und zerbrach vor meinen Füßen.

„Wie kannst du nur so unbeteiligt dasitzen und einfach knipsen", sagte sie und stöhnte. „Was bist du nur für ein Mensch?"

„Soll ich vielleicht runtergehen und auf den Turm steigen und ihn abschneiden? Das wird die Feuerwehr besorgen, die Polizei ist schon da."

Ich verschwieg, dass ich schon unten gewesen war. Ich hatte einfach Angst, ihr das einzugestehen, und wusste nicht, warum ich Angst vor diesem Eingeständnis hatte.

Später beobachtete ich, wie die Feuerwehr eine lange Leiter ausfuhr, wie zwei Feuerwehrleute die Leiter hochkletterten und den Toten abschnitten oder abknüpften. Ich wunderte mich nur, dass sie von außen eine Leiter angelegt und den Turm nicht von innen erklettert hatten.

Ich fürchtete mich und wusste nicht wovor.

Am nächsten Tag waren die lokalen Zeitungen voll mit Berichten über den Freitod – das Wort Selbstmord vermied man – des Unternehmers Heinrich Böhmer. Er sei, wie sie schrieben, beliebt und geschätzt, eine markante Persönlichkeit, ein honoriger Mäzen für die kulturellen und sozialen Einrichtungen unserer Stadt gewesen, wenn er auch persönlich selten am öffentlichen Leben teilnahm. Er habe erfolgreich einen Musterbetrieb durch alle wirtschaftlichen Flauten und Fährnisse gesteuert, deshalb gebe sein Freitod mehr als ein Rätsel auf: einmal sein Tod selbst, zum anderen der ungewöhnliche Ort. Das Unternehmen sei kerngesund, der Sechzigjährige selbst geistig und körperlich topfit gewesen, wie alle Befragten einstimmig bezeugt hätten, vor allem jene, die täglich mit ihm zu tun hatten. In diesem Zusammenhang wurde auch an die bislang unaufgeklärten

Vorkommnisse in seiner Villa im vorigen Jahr erinnert, die Böhmer veranlasst hätten, resignierend seinen schönen Besitz im Ruhrtal zu verlassen. Seine Frau sei verständigt worden, sie halte sich, wie so oft, in Avignon in Südfrankreich auf, seine beiden Söhne habe man noch nicht ausfindig gemacht, wie der Prokurist Gebhardt, ein alter Vertrauter Heinrich Böhmers, erklärt habe. Die Söhne seien auf einer Informations- und Urlaubsreise in Nordafrika, Prokurist Gebhardt habe zwar Anlaufadressen und an diese Telegramme geschickt, eine Rückmeldung sei jedoch noch nicht erfolgt.

Tags darauf leuchtete mir, als ich morgens die Zeitung aus dem Briefkasten holte, eine rot unterstrichene Balkenüberschrift entgegen: ‚Heinrich Böhmer Opfer eines Verbrechens.' Etwas kleiner stand darunter: ‚Gibt es einen Zusammenhang mit den vorjährigen Ereignissen in seiner Villa?'

Weiter hieß es, dass die gerichtsmedizinische Untersuchung einwandfrei ergeben habe, dass Heinrich Böhmer schon tot war, als man ihn im Kirchturm aufknüpfte. Ein kräftiger, mit einem harten Gegenstand ausgeführter Schlag auf den Hinterkopf habe den sofortigen Tod herbeigeführt.

„Das hat er nicht verdient", sagte Christa. „Er war ein grundanständiger Mann, und für meine Existenz ist er nicht verantwortlich. Was wird jetzt aus der Fabrik?"

„Erstmal müssen die Zwillinge gefunden werden", antwortete ich. „Sie werden alles erben, natürlich mit ihrer Mutter zusammen. Ich fürchte aber, sie wissen mit dem Erbe wenig anzufangen. Lars spielt Mozart und Sascha Tennis. Das reicht nicht aus, um ein Unternehmen zu führen, und auch der beste Prokurist ist nur so viel wert, wie sein Chef wert ist. Bis die Zwillinge mit dem Studium fertig sind, vergehen noch Jahre. Fremde aber wirtschaften am liebsten in die eigene Tasche."

„Nicht immer", sagte Christa ungehalten und sah mich beinahe böse an.

„Reg dich nicht auf", sagte ich, „ich geh jetzt erst mal einkaufen."

Ich nahm den Weg an der Kirche vorbei und blieb auf dem Vorplatz stehen. Der Holzladen des rechten Fensters war wieder geschlossen, als sei nichts, absolut nichts geschehen. Der Kirchturm schien mir hässlicher denn je, der Ruß von hundert Jahren wirkte wie ein Anstrich.

Ich hatte Heinrich Böhmer, diesen Koloss, nur einmal gesehen und gesprochen. Er hatte mich höflich bestimmt abblitzen lassen, und dafür musste ich ihm im Nachhinein sogar dankbar sein, denn seine Weigerung, mich in seinem Betrieb einzustellen, war für mich der Beginn einer bescheidenen, dennoch erfolgreichen Karriere als Photograf gewesen. Nun war er tot: Trotz der verwandtschaftlichen Beziehung, trotz der regelmäßigen Besuche seiner Söhne, die meine Frau Tante Christa nannten, war er mir zehn Jahre lang ein Fremder geblieben.

Christas Mutter war Köchin im Hause Böhmer gewesen, der alte Böhmer hatte sie geschwängert, nichts Ungewöhnliches. Dienstboten müssen für ihn Menschen gewesen sein, die zugleich Untertanen waren und Objekte zur Befriedigung seiner Lust, wenn es sich um Frauen handelte. Als Christas Mutter schwanger war, wies Klemens Böhmer sie aus seinem Haus. Das war 1943, mitten im Bombenkrieg. Sie hat später nie geheiratet, hat sich und ihr Kind mit niederen Arbeiten durchgebracht durch Krieg und Nachkriegshunger, und erst 1963, Sascha und Lars waren gerade zwei Jahre alt, holte Heinrich Böhmer seine Halbschwester in die Villa an den Hängen der Ruhr. Sein Vater hatte ihm auf dem Sterbebett – er lebte nach dem Autounfall noch drei Tage – den Seitensprung gestanden und den Sohn gebeten, das Kind seiner Lust ins Haus zu holen, an Christa gutzumachen, was er der Mutter verweigert hatte.

Klemens Böhmer wurde hochgeehrt zu Grabe getragen. Das Bundesverdienstkreuz erster Klasse, verliehen für außergewöhnliche Verdienste beim Wiederaufbau, trug ein Mann mit weißen Handschuhen auf einem schwarzen Samtkissen dem Sarg nach. Nichts wird schneller im Gedächtnis begraben als Not und Hunger.

Neben mir zeigte jemand zum Turm hinauf und sagte: „Dort oben hat er gehangen. Ein unrühmlicher Tod für einen erfolgreichen Mann. Warum man ihn wohl gerade hier zur Schau gestellt hat und nicht in einer anderen Kirche?“

Zwischen den Worten rang er nach Atem, vielleicht war er Asthmatiker. Er war einen halben Kopf kleiner als ich, hatte einen Bürstenschnitt, trug weiße Turnschuhe und eine Khakihose. Hinter dicken Brillengläsern blinzelten flinke Augen; vielleicht verzerrten die Gläser seinen Blick. Das fette Gesicht war tropfnass, der ganze Mann roch sauer nach Schweiß.

„Das müssen Sie die fragen, die ihn aufgeknüpft haben“, antwortete ich.

Ich war sicher, diesen Mann noch nie gesehen zu haben. Und doch war er mir irgendwie nicht fremd.

Natürlich sprachen die Leute in den Läden über das Ereignis, das unseren Vorort in Aufregung versetzt hatte. Viel mehr als das, was ich schon wusste, erfuhr ich jedoch nicht. Ich hörte Vermutungen, Gerüchte; bekannt geworden war, dass das Schloss des Kirchenportals mit einem Dietrich geöffnet wurde. Spuren aber, die weiterführen könnten, so jedenfalls drückte es der zuständige Polizeidirektor in einer Pressekonferenz aus, fanden sich bislang nicht. Sicher war nur, dass es mehrere Täter gewesen sein mussten, denn eine Person allein wäre unfähig gewesen, einen so schweren Mann wie Böhmer hinauf in den Turm zu schleppen. Und verbittert waren die Leute, weil ausgerechnet unsere Kirche für das Verbrechen ausgesucht worden war. Sie empfanden das als eine persönliche Kränkung.

Der Mann mit dem Bürstenhaarschnitt stand noch vor der Kirche, als ich mit gefüllter Einkaufstasche zurückkam. Er lächelte vertraulich, wischte sich Gesicht und Nacken mit einem Taschentuch trocken und trat einen Schritt auf mich zu.

„Sonderbar“, sagte er, „ausgerechnet in einem so abgelegenen Stadtteil haben die Täter ihre Fracht abgeladen. Hier ist alles so friedlich, so ruhig, so dörflich. Vielleicht war das der Grund.“

„Da müssen Sie schon die Täter fragen", sagte ich. „Ich kann Ihnen nicht helfen."

Fast schmerzlich spürte ich seinen Blick in meinem Rücken, während ich gemächlich den kleinen Berg zu unserem Haus hinaufstieg.

Christa saß in einem Korbstuhl auf der Terrasse.

„Wir sollten zur Beerdigung gehen", sagte sie. „Ich meine, das verlangt schon der Anstand. Ich bin schließlich seine Halbschwester, und er war immer gut zu mir. Ich kann mich über ihn nicht beklagen."

„Für mich ist er ein Fremder", antwortete ich.

„Für dich vielleicht. Ich war zehn Jahre in seinem Haus."

„Und du hast nun mehr als zehn Jahre nicht mehr mit ihm gesprochen. Er heißt Böhmer, wir heißen Wolff, und du bist eine geborene Klaasen, wenn dein Erzeuger auch ein Böhmer war."

„Dafür kann mein Halbbruder nichts. Denn wenn meine Mutter gewollt hätte, wäre ich nicht auf der Welt."

„Ich werfe deinem Vater ja nicht vor, dass er dich gezeugt hat. Ich werfe ihm vor, dass er deine Mutter aus dem Haus gejagt hat wie einen Hund. Dieser Herr Klemens Böhmer hat nicht mal nach dir gefragt, du warst für ihn nur ein Ärgernis."

„Vielleicht hat sich meine Mutter ein besseres Leben versprochen, wenn sie den Herrn des Hauses drüber lässt. Ich habe sie nie danach gefragt, und sie hat von sich aus nie etwas erzählt. Kann doch sein: Vielleicht versprach sie sich tatsächlich ein besseres Leben als das einer Köchin. Und vergiss nicht, sie war jung und hübsch und unerfahren und er ein Boss mit viel Geld. Es ist doch so, eine Gefälligkeit fordert eine andere."

„Ach was. Er hat einfach seinen Schwanz vorgestreckt und kommandiert: Komm. Er hat deine Mutter nicht gevögelt, weil er sie liebte, er hatte Lust auf sie, mehr nicht. Und jetzt lass mich bitte mit diesem Begräbnis in Ruhe. Wenn du unbedingt willst, gehen wir hin."

Sascha und Lars waren zwölf gewesen, als Christa das Haus Böhmer verließ. Beide hatten uns in der Folgezeit regelmäßig besucht, niemals aber besuchte Christa die Zwillinge in der Villa. Sie mied dieses Haus konsequent, aber auch Heinrich Böhmer und dessen Frau waren nie zu uns gekommen. Niemand in unserer Nachbarschaft wusste über unsere verwandtschaftlichen Verhältnisse Bescheid. Für Neugierige war Christa früher einmal Kindermädchen bei Böhmers gewesen, sonst nichts.

Da fiel mir der Mann mit dem Stiftenkopf ein.

Ich wollte Christa von meiner Begegnung erzählen, tat es dann aber doch nicht, aus mir unerklärlichen Gründen.

Eva Maaser

Alles, was glänzt

Freie Parkplätze gab es in Münster nie dort, wo man sie gerade brauchte. Aber wie Philipp, Saras derzeitiger Freund, gern behauptete, immer da, wo Platz war. Hier war Platz. Sara schlug das Lenkrad ein. Nur unwesentlich schrammte das Rostauto an einem dieser völlig falsch platzierten Blumenkübel entlang und gab stotternd den Geist auf, während die Kühlernase eine Bank anstupste. Na also. Sauber eingeparkt. Aufatmend spähte Sara durch die Windschutzscheibe, auf der sich der übliche Sprühregen eine Bahn durch den Dreck bahnte. Nur fünfzehn Meter bis zum Eingang von Pinkus Müller. Fünf Flaschen Bier, hatte Philipp gesagt.

Sara zog den Kragen ihrer Jacke hoch, stieg hinaus in das Münsteraner Meimelwetter und spurtete los. Nach drei Metern blieb sie stehen. Vor ihr breitete sich eine riesige Pfütze aus. Ein Skandal! Dass sich die Stadt mitten im Touristenviertel so eine Schlamperei erlaubte! Sara nahm Anlauf, um über die Pfütze zu springen, aber im letzten Moment stockte sie mitten in der Bewegung. Sie schwankte heftig.

Irgendetwas glitzerte in der trüben Brühe. Weiß der Himmel, warum sie sich das unbedingt anschauen musste. Vielleicht spielte das Gras, das sie mit Philipp geraucht hatte, dabei eine Rolle. Das machte philosophisch. Den Dingen auf den Grund gehen, schoss es ihr nebelhaft durchs Hirn.

Sie bückte sich über das schlammige Wasser. Da glitzerte wirklich etwas. Und etwas anderes stank mächtig. Am Rand der Pfütze, schon etwas vom Wasser umspült, lag ein großer frischer Hundehaufen. Wie Brei. Und nur wenige Zentimeter entfernt dümpelte friedlich dieses Ding, von dem in der dunkelbraunen Brühe nur ein Stückchen zu sehen war, nicht mal so groß wie ein Daumennagel. Sara legte die Hand auf den Magen, der leise gegen die Nähe zum Hundehaufen protestierte.

Schließlich streckte sie die Hand aus, während sich ihr Magen ein paar Umdrehungen gestattete. Mit so einem Haufen vor der Nase konnte einem wirklich übel werden. Dennoch tauchte sie zwei Finger ins Wasser, einigermaßen darauf bedacht, nicht mit dem Hundehaufen in Berührung zu kommen.

Endlich bekamen ihre Finger etwas zu fassen. Langsam, langsam hob sie das Ding heraus. Wo hatte sie so etwas schon mal gesehen?

Im Schaufenster von Oeding Erdel auf dem Prinzipalmarkt? Führten die so etwas? Gab's den Laden überhaupt noch? Und war das echt?

Was sie aus dem Dreck fischte, war ein Halsband. Sagte man Halsband dazu? Oder doch Collier? Sara wurde der Mund trocken vor Staunen.

„Ach, vielen Dank, dass Sie so freundlich sind. Ich hab schon überlegt, wie ich daran komme, ohne mich schmutzig zu machen." Die Stimme klang höflich und kultiviert.

Saras Blick, noch immer nach unten gerichtet, fiel auf zwei glänzende schwarze Schuhe. Das waren handgefertigte, erkannte sie augenblicklich, obwohl sie von maßangefertigtem Schuhwerk keine Ahnung hatte.

Was hatte der Mann noch mal gesagt?

Endlich richtete sie sich auf, während sie das tropfende Halsband ein Stück weit von sich hielt. Ärgerlich betrachtete sie den Mann, der sie seinerseits völlig gelassen musterte.

„Einen Augenblick", sagte er und zog ein blütenweißes Taschentuch aus der Hosentasche. Mit einem Schlenker entfaltete er es und hielt es ihr auf der geöffneten Hand hin. Ohne den leisesten Anflug von Unsicherheit.

Der Mann mochte Anfang vierzig sein, also zwanzig Jahre älter als Sara, und er sah gut aus. Und er war mit jener Art lässiger Eleganz gekleidet, die zeigte, dass er über die richtige Kleidung nie nachzudenken brauchte. Der Mann und das Halsband passten schon irgendwie zusammen, wurde Sara schmerzlich bewusst. Ihre imitierte Fliegerjacke mit dem Webpelz war dagegen schon etwas auffällig schäbig. Ihr wurde warm in der Jacke und sie wünschte sich, sie hätte sich morgens die Haare gewaschen. Fettige Haare, schmutziges T-Shirt und diese Jacke. Pech.

„Das gehört wirklich Ihnen?", fragte sie mit provokantem Misstrauen. Endlich hatte sie ihre Stimme wieder gefunden.

„Meiner Frau. Ich habe es gerade vom Juwelier abgeholt, die Schließe war defekt. Würden Sie jetzt so freundlich sein und mir das Halsband aushändigen?"

Also doch Halsband. Es war mindestens vier Zentimeter breit und musste den Hals eng umschließen. In einer flüchtigen Vision sah sich Sara dieses Halsband tragen, die Vorstellung löste ein fürchterliches Gefühl drohenden Verlusts aus. Ihre Hand bewegte sich nicht um einen Zentimeter. Aber da kam ihr der Mann zu Hilfe. Mit einer kleinen Handbewegung nahm er ihr das Halsband ab und ließ es in der Sakkotasche verschwinden.

Schei ...!

Etwas von ihrer Empfindung musste der Mann ihr vom Gesicht abgelesen haben, denn er lächelte verständnisvoll.

„Ich habe den Eindruck, ich schulde Ihnen etwas. Denn ich hätte es nie fertig gebracht, gleich neben diesem Hundehaufen in die Pfütze zu fassen. Tja, da sind Sie wohl unerschrockener."

Sara hatte den Eindruck, dass sich der Mann ein bisschen über sie lustig machte, außerdem klang er leicht herablassend. Ärger wallte auf.

„Ach nee", sagte sie scharf.

Wie konnte sie das Halsband zurückbekommen? Es war doch gar nicht erwiesen, dass es ihm gehörte – oder seiner Frau. Sicher hatte sie sich reinlegen lassen.

Der Mann legte den Kopf schief, sein Lächeln wurde weicher und wärmer.

„Sie sind eine hübsche junge Frau", sagte er einschmeichelnd, „würden Sie das Halsband gern einmal tragen?"

Ohne nachzudenken, nickte Sara heftig.

„Dann kommen Sie."

Sara warf einen Blick über die Schulter zu ihrem Rostauto und zuckte die Schultern.

„Wohin?", fragte sie.

„Wir müssen einen angemessenen Rahmen für Sie und das Halsband suchen. Hier auf der Straße ist nicht der rechte Ort."

Wie lange dauerte es, bis Philipp ungeduldig würde? Fünfzehn Minuten? Nur eben zu Pinkus, Sonntagabend um sieben. Von der Wermelingstraße zur Kreuzstraße und zurück. Zwanzig Minuten. Na, wenn schon!

„Ist Ihnen nicht gut?" Der Mann fasste sie am Arm.

Sein Griff fühlte sich fest und verlässlich an – geradezu fürsorglich. Es hätte durchaus noch etwas anderes dabei sein können. Unverhofft überkam sie Übermut.

„Es geht schon. Also wohin jetzt?", erkundigte sie sich forsch und lachte ihn verschmitzt an.

Erst als er ihr die Tür eines dunklen, schweren Wagens – Bentley? Rolls? Jaguar? – aufhielt, holten sie, wenn auch schwach, Bedenken ein. War sie denn verrückt geworden? Sie war dabei, in das Auto eines vollkommen Fremden einzusteigen!

„Wer sind Sie überhaupt? Und wie heißen Sie?"

„Clausen."

„Vor- oder Nachname? Ich heiße übrigens Sara."

„Sagen Sie ruhig Clausen zu mir, Sara, das genügt vollkommen."

Entspannt lehnte sich Sara in den Ledersitz zurück und sah wenige Minuten später zu, wie sie in die Piusallee einbogen.

„Ich glaube, ich habe vergessen, mein Auto abzuschließen."

„Also darum würde ich mir an Ihrer Stelle keine Gedanken machen", meinte Clausen ruhig.

Sara dachte nur, er hätte auch hinzufügen können, dass sich für ihre Rostlaube allenfalls ein städtisches Abschleppunternehmen interessieren würde.

Vor ihnen glitt ein Tor in einem mannshohen Zaun auf. Sobald sie es passiert hatten und eine Gründerzeit-Villa vor ihnen auftauchte, überkam Sara leichte Beklemmung. In dem riesigen

Klotz, auf den von der Straßenlaterne kaum Licht fiel, waren alle Fenster dunkel.

„Ihre Frau ist nicht zu Hause?", fragte sie nervös.

„Wahrscheinlich ist sie hinten im Wintergarten, sie wird uns schon hören, wenn wir hereinkommen."

Im Haus herrschte Stille, eine Art Grabesstille. Sara dachte an Philipp, der auf dem Sofa vor dem Fernseher lag und Fußball guckte. Irgend so ein dämliches Endspiel.

Hier war wirklich kein Laut zu hören.

Clausen streckte die Hände aus, um ihr höflich aus der Jacke zu helfen.

„Darf ich?"

Sara schielte auf seine Sakkotasche. Was war das für ein Mann, der ein Diamanthalsband – waren das wirklich echte Diamanten? – einfach in der Tasche herumtrug? War so jemand gefährlich? Wahrscheinlich konnte er jede Frau haben, schon wegen seines Aussehens. Er sah sogar noch besser aus, als sie anfangs gemeint hatte.

Hatte doch keinen Zweck, jetzt an Philipp und Fußball zu denken.

Sobald Sara die Jacke abgelegt hatte, schämte sie sich. Dieses T-Shirt!

„Scheint doch niemand da zu sein", nuschelte sie.

„Sie brauchen keine Angst zu haben", sagte Clausen väterlich, „kommen Sie, wir gehen erst einmal in die Küche."

Sie tranken Rotwein aus schimmernden Gläsern. Das tiefe Funkeln hob Saras Stimmung, und der Wein entfaltete fast sofort ein angenehmes Gefühl von Beschwipstheit. Genau das Richtige nach dem Gras. Viel besser als Bier. Clausen betrachtete sie lächelnd und sagte schließlich: „Sind Sie bereit?"

Sara schluckte und zupfte vorn an ihrem schmuddeligen T-Shirt.

„Meinen Sie, das Halsband passt dazu?"

Auf einmal hatte sie eine Vorstellung, wie es sein sollte: sie splitterfasernackt bis auf die Diamanten. Versonnen strich sie sich über die Brüste. Wäre doch eine Idee!

Clausen schien amüsiert. Unablässig beobachtete er sie, als könnte er ihre Gedanken lesen.

„Wir werden sehen“, murmelte er. „Wir gehen nach oben in mein Ankleidezimmer, wegen des Spiegels. Wir brauchen einen Spiegel, verstehen Sie, Sara?“

Natürlich brauchten sie einen Spiegel! Einen großen sogar. Einen großen Spiegel, Kerzen in silbernen Leuchten und sie nackt bis auf das Glitz ..., das Coll ..., das Halsband.

Mit einem leichten Schwanken stand sie auf. Glück überfiel sie, ein unwahrscheinliches Glücksgefühl. Sie würde überhaupt keine Hemmungen haben, sich auszuziehen. Auch direkt vor Clausen, wenn er sie dazu aufforderte. Liebend gern würde sie das tun.

Als sie die geschwungene Treppe ins obere Geschoss hinaufgingen, machte sich bei Sara der Rotwein bemerkbar oder vielmehr die viele Flüssigkeit. Bier hatte sie auch schon intus. Bier und Rotwein und Gras ...

„Sie haben doch bestimmt hier oben ein Badezimmer ...“, begann sie, stockte aber. Das klang nach Vorbereitung aufs Flachgelegtwerden. „Ein Klo, wollte ich sagen.“

„Sie können das Gästebadezimmer benutzen, es ist da vorn.“ Clausen schien belustigt und wies den Gang hinunter auf eine Tür und dann auf eine andere weiter vorn. „Ich erwarte Sie dann hier.“

Auf dem Weg zum Badezimmer befiel sie ein Schimmer von Schuldbewusstsein wegen Philipp. Wie viele Tore hatte sie schon verpasst?

Sie kam an einer Tür vorbei, die einen Spalt offen stand, geistesabwesend warf sie einen Blick in das dahinter liegende Zimmer. Ein breites Bett und auf dem Bett ein Paar nackter Füße, die Zehen nach oben gereckt.

Und hier war auch schon das Badezimmer.

Einige Augenblicke später musterte sie sich im Spiegel und

war zufrieden mit dem, was sie sah. Ihr Haar fiel ihr nun als verführerische, wilde Lockenmähne auf die Schultern. Mit einem Kajalstift und Wimperntusche, die sie neben dem Volumenspray in einem Spiegelschrank gefunden hatte, schminkte sie sich noch rasch die Augen. Männer reagierten außer auf den Busen einer Frau vor allem auf die Augen. Und sie wollte, dass Clausen auf sie reagierte.

Zuletzt noch einen Spritzer ... wie hieß das Zeug in dem Kristallflakon? Irgendetwas Französisches. Seltsam, dass dieser penible Clausen gar keine Packung mit Kondomen im Badezimmer aufbewahrte. Vielleicht in der Nachttischschublade?

Auf dem Weg zurück dachte sie an die zwei Füße. Es musste doch noch etwas dazugehören? Sicher hatte sie den Rest in der Eile übersehen. Schlief Clausens Frau? Da war wieder die angelehnte Tür und diesmal bemerkte sie in dem Ausschnitt, den der Spalt freigab, einen weiteren Fuß unten auf dem Boden, ein viel kräftigerer und größerer als die beiden anderen. Leider stand Clausen im Flur und sah ihr stirnrunzelnd entgegen. Neugier in fremden Häusern zu zeigen, war zwar unhöflich, aber es war ausgesprochen dumm, sich dabei ertappen zu lassen. Außerdem hielt Clausen eine sehr wirksame Ablenkung in der Hand.

Das Halsband!

Im Licht der Flurstrahler schimmerte es geradezu überirdisch. Beim Anblick dieses Geglitzers ging Sara wie eine Traumwandlerin auf Clausen zu.

Er lächelte befriedigt, nahm sie an die Hand und zog sie hinter sich her in einen kleinen, intim wirkenden Raum. Das sollte das Ankleidezimmer eines Mannes sein? Unverkennbar hing in der Luft der Duft eines Parfüms, das sicher nicht für Männer gedacht war. Auf einem breiten Schminktisch vor einem goldgerahmten Spiegel rückte Clausen einen Stuhl zurecht.

„Wollen wir?“ Er lächelte hintergründig, während er auf den Stuhl deutete.

Plötzlich verunsichert, ließ sich Sara auf den Sitz sinken. Er würde ihr das Halsband umlegen, und das sollte schon alles sein?

Aber nein. Er musste die Zeit im Badezimmer für seine eigenen Vorbereitungen genutzt haben. Über ihre Schulter reichte er ihr ein Glas Sekt.

„Oder glauben Sie, das wäre nach dem vielen Bier und dem Rotwein zu viel für Sie?"

Woher wusste er von dem Bier? Hatte sie ihm das unten in der Küche erzählt? Sara konnte sich nicht erinnern, und das verwirrte sie. Unsicher betrachtete sie ihr Bild im Spiegel, während sie am Glas nippte. Das T-Shirt war ein hässlicher Lappen.

Hinter ihr klimperte Clausen mit dem Halsband. War er etwa schon ungeduldig? Im Spiegel sah sie, wie sein Blick durch den Raum schweifte.

Entschlossen stellte sie das Glas ab, zog mit einer raschen Bewegung das T-Shirt über den Kopf und ließ es achtlos auf den Boden fallen.

Augenblicklich kehrte Clausens Blick zu ihr zurück. Bewunderung blitzte in seinen schwarzen Augen auf. Eilig stellte er sein Glas ab. Strich ihr mit einem Finger so sacht und gleichzeitig intensiv über die Schulter, dass ihr ein Schauder über den Rücken rann. Clausen beugte sich zu ihr herab. Sie roch ihn, sie spürte seine Lippen auf ihrer nackten Haut, seine dunklen Haare streiften ihre Wange, sie seufzte tief auf vor Verlangen.

Dann zog er sich zurück.

Ja, was denn jetzt? Er musste doch sehen, wie sich ihre Brustwarzen aufgerichtet hatten, wie es sie danach gierte, angefasst zu werden, gestreichelt, geleckt ...

Clausen betrachtete sie tiefsinnig, nahm das Halsband in beide Hände und legte es ihr um. Das Halsband stand ihr großartig.

Wie alt war Clausens Frau wohl?

Waren das ihre Füße gewesen? Der Gedanke verschwamm, als Clausen sie erneut berührte. Tastend strich er ihr wieder über die Schultern. Warum immer nur die Schultern? War er schüchtern? Sie stöhnte vor Ungeduld.

„Gut", murmelte er, „sehr gut."

Dann nahm er seine Hände wieder weg.

„Schade!" Er seufzte.

„Schade?", schrie Sara gepeinigt auf. „Was ist schade?"

Clausen lächelte traurig. „Du hast sie gesehen, nicht wahr? Du hättest nicht durch die Tür schauen sollen. Hat dir nie jemand gesagt, dass man das nicht macht? Ganz recht. Das ist meine Frau, die dort liegt, ich hab sie mit ihrem Liebhaber im Bett überrascht. Eine ganz alltägliche Sache. Nur eine untreue Ehefrau. Aber du bist ja auch nicht anders. Oder wirst du Philipp von mir erzählen? Von dem, was du vorhast? Mit mir?"

Sara war enttäuscht. Kam ihr Clausen jetzt moralisch? Was sollte das? Da war ein roter Fleck gewesen, auf dem Boden neben dem Männerfuß. Und ihr fiel das Atmen schwerer, die Übelkeit machte sich stärker bemerkbar, und etwas schnitt ihr in den Hals. Das Halsband saß zu fest.

„Bitte!", röchelte sie und deutete mit einer Hand auf das Schmuckstück.

Clausen stand jetzt hinter ihr, und sie konnte seine Hände nicht sehen.

„Schau – dich – an!", sagte er und zwang sie, weiter in den Spiegel zu starren.

Es gab ein perverses erotisches Spiel mit einer *Fast*-Strangulation, sie hoffte, dass Clausen so etwas nicht vorhatte. Die Übelkeit paarte sich mit Atemnot. Ihr Blick verschwamm, aber was sie zuletzt sah, war großartig. So schön hatte sie noch nie ausgesehen, so voller Lebenslust, Spannung und leider auch Entsetzen.

Jetzt nur noch Entsetzen.

Clausen zog das Halsband immer enger. Oder war da noch etwas anderes? Eine dünne Seidenschnur?

Sara blieb nicht einmal genug Spielraum, um zu röcheln oder zu würgen.

Jetzt hieß es wohl Abschied nehmen. Für immer. Von allem.
Clausen sagte noch etwas, was sie nicht mehr verstand.

Ihr Spiegelbild zerplatzte, als sie sich erbrach. Mitten in die Pfütze, neben den Hundehaufen. Nun roch sie ihn wieder, vermischt mit Erbrochenem.

Ekelhaft.

Fettig und strähnig hing ihr das Haar ins Gesicht.

Und da waren die Schuhspitzen und eine Stimme. Eine unangenehm harsche Stimme.

„Schweinerei!", sagte die Stimme.

Ächzend richtete Sara sich auf.

Am gegenüberliegenden Rand der Pfütze stand ein Mann mit einem Block in der Hand.

„Sind Sie fertig? Ich beobachte Sie schon seit fünf Minuten."

„Und warum?", wisperte Sara verwirrt.

Der Mann deutete auf ihr Auto. „Sie stehen im absoluten Halteverbot. Das kostet Sie was."

Er riss ein Blatt von seinem Block ab und hielt es ihr verärgert hin. Sara taumelte mitten durch die Pfütze auf ihn zu. Dabei wirbelte ein zusammengeknülltes Stückchen Stanniolpapier hoch, auf das sie aber nicht achtete.

„Danke, vielen herzlichen Dank", hauchte sie.

Klaus Peter Wolf

Der Nylonstrumpfmörder

Ich bin nach Gelsenkirchen zurückgekommen, um hier den nächsten Mord zu begehen. Ja, das muss sein. Und du, Süße, du wirst mein nächstes Opfer.

Ja, zappel nicht so rum. Ich habe dich auserkoren.

Hör mir zu, du sollst wissen, warum du stirbst.

Die Stadt hat sich sehr verändert, seit meine Schulkarriere hier am Grillo-Gymnasium kläglich scheiterte. Ein Meisterschüler von Beuys unterrichtete dort Kunst. Das war eine Offenbarung in all dem verstaubten akademischen Mief.

Das Grillo war damals noch eine reine Jungenschule. Erst nach meinem Abgang wurden Mädchen aufgenommen.

Mein jüngerer Bruder Jürgen, von allen Little John genannt, kam nach mir schon in den Genuss der Koedukation.

Ich konnte ihn nicht mehr beschützen, dabei hatte ich es meiner Mutter so fest versprochen! Aber ich habe versagt.

Little John ist verurteilt worden. Lebenslänglich, mit anschließender Sicherheitsverwahrung. Klingt verrückt, ist es aber nicht. Aus lebenslänglich werden selten mehr als fünfzehn Jahre, dann kommt die gute Führung, ein psychologisches Gutachten, die gute Sozialprognose und dann vielleicht vorsichtig die Freiheit.

Aber auch wenn mein Bruder seine Strafe abgebüßt hat und der Rachedurst der Gesellschaft befriedigt wurde, soll die Allgemeinheit weiter vor ihm geschützt werden. Das Gericht hält ihn nämlich für einen gefährlichen Gewaltverbrecher.

Er wurde als Triebtäter verurteilt. Als Lustmörder. Als Serienkiller.

Die Boulevard-Presse hat ein Freudenfest daraus gemacht: *Der Nylonstrumpfmörder.*

Alle drei Frauen waren wie Ausstellungsstücke genau inszeniert. Jedes Detail musste stimmen.

Natürlich ist die Staatsanwältin lang und breit darauf eingegangen, dass Jürgen die Opfer entmenschlicht hätte. Es sei der Versuch gewesen, die Frauen zu Gegenständen zu machen.

Er hatte ja immer eine erotische Beziehung zu Sachen. Drei aufblasbare Spielgefährtinnen haben sie bei ihm gefunden. Aber die hat er nur noch aus Nostalgiegründen aufbewahrt, sie zu entsorgen hätte er nicht übers Herz gebracht. Er hat sie – auf seine Art – geliebt, obwohl sie inzwischen durch viel menschlichere Puppen aus so einer Art Wachs verdrängt worden sind. Die fühlen sich nicht mehr an wie eine Einkaufstüte von Aldi, sondern eher wie ein Marzipankuchen – zum Reinbeißen.

Jürgen gab ein Schweinegeld dafür aus. Er hat sie stundenlang gekämmt und geschminkt, immer wieder an- und ausgezogen. Kein Wunder, dass er sein Hobby zum Beruf gemacht hatte. Oder sollte ich besser sagen, seine Leidenschaft zum Alltagsgeschäft?

Ein Schaufensterdekorateur mit Einserabitur und abgebrochenem Psychologiestudium ist schon eine kuriose Nummer. Aber wenn er in der Bahnhofstraße ein Fenster mit Dessous ausgestattet hat, dann blieben Männer und Frauen gleichermaßen davor stehen. Die Puppen sahen aus wie man sich die lebende Sünde vorstellt, die reine Verführung.

Er war ein gefragter Mann, mein kleiner Bruder. Das Kaufhaus hat irre Umsatzsteigerungen mit seinen traumhaften Inszenierungen hingelegt. Er hat nicht einfach für irgendetwas geworben. Er erschuf magische Welten, jeder, der sie sah, wurde in einen Strudel eigener Träume und Phantasien gesogen.

Die Menschen kauften dann ein Mieder oder ein paar halterlose Strümpfe, um etwas von dem Zauber mit nach Hause nehmen zu können.

Er hatte alle seine Fenster fotografisch dokumentiert. Das sprach später heftig gegen ihn. Die Staatsanwältin benutzte die Bilder gegen ihn, als seien es Aufnahmen von Tatorten und die Schaufensterpuppen seine Opfer.

Ich habe ihm für jeden Mord ein Alibi gegeben, aber der

Richter hat das als Schutzbehauptung für meinen Bruder hingestellt.

Jetzt zappel nicht so rum! Du sollst wissen, warum du stirbst. Es ist ja sozusagen für eine gute Sache. Dein Tod ist nicht sinnlos!

Ich muss meinen Bruder aus dem Knast holen. Das bin ich ihm und unserer Mutter schuldig.

Mein Bruder hat bis zum Schluss seine Unschuld beteuert, aber juristisch ist alles gelaufen. Da gibt es keine Verfahrensfehler, keine Chance auf Wiederaufnahme.

Es sei denn – ja, eine Möglichkeit gibt es – und sie ist leider mit deinem Tod verknüpft: Die Serie muss einfach weitergehen.

Jeder Fernsehkommissar hätte längst kapiert, dass der Falsche im Knast sitzt. Aber die Bullen hier sind zu dämlich. Ich habe es bereits noch einmal gemacht, um meinen Bruder herauszupauken.

Die Deutschlehrerin in der Munckelstraße, ja, das war ich. Ironischerweise habe ich sie keine hundert Meter vom Gerichtsgebäude entfernt umgebracht. Praktisch zwischen Polizeipräsidium und Gericht, aber weißt du, was sie daraus gemacht haben? Eine Beziehungstat! Die Schwachköpfe haben ihren Mann verhaftet, er soll sie mit ihrer Strumpfhose erdrosselt haben, weil sie angeblich eine Affäre mit einem Schüler hatte. Der hat das dann nicht ausgehalten und einen Selbstmordversuch unternommen. Sie sollte von der Schule fliegen und, ach ...

Ich habe sofort gespürt, dass sie eine lüsterne Schlampe war. Es hat nicht die Falsche getroffen, aber meinem Bruder hat das überhaupt nicht geholfen.

Dabei habe ich alles ganz genau inszeniert. Ich habe sie so zurechtgemacht, wie sie damals unsere Mutter gefunden haben. Jedes Detail stimmte. Die rot verschmierten Lippen, die toupierten Haare, die weit gespreizten Beine, die rasierte Möse, das hochgerutschte dunkelblaue Seidenhemdchen mit den weißen Rüschen und den Spaghettiträgern. Der Oberkörper von der Couch gerutscht, sodass der Kopf den Boden berührte, die Beine auf dem Sofa. Die schwarze Nylonstrumpfhose wie einen Schal um ihren Hals gewickelt.

Unsere Mutter ist an einem Cocktail aus Schlaftabletten und Alkohol gestorben. Ihr geliebter katholischer Weinbrand, Mariacron, hat sie ins Jenseits gespült.

Sie hatte immer noch mindestens eine Reserveflasche im Schrank. Meistens kaufte sie das Zeug im Karton, wenn es bei REWE im Angebot war oder bei Kaufhof.

Mein kleiner Bruder hat sie gefunden, ja, er kam eher von der Schule nach Hause als ich.

Er kniete vor ihr und streichelte unentwegt ihr Gesicht. Statt einen Arzt zu rufen oder die Polizei, schaukelte er immer nur hin und her und summte irgendeine Scheiß-Melodie. Ich habe dann alles in die Wege geleitet.

Was meinst du?

Nein, natürlich hat Little John unsere Mutter nicht umgebracht. Er hat sie geliebt und ich, ich habe sie auch geliebt. Sie war eine Göttin für uns. Wir haben alles für sie getan. Alles.

Wir waren ihre Männer. Sie hätte sich nicht ständig mit diesen erbärmlichen Kerlen erniedrigen müssen. Die waren nicht gut für sie. Nicht gut! All diese miesen kleinen Affären ... Die Typen haben sie doch nur ausgenutzt.

Ich will nicht sagen, dass sie sich von jedem hat flachlegen lassen. Nein, das nicht. Sie war keine Nutte.

Als wir in der Schalker Straße gewohnt haben, da hat das mal eine Nachbarin behauptet. Der hab ichs gezeigt, der blöden Kuh. Ich hab sie im Wäschekeller gepackt, als sie gerade dabei war, ihre Schlüpfer zum Trocknen aufzuhängen. Ich habe sie gewürgt, bis sie aufgehört hat zu zappeln.

Nein, ich habe sie nicht getötet. Ich habe ihr nur unmissverständlich klar gemacht, dass meine Mutter keine Nutte war.

Unsere Nachbarin, sie hieß Elke ... Elke Irgendwas, ist tagelang mit einem Tuch um den Hals herumgelaufen, um die blauen Flecken zu verdecken. Aber ihre geplatzten roten Adern in den Augäpfeln hat jeder gesehen.

Sie ist nicht zum Arzt gegangen und auch nicht zur Polizei.

Einmal hat sie mir im Flur zugeraunt, sie hätte genau gespürt, dass ich einen Steifen dabei bekommen hätte. Ja, so war die. Der hat es noch Spaß gemacht.

Stehst du auch darauf, wenn ich zudrücke?

Na, ist ja auch egal. Sterben musst du so oder so.

Ich denke, wenn die zweite Gelsenkirchener Braut so gefunden wird, dann wacht auch eure verschnarchte Kripo auf und erkennt die Serie. Dann werden sie das Muster mit früheren Fällen vergleichen und es ist nur noch eine Frage der Zeit, bis sie Little John freilassen müssen.

Nun schau nicht so ungläubig! Das verstehst du doch, oder? Er ist mein kleiner Bruder! Ich muss es tun. Er sitzt unschuldig im Gefängnis. Mit U-Haft und all dem Mist schon seit fast drei Jahren.

Dass du stirbst, daran sind die Gelsenkirchener Bullen schuld! Wenn die schon bei der Deutschlehrerin die richtigen Schlüsse gezogen hätten, dann könntest du dein ödes Leben weiterführen bis zur Rente. Aber nein, diese Blindfische kommen ja mit einem Mord nicht aus!

So ganz nebenbei, vielleicht fällt es dir dann leichter, ins Jenseits zu gehen ... Du holst damit nicht nur Little John raus, sondern auch noch den verstörten Mann von dieser liebestollen Lehrerin. Ja, so wird die Sache rund. Dein Leben gegen das von zwei Unschuldigen.

Nein, ich werde dich nicht vergewaltigen. Ich bin ein anständiger Mann. Gut erzogen. Ich halte einer Dame die Tür auf. Ich helfe noch in den Mantel, ja, ich bin keiner dieser modernen Stoffel. Ich habe Tischmanieren. In der Straßenbahn stehe ich auf, wenn Damen keinen Sitzplatz haben. Meine Mutter hat mir beigebracht, wie man Frauen behandelt.

Du bist doch auf meine guten Manieren reingefallen, stimmt's? Meine sauberen Fingernägel sind dir gleich aufgefallen und mein gebügeltes Hemd.

Ja, ich bügle alles selber. Da staunst du, was? Bügeln hat unsere Mutter mir auch beigebracht. Ich habe ihre Blusen in Form gehalten. Jede einzelne keine Rüsche habe ich 1a zum Stehen gebracht.

Little John war ungeschickt beim Bügeln. Aber er hat gut gekocht und war der Held am Staubsauger. Ich war für die Wäsche zuständig, er für die Abfallentsorgung und fürs Fensterputzen. Bei uns gab es keine Streifen an den Scheiben, die man im Sonnenlicht sehen konnte.

Du hast auch keine Ahnung davon, wie man Glas sauber hält. Deine Fenster sehen aus wie Sau.

Das nennst du sauber? Du hast doch nur den Dreck mit einem Lappen flüchtig verrieben. Komm, tu jetzt nicht so, man kann das nicht auf seine Putzfrau schieben. Jeder ist für seinen eigenen Dreck verantwortlich.

Schau mal durch meine Fenster. Na, das ist ein Blick, was? Da unten der Bildungsbunker. Das Musiktheater. Da die Innenstadt mit all den Billigläden.

Ich werde dich nicht in deiner Wohnung umbringen. Es ist mir bei dir einfach ... wie soll ich sagen? Es ist mir nicht wohnlich genug. Ich kriege da keine Atmosphäre hin.

Dein Sofa zum Beispiel. Knallweißes Kunstleder. Zu dick, zu klobig. Auf so einem Angebersofa würdest du als Leiche förmlich verschwinden. Ich arbeite ja nicht mit Blut. Das weiße Leder kann kein Kontrast werden.

Unsere Mutter hatte Geschmack. Wohnzimmermöbel müssen gedeckte Farben haben, kein Schleiflack und kein Leder, schon mal gar kein Kunstleder! Da muss ich mich schütteln.

Hier kann ich dich natürlich nicht töten, da könnte ich ja gleich eine Selbstanzeige machen. Außerdem, blöd wie die Kripo hier ist, würden die immer noch keinen Zusammenhang zum Nylonstrumpfmörder sehen, wenn die eine Frauenleiche gut zurechtgemacht in meiner Wohnung finden.

Seit die auf irgendeiner Fortbildung das Wort „Beziehungstat“ gehört haben, glauben die, Serienmörder gäbe es nur im Kino. Auf die Kripo ist heutzutage kein Verlass mehr und die

Mordkommission ist kaum mehr in der Lage, Fahrraddiebe zu fangen. Nein, ohne die Presse läuft praktisch nichts mehr rund. Deshalb habe ich einen anderen Plan.

Sieh mal, weißt du, was das hier ist? Genau! Ein Schlüsselbund. Schlaues Mädchen!

Aber das sind nicht irgendwelche Schlüssel, nein. Der ist zum Beispiel von der Buchhandlung Junius. Hab ich vor drei Wochen nachgemacht. Ich habe auch einen für Kaufhof, da könnten wir über die Tiefgarage rein. Der hier ist von diesem schnuckeligen Stehcafé. Ich esse da immer ein Stück Streuselkuchen, wenn die dralle Blonde bedient.

Wenn die sich vorbeugt, Junge, Junge ... Ich weiß dann gar nicht, wo ich hingucken soll. Die hat den Kittel immer bis hier offen und darunter nur so ein hautfarbenes Mieder. Ja, die trägt noch ein richtiges Korsett. So etwas ist heute ja völlig aus der Mode gekommen.

Unsere Mutter hatte mehrere. In schwarz und eins in weinrot ... Ich habe die immer mit der Hand gewaschen. In der Maschine gehen die feinen Stützstangen kaputt.

Ich seh schon, davon verstehst du nichts. Guck dich doch an, mit deinen Liebestötern! So etwas hätte unsere Mutter nie angezogen.

Das Gummi an deinem Slip ist gerissen. Und diese verwaschene Abbildung darauf – was soll das sein? Ein Seehund? Ein Bär? Ich habe es im ersten Moment für eine Ratte gehalten!

So, jetzt trinkst du diese Flasche Whisky leer. Komm, stell dich nicht so an, runter mit dem Zeug, sonst machst du mir später zu viele Schwierigkeiten. Ich muss dich ja schließlich irgendwie transportieren. Falls uns jemand anhält, bringe ich nur meine betrunkene Frau nach Hause. Sterben wirst du erst im Schaufenster.

Na, wie findest du die Idee? Komm, trink!

Möchtest wohl lieber einen katholischen Weinbrand, was? Der steht dir aber nicht zu. Du darfst dir ein Schaufenster aussuchen. Wo möchtest du ausgestellt werden? Kaufhof? Junius? Stehcafé? Das wird Schlagzeilen machen!

Kein kriminaltechnischer Dienst wird das Bild zunichte machen, bevor es die Öffentlichkeit sieht. Kein Pathologe wird dich zerschneiden, bevor der Zusammenhang zwischen deinem Tod und den Morden, die angeblich mein Bruder begangen hat, deutlich wird. Die Journalisten und Fotografen werden noch vor der Polizei da sein.

Nun, keine Sorge, du musst diese Billigklamotten vom Wühltisch nicht tragen! So muss dich keiner sehen. Die Menschen werden dich anders in Erinnerung behalten. Ich habe dir würdige Sachen besorgt.

Morgen schon bist du berühmt. Komm, trink, Süße! Es wird Zeit.

Weißt du, manchmal, in ganz dunklen Stunden, dann frage ich mich, ob mein kleiner Bruder das wirklich wert ist. Manchmal frage ich mich, ob er unsere Mutter umgebracht hat. Nicht all die anderen, nein, das kann er nicht gewesen sein, das weiß ich genau, denn das war ich, aber unsere Mutter ... Sie hat ihn nicht vorgezogen, nein, er war nur immer ein bisschen schwächer als ich. Ängstlicher. Kränklich. Er hat sich jede Kinderkrankheit eingefangen. Zwei Unfälle ...

Ich dagegen, ich war unverwüstlich. Unser Little John hat mehr unter Mamas Typen gelitten als ich. Er hat sein Herz an jeden gehängt. Er war ja noch jünger als ich. Er ist auf jeden Mist reingefallen, den die Typen ihm erzählt haben. Er ist ein Pechvogel. Ist er immer schon gewesen. Jetzt sitzt er sogar für meine Morde. Aber nicht mehr lange.

Marcus Winter

Aschermittwoch

Er legte erschöpft den Druckluftschrauber aus der Hand, wischte sich mit dem Handrücken den Schweiß von der Stirn und setzte sich kurz auf den Reifenstapel in der Ecke. In einem Anflug von Wehmut ließ er seinen Blick durch die Werkstatt gleiten. Er konnte gar nicht mehr sagen, wann ihm dieser Gedanke zum ersten Mal in den Sinn gekommen war. Irgendwann in den letzten Wochen auf jeden Fall.

Vielleicht Anfang des Jahres, als er in der eiskalten Halle mit dem abgenutzten Schraubenschlüssel abgerutscht war und sich die tiefe Risswunde zugezogen hatte, die sich dann entzündet hatte? Oder als vor zwei Wochen der Kostenvoranschlag für die neue computergestützte Diagnosestation im Briefkasten lag? Oder als er stundenlang unter dem alten Mercedes des Apothekers in der viel zu niedrigen Werkstattgrube gearbeitet und in der Nacht vor Rückenschmerzen kaum geschlafen hatte?

Grundsätzlich war ihm schon seit Jahren völlig klar, dass die kleine Kfz-Werkstatt in Bielefeld-Altenhagen keine Zukunft mehr hatte. Die marode Halle stammte aus den siebziger Jahren, genau wie die gesamte Ausstattung nebst Hebebühne, Rollenbremsenprüfstand, Druckluftkompressor und Scheinwerfermessgerät. Die maroden Geräte entsprachen im Großen und Ganzen schon lange nicht mehr modernen Anforderungen und Sicherheitsbestimmungen. Das Gewerbeaufsichtsamt hatte ihm eine letzte Frist gesetzt, bis Ende des Jahres hatte er diverse Auflagen zu erfüllen, die zwangsläufig eine Reihe Neuanschaffungen nach sich ziehen würde, allen voran eine neue Hebebühne. Dabei war er eigentlich schon lange so gut wie pleite, einen weiteren Kredit für eine Modernisierung hatte die Sparkasse abgelehnt, der Betrieb war definitiv am Ende. Das war für ihn keine neue Erkenntnis.

Aber vor ein paar Wochen hatte sich plötzlich die Lösung in Heiko Mönkemeiers Gehirn eingenistet. Zunächst ganz weit hinten, mehr im Unterbewussten, dann immer klarer.

Katja musste sterben.

Einen anderen Weg sah er nicht.

Sie hatten die Firma „Mönkemeier Kraftfahrzeugwerkstatt GmbH" vor fünfzehn Jahren gemeinsam aufgebaut, er selbst als Kfz-Meister im praktischen Bereich, seine Ehefrau Katja als gelernte Steuerfachangestellte für die Buchführung. Sie waren ein tolles Team gewesen, sowohl in der kleinen Firma als auch privat. Anfangs jedenfalls.

Jetzt standen sie in jeglicher Hinsicht vor dem Aus.

Die Firma gehörte ihnen gemeinsam zu gleichen Anteilen, genau wie ihr Wohnhaus nebenan. Man schwebt ja anfangs auf Wolke Sieben und denkt nicht daran, Verträge aufzusetzen, um eine spätere Trennung vorzubereiten. Und jetzt würde, nach einem drohenden Verkauf und Abzug der Schulden, nur wenig übrig bleiben. Zu wenig. Erst recht, wenn man das auch noch teilen müsste.

Aber da gab es ja noch Katjas hohe Lebensversicherung. Mit Heiko als Begünstigtem. Die gegenseitigen Verträge waren eine Bedingung der Sparkasse gewesen, als sie ihr Existenzgründerdarlehen beantragt hatten.

Dann müsste das Eheversprechen, mit etwas Nachhilfe, eben vorzeitig wahr werden: „... bis der Tod euch scheidet."

Mord? Bin ich tatsächlich dazu fähig? Sind das nicht nur Hirngespinste, ein Resultat meiner aktuellen Verzweiflung? Wie soll das denn überhaupt gehen? Soll ich einen Einbruch vortäuschen und mit einer Pistole ...

Ich habe doch gar keine Waffe. Und auch keine Ahnung, wo man so etwas bekommt. Und selbst wenn, wäre ich wirklich im Stande abzudrücken?

Man kann doch seinen Ehepartner nach fünfzehn gemeinsamen Jahren Ehe nicht einfach umbringen. Auch wenn sowohl die kleine Firma als auch die so genannte „Eheliche Gemeinschaft" längst am Ende ist.

Vielleicht sollten wir einfach doch Konkurs anmelden, die Scheidung einreichen. Zum Anwalt gehen, die legalen Möglichkeiten ausloten ...

Heiko Mönkemeier öffnete die zweite Flasche Bier und zappte lustlos durch die Fernsehprogramme. Katja war bei irgendeinem Volkshochschulkurs; sie verbrachten ihre Abende schon lange nicht mehr gemeinsam.

Der zum vermutlich siebten Mal ausgestrahlte Spielfilm, die Wiederholung einer Auswanderer-Doku, die Promi-Koch-Show und auch dieser Frau suchende Bauer waren nicht geeignet, ihn von seinen Grübeleien abzulenken.

Die Werkstatt war ebenso wenig zu retten wie ihre Ehe, das war einfach Fakt. Im Bett lief schon längere Zeit so gut wie nichts mehr, nicht nur deshalb hatte Heiko seit einem Jahr eine Geliebte. Sie war jünger als Katja, hatte offensichtlich Spaß am Sex, meist auch bessere Laune ...

Mit ihr würde er ein neues, schuldenfreies Leben beginnen. Die Lebensversicherung wäre ein ausreichendes Startkapital für einen Neuanfang. Irgendetwas anderes, nur keine Kfz-Werkstatt.

Am Anfang war die Firma noch sehr gut gelaufen, als er noch fast jeden Fahrzeugtyp reparieren konnte. Da hatte er sogar mal einen Mitarbeiter eingestellt, um die Aufträge schaffen zu können. Aber mittlerweile? Die Autos wurden einfach immer komplizierter. Für jeden Hersteller und jedes Modell benötigte man Spezialwerkzeug und vor allem besondere Diagnosegeräte. Die Zeiten, dass man von Zündkerzen- und Schalldämpferwechsel, Zahnriemenaustausch und Kupplungserneuerung existieren konnte, waren lange vorbei. Die Autoelektronik stand absolut im Vordergrund, und für Arbeiten an der Motorsteuerung, am ABS oder dem ESP, dem adaptiven Kurvenlicht, dem Tempomat oder der Einparkhilfe fehlte ihm oft das spezielle Werkzeug oder die richtige Software auf seinem Diagnose-Laptop. Heiko Mönkemeier war jetzt Mitte vierzig und als er seinen Meister gemacht hatte, hieß der Lehrberuf noch Kraftfahrzeugschlosser oder Automechaniker und nicht Kfz-Mechatroniker.

Die Zahl der Autos, die er mit seiner Werkstattausrüstung – und mit seinen Kenntnissen – reparieren konnte, war schon seit Jahren stetig zurückgegangen. Den endgültigen Todesstoß hatte ihm dann diese verdammte Abwrackprämie verpasst. Innerhalb von wenigen Monaten waren hunderttausende alter, aber durchaus noch fahrbereiter Pkw schlicht verschwunden. Einfach weg, verschrottet, ausgeschlachtet, zu kleinen Paketen gepresst und eingeschmolzen. Die Besitzer von zehn oder zwölf Jahre alten Fahrzeugen waren natürlich von jeher die Haupt-Kundschaft seiner kleinen Werkstatt gewesen. Viele seiner einstigen Stammkunden fuhren aber plötzlich einen nigelnagelneuen Toyota, Ford oder Renault und würden zumindest in den nächsten Jahren die Marken-Werkstätten aufsuchen, um ihre Garantieansprüche nicht zu verlieren.

Mittlerweile hatten sich nicht nur die Verbindlichkeiten bei der Sparkasse zu einem schier unüberblickbaren Berg aufgetürmt. Noch mehr saß ihm Sergej mit seinen beiden Schlägern im Nacken. Heiko würde auch seine Spielschulden in absehbarer Zeit auf keinen Fall zahlen können. Und Geduld gehörte nicht zu Sergejs Stärken. Das hatte er ihm neulich erst gezeigt, als nachts ein Kundenfahrzeug auf dem Hof in Flammen aufgegangen war und jemand in blutrot „AI" an die Wand gesprüht hatte. Die Kripo hatte ermittelt und einer der beiden Beamten schien die Warnung von *Astana-Inkasso* zu kennen. Er hatte Heiko gezielt zu Sergej ausgefragt und wollte wissen, ob er vielleicht erpresst würde oder Schutzgeld zahlen müsste. Heiko hatte natürlich alles abgestritten. Einen Sergej kenne er nicht, die beiden Buchstaben wären dort schon lange an der Wand, vermutlich seien das Studenten gewesen und es sollte eigentlich *Amnesty International* heißen. Der Bulle hatte ihm zwar offensichtlich kein Wort geglaubt, konnte letztendlich aber nichts machen.

Heiko öffnete die dritte Flasche Bier.

Katjas Tod müsste am besten wie ein Unfall aussehen. Er hatte schon Verschiedenes gedanklich durchgespielt. Der Föhn in der Badewanne, ein Klassiker. Oder sollte er nachts das Haus anzünden, wenn Katja oben in ihrem Zimmer schlief? Dann könnte er gleichzeitig auch die Wohngebäude- und Hausratversicherung abkassieren. Vielleicht sollte man auch die letzten Euros zusammenkratzen für einen Kurzurlaub auf Rügen. Diese Kreidefelsen sollten ja zum Teil über hundert Meter hoch sein ...

Letztlich besann er sich auf das, was er gelernt hatte. Bei dem alten Saab stand ohnehin eine Inspektion an. Ein kleiner Eingriff an den Bremsschläuchen, für ihn als Fachmann kein Problem. Nur so viel, dass bei den ersten leichten Bremsmanövern das Öl nur zum Teil austrat, der Wagen aber noch gebremst werden konnte. Erst, wenn man dann zum vierten oder fünften Mal, bei höherer Geschwindigkeit, heftig aufs Bremspedal trat, würde der Druck im Hydrauliksystem völlig zusammenfallen ...

Katja wollte sowieso in den nächsten Tagen zu ihrer Mutter nach Minden fahren. Natürlich über die A 2, und Katja hatte einen recht flotten Fahrstil.

Heiko nahm noch einen kräftigen Schluck.

Wie soll ich es genau anstellen? Einfach mit einem Seitenschneider den Schlauch durchkneifen? Aber man muss ja davon ausgehen, dass nach dem Unfall ein Gutachter eingeschaltet wird, der alles untersucht. Der könnte das natürlich entdecken. Nein, es wäre sicher besser, ihn so zu beschädigen, dass es wie eine altersbedingte Abnutzung aussieht. Es sollte wie ein Unfall wirken. Die Polizei wird ja in jedem Fall ermitteln, wenn man einen glatten Schnitt findet, stehe ich ja sofort im Verdacht.

Das wird nicht einfach werden. Aber ich ziehe es durch. Ich werde mit Sabrina ein neues Leben beginnen.

Heiko Mönkemeier lag seit dem frühen Morgen wach. Heute musste es passieren. Am frühen Nachmittag würde Katja zu ihrer Mutter fahren, vorher wollte er noch „kurz mal den Saab durchchecken“, wie er ihr gesagt hatte.

Nachdem er gegen vier Uhr aufgewacht war, bekam er kein Auge mehr zu. Kalter Schweiß bildete sich auf seiner Stirn, er war froh, dass sie seit Monaten getrennte Schlafzimmer hatten. Er starrte im Dunkeln an die Decke und war überzeugt, dass Katja, wenn sie noch neben ihm im Bett läge, seinen pochenden Herzschlag hören würde.

Er musste als Erstes noch die neue Lichtmaschine in den Sprinter des Tischlers von gegenüber einbauen, dann würde er Katjas Bremsschläuche manipulieren. Es gab kein Zurück mehr. Insbesondere, nachdem ihm gestern mal wieder die Hand ausgerutscht war. Katja hatte danach ein dickes Veilchen gehabt und sich heulend auf dem Gästeklo eingeschlossen.

Er war eben einfach mit den Nerven am Ende. War ja auch kein Wunder.

Irgendwann würde sie zum Anwalt gehen. Dann wäre alles aus. Also heute oder nie.

Mir ist ganz schlecht vor Aufregung. Angst vor der eigenen Courage.

Aber ich darf jetzt nicht kneifen.

Nächste Woche ist Weiberfastnacht. Dann ist es genau zwei Jahre her, dass ich Sabrina kennen gelernt habe.

Die legendäre Weiberfastnacht in Stukenbrock. Wie gut, dass ich mal vor ein paar Jahren hingegangen bin. Ich hätte vorher nie gedacht, dass man mitten in Ostwestfalen so ausgelassen Karneval feiern kann. Da bin ich seitdem eigentlich jedes Jahr gewesen. Nur, um mal wieder so richtig Spaß zu haben, meinen langweiligen Ehealltag zu vergessen. Nicht wie viele andere mit dem unbedingten Ziel, fremdzugehen.

Sabrina lief da mit einer Truppe von fünf Freundinnen auf, alle als Biene Maja verkleidet. Fand ich erst ziemlich peinlich. Später kamen wir dann ins Gespräch, im Zelt an der „Alten Post“. Um uns herum ging es hoch her, wir suchten uns eine etwas ruhigere Ecke und quatschten bis in den frühen Morgen.

Zum Abschied ein Kuss. Nicht aufdringlich, nur so ein kurzer Abschiedskuss. Und weg war sie.

Ich hatte keinen Nachnamen, keine Telefonnummer. Nichts.

Ich wusste nicht einmal, ob sie wirklich Sabrina hieß.

Ein Jahr lang habe ich gewartet. Mit Schmetterlingen im Bauch nahezu täglich an sie gedacht. Immer zwischen Hoffen und Bangen. Ich war völlig verändert. Ich kannte mich selbst nicht wieder.

Bis endlich wieder Weiberfastnacht in Stukenbrock war. Kommt sie erneut dorthin? Finde ich sie in dem Trubel wieder? Würde sie sich überhaupt an mich erinnern?

Aber sie war da. Dieses Mal als Neandertalerin. Wir trafen uns wieder im Zelt hinter der „Alten Post". Wir sahen uns in die Augen. Uns beiden war sofort klar, wie es um uns stand.

Sabrina hatte dieses Wiedersehen genauso herbeigesehnt wie ich. Sie wohnte in Paderborn und hatte es auch kaum ausgehalten, endlich wieder an Weiberfastnacht in Stukenbrock zu sein.

Seitdem haben wir uns so oft es ging getroffen. Mit ihr war einfach alles anders – und alles besser. Die endlosen Gespräche, das gemeinsame Lachen, der sinnliche Sex, die Spaziergänge in den Pader-Auen, die Picknick-Ausflüge im Sommer, einfach – alles.

Es gibt für mich nur eine Zukunft: die mit Sabrina.

Heiko Mönkemeier hatte den grünen Saab auf die Hebebühne gefahren und alle vier Reifen demontiert, damit er besser an die zum Teil schwer zugänglichen Bremsschläuche herankam. Jetzt stand er unter dem Wagen und schabte am Schlauch des rechten Vorderrades herum. Zum Glück waren es keine modernen teflonbeschichteten Röhren mit Edelstahlummantelung, sondern uralte Gummischläuche, die ohnehin schon leicht porös und zum Teil aufgequollen waren.

Trotzdem war es eine mühsame Arbeit, die Oberfläche mit Säure, Schmirgelpapier und Stahlwolle so zu bearbeiten, dass es auch nach der Beschädigung noch immer wie altersbedingter Verschleiß aussah. Als der erste winzige Tropfen Bremsflüssigkeit herausquoll, schmierte er den Schlauch mit Dreck ein und betrachtete zufrieden sein Werk.

Dann machte Heiko sich am Bremsschlauch hinten rechts zu schaffen. Der Saab hatte ein diagonales Zweikreisbremssystem, so dass man beide Hydraulikkreise beschädigen musste, damit der Wagen auch wirklich nach einigen hundert Metern Fahrt nicht mehr zu beherrschen war.

Er begann, vorsichtig die Gummioberfläche zu schmirgeln.

Jetzt nur nicht schwach werden.

Es gibt kein Zurück mehr. Ich muss an die gemeinsame Zukunft mit Sabrina denken. Nur das zählt.

Von wegen am Aschermittwoch ist alles vorbei. Da fängt das Leben erst an. Mein neues Leben.

Die Hydraulikflüssigkeit wird entweichen, der Druck fällt schlagartig ab, das Geschehen nimmt seinen Lauf ...

Ich muss es tun.

Jetzt.

Katja Mönkemeier huschte leise die sechs Schritte von der Tür bis zur Hebebühne, setzte die große Astschere an und durchtrennte mit einem Ruck den dicken Schlauch, der zum Hydraulikzylinder führte. Das Öl entwich in einem goldbraunen Strahl, die Hebebühne senkte sich. In der ersten halben Sekunde langsam, dann immer schneller. Heiko wurde zu Boden gedrückt, gab einen gedämpften Schrei von sich, war dann still.

Katja nahm einen der Arbeitshandschuhe von der Werkbank, zog ihn an und suchte sich im Regal eine der Farbsprühdosen aus. *Ford Salsarot Metallic.* Das würde gehen. Sie sprühte ein großes „AI" auf die Heckscheibe des Saab, stellte die Dose zurück und warf den Handschuh auf die Werkbank.

Sie verließ die Werkstatt, ohne sich umzuschauen. Sie wischte die Klingen der Astschere gründlich ab und brachte sie wieder in die Gartenlaube.

Sie hatte sich entschlossen, den Schlauch doch einfach nur

glatt durchzuschneiden. Es musste einfach schnell gehen. Wenn sie den Gummischlauch nur leicht beschädigt hätte, wäre die Hebebühne nicht schnell genug gesunken und Heiko hätte darunter hervorspringen können.

Jetzt war zwar jedem klar, dass es kein Unfall gewesen sein konnte. Aber das machte nichts. Zunächst einmal würde die Polizei ganz sicher die Russen-Mafia verdächtigen und tagelang in diese Richtung ermitteln. Und selbst wenn die Polizei routinemäßig auch ihr gegenüber argwöhnisch sein würde – man konnte ihr nichts beweisen.

Sabrina würde ihr ein Alibi geben. Sie würde jeden Eid schwören, dass Katja zur Tatzeit bei ihr in Paderborn gewesen war.

Heinrich Peuckmann

Der Mord an der Joggerin

1

Es war früh am Morgen, als sie ihre Joggingrunde begann. Sie liebte es, so früh loszulaufen, denn die Luft auf der stillgelegten Zechenbahntrasse war dann noch frisch und der gesamte Tag lag vor ihr. Belebt konnte sie danach all das angehen, was sie sich vorgenommen hatte.

Während sie lief, genoss sie die Natur, die sie umgab. In dem kleinen Bach, der rechts von der Trasse entlangfloss, entdeckte sie manchmal eine Wasserratte, ein scheues Tier, das sofort abtauchte, wenn ihm ein Mensch zu nahe kam. Am Ufer saß manchmal ein neonfarbener Eisvogel und tauchte nach Stichlingen, vorgestern hatte sie ein Dompfaffpärchen gesehen.

Ihr blonder Pferdeschwanz wippte bei jedem Schritt. Sie überquerte die Sesekebrücke, kam unter der Autobahn hindurch und schaute kurz zu dem Straßenschild hoch, das seit neuestem dem restlichen Stück der Trasse einen Namen gab. Nach einem Schriftsteller war sie benannt worden, Max von der Grün, aber sie hatte noch nichts von ihm gelesen. Dabei gab es Romane von ihm, die in ihrer Stadt spielten, in Kamen, wo sie seit der Trennung ihrer Eltern mit ihrem Vater wohnte. Ich sollte ihn doch mal lesen, dachte sie.

Sonnenstrahlen bahnten sich den Weg durch die Wolkendecke, die Büsche und Bäume am Rand warfen lange Schatten auf die Trasse.

Plötzlich hörte sie das schleifende Geräusch von Fahrradreifen hinter sich. Wenn Jogger versuchten, sie zu überholen, zog sie das Tempo an, sie hatte Ehrgeiz und ließ sich ungern überholen, aber bei Fahrradfahrern hatte sie keine Chance. In gleichmäßigem Tempo lief sie weiter, Birken standen an der Böschung, eine Krähe erhob sich krächzend von einem Ast.

Weit in der Ferne erkannte sie den Schattweg, jene Straße, die in den Stadtteil Heeren führte. Bis dahin wollte sie laufen und dann umdrehen.

Sie begann sich zu wundern, warum der Fahrradfahrer sie noch immer nicht überholt hatte, so langsam konnte er doch gar nicht sein. Aber das schleifende Geräusch der Reifen blieb in gleichem Abstand hinter ihr. Konnte der nicht oder wollte er nicht, dachte sie. Der Weg vor ihr war frei, keine Menschenseele war zu sehen und plötzlich bekam sie einen Schreck. Was wäre, wenn ...

Sie riss den Kopf herum und sah den Fahrer jetzt ganz dicht hinter sich. Er hatte sich leicht aus dem Sattel erhoben, hielt etwas in der Hand, das sie nicht erkennen konnte und starrte sie an. Sie begann, schneller zu laufen, sie rannte, aber das Geräusch der Reifen kam näher. Sie überlegte, ob sie Haken schlagen sollte, aber das brachte nichts auf der schmalen Trasse und mit den Böschungen zu beiden Seiten. Noch einmal drehte sie sich um und sah, dass der Fahrer mit dem Arm, in dem er den Gegenstand hielt, jetzt weit ausgeholt hatte. Um Gottes willen, der wird doch nicht ..., dachte sie. Aber warum denn, was hatte sie ihm getan?

Im selben Moment spürte sie einen Schlag auf den Kopf, der ihr zuerst gar nicht wehtat, sondern sie nur aus dem Rhythmus brachte und straucheln ließ, so dass sie drohte, in ein Gebüsch an der Böschung zu stürzen. Sie konnte nicht mehr joggen, sondern schaffte es nur noch zu gehen, ein paar Schritte, die sie auf die Mitte der Trasse zurückbringen sollten. Dabei versuchte sie, nach dem Handy in ihrer Hosentasche zu greifen, um ihren Vater anzurufen, aber als sie es endlich zwischen den Fingern fühlte, traf sie ein zweiter Schlag, viel härter als der erste und im selben Moment spürte sie einen stechenden Schmerz im Kopf, der ihren Arm lähmte, der ihr die Kraft in den Beinen nahm, so dass sie vornüber fiel, tiefer und immer tiefer.

2

Als Anselm Becker zum Tatort kam, waren sein Kollege Wermann und der Doktor schon da. Anselm beugte sich über das Mädchen, das auf dem Bauch lag und das Gesicht zur Seite gewendet hatte. Sie war jung, auf etwa zwanzig schätzte er sie. Noch in ihren gebrochenen Augen konnte er ihren offenen Gesichtsausdruck erkennen. Sie war hübsch gewesen und wahrscheinlich auch klug. Mein Gott, so ein Mädchen, dachte er und merkte im selben Moment, dass der Gedanke falsch war. Sein Mitgefühl als Polizist hatte jedem zu gelten, egal, ob er hübsch, intelligent oder keines von beidem war.

Ihr Hinterkopf war blutverklebt, unter ihren langen blonden Haaren konnte man die Wunde in der Schädeldecke nur erahnen.

Er blickte sich um. Birken standen am Rand der Trasse, die in diesem Bereich wegen der Böschungen zu beiden Seiten nicht einsehbar war. In der Ferne wurde sie von der Autobahn Richtung Kamener Kreuz überquert, aber von dort aus konnte kein Autofahrer erkennen, was hier passiert war.

Kein schlecht gewählter Ort für einen Mord also, dachte Anselm. Er wandte sich an Wermann und den Doc.

„Könnt ihr schon was sagen?"

„Erschlagen, das siehst du doch", brummte Wermann.

„Und wann?"

„Vor etwa zwei Stunden", antwortete der Doc.

Anselm blickte auf seine Uhr. Es war jetzt kurz nach zehn. Dann hatte der Mord zu einem Zeitpunkt stattgefunden, als noch wenig auf der Trasse los war. Dann war nicht nur der Ort gut gewählt, sondern auch der Zeitpunkt. Also hatte der Täter über sein Opfer genau Bescheid gewusst.

Ein paar Meter vom Tatort entfernt saß ein Mann auf einer Bank, den Anselm auf knapp fünfzig schätzte. An den zuckenden Schultern erkannte er, dass der Mann weinte. Fragend blickte Anselm auf Wermann.

„Der Vater", erklärte er. „Gregor Böge. Er hat sie hier gefunden, vor knapp einer Stunde."

Mein Gott, der eigene Vater. Anselm musste sich erst einen inneren Ruck geben, bevor er es schaffte, zu ihm hinüberzugehen. Er setzte sich neben ihn auf die Bank und legte ihm eine Hand auf die Schulter. „Mein Beileid", sagte er.

Der Mann nickte, sofort begannen seine Schultern wieder zu zucken.

„Wie kommt es, dass gerade Sie Ihre Tochter, dass Sie die ..."

„Vera", sagte der Mann. „Meine Tochter hieß Vera." Er sah Anselm aus verweinten Augen an.

„... dass Sie Ihre Vera gefunden haben?"

„Weil ich es geahnt habe", antwortete er. „Weil ich verdammt noch mal gespürt habe, dass etwas passiert sein muss. Als sie länger als üblich ausblieb und sich auch nicht über Handy meldete, bin ich losgelaufen. Ich bin die ganze Strecke gerannt, weil ich so ein komisches Gefühl hatte. So schnell wie noch nie in meinem Leben bin ich gelaufen." Er brauchte einen Moment, bevor er weiterreden konnte. „Aber es hat alles nichts genützt. Als ich hier ankam ..." Er zeigte hinüber zum Tatort. „... es war alles vergeblich."

„Wenn Sie geahnt haben, dass etwas Schreckliches passiert sein könnte", sagte Anselm, „gab es denn einen Grund, um Veras Leben zu fürchten?"

„Aber nein." Der Mann schüttelte heftig den Kopf. „Es war nur, weil ich sie genau kenne. Vera hält sich an unsere Absprachen. Wenn sie sagt, sie kommt nach dem Joggen sofort zurück, dann tut sie das. Und wenn etwas Unvorhergesehenes dazwischen kommt, meldet sie sich. Und beides ..." Er brauchte wieder einen Moment, bis er sich wieder fassen konnte. „... beides hat sie nicht gemacht."

„Erzählen Sie mir etwas über Ihre Tochter." Es waren zwei Gründe, die Anselm zu diesem Satz veranlassten. Einerseits brauchte er Informationen über das Mordopfer, um Ansätze für Ermittlungen zu finden. Andererseits glaubte er, dass es dem

Mann gut tun würde, wenn er über seine Tochter reden konnte.

„Ja, Vera“, sagte der Mann. „Sie ist Journalistikstudentin in Dortmund. Das heißt, sie war es.“ Er stockte wieder. „Vera hatte so viele Talente. Sie hat zwei Seminararbeiten als Bücher veröffentlicht, hat für Jahrbücher geschrieben, zum Beispiel das vom Kreis Unna, sie hatte schon Artikel in großen Zeitungen veröffentlicht.“

„Wie alt war sie eigentlich?“, fragte Anselm.

„21 Jahre“, antwortete Böge, „nächsten Monat wäre sie 22 geworden. Vera hat auch Musik gemacht. Sie gehörte einer Band an, hat Songtexte geschrieben, die der Gitarrist, Matthias Pröhl, vertont hat. Dabei war sie immer freundlich. Vera war überall, wo sie auftauchte, beliebt. Ach Vera, zu wie vielen Hoffnungen hat sie Anlass gegeben.“

„Und Sie selber?“, fragte Anselm. „Was machen Sie?“

„Ich bin freier Journalist. Schreibe für große Tageszeitungen. Vera und ich, wir leben allein in Kamen. Meine Frau wohnt in Dortmund-Husen. Wir haben uns getrennt, im Guten. Meine Frau war einverstanden, dass Vera zu mir zog. Wir hatten immer das beste ...“ Er sprach nicht mehr weiter, sondern blickte die Trasse hinunter, wo sich ein Jogger näherte. Als er das rotweiße Absperrband um den Tatort und die Leiche neben seiner Laufstrecke entdeckte, wollte er stehen bleiben.

„Laufen Sie weiter!“, rief Wermann, „stören Sie nicht!“

Der Mann folgte der Anweisung, allerdings nicht, ohne sich mehrfach umzusehen.

„Und Ihre Frau?“

„Die ist Richterin in Dortmund beim Landgericht.“

Böge stand plötzlich auf und wollte hinüber zum Tatort, aber Anselm hielt ihn fest.

„Ich kann sie doch da nicht liegen lassen“, jammerte er, „sie wartet auf mich, ich spüre es.“

„Erzählen Sie mir von Veras Freunden“, sagte Anselm und zog ihn mit sanfter Gewalt zurück auf die Bank.

„Sie war bis vor kurzem mit Holger Dietzel befreundet“, sagte er. „Holger wohnt in Südkamen, in der Feuerbachstraße. Aber die beiden haben sich getrennt. Holger wollte nicht, dass Vera so viel machte. Er wollte, dass sie mehr Zeit für ihn hatte. Und da ist noch der Gitarrist Matthias Pröhl, aber ich glaube nicht, dass zwischen den beiden was gelaufen ist. Das war eine wirkliche Freundschaft."

Anselm dankte ihm, notierte sich die Adressen der Mutter und der beiden Freunde, dann ging er hinüber zum Tatort. Der Doktor kam ihm ein wenig ratlos vor, so wie er sich immer wieder über die Tote beugte.

„Sie ist nicht mit einer Stange erschlagen, sondern mit etwas anderem. Sie hat drei große Wunden in der Schädeldecke, eine davon war tödlich."

„Und was kann das gewesen sein?"

Der Doktor zuckte mit den Schultern. „Wenn ich das wüsste. Ein harter Gegenstand mit drei Spitzen. Mindestens mit drei."

„Darunter kann ich mir nichts vorstellen."

„Ich auch nicht", antwortete der Doktor.

„War es ein Sexualdelikt?"

Der Doktor schüttelte den Kopf. „Sieht nicht so aus, als hätte sich jemand an ihrem Trainingsanzug zu schaffen gemacht."

Anselm schaute auf die Leiche. Nee, sie sah, bis auf die Verletzungen am Kopf, völlig unberührt aus.

„Aber es gibt Bremsspuren von Fahrradreifen direkt neben der Leiche", sagte Wermann.

„Du meinst, der Täter ist mit dem Fahrrad gekommen?"

Wermann nickte. „Sieht so aus."

„Gebt mir alle Informationen so schnell wie möglich", sagte Anselm. „Und guck dir ihren Vater an", fügte er an den Doktor gerichtet hinzu. „Gib ihm was zur Beruhigung, ich will nicht, dass er einfach so nach Hause geht."

Der Doktor nickte.

Anselm drehte sich um und wollte gerade zurück zu seinem Auto, das er in einem Feldweg geparkt hatte, da hörte er dessen Stimme.

„Hör mal", rief der Doktor, „zu deinem Lieblingsverein sagst du heute wohl gar nichts."

Oh Gott, jetzt kam das wieder. Der Doktor war Schalke-Fan und nutzte jede Gelegenheit, gegen Anselms Lieblingsverein Borussia Dortmund zu sticheln. Anselm hatte aber keine Lust auf ein Gespräch über Fußball. Nicht in der Nähe dieses Mädchens, dachte er.

„Wieso, mit dem letzten Unentschieden können wir doch beide leben", versuchte er ihn abzuwimmeln.

„Unentschieden." Der Doktor blies verächtlich die Backen auf. „Zwei von euern drei Toren waren abseits, das hast du wohl übersehen", rief er. „Der Schiedsrichter war euer bester Mann."

„Und euer Verteidiger hätte das zweite Tor gar nicht mehr schießen dürfen, der hätte schon vorher vom Platz fliegen müssen." Anselm spürte, dass er sauer wurde. Immer diese einseitige Betrachtungsweise. Man musste so ein Spiel auch mal objektiv sehen.

Wermann hob den Kopf. „Werdet ihr wohl aufhören mit euerm Mist!", rief er. „Macht euch das Mädchen denn gar nicht betroffen?"

Mich schon, dachte Anselm, ich habe ja auch nicht angefangen mit dem Thema.

3

Von seinem Auto aus rief er über Handy im Präsidium an, wo seine Kollegin Sibel Dogan Dienst hatte.

„Besorge mir alle Infos, die du über eine Vera Böge aus Kamen rausbekommen kannst", sagte er. „Und schau mal nach, welche Sexualstraftäter für einen Überfall auf ein Mädchen in Frage kommen."

Dann fuhr er nach Husen. Als er hinter dem Kamener Vorort Methler in die Zechensiedlung einbog, musste er an Hannes Tilkowski denken, der in einem dieser Häuser geboren wurde.

Hannes, der Torwart mit dem berühmten Wembley-Tor, das keines gewesen ist, aber die Fußball-Weltmeisterschaft 1966 entschied. Hannes war damals Torwart der Nationalmannschaft gewesen und er litt bis heute unter der Fehlentscheidung des Schweizer Schiedsrichters, der den Lattentreffer als Tor anerkannte. Wenn Anselm ihn traf, im Stadion bei Borussia zum Beispiel, lief zwischen ihnen stets ein kleines Spielchen ab. „Hannes", rief Anselm dann, „ich habe mal eine Frage." Und Tilkowski rief postwendend zurück: „Der war nicht drin!" Aber auch dieser Spaß konnte ihn jetzt nicht aufmuntern. Der Anblick des hübschen Mädchens ging ihm nicht aus dem Sinn.

Es war ein schöner Bungalow, in dem ihre Mutter wohnte. Als sie Anselm die Tür öffnete, sah er an ihren verweinten Augen, dass sie Bescheid wusste. Fast spürte er so etwas wie Erleichterung. Also musste er es ihr nicht sagen.

„Mein Mann hat mich gerade angerufen", sagte sie. „Ich will sofort zu ihm und zu ihr. Ich will zu Vera."

„Nur ein paar Fragen", sagte Anselm, obwohl er plötzlich das Gefühl hatte, hier auf keine brauchbaren Spuren zu stoßen. Die Frau führte ihn ins Wohnzimmer, wo Anselm in einem Sessel Platz nahm, sie selbst auf dem Sofa. Sie konnte sich beim besten Willen nicht vorstellen, wer als Täter in Frage kommen könnte, erklärte sie.

„Vera hatte doch keine Feinde. Im Gegenteil, überall, überall wo sie hinkam, war sie beliebt. Leute, die zu so was fähig sind, passen nicht in ihren Bekanntenkreis. Ich müsste es wissen. Als Richterin habe ich mit Schwerverbrechern zu tun. Solche Leute passten nicht zu ihr."

Anselm hakte noch mal nach, aber er merkte, dass er mit jeder Frage nur weiter die Verzweiflung der Frau steigerte.

Er stand auf. Das Leid dieser Frau, die bei jedem Wort mit den Tränen kämpfte, dazu der erschütterte Vater, er verspürte den dringenden Wunsch nach einer Auszeit. Irgendwo musste er jetzt eine Pause machen, um sich zu sammeln.

„Können Sie überhaupt fahren?", fragte er.

Sie nickte. „Ich muss“, sagte sie. „Ich spüre, dass auch Vera auf mich wartet.“ Komisch, dachte er, fast wortwörtlich hatte er diesen Satz schon von ihrem Mann gehört.

Er ließ sich ihre Handynummer geben und saß kurz darauf in einer Bäckerei mit Stehcafé an der Hauptstraße von Husen, ganz in der Nähe des Bahnübergangs. Er bestellte sich eine Tasse Kaffee und überlegte kurz, ob er ein Stück Streuselkuchen essen sollte, verzichtete dann aber darauf. So sehr er Streuselkuchen auch liebte, heute, das wusste er, würde er ihm nicht schmecken. Er versuchte, an gar nichts zu denken, und starrte hinaus auf die Straße, wo sich vor der Schranke der Verkehr in regelmäßigen Abständen staute und dann wieder abfloss. Zwischendurch meldete sich Sibel.

„War diese Vera Böge wirklich erst 21 Jahre alt?“, fragte sie. „Ich kann das kaum glauben bei so vielen Einträgen im Internet. Die hat sich an Büchern beteiligt, zwei CDs mit einer Band veröffentlicht, in Zeitungen ist über sie berichtet worden. Ein tolles Mädchen.“

„Ich weiß“, seufzte Anselm. „Das ist es ja auch, was die Eltern so fertigmacht.“ Er schwieg einen Moment lang. „Und mich dazu“, fügte er hinzu.

„Sobald ich das mit den Sexualtätern erledigt habe, melde ich mich“, sagte sie.

Als Anselm gegen ein Uhr bei Holger Dietzel in Südkamen eintraf, kam dieser gerade von der Uni in Dortmund. Er schien völlig ahnungslos zu sein.

„Dienstags habe ich meinen kürzesten Tag“, sagte er. „Da läuft nur vormittags eine Vorlesung.“

„Kommen da viele Studenten hin?“, fragte Anselm.

Dietzel lachte. „So viele, dass es gar nicht auffällt, wenn ich fehle.“

Sein Argwohn war entwaffnend. Der Mann hatte gerade sein Alibi widerlegt, aber wer das so ohne Argwohn tat …

Als Anselm ihm den Grund für sein Kommen erzählte, wurde Dietzel kreidebleich, fast hatte Anselm das Gefühl, ihn stützen zu müssen. Wortlos ging Dietzel voraus in seine kleine Wohnung, seine Eltern wohnten, wie Anselm am Klingelschild bemerkte, unten im Haus. Er ließ sich auf eine Liege fallen, Anselm zog einen Stuhl heran. Als Dietzel Anselms fragenden Blick bemerkte, fing er von sich aus an zu reden.

„Sie glauben doch wohl nicht, dass ich etwas mit dem Mord zu tun habe", sagte er. „Ich hätte Vera nie etwas antun können, schon der Gedanke daran wäre mir niemals gekommen."

„Aber Sie haben sich vor kurzem getrennt", entgegnete Anselm.

„Ja, Vera wollte das. Mein Hobby ist der Sport, ich betreibe Leichtathletik. Speerwurf vor allem. Bücher, Musik, alles das, was Vera dauernd beschäftigte, ist nicht meine Sache."

„Ja dann, wenn sie so weit auseinander lagen ...", sagte Anselm.

„Wir hätten Kompromisse schließen können", antwortete Dietzel. „Vera hätte ein bisschen mehr Interesse für mein Hobby aufbringen können, ich etwas mehr für ihres. Ich habe ihr das vorgeschlagen, aber sie wollte nicht mehr. Es gäbe keinen Weg zurück."

Anselm staunte über seine Naivität. Eigentlich unglaublich, dass zwei Menschen, die so unterschiedlich sind, überhaupt zusammengefunden hatten.

4

Matthias Pröhl arbeitete in einer Firma im Kamener Industriegebiet, in dem Stromschienen hergestellt wurden. Anselms Erscheinen sorgte für Unruhe in den Büroräumen, ein Mann, offensichtlich sein Chef, wollte unbedingt den Grund für Anselms Kommen wissen. Anselm lockte Pröhl hinunter auf den Hof, auf dem gerade ein Lastwagen beladen wurde, um dort ungestört mit ihm sprechen zu können.

„Mein Gott, die Vera", sagte Pröhl und schüttelte den Kopf.

Nein, es sei zwischen ihnen nichts gelaufen. Er selbst hätte es gerne so gehabt, vor allem, seit sie mit Holger Schluss gemacht hätte, aber Vera hätte es nicht gewollt. Sie beide hätten zusammen in der Band gespielt, er als Gitarrist, der auch ihre Texte vertonte. Ja, die wären gut gewesen, Veras Texte. Sie hätten so viel über ihre Gefühle ausgedrückt, die die Gefühle vieler junger Leute von heute seien.

„Und wie war Ihr Verhältnis zu Holger Dietzel?", wollte Anselm wissen.

„Normal", antwortete Pröhl. „Holger war traurig, dass die Beziehung zerbrochen ist, aber er war nicht wütend oder so."

Anselm nickte. „Ist gut, Sie können wieder in Ihr Büro."

„Jetzt zurück in mein Büro?" Pröhl schüttelte den Kopf. „Ich brauche jetzt erst mal einen Moment, um mich zu fassen. Ich weiß wirklich nicht, was ich sagen soll. Vera ..." Er drehte ihm den Rücken zu. Langsam verließ Anselm den Hof der Firma.

Als er wieder in seinem Golf saß, erreichte ihn Sibels Anruf. Sie hatte vier Sexualtäter gefunden, die eventuell in Frage kämen, meinte sie. Zwei davon fielen aber sofort wieder aus dem Raster, weil sie in den Osten verzogen seien. Von den beiden anderen gab sie ihm die Adressen.

Jetzt, wo er die Adressen hatte, hatte Anselm keine Lust mehr, die Typen zu befragen. Er wusste aus Erfahrung, dass ihm Gespräche mit solchen Leuten schwer fielen, aber es musste sein. Er wollte die geringste Möglichkeit, dass es doch ein missglücktes Sexualdelikt gewesen war, ausschließen.

Der Erste war ein schmieriger Typ, der in Holzwickede wohnte. Er stand auf kleine Mädchen, hatte sich ihnen unsittlich gezeigt und war dafür verknackt worden. Anselm konnte die unterwürfige Art, mit der dieser Typ seine Fragen beantwortete, nicht ertragen. Er war arbeitslos, hatte aber heute Morgen einen Termin bei der ARGE gehabt. Ein Kontrollanruf bestätigte seine Angaben.

Der zweite Typ wohnte in Unna-Königsborn. Anselm brauchte einige Zeit, bis er ihn endlich traf. In seiner Hochhauswohnung öffnete keiner, eine Nachbarin schickte Anselm zu einem Kiosk, wo er sich rumtreiben würde, aber auch da war er nicht. Schließlich fand er ihn nach einem Hinweis des Kioskbesitzers auf einer Bank im Kurpark. Eine finstere Gestalt von etwa vierzig Jahren, wegen brutaler Vergewaltigung zu zwei Jahren Haft verurteilt, aber seit drei Jahren unauffällig, wie Sibel ihm erklärt hatte. Sah man von Ruhestörungen im Suff ab. Ein jüngerer Mann saß neben ihm, beide waren so besoffen, dass man sie kaum verstehen konnte. Der Jüngere bestätigte kichernd, dass sie seit heute früh getrunken hätten. Anselm erhob sich von der Bank. Die Alkoholfahnen, dazu der Stolz des Jüngeren auf ihre Sauforgie, Anselm konnte ihre Nähe nicht länger ertragen.

Er fuhr in die Innenstadt, setzte sich in das Café am Kamener Markt, bestellte sich endlich etwas zu essen, ein Käsebrötchen, dazu ein Glas Mineralwasser und merkte, dass er mit seinem Latein am Ende war. Die Betroffenheit der Eltern, die glaubwürdigen Aussagen von Veras Freunden, dazu die Unwahrscheinlichkeit eines Sexualdelikts, Anselm hatte nicht den geringsten Ermittlungsansatz.

Er blickte zum Himmel und stellte fest, dass sich von Westen Regenwolken näherten. Bisher war es ein sonniger Tag gewesen, nun drohte ein Wetterumschwung. Er war froh, sich in das Café gesetzt zu haben und nicht an einen der Tische draußen.

Er biss in sein Brötchen. Diese Vera, dachte er, wieso ist sie bloß in diese schreckliche Sache reingeschliddert? Wo gab es ein Motiv für einen Mord? Was er über sie erfahren hatte, sprach dagegen, dass sie überhaupt etwas mit einem Verbrechen zu tun haben könnte, geschweige denn mit Mord. Ein blöder Gedanke, fand er im nächsten Augenblick, und schüttelte den Kopf. Sie hatte nicht nur etwas damit zu tun, sie war das Opfer geworden. Sie war tot und mit ihr waren all die Hoffnungen gestorben, die sie sich für ihr Leben gemacht hatte und die andere in sie gesetzt hatten. Ein Gedanke, der ihn wieder traurig stimmte.

Er bestellte sich einen Kaffee, weil er merkte, dass er jetzt unbedingt etwas Belebendes brauchte. Irgendwie hatte er das Gefühl, folgte er jetzt doch einer Spur, die ihn vielleicht weiterbringen könnte. Der Kaffee wurde ihm gereicht, er trank einen Schluck und begriff plötzlich, um welchen Punkt seine Gedanken gekreist hatten.

Was wäre, wenn der Mord gar nicht ihr gegolten hätte, dachte er, sondern in Wirklichkeit ihrer ...

Hastig griff er zu seinem Handy. Als sich Frau Böge meldete, fragte er zuerst, wo sie sich befände. Sie sei in der Wohnung ihres Mannes, antwortete sie, und würde in den nächsten Tagen auch bei ihm bleiben, so wie früher.

„Vera würde sich das wünschen", fügte sie hinzu.

„Können Sie sich an Drohungen von Leuten erinnern, die sie mal verurteilt haben?", fragte er.

„Nein, an so etwas kann ich mich wirklich nicht erinnern. So etwas habe ich nie erlebt."

„Können Sie sich trotzdem vorstellen, dass jemand Rachegedanken gegen Sie hegt, der gerade aus dem Gefängnis gekommen ist?"

„Sie meinen doch wohl nicht, dass der dann deshalb Vera ... Unmöglich, so was kann doch keiner tun."

„Ich will die Möglichkeit nur ausschließen, deshalb frage ich."

Frau Böge zögerte, bevor sie antwortete. „Wenn, dann müsste meine Sekretärin solche Fälle kennen. Frau Smuda, ich gebe Ihnen ihre Handynummer. Sie dürfte vermutlich nicht mehr im Büro sein."

Anselm rief Frau Smuda an, die schon von dem Mord gehört hatte. „Schrecklich", rief sie ein paar Mal ins Telefon, „mein Gott, wie furchtbar. Die arme Frau Böge und vor allem die arme Vera ..."

Anselm nannte ihr seinen Wunsch, sie schien nicht so überrascht von dem Gedanken zu sein wie ihre Chefin.

„Ich gucke mal nach", sagte sie, „aber heute geht das nicht mehr, ich bin ja nicht mehr im Büro. Morgen früh als Erstes."

Anselm gab ihr seine E-Mail-Adresse.

Es war inzwischen kurz nach fünf, längst Zeit, Feierabend zu machen. Wermann hatte sich nicht mehr gemeldet, also gab es keine neuen Erkenntnisse vom Tatort oder von der Leiche.

Er fuhr nach Werne, ging aber nicht sofort in seine Wohnung in der Schulstraße, sondern in seine Stammkneipe zu „Fränzer". Er brauchte jetzt zwei, drei Bier. Ohne die, das wusste er, würde er nicht einschlafen können. Oder wenn doch, dann würde er von einem hübschen Mädchen träumen, das erschlagen auf der Joggingstrecke lag.

5

Am anderen Morgen fand er Angaben zu drei ehemaligen Knastbrüdern auf seinem Computer vor, die Richterin Böge zu langen Haftstrafen verurteilt hatte und die alle in den letzten Monaten entlassen worden waren.

Der erste Fall war ein Raubmord, ein Überfall auf eine Sparkassenfiliale. Als zufällig ein Kunde hinzukam, hatte der Täter die Nerven verloren und ihn erschossen. Die Überprüfung ergab, dass der Mann sofort nach seiner Entlassung nach Süddeutschland verzogen war.

Blieben die beiden anderen Fälle. Wolfgang Bonn wohnte in Lünen, in einer Zechensiedlung im Vorort Brambauer. In einem Wutanfall hatte er seinen Kumpel erschlagen, mit dem er sich um eine Banalität gestritten hatte. Um ein paar hundert Euro nur war der Streit entbrannt. Anselm wunderte sich nicht darüber. Sein Beruf hatte ihm gezeigt, dass alles möglich war. Wirklich alles.

Es war eine finstere Gegend, in der Bonn wohnte. Die Einheitsfarbe der Häuser war ein schmutziges Grau, an vielen Stellen war der Putz abgebröckelt und die Ziegelsteine traten hervor. Umso überraschter war Anselm, als ihm ein Mann in braunem Jackett und passendem Schlips die Tür öffnete. Jetzt war er kurz davor, sich doch zu wundern.

Nein, erklärte der Mann, er sei nicht Wolfgang Bonn, und bat ihn, als Anselm sich ausgewiesen hatte, in die Wohnung. Auf einem Klappstuhl saß ein finster dreinblickender Mann in T-Shirt und Tätowierungen an den Oberarmen, so dass Anselms Weltbild doch wieder stimmte. Als er dem Mann erzählte, dass eine Vera Böge von einem Fahrradfahrer überfallen worden sei, und er wissen wollte, was er gestern Morgen gemacht habe, brummte Bonn nur eine knappe Antwort. Er habe geschlafen, sagte er.

Der Mann im Jackett bat Anselm nach draußen in den Flur. Er sei der Bewährungshelfer, erklärte er Anselm dort. Bonn habe gar kein Fahrrad, gut, er könne sich eines geklaut haben, aber das sei unwahrscheinlich. Lebensmittel, Schnaps, Zigaretten, das ja, aber ein Fahrrad ... Der Mann sei aggressiv, das stimme, daran hätten auch die Knastjahre nichts geändert, aber er sei aggressiv immer nur im direkten Kontakt, wenn ihm einer quer komme. Wildfremden Menschen gegenüber, das passe nicht zu ihm. Anselm dankte und verabschiedete sich. Zu Wolfgang Bonn ging er nicht zurück.

Kevin Bauer, der dritte, wohnte in der Kupferbergsiedlung in Kamen in einer Dachwohnung eines Doppelhauses.

Anselm ließ sich von ihm, als sie sich in seiner kleinen Küche mit Dachfenster gegenüber saßen, erzählen, warum er zu insgesamt 14 Jahren verurteilt worden war, von denen Bauer mehr als elf Jahre abgesessen hatte. Anselm schätzte ihn auf knapp über dreißig.

Er sollte seine Freundin erstochen haben, aber Bauer bestritt das. Sie habe im Drogenmilieu gesteckt, habe gedealt und auch selbst gekokst. Kurz bevor sie erstochen worden sei, hätte sie Anzeige gegen ihn erstattet. Er hätte sie brutal misshandelt, hatte sie behauptet, aber das hätte sie nur aus Rache getan, weil er sich von ihr trennen wollte. Er hätte es nicht mehr ausgehalten mit ihren Drogen. Die Verletzungen, die sie tatsächlich im Gesicht und überall am Körper gehabt hatte, hätte sie sich bei einer Auseinandersetzung im Milieu geholt, behauptete er. Kurz darauf wurde sie erstochen aufgefunden, in ihrer Wohnung, zu der außer ihr selbst nur Bauer einen Schlüssel gehabt habe. Seine Fingerabdrücke hätten sie am Messer gefunden, andere zwar auch, aber die seien nicht zuzuordnen gewesen.

„Alles nur Verdächtigungen", sagte Bauer.

„Indizien", korrigierte ihn Anselm.

„Von mir aus." Seine Stimme klang resignativ, fast unbeteiligt.

An der Wand hingen Bilder von Fußball-Jugendmannschaften, dazu eines von einem jungen Mann, der gerade einen Zweikampf gewonnen hatte, ein anderes, auf dem er stolz mit verschränkten Armen vor der Brust auf dem Platz stand, den Ball vor seinen Füßen. Es war unschwer zu erkennen, dass es Jugendbilder von Bauer waren.

„Haben Sie mal Fußball gespielt?", fragte Anselm.

Bauer nickte.

„Und wo?"

„Bei Borussia in den verschiedenen Jugendmannschaften und zuletzt in der zweiten Mannschaft, wo Borussia die Talente aufbaut."

Die Bedeutung von Borussias zweiter Mannschaft hätte er Anselm nicht erklären müssen, denn er war natürlich bestens darüber informiert. Anselm nickte beeindruckt. Spieler in der Talentschmiede von Borussia zu sein, wenn das nichts war!

Nein, eine Vera Böge kenne er nicht, erklärte er anschließend auf Anselms Frage. An die Richterin gleichen Namens wollte er sich nur dunkel erinnern und gestern Morgen, ja, da sei er bei seiner Mutter auf der Lüner Höhe in Kamen gewesen.

Anselm bekam ein komisches Gefühl, während er ihm zuhörte. Der Mann erschien ihm kalt, aber nicht im Sinne von berechnend, sondern wie abgestorben. Er wirkte gerade so, als erzähle er etwas, das ihn gar nicht selbst betraf. Nur als er über Fußball sprach, kam Leben in ihn.

Anselm verstand nicht, was das zu bedeuten hatte. Er ließ sich die Telefonnummer von Bauers Mutter geben, rief sie an und tatsächlich bestätigte sie das Alibi ihres Sohnes.

„Wenn Kevin Ihnen doch gesagt hat, dass er hier war, dann können Sie ihm das auch glauben", sagte sie.

Anselm überlegte. Hatte er irgendwas vergessen, etwas übersehen? Es fiel ihm nichts ein, nur sein merkwürdiges Gefühl blieb. Irgendwas stimmte nicht, dachte er. Aber was? Er schüttelte leicht den Kopf. Unsinn, was sollte hier denn nicht stimmen? Der Mann hatte ein Alibi, seine Aussagen hatten keinen Anhaltspunkt für einen Zusammenhang zum Mord ergeben, was sollte er übersehen haben?

Er verabschiedete sich, fuhr aus dem Viertel heraus, bog auf die Hauptstraße ein und fuhr in Richtung Innenstadtring, um von dort auf die Autobahn Richtung Dortmund zu kommen. Da überquerten zwei Jogger an einer Verkehrsinsel die Straße. Anselm bremste, ließ sie vorüber und blickte ihnen nach. Es war eine Zechenbahntrasse, über die sie liefen. Im selben Moment, als er das feststellte, wusste er, was er bei Bauer nicht beachtet hatte. Er hielt am Straßenrand, rief den Doktor an und nannte ihm das mögliche Tatwerkzeug.

„Mensch, dass wir darauf nicht gekommen sind!", rief der Doktor. „Natürlich, das könnte es sein. Gerade wir beide hätten darauf kommen müssen."

Sein zweiter Anruf bei der Kamener Polizei diente hauptsächlich dazu, Verstärkung anzufordern. Als der Polizist ihm auch noch bestätigte, dass die Zechenbahntrasse, die am Kupferberg vorbeiführte, später in den Max-von-der-Grün-Weg mündete, wusste Anselm, dass der Fall geklärt war.

Einer der beiden Polizisten, die im Streifenwagen fast gleichzeitig mit Anselm an Bauers Wohnung eintrafen, schlich sich in den Garten, um ihm einen Fluchtweg abzuschneiden, Anselm und der andere gingen zur Haustür. Gerade als Anselm klingeln wollte, wurde die Tür aufgerissen, Bauer versuchte vorbeizustürmen, aber der andere Polizist packte ihn und hielt ihn fest.

Während Bauer in Handschellen im Streifenwagen wartete, stellte Anselm ein Paar Fußballschuhe mit spitzen, metallenen Stollen sicher, dazu ein Fahrrad, dessen Reifen mit Lehm verschmiert waren. Genug Material für Wermann, um das Tatwerkzeug zu identifizieren und nachzuweisen, welche Wege Bauer gefahren war.

Zwei Stunden später saß Bauer im Präsidium vor Anselm, nicht mehr ganz so kalt wie bei der Befragung, aber auch nicht sonderlich betroffen.

Ja, die Böge hätte ihm alles versaut, sagte er. Sie hätte auch ein anderes Urteil über ihn fällen können, so eindeutig wären die Indizien nicht gewesen, aber nein, sie hätte von Anfang an ausgeschlossen, dass er unschuldig war. Nicht die geringste Chance hätte er bei ihr gehabt.

„Dadurch hat sie mein Leben zerstört", sagte er. „Denn Fußball, das war mein Leben. Das war es, was ich wirklich konnte." Er starrte einen Moment lang auf die Tischplatte. „Ich stand kurz vor der Berufung in die Profimannschaft, ich hatte die Chance auf eine große Karriere. Aber jetzt, mit 33 Jahren, bin ich zu alt dafür. Jetzt will man mich nur noch bei unterklassigen Amateurmannschaften haben, aber auch da nur ohne Geld. So einer wie ich soll froh sein, wenn er überhaupt mitmachen darf." Er blies verächtlich die Luft aus. „Und das sagen mir die letzten Stümper, die ich früher nicht mal angeguckt hätte."

Anselm wurde immer wütender, während er ihm zuhörte. „Hören Sie", unterbrach er ihn schließlich, „was hatte das Mädchen mit Ihrer Fußballkarriere zu tun? Gar nichts, die war auch ein Talent."

„Das war ich auch", entgegnete Bauer. „Und jetzt muss ich damit leben, dass mir das, was einzig wichtig war in meinem Leben, genommen wurde. Genau wie die Böge jetzt damit leben muss." Er lachte bitter. „Ich habe sie zufällig zusammen mit ihrer Tochter in einer Eisdiele in Kamen gesehen. Da habe ich begriffen, dass es besser ist, ihr das wegzunehmen, was ihr Leben schön gemacht hat, als sie selbst umzubringen. Und damit sie nie den Grund vergisst, habe ich mit dem Fußballschuh zugeschlagen, mit dem ich mein letztes Spiel bestritten habe."

„Mensch, da liegt in zwei Tagen ein unschuldiges Mädchen zwei Meter unter der Erde ..."

„Dafür kann ich mir nichts kaufen", unterbrach ihn Bauer mit fast emotionsloser Stimme. „Mein Leben ist auch zerstört, egal, ob ich über oder unter der Erde liege."

Anselm spürte plötzlich, wie ihm schwindelig wurde und er keine Luft mehr bekam. Ich muss hier raus, dachte er, ich muss irgendwo hin, wo ich wieder atmen kann. Im Flur des Präsidiums, an einem geöffneten Fenster, sog er die frische Luft ein, dann rief er seinen Freund von der Sportredaktion der „Westfälischen" an und fragte ihn, ob er Kevin Bauer kenne. Sein Freund, das wusste er, kannte jeden, wenn es um Fußball und vor allem um Borussia ging, aber auch er musste einen Moment lang überlegen.

„Ach der", sagte er schließlich, „ja, der war ein großes Talent. Aus dem hätte was werden können, wenn er nicht den Mist gemacht hätte."

Anselm merkte, dass Bauer ihm nicht Leid tat. Er musste an das Mädchen denken, an Vera Böge, die in ihrem Blut auf der Zechenbahntrasse gelegen hatte und die viele Talente gehabt hatte. Und an ihre Eltern.

-ky

Walpurgisnacht

„Ich werde den Kerl noch mal umbringen!“, hatte Mareike Merx im Januar in ihr Tagebuch geschrieben, und im März war sie noch wütender gewesen: „Wenn ich meinen ersten Mord begehe, dann ist er es, den es trifft. Achtung, Marius, mein Projekt GG läuft ab heute an!“

GG stand für Geesche Gottfried, die in Bremen zwischen 1813 und 1827 fünfzehn Menschen vergiftet hatte, zuerst ihren Ehemann Johann Miltenberg, der durch ein liederliches Leben in Kneipen und Bordellen das väterliche Erbe durchgebracht hatte, aber auch ihre Mutter und etliche ihrer Kinder. Bei den Linken war sie durch Rainer Werner Fassbinders Film *Bremer Freiheit* zu einer wichtigen Symbolfigur geworden und stand für Auflehnung gegen die herrschenden Verhältnisse, insbesondere die Männerwelt.

So wie Geesche Gottfried von Johann Miltenberg tyrannisiert worden war, so fühlte sich Mareike Merx von Marius Ausleben unterdrückt und zur Ware erniedrigt. Nun war Marius zwar nicht ihr Ehemann, aber ihre große Liebe, was die Sache eher schlimmer machte. Als er sich an ihre beste Freundin herangemacht hatte, war es zum großen Krach gekommen, gefolgt von einer hoch theatralischen Trennung, aber am Karfreitag hatten sie sich in einem angesagten Club in Berlin-Mitte per Zufall wiedergetroffen und beschlossen, es noch einmal miteinander zu versuchen.

Da sie Ethnologie studierte, war sie von dieser Idee sofort hellauf begeistert. „Und womit fahren wir hin, mit der Bahn?“

„Mit ’nem Wagen natürlich.“

Da Marius Ausleben in die Kreuzberger Autonomenszene abgetaucht war und von Hartz IV lebte, hatte sie angenommen, er würde mit der letzten Schrottkarre vorgefahren kommen, doch er saß am Steuer eines ansehnlichen BMWs.

„Wo hast'n den her?"

Marius Ausleben grinste. „Man kann nicht alle Luxuskarossen abfackeln."

Wie sie ihn kannte, hatte er einen Deal mit einem Manager aus einem der Lofts gemacht, die es an der Spree und deren Nähe reichlich gab: Du borgst mir mal deinen Schlitten, dafür wird er nicht in Brand gesteckt. Marius Ausleben ließ nichts unversucht, um seinem Ruf als irrer Typ gerecht zu werden. Beim Poetry Slam hatte er manchen Preis gewonnen, fühlte sich aber mehr als Maler und Bildhauer, und nichts war schrill genug für ihn.

Die Sonne ging gerade unter, als sie durch Horn-Bad Meinberg fuhren und als sie die Externsteine erreicht hatten, war das Fest schon im Gange. Der Klang hunderter Trommeln drang bis zum Parkplatz hinüber. Um zur Wiese zu gelangen, hatten sie ein Stückchen Wald zu durchqueren. Der Rauch zahlloser Lagerfeuer wehte herüber. Mareike fühlte sich an das erinnert, was sie über die Hopi- und die Zuñi-Indianer gelesen hatte. Als sie einen freien Blick in den Talkessel hatten, sahen sie, dass Poi Dancer Fackeln schwangen und Feuerspucker auf die Felsen kletterten. Männlein und Weiblein tanzten zum monotonen Percussionsound. Die beiden Berliner staunten, denn eine solche Mischung ausgeflippter Typen hätten sie außerhalb der Hauptstadt nie und nimmer vermutet. Alt- und Neuhippis hopsten da herum, Didger, Hexen und Druiden, Mittelalter-Reenactors, Gothics, Raver, Absinthtrinker, Cosplayerinnen, Backpackers und noch viel anderes alternatives Volk. Ein Wikinger mit Helm, Panzerhemd und Axt kam aus dem Unterholz gestürzt.

„Bei der Walpurgisnacht handelt es sich eigentlich um das wiederentdeckte und adaptierte keltogermanische Fruchtbarkeitsfest Beltane oder Beltain", dozierte Mareike. „Da möchte ich mal meine Dissertation drüber schreiben, denn ..."

Sie brach ab, denn Marius Ausleben war gerade mit einer attraktiven Sinnsucherin zusammengestoßen und setzte an, sie da zu streicheln, wo es schmerzen musste. Zufällig waren es die erogenen Zonen. Innerhalb weniger Sekunden hatte er völlig vergessen, dass er mit Mareike auf die Walpurgisnacht gekommen war.

„Heute bringe ich ihn wirklich um", murmelte sie.

Volker Fossenbrink kam aus der hintersten Ecke des Freistaats Sachsen und war Leiter einer Bankfiliale. Schon lange hatte er mit seiner Frau die Externsteine besuchen wollen, doch erst in diesem April, als er ohnehin zu einer Tagung nach Horn-Bad Meinberg musste, hatte es geklappt. Der letzte Vortrag hatte ewig gedauert, und so war es später Abend geworden, als sie im Auto saßen und auf der L828 Richtung Holzhausen-Externsteine fuhren.

„Es ist eine Schande, dass ich noch nicht hier war", sagte Fossenbrink. „Im ‚Heiligen Hain', den Heinrich Himmler schaffen wollte. Ich bin mir auch ganz sicher, dass an dieser Stelle Irminsul gestanden hat. Der Wilhelm Teudt hat bestimmt recht gehabt. Onkel Werner hat mir das alles erzählt, der kam ja aus Detmold und war am 9. November 1938 dabei, als hier einige SS-Mannschaften vereidigt worden sind. Anschließend sind sie dann nach Detmold gezogen und haben die Synagoge angesteckt." Seine Augen leuchteten.

„Für mich ist es aus einem anderen Grund eine heilige Stätte", bekannte seine Frau, die der Geomantie anhing. „Sie ist eine der wichtigsten Kraftorte der Erde, gleichberechtigt mit Göbekli Tepe in der Türkei, Borobudur in Indonesien, dem Berg Ararat in Armenien, den Pyramiden von Gizeh und dem Steinkreis von Stonehenge."

Davon, dass am Fuße der Externsteine die Walpurgisnacht jedes Jahr groß gefeiert wurde, hatten beide nie etwas gehört, und so waren sie über die Menschenmassen sehr erstaunt. Silke wollte gleich wieder umkehren, aber Fossenbrink konnte seine Frau überreden, auszusteigen und sich schnell einmal alles anzusehen.

„Wo wir schon mal hier sind. Da am Waldrand gibt es noch einen Parkplatz."

„Ja, aber unser Schloss am Kofferraum ist kaputt."

„Na und, wir haben doch nichts drin."

Die Felsen selbst bestaunten sie in stiller Andacht, das Walpurgisfest aber erfüllte sie mit Zorn und Ekel.

„Widerlich!", rief Fossenbrink. „Und ich wüsste schon, was ich mit dem ganzen Pack hier machen würde ..."

„Pssst!", mahnte seine Frau.

Aber Fossenbrink ließ sich nicht bremsen. „Wenn wir schon keine KZs mehr haben, dann sollte die Bundesregierung wenigstens eine einsame Insel im Indischen Ozean kaufen und alles hinschicken, was sich hier herumtreibt."

Sie unternahmen noch einen Abendspaziergang in Richtung Knickhagen, dann setzten sie sich wieder in ihren Wagen und fuhren zu ihrem Hotel in Bad Meinberg. Nach einer kleinen Mahlzeit zogen sie sich in ihr Zimmer zurück, sahen noch ein wenig fern und waren kurz vor Mitternacht eingeschlafen. Am nächsten Morgen hatten sie routinemäßig Sex und wollten sich gleich nach dem Frühstück auf den Heimweg machen.

Fossenbrink rollte seinen und Silkes Koffer zum Wagen, den sie etwa zwanzig Meter vom Hotel entfernt in einer Seitenstraße geparkt hatte. Der 1. Mai fiel in diesem Jahr auf den Himmelfahrtstag, und so war es in Bad Meinberg noch stiller als sonst.

So glaubte Silke Fossenbrink, die noch nicht um die Ecke gebogen war, ihr Mann sei Opfer eines Raubüberfalls geworden, als sie seinen Aufschrei hörte. Sie stürzte zu ihm hin, stoppte aber mitten im Lauf wieder ab, denn sie konnte ihn nirgendwo entdecken. Eine Entführung, schoss es ihr durch den Kopf. Dann erst merkte sie, dass er hinter dem Wagen auf dem Boden lag, das heißt, mehr saß als lag.

„Volker, was ist denn!?"

„Nicht so laut!", rief er.

Sie half ihm, wieder auf die Beine zu kommen. „Hast du einen Herzinfarkt ...?"

„Nein, ich bin nur zurückgeprallt, als ich den Kofferraum geöffnet habe, und über die Koffer gestolpert. Es war der Schock ..." Er brach ab.

„Was für ein Schock?"

Er kam sich irgendwie albern vor, es zu sagen. „Weil ... Du, wir haben im Kofferraum eine Leiche liegen."

„Eine Leiche ...?"

„Ja, ein Mann."

Sie wollte es nicht glauben und flüchtete sich in ein schrilles Lachen. „Du machst Witze, hör bitte auf damit!"

„Guck doch selber nach."

Das tat sie dann auch, und er musste sie auffangen, sonst wäre sie bei ihrem niedrigen Blutdruck in Ohnmacht gefallen.

„Kennst du den?", fragte sie schließlich.

„Nein, woher?" Fossenbrink holte tief Luft.

„Wie kann der denn ... Wie ist denn der ins Auto gekommen?", stammelte sie.

„Das wüsste ich auch gern." Fossenbrink versuchte, einen klaren Gedanken zu fassen. „Entweder er hat sich selbst in unseren Kofferraum gelegt, um da zu sterben, oder einer hat ihn vorher umgebracht und dann die Leiche zu uns ins Auto gelegt, um sie auf diese Weise zu entsorgen."

„Und was nun?", fragte seine Frau.

„Wenn wir zur Polizei fahren, dann ..." Fossenbrink wusste, dass er auf so mancher schwarzen beziehungsweise braunen Liste zu finden war und den Ruf hatte, vor nichts zurückzuschrecken. „Wenn der Tote dann auch noch einer von den linken Zecken ist, dann sitze ich wegen Mordes auf der Anklagebank. Und wenn nicht: Es bleibt immer was hängen."

Seine Frau wurde noch ein wenig bleicher. „Wir können doch nicht mit der Leiche durch die Gegend fahren und sie irgendwo verscharren ..."

In etwa derselben Minute stand Marius Ausleben am Fuße der Externsteine und telefonierte per Handy mit seinem besten Freund.

„Du, Paul, das muss ich dir unbedingt erzählen! Wir waren doch hier auf der Walpurgisnacht, eine geile Sache, und weißt du, wen ich da am Rande sehe, den Volker Fossenbrink! Ja, der, der seinen Namen immer mit SS-Runen schreibt, dieses verdammte Nazi-Schwein. Egal, ich wollt mir von dem das Fest nicht verderben lassen. Wir haben mächtig gekifft und alles war klasse. Ich bin da mit 'ner tollen Frau aus Lippstadt zusammengestoßen und war mächtig heiß auf die, aber plötzlich war ihr Alter da und hat mir eine aufs Maul geben wollen. Da bin ich mal schnell mit Mareike in den Büschen verschwunden ... Fruchtbarkeitszauber war ja angesagt. Und weißte was: da stoßen wir auf 'ne Leiche. Echt, 'n Selbstmörder, Tabletten geschluckt und so, 'n Single, und trotzdem hat er 'n Abschiedsbrief geschrieben. Irre, du! Wir stehen da und glotzen, Mareike und ich, und da habe ich *die* Idee des Jahrhunderts. Ich sage zu Mareike: ‚Du, wenn wir dem Fossenbrink die Leiche hinten ins Auto legen und der damit entdeckt wird, dann ist es aus mit dessen großer Karriere, dann steht er in ganz Deutschland als Mörder da und kriegt kein Bein mehr auf die Erde.'"

Volker Fossenbrink war zu sehr politischer Mensch, um nicht zu wissen, dass seine Karriere auf dem Spiel stand.

„Wenn das einer mitkriegt, dass ..." Er brach ab, weil eine Frau mit einer Brötchentüte vorbeikam. „Das ist doch eine tickende Zeitbombe, was sie mir da ins Nest gelegt haben."

„Der kann doch auch selber reingekletteri sein", sagte seine Frau.

„Ach, Quatsch! Das ist ein Attentat auf mich. Ich soll als Mörder dastehen. Rufmord ist das, Rufmord!" Er war außer sich vor Wut.

Seine Frau ermahnte ihn, nicht so laut zu sprechen. „Komm, fahren wir jetzt zur Polizei und melden den Vorfall. Die Kripo wird das schon aufklären. Und ruf deinen Anwalt an!"

Fossenbrink sah ein, dass er mit dem Toten nicht durch die Gegend fahren konnte, zumal nicht auszuschließen war, dass seine Gegner hinter ihm her waren, um ihn dabei zu beobachten, wie er die Leiche irgendwo vergrub. Dann saß er erst richtig in der Tinte.

„Hättest du bloß das kaputte Schloss reparieren lassen", sagte seine Frau.

„Ja, wenn und hätte!"

Fossenbrink setzte sich hinters Steuer und fuhr langsam in Richtung Innenstadt. Nach der Polizei zu fragen, wagte er nicht, er fand sie schließlich in der Nähe des Kurparks in der Brunnenstraße. Um Zeit zu gewinnen, parkte er den Wagen in einiger Entfernung, trank mit seiner Frau noch einen Kaffee, bevor er sich ins Revier wagte. Ein einziger Beamte hielt die Stallwache. Jetzt galt es, forsch aufzutreten, und Fossenbrink schmetterte dann auch sein „Guten Morgen!" in einer Lautstärke, dass der Mann am Computer so hochschreckte, als hätte es eine Explosion gegeben. Sein Gruß blieb ihm in der Kehle stecken. Er sprang auf und kam zum Tresen, um zu fragen, womit er dienen könne.

Fossenbrink nannte Namen und Adresse. „Meine Frau und ich waren gestern Abend bei den Externsteinen, und wir haben jetzt ein Problem."

Der Beamte lachte. „Kenne ich: Sie wissen jetzt nicht mehr, wo Sie Ihren Wagen abgestellt haben?"

„Doch, hier am Schanzenberg. Aber da gibt es etwas ganz Komisches ... oder auch Schreckliches ... Als wir vom Hotel losgefahren sind, haben wir bemerkt, dass da ein Toter bei uns im Kofferraum liegt."

Der Beamte hatte Mühe, das zu begreifen. „Ein Toter? Und den kennen Sie nicht?"

„Nein, den muss uns gestern bei den Externsteinen jemand in den Kofferraum gelegt haben", erklärte Silke Fossenbrink.

„Mein Gott, und das am 1. Mai!" rief der Beamte. „Na, klar, warum soll man am Tag der Arbeit auch keine Arbeit haben." Er ging zum Garderobenständer, um sich seine Uniformjacke anzuziehen. „Dann zeigen Sie mir den Toten mal. Ich muss ja dann die ganze Maschinerie in Gang setzen." Und davor graute ihm.

Während sie durch die Straßen gingen, versuchte Fossenbrink einen guten Eindruck zu hinterlassen und lobte die Arbeit der Polizei.

„Wie Ihre Kollegen diese Anarchisten und diese Chaoten bei der Walpurgisnacht im Griff haben, das ist schon bewundernswert."

„Da sind wir tolerant", sagte der Beamte. „Forstleute und Polizei. Dann geht es schon. Den Müll sammeln die Leute freiwillig ein, und beim DRK gibt es auch viel Idealismus."

„Und mir legt jemand eine Leiche in den Kofferraum", murmelte Fossenbrink. „Da ist wohl Schluss mit der Toleranz."

Damit waren sie an seinem Wagen angekommen, und ohne weitere Kommentare riss er die Haube seines Kofferraums hoch. „Da, sehen Sie selber!"

Der Beamte prallte zurück. „Ich sehe keine Leiche! Wollen Sie mich ...!?" Fossenbrink konnte nicht anders, als ihm beizupflichten. „Tatsächlich, da liegt keine mehr."

Wieder zurück in Berlin hatten Marius Ausleben und Genossen, aber auch Millionen anderer Bundesbürger ihre Freude daran, wie Volker Fossenbrink zur Lachnummer wurde. Die Medien hatten sich sofort auf den Fall gestürzt und herausbekommen, dass es sich bei dem „Toten unter den Externsteinen" um den 31-jährigen Tontechniker Andreas Daaden aus Bodenwerder handelte. Der hatte Selbstmord begehen wollen und eine Menge Tabletten geschluckt. Aufgewacht war er im Kofferraum eines ihm fremden Fahrzeugs. Nach einigen Minuten der Orientierungslosigkeit war er ins Freie geklettert, im Kurpark zusammengebrochen und in ein Krankenhaus gekommen.

Wer ihn in leblosem Zustand in den Kofferraum gelegt hatte, war nicht zu ermitteln gewesen, und trotzdem hielt sich bei Marius Ausleben die Freude in Grenzen, denn sein Ziel war es gewesen, Volker Fossenbrink auf der Anklagebank zu sehen. Als Mörder. Nun, immerhin hatte er darauf verzichtet, für den Landtag zu kandieren.

Frank Göhre

Der Fleck

Es geht auf den Abend zu in Bochum, der Automobilstadt mit Uni und Bundesligaverein, nach einem heißen Sommertag Ende der Siebzigerjahre, und ich erfahre über den Verlauf dieses Abends und der darauf folgenden Tage: Marion Schulz, 43, in einer der nach Fünfundvierzig zeitweise von den Engländern in Beschlag genommenen Villen am Stadtpark wohnend, kommt aus dem Bad. Sie schiebt die Tür zum begehbaren Kleiderschrank auf.

„Ich bring noch einen Brief zur Post!“, ruft ihr Mann aus dem Flur.

„Da kommen wir doch gleich vorbei.“

„Dann ist es zu spät!“

„Du musst nicht so schreien.“

„Ich schreie nicht!“

„Natürlich schreist du. Wenn du genervt bist – von mir aus müssen wir nicht zu den Düsterlohs.“

„Ich bin nicht genervt!“

„Es sind deine Freunde, Uwe. Mir liegt nichts an ihnen.“ Ihr Mann antwortet nicht mehr. Sie hört, dass er die Haustür hinter sich zuwirft.

Marion schlingt das Badetuch enger um sich. Michaela kommt von oben aus ihrem Zimmer. Die Treppenstufen knarren.

„Scheiße gelaunt, der Alte“, sagt sie, als sie die Kleiderkammer betritt.

„Was ziehst du an?“

Marion greift nach dem rückenfreien Trägerkleid.

„Geil“, sagt Michaela. „Aber bringt das bei dem Arsch noch was?“

„Red nicht so von deinem Vater.“

„Hey – er pisst dich doch nur noch an.“

Nicht weit entfernt, in der Uhlandstraße 88, wird der 28-jährige Bandarbeiter Rolf Nölte vor sich hin gebrabbelt haben: „Wie sie mich ankotzt. Sie kotzt mich dermaßen an. Ich Idiot, ich verdammter Idiot. Trägt ihren Bauch vor sich her, ihren verflucht dicken Bauch, diese Schlampe, jetzt, ausgerechnet jetzt. Jetzt muss natürlich 'n Kinderwagen her, und das Zimmer muss frei geräumt und neu gestrichen werden, klar doch, und Klamotten braucht das Blag dann auch. Kostet ja alles nichts, wir haben's ja. Ja, von wegen!

Einen Dreck haben wir, einpacken kann ich, wenn jetzt Kurzarbeit ansteht, dann ist Hängen im Schacht, selber Schuld, ihr vorher noch einen beizutun, blödes Arschloch! Ja, das bin ich! Ein blödes Arschloch!", blafft er womöglich an die Wand und schwankt rüber in die Küche, reißt die Kühlschranktür auf und schnappt sich die Pulle, die letzte. „Auch egal, runter damit! Männer wie wir, Fiege-Bier!" Und er haut den Kronkorken ab und schluckt und schluckt und schluckt. „Jawoll! Jawoll, sag ich! Ein saublödes Arschloch!" Er rülpst und lässt einen fahren, kippt sich den Rest hinter die Binde und fängt wieder an, die dämliche Pissnelke zu verfluchen, sich zu verfluchen und schließlich auch die stickige Wohnung hier unterm Dach, das ganze beschissene Viertel, den Kackhaufen von Stadt ...

So wird er gewütet haben, während – und davon bin ich aufgrund der mir vorliegenden Aussagen und Protokolle überzeugt – Marions Mann Uwe Schulz, 49, zu der Zeit eine Kneipe an der Gussstahlstraße betritt: Er wischt sich den Schweiß von der Stirn und sieht sich um. Ganz hinten sitzt Atze.

Er ist allein.

Schulz geht zu ihm und nimmt ihm gegenüber Platz. Er bestellt eine Cola.

„Hör zu", sagt er. „Es gibt eine undichte Stelle."

„Wo?", fragte Atze.

„Das frage ich dich."

„Bei mir nicht."

„Wo sonst?"
„Was weiß ich."
„Hör zu", sagt Uwe Schulz. „An mir bleibt nichts hängen, da sorg ich schon für."
„Sieh an."
„Es ist allein in deinem Interesse. Wer weiß alles von dem Geschäft?"
„Das ist meine Sache."
„Ich hab dich gewarnt."
„Du machst mir Spaß."
„Also?"
„Was?"
„Was gedenkst du zu tun?", fragt Schulz.
„Du hörst von mir."
Uwe Schulz sieht auf die Uhr.
„Du kannst mich unter dieser Nummer erreichen", sagt er und schiebt Atze einen Zettel zu. Atze nimmt ihn und steckt ihn gelangweilt ein.
„Bis wann?"
„Bis Mitternacht – spätestens."
„Entspann dich", sagt Atze und schnippt eine Aktive aus der Packung.

Vermutlich an der Ausfahrt der B1 Richtung Innenstadt muss zwischen 19.30 und 20 Uhr die 21-jährige Heidi Sievering, im Milieu „Tortenzahn" genannt, aus einem Wagen gestiegen sein: Der Fahrer gibt gleich wieder Gas. Sie spuckt ihm nach und bringt ihre Klamotten in Ordnung. Heidi trägt einen knapp sitzenden, kurzen Jeansrock und ein gelbes Top. Die hochhackigen Schuhe drücken. Sie sind neu. Es kann später ermittelt werden, dass Heidi Sievering sie in einem Wattenscheider Schuhgeschäft gestohlen hat.

Marion erzählt mir: Sie liegt bei weit geöffneter Terrassentür auf der Couch und raucht. Ihr Mann mixt sich einen Wodka Martini.

„Muss das sein?“, fragt er.
„Was?“
„Dieser Fetzen.“
„Gefällt es dir nicht?“
„Du siehst aus wie die letzte Nutte.“
Marion bläst den Rauch zur Decke hoch.
„Du musst es ja wissen“, sagt sie.
„So, ich muss es wissen, ja? Dann weiß ich es eben, okay? Ja, wie eine billige Nutte.“ Er trinkt. Marion nimmt noch einen Zug und steht von der Couch auf.
„Wie sind denn momentan die Preise?“, fragt sie. „Ist noch was für's Taxi übrig?“
Uwe stellt das Glas ab.
„Ich fahre mit dem Wagen“, sagt er. „Du kannst ja deinen nehmen und ihn dann stehen lassen. Dich nimmt bestimmt jemand mit.“

Rolf schnappt sich – das geht aus einem der Protokolle hervor – irgendwann nach acht seine Jacke, den Blouson mit dem VfL-Emblem, schmeißt die Tür hinter sich zu und stolpert die Treppen runter.
„Ja, was? Was is', du Stinker? Steh mir nicht im Weg! Vatter geht sich einen trinken!“ Er stößt den alten Sack aus der zweiten Etage beiseite.
„Kriech zurück in deine Furzgrube und scheiß mich hier nicht an, ich bezahl die Miete immer noch pünktlich, ich bezahl alles, jawoll! Zahlemann, geh du voran!“ Und er lacht ein böses Lachen und haut unten an die Briefkästen, stürmt raus auf die Straße und fasst Schritt, Stechschritt zum Ring hin, immer geradeaus, vorbei an den Häusern und den umzäunten Gärten, in denen gegrillt und auch gesoffen wird bis zum Abkotzen, Freitagabend, Feierabend, soll die Alte doch sehen, wie sie klarkommt, das Kind, das Kind, nur noch das Kind im Kopf ...

Mehrere Zeugen sagen später aus, den 37-jährigen Fred Kowalski, einen Betriebselektriker, an diesem Abend auf und im Umfeld des sogenannten „Eierbergs" gesehen zu haben: Er geht an den Fenstern vorbei.

„Na, wie ist es?", wird er gefragt. Er schüttelt den Kopf. Er will nicht irgendeine. Er sucht eine ganz bestimmte. Er macht schon zum dritten Mal die Runde über den Eierberg. Eine Blondine winkt ihn heran. Sie ist schmal und hat ein fein geschnittenes Gesicht.

„Komm rein."

„Wie viel?", fragt er nur so.

„Das Übliche", sagt sie. „Aber bei mir lohnt es sich."

„Könnte passen", sagt er. Sie lacht.

„Hundertpro. Tortenzahn findest du ohnehin nicht mehr hier."

Fred Kowalski zieht die Augenbrauen hoch.

„Wo ist sie?", fragt er.

„Komm", sagt sie und geht schon, um ihm die Tür zu öffnen.

Tortenzahn aber taucht gegen 22 Uhr in der nahe gelegenen „Georgsklause" auf und drängt sich zum Tresen durch.

„Du bist wohl nicht ganz dicht", sagt Bubi. „Du weißt doch, was dir blüht. Sieh zu, dass du Land gewinnst." Er spricht leise. Er beugt sich dicht zu Tortenzahn vor.

„Ich muss telefonieren", sagt sie.

„Telefonieren", lallt ein Betrunkener neben ihr. „Red mit mir, kriegst auch noch was raus." Er lässt ein paar Scheine sehen.

Bubi schüttelt den Kopf.

Tortenzahn wirft noch einen Blick auf das Geld. Sic strcicht das Telefonat.

„Okay", sagt sie zu Bubi. „Ich bin schon nicht mehr da." Der Betrunkene legt seinen Arm um sie. „Na, dann komm", sagt sie zu ihm.

Bubi seufzt und zapft weitere Pils ab.

Marion gesteht mir: Sie schmiegt sich beim Tanz auf der Terrasse der Düsterlohs an einen jungen, gut aussehenden Mann. Der Junge tanzt wirklich fantastisch.

Er verstärkt seinen Griff.

Marion spürt seinen Schenkel, spürt seine Erektion.

Der Song klingt aus. Marion löst sich von ihm, sieht sich nach ihrem Mann um. Er ist nicht bei den anderen Paaren.

„Er hat eben noch telefoniert", sagt der junge Mann. „Kann sein, dass er schon gegangen ist."

„Ach ja?" Sie zuckt die Achseln. „Ich muss mich kurz frisch machen."

Sie geht ins Haus.

Der junge Mann wartet am Buffet auf sie.

„Sind Sie gut mit den Düsterlohs bekannt?", fragt er.

„Mein Mann hat mit ihnen zu tun – mit ihm."

„Im Werk?"

„Ja. Ein Kollege."

„Ich bin in der Werbung", sagt der junge Mann. „Das Werk ist unser größter Kunde."

„Müssen wir vom Werk reden?"

„Nein." Er sieht sie an. „Ich wohne nicht weit von hier."

Marion nickt.

„Ich würde gern an die Ruhr", sagt sie. „Wir nehmen meinen Wagen."

Der Morgen graut, und auf der dunklen Wasserfläche des Bochumer Stadtparkteichs wird ein heller Fleck sichtbar.

Laut Polizeiprotokoll macht um 10.20 Uhr der Spaziergänger aus Passion, Dr. Hermann Peters, 67, Ingenieur im Ruhestand, wie jeden Tag seine Runde durch den Park. An der Hand den fünfjährigen Enkelsohn Max, an der Leine die Wachtelhündin Diana. Auf der Schräge zum Gondelteich ärgert es den pensionierten Hüttenmann, dass wieder irgendwelche Rowdies Sträucher geknickt haben. Dann sieht er im Wasser die leblose Person und reagiert umgehend. Er rennt mit Hund und Kind zum

Ausgang des Parks. Von der nächsten Telefonzelle aus alarmiert er die Polizei. Ein Streifenwagen trifft nur wenige Minuten später ein.

Im Gebüsch ein zerfetztes Top und ein stark verschmutzter Slip.
Ein einzelner hochhackiger Schuh.
Fußspuren, Blutspritzer.

Michaela kommt zu ihrer Mutter ins Bad.
„Na, wie war die Party?“ Marion spuckt das Gurgelwasser aus.
„Ganz nett“, sagt sie. „Ich bin noch etwas angeschlagen.“
„Pennt der Alte noch?“
„Er ist früh weg. Zu einer Tagung.“
„Dann haben wir ja 'nen ruhigen Samstag. Sollen wir an die Ruhr, baden?“
„Danach ist mir heute nicht.“

Inge, eine 24-jährige Halbtagsverkäuferin, kommt gegen Mittag nach Hause. Sie hat bei ihren Eltern übernachtet. Ihr Mann Rolf liegt voll bekleidet auf dem Bett. Er schnarcht.
Inge rüttelt ihn wach.
„Wo warst du?“
„Was?“
„Wo du gewesen bist.“
„Wer?“
„Du!“
„Ich?“
„Ja, du! Wo hast du dich rumgetrieben? Hast du wieder alles Geld rausgeschmissen?! Mein Gott, wie siehst du aus?!“
„Wie? Wie sehe ich aus?“
„Sieh dich an! Steh auf! Los, du sollst aufstehen! Raus mit dir!“
„Lass mich in Ruhe! Du sollst mich in Ruhe lassen!“
Inge zerrt ihn vom Bett. Sie entdeckt Blut an der Kleidung ihres Mannes.

Nach Bergung der toten Person aus dem Stadtparkteich wird noch ein Jeansrock aus dem Wasser gefischt. Der zweite Schuh ist nicht auffindbar. Am frühen Nachmittag ist die Identität der Leiche ermittelt: Es ist die 21-jährige Prostituierte Heidi Sievering, aufgrund ihrer Vorliebe für Süßgebäck jeglicher Art „Tortenzahn" genannt. Sie ist mit einem vermutlich scharfkantigen Gegenstand, einem Eisen oder einem Stein, erschlagen worden.

Die Lokalpresse berichtet am Montag.

Marion Schulz liest am Frühstückstisch laut vor: „Entscheidend sei jetzt, den Bekanntenkreis der Gunstgewerblerin zu durchforschen, sagt Kriminalhauptkommissar Jan Broszinski. Die Mordkommission ist sich sicher, dass gelegentliche und vor allem ständige Besucher des Vergnügungsviertels der Polizei entscheidende Hinweise geben können."

Sie faltet die Zeitung zusammen.

„Eine Heidi", sagt sie. „Kanntest du sie?"

„Also bitte!" Uwe Schulz sieht zu Michaela, die ihr Müsli vermengt.

„Michaela ist kein Kind mehr", sagt Marion. „Sie weiß ebenso wie ich, wo du hin und wieder deine Nächte verbringst. Und am Freitag ..."

„Das lass ich mir nicht bieten!", schreit Schulz. Er springt auf.

„Reg dich ab", sagt Michaela. „Alle Männer in deinem Alter rennen in den Puff."

Uwe Schulz holt zu einem Schlag aus.

„Nun erzählen Sie mal schön der Reihe nach", sagt Jan Broszinskis Kollege Herbert Detering, 47, Kriminalkommissar.

„Ich wohne in der Uhlandstraße 88", sagt der Mann. „Das ist nur ein paar Minuten bis zum Park. Ich heiße Rose, Werner Rose, und ich bin Rentner. Wissen Sie, Herr Kommissar, wissen Sie, es ist ja nicht das erste Mal, dass er betrunken ist, der Herr Nölte, und wir haben auch schon mehrere Male deswegen die Polizei um Hilfe bitten müssen. Der ist nämlich sehr gewalttätig, der Herr Nölte, wenn er betrunken ist, wissen Sie. Die Frau kann einem ja leid tun. Die bekommt nämlich ein Kind, also die ist schwanger. Aber der Herr Nölte, den kümmert das überhaupt nicht. Sie wissen schon, was ich damit sagen will, ja? Das ist ein Säufer und ein Prolet, und wissen Sie, Freitag, Freitagabend war das, da war er wieder betrunken, ganz furchtbar war das. Zum Glück war die Frau bei ihren Eltern in Wanne. Man kann da wirklich von Glück sprechen, denn an dem Abend war es besonders schlimm. Stellen Sie sich vor, er hat mich, einen alten Mann, mich hat er beinahe die Treppe hinuntergeworfen. Der hat gar nicht mehr gewusst, was er tut. Ich hätte mir den Hals brechen können, wo meine Frau doch bettlägerig ist und nur noch mich hat. Dann ist er raus und das ganze Haus hat aufgeatmet, wir alle. Wissen Sie, Herr Kommissar, der Nölte, der war dann auch die ganze Nacht über weg. Und das war doch die Nacht. Ich meine, in dieser Nacht ist doch diese Frau, man hat sie doch gefunden am Samstag. Im Teich. Da bei uns im Park. So stand es jedenfalls in der Zeitung. Und wissen Sie, Herr Kommissar, ich wollte das nur melden. Ich wollte nur sagen, dass der Herr Nölte dann auch erst am Morgen zurückgekommen ist, ich hab ihn gehört, so wie der geht, wenn er noch im Suff ist. Und als mittags seine Frau kam, da haben sie sich wieder gestritten, und, Herr Kommissar, das kann ich schwören, die Frau Nölte, die hat plötzlich geschrien, Blut, Blut, hat sie geschrien, du bist ja blutbeschmiert."

„Bubi", sagt Kriminalhauptkommissar Jan Broszinski. „Bubi, wir sind doch immer gut zurechtgekommen."

„Wie Sie meinen."

„Bubi, Tortenzahn war Freitagabend hier."

„Wie Sie meinen", sagt Bubi und poliert Gläser.

„Mit wem ist sie weggegangen?"

„Da achte ich nicht drauf."

„Bubi."

„Ja?"

„Ich kann auch anders."

„Wie Sie meinen. Aber ich würd' nicht mich fragen."

„Sondern?"

„Vielleicht an den Fenstern", sagt Bubi und haucht auf das Glas.

Broszinski bietet ihm eine Zigarette an.

„Name?"

„Kowalski, Fred Kowalski."

„Geboren?"

„Fünfzehnter Elfter Zwounddreißig."

„Wohnsitz?"

„Bochum, Schützenstraße Neun."

„Beruf?"

„Betriebselektriker."

„Gut. Sie haben sich am Freitagabend in der ‚Georgsklause' nach Heidi Sievering erkundigt."

„Richtig."

„Was wollten Sie von ihr?"

„Sie hat mir bei unserem letzten Treffen was erzählt."

„Und was, bitte?"

„Von Kunden, die bei ihr nicht löhnen mussten."

„Ich höre."

„Was?"

„Warum nicht?"

„Sie kamen von Atze."

„Von Atze?"

„Der sollte eigentlich bei Ihnen bekannt sein. Er verschiebt Autos."

„Es besteht ein Verdacht. Aber ...?"

„Das ist ein ganz übles Zusammenspiel. Er schmiert gewisse Personen aus dem Werk."

Über Atze ist zu hören, dass er mit unbekanntem Ziel verreist ist.

Fred Kowalski wird unter Vorbehalt nach Hause geschickt.

Er hat sich geweigert, die Namen der gewissen Personen zu nennen. Für die Tatzeit des Mordes an Heidi Sievering – zwischen ein und drei Uhr nachts – hat er das zweifelhafte Alibi seiner 68-jährigen Mutter in Bochum-Langendreer.

Kriminalhauptkommissar Jan Broszinskis Kollege Herbert Detering lässt den Bandarbeiter Rolf Nölte zum Verhör vorführen.

Nölte wird mit der Aussage seines Hausnachbarn Rose konfrontiert.

Er bricht in sich zusammen.

„Da ist ein Riss“, murmelt er. „’n weißer Fleck. Ich weiß nicht, ich weiß nicht, was passiert ist. Ich hab getrunken, ja. Ich kipp mir schon mal einen. Ich mach auch mal Putz. Aber ’n Mord – so bin ich nicht. Ich war in der Stadt. Kann sein, dass ich in der ‚Georgsklause‘ war. Ich weiß es nicht. Ich weiß nur noch, dass ich erst wieder zuhause zu mir gekommen bin. Da ist ’n Riss, ’n weißer ...“

„Ein Fleck“, stoppt Detering ihn und sieht zu Broszinski.

Broszinski zuckt die Achseln.

Rolf Nölte wird unter dringendem Tatverdacht in das Untersuchungsgefängnis eingeliefert.

In dem führenden Industrieunternehmen der Stadt werden in diesen Tagen die Betriebsratswahlen vorbereitet und durchgeführt.

Der bisherige Betriebsratsvorsitzende Uwe Schulz wird vom Vorstand der SPD-Betriebsgruppe erneut als Spitzenkandidat nominiert. Seine Wiederwahl scheint gesichert zu sein, da die Kandidatenliste, die Liste der IG Metall, bereits seit einem Monat mit der Ortsverwaltung der Gewerkschaft und dem Wahlvorstand abgesprochen ist.

Die bevorstehende Vertrauensleute-Vollkonferenz soll diese Absprache lediglich bestätigen und somit die Liste als Gewerkschaftsliste legitimieren.

Der Betriebselektriker und Gewerkschafter Fred Kowalski

will dagegen anstinken. Er kündigt an, Uwe Schulz mit einigen Fragen zu konfrontieren.

Gegenüber Kollegen spricht er davon, Schulz nach seiner Verbindung zu Atze zu fragen. Und auch nach der ermordeten Heidi Sievering, genannt Tortenzahn.

Am Abend vor der Vertrauensleute-Vollkonferenz wird Fred Kowalski nach einem Feierabend-Pils in einer Werk nahen Kneipe beim Überqueren der Straße überfahren. Er stirbt noch am Unfallort. Der Fahrer des Wagens flüchtig. Er wird nie gefasst.

In Kowalskis Wohnung entdecken die Kripobeamten einen einzelnen hochhackigen Frauenschuh. Er gehört zweifellos zu dem am Gondelteich sichergestellten Schuh der Heidi Sievering.

Damit scheint bewiesen zu sein, dass Fred Kowalski in jener Nacht am Tatort war. Fraglich bleibt, mit welcher Motivation und zu welchem Zweck. Eine Täterschaft wird nicht gänzlich ausgeschlossen.

Rolf Nölte wird nach drei Wochen U-Haft und einer Verhandlung vor Gericht mangels Beweisen freigesprochen.

Die Akte „Sievering, Heidi" wird geschlossen.

Anzumerken ist lediglich noch, dass Uwe Schulz erneut zum Betriebsratsvorsitzenden gewählt wurde und seine Frau Marion sich kurz darauf scheiden ließ.

Nach letzten Informationen ist Atze zusammen mit Hamburger Bordellbetreibern auf Ibiza gesehen worden.

Mehr konnte nicht recherchiert werden, aber ich denke, das hier Vorliegende spricht für sich.

Monika Detering

Glückstalertage auf Türkisch

1

Am 5. Juni verreckte in der Nähe des Istanbuler Hotels *Senator* ein Murat 124. Dichter Verkehr umtoste den Wagen wie verrückt gewordene Höllenhunde. In dieser Minute verließ Clemens Johannmeyer sein Büro. Der 32-jährige Ingenieur beobachtete, wie eine schwarzhaarige Frau ausstieg, gegen den Kotflügel trat, „Lanet olsun" schimpfte, sich wieder hineinsetzte, startete, und der Wagen trotz allem keinen Mucks mehr von sich gab.

Als Ostwestfale war er ja hilfsbereit. Schwitzend rollte Clemens das klapprige Gefährt bis zum Parkplatz des Hotels, rannte zurück, holte seinen Mietwagen und fuhr die Studentin zum Haus ihres Onkels, bei dem sie lebte. Als sie erzählte, sie käme aus Deutschland, aus Ostwestfalen, aus Brackwede, brauchte er vor Freude für die zwanzig Fahrminuten gute drei Stunden. In diesen 180 Minuten verliebte sich der Brackweder in die gerade 23 Jahre alt gewordene Esra Cetin, er verliebte sich in ihre Jugend, ihre Selbstsicherheit, ihre Augen, er verliebte sich, wie man sich nur verlieben kann, wenn man in einem fremden Land ein völlig anderer Mensch als zu Hause ist.

Er fand sie schön wie eine Göttin, schöner als die Frauen seiner Heimat. Clemens überredete sie vor dem glutroten Himmel Istanbuls, nach Beendigung ihres Studiums mit nach Brackwede zu kommen. Seine Zeit in Istanbul lief nach einem Jahr aus.

Dass diese Monate die glücklichsten seines Lebens wurden, begriff er erst später.

Die Linie 1 bremste scharf und bimmelte anhaltend. Ungeduldig wippte Esra auf ihren hochhackigen schwarzen Pumps, schlängelte sich zwischen den Autos durch, die mitten auf den Schienen wendeten. Denn die Hauptstraße war wegen der *Glückstalertage* gesperrt. Ein Passant pfiff hinter ihr her.

Das Wochenende verhieß Rummel und Kirmes und mit Menschen verstopfte Straßen. Schon strömten Feierwillige zum Kirchplatz. Natürlich, das wurde kein Karneval wie in Rio, ganz sicher nicht. Aber ab fünf spielte das Stadtorchester, die Macher des Festes eröffneten ihr dreitägiges Spektakel und holländische Musikanten würden zwischen Lebkuchenherzen, Knoblauchdüften und Texas-Hotdogs singen. Das genügte vielen, außerdem gab es Taler in Euros zu gewinnen, und man traf alle, die man sonst im Jahr selten sah. Glückstalertage hieß: deftiger Spaß mit viel Unterhaltung.

Dass es in diesem Jahr anders werden würde, ahnte niemand.

In aufregender Haltung und mit diszipliniertem Hüftschwung klackte Esra über den Bürgersteig. Sie hatte es eilig. Hastig winkte sie Timur zu. Ihr Cousin schleppte Kisten mit Obst und Gemüse in den Laden seines Vaters.

Schon kam sie an Häusern vorbei, Häuser, die ein armseliges Grau ausdünsteten. Grau, das Wünsche nach Istanbul weckte. Vor sieben Jahren war sie mit Clemens an den Ort ihrer Kindheit zurückgekommen. Ohne Trauschein wäre sie allerdings nie mit ihm zusammengezogen, geschweige denn, dass sie vor der Heirat mit ihm geschlafen hätte. Das verlangte ihre Selbstachtung, sie fand, ein Mann müsse sich Intimitäten, selbst Küsse, erst einmal verdienen. Sie hatte ein Faible für deutsche Männer. Vielleicht auch deshalb, weil sie es leid war, dass ihr Onkel ständig Freunde einlud, ihre Tante und sie den ganzen Mist dieser Partys immer alleine aufräumen mussten. Wenn Fußball war, saßen sie im Club, im Café und niemand, auch die Tante nicht, durfte stören. Da konnte die Welt untergehen ...

Esra dachte, deutsche Männer sind da anders ...

Bei der Hochzeit vor vier Jahren gab es keine Probleme. Ihre

Familie war nicht besonders religiös und verlangte von Clemens auch nicht, dass er zum Islam konvertieren müsse. Die Feier war eher türkisch als deutsch, sie war chaotisch, fast ein Volksfest und Clemens fühlte sich wie ein stämmiger blonder Vogel, der sich ins falsche Nest verirrt hatte. Seine Schwiegermutter mochte ihn, allein schon deshalb, weil er sofort anfing, von künftigen Kindern zu sprechen.

Schnell atmend stand Esra vor dem weißgestrichenen Gebäude in der Germanenstraße. In diesem Altbau hatten sie eine Vierzimmerwohnung gemietet. Während sie den Schlüssel aus ihrer Umhängetasche hervorkramte, dachte sie, *bloß heute keinen Streit.*

„Tatlim, wo warst du denn?" Clemens melodische Stimme klang freundlich. Nur ein guter Beobachter hätte seinen Tonfall als ein klein wenig lauernd empfunden.

„Canim kocacim! Bei meinen Eltern." Bei der Antwort sah sie Clemens nicht an, blickte auf ihre Schuhe, die sie auszog und akkurat nebeneinander stellte. Im Schlafzimmer mit den unzähligen Fotos der Familie an den Wänden hängte Esra ihr hellgraues Kostüm auf einen Bügel und kam in engen Jeans und Pullover in die Küche.

„Du bist spät. Bei deinen Eltern warst du nicht."

„Und?" Sie überlegte. „Was sagte Mama denn?"

Clemens umrundete sie, schaute forschend, wollte fragen, sagte dann nur: „Ich habe Hunger."

Esra begann, das Abendbrot vorzubereiten. *Nur ans Essen denkt er!* Aber dann erinnerte sie sich an dieses Gespräch von heute Mittag. Sie lächelte.

Seit über einem Jahr bat Clemens, dass sie kündigen solle, damit sie sich auf das konzentriere, weswegen sie neben der Liebe geheiratet hatten – auf Kinder. Als Einzelkind hatte er sich immer Geschwister gewünscht. Er rechnete ihr vor, dass er eine größere Familie ernähren könne. Ständig wies er auf die Nachkommen ihrer Schwestern und Cousinen hin. Bisher sagte Esra nur: „Lass uns warten. Als Texterin verdiene ich gutes Geld. Wir wollen doch bauen!"

Noch nahm er das hin. Aber nicht mehr ihre Worte. Wütend hatte sie ihn angeschrien: „Du bist wie deine Maschinen geworden. Präzise. Langweilig. Mechanisch. Orientalische Männer sind fantasievoller. Vor unserer Hochzeit warst du ganz anders."

Der Vergleich nagte. *Sie hat doch nie mit einem anderen ...?*

Im August, die Fenster standen weit offen, Nachbarn feierten auf der Terrasse, schimpfte Esra laut: „Ich will einfach guten Sex haben und kein Baby auf Kommando!" Seitdem wünschte er sich eine häusliche, gehorsame und etwas demütigere Frau.

Zur selben Zeit fragte ihre Mutter: „Wann gibt es denn endlich einen Enkel?" Ihm war, als zeige nun die ganze Familie Cetin auf ihn und fragte: ‚Kannst du keine Kinder machen?'

Seitdem zog er sich zurück. Mit der Vorstellung: *My Home is my Castle,* blieb Clemens nun am liebsten zu Hause. Esra zeigte dazu wenig Lust, sie verabredete sich häufiger als sonst mit ihren Freundinnen.

Die Anrufe Timurs auf ihrem Handy gefielen ihm auch nicht. „Über was redet ihr bloß?"

„Familiengeschichten. Nichts Besonderes."

Kannst keine Kinder machen, kannst keinen Sex, wurden zum Ohrwurm, saßen in seinem Kopf, ließen ihn nicht los, weder bei Tag noch in der Nacht, während Eifersucht giftig wie Tollkirschen und Stechäpfel wuchs. Jede winzige Auseinandersetzung mit Esra verwandelte sich in Demütigung und öffnete ihm von nun an die Pforten zu seiner ganz persönlichen Hölle.

Esra bereitete Kisir, einen Weizengrütze-Salat, vor und sang dabei. Während sie Peperoni kleinschnitt, sagte er mit traurigem

Gesicht: „Gestern warst du schon wieder mit deinen Freundinnen weg! Und ich sitze hier allein vor der Glotze."

„Rede nicht so mit mir!" Esras große Augen blitzten. Sie kam auf ihn zu, stemmte die Hände in die schmalen Hüften: „Glotze? In der *Börse* warst du und hast getrunken."

Karussellmusik wehte durch die geöffneten Fenster.

„Nachher gehe ich noch mit Simay und Dilek bummeln."

Clemens ließ die Schultern hängen. *Timur? Ist sie deshalb so zufrieden?* Er sah seine Frau an. Esra mit den schwarzen lockigen Haaren, die geheimnisvoll Gesicht und Schultern verhüllten. Esra mit den dunklen, glänzenden Augen. Er bekam Sehnsucht nach ihr und stand auf.

Sie lächelte. „Nicht vor dem Essen! Kisir und die Sarmas sind fertig." Aus dem Ofen nahm sie Fladenbrot, aufgebacken mochte es Clemens am liebsten. Schälchen mit Halva, einem Nachtisch aus pürierten Sesamsamen, Zucker, Honig und Sonnenblumenöl standen schon auf dem Tisch.

„Heute Morgen waren nur Mütter mit Kinderwagen auf der Hauptstraße. War noch nicht viel los." Clemens aß, nahm auch Weizengrütze-Salat, von dem Esra wusste, dass er ihn regelrecht hasste.

„Kannst du statt gefüllter Weinblätter auch was anderes auf den Tisch bringen? Wozu habe ich dir so viele Kochbücher mit deutschen Rezepten geschenkt?"

„Deutsches Essen riecht muffig."

Eine andere würde mir alles kochen.

Als er nach dem Essen unangenehm freundlich sagte: „Köstlich, dein Kisir", erschrak Esra.

2

Besucher aus Brackwede und dem Umland schoben sich am Glückstaler-Sonntag mit Herzluftballons und Paradiesäpfeln vorwärts. Unterhalb des Hotel *Vier Taxbäume* war in der Nähe des Autoscooters ein Riesenrad aufgebaut. Am Freitag schon hatte Clemens das vierundvierzig Meter hohe Karussell ausprobiert. Danach war er gut drauf und fand das Leben wieder schön.

„Komm, Güzelim, das muss ich dir unbedingt zeigen!“ Er zog Esra, die sich gerade lebhaft mit Freundinnen unterhielt, weiter. Sie sahen die bunten Gondeln, hörten das fröhliche Kreischen der Mädchen und Haare flogen im Fahrtwind. Clemens zählte das Kleingeld ab, besetzte eine Gondel, an der die Farbe abblätterte, winkte Esra zu. Er geriet ins Grübeln, als er beobachtete, wie Esra und Timur miteinander lachten.

Als sie kam, unterdrückte er Fragen, und legte den Arm fest um ihre Schulter. *Sie gehört mir!* Esra schmiegte sich an ihn und der Panoramablick über Brackwede war grandios.

Soll ich es ihm jetzt erzählen? „Clemens ...“, begann sie.

„Gleich. Sieh mal den Kirchturm! Was wolltest du mir sagen?“

„Nachher.“ Auch wenn ihr Magen sich unangenehm hob, willigte sie in eine weitere Runde ein. Dafür küsste er Esra ausgiebig.

Sie riss sich los. „Nicht vor den Leuten. Hör auf!“

„Du bist hinreißend, wenn du ärgerlich wirst.“

Esra lachte.

Timur winkte.

Die Gondel rotierte. Während sie zum Himmel von Brackwede aufstieg, sprang Clemens vom Sitz, und presste Esra eng an sich, ließ wieder los, und hob sie hoch wie ein Kind. Sie klammerte sich an ihn.

„Lass los“, forderte er, und lächelte dabei scharf wie ein geschliffener Dolch. Grob löste er ihre Arme. Mit einem Ruck hob er Esra noch höher, hielt sie aus der Gondel, während das Karussell stoppte, damit alle den Ausblick genießen konnten.

Sie zappelte. „Clemens! Hör auf! Lass das!“

„Mein dunkler Schmetterling! Schmetterlinge fliegen ...“ Und dann stieß er hervor: „Ich kann dich nicht mehr halten.“

Im letzten Moment klammerte sich Esra an das Kabinengeländer, drehte sich nach innen und setzte sich auf die Kante. Ihre Beine baumelten wie Gummi gegen die Innenverkleidung. Ihr war schwindelig. „Das ist kein Spaß mehr. Halt mich fest!"

Wie ihre Haare wehen ...

„Mach so etwas nie wieder. Bitte! Ich will nach Hause."

Während er ihr Bitten genoss, hörte er aus der Gondel neben ihnen: „Du Furzgesicht" und ein unverschämtes Lachen. Esra stöhnte. „Mir wird schlecht."

Er drehte den Kopf und entdeckte Timur in einer grünen Kabine. *Betrunken?* Esras Cousin bekam so einen Gesichtsausdruck, den Clemens kannte. Dann fing er an zu prahlen, mit seinen Wahnsinnserfolgen bei deutschen Frauen. „Ich brauche nur mit dem Finger zu schnippen ..."

Und dieser Kanake macht Esra an! Clemens schlang die Arme um sie und der Wind zerrte an ihnen. Schluchzend fragte sie: „Liebst du mich?"

Clemens verstand in dem Kirmeslärm: „Liebe mich."

Hinter seiner Stirn lästerte eine Stimme, *auf der Gondel? Orientalische Männer sind leidenschaftlicher als du.*

Nein. Das war zu viel. Nachher sagte sie noch Schlappschwanz zu ihm.

Er ließ los. Sie streckte die Arme nach ihm aus. Seine Hände kamen ihr entgegen. Und mitten in dieser Bewegung raste Adrenalin, gespickt mit stechender Wut durch seinen Körper. Mittendrin traf er die Entscheidung. Kraftvoll drückte er sich gegen Esras schwankenden Oberkörper. Ehe sie begriff, verlor sie das Gleichgewicht. Für andere sah es aus wie ein Rangeln unter Verliebten.

Esra flog ins Leere, durch die herbstblaue Luft.

Sie prallte auf ein Kabinendach. Geistesgegenwärtige Zuschauer hoben die Arme, um sie aufzufangen. Im Bruchteil dieser Sekunde schoss ein kurzer Gedanke durch ihren Kopf, ehe sich die Ohren verschlossen, ehe sich betäubender Nebel wie ein

Mulltuch über sie legte. *Ich wollte ihn doch überraschen – und dann wird alles gut ...*

Nichts war gut.

Sofort wurde das Riesenrad gestoppt. Kirmeslärm erstarrte in brüllender Stille. Die türkischen Betreiber vom Scooter kamen angerannt. Wie eine Welle verbreitete sich die Nachricht über das Unglück, die Menschen auf der Hauptstraße spürten selbst aus der Entfernung, dass etwas nicht mehr in Ordnung war.

Stumm lag sie auf der Plattform. Ihre Augenlider flatterten wie der Flügelschlag eines Kolibris. Blut sickerte. Ein Schlagersänger tremolierte ewige Treue durch die Lautsprecher.

Clemens drängte sich durch die Menge, kniete vor Esra und seine Lippen bewegten sich lautlos. Timur schrie gellend: „Esra!" Handys wurden gezückt, die 112 gewählt. Nach wenigen Minuten sprangen Sanitäter und eine Notärztin aus dem Rettungswagen, „Machen Sie Platz, bitte, gehen Sie weiter!"

Kinder fingen an zu weinen.

Im Krankenhaus auf der Rosenhöhe wurden Schädelverletzungen, ein Beckenbruch und auch eine Schwangerschaft in der zwölften Woche festgestellt. In einer Notoperation konnten die Ärzte Esras Leben retten, aber nicht das des Fötus. Er maß 30 Millimeter, all seine Körperteile waren schon vorhanden, aber das half dem winzigen Baby nichts.

Clemens trauerte sehr um dieses Kind. Trotzdem konnten die Polizisten nicht glauben, dass er nichts von der Schwangerschaft wusste. Esras Eltern waren betäubt vor Schmerz.

Timur und auch andere Zeugen sagten aus: „Er hat sie über den Kabinenrand gezerrt!"

„Alles Unsinn. Ich wollte Esra nur festhalten. Ihr war schwindelig." Clemens verstand nicht, dass er neben seinen Aussagen in der Hauptwache Süd auch ins Polizeipräsidium nach Bielefeld geladen wurde.

„Es war ein Unfall", betonte er wieder und wieder. „Und niemand leidet mehr als ich." Wie ein Mantra wiederholte Clemens seine Worte.

Das Karussell wurde vorübergehend stillgelegt. Die Untersuchungen ergaben keine Fahrlässigkeit des Betreibers.

An dem Tag, an dem Clemens beschloss, auch der Polizei nichts mehr zum Unfallhergang zu sagen, weil es seiner Ansicht nach nichts mehr zu sagen gab, an dem Tag fiel Esra ins Koma.

Er saß an ihrem Bett. Esras Eltern und Geschwister waren gerade weinend gegangen. Clemens hatte diffuse Angst, sie anzusprechen. Aber heute musste es sein. „Ach, meine schöne Esra! Warum hast du nicht erzählt, dass wir ein Baby erwarteten? Weißt doch, wie sehr ich darauf gehofft habe.

Die Monitore begannen wie im Fieber zu piepen. Esras Pulsfrequenz erhöhte sich drastisch.

In dieser Nacht starb Esra. Sie wurde dreißig Jahre alt.

3

Ein Unfall mit Todesfolge. Ein Ehemann mit Aussagen, die glaubhaft schienen. Aussagen, die noch nicht widerlegt waren. Und Zeugenaussagen, die anderes sagten. Zeugen berichten selten genau.

Kommissarin Selina Kemal vom Bielefelder Kommissariat 11 war mit Clemens' Darstellungen unzufrieden. *Der ist eiskalt!*

Sie dachte nach, verwarf, sprach mit Kollegen. Sie entwickelte eine Strategie.

Sieben Wochen nach der Beerdigung rief sie Clemens zu Hause an.

„Ich ziehe nach Frankfurt. Ich habe dort eine neue Stelle bekommen. Bin schon am Packen." Und während er Selina zuhörte, erinnerte er sich, wie attraktiv sie war. Er fragte, ob sie Lust habe, mit ihm in die *Börse* zu gehen.

An diesem Abend trank er zu viel, er kippte den Wein wie Wasser herunter. Unter dem kurzen Pony der schulterlangen schwarzen Haare brannte in ihren Augen ein kaltes Feuer. Heute fühlte sich Clemens auserwählt, es zum Glühen zu bringen, setzte sich neben Selina und schlang den Arm um ihre schmale Taille.

„Lassen Sie das." Selina rückte zur Seite und begann, in ihrer Umhängetasche zu kramen. Das Aufnahmegerät war eingeschaltet. Sie nickte zufrieden. Der Mann redete. Mehr als in ihrem Büro. Um Mitternacht orderte sie eine letzte Flasche Merlot. Sie bot ihm das Du an. „Weil ich Esra gut kannte. So haben wir doch etwas Gemeinsames."

Clemens reagierte erfreut. „Kommst du noch mit? Zu mir? Einfach nur reden?"

„Das können wir hier auch."

„Ein Mann muss weiterleben und Esra ist nun mal nicht mehr unter uns."

Selina entdeckte so einen klerikalen Ausdruck in seinem Blick. Trotzdem ließ sie zu, dass er den Kopf an ihre Schulter lehnte. Und endlich begann er zu erzählen, was in der Gondel geschehen war. Mit Esra. Mit ihm. Sprach über seine Wut. „All die Kränkungen – du weißt nicht, wie das für mich war."

Als sie zum Abschied hinreißend lächelte und ihn einlud: „Sei morgen um achtzehn Uhr am Brackweder Bahnhof und warte am Gleis drei", lachte er betrunken und vor Freude.

Er wunderte sich, dass eine Türkin wie Selina ihn zu diesem verlotterten Bahnhof bestellte. Selbst das Hinweisschild zum Bahnsteig war kaum noch lesbar. Von der Tunneldecke tropfte Wasser. Wind wehte Unrat vor sich her und die verschmutzten Wände waren mit unleserlichem Gekritzel beschmiert.

Auf dem Bahnsteig war niemand. Ein Nahverkehrszug fuhr ein und war nach kurzem Halt seinen Blicken schon wieder entschwunden. Er hörte Schritte. Viele. Bevor er sich umdrehen konnte, umringten ihn mindestens zehn Frauen. Alle trugen einen großen roten Khimar, der ihre Haare verdeckte und die Gesichter bis zu den Augen verhüllte.

Kostümball? Sind die damit über die Straße gelaufen? Clemens lachte verlegen und sein Lachen klang hohl. Die Frauen rückten näher, ihr Kreis wurde enger, enger, sie schlossen ihn ein. Die Blicke aus dunklen Augen waren so zwingend, dass er sofort an Flucht dachte.

„Lasst mich vorbei."

Sie standen unbeweglich wie Statuen.

„Nun mal ruckizucki, Mädels!"

„Er will vorbei!"

Clemens war fassungslos, denn die leise Stimme hätte Esras sein können. Er war nie ein mutiger Mann gewesen, dachte, *Mädchenbande?* Vorsichtshalber hob er flehend die Hände. Schon spürte er etwas Spitzes im Rücken. Ein *Messer?*

Esra? Er räusperte sich. *Geht ja wohl nicht.* „Was wollt ihr?"

Es war, als würde ihm die Luft zum Weiteratmen genommen. Stumm wurde er von unzähligen Händen unsanft festgehalten. Stille breitete sich aus, Stille voller Schrecken und Furcht. Blitzschnell klebte man ihm Klebeband über den Mund, seine Arme wurden nach hinten gerissen und umwickelt. Clemens versuchte, sich loszureißen, trat, stolperte, und Hände fingen ihn auf.

Sein Kopf wurde mit einem Ruck nach hinten gebogen. Eine feingliedrige Hand zeigte ihm ein Messer, drückte es gegen seine kantige Stirn. Butterweich glitt es durch die Haut. Clemens gurgelte seinen Schrecken gegen das Klebeband vor seinem Mund. Blut floss ihm in die Augen. Er schleuderte den Kopf hin und her.

„Stillhalten! Sonst stechen wir dir die Augen aus."

Mit beißender, stinkender, brennender Flüssigkeit wurde die Wunde ausgetupft. Es roch nach Chlor, es roch wie Domestos. Die plötzliche Lautsprecherdurchsage knallte in seine Ohren. Ein durchfahrender ICE wurde angesagt. Clemens gurgelte Unverständliches, krampfhaftes, schnelles Ein- und Ausatmen zog ihm das Klebeband in die Mundhöhle. Hände und Körper schoben ihn vorwärts. Seine Gegenwehr war sinnlos. Die Bahnsteigkante rückte näher. Schon kam mit ohrenbetäubendem Lärm der Zug und raste an ihnen vorbei. Die Bugwelle der Fahrtluft, der Luftstoß schleuderte Clemens und die Türkinnen, die ihn hielten, zur Seite.

Wortlos lösten sie die Fesseln an seinen Händen.

Die Frauen hoben ihn hoch, schwangen ihn hin und her, er wurde eine lebende Schaukel, er wand sich wie ein Fisch auf dem Trockenen. Dann warfen ihn die Verhüllten auf die Gleise.

Für einen Moment sah er zehn Frauen eng nebeneinander stehen, ahnte Blicke aus fast nachtschwarzen Augen, Blicke, von denen ein jeder auch Esras hätte sein können. Das weiche Licht der untergehenden Oktobersonne glühte auf ihnen und wehendes Rot verschwand wie eine Gewitterwolke.

Mit rasendem Herzschlag riss er das Klebeband vom Mund. Schrie. Das heftige Zittern in den Beinen und Armen machten ihn unfähig, über die Schienen zu kriechen. *Gleich kommt der nächste Zug!*

Ein alter Mann, der mühsam die Treppen zum Gleis 3 hinauf stapfte, entdeckte ihn. „Ich kann Ihnen nicht helfen!" Bebend vor Aufregung zog er sein Handy hervor und wählte eine gespeicherte Nummer. Während der Rettungswagen unterwegs war, fiel Clemens in tiefe Bewusstlosigkeit.

Er tastete sich aus dem Dämmerzustand, in dem die Schmerzmittel ihn festhielten.

„Du?", fragte er krächzend.

Aber schon beugte sich ein Arzt über ihn, sagte etwas von gebrochenen Rippen, Prellungen, Abschürfungen, „Nichts Schlimmes. Sie haben wirklich Glück gehabt. Wie ich hörte, lief der nächste Zug nur wenige Minuten nach Ihrer Bergung ein. Warum sind Sie auf die Gleise gesprungen? Und Ihr Gesicht, Herr Johannmeyer! Alles aus Kummer? Ich habe für Sie einen Termin mit unserem Psychiater ausgemacht." Er wandte sich zu Selina: „Sie bleiben doch nicht so lange, Frau Kommissarin?"

Selina stellte sich vor Clemens Bett. „Was warst du betrunken! Aber Betrunkene erzählen die Wahrheit. Hast du vergessen, dass ich Polizistin bin? Du glaubst, du könntest Esra vergessen? Nie im Leben wirst du sie vergessen."

Er stöhnte.

Aus ihrer Umhängetasche holte sie einen Handspiegel und hielt ihn Clemens vor das Gesicht. Er sah eine hässliche, schartige und große Wunde, die seine Stirn verunzierte, er sah die Spiegelschrift und entzifferte ungläubig ein wackeliges E.

E wie Esra.

Tage später wurde er zur Beobachtung in die Psychiatrie eingewiesen.

Jürgen Reitemeier & Wolfram Tewes

Herr, vergib mir oder Ego te absolvo

„Ich lasse mich nicht einfach so in die Ecke stellen", schrie die grelle Frauenstimme durchs Telefon. Der Mann sagte kein Wort und ließ sie weiterreden. „Ich habe dir Zeit genug gelassen, über uns nachzudenken. Aber du hast diese Zeit nicht genutzt. Glaubst du etwa, so ein Problem löst sich von selbst? Durch Abwarten? Nicht mit mir! Hörst du? Nicht mit mir."

„Aber du weißt doch, dass es nicht möglich ist", versuchte der Mann einzuwenden. „Es geht einfach nicht, nimm das endlich mal zur Kenntnis."

Die Frau lachte etwas hysterisch.

„So ein Quatsch! Wo ein Wille ist, ist auch ein Weg. Aber du willst ja gar nicht, gib es doch zu!"

Als der Mann nicht sofort antwortete, wechselte sie plötzlich Stimmung und Tonlage und fragte leise, fast flehend: „Denkst du noch mal darüber nach? Ja? Bedeute ich dir denn gar nichts?"

Der Mann hatte diesem plötzlichen Strategiewechsel nichts entgegenzusetzen und ließ sich prompt aus der Deckung locken.

„Aber das weißt du doch, meine Liebe. Du bedeutest mir viel, sehr viel sogar. Aber ..."

Und wieder riss die Frau radikal das Ruder herum.

„Dann mach endlich Nägel mit Köpfen! Bekenne dich zu deinen Gefühlen! Handel! Jetzt, sofort!"

Es war ein warmer und sonniger Julinachmittag. Perfektes Libori-Wetter! Auf dem Paderborner Domplatz wimmelte es von sommerlich gekleideten Menschen. Diese hinderten Pater Ottmar daran, den Platz zügig zu überqueren.

Heute würde der Schrein des heiligen Liborius vom Diözesanmuseum in die Krypta des Paderborner Domes überführt werden. Denn auch in diesem Jahr stand wieder der Höhepunkt der kirchlichen Feierlichkeiten des Libori-Festes bevor: die Aussetzung des goldenen Schreins mit den Reliquien des heiligen Liborius am ersten Libori-Samstag. Am Sonntag eine feierliche, von Schützen begleitete Prozession, mit dem Schrein durch die Stadt. Libori-Dienstag brächte man ihn dann wieder zurück ins Museum. Für Pater Ottmar waren diese Ereignisse immer ein Highlight des Jahres. Genauso wichtig wie Ostern und Weihnachten. Auch jetzt als Rentner war er noch mit Leib und Seele dabei. Zum Leidwesen der Diözesanverwaltung. Die würden mich am liebsten hinter die Klostermauern meines Ordens verbannen oder sonst wohin schicken, dachte Pater Ottmar. Hauptsache, ich würde ihnen in der Diözesanverwaltung nicht mehr ständig über den Weg laufen. Aber ein Priester ist immer im Dienst. Das war Pater Ottmars tiefste Überzeugung. Daher übersah er auch geflissentlich die genervten Blicke des stellvertretenden Dompropstes und seiner Mitarbeiter, als er im Eingangsbereich des Diözesanmuseums auf sie traf.

Er wurde in diesen Kreisen nicht geschätzt, wie er wohl wusste. Und wenn er ganz ehrlich zu sich war, dann hatte er hier auch keine Funktion. Aber er wollte und konnte einfach nicht von diesen liebgewordenen Ritualen lassen. Er musste einfach dabei sein. Bislang hatte noch keiner gewagt, den lästigen alten Mann mit der Glatze und dem kugelrunden Bauch hinauszuwerfen.

Die Gruppe von etwa fünfzehn Menschen, alte wie junge, stieg eine Treppe hoch und hielt erst an, als sie vor der Domschatzkammer des Museums stand. Als die Männer den gut gesicherten Raum betraten, stockte ihnen der Atem.

Wieder bimmelte das Telefon. Wieder diese hohe, etwas zu schrille Frauenstimme. Der Mann stöhnte, hob den Hörer und legte ihn gleich wieder auf die Gabel, um das Gespräch zu beenden, bevor es stattgefunden hatte. Er wollte nicht mit dieser Frau sprechen. Das ging mittlerweile über seine Kraft. Warum gab sie nicht einfach auf? Wie konnte ein Mensch derart hartnäckig sein? Außerdem war das Telefon nicht der richtige Ort, um diese Probleme zu erörtern. Es würde ihm wohl nichts anderes übrig bleiben, als die Frau in ihrer Wohnung aufzusuchen, um mit ihr in aller Ruhe zu reden, wenn das denn überhaupt möglich war. Morgen, gleich morgen würde er sie anrufen und ihr diesen Vorschlag machen. Das hatte zumindest den Vorteil, dass er sich vorübergehend als derjenige fühlen konnte, der das Heft des Handelns in die Hand genommen hatte.

Dort, wo sich der berühmte Libori-Schrein das ganze Jahr über neugierigen Touristenaugen präsentierte, stand nun ... nichts!

Die Männer standen wie vom Blitz getroffen im Raum. Keiner bewegte sich, keiner sagte ein Wort. In ihren Gesichtern spiegelten sich Verblüffung, Entsetzen und Hilflosigkeit. Der stellvertretende Dompropst war der erste, der ein Wort herausbrachte.

„Aber ... wie kann ...? Das geht doch gar nicht. Wie ist das möglich?"

Da niemand eine Antwort auf diese Fragen hatte, schwiegen alle. Bis auf Pater Ottmar, der sich nun wieder gefangen hatte und die anderen beruhigen wollte.

„Keine Panik, meine lieben Brüder. Ich bin sicher, dafür gibt es eine ganz einfache Erklärung!"

Das war für den stellvertretenden Dompropst zu viel. Die latent vorhandene Abneigung gegen Pater Ottmar paarte sich mit dem Schrecken der letzten Sekunden und mündete in einen cholerischen Anfall.

„Was reden Sie denn da? Haben Sie nun völlig den Verstand verloren? Begreifen Sie denn nicht, was hier passiert ist? Der Schrein ist weg, gestohlen! Der größte Schatz unserer Diözese ist geraubt worden. Und Sie Einfaltspinsel stellen sich hier hin und tun so, als sei mir nur der Rasierpinsel ins Klo gefallen. Das hier ist eine ausgewachsene Katastrophe! Wir müssen sofort handeln!"

Nun lösten sich auch die anderen aus ihrer Schockstarre. Alle redeten wirr durcheinander. Pater Ottmar zuckte resigniert mit den Schultern und begann, von den anderen unbemerkt, die Schatzkammer abzusuchen. Er ging dabei so konzentriert zur Sache, dass er die wüsten Vorschläge, von denen nur die Rufe nach der Polizei vernünftig und angebracht waren, wie aus weiter Ferne vernahm. Der stellvertretende Dompropst hatte sich gerade in die Vorstellung hineingesteigert, dass dies nur die Tat nihilistischer Terroristen sein könne, als ihm ein anderer entgegenhielt, dies passe durchaus auch zu islamistischen Fundamentalisten. Auf jeden Fall müsse neben der Polizei sofort der Staatsschutz eingeschaltet werden. In die erste kurze Pause schlug geradezu eine kleine Bemerkung Pater Ottmars ein: „Aber wie haben Ihre Terroristen es geschafft, die Alarmanlage außer Betrieb zu setzen?"

Die anderen starrten ihn an, als sei er von einem anderen Stern.

„Das ist doch jetzt nicht von Bedeutung!", schrie der stellvertretende Dompropst ihn an. „Das wird die Polizei schon herausfinden. Halten Sie sich raus! Aber was machen wir nun mit dem Libori-Fest? Absagen?"

Wieder riefen alle durcheinander. Ein unglaublicher, ein unfassbarer Vorschlag: das Libori-Fest absagen! Das hatte es noch nie gegeben. Das war ähnlich unvorstellbar wie das Abrutschen der CDU in Paderborn unter die 50-Prozent-Marke! Libori ist für den Paderborner das, was der Rosenmontag für den Kölner und die Oktoberwoche für den Münchener ist. Nicht mehr und nicht weniger als der ultimative Höhepunkt des Jahres. Mochte der Rest des Jahres auch von Arbeit und Entbehrung geprägt sein, in der Libori-Woche ließ man es so richtig krachen. Hunderttausende kamen von nah und fern und feierten mit den Paderbornern die einmalige Atmosphäre dieser Festwoche. Und der Dom war immer und jeder Zeit der imposante Blickfang und Mittelpunkt des Festes. Diese Mischung aus Kirmes, Kommerz, Kultur und Klerus war unschlagbar. Das konnte der stellvertretende Generalvikar einfach nicht ernst meinen. Die Debatte wurde immer hitziger. Endlich liefen einige besonnene Männer hinaus, um die Polizei zu alarmieren. Pater Ottmar schüttelte den kahlen Kopf über so viel Unruhe.

Pater Ottmar blinzelte in die Nachmittagssonne, als er wieder auf den belebten Paderborner Domplatz trat. „Fressbuden", Andenken-Läden, Bierstände ... alles stand bereit für das große Ereignis. Weiter hinten auf dem weitläufigen Platz würde ab morgen der herrlich anachronistische Pottmarkt sein Publikum finden. Pater Ottmar hatte noch das wunderbare Bild aus dem Vorjahr in Erinnerung, als eine kleine Gruppe von Nonnen, junge wie alte, vor einem Stand mit hautfarbenen Miedern stand und angeregt fachsimpelte. Ab und zu hielt man sich eines der Mieder vor, um die anderen nach ihrer Meinung zu fragen. Wo in der Welt bekommt man so etwas sonst zu sehen? Dann aber nahm sich Pater Ottmar in die Pflicht und versuchte, während er über den Domplatz bummelte, konzentriert und systematisch nachzudenken.

Wer hatte legalen Zugang zu der Schatzkammer? War an diesem Tag schon jemand vor ihnen in der Kammer gewesen? Es war schier undenkbar, dass die Räuber den kostbaren Schrein tagsüber einfach von seinem Podest genommen und quer über den von morgens bis abends gut besuchten Domplatz getragen haben konnten. Also war es vermutlich während der letzten Nacht geschehen. Wie aber waren sie dann in das sehr gut abgesicherte Museum gekommen? Wie hatten sie die Alarmanlage überwinden können? Da kam ihm eine Idee.

Der Mann kam nicht dazu, seinen Entschluss auszuführen. Denn bereits eine Stunde, nachdem er sich entschlossen hatte, die Frau morgen anzurufen, ging erneut das Telefon. Er holte tief Luft und nahm nach kurzem Zögern das Gespräch an. Um die sofort einsetzende Schimpfkanonade abzukürzen, riss er sich zusammen und rief so laut er konnte: „Ich komme vorbei! Hörst du? Ich komme morgen Nachmittag zu dir. Dann können wir in Ruhe über alles reden. Aber nicht jetzt. Wir haben hier gerade ein Riesenproblem zu lösen. Da kann ich nicht weg. Hab' noch etwas Geduld!"

Zu seinem großen Erstaunen gab sich die Frau damit zufrieden und legte auf. Manchmal muss man eben laut werden, dachte der Mann. Dann wandte er seine Gedanken wieder den ungeheuren Ereignissen der letzten Stunde zu.

Pater Ottmar klopfte höflich an die Bürotür des Verwaltungsangestellten Flüter. Der war im Generalvikariat zuständig für alles, was mit den Reinigungsarbeiten im und um den Dom herum zu tun hatte. Daher gehörte auch das Diözesanmuseum dazu.

Mit dem äußerst dicken Mann, der selten anders als im Trachtenanzug zur Arbeit kam, war Pater Ottmar einigermaßen bekannt. Als der Pater eintrat, räumte Flüter hastig die Reste seiner kleinen Zwischenmahlzeit vom Schreibtisch. Noch kauend begrüßte er den alten Priester und forderte ihn auf, sich zu setzen.

„Pater Ottmar, Sie habe ich aber schon lange nicht mehr gesehen", dröhnte er schmatzend. „Was führt Sie zu mir?"

„Ich möchte Sie um einen Gefallen bitten."

„Gerne! Was kann ich für Sie tun?"

Der Pater überlegte kurz und fragte: „Wer ist eigentlich für die Reinigung des Diözesanmuseums verantwortlich?"

Flüter rieb sich stolz den mächtigen Bauch.

„Na, ich! Also natürlich nicht ich persönlich, aber ich bin der Verantwortliche für alle Reinigungsarbeiten und dafür, dass diese Dienstleistungen günstig eingekauft werden. Facility-Management nennt sich das heutzutage."

„Dann haben Sie bestimmt eine ganze Menge Leute unter sich, oder? Putzfrauen, Hausmeister und so."

Der Angestellte lachte.

„Nein! So läuft das schon lange nicht mehr! Das sind keine eigenen Leute mehr. So was wird heute an Fremdfirmen vergeben. Das ist billiger, und man hat nicht die ganze Last mit den

Leuten. Wir achten natürlich sorgfältig darauf, dass es sich um katholische Arbeitskräfte handelt, versteht sich. Daher machen das bei uns zurzeit Polen. Bei denen passt alles zusammen."

Pater Ottmar nickte.

„Können Sie mir einen Kontakt verschaffen und mich vielleicht sogar bei diesen Leuten ankündigen? Dann haben die vielleicht etwas mehr Vertrauen zu mir."

Der dicke Mann überlegte eine Weile. Dann schaute er den Pater sehr ernst an und sagte eindringlich: „Aber das muss unter uns bleiben! Der stellvertretende Dompropst darf nichts davon mitbekommen."

Der Pater lachte.

„Da machen Sie sich mal keine Sorgen! Selbst wenn ich es ausplaudern wollte – der stellvertretende Dompropst wäre der Letzte, der mir zuhören würde."

Jetzt hatte die Frau schon mehrere Stunden lang nicht angerufen. Der Mann war irritiert, beinahe fehlte ihm etwas. Dabei war dieser Tag, der nun langsam zu Ende ging, alles andere als langweilig gewesen. Der Diebstahl des wertvollen Domschatzes hatte ihn als den Verantwortlichen vor Probleme gestellt, von denen er immer gedacht hatte, sie beträfen nur andere. Stundenlang hatte er der Polizei Rede und Antwort stehen müssen. Drei Fernsehteams waren am Nachmittag wie die Hunnen bei ihm eingefallen und hatten versucht, ihn zu Statements zu bewegen. Hoffentlich hatte er sich dabei nicht um Kopf und Kragen geredet. Ja, und dann natürlich auch noch das kurze, aber heftige Gespräch unter vier Augen mit dem Erzbischof, der über die Entwicklung „not amused" war. Absolut nicht!

Der Tag hatte ihn geschafft. Weitere Telefongefechte mit seiner Bekannten hätte er auch kaum überstanden. Nur gut, dass er diesen dämlichen Pater Ottmar nach Hause geschickt hatte. Wenn der auch noch sein großes Riechorgan in alles reinstecken würde, dann wäre das Chaos perfekt. Aber dem hatte er ja deutlich zu verstehen gegeben, dass seine Anwesenheit als störend empfunden wurde. Zumindest in diesem Punkt war der Mann zufrieden mit sich. Heute Abend würde er versuchen, früh ins Bett zu kommen. Morgen würde wieder ein langer Tag, außerdem hatte er fast den ganzen Vormittag über Dienst als Beichtvater. Auch da würde er sich viel Ungereimtes anhören müssen. Manchmal konnte das Leben sehr anstrengend sein.

Es war so einfach. Warum war außer ihm noch niemand darauf gekommen? Pater Ottmar schüttelte den Kopf. Anstatt eine große und dramatische Terroristenfahndung auszulösen, wäre es doch naheliegend gewesen, zuerst einmal mit den Leuten zu sprechen, die sich bereits vor der Entdeckung des Diebstahls in dem Raum befunden hatten. Und das war die Putzkolonne. Wenn sich herausstellte, dass bei deren Einsatz der Schrein noch an seiner Stelle gestanden hatte, dann ließ sich die Uhrzeit des Diebstahls wesentlich genauer feststellen. War der Schrein allerdings schon während des Putzeinsatzes weg gewesen, musste man sich fragen, warum dies niemand gemeldet hatte. Auf jeden Fall lag nichts näher, als die Putzleute zu befragen. Durch den Tipp des dicken Flüter wusste Pater Ottmar, dass es sich um die Firma *Rent to clean* handelte. Sie führte im Auftrag des Domkapitels auch die Reinigungsarbeiten im Diözesanmuseum aus. Angestellt waren dort laut Flüter ausschließlich Polen, die bekanntermaßen ebenso tüchtig wie katholisch sind.

Vom Büro des Franziskanerklosters, in dem Pater Ottmar lebte, rief er den Paderborner Filialleiter Hesse von *Rent to clean* an.

Diesem log er vor, der Raub sei im Laufe des Tages bundesweit im Fernsehen gewesen und müsse nicht mehr geheimgehalten werden. Der Erzbischof mache sich Sorgen, die polizeilichen Nachforschungen zum Raub des Libori-Schreins könnten unnötig viel Staub aufwirbeln und die eine oder andere Schmuddelecke freilegen.

Pater Ottmar habe nun vom Erzbischof den Auftrag, im Vorfeld den gesamten Bereich der Fremdfirmen abzuchecken, um bei Bedarf schnell „Löcher zu stopfen“. Während er dies erzählte, schaute Pater Ottmar Verzeihung heischend zum Himmel und ließ in Gedanken ein kleines Stoßgebet folgen. Manchmal musste man eben auch lügen, wenn es der Gerechtigkeit diente.

Der Filialleiter glaubte ihm jedes Wort und gab ihm zum Schluss eine Adresse im Paderborner Stadtteil Kaukenberg. Es war mittlerweile schon früher Abend. Der Pater machte sich mit seinem alten Fahrrad auf den Weg. In dem nicht sehr gut beleumundeten Stadtteil im Paderborner Nordosten fand er schnell die Adresse einer Familie Janosch. Die Eheleute Janosch waren zwar zu Hause, aber über den unerwarteten Besuch wenig erfreut. Auch sie hatten bereits durch das Fernsehen von dem dreisten Diebstahl erfahren und hatten nun Sorge, verdächtig zu sein. Reflexhaft hatte sich die Frau bekreuzigt, als sie den Pater vor der Tür stehen sah. Nur zögernd luden sie ihn ein hereinzukommen. Nach einer kurzen Phase des gegenseitigen Vorstellens und Beschnupperns, bei der Pater Ottmar wieder die Geschichte von der vorsorglichen Ermittlung zum Besten gab, rückte er mit seiner eigentlichen Frage heraus.

„Frau Janosch, als Sie heute Morgen die Schatzkammer gereinigt haben, stand der Schrein da noch an seinem Platz?“

Die Frau druckste herum und antwortete nicht. Auch der Mann schien unruhig zu sein. Schließlich blieb dem Pater nichts anderes übrig, als den beiden mit der Polizei zu drohen. Da endlich übernahm Herr Janosch die Initiative und erzählte.

„Meine Frau war heute Morgen krank. Hatte was mit dem Magen. Aber die Arbeit muss ja gemacht werden, oder? Vor allem heute, weil ja heute der Schrein in den Dom überführt werden sollte. Und da musste ja alles blitzsauber sein. Also bin ich hingegangen. Ich habe im Moment keine Arbeit und hatte Zeit. Sonst hätte meine Frau auch für diesen Tag kein Gehalt bekommen und das wäre ganz schlecht gewesen. Schließlich brauchen wir das Geld. Aber der Schrein stand da, wo er hingehört. Ganz normal.“

Aus irgendeinem Grund glaubte ihm der Pater kein Wort. Der Mann wirkte einfach zu nervös. Man konnte ihm ansehen, dass er log, aber das Lügen nicht gewohnt war. Die Frau schien mittlerweile kurz vor dem Zusammenbruch zu stehen. Sie tat dem Pater leid, aber wenn er die Wahrheit herausbekommen wollte, dann musste er jetzt weiter insistieren. Und auch gegenüber dem Mann, der sie zu schützen versuchte, den Druck erhöhen.

„Das kann alles nicht stimmen, was Sie da sagen, Herr Janosch. Der Schrein ist besser gesichert als der Erzbischof selbst. Es gibt in Paderborn nichts, was so gut durch Alarmanlagen abgesichert ist wie der Libori-Schrein. Ich bin sicher, dass während der Reinigungsarbeiten die Alarmanlagen abgestellt werden können. Sonst würde es ja ständig Alarm geben, wenn Sie sich in der Schatzkammer bewegen. Ist das so?"

Der Widerstand des Polen wurde deutlich schwächer, als er zu seiner Frau blickte, die nun kreideweiß wurde. Er stand auf, holte ein Glas Wasser und stellte es ihr hin. Mit zittrigen Fingern nahm sie das Glas und trank in kleinen Schlucken. Besorgt beobachtete er sie weiter, wandte sich dann aber dem Pater zu und nickte. Pater Ottmar besaß genug Lebenserfahrung, um sicher zu sein, dass die beiden mehr wussten, als sie zugaben. Er war auch davon überzeugt, hier keine verstockten Kriminellen vor sich zu haben, sondern zwei bedauernswerte Geschöpfe, die sich leichtfertig oder aus Not in eine bedrohliche Lage gebracht hatten. Aber es gab jetzt kein Zurück mehr.

„Ich kann Ihnen nur helfen, wenn ich die ganze Wahrheit kenne!", drängte er. „Haben Sie Vertrauen zu mir! Vielleicht kann ich Sie aus den weiteren polizeilichen Ermittlungen raushalten, wenn Sie mir alles erzählen."

Das war zwar ein Bluff, denn tatsächlich hatte er keine Ahnung, wie er das anstellen könnte, aber der Zweck heiligt ja manchmal die Mittel. Er blickte kurz zum Himmel, faltete unter dem Tisch die Hände und bat still um Vergebung. Minuten später hatte er die beiden da, wo er sie haben wollte. Die

Frau schluchzte, ihr Mann versuchte, sie zu trösten. Dabei schaute er verzweifelt den Pater an und fing an zu reden. Er berichtete, dass er nun schon seit über einem Jahr arbeitslos sei und mittlerweile in einer finanziell bedrohlichen Situation stecke. Die Putzstelle seiner Frau war auch in Gefahr, denn durch ihre häufiger werdenden Krankheitstage war ihr bereits die Kündigung angedroht worden. Er erzählte noch mehr über die Methoden der Firma *Rent to clean*. Es war offenbar einer dieser modernen Sklavenhalterbetriebe, wie sie in letzter Zeit immer häufiger wurden. Dass seine Kirche mit solchen Firmen zusammenarbeitete, nur weil sie billig waren, empörte Pater Ottmar sehr. Janosch berichtete weiter: „Gestern Nachmittag bekamen wir Besuch ..."

Der verzweifelte Mann berichtete minutenlang darüber, dass dieser Besuch von ihnen verlangt hatte, an diesem Morgen ganz normal zur Arbeit zu gehen. Beide. Und sie sollten zu einer bestimmten Uhrzeit vier kräftigen Männern die Tür öffnen. Das war natürlich gegen die Vorschrift. Das wussten die Eheleute Janosch auch. Aber der Besuch hatte ihnen Geld geboten. Viel Geld. Der kräftige Herr Janosch musste mit anpacken, da die Männer den schweren Schrein sonst nicht hätten tragen können. Sie hatten den Schrein aus einer Tür des Museums, die zur Michaelsgasse hinausführte, getragen und in einen bereitstehenden Kleintransporter geschafft. Dann hatte Herr Janosch sein Geld bar auf die Hand bekommen, er hatte noch ein wenig weiter geputzt, die Alarmanlage wieder angeschaltet und dann das Museum verlassen. Alles war gut gegangen, bis eben. Bis der Herr Pater gekommen war.

Nun wusste Pater Ottmar Bescheid. Was war jetzt zu tun? Wenn er morgen früh zum stellvertretenden Dompropst gehen und sagen würde, er solle seine Hatz auf islamistische Glaubenskrieger abblasen, da er herausgefunden hätte, wie der Schrein gestohlen worden war, würde ihm der Dompropst kein Wort glauben. Er würde gar nicht zuhören. Vielleicht sogar Pater Ottmar hinauswerfen. Nein, er selbst war nicht der Richtige dafür. Janosch müsste alles erzählen. Aber das würde dieser nie tun, dann könnte er sich auch gleich der Polizei ausliefern. Gab es nicht eine andere Möglichkeit? Der Pater dachte lange angestrengt nach. Dann kam ihm eine Idee.

Am nächsten Morgen kniete Herr Janosch in einer Kirchenbank des Paderborner Domes. Janosch war nervös. Er war seit seiner Kindheit ein gläubiger Katholik und hatte schon oft gebeichtet. Aber er war noch nie gezwungen worden, ein Verbrechen zu beichten. Und die Beihilfe zum Diebstahl dieses heiligen Schreines war doch ohne Zweifel ein Verbrechen. Aus eigenen Stücken hätte er das auch nicht gemacht, aber dieser verdammte Pater hatte ihn unter Druck gesetzt. Er würde ihn nur dann nicht der Polizei übergeben, wenn er an diesem Morgen in einem ganz bestimmten Beichtstuhl seine Tat beichten würde. Janosch hatte keine Ahnung, wozu das Ganze gut sein sollte, aber er hatte keine Wahl gehabt. So war er mit seinem alten klapprigen Golf in die Innenstadt gefahren, hatte direkt an der Alten Synagoge geparkt und drinnen den Beichtstuhl gesucht, den ihm Pater Ottmar beschrieben hatte.

Als er an der Reihe war, stand er auf und trat aus der Bank. Kurz bevor er den Beichtstuhl erreichte, sah er zu seiner Verblüffung ein paar Bankreihen weiter diesen Pater Ottmar. Der grinste ihm verschwörerisch zu. Wollte der auch beichten? Nein, so dumm war Janosch nicht. Ihm war schnell klar, dass der Pater ihn überwachte. Leicht wütend kniete er sich in den Beichtstuhl und bekreuzigte sich. „Im Namen des Vaters und des Sohnes und des Heiligen Geistes. Amen," begann er das Ritual. Der Priester antwortete ihm mit: „Gott, der unser Herz erleuchtet, schenke dir wahre Erkenntnis deiner Sünden und seiner Barmherzigkeit". Dann legte Janosch los: „Ich bekenne, dass ich Beihilfe geleistet habe beim Raub des Libori-Schreines und ...". Nach diesen Worten konnte er hören, dass der Priester im Innern des Beichtstuhles beinah vor Schreck etwas fallen ließ. Dann hörte er nur noch schweres Atmen. Janosch redete sich alles von der Seele. Als er fertig war, sagte sein Beichtvater eine Minute lang nichts. Dann kam eine erregt klingende Stimme aus der verdunkelten Kammer.

„Mein Sohn, wer hat dir den Auftrag zu dieser Tat gegeben?"

Herr Janosch war überrascht. Eine solche Frage hatte eigentlich nichts mit seiner Beichte zu tun. Das war nicht Sache des Priesters, vielmehr der Polizei. Aber nun war er schon mal hier und wollte klar Schiff machen, da konnte er auch alles erzählen.

„Es war eine Frau, ehrwürdiger Vater. Sie hat mir viel, viel Geld dafür angeboten und ich war so schwach, es anzunehmen. Ich bereue ..."

Weiter kam er nicht, denn die immer aufgeregter werdende Stimme seines Beichtvaters fasste nach: „Kanntest du die Frau? Kannst du sie beschreiben?"

Wieder diese merkwürdigen Fragen, dachte Janosch. So waren die Beichtgespräche in Polen nie abgelaufen. Aber andere Länder, andere Sitten, tröstete er sich und gab bereitwillig Auskunft.

„Ungefähr fünfundvierzig Jahre alt, schätze ich. Hatte auffallend lange, rote Haare. Sonst war sie ganz normal, bis auf eines, das war sehr merkwürdig und ist mir aufgefallen." Er machte eine Pause, um sich auf das Merkwürdige zu konzentrieren und um nichts Falsches zu sagen. Der Priester hechelte fast, als er drängte: „Ja? Was war denn so merkwürdig?"

„Sie hatte zwei völlig verschiedene Augen! Ganz komisch. Eines war braun, das andere grün. So was habe ich noch nie zuvor gesehen. Sie war ..."

In diesem Augenblick polterte es laut im Beichtstuhl. Die Tür zum Mittelteil sprang auf und ein Priester zwängte sich mit hochrotem Kopf hinaus. Als zeitgleich auch Herr Janosch aus dem Beichtstuhl kam, rief ihm der Priester bereits aus einer Entfernung von zwei Metern hektisch zu: „Ach ja! Ego te absolvo ..., und so weiter!"

Eilig lief der Mann weiter und kam an der Bank vorbei, in der Pater Ottmar kniete. Der Beichtvater starrte ihn erstaunt an, dann riss er sich die Stola von den Schultern und drückte sie dem verblüfften Pater in die Hand.

„Hier! Machen Sie weiter. Ich muss dringend weg!"

Der Pater rief ihm noch hinterher: „Aber, Herr Dompropst! Nun warten Sie doch."

Doch der stellvertretende Dompropst war bereits in den unendlichen Weiten des Paderborner Domes verschwunden.

Diesmal war er der Anrufer. Was er gerade von diesem schlecht Deutsch sprechenden Mann in der Beichte erfahren hatte, war ungeheuerlich. Sie! Ausgerechnet sie! Weder islamische Gotteskrieger noch einheimische Chaoten waren es gewesen, sondern eine Frau, mit der ihn seit vielen Jahren ein leidenschaftliches, aber irgendwie ungeklärtes und körperloses Verhältnis verband. Eine gut verdienende Kunsthändlerin, die sich in den Kopf gesetzt hatte, ihn als Schmuckstück ihrer privaten Sammlung zu bekommen. Zumindest war dies seine Sicht der Dinge. Diese Frau war sein Traum und sein schlechtes Gewissen gleichzeitig. Warum tat sie so etwas? Endlich hatte er sie am Telefon. Er eröffnete das Gespräch mit wüsten Beschimpfungen und verzweifelten Klagen. Aber sie reagierte darauf seelenruhig, beinahe fröhlich.

„Weißt du was? Setz dich ins Auto und komm vorbei. Dann können wir in Ruhe über alles sprechen und du wirst erkennen, warum ich das gemacht habe."

Diese Frau würde ihn ruinieren. Nervlich hatte sie das sowieso schon fast geschafft. Wenn herauskam, was sie gemacht hatte und in welcher Beziehung sie zu ihm stand, dann könnte er seinen Hut nehmen. Alles, was er sich in den vielen Jahren seiner Priesterschaft aufgebaut hatte, würde wie ein Kartenhaus zusammenbrechen. Er sah sich schon mit einer Flasche Billigwein unter einer Paderbrücke schlafen. Das musste verhindert werden. Um jeden, tatsächlich um jeden Preis. Der schwarz gekleidete Mann ballte die Fäuste. Ein Schwächling war er nicht, im Gegenteil. Mit seinen über hundert Kilo stellte er schon was dar. Er schaute auf seine kräftigen Hände und stellte sich vor, wie diese sich um den Hals der Frau schließen würden. Dann wäre Ruhe. Endlich Ruhe!

Der stellvertretende Dompropst verließ sein Büro, war froh, dabei von niemandem gesehen zu werden und lief zum provisorischen Parkplatz des Generalvikariats, wo während des Liborifestes sein Auto stand.

Auch Pater Ottmar hatte es plötzlich sehr eilig. Nachdem er den bedauernswerten Herrn Janosch gedrängt hatte, vom Inhalt seines Beichtgespräches zu berichten – auch hier sandte der Pater wegen des erneuten Regelverstoßes ein kurzes Sühnegebet gen Himmel –, wurde er erst kreideweiß, dann hektisch.

„Ein Auto!“, rief er. „Ich brauche sofort ein Auto!“ Er selbst besaß aber weder Auto noch Führerschein. Der Pole sagte unvorsichtigerweise:

„Ich habe ein Auto. Steht auf dem Parkplatz an der Alten Synagoge!“

„Dann nichts wie los!“, rief der Pater. Die beiden Männer stürmten aus dem Dom, zwängten sich durch die engen Wege zwischen den Verkaufsständen zum Parkplatz. Zum Glück kannte Pater Ottmar den Ausweichparkplatz des Generalvikariats während der Libori-Tage. Kurz darauf sahen sie den stellvertretenden Domprobst aus dem Verwaltungsgebäude hetzen.

Der warf sich hektisch auf den Fahrersitz seines VW Sharan und brauste los, am Gericht vorbei auf die Gierstraße. Etwas später verließ er die Kernstadt Paderborn über die Benhauser Straße. Er hatte Mühe, auf den Verkehr zu achten. Immer wieder drängten sich Fantasien vom sozialen Absturz, aber auch von Gewaltanwendung in sein Bewusstsein. Der Vulkan stand kurz vor dem Ausbruch.

Der silbergraue VW Sharan hatte den Paderborner Vorort Benhausen hinter sich gelassen und fuhr weiter in Richtung Neuenbeken. In dem Dorf, das noch zum Stadtgebiet Paderborn gehörte, fand er schnell die richtige Straße und parkte direkt vor einem schmucken Einfamilienhaus in einer ruhigen, dünn bebauten Straße. Zu seiner Überraschung stand die Kunsthändlerin in ihrem Vorgarten und schien ihn schon zu erwarten. Aber erwartete sie tatsächlich ihn? Ihm kamen Zweifel, denn sie wirkte reichlich erschrocken, als sie ihn sah. Sofort stürmte er auf sie los und begann, ihr Vorhaltungen zu machen. Sie blickte sich verwirrt um. Vielleicht wollte sie nicht, dass die Nachbarn etwas von ihrem Streit mitbekamen, dachte er. Urplötzlich drehte sich die Frau um, machte drei schnelle Schritte und war schon in der Haustür verschwunden. Sie wollte die Tür schnell zuwerfen, aber die stoppte und federte zurück. Der Dompropst hatte schnell geschaltet, war der Frau ebenso rasch gefolgt und hatte gerade noch einen Fuß in die Tür bekommen. „Nun warte doch!“, rief er wütend. „Wir müssen reden!“

Die Frau flüchtete panisch weiter ins Innere des Hauses. Er folgte ihr, spürte dabei, wie ihn eine eiskalte Ruhe überkam. Sein Entschluss war gefasst. Diesem Problem würde er hier und jetzt ein Ende bereiten. Mit bloßen Händen.

Die Kunsthändlerin lief durch den langen Flur, riss dann eine Tür auf, huschte hinein, warf die Tür schnell hinter sich zu und schaffte es gerade noch, sie abzuschließen. Doch den Priester konnte nun nichts mehr aufhalten. Wie ein gereizter Büffel rammte er mit seinen hundertzehn Kilo die Tür, die aus der Zarge gerissen wurde und aufsprang. Die Frau dahinter schrie auf und hielt sich die Hände vors Gesicht. Langsam schritt der Priester auf sie zu. Dann hob er beide Arme, zwei mächtige Pranken schlossen sich um den schmalen Hals der Frau.

Sie war starr vor Schreck, zu keiner Gegenwehr mehr in der Lage, stieß erste röchelnde Laute aus, als sie plötzlich wieder Luft bekam. Irgendwas hatte den Priester von hinten angesprungen, ihn von ihr weggerissen. Die Frau sah nur schemenhaft, wie ein Mann, ebenso groß wie der Propst, aber schmaler, mit ihm rang. Und wie ein anderer Mann, viel kleiner, viel dicker und viel älter, versuchte, dem Schmalen dabei zu helfen. Die Frau blieb reglos stehen, völlig unfähig, auch nur einen Finger zu rühren. Ohnmächtig musste sie mit ansehen, wie der schwere Dompropst langsam, aber sicher wieder die Oberhand gewann. Die beiden anderen Männer hatten auf Dauer seinen Kilos nichts entgegenzusetzen und lagen nun stöhnend auf dem Fußboden. Und wieder drehte sich der Priester zu ihr um und kam auf sie zu. Sie bekam keinen Ton mehr heraus.

Plötzlich hallten Stimmen durch den Raum, der Propst wurde aufgefordert, die Frau sofort loszulassen, sonst würde man schießen. Innerhalb weniger Sekunden hatten grün gekleidete Männer den Angreifer von ihr weggerissen und ihn zu Boden gedrückt.

Mit einem Ohr konnte der auf dem Boden liegende Pater Ottmar hören, wie die Frau leise und traurig sagte: „Er hätte es so gut bei mir haben können."

Der Einsatzleiter der Paderborner Polizei brummte zufrieden: „Da sind wir ja gerade rechtzeitig gekommen."

Misstrauisch beäugte er den Pater und seinen polnischen Fahrer, die beide von der Schlägerei arg mitgenommen wirkten, und forderte sie auf, sich auszuweisen und den Grund ihrer Anwesenheit zu erklären. Dann wandte er sich der Hausbesitzerin zu.

„Wo ist denn nun das Auto dieses Mannes?"

Die Kunsthändlerin ging mit ihm vor die Tür und zeigte ihm den silbergrauen VW Sharan. Der Einsatzleiter zog dem stellvertretenden Dompropst, der mittlerweile in Handschellen war, den Autoschlüssel aus der Jackentasche. „Das ist das Auto!", rief Herr Janosch aufgeregt. Alle schauten ihn überrascht an. Ein scharfer Blick des Paters ließ den Polen aber sofort schweigen. Zum Glück ging keiner weiter auf seinen Ausruf ein.

Es war ein fast feierlicher Augenblick, als die Schiebetür des Vans aufgestoßen wurde und der so heftig vermisste Libori-Schrein in seiner ganzen Pracht vor ihnen stand. Der Einsatzleiter brummte befriedigt und schloss wieder ab. Dann sagte er zu dem alten Pater: „Diese Frau hatte uns vor einer halben Stunde angerufen. Sie sei eine Kunsthändlerin und bei ihr hätte sich ein Mann gemeldet, der ihr den Libori-Schrein verkaufen wollte. Zum Schein sei sie darauf eingegangen und habe mit dem Dieb einen Termin gemacht. Wir sollten den Täter dann hier auf frischer Tat erwischen. Der Schrein sei in seinem Auto. Soweit die Theorie. Dass es fast zu einem Mord gekommen wäre, konnte niemand voraussehen. Aber wie sind Sie in diese Geschichte verwickelt?"

Der Pater umriss mit knappen Worten die Ereignisse der letzten vierundzwanzig Stunden, beschränkte sich aber auf das, was er für geeignet hielt, wofür ihm Herr Janosch sichtlich dankbar war. Als aber der Einsatzleiter am Ende meinte, „Dieser Frau sollte man einen Orden verleihen. Sie hat ungewöhnlich viel Mut bewiesen, nur um dieses unersetzliche Kunstwerk zu retten. Großartiges Weib!", musste der Pater kräftig schlucken. Er rang mit sich. Es war nicht nur das Verlangen nach Wahrheit und Klarheit, dass ihn drängte, alle Informationen bekannt zu machen. Dabei war auch ein gutes Stück Eitelkeit, das befriedigt werden wollte. Schließlich war er der Ermittler gewesen, der auf die richtige Spur gekommen war. Ein bisschen durch Zufall, keine Frage, aber auch durch kühles und gekonntes Kombinieren. Aber er unterdrückte sein starkes Verlangen, als der Kluge dazustehen.

Die Wahrheit würde über kurz oder lang sowieso herauskommen. Mit oder ohne sein Zutun. Der stellvertretende Dompropst würde seiner Verurteilung nicht mehr entgehen können. Aber die Frau? Der Pater war sich unsicher. Ihre leise Äußerung eben hatte ihm die Augen über das Verhältnis der beiden geöffnet. Wer weiß, was sie mit dem arroganten Kerl durchgemacht hat, fragte er sich. Und er konnte auch nicht umhin, dieser Frau

Anerkennung zu zollen für ihre Raffinesse. Einen der am besten bewachten Kunstschätze weit und breit zu stehlen, nicht um damit Geld zu verdienen, sondern um damit einen Mann fertigzumachen, den sie nicht bekommen und von dem sie nicht lassen konnte. Eine Frage quälte ihn aber noch: „Wie haben Sie es denn geschafft, den Schrein in das Auto des Probstes zu bekommen?", fragte er die Frau, als die Polizei mit der Untersuchung des Autos und dem Abtransport des Domprobstes beschäftigt war.

„Das war nicht weiter schwer", murmelte sie, als sei sie mit den Gedanken ganz woanders, „ich habe bei meinem letzten Besuch einfach seinen Zweitschlüssel mitgehen lassen. Gestern Morgen habe ich mir dann das Auto kurz ausgeliehen, allerdings ohne ihn zu fragen, Sie verstehen?" Er verstand. Würde die Polizei das auch verstehen? Das sollen die doch allein herausfinden, dachte er trotzig. Und diesem Propst weinte er keine Träne nach. Aber hatte er nicht die moralische Pflicht, die Wahrheit zu sagen? Vor allem als Priester? Pater Ottmar faltete die Hände, blickte demütig gen Himmel und sprach leise: „Herr, verzeih mir! Aber ich bin nicht mehr der Jüngste und mein Gedächtnis wird immer schwächer. Ich kann mich einfach nicht mehr daran erinnern, was ich gestern von Herrn Janosch gehört habe. Und ich möchte ja nichts Falsches sagen. Amen!"

Jobst Schlennstedt

Schatten unter den Linden

Sein Herz pumpte wie die alte Ölheizung im Keller seiner Eltern. Blut wurde stoßweise in die kleinen Gefäße seines Körpers geleitet. Seitenstiche wanderten von der Milz über die Leber hin zum Zwerchfell. Sein Körper befand sich kurz vor der Kapitulation.

Kriminalhauptkommissar Jan Oldinghaus blickte auf seine Stoppuhr am linken Handgelenk. Puls: 140. Zurückgelegte Strecke: 1,8 Kilometer. Zeit: 9 Minuten und 35 Sekunden.

Er musste an seine Zeit in der Polizeianwärterschule denken. Damals war er nicht nur die flache Strecke auf dem Herforder Wall gelaufen, sondern auch die Steigungen hinauf zum Stiftberg. Doch die Zeiten, in denen er seinem Körper derartige Kraftanstrengungen abverlangen konnte, waren längst vorbei. Obwohl gerade einmal sechsunddreißig, hatte er das Gefühl, sich nur noch aus medizinisch notwendigen Gründen sportlich zu betätigen. Spaß war jedenfalls etwas anderes.

Jetzt brannte auch seine Lunge. Die kalte Novemberluft fraß sich förmlich durch Rachen und Luftröhre. Im Innern seines Körpers schien es beinahe so, als explodierten kleinste Bläschen, gefüllt mit einer ätzenden Flüssigkeit.

Oldinghaus, dessen vollen Namen Jan-Hinrich Meyer zu Oldinghaus nur die Wenigsten kannten, verfluchte sich, überhaupt auf die Schnapsidee gekommen zu sein, an diesem diesigen Herbsttag rund um den Herforder Wall zu joggen. Dieselbe Strecke, die er bereits als junger Schüler des Friedrichs-Gymnasiums im Sportunterricht hatte laufen müssen. Er erinnerte sich daran, dass manch ein Klassenkamerad die Qualen des morgendlichen Frühsports umgangen hatte, indem er sich hinter der ehemaligen Musikschule versteckte, kurz vor der Fußgängerbrücke über die Werre, die sich mitten durch die Stadt fraß. Einige seiner Mitschüler hatten hier eine Zigarettenpause eingelegt, andere einfach nur ausgeruht, weil sie es nicht gewohnt waren, sich derartigen Strapazen auszusetzen.

Er reduzierte sein Tempo, bog auf die Fußgängerbrücke ab und lief langsam aus. Am Geländer der Brücke stützte er sich ab und atmete tief aus. Sein Blick fiel auf das gräulich schwarze Wasser der Werre. Der Regen der letzten Tage hatte den Pegel des Flusses ansteigen und die Strömung gefährlich schnell werden lassen. Äste und Plastikflaschen rauschten unter ihm vorbei. Wie die Erinnerungen an damals, als ihn seine Lehrerin dazu angetrieben hatte, die volle Distanz des Walls zu laufen.

Jan Oldinghaus lehnte sich über das Geländer und sah noch tiefer in die Fluten. Er spürte, dass sich sein Pulsschlag allmählich wieder beruhigte. Es war an der Zeit den Lauf fortzusetzen, ehe sein Körper in den Normalbetrieb übergehen würde.

Mit einem Mal hallte ein dumpfes Geräusch durch die Luft. Oldinghaus schrak zusammen, Schritte waren zu hören. Jemand schien eilig hinter ihm über die Brücke zu laufen. Im selben Augenblick sah er einen dunklen Gegenstand unter sich im Wasser abtauchen. War das nicht…?

Hastig drehte sich Oldinghaus um, wurde jedoch im nächsten Moment schmerzhaft von einer Schulter an der Brust getroffen, so dass er nach hinten taumelte und sich nur mit Mühe am Brückengeländer festhalten konnte.

„He! Ihr spinnt wohl!“ Oldinghaus war perplex.

Zwei dunkel gekleidete Männer rannten an ihm vorbei in Richtung Lübbertorwall. Einer von ihnen trug ein Baseballcap, der andere hatte die Kapuze seines schwarzen Sweatshirts tief ins Gesicht gezogen. Viel mehr hatte er nicht erkennen können. Doch der Kleidung nach zu urteilen, waren die beiden noch Teenager, höchstens Anfang zwanzig. Ob es Schüler eines der nahegelegenen Gymnasien waren?

„Bleibt stehen!“, schrie Oldinghaus. „Wer seid ihr?“

Verdammt, durchfuhr es ihn. Was ging hier vor sich? Sein Puls schnellte wieder nach oben, das Pochen der Halsschlagader gab ihm das Gefühl, als zerplatze der Kopf. Sein Blick wanderte von links nach rechts über die Brücke, weit und breit war niemand zu sehen. Nur die beiden dunklen Gestalten, die ihn umgerannt hatten. Sie liefen unter den alten Bäumen auf dem Wall davon.

Ihm fiel wieder der Gegenstand ein, den er gerade eben ins Wasser hatte fallen sehen – war es tatsächlich das, was er vermutete? Er glaubte, den Lauf einer Pistole vor dem Eintauchen in das kalte Nass der Werre erkannt zu haben.

Oldinghaus überlegte, was er tun sollte. Er konnte keine Hilfe anfordern, sein Handy lag zu Hause auf dem Küchentisch. Genau wie seine Dienstwaffe. Lediglich mit kurzer Hose, atmungsaktivem Longsleeve und Joggingschuhen bekleidet, fühlte er sich beinahe nackt in dieser Situation.

Während er sich noch immer darüber wunderte, dass nirgends eine Menschenseele, nicht einmal einer der vielen Schüler, die die Brücke auf dem Weg in die Innenstadt nutzten, zu sehen war, begann Oldinghaus loszulaufen. Er spürte nichts mehr von der Erschöpfung, die sich noch eben durch seinen Körper gefressen hatte.

Aber was zum Teufel hatten die beiden angestellt?, fragte sich Oldinghaus. Weshalb hatten sie ihn umgerannt und liefen davon? Und was hatte die Waffe zu bedeuten, die er zu sehen geglaubt hatte?

Er nahm die Verfolgung auf und lief so schnell ihn seine Füße trugen. Der Weg auf dem Lübbertorwall schlängelte sich entlang des Flusses. Zur Linken lagen einige der teuersten Villen der Stadt. Ihm fiel ein, dass er in einer dieser Villen als Teenie auf der Geburtstagsfeier einer arroganten Göre, der Tochter eines neureichen Unternehmers, gewesen war und dann um kurz vor Mitternacht vom Hausherrn hinausgeworfen worden war, nachdem er zuvor in den Garten gepinkelt hatte.

Der Weg, auf dem Oldinghaus lief, hieß ab hier Wilhelmsplatz. Er knickte weg vom Wasser, folgte jedoch weiter dem historischen Wallverlauf. Oldinghaus kniff die Augen zusammen und versuchte, die Distanz zu den beiden flüchtigen Männern abzuschätzen, doch es fiel ihm sichtlich schwerer. Die ohnehin diesige Luft wurde zunehmend nebeliger. Schwaden zogen rasch auf und tauchten den Weg unterhalb der knorrigen Bäume in ein bizarres Ambiente.

Oldinghaus lief wie in Trance weiter, in der Hoffnung den Anschluss nicht zu verlieren. Trotz der Anstrengung, der sein Körper ausgesetzt war, hatte er plötzlich das Gefühl, als würde er frieren. Die feuchtkalte Luft, die ihn umgab, durchdrang seine spärliche Kleidung. Auch das Funktionsunterhemd aus Merino Wolle schützte ihn nicht länger vor der Kälte. Für wenige Sekunden glaubte er, die Männer aus den Augen verloren zu haben, doch dann verschwand der Nebel wieder und gab die Sicht frei auf die beiden Gestalten. Im Gleichschritt bogen sie um die Ecke auf die Arndtstraße.

Er versuchte erneut zu den Flüchtigen aufzuschließen, doch seine eingerostete Beinmuskulatur hatte ihre maximale Belastungskraft offenbar endgültig erreicht. Obwohl ihm kein Auto entgegenkam und es nichts gab, das ihm die Sicht versperrte – der Nebel hatte sich mittlerweile vollständig verzogen –, konnte er die beiden Männer nicht mehr erkennen. Für den Bruchteil einer Sekunde wunderte er sich wieder darüber, dass er niemandem begegnet war, seitdem er auf der Fußgängerbrücke gestanden hatte. Nur den beiden Männern.

Es war gespenstisch ruhig um ihn herum. Blitzartig kehrte der Nebel zurück. In Oldinghaus stieg ein Gefühl der Unruhe auf, das er sofort zu verdrängen versuchte. Stattdessen zog er sein Tempo noch einmal an, als er auf den Steintorwall abbog und in Richtung Hauptbahnhof rannte.

Plötzlich bemerkte er, dass sich der Abstand zu den Unbekannten abrupt verkürzte. Er holte Meter um Meter auf und befand sich nur noch wenige Körperlängen hinter ihnen. In ihrem Windschatten zog er sich immer näher heran.

„Hey, jetzt bleibt endlich stehen!", keuchte er. „Weshalb lauft ihr überhaupt davon? Was habt ihr verbrochen? Und was habt ihr mit der Waffe gemacht?"

Oldinghaus streckte seine Hand aus und wollte den Mann

mit dem Baseballcap an der Schulter festhalten. Doch genau in diesem Moment blieben die beiden Fremden stehen und drehten sich abrupt zu ihm um. Oldinghaus sah in die entschlossenen Gesichter zweier junger Männer. Wie er vermutet hatte, waren sie nicht älter als zwanzig. Vereinzelte Stoppeln wuchsen dort, wo andere Männer einen Oberlippenbart trugen. Ihre Gesichter waren blass, dunkle Ränder zeichneten sich unterhalb der Augen ab. Aber es gab noch etwas anderes in ihren Gesichtern, das Oldinghaus registrierte. Etwas, das herausstach. Etwas, das unnatürlich wirkte: ihre Lippen. Sie waren nahezu farblos, blutleer. Beinahe so, als hätten sie hellen Lipgloss benutzt.

Er trat einen Schritt zurück und fixierte die beiden. Das Gefühl des Unbehagens kehrte zurück. Irgendetwas stimmte hier nicht. Reflexartig griff er an die Gesäßtasche, um seinen Dienstausweis hervorzuziehen. Doch die enge Jogginghose besaß keine Tasche. Sein Ausweis steckte noch in der neuen dunkelblauen Jeans, die auf dem Stuhl im Schlafzimmer seiner Wohnung hing.

„Okay, Jungs, was ist los mit euch? Warum lauft ihr vor mir weg? Wo habt ihr die Waffe her, die ihr in den Fluss geworfen habt?“ Oldinghaus‘ Stimme klang ruhig, aber bestimmt.

Die beiden jungen Männer sahen ihn mit durchdringendem Blick an und schüttelten wortlos die Köpfe. Es schien, als hätten sie nicht verstanden, was er sie gefragt hatte. Der mit dem Kapuzenpulli formte seine farblosen Lippen stattdessen zu einem schiefen Lächeln, das die Sicht auf braunverfärbte Zahnreihen frei werden ließ.

„Mir reicht's jetzt“, sagte Oldinghaus und griff nach dem Arm des grinsenden Mannes. Doch seine Hand glitt ins Leere. Sein Gegenüber wich mit einer geschickten Bewegung aus und zog sich einige Schritte zurück. Der andere lachte jetzt ebenfalls ein lautloses Lachen.

Er hatte genug gesehen und versuchte sich auf die beiden zu stürzen. Doch sie waren schneller als er und tauchten zur Seite ab. Oldinghaus ruderte verzweifelt mit den Armen, doch es gelang ihm einfach nicht, einen der jungen Männer zu fassen zu bekommen. Er fluchte lauthals, als er plötzlich ungeschickt hinfiel, mit der Stirn den harten gepflasterten Boden berührte und sich auf allen Vieren wiederfand. Oldinghaus blickte hoch und erkannte in ihren Gesichtern noch immer dieses furchteinflößende, stille Lachen. Ihn beschlich Angst. Angst, dass er den beiden kräftigen Männern nicht gewachsen war. Ohne seine Dienstwaffe war er ihnen hoffnungslos ausgeliefert.

Langsam kam er wieder auf die Beine, musste jedoch mit ansehen, dass die unbekannten Männer sich weggedreht hatten und wieder davonliefen. Mit stechenden Schmerzen in der linken Nierengegend und letzter Kraft raffte er sich hoch und nahm erneut die Verfolgung auf. Er lief weiter den Wall entlang, vorbei an Arztpraxen und teuren Eigentumswohnungen. Dann überquerte er den Fluss Aa, der unweit von hier in die Werre mündete.

Vor ihnen lag jetzt die Unterführung, die die Straße „Auf der Freiheit“ unterquerte. Augenblicklich musste er an den süßsäuerlichen Gestank von Urin denken, den er schon als Jugendlicher gehasst hatte, wenn ihn seine Lehrerin um den Wall gescheucht hatte. Die Unterführung erwartete ihn wie ein schwarzes Loch, eine dunkle Höhle, aus der es kein Entrinnen gab.

Die beiden Männer liefen die Schräge hinab und verschwanden im Nichts. Oldinghaus keuchte, kam kaum noch hinterher. Zu seiner Rechten lag der Bahnhof mit der vielbefahrenen Straße davor. Doch in diesem Moment fuhren keine Autos. Nicht einmal aus der Ferne war ein Motorengeräusch zu hören.

Da war er plötzlich, dieser ekelerregende Geruch aus feuchtem Gemäuer und Urin. Es roch genau wie damals. Oldinghaus zweifelte daran, ob es noch einen Sinn ergab, den beiden Männern zu folgen. Doch ein unbestimmter Drang ließ ihn weiterrennen. Hinein in die Ungewissheit des schwarzen Lochs. Woher nahm er nur die Kraft?

Es war stockdunkel hier unten. Oldinghaus wunderte sich, lief jedoch weiter in der Hoffnung, mit nichts und niemandem zu kollidieren. Nach einer Weile erblickte er das Tageslicht am Ende der Unterführung. Davor zeichneten sich die schwarzen Schatten der beiden Männer ab. Wieder spitzte Oldinghaus seine Ohren. Doch es gab nichts, das in seine Gehörgänge drang. Keine Schritte, die hallten. Kein Keuchen der Männer. Keine sonstigen Geräusche. Was um alles in der Welt ging hier nur vor sich?

Er befand sich bereits auf der Schräge, die hinaus auf den Deichtorwall führte. Grelles Licht blendete ihn, obwohl sich die Novembersonne noch immer hinter einzelnen Nebelschwaden versteckt hielt. Rechts ließ er das große Parkhaus mit der Diskothek liegen. Es war schon einige Jahre her, dass er das letzte Mal hier gefeiert hatte. Laute Bässe dröhnten plötzlich in seinen Ohren. Er schwebte im Scheinwerferlicht. Diskonebel strömte aus unsichtbaren Maschinen. Oldinghaus rannte über die Tanzfläche.

Sein Blick richtete sich wieder nach vorne. Doch die Hoffnung, den Rückstand auf die Unbekannten verkürzt zu haben, erlosch augenblicklich, als er sah, dass die beiden Männer bereits um die nächste Kurve bogen und er nur noch deren unscharfe Konturen erkennen konnte.

Sie spielten nur mit ihm, befürchtete Oldinghaus. Ließen ihn herankommen und lachten ihn aus, liefen davon und machten Tempo. Doch sie schienen unerreichbar für ihn. Er hatte sie nicht festhalten können, hatte stattdessen ins Leere gegriffen. Und jetzt setzten sie sich offenbar endgültig von ihm ab.

Aber weshalb nur gab er die Verfolgung nicht auf? Einfach nach Hause gehen, duschen und den Vorfall anschließend bei den Kollegen im Präsidium zu Protokoll geben, anstatt diese sinnlose Hetze um Herfords Wall auf sich zu nehmen.

Er rannte an der Villa Schönfeld vorbei, die zum Ensemble des Daniel-Pöppelmann-Hauses gehörte, in dem der Herforder Kunstverein beheimatet war. Wieder musste er an seine Schulzeit denken. Kunstunterricht in der Oberstufe. Unzählige Male hatten sie Ausstellungen des Vereins besucht und anschließend über Sinn und Unsinn der Werke diskutiert.

Aus dem Augenwinkel erkannte Oldinghaus einen Mann, der auf der Rasenfläche vor dem Haus stand. Hatte er richtig gesehen? Trug der Mann einen dicken weißen Verband über der linken Gesichtshälfte? Dort, wo sich eigentlich das Ohr des Mannes mittleren Alters befinden musste, war der Verband rot eingefärbt und speziell verstärkt worden. Oldinghaus schüttelte den Kopf, während er weiterrannte. Was war denn nur los mit ihm? Weshalb war er sich plötzlich sicher, dass es sich bei dem Mann vor der Villa Schönfeld um Vincent van Gogh handelte. Allmählich glaubte er den Verstand zu verlieren.

Er schloss kurz die Augen und legte die nächsten fünfzig Meter im Blindflug zurück. Für einen Augenblick hatte er Angst vom Weg abzukommen. Doch seine Sorge war grundlos. Er hatte das Gefühl, als schwebe er über den Weg, losgelöst von allen physikalischen Grundgesetzen. Keine jungen Männer, die ihn an der Nase herumführten. Kein vor über hundert Jahren verstorbener Maler, der ihn anstarrte. Einfach nur davonschweben. Nach Hause. Ausruhen. Den kalten Schweiß, der sich auf seiner Haut gebildet hatte, unter einer heißen Dusche abwaschen.

Er öffnete langsam die Augen. Erst nur das linke, dann auch das rechte. Oldinghaus erschrak, als er bemerkte, wo er sich befand. Schnell lief er weiter, weg von der Bielefelder Straße, die er gerade mit geschlossenen Augen überquert hatte. Wieder kein Auto, murmelte er keuchend. Keine Bewegung, keine Geräusche. Nur sein eigenes Keuchen. Und die flüchtenden Männer.

Wo waren sie überhaupt? Er kniff seine Augen zusammen, blickte nach rechts und links, sah sich um. Nichts. Keine Menschenseele. Oldinghaus lief weiter. Über die Aa, vorbei am Radewiger Wehr. Der Wall, der ab hier ‚Unter den Linden' hieß, machte eine leichte Kurve, führte dann jedoch wieder kerzengerade weiter. Von Sekunde zu Sekunde wurde Oldinghaus die Sinnlosigkeit seines Unterfangens klarer. Die beiden unbekannten Männer hatten ihn längst abgehängt, es gab keinen Grund mehr, seinen Körper weiter zu plagen.

Noch einmal machte der Wall einen Knick, verlief jetzt parallel zur Renntorwallstraße. Oldinghaus wurde langsamer, ihn verließ in diesem Moment endgültig der Antrieb. Er wollte auslaufen und die restliche Strecke hin zu seiner Wohnung am Neuen Markt einfach gemütlich walken. Nur bloß nicht mehr rennen ...

Der Lauf der Waffe tauchte wie aus dem Nichts vor seinem Gesicht auf. So plötzlich, dass Oldinghaus nicht begriff, wie ihm geschah. Vor Schreck verlor er sein Gleichgewicht. Alles um ihn herum verschwamm in einem wirren Durcheinander. Die zwei jungen Männer stürmten aus einem Hinterhalt hervor und nahmen ihn von beiden Seiten in die Zange. Der mit dem Kapuzenpullover richtete eine Pistole auf sein Gesicht. Oldinghaus versuchte sich wieder hochzurappeln, spürte jedoch, dass seine Beine sich taub anfühlten. Panische Angst stieg in ihm hoch. Schweißperlen bildeten sich auf seiner Stirn. Die Gesichter der beiden Männer sahen noch furchteinflößender aus als bei ihrer Konfrontation vor ein paar Minuten. Oldinghaus kam es vor, als sei seit dieser Begegnung eine Ewigkeit vergangen.

Der Pistolenlauf kam immer näher, die Entfernung betrug nur noch eine Handbreit. Mit dem Finger am Abzug richtete der Kapuzenmann die Waffe direkt auf seine Stirn. Oldinghaus schloss wieder die Augen und redete sich ein, dass sich alles nur um einen bösen Traum handelte. Ohne Erfolg. Die Angst fraß sich durch jede Faser seines Körpers. Er zitterte am gesamten Leib.

Ganz vorsichtig blinzelte Oldinghaus mit dem rechten Auge. Er schloss es sofort wieder, um dann beide Augen überrascht aufzureißen. Er konnte kaum glauben, was er sah. Der Kapuzenmann zog tatsächlich langsam die Waffe zurück und bewegte sich einen Schritt nach hinten. Auch der Mann mit dem Baseballcap hatte sich einige Meter von ihm entfernt.

Oldinghaus atmete lautlos aus und versuchte sich zu beruhigen. Er spürte, dass sich sein Herzschlag allmählich wieder normalisierte. Doch im nächsten Augenblick schrillten alle Alarmglocken in ihm. Das schiefe Lachen des Kapuzenmannes war auf dessen Gesicht zurückgekehrt. Noch finsterer als zuvor. Was jedoch noch viel schlimmer war – der Finger am Abzug bewegte sich plötzlich. Oldinghaus schrie so laut er konnte. Der Kapuzenmann wollte tatsächlich abdrücken. Ihn erschießen. Einfach so. Jetzt und hier.

In diesem Moment trat ein Mann mit halblangen blonden Haaren hinter einem unsichtbaren Vorsprung hervor und betrat die Szenerie. Er klopfte dem Unbekannten mit der Kapuze auf die Schulter und fuchtelte wild gestikulierend mit den Armen.

„Schnitt!", rief er, begleitet von dem Geräusch einer zusammenfallenden Regieklappe, das durch die Luft hallte. „Das war's für heute. Vielen Dank, Jungs! Wir haben alles im Kasten!"

*

Oldinghaus richtete sich auf. Er saß kerzengerade im Bett. Kalter Schweiß stand auf seiner blassen Stirn. Irgendwo im Hintergrund klappte ein Fenster auf und zu.

Wo war der Kapuzenmann?, überlegte er angestrengt. Und was war das eben überhaupt für ein seltsamer Film gewesen? Nachdenklich betrachtete er seine Umgebung. Er befand sich ohne Zweifel in seinem eigenen Schlafzimmer. Lag in seinem Bett unter seiner Decke. Keine flüchtenden Männer, kein van Gogh, keine Joggingklamotten, kein Nebel – alles war wie immer.

Oldinghaus quälte sich mühevoll aus dem Bett. Die Digitalanzeige des Weckers auf dem Nachttisch zeigte an, dass es kurz nach acht Uhr war. Er erinnerte sich, dass er zuletzt um Mitternacht auf die Uhr geblickt hatte. Es gab also keinen Zweifel mehr: Alles war nur ein schlechter Traum gewesen.

Erleichtert verließ er das Schlafzimmer und schlurfte in Richtung Küche, wo er den Wasserkessel aufsetzte, um Kaffee zu kochen. Offenbar war auch Mareike, seine Untermieterin, bereits wach – ein untrügliches Zeichen dafür war die Tageszeitung, die auf dem Küchentisch lag. Die Müdigkeit hielt Oldinghaus noch immer fest im Griff. Er stützte sich an der Arbeitsplatte ab und fasste sich an den Kopf. Sein Schädel dröhnte. An der Stirn fühlte er eine kleine Beule direkt oberhalb der linken Augenbraue. Auch seine Brust schmerzte.

Oldinghaus steckte zwei Scheiben Weißbrot in Mareikes alten Toaster und goss den Bohnenkaffee auf, um seinem müden Körper mit einer Dosis Koffein auf die Sprünge zu helfen. Doch plötzlich erschienen einzelne Fragmente des sonderbaren Traums vor seinem inneren Auge. Es war gerade einmal ein paar Minuten her, dass er Teil einer ausweglosen, schmerzenden Verfolgungsjagd gewesen war. Er war wie ein Besessener hinter zwei jungen Männern hergelaufen, die offenbar etwas zu verberg...

Seine Gedanken wurden von dem Geräusch der hochschnalzenden Toastscheiben unterbrochen. Oldinghaus platzierte sie auf einem Teller, schenkte sich eine Tasse Kaffee ein und bewegte sich in Richtung Küchentisch. Vorsichtig stellte er die heiße Tasse auf dem Holztisch ab – gerade noch rechtzeitig. Andernfalls wäre sie ihm bei dem Blick auf die Headline des Lokalteils der Tageszeitung wohl aus der Hand geglitten. Wieder und wieder las er die wenigen Worte, die sein Gehirn nicht verarbeiten wollte. Doch sie waren unmissverständlich, gedruckt in schwarzen Lettern auf weißem Papier. Oldinghaus nahm auf einem Stuhl Platz und verstand nach und nach, was die Worte zu bedeuten hatten. Er las sie ein letztes Mal, diesmal laut:

„Wilde Verfolgungsjagd auf dem Wall – Kommissar überwältigt JVA-Flüchtlinge.“

Sandra Lüpkes

Der Feuerraum

Dass es schmal gewesen ist, habe ich nicht vergessen. Doch nun parke ich meinen schwarzen Mercedes längs der fensterlosen Giebelseite und stelle fest, dass mein Auto ebenso lang ist wie das Haus meiner Großeltern breit.

Ich steige aus dem klimatisierten Wagen und werde von der still stehenden Sommerhitze, dem Geruch nach Hühnerstall und einer nickenden Nachbarin in Kittelschürze begrüßt. Es ist so lange her, seit ich das letzte Mal hier gewesen bin. Seit meine Großeltern nicht mehr leben, hat es keinen Anlass gegeben, mich hierher zu verirren. Mein kinderloser Onkel Ottmar, der vor drei Wochen gestorben ist, ist mir immer zu fremd gewesen, als das ich ihn hätte besuchen wollen.

Das letzte Mal Nottuln muss noch vor meiner Pubertät gewesen sein.

Der lange Schlüssel gleitet ins Loch, kein Sicherheitsschloss, so etwas braucht man hier nicht. Ich trete in den Flur. So viel Holz um einen herum, nicht nur die Vertäfelungen und Dielen am Boden, nein, ebenso der Geruch in der Nase. Man fühlt sich wie in einer Orangenkiste mit Deckel. Auch, was die Ausmaße angeht.

Als Kind erscheint alles größer. Und wenn einem dann mit zehn oder zwölf mal etwas klein vorkommt, ist es für Erwachsene winzig. So geht es mir jetzt. Das kleine Haus meiner Großeltern scheint geschrumpft zu sein, als habe jemand die Luft herausgelassen.

Mein Opa hat mir vor langer Zeit erklärt, dass man früher die freistehenden Wohnhäuser in den Dörfern so schmal gebaut hat, damit sie sich besser heizen ließen. In der Mitte des Gebäudes befindet sich der Feuerraum, würfelförmig und etwas mehr als einen Kubikmeter groß, in den man durch eine der zwei Öffnungen regelmäßig Holz oder Briketts nachlegen muss, damit die Flammen schlagen und die Hitze durch die Ofenrohre bis in den hintersten Mauerwinkel vordringen kann.

Ich sehe die Luke im Flur. Am Boden liegt noch schwarze Asche. An der Wand hängen einsatzbereit Schürhaken, Schaufel und Besen. Doch ich höre kein Knistern hinter den flaschengrünen Fliesen. Es ist kalt. Der Ofen ist aus.

Ich denke an meinen Onkel Ottmar. Er war immer für das Nachheizen zuständig und er wusste, dass ich Angst vor dem Feuerraum hatte. Ab und zu hatte er sich einen Scherz erlaubt und behauptet, er wäre die Hexe und mein Bruder und ich seien Hänsel und Gretel. Und der Ofen würde nur geheizt, weil er uns zum Abendessen braten wolle. Mein Onkel hat diese Witze immer nur gemacht, wenn sonst keiner da war. Auch uns Kinder hat er immer nur einzeln erwischt. Christoph hat mir dann mal abends im Bett flüsternd gestanden, dass er Angst vor dem Onkel und seinen Schauermärchen hatte. Ich war erleichtert, dass es ihm ebenso ging wie mir. Nur den Erwachsenen erzählten wir nichts davon. Onkel Ottmar war nicht ganz dicht, das wussten wir alle, aber sprachen es nicht aus, um Großmutter nicht zu kränken, die sich immer so rührend um das Sorgenkind kümmerte. Wir liebten die Oma. Warum hätten wir sagen sollen, dass Onkel Ottmar gern Mäuse im Holzlager fing und lebendig in die Flammen warf?

Ich wende mich vom Feuerraum ab. Selbst wenn er jetzt an gewesen wäre, hätte ich gefroren.

Man gelangt immer von einem Zimmerchen ins nächste, alles Durchgangsräume wie in einem langen Zug: Flur, Essküche, Badezimmer, Klo zur rechten Seite; links vom Ofen sind Wohnstube, Elternschlafzimmer und Wäschekammer. Neben der Eingangstür führt noch eine steile Treppe hinauf zu den drei kleinen Dachkammern, in der mittleren hat Onkel Ottmar geschlafen.

Ich nehme den Weg zur Küche.

Alles in diesem kleinen grauen Haus ist so konstruiert, dass es möglichst unkompliziert – sprich: möglichst altmodisch – funktioniert. In der Küche nimmt ein klobiger, mit Feuer geheizter Herd den größten Platz in Anspruch, das Badewasser wird in einem Gasboiler erhitzt, und es gibt tatsächlich noch ein Plumpsklo mit Grube darunter, die einmal im Monat geleert werden muss.

Man könnte hier gut eine Busladung Japaner durchführen, die würden dann fotografieren, wie die Menschen vor hundert Jahren in Deutschland gelebt haben.

Nun, ich habe dieses kleine Quasi-Museum vor ein paar Tagen offiziell geerbt.

Gerade ich, die Großstadtpflanze, die es sich allein lebend auf knapp 200 Quadratmetern in einem Düsseldorfer Loft bequem gemacht hat. Solarzellen über dem Dachgarten, eine Einbauküche, deren Ausstattung auch zur Bewirtung eines mittelgroßen Restaurants reichen würde, und zwei Bäder nebst separater Gästetoilette.

Was soll ich mit diesem Haus anfangen, außer vielleicht heute einmal durch die leeren Räume schlendern und längst vergessenen Kindertagen nachgehen? Ein bisschen Déjà-vu ist ja ganz nett, weißt du noch damals, als Opa Holunderblütensaft in den großen Kanistern im gruseligen Keller gelagert hat? Und kannst du dich noch an den Geschmack von Omas Struwen mit Zucker und Zimt erinnern, die es immer Karfreitag bergeweise zu essen gab? Mein Vater hat einmal acht der süßen Hefepfannkuchen geschafft und somit Onkel Ottmars Rekord von sieben Stück gebrochen. Wir saßen jubelnd am Holztisch, der mit einer grün geblümten Wachsdecke vor unseren fettverschmierten Fingern geschützt wurde. Nur Onkel Ottmar ist sauer gewesen und hat daraus auch keinen Hehl gemacht. Mein Bruder Christoph wollte auch mithalten, aber nach Fünfen ging gar nichts mehr und er hat sich noch am Nachmittag fürchterlich erbrochen, weil die Hefe in den Dingern im Magen nachbläht, besonders wenn man Holunderblütensaft dazu trinkt.

Mein Bruder Christoph. Es wäre schön, er wäre jetzt bei mir

und wir könnten uns gemeinsam erinnern. Das wäre wirklich wunderbar.

Aber es wäre schon unbezahlbar, wenn ich nur wüsste, wo er ist. Lange hat der Wunsch nach Gewissheit über Christophs Schicksal mich in Ruhe gelassen, doch heute flammt er auf wie früher das Feuer im Ofen meiner Großeltern.

Ich will das Ganze hier verkaufen, sobald wie möglich. Mein Unternehmensberater will nur noch vorher berechnen, ob es rentabler ist, alles im jetzigen Zustand zu verhökern, oder das Gebäude lieber abzureißen und das sicher reizvolle Grundstück mit einem modernen Fertighaus zu versehen. Nottuln ist ideal für Familien mit kleinen Kindern. Natur, Dorfidylle und nur knapp zwanzig Minuten nach Münster.

Ganz kurz habe ich überlegt, ob ich mir ein Wochenenddomizil einrichte, kleine Flucht aus Düsseldorf, wenn der ganze Rummel zu viel wird. Aber im selben Augenblick war mir klar, nur eine Nacht hier an diesem Ort bedeutet für mich mehr Stress, als drei Jahre ohne Urlaub weiter die steile Karriereleiter zu erklimmen.

Schon jetzt, diese wenigen Minuten, die ich durch das Haus wandle, machen mich fix und fertig. Ich will mir die Stube anschauen, aber ich weiß, ich muss an dieser Luke vorbei, hinter der ich die Mäuse oft noch eine winzige Ewigkeit habe piepsen hören, bevor sie die Hitze ihrer brennenden Kadaver durch die Ofenrohre schickten. Als ich den Flur passiere, halte ich mir die Ohren zu.

Im Wohnzimmer hängt ein Bild von Christoph und mir. Meine Großeltern haben es dort über der Nussbaumanrichte vor einem Vierteljahrhundert an die Wand genagelt. Wir sind beide nicht älter als acht auf dem Foto. Wir sitzen in kurzen Hosen auf der Bank vor dem Haus, lachen beide mit einem Dolomiti-Eis in der Hand. Christoph hat gern Dolomiti gegessen. Was würde er sich heute aus der Truhe beim Lebensmittelgeschäft auf dem Stiftsplatz aussuchen? Dolomiti gab es schließlich nicht mehr. Aber als Christoph verschwand, war dieses grün-rot-weiße Wassereis noch im Sortiment. Daran kann ich mich erinnern, weil meine Oma versucht hat, mich abzulenken, und ich aus diesem Grund an jenem Tag mehr Eis am Stil gelutscht habe als jemals zuvor oder danach.

Nur einmal habe ich meine schon von den Farbstoffen gescheckte Zunge von der süßen Nascherei gelassen und meiner Mutter gesagt, ich hätte Angst, der Onkel Ottmar hätte meinen Bruder in den Feuerraum gesteckt. Da bekam ich eine Ohrfeige von ihr verpasst. „Pfui. Nur weil der Onkel ein bisschen anders ist, musst du nicht so etwas Scheußliches von ihm behaupten. Der Christoph ist bestimmt nur in den Wald gelaufen, zum Abenteuerspielplatz, du wirst sehen, beim Abendessen ist er wieder hier."

Ich nutzte das nächste Eis dazu, meine brennende Wange zu kühlen. Zum Abendessen gab es an diesem Tag überhaupt nichts. Christophs Platz am Tisch wäre frei geblieben.

Erst viele Monate später, kurz bevor meine Eltern sich wegen der ganzen Geschichte, wegen der gegenseitigen Vorwürfe und unterdrückten Schuldgefühle scheiden ließen, hat meine Mutter mich noch einmal darauf angesprochen. „Der Onkel Ottmar, meinst du? Mein Bruder? Wie kommst du eigentlich darauf?"

Ich war damals zehn, ich sprach von Hänsel und Gretel, erzählte von piepsenden Mäusen, und meine Mutter hörte ganz schnell wieder weg. Wenn sie bald darauf nicht so krank geworden wäre, hätte sich vielleicht noch einmal die Gelegenheit ergeben. Aber so starb sie zu früh. Und mein Vater, der mit Onkel Ottmar und der ganzen Sippe in Nottuln sowieso nichts zu schaffen hatte, schließlich war er nur ein ehemals Angeheirateter, er setzte sich nach Thailand ab und nahm sich eine Frau, die meine Schwester hätte sein können.

Ich bin seitdem allein. Es macht mir nichts aus. Wen kann ich schon lange um mich ertragen? Und wenn ich doch mal jemanden mag, weil er mir zuhört und mit mir lacht, dann geht das nicht lange gut. Irgendwann schlage ich alle in die Flucht.

Weil ich immer noch nicht erzählen kann, was ich damals gesehen habe, hier in diesem Haus.

Im Schlafzimmer meiner Großeltern ist keine Matratze auf dem ausladenden Doppelbett. Die lila geblümte Tagesdecke aus Polyester liegt flach auf dem Lattenrost, wie Rippen zeichnen sich die Bretter des durchgelegenen Bettgestells unter den Rüschen ab. Es sieht nicht so aus, als habe Onkel Ottmar den Raum je genutzt, nachdem er allein im Haus lebte. Er ist wohl bis zu seinem Lebensende in der Schlafkammer unterm Dach geblieben.

Warum ist Onkel Ottmar eigentlich so seltsam gewesen? Meine Mutter erwähnte einmal, er sei beim Schlittschuhlaufen ins Eis eingebrochen und zu lange unter Wasser geblieben. Seitdem wäre ihr Bruder nie wieder der Alte geworden. Und Oma hätte gelitten, denn sie hatte doch nicht genug auf den Sohn aufgepasst, deswegen war die Katastrophe überhaupt geschehen. Darum haben alle Onkel Ottmar immer normaler gemacht, als er eigentlich war, damit Großmutter nicht an den Gewissensbissen zu Grunde ging. Eine verlogene Geschichte war das. Und sie hat nichts genutzt.

Im Gegenteil. Unsere Unehrlichkeit hat dazu geführt, dass Christoph verschwunden ist.

Der kälteste Raum ist die hintere Wäschekammer. Die Außenwand geht zur Straße, mein schicker Wagen parkt dort draußen jenseits der verputzen Mauer. Ich weiß, es ist jetzt meine Aufgabe, die Schränke zu sortieren. Selbst die Kleider meiner Großeltern scheinen noch nicht weggeräumt worden zu sein, ich sehe den Ärmel von Opas Festtagsanzug durch das dunkelgelbe Glas der Schranktür. Daneben Omas großgemustertes Kleid, welches ich nur von alten Fotografien kenne. Onkel Ottmar hat immer dieses blaue Flanellhemd getragen, die Ärmel hochgekrempelt, ein paar Uraltflecken auf der Brust. Auch damals, als er mir gedroht hat, mit mir dasselbe zu machen, wenn ich petzen würde, auch damals hatte er dieses Hemd getragen. Christoph hatte ihm einen Knopf abgerissen, einen von den oberen. Ich könnte nachschauen, ob Großmutter ihn wieder angenäht hat. Dahinten hängt das blaue Teil, an einem Wandhaken über dem Bügelbrett. Es ist alles noch da. Würden sie alle jetzt zum Leben erweckt werden, sie könnten in dieses Haus kommen und sich zurechtfinden, als wäre nicht ein einziger Tag vergangen. Man müsste nur heizen. Es ist furchtbar kalt hier.

Dabei ist August. Einer der heißesten Sommer seit Jahrzehnten. Und ich friere. Es liegt gar nicht an der Temperatur.

Ich gehe zurück in den Flur und steige langsam, Stufe für Stufe, die Treppe zum Dachgeschoss hinauf. Hier ist es wärmer.

Die Stufen erinnern mich an einen erfolglosen Versuch. Ich bin in Düsseldorf mal beim Psychologen gewesen. Eine Freundin hat mich dazu gezwungen, sie war eine von der Sorte, die nicht locker gelassen hatte, der ich nicht vorspielen konnte, ich hätte alles im Griff. Und irgendwie hatte sie die Geschichte mit Christoph in Erfahrung gebracht. Und so hatte sie darauf bestanden und mir gleich eine Visitenkarte auf den Tisch geknallt von einem Experten, der sich mit Hypnose auskennt. Meine Freundin war sicher, wenn ich mich im Normalzustand nicht daran erinnern kann, was damals wirklich mit meinem Bruder geschehen ist, dann könne mir das Unterbewusstsein davon erzählen, und danach ginge es mir besser. Ich habe es versucht, der Hypnotiseur ist mit mir Stufe für Stufe in die Tiefe meiner Seele gestiegen, um etwas zu finden. Doch so einfach ist es nicht. Denn wenn man etwas nicht will, dann will man es nicht, und da kann noch so viel Hokuspokus veranstaltet werden. Irgendwann hat der Psychologe kapituliert – dies ist kein Willensduell zwischen Ihnen und mir, sagte er – und hat bis drei gezählt. Wir sind die Stufen in meinem Inneren wieder hinaufgestiegen. Daran muss ich nun denken, bis ich vor der Schlafkammer stehe.

Onkel Ottmars Zimmer. Die Tür ist angelehnt, durch den Spalt sehe ich sein karges Bett unter der Dachschräge, das kitschige Schutzengelbild über dem Nachttischchen, der Digitalwecker mit Radio blinkt. Der stand damals noch nicht neben dem Bett.

Damals war dort eine kleine Leselampe, deren gelblicher Schein nicht hell genug war, um alles erkennen zu können. Das blaue Hemd war aufgeknöpft. An Onkel Ottmars Hand sah man dunkle Flecken, Asche aus dem Ofen, Christoph hatte sicher den Geruch in der Nase, als ihm der Mund zugehalten wurde. Meine Eltern waren an diesem Tag in Münster einkaufen. Meine Oma hat gekocht. Mein Opa hat Holunderblüten gepflückt. Ich habe zugesehen. Durch diesen Spalt. Und geschwiegen.

Mein Handy vibriert in der Handtasche. Ich starre weiter auf den Türspalt und ziehe das Gerät wie blind heraus, klappe es auf, halte es an mein Ohr.

„Hallo? Bist du dran?"

Ich kann nicht fassen, dass hier in diesem Haus ein mobiles Telefongespräch möglich ist. Fast kommt es mir vor, als prallten gerade Vergangenheit und Gegenwart aufeinander. Alles verdichtet sich. Wie ein schwarzes Loch im Weltall. Hier im Haus meiner Großeltern ist es aufgetaucht, und ich stürze hinein.

„Ich bin dran."

„Du, ich hab mich erkundigt wegen der Immobilienpreise. Gratulation, da hast du ein richtiges Sahnestückchen geerbt."

„Hmm."

„Tolle Lage, heiß begehrtes Wohnobjekt. Der einzige Nachteil ist, dass das Grundstück im Prinzip überbaut ist. Das bedeutet, wenn wir neu planen wollen, können wir das Ganze nicht so üppig gestalten. Grenzabstand und so. Fertighaus können wir uns ganz abschminken. Aber so was Historisches hat doch auch seinen Reiz, oder nicht? Es ist doch ganz hübsch, wie ich auf dem Foto sehen konnte. Also lass das Häuschen stehen, verkaufe es, wie es ist, die Interessenten werden dir die Bude einrennen."

„Hmm."

„Bist du noch dran?"

„Wir werden es abreißen lassen“, sage ich.

„Ich rate dir dringend ab. Du kannst nie wieder etwas in der Größe bauen, verstehst du? Das Grundstück allein ist quasi wertlos. Aber mit dem Haus ...“

„Sag der Abbruchfirma Bescheid. Die sollen so bald wie möglich anfangen.“

„Du bist verrückt!“

„Bin ich nicht. Nie gewesen“, sage ich, klappe das Handy zusammen und drücke den Türspalt zu. Als ich die Stufen hinuntergehe, wird der Geruch nach verbranntem Holz wieder stärker. Ich halte die Luft an, bis ich im Auto bin.

Horst Hensel

Budde

Mager. Sehr braune Haut. Und müde Augen. Das dichte Haar grau und nach hinten. Eine Nase wie eingedrückt. Zwei tiefe Falten zu den Mundwinkeln. Das Licht der Abendsonne glänzte auf dem Foto.

Er schob es beiseite, kreuzte die Arme vor der Brust, überlegte eine Weile, nickte: Ja, so konnte es gehen! Er stand auf, nahm den gläsernen Kaffeetopf von der Fensterbank und ging zum Handwaschbecken. Eine Weile betrachtete er sich in dem altersfleckigen Spiegel. Dann schob er die linke Ärmelmanschette hoch und ließ Wasser in einen Topf laufen. Wasserfäden sprühten aus der porösen Dichtung des Hahns und befeuchteten ihm das Gelenk. Irgendjemand müsste das Ding mal reparieren! Er goss das Wasser in die Maschine und schaltete sie ein. Während das Wasser durchlief, betrachtete er wieder das Foto.

Ja, so konnte es gehen! Oder?

Er nagte an der Unterlippe. Dann griff er zum Telefon. Nach langem Schellen nahm jemand ab.

„Siegfried ... Majewski! Was könnte ich für Sie ... also tun?"

„Siggi? Ich bin's!"

„Wer? Der ... Wolli? Alter Wolper ... 'ne Überraschung ... geht's dir denn?"

„Gut, und dir?"

„Auch gut ... entspann mich grade ... nach der vielen, vielen –"

„Pass auf! Mir ist zufällig mal wieder das Foto von diesem Budde in die Hände gefallen. Und da wollte ich sicherheitshalber fragen, ob du Neuigkeiten – "

„Ich? Erinnere ... mich bloß nicht daran! Weißt ja wohl selbst noch, wie der Chef ... der Chef mich fertiggemacht hat! ‚Da hat irgend so 'n abgewrackter ... abgewrackter Spezialist für An- und Verkauf unsrem guten alten Siggi was aufgetischt ...

ohne was andres in der Hand zu haben ... als 'n Foto, aus 'nem Türspalt raus geknipst ... Informationen ohne Marktwert, Siggi! Davon könn' wir als Detektei nicht leben.' Weißt du das noch, wie der das – ?"

„Ja, ich weiß, wie der so was sagt. Und seitdem nichts Neues?"

„Sag ich doch. Gar ... nichts. Woher auch. Wieso eigentlich? Mensch, Wolli –"

„Dann mach's mal gut!"

Wolper legte auf. Kannst froh sein, dass Zimmermann dich noch nicht rausgeschmissen hat! Er stand auf, goss sich Kaffee ein, stellte sich vor den Schreibtisch und sah nach draußen. Im Fensterviereck die Straße, der gegenüberliegende Bürgersteig, die Häuser, der Supermarkt. Späte Kundinnen, die schwer an Nudeln, Broten, Hundefutter und Kartoffeln trugen. Kaum Verkehr. Dicht geparkt die Autos, eine bunte Zeile Blech quer durch die Mitte seines Fensters. Der lange Schatten einer Laterne. Drei Hunde, die im Dreieck standen. Ein Lastwagen der Spedition aus dem Hof fuhr unter seinem Büro hindurch; der Boden vibrierte, er sah das Dach des LKW im unteren Drittel des Fensters auftauchen, hörte das Kreischen der Bremsen, sah ihn links blinken und dann links abbiegen. Nachtfahrt nach Calais.

Er stellte die Tasse in das Handwaschbecken, ging im Raum auf und ab und erzählte sich, was er vorhatte. Manchmal blieb er stehen, starrte hinaus. Wenn er dann weiterging, begann er von neuem zu erzählen. Jedes Mal wurde die Geschichte besser.

Auf dem Weg nach Hause nahm er einem Lieferwagen die Vorfahrt. Der Fahrer schrie irgendetwas. Fischmaul hinter Scheibenglas. Wolper tippte sich gegen die Stirn. „Idiot!"

Dann die Dammstraße. Kein Auto, niemand zu Fuß, nur eine Radfahrerin. Links und rechts die Fabrikgebäude, die langen Wände der Hallen, roter Backstein, grauer Putz, Beton, die Lagerplätze, der verbogene rostige Stahl, die Ruinen; gelegentlich eins dieser Mietshäuser, schmale Bürgersteige, Brennnesseln. Am Ende die Bar mit den Mädchenbildern auf der Fassade.

Seine Mutter tischte ihm Bratwurst mit Kartoffelsalat und Schokoladenpudding auf. Als er zu essen begann, setzte sie sich an den Tisch und sah ihm zu.

„Was ist?“, fragte er.

„Du bist mir so nervös, die ganze Zeit schon.“

„Ich bin nicht nervös, lass mich essen.“

„Ach, Junge ... “

Er sah sie an: Ringellöckchen, Knopfaugen, Sommersprossen; ein weiches zerfließendes Fleisch; einmal die Woche zum Friedhof. Küche, Sohn und Erinnerungen.

„Du redest immer dasselbe. Lass mich jetzt essen!“

„Ich wollt' ja nur mal fragen“, sagte sie und stand auf. „Zur Not kannst du ja wieder bei dem Herrn Zimmermann anfangen.“ Sie strich ihm übers Haar.

Er wischte ihre Hand weg. Sie stand auf und ging in die Küche. Wieder bei dem Herrn Zimmermann anfangen! Unwillkürlich sah er auf die Uhr. Der war jetzt am Fredenbaum auf seiner Trimmstrecke. Oder saß schon auf seiner Bank. Mal 'ne Weile an nichts denken, Wolper, Raum lassen für gute Ideen! Wolper nahm den Pudding und ging in sein Zimmer. Die DVDs aus der Nachttischschublade wussten, wovon er träumte. Er sah drei, aber keine bis zum Ende.

In der Nacht fand er wenig Schlaf, lag lange wach, dachte nach. Budde, Schlagzeilen, Wolper. Die großen Aufträge.

Es ging nur noch um den Ort. Und um ein Opfer.

Am nächsten Vormittag rief eine Frau an, die ihren Mann beschatten lassen wollte. „Er geht fremd, Herr Wolper, und das soll ihm leid tun!“

„Natürlich, da haben Sie ganz Recht; kommen Sie am besten mal bei mir vorbei!“

„Der macht nämlich gar keine Überstunden, der Kerl! Der

hat eine Schickse aus dem Bauamt, Herr Wolper, und jeden Tag nach Dienstschluss ... Das muss man sich mal vorstellen! Die Frau Gehrke vom Hauptamt hat mir das jetzt gesagt! Und wo finde ich Ihr Büro, Herr Wolper?"

Er erklärte es ihr. „Also dann bis um elf, gnä' Frau."

Sie kam um viertel vor, musterte abschätzig das Büro, nahm dann Platz und redete wie ein Wasserfall; er machte sich Notizen, ließ sie den Auftrag unterschreiben. Als sie weg war, musste er grinsen: Sie braucht sich doch nur selbst nach Dienstschluss vor das Rathaus zu stellen! Jetzt muss sie zahlen.

Am Nachmittag stieg er in seinen Ford, fuhr los und parkte in der Nähe der Brückstraße. Einfach nur mal umherlaufen. Kinos, Kneipen, Bars; aus Nischen und Eingängen Rinnsale von Urin; in Schaukästen Fotos nackter Frauen; in Spielhallen Schüsse auf Silhouetten; ein Schnellimbiss. Er ging hinein und bestellte einen Hamburger und eine Büchse Cola. Er zahlte, kaute, trank, sah dem Langen hinter der Theke zu. An der Theke und an den Tischen hastiges Schlingen, schnelles Bezahlen; man kam, man ging, man war allein in der Menge. Wolper nagte an der Unterlippe. Wäre es hier möglich? Und mit dem Langen dort hinter der Theke?

Natürlich nicht.

Er trank sein Glas aus, schob den Rest des Hamburgers zur Seite, warf die Serviette auf den Boden und verließ grußlos den Raum, ging zu seinem Auto, fuhr in der Stadt umher. Plakatwände grüßten ihn, rot-grüne Lichter lenkten ihn, andere Autos drohten ihm. Irgendwann bog er nach Norden ab, fand sich am Fredenbaumplatz, stellte den Wagen ab und ging in den Park.

Wie üblich kaum Passanten; auf einer Wiese einige arabische Jungen, die Fußball spielten, von rechts eine Frau, die einen Kinderwagen schob. Ihr wiegender Gang. Er schluckte. Auf einer Bank ein Stadtstreicher. Er lag auf dem Rücken und schnarchte. Wolper blieb stehen und betrachtete ihn. Zerrissenes, unrasiertes Gesicht, ein Faden Speichel aus dem linken Mundwinkel, trotz der Wärme Pullover, Mantel, Cordhose, Schnürschuhe. Auf seinem Bauch eine Plastiktüte mit einer Decke. Seine Hände waren über der Tüte gefaltet. Pennergebet. Die Hände waren groß, blond behaart, die Nägel schwarz. Neben der Bank sechs leere Flaschen Bier. Auf so einen konnte man Budde nicht ansetzen. Wolper spuckte aus, dem Mann ins Gesicht.

Die Wege waren asphaltiert, gingen über in gewalzten Kies, liefen in verkrauteten Schneisen aus. Dann die Trimmstrecke. Danach die Lichtung. Vor der Abendsonne scherenschnittartig die Bank mit Zimmermann. Er saß in der Mitte, hatte die Arme auf die Rückenlehne gelegt, die Beine ausgestreckt. Wolper kannte das Gesicht, das er jetzt hatte. Glatt, verschwitzt, stolz. Stolz, weil es glatt war, nicht zerfurcht wie die Gesichter anderer Männer seines Alters, stolz, weil es verschwitzt war, das Gesicht eines Sportlers, eines disziplinierten Mannes, der jeden Abend eine Stunde unterwegs war, keine Station des Zirkeltrainings ausließ, glatt und stolz, weil er auch zur Ruhe Kraft fand, zur Entspannung, zur Meditation nach Arbeitstag und Zirkeltraining, hier auf seiner Bank, an seinem Weg, an seiner Lichtung. Bloß nichts denken, mein lieber Wolper, ganz leer sein, Raum lassen für gute Ideen. Zimmermann ruhte. Die Sonne hing inzwischen am untersten Ast einer Wildkirsche. Eine Vierzig-Watt-Lampe. Der Scherenschnitt verlor seine scharfen Konturen.

Kann ja nicht schaden, dachte Wolper, ging den Weg weiter und blieb neben der Bank stehen.

„'n Abend."

Zimmermann sah auf. „Mein kleiner Wolper!"

Wolper steckte die Hände in die Taschen. „Kann ich mich vielleicht setzen?"

„Na, immer doch! Aber kein Wort über Budde!"

„Was?!"

„Du hast doch gestern Abend mit Siggi telefoniert. Oder?"

Wolper nickte mürrisch. Siggi war ein Arsch. „Nur mal so."

„Kapier' es endlich: Alle Quasseleien über diesen Budde waren und sind Informationen ohne Marktwert! Was das heißt, solltest du wissen, mit 'nem eigenen Büro jetzt."

„Is' ja schon gut!"

Wolper setzte sich an das Ende der Bank. Zimmermann ließ die Arme auf der Lehne. „Na prima! Und sonst? Ich hab' dieser Tage von dir in der Zeitung gelesen, eine Anzeige, dass du Aufträge entgegennimmst."

„Und?"

Zimmermann sah ihn von der Seite an. „Hat's geklappt?"

„Aber sicher!"

„Sieh mal an!" Zimmermann schlug die Beine übereinander, „Kompliment übrigens, um mal was Positives zu sagen, ich hab' dich vorhin gar nicht kommen hören. Stehst wohl schon länger hier in der Gegend rum. Gut, mein Junge, wirklich. Beschatten hast du ja gelernt bei mir."

„Ich geh' eigentlich öfter hier spazieren."

„Spazieren?" Zimmermann lachte auf. „In deinem Alter? Du musst trainieren, Wolper, jeden Abend eine Stunde – aber bloß nicht hier! Nicht, dass du mir auch noch beim Sport Konkurrenz machst. Du willst mich wohl völlig fertigmachen, was?" Er lachte erneut auf. „Such dir auf jeden Fall eine Gegend abseits von zu Hause."

Dich fertigmachen, dachte Wolper. „Das hat mich schon immer gewundert", sagte er, „dass Sie ausgerechnet hier oben trainieren und nicht zu Hause."

„Weil mir da niemand in die Quere kommt", antwortete Zimmermann, „jedenfalls bis heute nicht."

„Ja, wie meinen Sie das?" Wolper lehnte sich zurück und stieß gegen Zimmermanns Hand.

„Na, ganz einfach", Zimmermann drückte die Hand gegen Wolpers Rücken, der sich wieder aufrecht setzte, „hier kennt mich keiner, und ich kenn' auch niemanden. Brauch' nicht ‚Guten Tag' zu sagen, wenn ich am Reck hänge oder über die Hürden springe. Und wenn ich hier sitze, also auf dieser Bank verschnaufe, dann herrscht die absolute Ruhe."

In Wolper entstand eine Idee. Er begann zu zittern.

„Frierst du?“, fragte Zimmermann.

Wolper täuschte Husten vor. „Und sonst gibt's hier niemanden, Spaziergänger oder so?“

„Du bist seit 'n paar Tagen der erste. Die Bank steht ja auch zu abgelegen. Die ist sozusagen vergessen worden, seitdem der kleine Weg hier zugewachsen ist. Mir soll's recht sein.“

„Und immer zur selben Zeit?“

„Nee, das nun grade nicht, es hängt vom Sonnenuntergang ab. Sie geht ja nicht immer zur selben Zeit unter. Im Sommer später als im Winter. Ich verschnaufe jeden Abend hier. Aber gemeinsam mit der lieben Sonne, verstehst du?“

„Ja, natürlich, jeden Abend mit der Sonne, und immer so reglos, oder?“ Das Zittern befiel Wolper erneut, und er begann abermals zu husten.

„Ohne Ruhe keine Erholung, kannst du Gift drauf nehmen.“

„Nee, lieber nicht.“ Wolper hustete und lachte. Er hatte gefunden, was er suchte.

Aus einer der Telefonbuchten im Hauptbahnhof rief er das Paradiso an.

„Bar Paradiso, Budde!“, hörte er eine Männerstimme.

Budde! Wolper räusperte sich. „Ich wollt' mal eben was fragen, also ... “

„Moment“, sagte der Mann am anderen Ende der Leitung. Wolper vernahm Barmusik, hörte eine Frauenstimme: „Der Klopper hier steht mir schon wieder im Weg!“, dann die leisen Worte des Mannes: „Zieh ab!“ und schließlich wieder seine Stimme aus dem Hörer: „Ja, was denn?“

Wolper sann dem Gerede nach, das er gerade mitbekommen hatte.

„Hallo“, rief der Mann, „was wollen Sie?“

„Ich wollt' nur fragen, wie lange haben Sie Ihren Laden denn so auf?“

„Die ganze Nacht. Von acht bis sechs. Im übrigen ist das Paradiso kein Laden."

„Is' ja schon gut. Und noch was, Ihr Chef ..."

„Röder? Woll'n Sie mit ihm verbunden werden?"

„Wann wäre der denn in Ruhe zu sprechen?"

„Wenn Sie was Spezielles haben ..."

„Hab ich."

„Da kommen Sie am besten morgens kurz nach sechs."

Um sieben betrachtete Budde sein müdes Gesicht im Spiegel, trank Wasser, legte sich hin, wälzte sich umher, und gegen acht, als das Haus erwachte, fiel er in einen flachen und nervösen Schlaf, schreckte mittags aus ihm auf, fand sich im Bett sitzend mit der Rechten unter der linken Achsel, warf sich wieder hin, schlief noch einmal ein.

Gegen drei stand er auf. Er taumelte vom Bett zum Waschbecken, trank Wasser, löste eine Magentablette im Wasser seines Zahnputzbechers auf, trank den Sud, putzte die Zähne mit Kochsalz. Seine Zähne waren sehr weiß und leuchteten in seinem braunen Gesicht. Er rasierte sich sorgfältig und kämmte sein graues Haar mit einem nassen Kamm nach hinten. Dann brühte er sich zwei Tassen Pulverkaffee auf und trank ihn schwarz mit sehr viel Zucker.

Anschließend zog er sich Trainingsanzug und Trainingsschuhe an und trabte über den Hof, durch die Einfahrt und auf den Bürgersteig des Brackeler Hellwegs in Richtung Asseln. Er bemerkte Wolper nicht, der in seinem Wagen auf ihn wartete, kannte ihn nicht, bog nach links in die Straße In den Erlen ein, lief dann rechts die Balserstraße bis ans Ende und war auf dem Feldweg. Dort wechselte er des Öfteren sein Tempo, und als er glaubte, nicht beobachtet zu werden, sah Wolper im Fernglas, dass er beim Laufen zwischen den tiefen Traktorspuren hin- und hersprang; er drehte sich im Sprung und lief streckenweise rückwärts weiter. Am Ende des Feldwegs stoppte er vor der Wand aus Weidengrün und Pappeln, verschnaufte eine Weile.

Wolper legte sein Fernglas auf den Beifahrersitz, nickte. Budde war bestens trainiert, ungewöhnlich flink, er würde den Auftrag gut erledigen. Wolper startete, fuhr los. Budde lief die ganze Strecke sehr schnell zurück. Zwischen den beiden Birken vor dem Kiosk In den Erlen stand ein Junge mit einem Fußball unter dem Arm und lutschte an einem Eis. Als Budde an ihm vorbeilief, rief der Junge: „Ey, Opa lernt laufen!" Budde wandte sein Gesicht ab. Als er wieder durch die Hofeinfahrt lief, hörte er den Hall seiner Schritte, wurde langsamer und lief auf den Fußballen weiter. Auf dem Hof klopfte eine Frau einen Teppich aus. „Tach, Herr ... Dingens!", rief sie. Er nickte ihr zu, hob leicht die Hand, und um nicht angesprochen zu werden, maß er sich nicht wie sonst vor dem Kellereingang den Puls, sondern ging die Stufen hinab in den Kellergang und schloss seine Wohnungstür auf. Er verschloss sie von innen, zählte seine Pulsschläge, ging dann zu dem niedrigen Fenster und sah flach über den Hof und auf die Beine der Frau vor der Teppichstange, zog langsam die Vorhänge aus blauem Wollstoff zu. Der Raum war jetzt fast dunkel. Er blieb so lange neben dem Fenster stehen, bis sich seine Augen an die Dämmerung gewöhnt hatten. Dann zog er das Oberteil seines Trainingsanzugs aus und warf es auf das Bett, verharrte, nagte an der Unterlippe: Vorher die Pistole reinigen? Er nickte: Ja! Könnt' ja vielleicht schon heute Abend speziell werden. Er legte Zeitungsseiten auf den kleinen Tisch, der unter dem Fenster stand, griff nach oben auf den Kleiderschrank, hob einen Schuhkarton herunter, der Putzwolle, Pfeifenreiniger, eine Flasche mit Maschinenöl und eine Sprühdose mit Graphit enthielt. Er stellte den Schuhkarton auf den Tisch, öffnete sein Taschenmesser und ging zu dem großen Schneiderspiegel neben der Tür, wo er sich niederhockte. Er drückte das Messer in Abständen von zehn Zentimetern zwischen Wand und Fußleiste und hebelte die Leiste von der Wand. Eine lange schmale Öffnung wurde sichtbar. Budde fingerte verschmutzte Seidenhandschuhe heraus, zog sie an, ergriff dann die Pistole, die in einen Putzlappen eingeschlagen war, schließlich das Schulterhalfter und ein Paar Latexhandschuhe. Er drückte den ebenfalls in einen Putzlappen gewickelten Schalldämpfer und die Schachtel mit der Munition in die Öffnung zurück, ging zum Tisch, legte das Halfter beiseite, wickelte die Pistole aus, legte sie auf das Zeitungspapier und begann, die Waffe auseinander zu nehmen und zu reinigen. Seine Bewegungen waren fließend. Als er die Waffe wieder zusammengesetzt hatte, wechselte er die Handschuhe, schnallte das Schulterhalfter um, steckte die Pistole hinein, zog eine Jacke an, knöpfte sie zu und schaltete das Radio ein. WDR 4.

Er machte die Musik so leise, dass sie kaum zu hören war, aber leise Geräusche überdecken konnte. Dann schloss er die Augen, ging langsam auf den Schneiderspiegel zu, öffnete die Augen, sah sich als Schemen auf sich zukommen, riss die Pistole aus dem Halfter und drückte in Richtung Herz ab. Es gab einen leisen Klick. Die Pistole hatte er schon wieder in das Halfter gesteckt, hatte sich umgedreht und war mit drei, vier raschen Schritten an der gegenüberliegenden Zimmerwand angelangt. Er ließ sich in die Hocke fallen und zielte mit der Pistole beim Umdrehen auf den Kopf seines Spiegelbildes. Die nächste halbe Stunde verbrachte er damit, aus allen Bewegungen, Körperhaltungen und Schrittfolgen auf sein Spiegelbild abzudrücken. Er tat es im Fastdunkeln, im Halbdunklen, bei eingeschalteter Deckenlampe und schließlich auch, wenn ihn das Licht blendete, das er aus der Nachttischlampe auf den Spiegel richtete oder auf sein Gesicht. Nachdem er dies alles getan hatte, schaltete er das Radio aus, räumte das Putzzeug in den Karton und stellte ihn auf den Schrank, verstaute die Handschuhe, die Pistole und das Halfter, drückte die Fußleiste wieder an die Wand und fegte mit einem Handfeger sorgfältig über den Boden vor der Leiste, obwohl kein Staub zu sehen war. Nun zog er sich aus, machte sein Bett, räumte den Trainingsanzug weg, wusch sich, zog blauschwarze Unterwäsche an, graubraune Strümpfe, eine graue Hose, dunkelbraune Slipper, ein graublaues Hemd mit hellblauer Krawatte und eine weite graublaue Jacke. Zum Schluss zog er sich wieder den nassen Kamm durchs Haar. Er knüllte die ölverschmierte Zeitung zusammen, ging hinaus, warf sie in die Mülltonne, ging zur Haltestelle Kommende und fuhr mit der Straßenbahn den Hellweg hinunter bis zum Ostentor. Dort stieg er aus, bog in die Weißenburger Straße ein und ging ins Paradiso.

Der Betrieb hatte noch nicht angefangen. Einige Mädchen und Kellner standen an der Bar. Budde ging grußlos vorbei und setzte sich an seinen Tisch in der Ecke neben der Treppe zu den Zimmern. Dann kam das neue Mädchen die Treppe herunter. Sie trug ihr rotes Wollkleid wie eine Schlangenhaut, und ein-, zweimal verharrte sie auf einer Treppenstufe, ehe sie den nächsten Schritt tat. Sie sah Budde in seiner Ecke neben der Treppe sitzen. „Der Klopper is' auch schon wieder da!", rief sie. Budde sah an ihr vorbei auf das Telefon.

„Unser Klopper hat keine Zunge abgekriegt", sagte sie und ließ die Zunge im geöffneten Mund kreisen. Röder öffnete die Bürotür und kam heraus. Sie drehte sich um, bückte sich und streckte Budde ihren Hintern entgegen. „Wie gefällt dir mein Arsch! Kommst du aber nicht dran, du nicht, du Arsch!" Ihre langen brauen Haare hingen ihr über die Wangen herab. Röder trat einen Schritt vor, schlug ihr von unten die rechte Hand ins Gesicht, sie stolperte seitwärts und fiel zu Boden.

Budde blickte auf das Mädchen. Es blieb reglos liegen und sah mit engen Pupillen nach oben. Eine kleine Perle Blut stand auf ihrer Oberlippe.

Röder winkte Budde. „Komm mal eben mit."

Budde stand auf, folgte Röder ins Büro und trat dabei dem Mädchen aufs Haar.

Im Büro zog er die Tür ins Schloss und setzte sich in den Sessel vor Röders Schreibtisch.

„Ein Auftrag", sagte Röder. „'s geht um einen Privatdetektiv. Zimmermann und Partner aus dem Kreuzviertel. Also um ihn. Muss wohl einer der Familien im Norden großen Ärger machen."

„Was zahlen sie?"

„Normal bis gut. Auszahlung in zwei Raten. Meinen Anteil hab' ich schon abgezogen."

Er gab Budde einen Umschlag mit Geld und einem Foto Zimmermanns. Die Ränder des Fotos waren verwischt.

„Da hat der Kerl seine Fingerabdrücke abgerubbelt", sagte Budde. „Kindisch, kommt doch sowieso in' Schredder."

„Egal. Jedenfalls ist das hier dieser Zimmermann. Er hat einen geregelten Tagesablauf. Um neun ins Büro, um eins Mittagessen im Hotel Kronhaus, abends Zirkeltraining im Park am Fredenbaum. Für die Arbeit hat er seine Leute. Und am besten wäre es im Park zu machen, am Ende der Trimmstrecke, da steht 'ne abgelegene Bank am Weg, an so 'ner Lichtung. Da ruht er sich immer aus."

„Das seh' ich dann selbst." Budde steckte das Foto ein und zählte die Scheine. „In Ordnung. Wenn du mir wieder einen von den Wagen leihst, jetzt mal den kleinen?"

„Geht klar."

„Und das restliche Geld?"

„Krieg' ich einen Tag danach, wenn ich die Bar zumache. Da war er auch heute da, dieser Kerl. Du warst aber schon zu Hause. Ich war gerade dabei, das Gitter runterzulassen, da steht der plötzlich vor mir. Ich kriegte zuerst 'n Schreck ... Aber egal. Kam sofort zur Sache. Hielt mir einen Briefumschlag hin und sagte: ‚Hier sind die Unterlagen.' Ich mach' auf und seh' die Scheine. Dann fing er ein bisschen an zu reden. Er kannte sich aus, das muss man ihm lassen, auch als ich ihn ein paar spezielle Sachen fragte, so dass ich mir dachte, das geht klar."

„Und wie sah er aus?"

„Wie sie es alle machen. Hielt sich die ganze Zeit seitlich, 'ne Kappe tief ins Gesicht. Also, ich hab' ihn nie gesehen."

Budde nickte. „Die neue Kanone solltest du mir diesmal besorgen. Beim letzten Mal hat mich dieser Idiot von Hehler so dämlich angeguckt."

„Immer 'ne neue! Das geht doch unheimlich ins Geld. Das

ist doch ein Drittel vom Verdienst. Das macht doch kaum jemand."

„Stimmt", sagte Budde, „aber solche Leute halten sich nicht lange. Und ich sitz' immer noch hier vor dir."

„Ist im Grunde ja auch egal." Röder lehnte sich zurück, zündete sich eine Zigarette an.

Er wird nachlässig, dachte Budde. Es sollte ihm nichts egal sein, was mit der Arbeit zusammenhängt. Ich sollte die Stadt wechseln.

Die Nacht über hatte er nichts zu tun. Er saß die meiste Zeit in seiner Ecke. Die Gäste waren ruhig, niemand betrank sich oder begann zu streiten. Keines der Mädchen bat ihn, sich vor die Tür ihres Zimmers zu postieren, weil der Gast so einen komischen Eindruck machte, mit dem sie gleich dort verschwinden würde. Das Mädchen im roten Wollkleid war sehr lustig, lachte oft und laut und machte diese Nacht eine besonders gute Kasse. Während auf der Bühne die Show lief, ging er in den Personalraum hinter der Bar, aß ein Steak mit grünem Salat und Weißbrot und trank ein Glas Rotwein.

Danach saß er wieder in seiner Ecke. Zweimal nahm er ein Telefongespräch entgegen. Es waren Leute, die sich erkundigten, zu welchen Zeiten die Show lief. Gegen vier trank er einen Espresso. Um sechs ließ er sich von Röder den Autoschlüssel und die Papiere geben, fuhr zum Fredenbaum und machte sich mit dem Park vertraut. Anschließend kaufte er sich in einem belebten Billigladen im Zentrum Schuhe mit dicken Gummisohlen, zwei Nummern zu groß. Zuhause stopfte er sie vorn mit dünner Plastikfolie aus. Mittags wurde er von Wolper beobachtet, wie er Zimmermann zum Hotel Kronhaus folgte, im Café gegenüber auf ihn wartete, ihm zum Büro zurück folgte und auf die Art und Weise zu achten schien, wie Zimmermann sich bewegte: rasch und geschmeidig. Als Budde anschließend im Parkhaus in einen kleinen Wagen stieg und losfuhr, merkte sich Wolper den Wagen und die Nummer. Abends entdeckte er den

Wagen in der Nähe der Detektei. Als Zimmermann das Büro verließ und in seinen Wagen stieg, folgte er beiden bis zum Fredenbaum. Dann fuhr er nach Hause und verschmolz mit den DVDs, während Budde in der Bar mit der Müdigkeit kämpfte und sich nach Mitternacht für eine Stunde in Röders Büro auf das Ledersofa legte.

Am nächsten Tag kontrollierte Budde wieder Zimmermanns Tagesablauf und fand, dass er seine Arbeit tatsächlich am besten im Park erledigen konnte. Er zerriss das Foto und ließ die Schnipsel in einen Papierkorb im Parkhaus rieseln. Abends beobachtete er noch einmal Zimmermann, ebenso wie Wolper, der schon seit einer Stunde mit der Kamera in dem Gebüsch jenseits des Weges und gegenüber der Bank hockte, obwohl er sich sicher war, dass Budde heute noch nicht arbeiten würde, aber man konnte ja nicht wissen: Budde schien unberechenbar.

Als Budde wieder in der Bar war, verabredete er mit Röder, dass er ihn morgen Abend nach Betriebsbeginn ins Büro rufen sollte, damit nicht auffiel, dass er noch für zwei Stunden zum Fredenbaum fuhr. „Vergiss es nicht!" Röder nickte. Verdammter Buchhalter, dachte er. Als Budde morgens Feierabend hatte, fuhr er zum Park, ging zu der Lichtung, sah sich sorgfältig um und fand den Platz im Gebüsch, von wo aus er am Abend seine Arbeit tun würde. Der Platz befand sich am westlichen Rand der Lichtung. Er schritt die Strecke vom Gebüsch zur Bank ab und ging zurück. Der Platz war gut. Von hier würde er kommen. Dann kam er aus der Sonne. Er würde zwanzig rasche lautlose Schritte gehen und ab dem fünfzehnten Schritt die Waffe mit dem Schalldämpfer ziehen, dann würde er hinter dem Detektiv stehen, zu einem einzigen Schuss in den Nacken abdrücken, sich schon umgedreht haben, während der Tote nach vorn sackte, er würde seine zwanzig Schritte laufen und im Gebüsch verschwunden sein, wenn die Leiche gerade auf dem verkrauteten Weg vor der Bank gelandet war. Er würde nicht daran zweifeln, seine Arbeit gut gemacht zu haben; er würde keinen einzigen Blick opfern, um sich davon zu überzeugen. Er würde es wissen. Budde fuhr zurück und parkte das Auto wieder einige Straßen von seiner Wohnung entfernt. Als er auf dem Bett saß, fiel sein Blick auf das Röhrchen mit den Magentabletten. Die würde er heute nicht brauchen.

Wolper blieb den Tag über in seinem Zimmer, hörte Musik, verlangte ein zweites Frühstück, wies seine Mutter an, Bratkartoffeln mit Spiegelei, Gurkensalat und Coca-Cola bereitzuhalten, onanierte, schlief von zwölf bis zwei, stand müde auf, aß zu Mittag und fuhr in der Stadt umher. Dann war es Zeit; er fuhr zum Rathaus, nahm die Kamera, wartete auf den Ehemann seiner Klientin und auf dessen Freundin, knipste eine Serie Fotos, als sie gemeinsam herauskamen, zum Auto gingen, sich im Wagen küssten. Noch fünf, sechs Mal solche Fotos und dann die Rechnung schreiben.

Im Park würde es genauso gut gehen.

In seinem Versteck nahm er die Stille wahr. Er roch das Harz der Fichten, den Duft der Nadeln, beobachtete eine Spinne, die sich abseilte. Er sah keinen Faden, und es schien, als sinke sie langsam durch die gläserne Luft. Sechs Meter vor ihm stand die Bank, und er war sich sicher, dass er in dem Gebüsch und zwischen den Fichten nicht bemerkt werden konnte. Es war langweilig, und er memorierte die Geschichte, in der er einen Detektiv spielte, der einen Killer überführt hatte. Anschließend wiederholte er die Fragen und Antworten, aus denen das Gespräch mit der Mordkommission bestehen würde.

Zimmermann kam, machte seine Dehnübungen, setzte sich und ruhte sich aus. Wolper vermied es, in sein Gesicht zu sehen. Die Sonne sparte schon an Licht. Noch zwanzig Minuten, dann würden alle Konturen verschwimmen. Das wäre die Zeit für den Schuss. Wolper spähte umher. Er unterdrückte den Wunsch zu husten. Ruhig bleiben. Seine linke Schulter juckte. Er rieb sie am Stamm der Fichte. Dann sah er wieder der Spinne zu.

Ein Windstoß bewegte das Gebüsch und die Zweige der Fichten, sie wischten über den Boden, und ihre Nadeln kratzten den Lehm des Wegs. Eine Blaumeise landete neben Zimmermann auf der Bank. Sie flötete, und eine zweite Blaumeise kam. Sie pickten auf der Bank umher, dann waren sie lidschlagschnell weg. – Wolper riss die Augen auf.

Budde war über die Lichtung herangekommen und zog seine Waffe, war hinter Zimmermann, schoss ihm in den Nacken und bemerkte beim Umdrehen den Lichtreflex auf dem zitternden Objektiv zwischen den Fichtenzweigen; Wolper sah durch die Kamera in die entsetzten Augen des Killers, sah ihn auf sich zuspringen und die Waffe heben und kam nicht mehr dazu, ein zweites Foto zu machen.

Nach hundert Metern Rückweg blieb Budde am Wegrand stehen, zog mit dem Schlips den Hemdkragen sehr fest zu und kämmte sich mehrmals sorgfältig das Haar nach hinten, tastete am Kragen umher und sah auf den Kamm: keine Fichtennadeln. Er zog das Jackett aus und klopfte es aus, ebenso seine Hosenbeine. Nirgendwo Nadeln oder sonst etwas aus dem Gebüsch. Er lockerte den Schlips, ging weiter auf den Parkplatz und zum Wagen, stieg nach einem Rundumblick ein, stellte die Füße auf die Mitte der Plastikfolie zwischen Fahrersitz und Pedale, legte die Kamera und das Portemonnaie auf den Beifahrersitz. Dann zog er die Schuhe aus, zog die Plastikfolien heraus; in eine davon hüllte er die Kamera. Danach zog er die Tüten aus dünner Plastikfolie von den Socken und legte die Folie vom Boden um die Schuhe und die anderen Folien. Das Bündel stellte er auf den Beifahrersitz und auf die Kamera und das Portemonnaie. Anschließend hob er seine dunkelbraunen Slipper aus dem Fußraum vor dem Beifahrersitz und zog sie an. Er startete und fuhr zum Kanal, ging spähend am Ufer entlang, ergriff den Lauf der Pistole an der Mündung und schleuderte sie mit einer Drehbewegung flach über das schwarze Wasser, in das sie nach fünfzehn Metern hineinsichelte. Dann fuhr er ins alte Industrieviertel und warf dort einen der Schuhe in einen Müllbehälter, nach vier Kilometern den anderen in den Schutt eines Fabrikgebäudes. An einer Billigbar mit Mädchenbildern auf der Fassade bog er ab, ließ dann die Folien aus dem Fenster wehen. Am Rand der Innenstadt fand er eine verschlafene Seitenstraße und fuhr dort in eine Parkbucht mit Laterne, zog ein großes papierenes Küchentuch aus der Innentasche seines Jacketts, entfaltete es und legte es auf seinen Schoß. Dann löste er den Chip aus der Kamera und zerschnitt ihn mit der Schere seines Taschenmessers. Die Schnipsel ließ er auf das Küchentuch fallen. Schließlich nahm er das Portemonnaie auf, steckte die Geldscheine und Münzen in sein eigenes Portemonnaie und zog den Personalausweis heraus: Wolper hatte der Kerl geheißen. Er zerschnitt den Ausweis und alle anderen Dokumente, riss die Klappe der Münztasche aus dem Portemonnaie, riss die Dokumentenfächer ein, öffnete das rechte Seitenfenster und warf das Portemonnaie ins Gebüsch jenseits des Bürgersteigs. Dann zog er die Latexhandschuhe aus und zerschnitt sie, faltete das Küchentuch mit den Schnipseln zu einem Säckchen zusammen und drückte es sich vorsichtig zwischen die Oberschenkel. Er schloss das rechte Seitenfenster, öffnete das linke und startete. Während der Fahrt warf er zuerst die Klappe der Münztasche hinaus, anschließend ließ er über eine Strecke von mehreren Kilometern Schnipsel aus dem Säckchen nach draußen wehen, zum Schluss knüllte er das Küchentuch zusammen und ließ es fallen; im Rückspiegel sah es aus wie ein kleiner weißer Ball; morgen früh würde das Papier nur noch ein schmuddliger Fleck auf dem Asphalt sein. Wie viel die Kamera wert war, wusste er nicht, aber Röder würde sie weit unter Wert verkaufen müssen.

Monika Buttler

Geh nicht auf die Externsteine!

Lange hat sie diesen Anruf gefürchtet, und nun, an einem Junitag des Jahres 2000, zielt er ihr direkt ins Herz: Onkel Gustav ist gestorben, ihr Lieblingsonkel. 95-jährig, in seiner Heimatstadt Detmold. Gisela Clasen hat immer das kostbare Gefühl von Geborgenheit genossen, mit Ende fünfzig noch Menschen zu haben, die sie ‚Onkel' oder ‚Tante' nennen konnte. Jetzt gibt es niemanden mehr. Sie weint ein wenig, verwaist wie ein Kind, und sucht die Zugverbindung Hamburg-Detmold heraus. Wenige Tage später fährt sie zur Beerdigung. Gisela mag ihre Verwandten. Die Cousine, den Cousin, den Anhang. Vielleicht ist es das Westfälische. Diese heitere Gelassenheit, die herzhafte Lebenslust, das nie verbitterte Sichfügen, wenn das Schicksal mal wieder Schläge verteilt. „Es kommt, wie es kommt", pflegt Cousine Dorle zu sagen.

Nur noch wenige Minuten bis Detmold. ‚Lippe-Detmold, oh du wunderschöne Stadt …' Gisela summt lautlos das berühmte Lippe-Lied. Gibt es sie noch, die beschauliche Residenzstadt ihrer Kindheit? Vor dreißig Jahren ist sie zuletzt dort gewesen. Beruflich hat sie viele Reisen gemacht, Pressereisen nach Finnland, Portugal, Italien – aber keine Zeit für Detmold. Dafür ist Onkel Gustav gern und oft nach Hamburg gekommen, zu ihr und ihrer Familie, die es damals noch gab.

Sie tritt aus dem Bahnhof. Erlebtes und Fremdes vermischen sich: ‚Sinalco' weg, das ehrwürdig schnörkelige Hotel ‚Kaiserhof' jetzt Kino, der Bahnhofsplatz betoniert mit Bussen. Sie nimmt eine Taxe. Das Postamt, ein roter Historismus-Bau, ist noch da. Die imposanten Gebäude des Justizviertels – wie einst. Doch ihr Blick streift auch anderes: Coffeeshops, Pizzerias, Geschäfte von Modeketten. Verlässlich am selben Platz ihr Hotel: der ‚Lippische Hof', Ecke Lange Straße/Hornsche Straße, ein kleines Palais in Gelb.

Mit der Verwandtschaft, in der efeubewachsenen Villa in der Woldemarstraße, ist alles vertraut wie gestern. Cousine Dorle, inzwischen verwitwet, rotiert im Haushalt; Bernhard, ihr Bruder, friedlich, schwer, mit dem Sofa verwachsen; neben ihm Rita, seine scharfzüngig-muntere Frau.

Gisela legt ihren Crash-Blazer ab. „Rank und schlank wie immer", stellt Dorle fest, „im Gegensatz zu mir."

Am nächsten Tag versammelt man sich auf dem Friedhof in Heidenoldendorf. Gisela weint um den Onkel und um die Überlebenden, Dorle und Bernhard haben nach der Mutter nun auch den Vater verloren. Der Pastor ziseliert in sehr schönen Worten das lange Leben des Verstorbenen, und da es über Gustav Altemeier nur Gutes zu sagen gibt, begleitet jeden Markstein seines Weges eine neue Welle von Schluchzern. „Als Archivdirektor des Landesarchivs Lippe hat sich unser lieber Entschlafener vor allem um die heimatkundliche Forschung besondere und einzigartige Verdienste erworben." Heimat, sinniert Gisela. Man sollte die eigenen Wurzeln suchen ...

Machtvolles Orgelspiel reißt sie in ihre Trauer zurück, und ihr fallen die Zeilen des Detmolder Dichters Ferdinand Freiligrath ein: O, lieb, so lang' du lieben kannst! / O, lieb, so lang' du lieben magst! / Die Stunde kommt, die Stunde kommt, / wo du an Gräbern stehst und klagst!

Auf der Kaffeetafel in der Woldemarstraße türmt sich der Platenkuchen. Schlagartig sind die Gäste zu Leben und Appetit zurückgekehrt, und Dorle kommt kaum mit dem Kaffee nach. Mit ihren sechzig Jahren wirkt sie noch immer attraktiv, denkt Gisela. Dieses aufrecht Stattliche, dieser Glanz in den Augen.

Sie sieht die Tafel entlang, wiederholt für sich die Namen der jüngsten Verwandten, bringt sie aber nicht alle zusammen. Auf einen Wink seiner Schwester schenkt Bernhard den Steinhäger ein. Dorle schlägt mit dem Löffel an ihre Kaffeetasse.

„Zum Wohl! Gilla, nun niimm doch dein Glas! Du wiirst einen Klaren brauchen – du hast geerbt!"

„Ich?" Gisela schaut wie entblößt in die Runde. Sandra, Dorles Tochter, stellt ihr ein Köfferchen vor die Füße. Im Braun einer Hebammen-Tasche und von Riemen umschlossen.

„Was ist da drin?"

„Na, Geld. Scheinchen bis zum Anschlag." Rita kann wie immer nur an das Eine denken.

„Jau, da kommt Geld zu Geld." Bernhard lacht gutmütig.

Gisela lässt den Koffer los. Am besten, sie gibt ihn zurück.

„Oh, Chotto-Chotto-Chott. Getz aber kein Streit." Nenn-Oma Käthe stöhnt auf.

„Schluss getz!" Dorle schlägt erneut gegen ihre Tasse. „Es sind iirgendwelche Bücher und Schriiften drin."

„Dann mach' ich den Koffer jetzt auf. Hier vor aller Augen." Gisela legt das Erbstück auf einen Hocker. Die Verwandten stehen auf, Hälse recken sich über den Tisch. Sie löst die Riemen, hebt den Deckel: vergilbte Bücher in Fraktur, Briefe, Kladden mit handschriftlichen Notizen.

Man setzt sich wieder. „Ach, nur alter Kram", hört sie jemanden sagen. Weitere Steinhäger werden ausgegeben.

„Kannst du alles in Ruhe in seinem Arbeitszimmer lesen", sagt Dorle. „Sandra, briing den Koffer rüber."

Die Nacht im ‚Lippischen Hof' ist kurz gewesen. Befallen von einer unterschwelligen Erregung, hat Gisela nur wenig schlafen können und verlässt das Hotel nach einem hastig eingenommenen Frühstück. Vor ihr liegt die Lange Straße, seit jeher Detmolds bedeutendste, ewig pulsierende Flaniermeile. Heute ist sie Fußgängerzone. Sie sollte jetzt, neugierig und wiedersehensfroh, einen Bummel machen, aber es treibt sie fast zwanghaft zur Woldemarstraße. So nickt sie den alten Bekannten gleichsam nur zu: Kaufhaus Wiese, Kaufhaus Sonntag, Markt mit Donopbrunnen und Erlöserkirche, Rathaus. Und dem Schloss mit seinem behelmten Turm, eine ‚Perle der Weserrenaissance'. Sie biegt nach rechts in die Woldemarstraße.

Das Arbeitszimmer ihres Onkels, in Nussbaum und mit grünen Samt-Portieren, ist über Generationen hinweg im Stil der Gründerzeit geblieben. Das Foto vor ihr umfasst ein Trauerflor, es ist in Gustavs ‚besten Jahren' aufgenommen: gescheiteltes, noch lückenloses Blond, unter der Klassik-Nase das zeittypische Lächeln, das keine Zähne zeigt.

Auf dem Schreibtisch ein hölzerner Brieföffner, verziert mit dem Wappen der ‚Lippischen Rose'. Gisela schlitzt den an sie adressierten Umschlag auf:

„Detmold, den 22. März 1998. Meine liebe Gisela, wir standen uns immer sehr nahe, und so wirst du es sein, der ich meine große Lebensschuld anvertraue. Was einst, im Jahre 1934 geschah, kann und konnte ich meinen Kindern nicht erzählen. Denn die Entdeckung, dass ihr Vater nicht der Mensch ist, für den sie ihn immer hielten, würde sie auf das Schlimmste treffen. Du hast ein wenig mehr Distanz. So sollst du, liebe Gisela, mein Geheimnis erfahren. Für Sühne ist es zu spät, nicht jedoch für die Wahrheit. Heute, nach einem gerade überstandenen Herzanfall und im Angesicht meines sich neigenden Lebens, schreibe ich mir alles von der Seele."

Mit einem Ruck schiebt Gisela den Brief von sich weg. Nein, nicht er, nicht ihr Onkel. 1934 – was kommt da auf sie zu?

Doch die Worte sind schon in sie eingedrungen, verwandeln sich in kurze, hämmernde Herzschläge. Zögernd zieht sie die mit Tinte beschriebenen Bögen heran. „Ich war zu der Zeit, 29-jährig, Assistent bei Archivdirektor Dr. Wilhelm Strathoff. Lies zuerst die damals von mir gefertigten Protokolle zu unseren heimatkundlichen Sitzungen des ‚Altertumsvereins'. Die Fotos zeigen Dir die Teilnehmer. Am Ende wirst Du verstehen, wie jene unselige Tat an den Externsteinen sich ereignen konnte."

Erstmal die Fotos. Gezackter Rand, sepiabraun, der Zeit entrückt. Männerquartett in einem Herrenzimmer. Die Beschriftung auf der Rückseite der Bilder in gemäßigtem Sütterlin gibt ihr erste Auskünfte.

Ewald Möllenbrink, Mediziner. Ein scharf gefalteter Dandy-

Typ, die dunklen Haare wie angeklebt. Zweireiher, weißes Einstecktuch. Dr. Ernst-Ludwig Ohle, Kunsthistoriker. Ein massiger Mann. Geschorene Schläfen, hoch bis zur minimalen Haarmatte, auf dem Sakko das NS-Parteizeichen. Mit gespreizten Schenkeln lagert er im Fauteuil. Dr. Wilhelm Strathoff, Kunsthistoriker und Archivdirektor. Zwirbelbart und Halbglatze. Westenanzug. Sichtbar die Kette einer Taschenuhr.

Alle drei, denkt Gisela, jenseits der fünfzig wohl. Als einziger stehend, die Arme verschränkt, ihr Onkel. Der junge Gustav Altemeier. Glattes Haar. Und ein glattes Gesicht. So spurenlos noch, dass es sie anrührt.

Sie greift zu den Protokollen, fühlt wieder ihren Herzschlag.

„2. Juni 1934, 16 Uhr. Anwesend: Dr. Ohle, Dr. Möllenbrink, Dr. Strathoff, als Protokollant Herr Altemeier. Die heutige Sitzung befasst sich erneut mit dem Streit um die Externsteine.

Ohle: Die Externsteine sind ein heidnisch-germanisches Heiligtum. In der nunmehr dritten Auflage meines Buches ‚Stämme und Stätten' habe ich die letzten Beweise erbracht.

Strathoff: Im Gegenteil. Sie wiederholen Wort für Wort die alten Irrtümer. Ich halte dagegen: Die Externsteine sind ein christliches Heiligtum. Wie Sie wissen, haben die Benediktiner die Felsen 1093 erworben. Alles, was sich im Innern findet, ist eine getreue Nachbildung des Heiligen Grabes in Jerusalem, das ebenfalls in einen Felsen gebaut wurde.

Möllenbrink: Das lassen Sie mal nicht den Führer hören. Ludwig, das kannst du wohl leicht entkräften.

Ohle: Selbstverständlich. Nehmen wir das Relief in Felsen I. Was haben wir im Sockelbild? Yggdrasil, die nordische Weltesche.

Strathoff: Nein, wir haben den christlich orientalischen Lebensbaum, wie Sie aus den Paralleldarstellungen in den Museen in Nürnberg und London leicht ersehen können. Warum sollte Karl der Große, als er hier christianisierte, diesen Bildteil verschonen, wenn seine Truppen, wie Sie selbst behaupten, die Externsteine als heidnische Trümmerwüste zurückließen?

Ohle (drückt erregt seine Zigarre aus): Weil, weil ...

Möllenbrink: Die wurden eben gestört.

Ohle: Lass mal, Ewald. Zum Glück ist der Urgrund und die Quelle unseres Volkstums noch immer sichtbar. Das zeigt ja in reinster Weise die große Rune in Felsen I.

Strathoff: Rune? Das ist eine Brandmarke, betrifft also eine viel spätere Zeit. Das Zeichen kommt vor auf Brenneisen, mit denen man um 1600 Verbrecher gebrandmarkt hat.

Ohle (äußerst verärgert): Ein paar Brenneisen ...

Strathoff: Die Kultzeichen, die Sie überall sehen, sind Steinmetzzeichen. Menschen wollen sich verewigen. Haben Sie noch nie Ihren Namen in einen Baum geritzt?

Möllenbrink (beginnt zu lachen): Nicht nur den eigenen. Ich denke da an eine gewisse Lisbeth ...

Ohle (mit zunehmender Schärfe): Nun, Herr Dr. Strathoff, bei Felsen II, dem Turmfelsen, werden sich Ihre Behauptungen in Luft auflösen. Der Steinträger in der dortigen Höhenkapelle diente zur Aufstellung eines Schattenwerfers für den germanischen Gestirnkult, und in der Vertiefung auf dem Scheitel der Felsnische hat einst die germanische Irminsul, die heilige hölzerne Säule, gestanden.

Möllenbrink: Sehr richtig. Passen Sie gut auf, Strathoff. Wir feiern jetzt Jul statt Weihnachten.

Strathoff (fasst sich wie im Schwindel an die Stirn, nimmt eine Pille ein): Herr Dr. Ohle, Sie sind Kunsthistoriker. Da dürfte es Ihnen kaum verborgen geblieben sein, dass es sich bei dem Träger um den Rest eines romanischen Altars handelt. Die Vertiefung war für ein Kreuz gedacht. Und die Achse der Kapelle läuft keineswegs in Richtung Sonnenwendlinie. Weitere Beweise für den durch und durch christlichen Charakter der Höhenkammer können Sie in meiner neuen Publikation lesen.

Ohle: Eine neue Publikation?

Strathoff: Ja. Sie erscheint im Herbst.

Möllenbrink: Dann zeigen Sie uns doch Ihre so genannten Entdeckungen! An Ort und Stelle. Was meinst du, Ludwig? Machen wir einen Ausflug zu den Externsteinen.

Ohle: Im Übrigen, Herr Dr. Strathoff, ist Ihnen sicher bekannt, dass Reichsführer Himmler Vorsitzender der Externstein-Stiftung ist und sich wohlwollend zu meinem Vorschlag geäußert hat, die Externsteine in Erinnerung an unsere Ahnen zu einem ‚Heiligen Hain' zu gestalten. Am 21. Juni findet dort die große Sonnwendfeier statt.

Verabredung zu dem avisierten Ausflug. Ende der Sitzung."

Es klopft an der Tür. „Gilla", sagt Dorle. „Getz hörst du aber auf. Ich hab' einen Pickert für uns gemacht."

Gisela stakst ihrer Cousine in die Küche nach. Wie in alten Zeiten, denkt sie. Wunderbar, der lippische Pfannkuchen, dazu der dampfheiße Kaffee.

„Was steht denn drin in den Papieren?" Dorle schaut sie an wie eine Verdächtige. „Du bist hochrot im Gesicht."

Was soll sie sagen? Lebensschuld, ein lastendes Wort.

„Bin noch nicht durch", murmelt sie.

Sie setzt sich wieder an den Schreibtisch. „Liebe Gisela, lies nun, wie jene Tat sich damals zutrug ..."

„Es war am 4. Juni 1934. Mit Dr. Strathoff, meinem Chef, und den beiden Herren fuhr ich mit der Straßenbahn von Detmold über Horn zu den Externsteinen. Sollte das einer der heiteren wissenschaftlichen Ausflüge werden, wie sie in unserem ‚Altertumsverein' schon fast Tradition waren? Ich fühlte ein schnürendes Unbehagen.

Wieder ergriff mich der Anblick der gewaltigen, rund 70 Millionen Jahre alten Sandsteinfelsen. Wie Du weißt, sind an fünf der dreizehn Natursteine Spuren menschlicher Bearbeitung zu erkennen. Als Kind warst Du oben, mit Deinen Eltern. Sie haben Dir Felsen I gezeigt, mit der Kreuzkapelle, dem Relief und den Grotten. Und Ihr seid auch zum Felsen III, dem Treppenfelsen, hinaufgestiegen. Von dort über den himmelhoch hängenden Steg zum Felsen II, dem Turmfelsen mit der Höhenkapelle. Und Du hast noch lange von dem ‚Teufelsbrocken‘ gesprochen, der oben auf Felsen IV liegt, und von der Teufelssage.

In der kleinen Kapelle auf dem Turmfelsen würde uns nun Archivdirektor Strathoff die Wahrheit des Kreuzes beweisen.

Wie alle Besucher es tun, so blickten auch wir zu dem filigranen, über dem Abgrund schwebenden Brückchen empor.

Kontrahent Ohle stemmte seine fleischigen Hände in die Hüften. ‚Na, Dr. Strathoff, hübsche Höhe, was? Hoffentlich ist Ihnen nicht schon wieder schwindelig.‘

Mein Chef war damals Anfang sechzig und litt zuweilen unter Schwindelanfällen. Er antwortete nicht, strebte zügig zum Treppenfelsen und begann mit der mühevollen Besteigung. Erinnerst Du Dich? Über hundert unterschiedlich hohe Stufen sind in den Naturstein gehauen. Schon bald musste Strathoff unsere Gegner an sich vorbeilassen. Vom Gipfel lachten sie auf uns herab. Ich fasste den alten Herrn beim Arm, wir tappsten ihnen nach, über den Steg und über den Abgrund hinweg.

Angekommen bei der Altarnische, demonstrierte uns Strathoff Detail für Detail den romanisch-christlichen Ursprung.

‚Das Rundfenster romanisch?‘, höhnte Ohle. ‚Es ist ein Sonnenloch, Teil eines germanischen Observatoriums.‘

Mit siegessicherer Ruhe zog Strathoff ein Papier aus der Jacketttasche. ‚Bitte! Diese kürzlich von mir entdeckte Urkunde aus dem Jahr 1385 bestätigt ausdrücklich den *oberen Altar*! Natürlich wird auch das in meinem neuen Buch stehen.‘

‚Wird es nicht!‘ Ohle zerriss die Abschrift, riss und riss wie im Rausch, er packte seinen Gegner am Hals und drückte zu. ‚Volksverräter! Elender Schädling an unserem Ahnenerbe!‘ Er würgte weiter, und erst jetzt begriff ich den Ernst der Lage. Als es mir gelang, den rasenden Koloss zurückzuzerren, war es zu spät. Strathoff lag bereits wie leblos am Boden.

Möllenbrink beugte sich hinunter. ‚Exitus.‘ Der Arzt zündete sich eine Zigarette an. ‚Beruhige dich, Ludwig. Es wird da keine Probleme geben.‘

‚Sie haben ihn umgebracht!' Ich begann zu schreien.

‚Sie halten jetzt den Mund!' Mit hypnotischer Kälte fixierte mich Möllenbrinks Blick.

‚Und zwar für immer!' Ohle hatte sich gefasst. Wie ein riesiger Schatten kam er auf mich zu und stieß mir seine Pranke in die Brust. Ich wich zurück, fühlte schon das Eisen des Geländers, hinter dem der Fels in die Tiefe stürzte. Nirgends war ein Besucher zu sehen.

‚Was wollen Sie?' Ich hieb ihm einen Fuß ins Bein und nutzte die Sekunde der Verblüffung, um mich unter ihm durchzuwinden. Ich lief davon, hinab zur Brücke und hinüber zum Felsen, sprang Stufe um Stufe abwärts, zu schnell für meine Füße, zu langsam für meine Angst.

Ja, liebe Gisela. Ich bin davongelaufen. An jenem Tag und für mein restliches Leben. Habe geschwiegen, als man meinen Chef zu Grabe trug. ‚Herzversagen' – Möllenbrink hatte einen ‚natürlichen Tod' bescheinigt. Und ich sagte ‚ja', als man mir Strathoffs Posten bot. Archivdirektor. Ich war befähigt. Und dennoch: mein Gehalt ein immer währender Blutzoll.

Ohle und Möllenbrink sind lange tot. Strathoffs Ermordung blieb ungesühnt."

Gisela sinkt zusammen. Nein, ein Schock ist es nicht. Eher diese leise, verletzende Trauer, wenn nach Jahrzehnten die Enthüllung kommt: Er hat dich schon damals betrogen.

Sie öffnet die Tür zum Wohnzimmer. „Dorle, ich muss dir etwas sagen. Bitte, setz dich hin."

Die Cousine zieht die Brauen zusammen. Und Gisela erzählt die Geschichte, Entschuldbares schon eingebaut.

Dorle springt auf, schenkt sich mit bebender Hand einen Cognac ein. „Das möchte ich Schwarz auf Weiß haben!"

Gisela reicht ihr die Briefbögen. „Ich werd' mich derweil in der Küche betätigen."

Dorle nickt. Ihr Blick bleibt auf der Schrift liegen.

„Ich bin durch." Die Cousine lehnt sich an den Küchenschrank. Sie atmet, als müsse sie Reste von Sauerstoff dosieren. „Und nun? Was machst du getz mit dem Koffer?"

„Behalten. In meinem Keller deponieren."

„Du könntest ihn hier lassen."

„Warum? Er ist doch für mich. Ein Vermächtnis."

„Wolltest du nicht einiges wiedersehen? Das Hermannsdenkmal und den Donoper Teich?", fragt Dorle in müdem Pflichtton. „Ich begleite dich natürlich."

„Lass nur. Ich seh' mir erst mal die Altstadt an."

„Gut, dann geh' ich getz einholen."

Im Arbeitszimmer packt Gisela die Papiere in den Koffer. Ihr Onkel, ein Feigling. Verzeihbar, denkt sie, damals, die schlimme Zeit. Eine tolle Story, das Ganze. Nach Jahrzehnten kommt ein Mord ans Licht ... Gustavs Rolle müsste man natürlich herunterschrauben. Die Witterung der Journalistin, erkennt sie selbstironisch. Ja, man sollte das historisch schon zurechtrücken, zumindest in einem Fachblättchen. Strathoff, ein Opfer der NS-Ideologie. Und heute? Sind die Externsteine nicht schon wieder heidnisch-germanisch geworden? Wer weiß, wer dort so zur Sonnenwende herumlärmt.

Gisela schlägt das Telefonbuch auf. Tatsächlich, es gibt ihn noch, diesen ‚Altertumsverein'. Sie greift zu ihrem Handy, ist kurz darauf mit einem Herrn Deppe verabredet.

Eine Erker-Villa in der Benekestraße. Deppe begrüßt sie in einem altbackenen Mahagoni-Zimmer, in dem er selbst wie ein kerniger Kontrast wirkt. Er muss um die sechzig sein. Einer dieser Pensionäre, die zu eitel sind, die Diskrepanz zwischen ihrer zerfurchten Gesichtslandschaft und dem fitnessgestählten Rest auch nur ansatzweise zu bemerken.

„Sie haben mir etwas mitgebracht?" Er lächelt schief, was wohl charmant wirken soll.

„Ja, die Lebensbeichte meines Onkels."

Gisela macht es kurz und pointiert. Während sie die Geschichte erzählt, registriert sie, wie das Dauergrinsen ihres Gegenübers erstirbt und sich zur Pokermiene wandelt.

„Darf ich mal die Originale sehen?"

„Natürlich." Sie reicht ihm die Blätter hinüber. „Die Seite mit dem Mord habe ich farbig markiert."

„Haben Sie Beweise? Zeugen?", fragt er kühl.

„Nein. Nur diesen handgeschriebenen Bericht."

„Zweifellos interessant, aber so einfach ohne Prüfung kann ich das in ‚Lippische Denkmäler' nicht publizieren."

„Danke." Gisela legt die Papiere in den Koffer zurück.

„Nun laufen Sie nicht gleich weg. Ich sagte ja: zweifellos interessant." Deppe legt wieder das schiefe Lächeln auf. „Was halten Sie davon: Wir fahren zu den Externsteinen und sehen uns erst mal den Ort des Geschehens an."

„Einverstanden." Vielleicht klappt es doch noch. Zu schade, wenn die Story in der Versenkung bliebe.

Deppe hängt sich eine Kamera ums Handgelenk. „Und oben auf den Felsen machen wir ein paar Fotos. Sie mit dem Koffer."

Gisela steigt zu ihrem gebräunten Begleiter ins Cabrio und schickt eine SMS an Dorle: BIN MIT HERRN DEPPE VOM ALTERTUMSVEREIN ZU DEN EXTERNSTEINEN UNTERWEGS. G. Die Luft ist mittagsheiß. Fünfzehn Minuten Fahrt. Und dann ragen sie vor ihnen auf, die urzeitlichen, bis zu 38 Meter hohen Steine. Irgendwie geschrumpft, denkt Gisela. Kleiner geworden im Spiegel der Erinnerung. Und doch eine gewaltige Höhe. Ganz, ganz oben auf dem Felsen rechts haben sie gesessen, sie, die Elfjährige, und ihre Eltern. Der Wind hat ihre Haare zerzaust, weit ging der Blick ins Lipperland.

In der Nähe ist jetzt ein Parkplatz. Ein paar Autos, ein Restaurant namens ‚Felsenwirt'. Die Hitze lastet, alles scheint wie ausgestorben.

Ihr Handy meldet sich. Eine SMS von Dorle. PASS AUF! WALTHER DEPPE IST DER NEFFE VON LUDWIG OHLE!

Wie im Reflex klappt Gisela das Handy zu. Erst danach begreift sie es richtig: Deppe ist der Neffe eines Mörders ...

„Schlechte Nachrichten?“ Ihr Begleiter scheint irritiert.

„Nein, nein.“ Soll sie umkehren? Was will der Mann? Bestimmt nicht die Schandtat seiner Familie veröffentlichen.

„Gut, dann geht's jetzt an den Aufstieg.“

Gisela blickt nach oben. Im Himmelsblau schwebt das Brückchen. „Wir könnten noch einen Kaffee trinken.“

„Den sollten wir uns erst verdienen.“ Deppe nimmt die Stufen mit der Leichtigkeit des Trainierten.

Verflucht, warum macht sie auch keinen Sport. Zum Glück ist der Koffer nur ein Köfferchen. Die letzten von den hundert Stufen. Vor ihnen der Steg, gewölbt wie ins Nichts.

„Kommen Sie, Frau Clasen! Oder haben Sie etwa Angst?“

„Angst?“ Sie lacht. Jetzt nicht hysterisch werden. Sie ist mitten auf der Brücke, da summt erneut ihr Handy. Eine SMS von Dorle: GEH NICHT AUF DIE EXTERNSTEINE!

„Eine viel gefragte Dame.“ Deppe wendet sich um, kalten Spott in den Augen.

BIN SCHON OBEN. AUF DEM TURMFELSEN, tippt Gisela ins Handy. Sie verlässt die Brücke, geht auf die kleine Altarnische zu.

„Am besten hier.“ Deppe hebt die Kamera. „Treten Sie direkt ans Geländer. Tolles Panorama, was?“

Gisela klammert den Blick an die Feldswand. Hinter ihr, unter ihr fällt das Gestein ins Bodenlose.

„Ich kann mich auch vor die Kapelle stellen.“

„Kapelle? Das ist ein Observatorium!“

Gisela tritt nach vorn, schreit auf. „Dorle! – Wo kommst du denn her?“

Die Cousine läuft auf sie zu, presst sie dann wie auf ewig an sich.

„Das ist ja filmreif. Die Rettung der Verlorenen.“ Deppe lehnt mit verschränkten Armen an einem Vorsprung.

„Herr Deppe“ – Dorle baut sich mit ihrer ganzen matronenhaften Imposanz vor ihm auf – „was wollen Sie von meiner Cousine?“

„Du kennst Herrn Deppe?“, wirft Gisela ein.

„Ja, vom Sportverein. – Herr Deppe, der Inhalt der Dokumente in diesem Koffer ist mir bekannt. Warum sind Sie mit meiner Cousine hierher gefahren?“

Der Mann beugt sich vor. „Frau Plöger, Sie kreuzen hier auf, starren mich an wie ein Gespenst – “

„Ich weiß Bescheid. Ihr Onkel hat Strathoff ermordet. Weil der ihm überlegen war und diese NS-Theorie von den angeblich heidnischen Externsteinen widerlegt hat. Sie wollen doch nur an die Papiere. Um sie zu verniichten!“

„Und wenn? Ich könnte sie Ihnen abkaufen.“

„Wir sind nicht käuflich, Herr Deppe. Komm, Gilla.“

Dorle nimmt Gisela den Koffer aus der Hand. Die Cousine hat sich schon halb gedreht, als Deppe auf sie zuspringt, ihr den Koffer entreißt und hinunter auf das Brückchen rennt.

„Vorsicht, Dorle!“ Giselas Ruf fällt laut in die Mittagsstille, aus dem Schatten der Nischen treten Touristen hervor.

Aber Dorle ist dem Flüchtenden schon nach, auf den Steg hinüber zum Treppenfelsen. Gisela rennt hinterher, passiert die Brücke – da hört sie den Schrei. Den Todesschrei eines Fallenden.

Wie eine Statue steht ihre Cousine vor ihr.

Irgendwo unten liegt Deppe. Auf einem Absatz des hundertstufigen Treppenfelsens.

„Der Koffer“, flüstert Dorle wie erwachend. Sie tasten sich abwärts, vorbei an dem Toten. Nicht weit davon, fast unversehrt, liegt der Koffer. Gisela greift danach. „Behalt’ ihn“, sagt sie zu ihrer Cousine.

Erwin Grosche

Der Kaufhausdetektiv

Der Bus war überfüllt wie das Wartezimmer eines Facharztes für Klaustrophobie. Benz hatte vor Jahren seinen Führerschein verloren und sich daran gewöhnt, jeden Morgen mit der Buslinie 4 in die Paderborner Innenstadt zu fahren. Nie gewöhnen würde er sich an diese falschen morgendlichen Düfte, die nassen schmierigen Fenster und an diese erwachenden Gespräche. Manchmal wünschte er sich, sie würden alle zusammen ein allen bekanntes Gebet sprechen, um einen gemeinsamen Klang zu hören. Manchmal wünschte er sich, sie würden alle zusammen ein allen bekanntes Lied singen, um einen gemeinsamen Rhythmus zu spüren. Benz glaubte weder an Gott noch an den Teufel, aber er fürchtete sich vor einer sinnlosen Welt.

Wieder hielt der Bus an einer Station, und wieder stiegen Menschen mit Plastiktüten in die stöhnende 4. Ein Werbezeichner hatte für ein Berufsbekleidungsgeschäft den Bus von außen mit Unterkörpern bemalt. Witzbilder von Köchen, Priestern, Krankenschwestern und Bauarbeitern, deren Köpfe von den jeweiligen Busgästeköpfen am Busfenster gedoubelt wurden. Benz' runder Kopf wurde vervollständigt durch ein Königskostüm und er ärgerte sich, dass er keine Krone trug.

Auch bei der dritten Grünphase schaffte es der Bus nicht, über die kleine Brücke zu gelangen. Die Luft stand im Raum wie ein Immobilienmakler und die grausamen kleinen Gespräche waren verstummt. Irgendjemand beschallte die Fahrgemeinschaft mit seinem Walkman, und die beiden Frauen vor Benz rochen vor Empörung nach Mottenkugeln. Der Busfahrer, der sie bisher so souverän durch die erwachende Stadt geführt hatte, zeigte Nerven. „Könnten Sie bitte die Musik ausmachen", tönte es durch die Buslautsprecher, und jemand hinten im Bus scherzte: „Ich glaube nicht, dass sie das gehört hat."

Während einer erneuten Ampelrotphase ging der Busfahrer

wie ein Raubtierdompteur durch seinen Käfig und versuchte, das lärmende Ungeheuer zu enttarnen. Endlich blieb er vor einer jungen Frau stehen, die ihren sehr großen Mund auch noch dadurch unterstrich, dass sie ihn offen trug. „Würden Sie bitte die Musik ausmachen?“ Erst jetzt bemerkte die junge Frau das Aufsehen im Bus, welches sie verursacht haben musste und überlegte verlegen, während sie die Kopfhörer abnahm, ob sie zu ihrer Musik sehr laut und sehr falsch mitgesungen hatte.

„Würden Sie wohl bitte die Musik ausstellen?“, schrie nun der Busfahrer und war dabei so unhöflich und ärgerlich, dass Benz Mitleid bekam mit diesem großen Mund, der staunend alles ertrug, ohne sich zu schließen und ohne es zu verstehen. Zum Glück schaltete die Ampel um auf „Grün“. „Nächster Halt: Rathaus!“

Vor der Kaufhalle, einem Kaufhaus für alles was billig und unnütz war, herrschte ein Treiben wie bei einem Umzug. Verkaufstische mit weißen Rippenunterhosen und weißen Rippenunterhemden wurden herausgetragen, als hätte es seit Monaten keine Feinrippunterhosen gegeben und nun wären sie wieder da und dies ein Grund, um singend und tanzend durch die Westernstraße zu flanieren. Rollstände voller Rollkragenpullover, mit Polyesterpullundern und dazu passenden Kniestrümpfen sausten gerade die Straße herunter und wären wohl im Paderquellgebiet gelandet, wenn nicht eine aufmerksame Verkäuferin sie wieder eingefangen und zurückgeschoben hätte. Die Kaufhalle öffnete ihre Türen, die Kunden konnten kommen. Zum Schluss, fast vergessen, wurde noch die Eisnegerpuppe, die auf den Eisnegerstand hinwies, vor den Haupteingang getragen und auch das kleine Fünfzigpfennig-Riesenrad stand schon neben der Eingangstür und wartete blinkend auf quengelnde Kunden. Am Obststand stapelten sich die Bananenkisten neben anderem Obstallerlei, und Benz ließ im Vorübergehen einen Wunschapfel mitgehen, bevor er den eigentlichen Geschäftsbereich betrat. „Da kommt ja unser neuer Kaufhausdetektiv“, hörte Benz eine Stimme hinter dem Eieruhrenstand. „Ich würde es noch lauter schreien", dachte Benz. Jetzt arbeitete er schon seit vier Wochen in diesem Saftladen und war noch immer Anlass für eine spitze Bemerkung oder einen einsamen Scherz. Gestern lag ein toter Fisch auf seinem Schreibtisch.

Der alte Kaufhausdetektiv, Herr Wolf, wurde erwischt, wie er in der Regenschirmabteilung einen Knirps entwenden wollte. „Und nicht", wie der Kaufhallen-Geschäftsführer Peter Galle später lispelnd versicherte, „der Tatbestand des Diebstahls, sondern seine stümperhafte Ausführung haben letztendlich die fristlose Kündigung gerechtfertigt." Herr Wolf wollte den Knirps unter seinem Hut verschwinden lassen, der, wie sich später herausstellen sollte, auch aus der Hutabteilung entwendet worden war. „Wir haben", betonte der Kaufhallen-Geschäftsführer, „den Bock zum Gärtner gemacht, wir hoffen mit Ihnen, Herr Benz, eine bessere Wahl getroffen zu haben."

Benz ließ als erste Neuerung in allen drei Verkaufsetagen Kameras anbringen. So hingen in strategisch günstigen Verkaufsecken drei Kameramobiles und verschafften Benz einen Überblick über Andrang und Nutzung der verschiedenen Abteilungen. Natürlich dienten die Kameras auch zur Abschreckung. Bei der Mehrzahl der Belegschaft stießen diese Überwachungsanlagen auf Missfallen, da sie sich von Benz und seinen Bildschirmen unvorteilhaft bei der Arbeit oder der Nicht-Arbeit verewigt glaubten. „Der schaut uns bei der Arbeit zu!" So hatte sich Benz gleich von Anfang an unbeliebt gemacht, und selbst sein Einstand auf der letzten Betriebsfeier hatte daran wenig ändern können. „Besser bekannt" war er dadurch nur mit Frau Karowski vom Zeitungskiosk neben dem Haupteingang und natürlich mit Lothar Winkler von der Feinstrumpfhosenabteilung im Erdgeschoss. Winkler war einer dieser Zeitgenossen, die nicht anders konnten, als jeden, den sie trafen, anzusprechen. So war es unmöglich mit Winkler nicht bekannt zu sein, ob man wollte oder nicht. „Natürlich".

Frau Karowskis Zeitungskiosk war der Umschlagplatz für Gerüchte und Informationen aller Art. So wusste sie nicht nur den traurigen Tratsch aus der kleinen Stadt: „Haben Sie schon gehört, Herr Benz, dass der neue Schützenoberst in seiner Jugendzeit den Kriegsdienst verweigert haben soll?“, sondern war auch bestens unterrichtet über alle „Skandale“, die sich in der Kaufhalle unbemerkt abspielen sollten: „Haben Sie schon gehört, Herr Benz, dass Frau Absen aus der Brummkreiseletage in der Mittagspause von sich Oben-Ohne-Bilder anfertigen lässt?“

„Wenn sie den ganzen Tag mit diesen Brummkreiseln zusammen ist, dann kann man von Glück sagen, dass sie nicht nackt im Porzellanschaufenster herumspringt.“

„Sie blockiert die ganze Zeit den Passbildautomaten und isst dazu Mohrrüben. Ich weiß noch, wie sie hier anfing, da konnte sie kaum ‚Papp‘ sagen. Oh, da kommt Frau Absen. Guten Morgen, Frau Absen, wie geht es denn so?“

„Papp!“

Frau Karowski stand vor den fotogenen Titelbildern ihres Zeitungstandes, als wären die auf dem Titelblatt Dargestellten alle ihre Töchter. Sie war so die Mutter der Stars, die nächste Angehörige der grausam verstümmelten Opfer. Das Sprachrohr derjenigen, denen nie etwas passiert war, weil sie nichts davon bemerkt hatten. Als säße sie im Cockpit eines Papierflugzeugs, ertasteten ihre flinken Finger ihre bunten Schmierblätter wie Kotztüten und sorgten durch geschickte Umverteilungen, dass das Flugzeug im Gleichgewicht blieb. Tagesblätter verkaufte sie wie Wurfsendungen, und nur die Kirchenzeitung des Hochstifts rollte sie andächtig auf, umringte sie mit einem Gummiband und überreichte sie der grauen Kundin wie ein altes goldenes Fernrohr: „Diese Kirchenzeitung kauft man nicht, um sie zu lesen, sondern man kauft sie, um dem Erzbischof eine Freude zu machen.“

Lothar Winkler wurde früher immer Sprenkler-Winkler genannt, weil er mit einer grünen Schürze, grünen Gummistiefeln und einem Strohhut in der Garten- und Campingabteilung beschäftigt war. Anfang des Jahres wurde er dann in die Feinstrumpfhosenetage versetzt, und man konnte diese Versetzung auch als Beförderung betrachten. Winkler trug nun einen dunklen Anzug, schwebte sonnenbankgebräunt über seinen Verkaufsregalen und lachte den ganzen Tag so offensichtlich verspannt, dass man meinen konnte, er wollte seinen Zahnarzt empfehlen als Vorsitzenden des Fördervereins zur Neubepflasterung des Rathausplatzes. Es war fast unmöglich, mit Winkler nicht befreundet zu sein. Er hatte eine unangenehme Art, sich beliebt zu machen, die sehr an die aufdringliche Betreuung des Werbefernsehen-Versicherungsmann der Hamburg-Mannheimer erinnerte.

„Keine Sorge. Der Mann der Hamburg-Mannheimer wohnt in Ihrer Nachbarschaft." Er war der unauffällige Mann der Hamburg-Mannheimer, der kleine Kinder im Vorübergehen streichelte, ohne kleine Kinder zu mögen und ohne eigentlich vorüberzugehen. Winkler wohnte gönnerhaft in aller Nachbarschaft. Winkler war der vierte Mann beim Skat, der achte der sieben Zwerge, der dritte im Doppelbett. Benz duldete Winklers Freundschaft, wie man Fliegen im Zimmer duldet. Meistens nahm er ihn gar nicht war, selbst wenn Winkler vor ihm kroch und ihm die Schuhe zuband. Winkler war der, der sich immer anzog, wie er dachte, dass er aussehen sollte. Winkler das Kaufhallenchamäleon, der Verwandlungskünstler, als wäre das Leben eine Kostümparty mit Motto. Er konnte sich sogar sprachlich seinem Gegenüber so anpassen, dass er in Gegenwart von Peter Galle mitlispelte, als bestünde die Sprache nur aus „s"-Lauten. Im Beisein von Benz nahm er sofort dessen trockene, oberflächliche, ostwestfälische Aussprache an und sprach dann „Paderborn" immer wie „Padeboan" aus und „Pastor" immer wie „Paste", nur um das Leben nicht unnötig hinauszuzögern. „Ach, hätte Winkler doch ein Namensschild um, damit man immer daran erinnert würde, dass es hier jemanden zu suchen gibt, der allein an einem Bahnhof steht und seine Sprache verloren hat."

Leise vor sich hinplätschernde Musik hüllte das Warenangebot in Watte. Wie Fische in einem Aquarium schwammen Kundenströme durch die grauen Gänge. Unter künstlichem Licht wirkten die Waren wie Farbtupfer, hingestreut, um die Augen zu erfreuen.

„Bitte beachten Sie unsere Sonderangebote! Haushaltswaren: Sturmlaterne, verschiedene Farben, nur 3 Euro 50! Der lustige Porzellan-Clown, ca. 17 cm, lustige 9 Mark 95! Keramikhunde, verschiedene Rassen und Größen ab 11 Mark 50!"

Der Kaufhallen-Geschäftsführer Peter Galle ließ es sich nicht nehmen, diese Angebote selbst und stets „live" vorzulesen: „Leckerbissen in Frische, Preis und Qualität: Schweinehälse in Herzchenform, natur, gewürzt oder mariniert je l kg 10 Mark 99! Da hat man Schwein gehabt, wenn man erst Schwein gehabt. Dauerwurstaufschnitt, 3-fach sortiert, 100 g nur lächerliche 1,99! Hier gilt auf Dauer: seien Sie schlauer. Kaufen Sie alle in der Kaufhalle. Ihr Peter Galle."

Der Kaufhallen-Geschäftsführer Peter Galle lispelte stark. Es gab Menschen, die nur wegen seinen Sonderangebotsdurchsagen in die Kaufhalle kamen. Es gab Gerüchte, die behaupteten, es würde Raubkopien von diesen Durchsagen geben. Es sollen sogar Kleinanzeigen-Angebote im Umlauf sein, die die Peter-Galle-Weihnachtssonderpostendurchsage aus dem Jahr 1986 als limitierte, goldumrahmte Sammlerkassetten anpriesen.

Der Kaufhallen-Geschäftsführer Peter Galle hatte in seiner Jugend als Disc-Jockey gearbeitet, verfasste die Sonderangebotsdurchsagen eigenhändig und trug manchmal ein James-Dean-T-Shirt, auf dem stand: „I'm a bad boy".

Seine Hausführung wurde als „amerikanisch" bezeichnet, womit man andeuten wollte, dass er nicht nur Turnschuhe trug, sondern auch so locker wirken wollte, als würde er jedem Besucher einen Kaugummi ohne Zucker anbieten. Seine wahren Führungsqualitäten lagen in Wirklichkeit darin, dass er die dicke Tochter des Firmengründers verführt hatte, die immer schwanger war und trotzdem von ihm „Schmetterling“ gerufen wurde. „Wie gemein. Sie Schwein.“

Benz stand am Zeitungsstand. Er wollte sich eigentlich nur die beiden Tageszeitungen des Ortes holen, um sie dann in seinem Büro beim Kontrollieren der neun Überwachungsbildschirme zu lesen. Frau Karowski trug eine Papieradmiralsmütze, da ihr Zeitungsstand gestrichen wurde und trotzdem der Verkauf weiterging. Frau Karowski sortierte hektisch ihre Zeitungen nach einem nur ihr bekannten System um. Sie holte unter einem Stapel Zierfischzeitungen die Tagespresse hervor und gab sie Benz: „Haben Sie schon gehört? Fräulein Rosi soll nach sechs Jahren Verlobungszeit ihre Verbindung mit dem Hobbytaucher gelöst haben.“

Benz sortierte aus beiden Zeitungen die Werbeeinlagen und legte sie der Karowski auf einen Stoß Panzerzeitungen: „Ich kenne keinen Hobbytaucher, und ein Fräulein Rosi kenne ich auch nicht.“

Frau Karowski piepste ein wenig vor Verwunderung: „Natürlich kennen Sie Fräulein Rosi, das ist doch die Neue vom Eisnegerstand, mit der Sie sich auf unserem Betriebsfest stundenlang geküsst haben.“

Benz sah durch das Frauenlederumhängetaschen-Schaufenster auf den kleinen Eisstand, der wie ein lila Zauberkoffer Softeis mit Schokoladenhut zum Verkauf anbot. Fünf Kindergartenlümmel klebten wie angewurzelt vor dem kleinen Eisausgabefenster und starrten die blonde Frau an, die in diesem kleinen Kasten vor ihrer Eiszapfanlage stand und gerade einen Eimer mit Schokoladensoße in eine silberne Wanne umfüllte. Es war die blonde Frau mit dem umgestürzten Halbmondmund aus dem Bus.

Benz konnte sich an kein Geknutsche mit ihr erinnern. Wahrscheinlich hatte sie ihn mit ihrem großen Mund umhüllt wie ein Kaffeewärmer, und er muss geblendet an ihren Goldfüllungen gehangen haben wie an einem Piratenschatz. Frau Karowski piepste wieder vor Verwunderung und sagte: „Herr Benz, Herr Benz, Herr Benz."

Benz überlegte eine Weile, ob Frau Karowski diese Aussage noch erweitern würde und ging schließlich mit den Zeitungen in sein Büro.

Benz' letzter großer Fall lag drei Tage zurück. Ein junger Priester wollte einen Serviettenständer stehlen. Benz stellte ihn gleich hinter der Kasse und zog ihm den Serviettenständer aus der Tasche. „Oh", sagte der Gottesknecht, als hätte er gerade erfahren, dass der Messwein ausgegangen war und ein durstiger Gott grollt.

„Darf ich Sie bitten mitzukommen", murmelte Benz, packte den schwarzen Mann am Ärmel und führte ihn wie ein kleines, verwundertes Kind in sein Büro. Gleich lief der Priester zu Benz' Aktenschrank und sprach in ihn hinein wie in einen Beichtstuhl.

„Ich weiß, Sie werden mich verurteilen, aber ich habe nur getan, was ich tun musste. Bruder Jonas feiert übermorgen sein zwanzigjähriges Priesterjubiläum, und der Orden meint, es nicht nötig zu haben, ihm als Zeichen unserer Aufopferungsgabe ein Geschenk anzubieten. Ich musste es tun ..."

Hier nun schluckte der Gottesknecht wie bei der heiligen Wandlung und fuhr dann leise flüsternd fort: „Bruder Jonas träumt so oft von einem weltlichen Serviettenständer und ich wünschte, mit diesem Geschenk seine Träume wieder frei machen zu können für geistige Dinge."

Der Priester drehte sich langsam um und hoffte, die Absolution zu erfahren. Benz, der inzwischen hinter seinem Schreibtisch Platz genommen hatte, kaute an einem Kugelschreiber: „Das können Sie Ihrer kranken Großmutter erzählen. Ihre Geschichte interessiert mich doch gar nicht. Ich bin vor zwei Jahren aus der Kirche ausgetreten, weil ich nicht immer einen geweihten Serviettenständer anbeten wollte."

„Jetzt werden Sie aber persönlich", betete der Priester, „ich finde, die Angelegenheit ist zu ernst, um sie durch einen schlechten Scherz auf ein seichtes Niveau verlagern zu wollen."

Benz pokelte sich mit den Zeigefingern in beiden Ohren, als meinte er, nicht richtig gehört zu haben: „Von welcher Angelegenheit reden Sie denn, Mann? Sie scheinen wohl Ihre Situation nicht richtig zu begreifen? Ich werde nun Ihre Personalien aufnehmen und Sie anschließend für immer mit einem Kaufhallen-Betretverbot belegen."

Der Priester blickte zu Boden: „Bitte. Bitte, nur das nicht. Verachten Sie mich, bespucken Sie mich, aber erteilen Sie mir bitte kein Hausverbot."

„Nein", seufzte Benz, „Sie können mich nicht rühren. Gehen Sie und lesen Sie zur Absolution viermal den Playboy."

„Führen Sie mich nicht in Versuchung", murmelte trotzig der Serviettenständerdieb. Benz nahm die Personalien des Gottesmannes auf und schickte ihn dann, mit einem Hausverbot belegt, in den sündigen Tag. Später entdeckte Benz, dass der Priester den Serviettenständer wieder in seine Obhut gebracht hatte.

Winkler erschien in der Tür, er hatte sich zur allgemeinen Belustigung einen Seidenstrumpf aus seiner Seidenstrumpfabteilung über den Kopf gezogen und hielt einen Zimmerventilator weit von sich wie einen stinkenden Fisch: „Ho, ho, ho, ho. Hier ist der fröhliche Bankräuber mit dem fröhlichen Ventilator. Ich habe mir gedacht, ein wenig frische Luft könnte bei der Bullenhitze nicht schaden." „Bitte, Winkler, ja? Ich dulde keine Beleidigung meiner Bullenkollegen."

Die Hitze, die Hitze. Seit sieben Wochen hatte es in der kleinen Stadt nicht mehr geregnet. „In dieser Stadt ist immer was los. Entweder die Glocken läuten oder es regnet. Denkste." Die Hitze lag wie eine Polyacryldecke über der Stadt. Sie lief an einem herunter wie Schneckenschleim. Sie lähmte alle Bewegungen wie ein selbst miterlebter Tod. Am besten, man sprach nicht über sie, um sie fortzuschweigen wie die schon drei Monate anwesende Schwiegermutter. Winkler stand noch immer mit seiner Strumpfhosenmaske in der Tür und hielt Benz den Ventilator entgegen wie eine Waffe.

„Danke, Winkler. Gerne halte ich meinen Hitzekopf in kühle Luftschwingungen."

Glücklich stellte Winkler den Ventilator auf den kleinen Schreibtisch und wollte schon wieder forteilen, um die gesamte Kaufhallen-Chefetage mit einem Luftspender zu beglücken. „Tschüss, Benz. Ich wollte auch unserem Galle diese Überraschung bereiten."

„Winkler!"

„Ja?"

„Du hast noch die Strumpfhose über dem Kopf."

„Ach, dort ist sie."

Benz wollte kurz vor Feierabend noch einen Kaffee trinken. Er war gerade dabei, seine Sternentasse zu waschen, als er von der Hauptgeschäftsstraße verdächtige Geräusche hörte. Es waren Geräusche, die man besser einfach nicht hören sollte, weil die Kaffeemaschine zu laut war oder der Ventilator zu ungestüm summte. Diese Geräusche klangen nach Ärger! Benz trank gerade den ersten Schluck von seinem Kaffee, als er auf seinem Überwachungsmonitor 3 eine Menschentraube vor dem Eisnegerstand ausmachte. Die Szene passte zu den Geräuschen, die nun noch lauter wurden.

Benz eilte zu dem Menschenpulk, der neugierig und handlungsunfähig vor dem Eisnegerstand verharrte. Sie warteten darauf, dass das auslaufende Eis die großmundige Verkäuferin übermatschte. Benz sah die blonde Frau aus dem Bus, die verzweifelt versuchte, die Eisstandtür zu öffnen. Sie stand herumtrampelnd im anwachsenden Eis, als könnte sie es austreten wie brennende Zweige. Aus einem vom Zapfer befreiten Eisloch strömte Vanille-Eis in die enge Verkaufskabine und umringte das blonde Fräulein Rosi bis zu den Hüften.

„Bleiben Sie ruhig", schrie Benz, aber die herumzappelnde Eisverkäuferin konnte ihn nicht hören, da sie bereits für den nahenden Geschäftsschluss die Schutzplatte auf die Seite mit dem Eisausgabeloch gezogen hatte und nun völlig von der Außenwelt abgeschnitten war wie eine rote Socke in der Waschmaschine für Weißwäsche.

Benz rüttelte an der Tür wie an einem Kind unter Schock. Inzwischen hatte der Eisstrom die Schüssel mit der Schokoladensoße erreicht. Die herabströmenden Schokoladenfluten thronten wie Zebrastreifen auf dem Vanillerücken. Fräulein Rosi rutschte auf dem klebrigen Untergrund aus und tauchte aus dem Kabineninhalt hervor. Sie sah aus wie ihr Spezialrezept. Vanilleeis mit Schokoladenüberguss.

Die Eisnegerin schaute verzweifelt aus dem Kasteninneren. Mit ihren kleinen Patschhänden und ihren dünnen Patschfingern, die gerade dafür geeignet schienen, sich Schlaf aus den Augen zu reiben, versuchte sie, das Zapfloch des riesigen Vanilleeiskanisters zu verstopfen. Weinend gab sie den Versuch auf. Die Tränen strömten aus den Augen, der Angstschweiß tropfte von der Stirn, das Eis lief aus dem Container, alles verflüssigte sich und ließ sich gehen.

Inzwischen waren aus der Menschenmenge zwei Reporter gekommen, von denen der eine versuchte, mit der kreischenden Riesenschokoladenfrau ein Interview zu führen, während der andere, sein Kollege, dabei war, die Massen zu befragen, „ob sie jemals in ihrem Leben wieder Softeis essen könnten“. Drei weiße Sanitäter kamen mit einer Trage durch eine Menschengasse gelaufen und warteten einsatzbereit auf das Ende der Geschichte. Der weißeste von ihnen lehnte an der hochkant gestellten Trage wie an einer Blondine.

Benz musste handeln. Er packte sich die schwere Eisnegerwerbepuppe, die aus Blei gegossen war, und hieb sie gegen den unteren Holzteil der Kabinentür. Das blasse Holz gab nach und Benz zog an der aus dem ausgehackten Loch heraussuchenden Hand das ganze Fräulein Rosi hervor. Über und über mit Vanilleeissoße und einem schwarzen Schokoladenhut bedeckt, lag sie auf dem Bürgersteig wie ein ausgepustetes Streichholz.

„Wie geht es Ihnen? Wie konnte so etwas passieren?“ Die zwei Reporter versperrten mit ihren unsinnigen Fragen den drei weißen Sanitätern den Weg. Benz sah gleich, dass die Softeisverkäuferin keine Luft bekam. Er schob die beiden Schmalspurreporter gegen den Unterhosenstand, kniete sich zur Eisnegerin, leckte ihr das Vanilleeis und die Schokolade von Nase und Mund und beatmete sie, bis sie ein leises: „Es geht ... es geht schon wieder“ hervorbrachte.

Benz hatte in seinem Leben noch nie so viel Eis gegessen und dankte Gott, dass es Vanille-Eis war und nicht Eis mit Waldmeistergeschmack, welches er als Kind mal ausgebrochen hatte.

Bevor Benz und Fräulein Rosi nur einen Satz miteinander wechseln konnten, hatten die drei weißen Sanitäter das Eisopfer schon auf die Trage gerollt und in den wartenden Krankenwagen geschoben. Benz schrie gerade: „Der Eisscheiß muss hier weggewischt werden“, als er den Krankenwagen auch schon mit Blaulicht und Sirene fortfahren hörte. „Können Sie in ihrem Leben noch mal Softeis essen?“, fragte einer der beiden Reporter. Benz sah die beiden Reportergeier angewidert an und sagte schließlich: „Was weiß ich. Auf jeden Fall schmeckt Softeis immer noch besser als Reporterkacke.“

Eike Birck

Tödlicher Abstieg

Einige Sekunden nach Abpfiff war es gespenstisch still im Stadion. Nur die mitgereisten Fans von Hannover 96 sangen hämisch „Ihr seid Zweite Liga! Zweite Liga seid ihr!"

„Arschlöcher", entfuhr es mir leise. Meine Kollegin, die konzentriert per Kopfhörer die Ergebnisse der anderen Partien verfolgte, guckte resigniert auf.

„Das war's. Die Konkurrenz hat haushoch gewonnen. Wir sind Letzter."

Offenbar hatte sich die Nachricht im Stadion herumgesprochen, denn nun stimmte die Südtribüne ein gellendes Pfeifkonzert an, in das sich „Vorstand raus"-Rufe mischten. Auch die beschwichtigenden Worte des Stadionsprechers zeigten keine Wirkung. Er wurde gnadenlos niedergebrüllt. Und für die, die es immer noch nicht glauben konnten oder wollten, wurde nun auf der Leinwand die Tabelle eingeblendet. Aber nur kurz, denn als das untere Tabellenende auf der Anzeigetafel erschien, mit Platz 18 für unseren Club, brach auf den Rängen ein Sturm der Entrüstung los. Die Spieler auf dem Rasen blieben einfach liegen und ließen ihrer Enttäuschung freien Lauf. Die Betreuer versuchten zu trösten, wo es keinen Trost gab. Auch viele Fans auf den Rängen blieben wie versteinert stehen.

„Abgestiegen", murmelte ich. „Ist doch nicht zu fassen."

Dabei hatte der Tag so gut angefangen ...

Ein strahlend blauer Himmel versprach bestes Fußballwetter. Bewaffnet mit einer Zeitung und einem großen Becher Kaffee, setzte ich mich in den Garten. Heute las ich die Sportseiten zuerst. Letzter Spieltag der Ersten Fußball-Bundesliga. Wolfsburg konnte erstmalig in seiner Vereinsgeschichte Meister werden. Die Bayern hatten nur noch eine marginale Chance, was mich freute. Auch im Tabellenkeller ging es um die

Wurst. Unser Club stand mit Rang 16 auf dem Relegationsplatz.

Ich versuchte mir die Tabellenkonstellation genau einzuprägen und beneidete meine Journalistenkollegen vom Sport, die tatsächlich die Synapsen besaßen, sich nicht nur Ergebnisse und Torverhältnisse genauestens zu merken, sondern jederzeit abrufen konnten, welcher katholische Mittelfeldspieler bei Flutlicht welche Ecke getreten hat.

Ich blätterte die Zeitung weiter durch und blieb an einem Artikel mit der Überschrift „Pornographie an der Schwedenschanze" hängen. Offenbar hatte sich wieder jemand einen Scherz erlaubt und an jeden zweiten Baum auf dem Hermannsweg Bilder von nackten Frauen aufgehängt. Laut Zeitungsartikel schäumte der Besitzer der Ländereien vor Wut und würde alles dransetzen, diesem „Sittenstrolch" das Handwerk zu legen.

Ich ließ mir noch eine Zeitlang die Sonne ins Gesicht scheinen und machte mich auf den Weg ins Stadion. Ich parkte meinen Wagen an der Uni und fuhr das letzte Stück mit der Stadtbahn.

Die meisten Fußballanhänger stiegen an der Haltstelle Rudolf-Oetker-Halle aus. Aus dem beengten Stadtbahn-Tunnel eilte ich, so gut es bei dem Andrang ging, hinaus in die Sonne. Vor dem Stadion zündete ich mir eine Zigarette an. Ein Ritual, das ich mir in dieser Saison angewöhnt hatte, und beobachtete das bunte Treiben vor den Toren. Ich trat die Zigarette aus und kramte in meiner Tasche nach der Eintrittskarte. Nachdem ich den Einlass passiert hatte, machte ich mich auf dem Weg zum Presseraum. Ich schaute mir zunächst die Mannschaftsaufstellung an. Keine Überraschungen. Plötzlich tippte mir jemand auf die Schulter. „Na, wollen wir loslegen?"

Ich drehte mich um und blickte in Heikos stahlblaue Augen.

„Hast du schon arme, erbarmungswürdige Opfer identifiziert?", fragte ich ihn.

„Vor Block J stehen zwei, die sich als Glücksschweine verkleidet haben. Die sollten wir auf jeden Fall ablichten. Daraus kannst du dann auch einen schönen Arme-Schweine-Text machen, wenn das hier heute schief geht."

„Zyniker", lachte ich. Obwohl er nicht ganz unrecht hatte. In meinen Texten, die ich schon für die nächste Monats-Ausgabe vorbereitet hatte, ging ich von unserer Teilnahme an den beiden Relegationsspielen aus. Was bedeutete, dass die Entscheidung bei Redaktionsschluss noch nicht feststand. Für den unwahrscheinlichen Fall eines direkten Klassenerhalts oder Abstiegs müsste ich die Artikel nochmals überarbeiten.

Wir zogen los und fanden die Schweine tatsächlich in dem Gewühl. Danach sammelten wir noch weitere O-Töne zum bevorstehenden Spiel. Als die Fan-Hymne angestimmt wurde, machte ich mich auf zu meinem Platz. Heiko blieb im Innenraum des Stadions, um Fotos vom Spiel zu machen.

Die Stimmung im Stadion brandete auf und riss mich aus meinen Gedanken. Der Liebling der Fans stürmte aufs Tor zu. Und versenkte den Ball tatsächlich in der zweiten Spielminute im gegnerischen Netz. Nun herrschte in der Arena eine wahre Volksfeststimmung.

Die Südtribüne stand Kopf. Und alle Zweifler sahen sich ob der frühen Führung Lügen gestraft. Mich allerdings beschlich ein ungutes Gefühl, ob die Mannschaft in der Lage war, diese Führung auszubauen. Das wäre ein Novum in dieser verkorksten Saison.

Einige verpatzte Chancen später war Halbzeit. Da war die Fußball-Welt noch in Ordnung. Im Presseraum nahm ich mir eine Cola und verfolgte auf dem Bildschirm die Übertragung des Bezahl-Fernsehens. Heiko schaute kurz rein und teilte mir mit, dass er sehr schöne Aufnahmen von begeisterten Fans gemacht habe. Wir verabredeten, uns nach Abpfiff wieder im Presseraum zu treffen, um zu hören, wie die Trainer das Spiel gesehen hatten.

Die zweite Hälfte war für jeden Fan ein absoluter Albtraum. In der 57. Minute schaffte Hannover den Anschlusstreffer und legte in der 84. Minute gar noch einen drauf. Die Stimmung im Stadion erreichte ihren Nullpunkt. Erste „Vorstand-raus"-Rufe wurden von der Südtribüne laut. Ein paar Reihen vor mir sprang ein erboster Fan im blauen Trikot auf, ballte die Fäuste und schrie: „Ach, haltet doch die Fresse. Das bringt doch nichts!" Enttäuschte Zuschauer traten verfrüht den Heimweg an. Auch der Ausgleich in der 90. Minute brachte keine Rettung, denn die anderen Abstiegskandidaten hatten alle gepunktet.

Während die Journalisten eilig in Richtung Presseraum liefen, um in der Mixed Zone einige Statements der Spieler einzufangen, blieb ich noch eine Weile auf der Tribüne stehen. Die Fan-Seele kochte über. In dem Tumult konnte ich kaum verstehen, was alles gebrüllt wurde. Noch immer lag der beliebte Stürmer des Teams auf dem Rasen, offenbar von Weinkrämpfen geschüttelt. Langsam erhob er sich. In der Fan-Kurve hatte noch niemand seinen Platz verlassen. Mit gesenktem Kopf näherte er sich der Südtribüne und applaudierte seinen Fans. Seine Geste kam an, kein anderer Spieler hatte sich nach Spielende zu den Fans getraut.

Einige aufgebrachte Anhänger versuchten nun, über die Absperrung zur alten Haupttribüne zu klettern und wurden von der Polizei daran gehindert. Ein weiteres, gellendes Pfeifkonzert brandete auf. Der Finanzchef des Vereins, Bernd Vorbeck, nahm den Weg über den Rasen, um von der neuen zur alten Haupttribüne zu gelangen.

„Der alte Feigling hätte mal außen rumgehen sollen", sagte ein Mann, der vor mir stand, zu seinem Freund.

„Das hätte der aber nicht überlebt", erwiderte dieser mit Gewissheit, „den hätten se da doch totgeschlagen."

Bernd Vorbeck war offenbar bei den Fans nicht sonderlich beliebt. Der große, beinahe schlaksige Mann sah in diesem Moment eher aus wie ein Zwerg, als er über den grünen Rasen hetzte. Das schüttere Haar wurde vom Wind in alle Richtungen geweht.

Wie die meisten anderen strömte nun auch ich dem Aufgang

zu. Zu meiner Überraschung wurde der Presseraum von einem privaten Wachdienst abgeschirmt. Das hatte ich in dieser Saison noch nie erlebt. Nachdem ich meine Karte vorgezeigt hatte, durfte ich passieren. Hier herrschte neben der routinierten Geschäftigkeit auch gedrückte Stimmung. Im Fernsehen wurde gerade die Übergabe der Meisterschale an den VfL Wolfsburg mit dem unvermeidlichen „We are the Champions" übertragen.

„Das muss ich nun aber nicht haben", sagte ich zu Heiko, der sich gerade neben mich auf einen Stuhl warf.

„Tja, nun ist der Abstieg auf Raten perfekt", war sein Kommentar. Da mir dazu nichts einfiel, ließ ich das so stehen. Plötzlich kam Bewegung in die noch stehenden Journalisten. Der Präsident Bertram Gesemehl hatte den Raum betreten. Es wurde schlagartig still.

„Guck' mal, ich glaube, der hat geweint", flüsterte ich Heiko zu.

„Geschieht ihm recht, dem miesen Schwein", stieß er hervor.

„Na, meinst du nicht ..." Weiter kam ich mit meiner Zurechtweisung nicht, denn soeben hatte der Pressesprecher gemeinsam mit den beiden Trainern den Raum betreten. Beide gaben relativ emotionslos ihre Sicht der Dinge zu Protokoll. Keine aufregenden neuen Erkenntnisse. Nach wenigen Minuten war die Show vorbei.

„Ach, der Herr Sportdirektor lässt sich doch noch blicken", sagte Heiko ironisch.

Der sichtbar geknickte Thomas Schuster wurde sofort von den Kollegen umringt. Aus reiner Neugier ging ich auf den Pulk zu, hatte aber keine Chance, auch nur ein Wörtchen von dem zu hören, was der Sportliche Leiter von sich gab. Aus dem Augenwinkel sah ich, wie sich der 70-jährige Präsident Gesemehl die Krawatte lockerte und auf das Fenster zuschritt. Sofort wurden „Vorstand-raus"-Rufe laut. Bisher unbemerkt hatte sich eine Gruppe von aufgebrachten Fans unter dem Presseraum versammelt und schüttelte die Fäuste in Richtung 1. Stock. In diesem Moment betrat der Einsatzleiter der Polizei den Raum, dicht gefolgt von weiteren Beamten, die die Tür schnell hinter sich schlossen. „Meine Herren", kurzes Zögern, „und Damen", einige Fans haben die Absperrung durchbrochen und sind wild entschlossen, den Presseraum zu stürmen. Bitte folgen Sie mir zügig, damit wir Sie in Sicherheit bringen können." Sofort kam Bewegung in die Menge. Die Fotografen stürmten nach draußen, um Bilder von dem wütenden Mob zu machen. Der Einsatzleiter schüttelte den Kopf. „Kommen Sie, kommen Sie", drängte er die verbliebenen Vereinsmitarbeiter und Journalisten, die zunächst erstarrten, um dann panikartig zum Ausgang zu drängen.

Ich blickte mich um. Heiko war nirgends zu sehen. Ein flaues Gefühl breitete sich in meiner Magengegend aus.

Der Pressesprecher des Vereins, ein erfahrener Medienprofi, schob mich freundlich etwas an. „Na, na, das wird schon nicht so schlimm. Das sind doch immer noch unsere Jungs da draußen. Halten Sie sich einfach an mich." Mit diesen Worten führte er mich die Treppe hinunter. Wir befanden uns jetzt mitten im Allerheiligsten des Stadions.

„Oh, ich wusste nicht, dass auch die Architekten der Arena schon geheime Fluchtwege eingeplant haben", versuchte ich die Situation etwas aufzulockern. Pieper drehte sich um: „Sie wissen so manches nicht", sagte er ernst. Ich erstarrte.

„Das war ein Witz. Kommen Sie, ich glaube, Sie können jetzt einen Schnaps vertragen." Pieper grinste sich noch immer einen in seinen grauen Bart, als er zwei weitere Türen öffnete und wir uns im VIP-Raum befanden. Hier trafen wir auf ein Grüppchen anderer Leute, die aus Angst vor Schlägereien das Stadion nicht verlassen hatten. Pieper schleppte mich zur Bar und bestellte zwei Klare. Ohne mit der Wimper zu zucken, kippte ich das widerliche Gesöff hinunter. Schnaps war einfach nicht mein Getränk, merkte ich nun wieder. Schmeckt nicht und verträgt sich nicht mit mir. Bevor ich noch charmant ablehnen konnte, stand schon das zweite Glas vor mir.

„Sie legen aber ein Tempo vor", sagte ich.

„Wir sind hier schließlich nicht zum Spaß", erwiderte er ungerührt.

Pieper war schon lange Pressesprecher des Vereins und offenbar Kummer gewohnt.

„Wie viele Abstiege haben Sie denn in Ihrer Karriere schon mitgemacht?", fragte ich.

„Das ist der dritte. Apropos drei, trinken Sie." Er schob mir schon wieder einen Kurzen zu. Um nicht als Spielverderberin dazustehen, trank ich auch den mit.

„Meinen Sie, wir könnten auch ein Bier bekommen", fragte ich, obwohl sich in meinen Beinen schon ein gummiartiges Gefühl ausbreitete. Aber ein Bier, davon war ich überzeugt, konnte ich noch vertragen.

„Aber sicher doch", sagte Pieper. „Geht's jetzt ein bisschen besser? Sie waren eben ganz blass."

„Alles bestens." Ich hob mein Glas und prostete ihm zu. Der Alkohol hatte mein flaues Gefühl betäubt, das sicher nicht nur von der mangelnden Nahrungsaufnahme herrührte. Die ganze Situation war unheimlich. Pieper hielt den jungen Barkeeper ganz schön auf Trab.

In dem lang gezogenen VIP-Raum verlor sich unser kleines Grüppchen. Es hing noch der Geruch von Essen in der Luft. Der Einsatzleiter der Polizei kam auf uns zu.

„Wir haben die Situation so gut wie unter Kontrolle. Die meisten Leute haben das Stadion verlassen und unsere Leute sorgen dafür, dass auf dem Heimweg nichts passiert. Allerdings hat sich eine kleine Gruppe von sechs Gewaltbereiten hier eingeschlichen und geistert durch die Gänge. Sind die Büros in der oberen Etage alle abgeschlossen?" Die letzte Frage war an den Pressesprecher gerichtet. Der zuckte mit den Schultern.

„Das kann ich Ihnen leider nicht beantworten. Ich bin gleich auf direktem Wege hier in den VIP-Raum gekommen."

„Die kriegen wir aber noch. Das sind alles bekannte Gesichter für uns. Ich schlage vor, Sie alle trinken hier noch gemütlich ein Bier und dann dürfte der sichere Nachhauseweg kein

Problem mehr sein." Bei dem Gedanken an noch mehr Bier wurde mir ganz anders.

Ich entschuldigte mich und machte mich auf den Weg zur Toilette. Ganz am Ende des Raumes vor der Tür sah ich, dass Präsident Gesemehl heftig auf den Sportlichen Direktor einredete.

„Das haben wir alles dir zu verdanken! Was hältst du auch so lange an dem Trainer fest?! Der hätte schon vor Wochen ..." In diesem Moment sah Gesemehl mich und brach mitten im Satz ab. Im Vorbeigehen guckten beide runter, bis Schuster erbost das Wort ergriff: „Das lasse ich mir nicht gefallen, dass du mich hier zum Sündenbock machst! Du steckst doch genauso drin wie ich ..." Weder das Satzende noch die Erwiderung des Präsidenten bekam ich mit. Deshalb drehte ich mich noch mal neugierig um. In diesem Moment sah ich, wie Schuster Gesemehl eine kräftige Ohrfeige verpasste. Der Präsident taumelte leicht, aber er hielt sich auf den Beinen. Schuster stieß noch einige für mich nicht verständliche Worte aus und verließ Türen schlagend den Raum. Gesemehl hielt sich seine Wange und ich beeilte mich, hinter der Toilettentür zu verschwinden. „Interessant. Wer steckt wo drin?", dachte ich mittelschwer benebelt. Da ich nicht sofort zurück zur Bar wollte, ging ich raus auf die Terrasse, die vor dem VIP-Raum lag. Das Stadion war hellerleuchtet, aber abgesehen von einigen Polizeibeamten, die noch nach den Unruhestiftern suchten, war es relativ still. In der Ferne hörte man vereinzelt das Grölen von Betrunkenen. Die frische Luft tat mir gut. Ob Heiko schon nach Hause gegangen war? Ich hatte ihn in diesem ganzen Tumult gar nicht mehr gesehen. Ich wanderte die Stufen zu den Aufgängen hinauf und befand mich plötzlich, ohne dass es mir bewusst war, in der Büroetage der Arena wieder. Ich hatte wohl doch noch mehr getrunken als die wahrgenommenen drei Schnäpse und zwei Biere. In meinem Magen rumorte es. Jetzt bloß nicht kotzen. Ich lehnte mich an die Wand. Der Flur war durch eine Notbeleuchtung in ein fahles Licht getaucht. Ich atmete tief ein und aus und konzentrierte mich darauf, meinen rebellierenden Magen unter Kontrolle zu behalten. Am Ende des Ganges öffnete sich eine Tür. „Wie peinlich!", dachte ich. „In diesem desolaten Zustand soll mich hier wirklich keiner finden." Ich probierte die nächstbeste Tür aus und sie ging tatsächlich auf. Ich schlich mich in das Büro und legte ein Ohr an die Tür. Ich hörte leise Stimmen, konnte aber nichts verstehen. Letztlich siegte meine Neugierde. Ich lehnte die Tür leicht an und setzte mich von innen an den Türrahmen. Das Gespräch in dem nächsten Büro wurde lauter. Ganz eindeutig, zwei Männer stritten sich. Ich meinte, Gesemehls Stimme zu erkennen. „Du kannst nicht die ganze Schuld auf mich abwälzen. So einfach ist das nicht im Leben! Wer die Finanzen nicht im Griff hat, muss eben gehen. Sieh' zu, dass du rauskommst!"

Leider konnte ich nicht hören, was die zweite Stimme sagte. Vielleicht war es nicht die schlaueste Entscheidung meines Lebens, aber ich hielt es für besser zu verschwinden. Eigentlich wäre es meine journalistische Pflicht, hier weitere Skandale rund um den Verein auszugraben, aber mir war nicht wohl bei dem Gedanken. Der Streit schien auf einen Höhepunkt zuzusteuern und ich nutzte die Gelegenheit, um unbemerkt zu verschwinden. Wenigstens funktionierten sowohl Beine als auch Gehirn wieder besser. Ich verspürte wenig Lust, noch mal in den VIP-Raum zurückzukehren. Vor dem Stadion lag der übliche Müll herum und einige Ordnungskräfte hatten die Stellung gehalten. Vor der Oetker-Halle stand ein Taxi. Ich stieg ein und fuhr nach Hause.

Am nächsten Morgen erwachte ich mit einem furchtbaren Kater. Das dumpfe Gefühl in der Magengegend war geblieben. Langsam sickerte der gestrige Tag wieder in mein Bewusstsein. Vorsichtig hob ich den Kopf, der Schmerz war nicht so schnell und stellte sich mit einiger Zeitverzögerung ein. Der Durst trieb mich aus dem Bett.

Zwei Kopfschmerztabletten, viele Gläser Wasser und einige

Zeit später war ich zumindest in der Lage, den Computer hochzufahren. Es bereitete mir einige Mühen, meine Texte zu bearbeiten. In meinem Kopf waberten die Silben umher. Glücklicherweise konnte ich einige Passagen stehen lassen und musste nur den Schluss ändern. Trotzdem kam ich nicht recht voran und beschloss, zur Entspannung etwas im Netz zu surfen.

„Präsident Gesemehl ermordet!", glotzte mich die Headline in roten Lettern an. Darunter ein recht unvorteilhaftes Foto von dem glatzköpfigen und rotgesichtigen Präsidenten des Fußball-Clubs. Hastig klickte ich auf den Button „Lesen Sie mehr":

„In der vergangenen Nacht wurde der Präsident des soeben abgestiegenen Fußball-Erstligisten Bertram Gesemehl tot in seinem Büro im Stadion aufgefunden. Allen Anzeichen nach wurde der 70-Jährige, der seit acht Jahren die Geschicke des Vereins als Präsident leitete, erschlagen. Nur wenige Stunden nach dem Abstieg in die 2. Bundesliga fand Gesemehl sein gewaltsames Ende. Über die Motive der Bluttat kann zur Stunde nur spekuliert werden. In den späten Abendstunden hatte offenbar eine Angestellte der Reinigungsgesellschaft den blutüberströmten Leichnam gefunden und die Polizei informiert. Ob der Tod des Präsidenten in direktem Zusammenhang mit den Ausschreitungen steht, die den Abstieg des ehemaligen Erstligisten begleiteten, ist noch unklar. Direkt nach Spielende hatten aufgebrachte Fans in Sprechchören den Rücktritt des Vorstandes gefordert. Einigen war es gelungen, in den Presseraum des Vereins vorzudringen. Weitere Einzelheiten sind nicht bekannt. Der Polizeisprecher hat für den nächsten Morgen eine Pressekonferenz anberaumt."

Ich starrte auf den Monitor und las die kurze Pressemeldung noch einmal. Ich konnte es nicht glauben. Noch vor einigen Stunden hatte ich fast neben Gesemehl gestanden und jetzt war er tot. Ermordet worden. Ob ihn die gewaltbereiten Fans erwischt hatten, von denen der Einsatzleiter gesprochen hatte? Dann hatte die Polizei die Lage wohl doch nicht so ganz unter Kontrolle. Plötzlich fiel mir wieder ein, dass der Sportliche Leiter Gesemehl geohrfeigt hatte. Ob Thomas Schuster noch rot gesehen hatte und dem Präsidenten in seinem Büro aufgelauert hatte. Nein, das konnte ich mir nicht vorstellen, dass der ehemalige Nationalspieler Schuster so die Fassung verliert, dass er einen Menschen tötet. Soweit ich mich erinnern konnte, hatte er als Spieler auch nie mit Skandalen von sich reden gemacht. Außerdem hatte Schuster ja nach dem Streit mit Gesemehl den VIP-Raum verlassen. Das heißt nichts, meldete sich meine innere Stimme, der hätte ja wiederkommen können und dann den Präsidenten im Büro ermorden können. War es vielleicht Schusters Stimme, die ich auf dem Flur gehört hatte? Und wo war eigentlich Vorbeck gewesen? Den Finanzchef hatte ich das letzte Mal im VIP-Raum gesehen.

Ich griff zum Handy und wählte Heikos Nummer. Vielleicht hatte er auf seiner Fotojagd mehr mitbekommen. Ich ließ es bis zum Besetztzeichen durchklingeln.

„Mist! Geh dran! Ich muss mit dir reden“, brummte ich ins Telefon.

Als nächstes wählte ich die Nummer meines Redaktionsleiters. Das Band sprang an. War ja schließlich Sonntag. Ich hinterließ eine knappe Nachricht und bat um Rückruf. Etwas ratlos stand ich mit dem Telefon in der Hand da, ohne einen Plan, was ich als nächstes machen sollte.

„Mehr Wasser trinken und die Texte komplett umschreiben“, murmelte ich vor mich hin. Ich bereitete einen kurzen Nachruf auf Gesemehl vor. Geboren am 12.3.1939, Studium der Architektur und später Übernahme des elterlichen Bauunternehmens. Seit 2001 Präsident des Vereins. Gesemehl war verheiratet und hinterlässt zwei Kinder. Soweit die Eckdaten. Die nächste Stunde verbrachte ich damit, Internetseiten über seine Tätigkeit beim Verein sowie Seiten von irgendwelchen vergangenen Bauprojekten der Firma in Bielefeld zu durchforsten.

Das Telefon klingelte.

„Hast du es schon gehört“, fragte mich der Redaktionsleiter ohne Vorrede. „Ich habe gerade in Erfahrung gebracht, dass die

Pressekonferenz morgen bei der Polizei um 10 Uhr beginnt. Du gehst mit Heiko hin. Dann kriegen wir das noch in die nächste Ausgabe."

„Hast du Heiko schon erreicht?", fragte ich.

„Nein, noch nicht. Aber ich sage ihm, dass er dich dann anrufen soll."

Den Rest des Tages pflegte ich meinen Kater.

Ich wachte früh am nächsten Morgen auf und kontrollierte gleich mein Handy. Heiko hatte sich nicht gemeldet. Das war nicht weiter ungewöhnlich. Wahrscheinlich würde er drei Minuten vor Beginn der Pressekonferenz mit seiner aufgesetzten Ruhe in den Raum geschlendert kommen.

Vorsichtshalber packte ich meine kleine Digitalkamera ein und machte mich auf den Weg zur Kurt-Schumacher-Straße, wo sich das Hauptgebäude der Polizei befand. Im Presseraum herrschte unruhiges Gemurmel. Ich schnappte Wortfetzen auf, es wurde wild spekuliert, was sich am vergangenen Samstag im Stadion zugetragen haben könnte. Der Raum war bis auf den letzten Platz gefüllt. Die Fotografen hatten bereits ihre Kameras gezückt. Da ich Heiko nirgends erspähen konnte, reihte ich mich seufzend bei den Kollegen ein, um ein Foto vom Polizeisprecher und dem Leiter der Mordkommission zu ergattern. Wenig später betraten zwei Herren in dunklen Jacketts den Presseraum. Der Geräuschpegel ebbte ab. Die Blitzlichter erhellten den ansonsten düsteren Ort für wenige Sekunden. Die beiden Herren von der Polizei nahmen vorn am Podium Platz. Nach einigen einleitenden Worten zum traurigen Anlass der Pressekonferenz bat des Polizeisprechers den Leiter der Ermittlungen um erste Ergebnisse.

„Wie Sie bereits wissen, ist Bertram Gesemehl am vergangenen Samstag um 23:05 in seinem Büro im Stadion tot aufgefunden worden", begann Klaus Recksieck. „Eine Mitarbeiterin des Reinigungsdienstes hatte ihn dort leblos aufgefunden und sofort die Polizei alarmiert, die unmittelbar zur Stelle war, weil sich einige Kollegen wegen der Ausschreitungen noch immer im Stadion befanden. Die Kollegen haben in diesem Zusammenhang drei Männer deutscher Abstammung festgenommen. Sie hatten sich unbefugten Zutritt zu den Büroräumen an der Osttribüne verschafft und dort randaliert. Die Identität konnte durch szenekundige Beamte festgestellt werden, die ja die gewaltbereite Szene seit Jahren genau beobachten." Recksiek sah zum ersten Mal von dem Blatt hoch, von dem er bis jetzt abgelesen hatte.

„Die drei Verdächtigen werden zur Stunde verhört. Ich betone, dass wir sie momentan als Zeugen und nicht als Tatverdächtige vernehmen." Er machte eine kurze Pause.

„Wir konnten den Todeszeitpunkt bislang lediglich anhand von Zeugenaussagen grob eingrenzen. Gegen 21:15 wurde Bertram Gesemehl noch im VIP-Raum gesehen. Danach offenbar nicht mehr. Zumindest liegen uns keine gegenteiligen Zeugenaussagen vor."

Ich überlegte fieberhaft, um welche Uhrzeit ich Gesemehl vor der Toilette im Gespräch mit Schuster gesehen hatte. Ich hatte nicht auf die Uhr geguckt. Und durch die ganze Aufregung und die verdammten Schnäpse war mir jegliches Zeitgefühl abhanden gekommen.

„Der detaillierte Bericht aus der Gerichtsmedizin liegt noch nicht vor. Dr. Höpfner hat uns freundlicherweise schon einige Ergebnisse zur Verfügung gestellt, die nahelegen, dass das Opfer durch mehrmalige heftige Schläge auf den Kopf mit einem zylindrischen Gegenstand zu Tode gekommen ist. Offenbar war die Oberfläche des Gegenstandes rau, denn das Gesicht des Opfers weist einige charakteristische Abschürfungen auf. Der oder die Täter haben mit Wucht zugeschlagen. Jeder einzelne Schlag für sich genommen wäre bereits tödlich gewesen." Der Hauptkommissar erläuterte noch einige Details zu den Schlagverletzungen.

„Momentan ermitteln wir in alle Richtungen. Das ist leider alles, was ich ihnen derzeit zum Stand der Ermittlungen sagen kann", schloss Recksiek routiniert die Pressekonferenz.

„Wann erwarten Sie die Ergebnisse der Zeugenaussagen von den drei Fans", fragte ein Kollege.

„Wir werden Sie umgehend informieren, wenn wir etwas Neues herausgefunden haben", erwiderte der Pressesprecher.

„Was sagt Schuster?", fragte ich einer plötzlichen Eingebung folgend.

Der Leitende und der Pressesprecher tauschten einen kurzen Blick aus.

„Herr Schuster hat sich noch nicht zu der Angelegenheit geäußert, weil er bislang nicht auffindbar war."

Daraufhin stürmten weitere Fragen auf die beiden Polizeibeamten ein, die der Pressesprecher mit einer beschwichtigenden Geste abwehrte.

„Bitte, meine Damen und Herren. Sobald es Näheres gibt, kommen wir wieder auf Sie zu. Jetzt lassen Sie uns unsere Arbeit tun."

Der Hauptkommissar eilte aus dem Raum. Einige Journalisten folgten ihm. Ich packte langsam meine Sachen zusammen. Ich überlegte, ob ich der Polizei meine Beobachtungen vom Samstagabend mitteilen sollte. Die Ohrfeige von Schuster oder das Streitgespräch im Büro, von dem ich aber eigentlich gar nichts verstanden hatte. Im Grunde hatte ich nichts von Belang zu vermelden. Wenn Schuster allerdings wirklich abgetaucht war, war das schon ziemlich verdächtig. Ich beschloss, noch einmal in Ruhe darüber nachzudenken, bevor ich etwas unternahm.

Ich fuhr in die Redaktion und erstattete meinem Redaktionsleiter Bericht. Von meinen eigenen Beobachtungen sagte ich nichts. Ich setzte mich an meinen Schreibtisch und durchsuchte das Internet, ob es vielleicht Neuigkeiten im Fall Gesemehl gab. Die ersten Meldungen von der Pressekonferenz waren schon online. Es gab aber nichts, was ich nicht schon wusste.

Mein Chef stand in der Tür und wedelte mit einem Fax. „Heute Abend ist die Eröffnung vom *Tauchbecken.* Um 19 Uhr. Kannst du da hingehen und so 'nen bisschen Klatsch und Tratsch einfangen?"

„Was denn für 'nen *Tauchbecken*?", fragte ich wenig begeistert.

„Das ist doch die neue Kneipe bei dir um die Ecke. Du hast doch mal erzählt, dass du da immer walken gehst. Musst ja nicht so lange bleiben. Ich habe Heiko schon Bescheid gesagt, dass er die Fotos machen soll."

„Kann' ich machen", sagte ich eher verhalten.

„Prima", strahlte mein Chef. „Dann mach' ruhig für heute Feierabend."

Zu Hause gönnte ich mir eine Stunde im Liegestuhl und döste in der Sonne ein. Noch immer hingen mir die Schnäpse nach. Ich träumte wirres Zeug, unzusammenhängende Bilder vom Samstagabend.

Ich schreckte hoch. Sollte ich doch mit der Polizei sprechen? Morgen. Morgen rufe ich bei der Polizei an. Heute hatte ich nicht die Energie dafür.

Das Handy klingelte.

„Hier ist Heiko. Ich habe gerade gehört, dass wir zu dieser Eröffnung sollen. Ich kann dich auf dem Weg abholen. Sagen wir um viertel vor sieben?"

„Ja, klasse. Dann sehen wir uns gleich", erwiderte ich erfreut und legte auf. Heiko war kein Mann vieler Worte am Telefon.

Pünktlich um 18:45 Uhr fuhr Heiko mit seinem klapperigen Renault vor. Wir fuhren die Schwedenschanze hinauf. Die Gaststätte lag am Fuße des Teutoburger Waldes. Schon von weitem sah man, dass sich das Renovieren gelohnt hatte. Da ich in den letzten Wochen das Walken sträflich vernachlässigt hatte, war ich nun sehr überrascht, wie schnell das *Tauchbecken* fertig geworden war.

„Wo bist du eigentlich am Samstag abgeblieben", fragte ich Heiko.

„Ach, ich hatte die Schnauze voll von dem ganzen Theater und bin schon gegen halb acht nach Hause gefahren. Was ist das eigentlich für ein beknackter Name? *Tauchbecken*?!"

Ich zuckte mit den Schultern. „Werden wir wohl gleich erfahren. Hat sich wahrscheinlich eine hippe Werbeagentur aus Hamburg ausgedacht."

Im strahlend erleuchteten Foyer des Restaurants gab sich die „Who is who"-Szene Bielefelds ein Stelldichein. Munteres Geplapper schallte durch die neu gestalteten Räumlichkeiten. Wahrscheinlich würde am nächsten Tag in den Zeitungen der neudeutsche Begriff „loungig" zur Beschreibung der Atmosphäre herhalten müssen. Loungiges Flair, in dem man herrlich chillen kann. Oder so ähnlich.

Heiko begab sich auf die Pirsch, um bekannte Persönlichkeiten abzulichten. Ich stürzte mich ins Gewühl, um ein paar O-Töne vom neuen Betreiber einzufangen. Die Gasträume waren wirklich schön geworden. Ich streifte um die Grüppchen herum und stellte fest, dass der Mord an Gesemehl das alles beherrschende Thema des Abends war.

„Wie schrecklich! Haben Sie es schon gehört? Man sagt, er sei von Fußballfans zu Tode geprügelt worden!" „Aber das steht doch noch gar nicht fest", hörte ich eine andere Stimme sagen. „Nein, das ist doch alles furchtbar", eine andere Stimme.

In der Mitte des Raumes erblickte ich den Gastgeber, der mit einem Löffel leicht an ein Glas schlug. Die Stimmen verstummten allmählich. In kurzen Sätzen begrüßte er die Gäste. Ich zückte meinen Block und schrieb mit, was er zu dem Konzept seines neuen Restaurants zu sagen hatte. Nach wenigen Minuten erklärte er das Buffet für eröffnet. Die Leute strömten zur Stirnseite des Restaurants, wo die Kellner zwischenzeitlich allerlei Leckereien aus der mediterranen Küche aufgebaut hatten. Durch die meterhohe Fensterfront auf der gegenüberliegenden Seite hatte man einen schönen Blick ins Grüne. Wenige Meter darüber verlief der Hermannsweg. Die Bar war nun fast verwaist. Nur noch zwei Männer im Anzug standen da und starrten stumm in ihr Bier. Zu meiner Verwunderung erkannte ich Vorbeck, den Finanzchef des Vereins. Der andere Mann war mir unbekannt. Ich schlenderte zur Bar und bestellte ein Wasser. Ich ließ mir Zeit mit dem Einschenken, kramte umständlich in meiner Tasche und tat so, als würde ich meine Notizen noch mal überprüfen. Die beiden Männer standen noch immer wortlos beieinander.

„Und was macht ihr jetzt?", fragte der Unbekannte.

„Wir müssen erst mal die Situation analysieren und abwarten, was die Hauptversammlung bringt", antwortete Vorbeck. Wenn ihn der Mord an seinem Präsidenten erschüttert hatte, ließ er es sich nicht im Geringsten anmerken.

„Ich prüfe gerade, was die Satzung des Vereins in einem solchen Fall vorsieht, aber ..." Erst jetzt schien Vorbeck wahrgenommen zu haben, dass sie nicht mehr ein intimes Vier-Augen-Gespräch hatten, sondern eine unliebsame Zuhörerin. Aus kalten, grauen Augen musterte er mich. Ich kramte wieder angelegentlich in meiner Tasche. Die beiden nahmen ihr Bier und zogen sich an einen Tisch in der hintersten Ecke des Raumes zurück.

„Mist", dachte ich. „gerade wurde es spannend." Diese Stimme. Woher kannte ich diese Stimme? War es Vorbecks Stimme, die ich am Tatabend aus dem Büro des Präsidenten gehört hatte? Plötzlich war ich mir sicher. Mein Herz raste. Ich musste unbedingt mit Heiko darüber sprechen. Im hinteren Raum des Restaurants machte er gerade ein Foto vom Vorsitzenden des Hotel- und Gaststättenverbandes. Aufgeregt machte ich ihm wilde Zeichen, auf die er nicht reagierte. Ich kämpfte mich um die herumstehenden Grüppchen, die mit einem Sektglas in der Hand Small Talk betrieben. Es dauerte ewig, bis ich bei Heiko ankam.

„Ich weiß, wer Gesemehl umgebracht hat", stieß ich ohne Vorrede aus.

„Was?!" Woher ..." Heiko brach ab. „Lass uns nach draußen gehen, da erzählst du mir alles in Ruhe. Hier ist es zu laut."

Es war ein milder Abend.

„Komm, wir gehen ein Stück hoch zum Hermannsweg." Er legte mir fürsorglich die Hand auf die Schulter und schob mich in Richtung Wald. Seine Berührung war mir nicht unangenehm. „Wie kommst du auf den Trichter, dass du weißt, wer Gesemehl umgebracht hat?"

„Ich habe die Stimme erkannt", presste ich aufgeregt hervor.

„Welche Stimme?", fragte er schneidend.

„Ich muss die Polizei anrufen", rief ich aufgeregt und versuchte seine Hand abzuschütteln.

Heiko verstärkte den Druck auf meine Schulter.

„Jetzt mal langsam. Erzähl erst mal, was du gehört hast."

„Lass mich los", fauchte ich. „Ich muss zur Polizei!"

Heiko versetzte mir einen Stoß in den Rücken. Ich strauchelte nach vorn, blieb an einer Wurzel hängen und stürzte zu Boden.

„Was in aller Welt ..."

Weiter kam ich nicht. Heiko zerrte mich ins Gebüsch. Sein Gesicht war vor Hass total entstellt. Ich hatte Angst. Ich lag auf dem Rücken und er setzte sich auf mich. Seine Knie bohrten sich schmerzhaft in meine Oberarme. Ich konnte nur noch mit den Beinen strampeln.

„Heiko. Hör auf! Du tust mir weh! Was soll das!"

„Halt die Fresse! Was mischt du dich in Sachen ein, die dich nichts angehen."

Als ich zum Schreien ansetzte, legte er beide Hände um meinen Hals und drückte zu.

„Feuer! Feuer!", brüllte ich so laut es ging. Das irritierte ihn einen Moment und der Druck ließ kurz nach. Ich röchelte. Vor Panik hyperventilierte ich und zappelte unter seinem Gewicht, um ihn abzuschütteln. Plötzlich sah ich hinter Heiko einen Schatten auftauchen. Mit einem kräftigen Schlag auf den Kopf streckte der alte Mann Heiko mit seinem Spazierstock zu Boden.

„Sittenstrolche!", rief er erbost aus. „In meinem Wald dulde ich keine Unzucht. Erst die Schmuddelbilder und nun wird das hier zu einer Lustwiese. Ich rufe die Polizei. Ich will keine solchen Schweinereien auf meinem Grund und Boden!"

Ich hielt mir den Hals. Langsam bekam ich wieder Luft. Mit belegter Stimme sagte ich: „Ja, bitte, rufen Sie die Polizei."

Nun war es an ihm, erstaunt zu gucken. Offenbar realisierte er erst jetzt, dass es mir nicht gut ging.

„Hat er versucht, Sie zu ..."

„Nein, er hat versucht, mich umzubringen", schluchzte ich.

Wir beide blickten auf den ohnmächtig am Boden liegenden Heiko. Mit erstaunlicher Geschwindigkeit zückte der alte Mann sein Handy und verständigte die Polizei. Offenbar hatte er Heiko an einer sensiblen Stelle am Kopf getroffen, denn er rührte sich noch immer nicht.

„Aber wieso haben Sie ‚Feuer' gerufen?", fragte er mich irritiert.

„Ich habe mal gelesen, dass Frauen das rufen sollen, wenn sie vergewaltigt werden, weil die Leute dann eher helfen", murmelte ich.

Die Beamten von der Polizei kamen in dem Augenblick an, als Heiko vor Schmerzen ächzend wieder zu sich kam. Die Polizisten waren sehr freundlich und fragten, ob ich einen Arzt brauchte. Bevor sie Heiko abführten konnten, sah ich ihn an. „Warum? Warum hast du das gemacht?"

„Gesemehl hat meine ganze Familie kaputt gemacht. Er hat den Tod verdient", stieß er hervor.

Tage später entnahm ich der Presse, dass Gesemehls Bauunternehmen den Handwerksbetrieb von Heikos Vater systematisch in den Ruin gestürzt hatte. Als die Firma, die bereits dem Großvater gehört hatte, nicht mehr zu retten war, erhängte sich Heikos Vater auf dem Dachboden. Heikos Mutter wurde mit dem Tod ihres Mannes nicht fertig und verfiel für den Rest ihres Lebens in schwere Depressionen. Da war Heiko erst 13 Jahre alt. Es war also seine Stimme, die ich in Gesemehls Büro gehört hatte. Mit dem Objektiv seiner Kamera hatte er den Präsidenten erschlagen. In diesen Schlägen hatte der Hass von zwei Jahrzehnten gelegen.

Arnold Küsters

Fingertod

Um diese Zeit war Karl Vieten noch nie zu einem Spargelfeld gefahren. Aber er sollte ja auch nicht zum Spargelstechen kommen. Sorgsam hob der Leiter der Mönchengladbacher Mordkommission die schwere Folie an, mit der die Pflanzen vor den kühlen Nächten geschützt wurden. Das gleiche Bild wie vor einer Woche: In unregelmäßigen Abständen reckten sich ihm aus der festgeklopften Erde sieben Finger entgegen.

Vieten nickte nur und stand auf. Für den Gerichtsmediziner das Signal, mit seiner Arbeit fortzufahren. Finger um Finger zog er vorsichtig aus der feuchten Erde und tütete sie ein.

„Die Finger einer Frau." Markus Schmitz sah auf die sieben Plastiktütchen und schüttelte den Kopf. „Wie Spargelspitzen."

Karl Vieten hob den Kopf und sah hinüber zur Autobahn 61. Bis zum alten Grenzübergang war es nicht weit. Nur in Richtung Holland war ein bisschen Betrieb. Nicht weit vor ihm flatterte eine Schar Saatkrähen auf, um sich krächzend ein paar Schritte weiter erneut zwischen die Furchen des Spargelfeldes in Nettetal-Kaldenkirchen niederzulassen.

„Was machen Frauen ohne Finger?" Der Wind fuhr durch sein Haar.

„Was hast du gesagt?" Der Mann im weißen Einsatzoverall sah zu Vieten auf.

„Gibt's hier irgendwo Frühstück, wenigstens einen Kaffee?"

„Weiter hinten an der Bahn das Bauerncafé. Alt Bruch. Ich denke, dort ist sicher schon jemand in der Küche." Markus Schmitz deutete mit dem Kopf vage hinter sich.

Karl Vieten drehte sich wortlos um und schlingerte auf glatten Sohlen zwischen den engen Spargelreihen zum Auto zurück. Es war einfach noch zu früh für einen klaren Gedanken. Irgendwo lag eine zweite Frauenleiche ohne Finger.

„Niemand vermisst? Nein, nicht nur aus den letzten Tagen. Überprüfen Sie die Listen noch einmal." Vieten klemmte sein Mobiltelefon zwischen Kopf und Schulter und schnitt umständlich ein Körnerbrötchen auf. „Was?" Vieten nahm das Telefon wieder in die Hand und drückte es an sein anderes Ohr. „Ich kann Sie kaum verstehen. Niemand wird vermisst? Aha. Danke." Er trennte die Verbindung und sah nachdenklich auf die Tastatur. An der Acht und der Neun klebte Butter. Er nickte abwesend, als die junge Bedienung ihm eine Kanne mit Kaffee brachte.

*

Der Leiter der Mordkommission wog den braunen Umschlag in der Hand. Er hatte schon lange keine Post mehr nach Hause bekommen. Nicht sehr schwer, dachte er und drehte ihn um. Kein Absender. Er nahm ein Brotmesser aus der Tischschublade, um die Klebestelle zu öffnen.

Der Kriminalhauptkommissar sah auf den Küchentisch. Jetzt wusste er, warum sie bisher nur sieben Finger gefunden hatten. Vor ihm lag ein bleicher Finger, verpackt in einem Gefrierbeutel. Vieten hielt ihn hoch und betrachtete ihn von allen Seiten. Er konnte nicht mit Sicherheit sagen, ob der fahle Finger zu den anderen passte, die sie bisher gefunden hatten. Jedenfalls schien es ein Ringfinger zu sein, einigermaßen schlank und mit einer sauberen Schnittfläche. Der Täter musste ein scharfes Messer benutzt haben. Vielleicht sogar ein Skalpell.

Er öffnete den Kühlschrank und legte den Beutel ins Eisfach.

Karl Vieten sah erneut in den Umschlag und zog einen kleinen weißen Zettel heraus. Auf dem Blatt standen zwei getippte Zeilen: *Wie viele Fingerzeige brauchst du noch? Du weißt doch, wer dich sehen will.*

Vieten ließ den Zettel sinken und setzte sich. Er hatte es geahnt. Er betrachtete seine Hände, das vertraute Geflecht der Adern, die kurzen kräftigen Finger. Er öffnete eine Hand, ballte sie langsam zur Faust, öffnete sie wieder und beobachtete, wie sich die Struktur der Oberfläche dabei veränderte. Er sah, dass die faltige Haut kaum merklich zu zittern begann. Karl Vieten spürte seinen Magen.

Er musste sich konzentrieren, aber die Buchstaben auf dem Zettel tanzten einen dunklen Reigen. Ohne seinen Blick von den Zeilen zu nehmen, griff Vieten schließlich zu seinem Mobiltelefon. Er wusste, er hatte keine Wahl.

*

„Wo ist Vieten?“ Anja Kremer sah Ingo Thiel fragend an.

„Keine Ahnung. Er müsste schon längst hier sein.“ Thiel sah auf die Uhr. „Er hat vor gut zwei Stunden angerufen und angekündigt, dass er später kommt. Ist es wichtig?“

„Wir haben die Analysen der KTU und der Gerichtsmedizin. Auch die zweite Frau war schon tot, als ihr die Finger abgeschnitten wurden. Und zwar mit einem äußerst scharfen Gegenstand. Der Täter, oder die Täterin, muss ein Skalpell benutzt haben.“

„Wer benutzt Skalpelle, außer Chirurgen?“ Ingo Thiel runzelte die Stirn. Er konnte sich kaum auf das konzentrieren, was ihm Anja gerade gesagt hatte.

„Die Frage wird uns nicht weiterbringen, denn solche Messer kannst du problemlos über das Internet bestellen.“ Anja setzte sich. „Zweimal sieben Finger, sauber abgetrennt. Wer tut so etwas, und wo sind die Leichen? Die übrigen Finger? Was hat die Zahl zu bedeuten? Sieben, oder auch zweimal Sieben. Ich habe mit Ecki alle Vermisstenlisten durchgearbeitet. Ohne Ergebnis. Entweder sind die Frauen in den Datenbanken zu alt oder sie kommen nicht aus NRW.“

„Und wenn sie illegal hier sind und sie niemand vermisst?“

„Eine Prostituierte aus dem Ostblock?“

„Ja. Oder eine Erntehelferin.“

*

„Du kommst spät. Mein Lieber, sehr spät."

Karl Vieten versuchte vergeblich in der Dunkelheit etwas zu erkennen. Langsam tastete er sich vor. Er streckte die Hände von sich, um frühzeitig Hindernisse ertasten zu können. Es roch modrig. Schritt für Schritt wartete er darauf, mit seinen Fingerspitzen auf Widerstand zu stoßen.

„Wo bist du?" Vieten versuchte seiner Stimme einen festen Klang zu geben.

„Du wirst mich nicht sehen. Du kannst mich nur hören. Geh zu dem Stuhl, der vor dir steht."

Vieten bewegte sich vorwärts und stieß mit seinem Knie gegen etwas Hartes. Ein Stuhlbein, möglicherweise. „Du machst mir keine Angst. Nein. Bevor ich dich festnehme, will ich wissen, warum die beiden Frauen sterben mussten? Du hättest es einfacher haben können, mich zu treffen."

„Schön, dich zu sehen, Vieten. Nach all den Jahren. Die Frauen? Ach, die Frauen. Sie sind nicht wichtig." Mit jedem Wort verschwand hörbar das Lächeln aus der Stimme. Am Ende klang sie monoton und beiläufig.

„Wo sind sie?" Karl Vieten wurde lauter.

„Du willst sie wirklich sehen? Nimm das Nachtsichtgerät. Es liegt auf dem Stuhl. Aber ich warne dich. Es wird nicht einfach für dich sein."

Karl Vieten tastete mit gespreizten Fingern nach der Sitzfläche. Die plötzliche Berührung mit dem kühlen Metall ließ ihn zurückschrecken. Er unterdrückte einen Fluch. Er dachte für einen Augenblick an seine Pistole, die in seinem Schulterholster steckte. Sie nützte ihm jetzt nichts.

„Was ist, willst du sie nicht sehen?" Die Stimme klang jetzt amüsiert. „Und lass deine Waffe stecken, du kannst sie hier doch nicht benutzen. Die Damen tun dir nichts mehr."

Vorsichtig nahm Karl Vieten das Nachtsichtgerät in die Hand. Es war erstaunlich leicht und hatte eine Kopfhalterung. Unsicher befingerte er die Konstruktion und stülpte sich dann die Riemen über den Kopf. Mit beiden Händen rückte er das Objektiv vor seinen Augen zurecht. Erst als er die Augenmuscheln richtig eingestellt hatte, konnte er in der Dunkelheit etwas erkennen. Zunächst nur Grün. Er sah vor sich auf den Boden und erkannte die Umrisse eines alten Küchenstuhls.

*

„Lasst uns schon mal anfangen. Vieten kann nicht mehr lange auf sich warten lassen“. Ingo Thiel rieb sich sein unrasiertes Kinn und stand auf. „Wenn ich beginnen darf, Kollegen. Soweit wir bisher wissen, haben wir es mit zwei toten Frauen zu tun. Sie dürften beide zwischen 30 und 40 Jahre alt sein. Der Zustand ihrer abgetrennten Finger lässt darauf schließen, dass sie körperliche Arbeit gewohnt waren. Es könnte sich also tatsächlich um Erntehelferinnen handeln, die bei den Gemüsebauern hier in der Region gearbeitet haben. Unsere Recherchen haben aber bisher unsere Annahmen nicht bestätigt. Niemand vermisst die toten Frauen. Wir haben über die Landwirtschaftskammer, das Arbeitsamt und den Zoll alle Betriebe ausfindig gemacht, bis hoch nach Kleve, die Saisonarbeiter einstellen. Die Überprüfung war bis jetzt negativ. Nichts.“

„Und wenn sie nicht registriert sind?“ Udo Paul lehnte sich in seinem Stuhl zurück. „Soweit ich weiß, gibt es immer wieder Polen, Russen und wer weiß wen sonst noch, die ohne Erlaubnis auf den Feldern arbeiten. Es gibt doch diese Parkplätze, auf denen sie darauf warten, dass sie von Bauern, die Erntehelfer suchen, angesprochen und zur Arbeit abgeholt werden. Vielleicht werden die Frauen ja doch irgendwo vermisst, aber niemand traut sich, den Mund aufzumachen, aus Angst vor den Konsequenzen.“

Anja Kremer unterbrach Paul, der von seinen Kollegen nur *Bean* genannt wurde, wegen seiner verblüffenden Ähnlichkeit mit dem englischen Komiker. „Moment, Bean, lass uns überlegen, was uns die Finger sonst noch sagen. Wenn sie zu Erntehelferinnen gehören, wo finden wir dann ihren Mörder? Tatsächlich im Milieu der Saisonarbeiter? Ist ein perverser Spargelbauer der Täter? Ein Psychopath, der ganz bewusst am Rand der Gesellschaft seine Opfer sucht? Oder müssen wir den oder die Täter nicht doch auch unter Freiern suchen? Wenn es denn überhaupt ein Mann war."

Die Fahnderin wollte weitersprechen, als die Tür zum Lagezentrum geöffnet wurde, das neben der Leitstelle lag. Heinz-Jürgen Schrievers steckte seinen Kopf zur Tür hinein. „Vieten ist spurlos verschwunden. Wir können ihn weder über Handy noch zuhause erreichen. Ich habe gerade mit seinem Nachbarn gesprochen. Er hat gesehen, dass Karl hastig das Haus verlassen hat. Er muss wirklich in großer Eile gewesen sein, denn beim Wegfahren hat er mit dem Kotflügel den Rollator der Nachbarin gerammt. Das sieht nach Fahrerflucht und nicht nach einer normalen Dienstfahrt aus. Ich mache mir Sorgen."

*

„Komm ruhig ein Stück weiter zu mir. Du wirst hier sowieso nichts finden. Du musst dich schon bewegen."

Karl Vieten drehte langsam seinen Kopf, um den ganzen Raum absuchen zu können. Er war gekachelt, aber bis auf den Stuhl war er leer. Und bis auf die Kamera, die er über der Tür entdeckte, auf die er langsam zuging. Vieten sah sich noch einmal um. Er vermutete, dass in dem Raum früher die Spinde der Schlachthofmitarbeiter gestanden hatten.

„Eine tolle Erfindung so ein Lichtverstärker und Infrarotaufheller, findest du nicht?" Die Stimme lachte meckernd. „Hast du Angst? Du weißt, wo du bist?"

Bis jetzt hatte der Leiter der Mönchengladbacher Mordkommission die Quelle der Stimme nicht entdecken können. Es klang, als seien mehrere Lautsprecher im ganzen Raum verteilt. Helmut van de Loos Stimme schien von überall her zu kommen.

„Du machst mir keine Angst, van de Loo. Ich bin gekommen, um dich zu holen. Deine Rechnung geht nicht auf."

„Du bist hier, weil ich es will. Vergiss das nicht." Die Stimme hatte nichts Weiches mehr.

Vieten blieb stehen. Bevor er die nächste Tür öffnete, musste er einen verdammten Plan haben. Er tastete nach seiner Jackentasche. Sie war leer. Er hatte sein Handy im Auto liegengelassen.

„Mach dir keine Hoffnung. Du bist hier, weil ich dich gerufen habe. Und du bleibst so lange, wie ich es will."

*

„Warum fährt Vieten los, ohne uns zu informieren? Ich verstehe das nicht." Thiel sah in die Runde. „Habt ihr eine Idee? Warum tut er das? Was hat das mit unseren Fällen zu tun? Wenn er eine Spur hätte, würde er uns informieren."

Die Mitglieder der Mordkommission sahen einander ratlos an. Niemand reagierte. Außer Hans-Josef Jöris, den alle nur „Hennes" nannten. Er nickte erst Anja aufmunternd zu und sah dann Thiel an. „Und wenn er auf eigene Faust raus ist? Weil er weiß, wen er suchen muss."

„Das macht Karl nicht." Ingo Thiel schüttelte den Kopf.

„Du kennst Karl nicht. Manchmal ist er unberechenbar. Ich kenne ihn schon viel zu lange, um dir Recht zu geben. Karl ist im Grunde ein Einzelgänger, ist er immer gewesen."

„Wir müssen sein Handy orten!" Anja Kremer wartete Thiels Zustimmung gar nicht erst ab, sondern griff stattdessen zum Telefon. Sie verspürte ein ungutes Gefühl.

*

Vieten überlegte. Was erwartete ihn hinter dieser Tür? Ein bewaffneter van de Loo? Sicher. Karl Vieten zog seine Pistole aus dem Holster und entsicherte sie. Vor ihm schimmerten die blanken Kacheln.

„Mach dich nicht lächerlich."

Der Kriminalhauptkommissar hielt in der Bewegung inne.

Van de Loo musste ebenfalls mit einem Nachtsichtgerät arbeiten. Karl Vieten fühlte sich mit einem Mal nackt und ausgeliefert. Er zögerte, weiterzugehen. Er hoffte, dass seine Kollegen ihn mittlerweile vemissten.

„Ich habe lange auf diesen Augenblick gewartet. Wie lange ist das her? Erinnerst du dich?“ Van der Loo schien sich gut zu unterhalten.

„Sicher. März ’97. Zwölf Jahre. Du hast deine dreckigen Finger nicht von anderen Frauen lassen können. Als deine Frau dahinter gekommen ist, hast du sie totgeschlagen. Du hast sie verrecken lassen wie ein Stück Vieh. Wie sollte ich das vergessen können?“

„Du hast das damals schon gesagt, das mit den Fingern. Genau das. Ich habe lange Zeit gehabt, über diesen einen Satz nachzudenken. Heute weiß ich, dass die Frauen es waren, die ihre Finger nicht von mir lassen konnten. Ich habe ihre Sehnsüchte und ihre Fantasien nur bedient. Und wie. Wenn ich daran denke, ihre Finger spüre ich noch heute, wie sie sich in meine Haut gekrallt haben. Wie Ertrinkende.“ Van de Loo kicherte bei dem Gedanken.

„Du bist krank, van de Loo. Wo hast du den Frauen aufgelauert?“

„Ich lass mich von dir nicht provozieren, Karl.“ Van de Loos Stimme war voller Wut. Dann nahm sie unvermittelt wieder den beiläufigen, fast gelangweilt klingenden Ton an. „Ich darf dich doch Karl nennen? Jetzt, wo wir uns so nahe sind.“

„Was willst du von mir?“ Karl Vieten konnte es nicht verhindern, aber er musste schlucken.

Als Antwort schwang die Tür vor ihm auf. Nahezu geräuschlos. Unschlüssig blieb Vieten stehen und sah sich um. Aber außer den unsichtbaren Lautsprechern und der Kamera war der Raum leer.

Mit entschlossenen Schritten ging er auf das dunkle Loch zu.

*

„Habt ihr schon etwas von der Telefongesellschaft gehört?“ Anja Kremer sah nervös von Thiel zu Schrievers.

„Sie arbeiten daran. Das dauert halt. Es war nicht ganz einfach, sie von einem Notfall zu überzeugen. Diese Firmen werden von solchen Anfragen überhäuft. Selbst eine richterliche Anordnung bringt sie da nicht sonderlich aus der Ruhe. Ich habe schon alles probiert.“

„Mist. Woran arbeitet Vieten zur Zeit, außer an dem Finger-Fall?“ Anja Kremer ballte unwillkürlich ihre Fäuste. „Na ja, kann aber auch sein, dass wir nur Gespenster sehen.“ Das Gefühl, nichts tun zu können, machte sie verrückt.

„Wir müssen jetzt Geduld haben, Anja“. Ingo Thiel versuchte seine Kollegin zu beruhigen. „Vielleicht gibt es tatsächlich eine ganz einfache Erklärung für Karls Verschwinden.“

Anja quittierte Thiels Vermutung mit einem schiefen Blick, sagte aber nichts. Sie verschränkte ihre Arme vor der Brust, als könne sie damit die aufkommende Panik zurückdrängen. Es gelang ihr nicht.

*

„Bleib stehen!“ Der Befehl kam bellend.

Karl Vieten blieb stehen. Seine Hand, die die Pistole hielt, zitterte leicht.

„Sieh nach links, bitte.“ Van de Loos Stimme war sanft, fast schmeichelnd.

Der Kriminalhauptkommissar der Mönchengladbacher Polizei drehte den Kopf und erstarrte. Vor ihm hingen im fahlen Licht des Nachtsichtgerätes von der Decke an groben Fleischerhaken vier Hälften. Sein Gehirn weigerte sich zu glauben, was er sah. Dumpf grollend löste sich ganz tief in ihm der Schrei einer gequälten Kreatur. Die gebrüllte Todesangst wurde von den nackten Kacheln zurückgeworfen und schmerzte in seinen Ohren. Seine Augen brannten, weil er sie nicht schließen konnte. Ohne es zu spüren, hatten sich seine Hände zusammengekrampft und dabei den Schuss ausgelöst, dessen Echo nur langsam verhallte.

„Na, Karl, habe ich dir zu viel versprochen? Sind sie nicht schön?“ Van de Loo klang fröhlich wie ein kleines unschuldiges Kind. „Nur du darfst sie sehen. Ich habe sie extra für dich aufgehoben.“

Unvermittelt wurde es taghell in dem weiß gekachelten Raum. Gleichzeitig nahm Karl Vieten ein dunkles Summen wahr, das mit jeder Sekunde anschwoll, heller und lauter wurde. Fliegen.

Sie setzten sich auf jeden Zentimeter seines Körpers und auf das, was er vor sich sah und dessen Bedeutung er nicht begreifen wollte.

„Sind sie nicht schön?“

Karl Vieten versuchte, nicht den Verstand zu verlieren. Durch den Raum waren einmal in langen Reihen sauber geteilte Schweinehälften über Schienen zur Weiterverarbeitung geschwebt. Nun war der Raum leer, bis auf die vier Hälften. Und die grünschwarz schillernden Fliegen.

„Geh ruhig näher, Karl. Sieh sie dir an. Sie gefallen dir doch, oder?“

Sie waren nackt und an den Füßen aufgehängt. Ihr Haar war ihnen abgeschnitten worden und ihre schlaffen Arme berührten fast den Boden. Zwei Frauen, deren Alter Karl Vieten nicht bestimmen konnte. Denn ihre Körper waren mit einer Säge der Länge nach durchgeschnitten worden. Auch ihre Köpfe. Wie Schweinehälften. Dort, wo ihre Haut nicht von Fliegen bedeckt war, konnte der Kriminalhauptkommissar Flecken sehen. Erst jetzt nahm er den Gestank wahr. Und das kalte Metall, das sich in seinen Nacken bohrte.

„Das ist es, was du noch sehen solltest.“ Die Stimme klang jetzt heiser und ganz nah an seinem Ohr. „Du bist tot, Vieten. Tot. Und meine Säge wartet schon.“

Dann sah und spürte Karl Vieten nichts mehr.

*

„Wir haben die Ortung. In der Nähe des alten Schlachthofes.“ Ingo Thiel kam in den Besprechungsraum des KK 11 und wedelte mit einem Zettel.

Anja Kremer sprang von dem Sofa auf, das sie mit den anderen Möbeln aufgestellt hatten, um das geräumige Dienstzimmer wohnlicher zu machen. „Wo sollen wir auf dem Gelände suchen? Karl kann überall sein.“

*

„Hennes“ Jöris neigte seinen Kopf und flüsterte, um den Pfarrer nicht zu stören. „Wir finden ihn. Verlass dich drauf. Wir werden ihn finden.“

Anja Kremer hörte ihn nicht. Sie trat vor und warf eine Nelke in das Grab.

*

Die MK „Fingertod“ wurde nach etwas mehr als vier Monaten aufgelöst. Der Fall blieb bis heute ungesühnt.

Renée Pleyter

Der Mann auf der Brücke

1

Es war am Morgen des 10. April, als Anton Klein zum ersten Mal auf der Brücke stehen blieb und ins Wasser schaute. Dabei überquerte er die Brücke jeden Tag, seit mehr als zwölf Jahren. Morgens auf dem Weg zur Arbeit, und nachmittags, wenn er nach Hause ging. Manchmal sogar noch öfter. Nur stehen geblieben war er noch nie. An diesem Tag jedoch zögerte er, kurz bevor er die Höhe des zweiten Brückenbogens erreichte. Quer über der Brücke schien irgend so ein unsichtbarer Balken zu liegen, der ihn am Weitergehen hinderte. Seine Augen, die er üblicherweise auf den Boden gerichtet hielt, als wolle er die Pflastersteine zählen, hoben sich widerstrebend.

Es waren bereits Leute unterwegs, mit offenen Jacken, obwohl es noch frisch war. Hinter ihm näherte sich eine rangelnde und plappernde Schulklasse. Er trat einen halben Schritt zur Seite, um ihnen Platz zu machen. Unwillkürlich tastete er nach der Zigarettenschachtel in seiner Tasche. Ein Reflex. Er konnte hier nicht stehen bleiben, ohne zu rauchen.

Der Balken aus Luft war noch da. Anton Klein rauchte und ließ den Blick schweifen, als wäre er ein Ausflügler oder ein Pensionär. Am Ende der Brücke erhoben sich der sechsstöckige Turm und die Giebelseite von Schloss Brake. Das Wasser des Schlossgrabens, der durch einen Seitenarm des Flüsschens Bega gespeist wurde, glitzerte im Morgenlicht. Der bewachsene Uferstreifen war frühlingshaft grün. Ein Stück weiter teilte sich das Gewässer: Während der rechte Arm den Nordflügel des Schlosses umfing, plätscherte der linke auf das alte Wehr zu, das den Wasserstand der Gräfte regulierte. Hinter dem Wehr lag die historische Ölmühle mit ihrem hölzernen Rad, welches durch das Wasser, das die Staustufe hinabprasselte, angetrieben wurde.

Rechter Hand der Brücke erstreckte sich die Schlossmauer bis zum Südflügel. Auch hier wucherten dichte Pflanzenpolster bis an den Wassersaum. Ein Teichhuhn verschwand mit seinen Küken zwischen überhängenden Zweigen. Mitten im Grün stand dieses Kunstwerk, diese Ana ... Ana ... – den Namen hatte er sich nie merken können – dieses Blechding aus lauter Einzelteilen, das sich erst, wenn man am gegenüberliegenden Ufer daran vorüberging, an einem bestimmten Punkt mittels optischer Täuschung zu einer Art geometrischer Kugel aus zwölf fünfseitigen Flächen zurechtschob. Er hatte sich stets geweigert, darüber zu staunen, denn er hatte das Ding da nicht haben wollen. Es verschandelte den Blick auf die Mauer.

Eine Wolke schob sich vor die blasse Sonne. Im Schatten der Brücke war das Wasser nun sehr dunkel. Anton Klein fröstelte. Seine Hände zitterten leicht. Er schnipste seine halbaufgerauchte Zigarette über die Balustrade. Das unsichtbare Hindernis war verschwunden. Er senkte den Blick und nahm seinen Weg wieder auf.

2

Wie jeden Morgen holte er zuerst den Besen aus dem Abstellraum. Bevor die ersten Besucher kamen, fegte er die Halle. Das hätte er nicht tun müssen, denn der Fußboden war makellos sauber. Die Putzfrauen kamen jeden Tag in aller Frühe, lange bevor das Weserrenaissance-Museum seine Tore öffnete. Er fegte trotzdem.

Um Punkt neun Uhr schloss der Hausmeister den Haupteingang für den Publikumsverkehr auf. Anton Klein stellte den Besen beiseite und nickte den Eintretenden zu. Er passte auf, dass sie nichts kaputt machten. Er riss Karten ab, behielt mit halbem Auge die Garderobe im Blick, und er wies den Leuten den Weg zu den Toiletten, wenn sie danach fragten. Gegen Mittag ging er für eine Viertelstunde in den Hof und rauchte zwei

Zigaretten zu seinem Frühstücksbrot. Der Hausmeister fragte im Vorbeigehen, ob er Leo schon gesehen habe. Leo war nicht zur Arbeit erschienen. Anton Klein zuckte die Schultern. Nein, er hatte Leo nicht gesehen. Diese Typen waren doch alle gleich! Man konnte sich nicht auf sie verlassen.

Am Nachmittag riss Klein noch mehr Karten ab, hielt krakeelende Schüler zur Ruhe an und wischte zwischendurch mit Eimer und Putzlappen Erbrochenes auf, dort, wo einer schwangeren Dame übel geworden war. Um achtzehn Uhr, als Ruhe einkehrte, fegte er abermals die Halle, obwohl am nächsten Morgen natürlich die Putzfrauen kommen würden. Aber er hatte vor zwölf Jahren mit dem Fegen angefangen und es hätte ihm gefehlt, wenn er plötzlich damit aufgehört hätte.

Als er eine Viertelstunde später den Hof des Schlosses verließ, blieb er wieder auf der Brücke stehen, an der gleichen Stelle wie am Morgen. Er zündete sich eine Zigarette an und starrte aufs Wasser. Eine Handvoll Entengrütze entfernte sich langsam trudelnd in die Richtung, aus der das leise Rauschen des Wehrs zu vernehmen war. Eine große Forsythie ließ ihre fahl gewordenen Blüten ins Wasser rieseln. Mit dem Blick folgte er den dahintreibenden, gelblichen Flecken, die von den Lichtreflexen auf der Wasseroberfläche kaum zu unterscheiden waren. Sie sammelten sich in einem langsamen Wirbel vor dem dicken Pfeiler zwischen dem zweiten und dem dritten Brückenbogen, bevor sie im Dunkel verschwanden.

Kleins Blick wanderte zurück zu der Forsythie, rutschte etwas tiefer, dorthin, wo ein dürres Gestrüpp sich an die Uferbefestigung krallte, als wolle es sich an Land ziehen, und dann noch ein Stückchen tiefer, wo neben einer weiteren Handvoll Entengrütze ein blauer Plastikzipfel aus dem Wasser ragte.

Plötzlich fühlte er einen pelzigen Geschmack auf der Zunge. Die Zigarette schmeckte ihm nicht mehr. Er nahm sie aus dem Mund, und obwohl er sie noch nicht einmal zur Hälfte geraucht hatte, ließ er sie ins Wasser fallen, sah zu, wie sie auf das Dunkel unter der Brücke zutrieb, senkte seinen Blick und ging davon.

3

Als Anton Klein vor vielen Jahren zum ersten Mal das Schloss betreten hatte, war er andächtig in der Halle stehen geblieben. Alles war so sauber, so klar strukturiert. Keine überflüssigen Schnörkel, die das Auge ermüdeten. Das gab ihm das Gefühl, von einer langen, unbequemen Reise nach Hause zu kommen. In seiner Jackentasche tastete er nach der Stellenanzeige, die er aus dem Tagesanzeiger ausgeschnitten hatte, und knüllte sie ganz fest in seine Faust.

In den nächsten Monaten hatte er alles getan, um bleiben zu dürfen. Dabei hatte man es ihm nicht leicht gemacht. Er war vorher längere Zeit arbeitslos gewesen. Das war nicht sein Verschulden, aber trotzdem. Er war nicht mehr der Jüngste. Englisch konnte er auch nicht. Aber er war willig. Er tat jede Arbeit, die man ihm auftrug. Ohne zu murren. Meldete sich freiwillig für die Feiertagsschichten. Man ließ ihn zappeln. Er hielt still. Zweimal wurde seine Probezeit verlängert. Er erhöhte seine Bemühungen noch, blieb immer freundlich. Überstunden nahm er dankbar an. Manchmal bereitete es ihm Mühe, seinen freien Tag herumzubringen, ohne mit einer leisen Sehnsucht an die Pflichten zu denken, die auf ihn warteten, und um die seine Gedanken wie um einen Fixstern kreisten. Als er nach einem Jahr einen festen Vertrag und seinen eigenen Schlüssel für den Nebeneingang erhalten hatte, war ihm das als eine besondere Bevorzugung erschienen. Gerettet!

Das Schloss war ein Hort der Ordnung und der Stille, der Schönheit und Symmetrie. Mit den Jahren lernte Anton Klein all seine Ecken und Winkel, alle Ritzen und Poren kennen. Er kannte jedes Exponat. Er lernte die Texttafeln auswendig, um den Besuchern, die vielleicht zum Lesen zu faul oder der deutschen Sprache nicht mächtig waren, alles erklären zu können. Er las Bücher, die sich mit der Geschichte des Schlosses befassten, obwohl er sonst nie viel gelesen hatte. Er wusste auch, wie viele Treppenstufen der Turm hatte, für den Fall, dass jemand ihn danach fragte. Er konnte sagen, wie viele Schritte es vom Nord- in den Südflügel waren, und wie die Steine im Innenhof angeordnet waren. Er wusste sogar, wie viele Kacheln sich an den Wänden der Waschräume befanden. Er hatte sie alle gezählt. Was er zählen konnte, das gehörte ihm.

So wurde er zum Herrn des Schlosses. Er hielt es intakt. Die Schönheit war anfällig für Degradation. Unordnung und Nachlässigkeit scharrten an der Türschwelle. Sie warteten nur darauf, unbemerkt einzuschlüpfen. In den Winkeln würden Spinnen hausen. Ihre Netze würden immer größer werden. Dreckränder würden sich ausbreiten, Schlamm über den Boden schwappen. Nicht einmal die Kollegen machten sich die Mühe, ihre Füße auf der Matte abzustreifen, wenn sie an einem Regentag das Treppenhaus betraten. Sie hinterließen schmierige Spuren. Klein wischte sie schnell weg, obwohl das eigentlich die Arbeit der Putzfrauen war. Aber die kamen ja immer erst am nächsten Morgen. Man konnte den Dreck schließlich nicht den ganzen Tag liegen lassen.

Erst wenn alles ordentlich und sauber war, konnte Anton Klein sich etwas anderem zuwenden. Türen öffnen und schließen. Karten abreißen. Mauersteine zählen. Er ruhte sich niemals aus, auch nicht, wenn gerade keine Besucher da waren. Er fand immer Arbeit. Er sammelte weggeworfene Eintrittskarten auf, flatterndes Bonbonpapier. Oder er nahm das antistatische Tuch zur Hand, das er in der Tasche bei sich trug, und wischte Fettfinger von den Glashauben der Vitrinen. Es störte ihn wenig, dass die Kollegen ihn manchmal belächelten. Sein Tagwerk bestand aus vielen hundert kleinen Pflichten, die er eine nach der anderen abhakte, gewissenhaft, stoisch, ohne eine einzige zu vernachlässigen. Sie umschlossen ihn wie ein feinmaschiges Netz, und das Gefühl der Enge, des Eingeschlossenseins, das jede Unwägbarkeit erstickte, machte ihn beinahe glücklich.

4

Leo tauchte auch in den nächsten Tagen nicht wieder auf. Anton Klein fand nicht, dass das ein wirklicher Verlust war. Er war mit diesen so genannten Resozialisierungsmaßnahmen noch nie einverstanden gewesen. Aber ihn fragte ja niemand.

Mit einem feuchten Lappen wischte er die Fensterbänke ab, was ebenfalls über seine Aufgaben hinausging, aber die Putzfrauen schienen nachlässig zu werden. Danach polierte er die Fenstergriffe. Leo war Anfang des Jahres ins Haus gekommen, um dem Hausmeister zur Hand zu gehen. Kleine handwerkliche Reparaturen, Botengänge. Nichts Anspruchsvolles. Statt sich aber auch nur die geringste Mühe zu geben, höflich zu sein, oder zumindest niemanden zu belästigen, setzte er sich über alle Regeln hinweg. Wo er ging und stand, schien er eine Dreckspur zu hinterlassen, eine Art klebriger Plaque, die irgendwann beginnen würde, sich in die weißen Wände einzufressen.

Einmal hatte Klein gesehen, wie Leo auf den Fußboden rotzte, mitten im alchemistischen Laboratorium, und dann weiterschlurfte, als sei das völlig normal. Als er ihn darauf ansprach, hatte Leo nur gleichgültig die Schultern gezuckt. Ein anderes Mal hatte er im Treppenhaus Limonade verschüttet, ohne sich um die Schweinerei zu kümmern. Anton Klein hatte das Zeug von den Stufen gefeudelt, damit niemand darauf ausrutschte.

Als die Fenstergriffe im zweiten Stock glänzten, machte sich Klein auf den Weg in den dritten Stock. Im Grunde waren diese Typen alle gleich! Alkoholiker. Schwervermittelbare. Manchmal sogar entlassene Strafgefangene. Sie wurden den öffentlichen Einrichtungen zugewiesen, um sie wieder an einen geregelten Tagesablauf zu gewöhnen. Damit sie überhaupt irgendetwas taten, statt auf der Straße herumzulungern und Löcher in die Luft zu starren. Sie bewegten sich so langsam, dass man ihnen im Gehen die Schuhe hätte besohlen können, und sie gähnten, noch ehe der Arbeitstag begonnen hatte. Wenn man nicht aufpasste, brachten sie ihre Flachmänner in der Jackentasche mit.

Sie drückten sich in den Ecken herum. Hinterließen mit ihren billigen Schuhen schwarze Gummistreifen auf den glatten Fliesen. Aschten mit ihren Zigaretten auf den Boden, statt zum Rauchen nach draußen zu gehen. Knüllten ihr fettiges Frühstückspapier zusammen und warfen es mit Absicht neben den dafür vorgesehenen Behälter oder quetschten es zwischen die Rippen der Heizung im Aufenthaltsraum. Begrabschten die kostbarsten Gegenstände mit ihren groben Pfoten. Sie hatten keinen Sinn für Schönheit, für Ästhetik, für die Stille. Für gar nichts hatten sie Sinn!

5

Klein gewöhnte sich daran, auf der Brücke stehen zu bleiben. Morgens nur einen kurzen Moment. Gegen Abend, wenn alles still war, etwas länger. Nach einer Woche brachte er es fertig, an die steinerne Balustrade gelehnt eine ganze Zigarette zu rauchen, ohne sie verfrüht ins Wasser zu werfen.

Der blaue Plastikzipfel war noch da, an der gleichen Stelle, in der Nähe der Uferböschung. Klein schaute niemals sofort dorthin, sondern immer erst, nachdem er den Blick über die steinerne Schlossmauer, das ambivalente Kunstwerk und die Forsythie hatte wandern lassen. Dann, und erst dann, wandte er sich dem blauen Zipfel zu, mit einem leichten Argwohn, so wie ein Arzt, der genau konstatierte, ob ein harmloser Leberfleck sich zu einem Unglück auszuwachsen begann. War er größer geworden? Ragte er weiter aus dem Wasser heraus? Nein, das musste eine Täuschung sein.

Den ganzen April regnete es reichlich, und der Graben war gut gefüllt. Es schien sogar, als würde der blaue Zipfel kleiner werden. Das mochte daran liegen, dass die Entengrütze zu wuchern begann. Große, hellgrüne Fladen bewegten sich schwappend zwischen den Ufern hin und her, und bedeckten alles, was sich nicht hoch genug über den Wasserspiegel erhob. Das war gut so. Anton Klein nickte, drückte seine Zigarette aus, senkte den Blick und ging nach Hause.

6

Der Abend des 9. April lag schon ein paar Wochen zurück. Er war frühlingshaft mild gewesen. Anton Klein hatte schon beinahe seine Wohnung erreicht, als er sich erinnerte, dass das Fenster im Toilettenraum des zweiten Stocks nicht geschlossen war. Am Nachmittag hatte er es geöffnet, ziemlich gereizt, weil wieder mal jemand auf der Toilette geraucht hatte. Im Waschbecken lag die ausgedrückte Kippe. Vielleicht war es Leo gewesen. Vielleicht auch einer der Besucher, einer dieser halbstarken Bengel, die von ihren Lehrern durch die historische Ausstellung geschleift wurden und die sich dann bei der ersten Gelegenheit verkrümelten, um im Treppenhaus ihre Tabakbeutel hervorzukramen oder mitgebrachte Luftballons mit Wasser zu füllen und aus den Fenstern zu werfen. Mit einem wütenden Ruck hatte Klein das Fenster geöffnet – und später vergessen, noch einmal hinaufzugehen und es wieder zu schließen.

Er ließ die Grünphase der Fußgängerampel verstreichen und starrte in die Luft, als gäbe es etwas zu überlegen. Aber die Sache war klar: Er musste noch einmal zurück. Ein offenes Fenster war ein Risiko, das er nicht eingehen durfte, selbst wenn es im zweiten Stock lag. Der Gedanke, dass es die ganze Nacht offen stehen würde, war ihm unerträglich.

Das Abendlicht begann sich bereits rötlich zu verfärben, als er die Brücke wieder erreichte. Über dem Graben hing ein weicher Dunst. Irgendwo sang eine Amsel. Er schloss die Seitentür auf, ging leise hinauf in den zweiten Stock und betrat den Toilettenraum, wo das Fenster tatsächlich noch aufgekippt war. Er schloss es mit einer nachdrücklichen Bewegung, drehte sich um und ging wieder nach unten.

Als er den Treppenabsatz des ersten Stocks erreichte, nahm

er einen Lichtschein wahr. Überrascht hielt er die Luft an. Das Licht flackerte und ließ tiefe Schatten tanzen. Das konnte doch unmöglich eine Kerze sein! Wer wagte es, hier einzudringen und offenes Feuer zu machen? Links und rechts ohrfeigen sollte man diesen Idioten!

Geräuschlos stellte Anton Klein seine Aktentasche ab. Er fühlte eine dumpfe, fast verzweifelte Wut. Am anderen Ende des langgestreckten Ausstellungsraums, dort, wo ein Mauervorsprung eine kleine Nische entstehen ließ, hob sich ein dunkles Bündel vom Fußboden ab. Es sah aus wie ein Kleiderbündel. Eine Art provisorisches Nachtlager. Die Alarmanlage hätte anschlagen müssen, aber aus irgendeinem Grund tat sie es nicht. Vielleicht hatte der Eindringling sie abgeschaltet.

Klein schlich auf Zehenspitzen über den glatten Boden. Es war tatsächlich ein Nachtlager! Und auf dem Fußboden stand eine dicke Kerze und flackerte und verbreitete ihr rötliches Licht. Auf dem schmuddeligen Lager, das aus zwei oder drei alten Decken bestand, lag ...

„Leo!“, rief Anton Klein ungläubig.

7

Das menschliche Bündel hob müde den Kopf, einen beinahe fatalistischen Ausdruck in den tiefliegenden Augen, als habe er geahnt, dass dieser Moment früher oder später kommen würde.

„Was fällt dir ein, Leo?“

Leo, dieser Typ, der in die Ecken rotzte, der überall Spuren hinterließ und dessen Fingernägel chronisch dunkle Ränder aufwiesen, schälte sich ächzend aus den Decken. Langsam und ungelenk stand er auf. Er musste Ende vierzig sein, sah aber viel älter aus, resigniert, ein geprügelter Hund, der in seinem Leben zu viel gesoffen, zu oft gehungert und zu harte Schläge bekommen hatte. Er war mager. Seine Haut war immer gräulich, sogar wenn er in der Sonne stand. Seine strohigen Haare, die wirklich an einen graubraunen Straßenköter erinnerten, hatten in den letzten zehn oder fünfzehn Jahren vermutlich keinen anständigen Schnitt mehr erhalten.

„Was machst du hier?“, fragte Anton Klein mit Schärfe. Dieses ungepflegte Individuum, das seine knackenden Knochen sortierte und mit einer autistisch anmutenden Unstetigkeit an seinem Gesicht vorbeischaute, stieß ihn zutiefst ab. Den Decken auf dem Boden entströmte ein unangenehmer Dunst, als wären sie lange nicht gewaschen worden, der gleiche Dunst, den Leo verbreitete, wenn man zu nahe an ihm vorbeiging.

„Ich schlafe hier ...“, murmelte der Ertappte, den Blick zum Licht der Kerze schlingern lassend, als hoffe er, dass sie dann weniger flackern und sein Vergehen damit weniger schlimm machen würde.

„Das sehe ich!“, sagte Klein. „Seit wann geht das so?“

„Seit einem Monat“, murmelte Leo, ohne den Blick zu heben. „Ich habe meine Wohnung verloren.“

„Seit einem Monat?“, fragte Klein mit ungläubig zusammengekniffenen Augen.

„Ja. Zuerst habe ich bei einem Kumpel geschlafen. Als der mich rausgeschmissen hat, habe ich ein paar Tage draußen geschlafen. Aber das war zu kalt. Und seitdem ...“ Gleichgültig zuckte er mit den Achseln, als sei er für sein Schicksal nicht verantwortlich.

Diese Gleichgültigkeit, die Tonlosigkeit der Stimme und der uninteressierte Blick waren es, die Anton Klein über alle Maßen erbitterten.

„Wie bist du hereingekommen?“, herrschte er den unglückseligen Hilfshausmeister an.

„Ich habe einen Schlüssel“, antwortete Leo, erneut die Schultern hebend.

Beinahe hätte Anton Klein laut gelacht. Welcher gottverdammte Idiot hatte diesem Penner einen Schlüssel gegeben? Er selbst hatte sich seinen Schlüssel hart verdienen müssen, und dieser Tagedieb bekam ihn fürs reine Nichtstun! Keine Arbeit erledigte er zur Zufriedenheit. Er rauchte überall dort, wo es verboten war. Er wischte sich nie die Füße ab. Und was er sonst noch alles tat, malte man sich besser gar nicht aus!

„Los, raus hier jetzt!“, schimpfte Klein. „Pack deinen Kram zusammen! Das ist das letzte Mal, dass ich dich im Schloss gesehen habe!“

„Das haben Sie nicht zu bestimmen!“, murrte Leo, während er seine Füße, die in grauen Socken steckten, in die ausgelatschten Schuhe schob, die neben dem Nachlager standen.

„Verlass dich drauf, dass ich dafür sorgen werde!“

Leo antwortete nicht. Brummelnd klaubte er seine Decken vom Fußboden auf, warf sie sich über die Schulter, und bückte sich nach der abgewetzten Reisetasche, in der sich seine Habseligkeiten befanden. Dann trottete er in Richtung Treppenhaus. Anton Klein löschte die Kerze und ging dicht hinter ihm her.

„Los, nach unten!“, befahl er, als sie die Treppe erreichten. „Und schlurf gefälligst nicht so. Überall diese Streifen von den Gummisohlen!“

„Korinthenkacker!“, murmelte Leo.

In Kleins Ohren rauschte es plötzlich.

„Wie hast du mich genannt?“, fragte er mit bleichem Gesicht.

„Armseliger Korinthenkacker!“, wiederholte Leo, mit genau der Mischung von Gleichgültigkeit und Verachtung, die das Fass zum Überlaufen brachte.

Die Faust traf ihn völlig überraschend, schräg von hinten über dem rechten Ohr. Er sah Sterne, stolperte zwei, drei Stufen treppab, wobei er sich noch am Geländer zu halten versuchte. Aber der Schlag war sehr hart. Ihm wurde schwarz vor Augen. Er verlor das Gleichgewicht und fiel sehr tief, rollte, polterte ins Dunkel. Als er unten ankam, lebte er bereits nicht mehr.

8

Anton Klein starrte auf die Schweinerei, die er angerichtet hatte. Der Typ, der Leo geheißen hatte, lag mit seltsam verrenkten Gliedern und einem Gesicht, das unaussprechlich weit über seine Schulter blickte, auf der untersten Stufe. Man musste kein Spezialist sein, um zu wissen, dass sein Genick gebrochen war. Aus einem Nasenloch begann dunkles Blut zu rinnen, die magere, unrasierte Wange entlang, und tropfte dann auf den Boden, wo es eine schnell größer werdende Lache bildete.

Klein starrte noch immer. Es tat nichts zur Sache, dass er das gar nicht gewollt hatte. Es tat nichts zur Sache, dass er im Recht gewesen war, diesen Penner hart anzufassen, der sich unbefugt Zutritt verschafft hatte, der alles schmutzig machte und die Ordnung verhöhnte. Das tat alles nichts zur Sache. Was zählte, war nur das Ergebnis.

Aus dem Putzfrauenraum holte Klein eine Rolle blauer Müllsäcke. Er war geübt darin, Dreck zu beseitigen. Den ersten Sack zog er dem rasch kälter werdenden Leo über den Kopf. Den zweiten Sack stülpte er ihm über die Füße und zog ihn herauf bis zu der mageren Taille, die in einem zu weiten Hosenbund steckte. Dann zog er das Bündel vorsichtig zur Seitentür.

Draußen war es Nacht geworden. Kein Mond, keine Sterne. Klein lauschte mit offenem Mund. Sein eigener Atem hallte ihm in den Ohren. Er schleifte das Bündel bis zur Brücke, hievte es ächzend auf die Balustrade, und ließ es auf der anderen Seite in die Tiefe fallen. Mit einem dumpfen Aufprall landete Leo auf dem Uferstreifen.

Im Innenhof des Schlosses hatten kürzlich Ausbesserungsarbeiten stattgefunden, und in einer Ecke lagen noch Pflastersteine. Anton Klein brauchte kein Licht. Er kannte jeden Zentimeter. Er warf eine Anzahl Steine über die Balustrade und als er meinte, es würde reichen, kletterte er selbst hinüber. Er landete direkt auf dem menschlichen Bündel. Ihm schauderte. Aber es lohnte nicht, darüber nachzudenken. Er musste tun, was zu tun war. Er schob die Steine zu dem Toten in den Sack und verschnürte das Bündel mit einem Spannriemen, den er im Geräteraum des Hausmeisters gefunden hatte. Dann zog er das kleine, rote Boot heran, das unter der Brücke angebunden lag. Er hievte das verschnürte Paket hinein und stieß das Boot, während er hineinsprang, kräftig vom Ufer ab.

In der Mitte des Grabens ein dumpfes Platschen. Das schwärzliche Wasser schnappte zu wie ein weiches Maul. Undeutlich sah Anton Klein das Blau der Säcke in die Tiefe sinken. Dann war es wieder totenstill. Sogar die Frösche schwiegen. Nur das alte Wehr rauschte entfernt, und ihm lief erneut ein Schauer über den Rücken. Mit den Händen im Wasser paddelnd, brachte er das Boot ans Ufer zurück und vertäute es an seinem angestammten Platz. Mit nassen Händen fuhr er sich durchs schüttere Haar. Er war erschöpft, das Herz schlug ihm bis zum Hals, sein Blut war gefüllt mit Adrenalin.

Im Treppenhaus wischte er die Blutlache, die bereits einzutrocknen begann, mit einem Lappen weg. Den Lappen stopfte er in Leos schmuddelige Reisetasche, die auf der obersten Treppenstufe stehengeblieben war. Dann nahm er die Tasche, klemmte sich die muffigen Decken unter den Arm, und schloss die Tür hinter sich ab.

Irgendwo auf halber Strecke zu seiner Wohnung warf er den ganzen Unrat in einen Container und wischte sich die Hände an seiner Hose ab. Sie waren unerträglich klebrig. Zu Hause duschte er lange. Dann trank er ein Bier, dann noch eines, und ging schlafen. Weiter nichts.

9

Mitte Juli hatte die Entengrütze alles überwuchert. Sie befriedete die Reflexe der Sonne, die den ganzen Frühsommer wie Irrwische über das Wasser getanzt waren. Die Teichhühner pflügten sich ihren Weg, als schwämmen sie auf einer Wiese, und zogen nur einen dünnen Streifen dunkles Fahrtwasser nach, der sich hinter ihnen sofort wieder schloss. Der blaue Plastikzipfel war nicht mehr zu sehen. Natürlich musste er dort noch irgendwo sein, unter der Entengrütze und den wuchernden Wasserhyazinthen. Aber was man nicht sah, das hörte auf zu existieren. Ende Juli konnte Anton Klein die Brücke wieder überqueren, ohne stehen zu bleiben.

10

Es war ein Mittwochmorgen im August, als Klein auf dem Weg zur Arbeit schon aus der Ferne eine Menschentraube auf der Brücke sah. Während eines langen Moments hatte er tatsächlich nicht die geringste Idee, was es dort so Interessantes zu sehen geben könnte. Statt umzukehren, ging er auf das Gedränge zu. Als er die Brücke erreichte, sah er, dass über Nacht der Wasserspiegel des Grabens stark gesunken war. Das Ufer war um einen breiten, morastigen Streifen erweitert. Und genau dort, mitten im Schlick, lag ein dreckverschmiertes, blaues Bündel.

Der Hausmeister, der den niedrigen Wasserstand hatte nutzen wollen, um in aller Frühe Unrat im Uferbereich einzusammeln, hatte die blauen Säcke, die da zum Vorschein gekommen waren, mit einem langen Haken ans Ufer gezogen. Er brauchte sie gar nicht zu öffnen. Einer der Säcke hatte einen Riss bekommen, aus dem neben einem stinkenden Schwall Dreckwassers auch ein Kleiderzipfel und die Überreste einer menschlichen Hand gequollen waren.

Schnell stand fest, dass es sich bei der Leiche um Leo, den vor vier Monaten vermissten Hilfshausmeister, handelte. Noch am gleichen Nachmittag wurde Anton Klein verhaftet. Einige Kollegen hatten sich an die abfälligen Bemerkungen erinnert, mit denen er Leo bedacht hatte. Seine kaum verhohlene Feindseligkeit. Die Verbissenheit, mit der er immer hinter Leo her geputzt hatte. Sein betont geringes Interesse, als Leo verschwunden war. Der Gärtner, der die Grünanlagen pflegte, erinnerte sich nun, ihn monatelang jeden Morgen und jeden Nachmittag auf der Brücke stehen und ins Wasser starren gesehen zu haben. Die Dame von der Museumskasse und eine der Aufsichten hatten die gleiche Beobachtung gemacht. Das reichte, um Klein verdächtig zu machen. Er stritt es auch gar nicht ab. Er versuchte nicht, sich zu rechtfertigen. Er machte sich keine Illusionen. Er wusste, dass niemand ihn verstehen würde. Niemand hatte je verstanden, was das Schloss ihm bedeutete.

Der Wasserstand war über Nacht gesunken, weil man am Abend zuvor das Wehr geöffnet hatte. Es war erst im März vollständig überholt worden, und Klein war davon ausgegangen, mindestens zwei oder drei Jahre Ruhe zu haben. In zwei oder drei Jahren aber würde niemand mehr rekonstruieren können, wie die Leiche im Graben gelandet war. Er selbst wäre dann schon pensioniert und niemand würde sich mehr seiner erinnern.

Irgend so ein Trottel hatte jedoch bei der Reparatur des Wehrs gepfuscht: Unterhalb des Wasserspiegels hatten sich mehrere Planken gelöst, und um den Schaden zu beheben, musste es erneut geöffnet werden.

„Das war dieser bekloppte Typ, der im Frühjahr im Schloss die Hilfsarbeiten machte“, lamentierte der Handwerksmeister, als man ihm die mangelhafte Arbeit vorwarf. „Dieser Nichtsnutz, dieser Leo! Mein Geselle war krank an dem Tag. Da habe ich dem Leo zwanzig Euro gegeben und eine Flasche Korn, damit er mit anfasste. Er muss den Mist verzapft haben, als ich gerade mal nicht hinschaute. Nun kann ich alles noch einmal machen!“

„So hat der Tote letztendlich selbst dafür gesorgt, dass er gefunden wurde“, sagte der Kommissar, der den Fall untersuchte, während er nachdenklich die Stelle des Wehrs betrachtete, an der die Planken sich aus dem metallenen Rahmen gelöst hatten.

Joachim Grobe

Pünktlichkeit

Es muss schon eine Weile her sein. Es war in der Zeit, als in Bielefeld das Gartenrestaurant Pappelkrug die Krone der Eleganz darstellte. Ich weiß noch, dass sich dort an schönen Sommertagen Frau Bittrich, Frau Bierwirth, Frau Drake und Frau Stapenhorst unter Sonnenschirmen zum Kaffeekränzchen trafen, zehn Jahre lang, vielleicht sogar länger, aber als Quartett nur bis zu jenem bedauerlichen Ereignis.

Ihre Ehemänner, auch sie kannten einander, lösten sich in regelmäßiger Reihenfolge ab, die Damen nach dem Kaffeeklatsch gegen sechs Uhr abends mit dem Auto abzuholen, um sie nach Hause zu fahren. An dem Tag, der mir als erstes vor Augen erscheint, war Herr Bittrich an der Reihe.

Um sich zu diesen Plauderstunden zu treffen, um also zur Villa Pappelkrug zu gelangen, mussten die Damen Straßenbahnen oder Busse benutzen, und wenn die Zeit knapp war, eine Taxe nehmen. Es war in jener Epoche, als Frauen tagsüber noch Zeit hatten. Sie ließen ihre Männer arbeiten. Das genügte ihnen zur Selbstverwirklichung – beinahe jedenfalls, wie diese Geschichte zeigt.

Da Frau Bittrich, Frau Bierwirth, Frau Drake und Frau Stapenhorst in verschiedenen Bezirken der Stadt wohnten, war es nicht ganz einfach für sie, pünktlich zum verabredeten Zeitpunkt einzutreffen, immer um vier Uhr nachmittags. Doch an einem pünktlichen Beginn lag ihnen viel. Und weil es in der ersten Zeit ihrer Treffen um die Pünktlichkeit nicht gut bestellt war, machte Frau Bittrich, die Lustigste von ihnen, einen Vorschlag: Die zuletzt Eintreffende müsse sich nicht nur in der üblichen Weise entschuldigen, sondern, nachdem der Kellner die Bestellung aufgenommen und Kaffee und Tortenstücke serviert habe, die Entschuldigung in Form einer aus dem Stegreif erfundenen Geschichte vorbringen – einer Geschichte, welche die Verspätung rechtfertige. Je verblüffender, desto besser.

Frau Bierwirth, Frau Drake und nicht zuletzt Frau Stapenhorst waren vom Vorschlag der Frau Bittrich begeistert. Er wurde angenommen, und im Laufe der folgenden Jahre entwickelten die Damen eine beachtliche Fertigkeit im Erfinden von Entschuldigungsgeschichten. Damit war zweierlei erreicht: Weil das rasche Ausdenken einer Geschichte einer gewissen geistigen Anstrengung bedurfte, wollte keine der Damen als letzte am Kaffeetisch erscheinen. Die angestrebte Pünktlichkeit war also hinreichend gewährleistet. Und die Geschichten wurden zum amüsanten Ausgangspunkt der weiteren Plauderei.

An dem Tag, von dem ich erzähle, bei der vierten Zusammenkunft in jenem wunderbaren Sommer, kam Frau Bittrich als letzte und war folglich mit ihrer Geschichte an der Reihe. Der Kellner nahm die Bestellungen entgegen. Besonders ungeduldig warteten Frau Bierwirth, Frau Drake und Frau Stapenhorst auf Kaffee, Kuchen und Sahne. Auch nach zehn Jahren hielten noch alle an dem Ritus fest, dass erst nach dem Servieren durch den Kellner mit der Entschuldigungsgeschichte begonnen werden durfte. Besonders ungeduldig waren sie deshalb, weil Frau Bittrich am einfallsreichsten flunkern konnte.

Nachdem der livrierte und ein wenig zittrige Kellner endlich alles gebracht und sich wieder entfernt hatte, sagte Frau Bittrich in gewohnt heiterem Tonfall, der Grund für ihre kleine Unpünktlichkeit sei der, dass sie heute Morgen während des Frühstücks erst einmal ihren Mann umzubringen hatte. Es habe dann mit der Spurenbeseitigung nicht so recht klappen wollen, so dass sie die Straßenbahn verpasste und schließlich sogar eine Taxe nehmen musste, um noch einigermaßen rechtzeitig zum Kaffeekränzchen zu erscheinen.

Die Zuhörerinnen amüsierten sich königlich. Jede von ihnen hatte sich schon einmal vorgestellt, ein Leben ohne den abgenutzten Gatten zu führen. Die drei waren belustigt, doch im Verlauf des weiteren Berichts, worin Frau Bittrich in allen giftigen Einzelheiten schilderte, wie sie bei dem Unternehmen vorgegangen sei, überkam die Damen doch das Gruseln, welches sie furchtsam und genüsslich auskosteten. Es war ja nur eine Entschuldigungsgeschichte!

Und doch atmeten Frau Bierwirth, Frau Drake und Frau Stapenhorst erleichtert auf, als Herr Bittrich unversehrt und rosig auf der Bildfläche erschien, um die Damen in die Stadt zurückzufahren. Und Frau Bierwirth sagte zu ihm, indem sie ihren Freundinnen zuzwinkerte: „Ach, Herr Bittrich, Sie leben noch?“ Und Herr Bittrich lächelte: „Oh, ja, danke! Mir geht es sogar von Tag zu Tag besser!“

Am folgenden Mittwoch leuchtete der Himmel über Bielefeld so tiefblau, dass Frau Bittrich, Frau Bierwirth, Frau Drake und Frau Stapenhorst sich abermals zu einem Treffen auf den schmiedeeisernen Gartenstühlen der Villa Pappelkrug verabreden konnten. Alle Damen erschienen fast zur selben Zeit. Doch eine von ihnen musste die Letzte sein.

Und diesmal war es Frau Drake. Man war ein wenig enttäuscht, denn Frau Drake war hinter Frau Bierwirth und Frau Stapenhorst am wenigsten geeignet, der Phantasie von Frau Bittrich etwas annähernd Ebenbürtiges entgegenzusetzen. Schon bald, nachdem Frau Drake stotternd begonnen hatte, schweiften die Blicke der Zuhörerinnen gelangweilt im Gartenlokal umher.

In etwa fünfzig Schritt Entfernung sprachen zwei Herren mit dem Kellner. Der hörte aufmerksam zu und wies dann mit einer charmanten Neigung des Kopfes zu dem Tisch, an dem Frau Bittrich, Frau Bierwirth, Frau Drake und Frau Stapenhorst saßen.

Die beiden Uniformierten näherten sich, machten eine kurze elegante Verbeugung, und der kleinere von beiden fragte: „Verzeihung, meine Damen – wer von Ihnen ist Frau Bittrich?“

Die drei anderen blickten sie fassungslos an.

„Aber ihr müsst zugeben“, sagte Frau Bittrich triumphierend, „ich war pünktlich!“

Iris Grädler

Der Neffe

Als Gottfried Barntrup an diesem vernebelten Februarmorgen durch den Spalt der Eingangstür spähte, wusste er, dass die Unbill der Welt nun auch im Dorf angekommen war. Der junge Mensch, der mit einem erwartungsvollen Lächeln vor seinem Einfamilienhaus stand, trug blauen Lidschatten, grelles Lippenrot, breite Silberringe an beiden Ohren und ein Kopftuch mit Blumenmuster im Stil eines Piraten. Darunter quoll kupferfarbenes Haar bis auf den Pelzkragen eines pinkfarbenen Wildledermantels, der fast auf dem Boden schleifte. Nur die prägnante Nase mit dem Höcker erschien Gottfried irgendwie vertraut. Allerdings war er zu verwirrt, um sofort zu schalten. Er starrte auf den Metallkoffer, den der Paradiesvogel in einer Hand hielt, dann auf das kläffende Hündchen in der Beuge des anderen Arms. Eine winzige Zunge. Augen wie Knöpfe. Eine Schleife in den weißen Löckchen. Wie ein Exemplar aus der Armee von Stofftieren, die Mathilde in den Monaten ihrer Schwangerschaft gesammelt hatte und die auch nach fast vierzig Jahren noch immer im unbenutzten Kinderzimmer auf einem Sofa saßen. Sie hätten nach den Fehlgeburten alles wegschmeißen sollen, das ganze Spielzeug, die Kindermöbel, all die Zeugen ihres Versagens und Schmerzes. Aber wenn so was dabei herausgekommen wäre, fuhr es ihm durch den Kopf, dann lieber keinen Erben ...

„Onkel Gottfried? Guten Tag. Ich bin ein bisschen früher gekommen ..."

Heiliger Strohsack, dachte Gottfried, als er endlich begriff. Er entriegelte die Tür und gab, unfähig, mehr als einen Gruß über die Lippen zu bringen, seinem Neffen kurz die Hand. Das Taxi, mit dem Peter offenbar gekommen war, verschwand um die Hausecke. Bei den Meiers gegenüber bewegte sich eine Gardine. Gottfried pochte das Blut in den Schläfen. Er half mit den vier anderen Koffern, konnte endlich die Tür schließen, zeigte die Garderobe und das Gästebad, verschwand in der Küche, setzte Teewasser auf, trank einen Schnaps und nahm eine Blutdrucktablette. Es musste für alles eine Erklärung geben. Vielleicht war Peter Mitglied in einem Karnevalsverein. Hatte Mathilde nicht erwähnt, er sei Künstler? Ja, bestimmt war er Schauspieler, war auf Tournee gewesen und hatte keine Zeit gehabt, sich vor dem Flug nach Europa umzuziehen. Und wo zum Teufel blieb Mathilde? Es war doch *ihr* Neffe.

Als Peter in die Küche trat, wusste Gottfried, dass er sich nichts vorzumachen brauchte. Was er sah, sagte ihm genug. Peter trug ein Kleid und Frauenschuhe, solche mit Absätzen. Er setzte sich sehr gerade und mit übergeschlagenen Beinen auf die Stuhlkante, hielt das Hündchen auf dem Schoß, wippte mit einem Fuß und fummelte an der Hundemarke herum.

Gottfried räusperte sich. „Tee?“, fragte er.

„Ach, wie lieb, gern.“ Peter sprach mit Akzent. Kein Wunder, nach all den Jahren in New York, dachte Gottfried. Jetzt hat er den Salat, Mathildes feiner Bruder, der die Nase immer zu hoch getragen hat. Bloß weg aus Oerlinghausen, bloß weg vom Lipperland und auf in die laute, bunte Glitzerwelt. Erst Berlin, dann London, schließlich Manhattan. Millionen hat er als Banker gescheffelt. Behauptet zumindest Mathilde. Und was hat er nun davon? Eine Frau, die nach einer wilden Party am Steuer eingeschlafen und tödlich verunglückt ist, und einen Sohn, der einen Hasch-Mich hat. Gottfried schielte auf den Ausschnitt von Peters Kleid, unter dem er eine Wölbung zu erkennen glaubte.

„Bonnie hat Durst“, sagte Peter, erhob sich und öffnete zu Gottfrieds Empörung wie selbstverständlich Küchenschränke, bis er eine Schüssel fand und sie für den Hund mit Wasser füllte.

„Ist der wenigstens stubenrein?“

„Bonnie leidet noch unter dem Jetlag“, antwortete Peter. „Da könnte ihr ein Malheur passieren. Wo ist die Tante?“

„Unterwegs. Wie lange gedenkst du zu bleiben?“

Peter blickte ihn mit zusammengezogenen Brauen an. „Mathilde hat mir angeboten, dass ich bleiben kann, solange ich möchte."

„Hat sie?"

Gottfried versuchte, seinen Atem zu kontrollieren. Es musste ein Missverständnis vorliegen. Mathilde hatte von einem Besuch erzählt. Daran konnte er sich jetzt erinnern. Von einem Einzug in sein Haus war nicht die Rede gewesen. Überraschen würde es ihn aber nicht. Seit er vor zwei Jahren in Rente gegangen war, war nichts mehr wie früher. Plötzlich stand selten warmes Essen auf dem Tisch. Und Mathilde war ständig auf Achse. EDV für Fortgeschrittene. Karate für Senioren. Kunstausstellungen in der ehemaligen Synagoge. Schweißen für Anfänger. Pannenhilfe für Frauen. Und andere seltsame Aktivitäten. Der Kalender in der Küche war vollgeschrieben mit Terminen. Gottfried hatte nachgeschaut. Ein Smiley war in das Feld für diesen Tag eingezeichnet. Das Zeichen für Mathildes bescheuerten Lachyogakurs. Nicht einmal heute konnte sie darauf verzichten.

„Und welche Pläne hast du?", fragte er Peter.

„Mathilde meint, ich könnte das Abitur nachholen und hier bestimmt Englisch unterrichten oder so."

„Englisch. Hier bei uns im Dorf?"

„Ja, also an der Volkshochschule, sagt Mathilde. Oder an der Uni. Für den Übergang ..."

„So, für den Übergang, und dann?"

„Das wird sich zeigen." Peter zuckte mit den Schultern und strich sich durchs Haar. Mehrere Ringe steckten an den Fingern, und die Nägel waren lackiert. Gottfried wandte den Blick ab und schaute auf die Küchenuhr, deren Ticken ihm lauter als sonst erschien. Es war Zeit für seinen Nachmittagsschlaf.

„Wie geht's deinem Vater?", fragte er.

„Wir haben keinen Kontakt", erwiderte Peter.

Kein Wunder, dachte Gottfried. Allerdings hatte auch Mathilde aus ihm unbekannten Gründen den Kontakt zu ihrem Bruder abgebrochen, nachdem sie ihn das erste Mal in New York besucht hatte. Das war an ihrem sechzigsten Geburtstag gewesen. Gottfried hatte seine Flugangst vorgeschoben und war zu Hause geblieben. Ein Fehler, wie er jetzt einsah. Denn kaum hatte Mathilde die Luft der weiten Welt geschnuppert, war sie nicht mehr zu halten gewesen und regelmäßig in die Staaten geflogen. Jedes Mal besuchte sie ihren Neffen und reiste mit ihm kreuz und quer durchs Land. Gottfried bekam Postkarten aus San Francisco, Las Vegas, Boston oder Toronto.

„Und was macht die Kunst?", fragte er Peter.

„Die Kunst?"

„Na, dein Schauspielern. Bringt das was ein?"

„Ich bin kein Schauspieler", entgegnete Peter.

Gottfried trank ratlos den letzten Schluck Tee aus seiner Tasse. Dann ließ er seinen Neffen allein und zog sich in sein Schlafzimmer zurück. Schon sehr lange schliefen Mathilde und er getrennt. Irgendwann hatte sie sich im Obergeschoss ein Zimmer eingerichtet. Angeblich wegen seines chronischen Schnarchens. Doch er wusste, dass die Gründe woanders lagen. Trotz der dicken Daunendecke fror er und fand keine Ruhe. Er hörte Peter auf Englisch mit dem Hund sprechen. Der Junge musste doch mindestens zwanzig sein. War er noch immer nicht im Stimmbruch, oder redete er absichtlich mit einer albern hohen Stimme? Gottfried hoffte, dass er später aufwachen und feststellen würde, dass alles nur ein böser Traum gewesen war. Zwei Stunden später wurde er eines Besseren belehrt und erlebte zudem eine wie ausgewechselte Mathilde. Mit lautem Lachen saß sie dicht neben Peter und blätterte mit ihm in einem Modekatalog.

„Zur Feier des Tages habe ich für acht Uhr einen Tisch beim Griechen bestellt", tat sie Gottfried kund.

„Beim Griechen", wiederholte Gottfried und spürte, wie ihm der Mund trocken wurde. „Zum Essen?"

„Dein Onkel stellt *Fragen*", sagte Mathilde zu Peter. „Wir gehen ja auch nie essen, weißt du. Aber das wird sich jetzt alles ändern."

Bis zum frühen Abend hockte Gottfried zerstreut vor dem

Fernseher und lauschte durch die halboffene Wohnzimmertür, wie die beiden im Kinderzimmer Möbel rückten und Peters Koffer auspackten. Als er die Dusche im Gästebad hörte, ergriff er die Gelegenheit.

„Was sollen die Leute denken? Das ist doch nicht normal. Sag Peter, er soll ..."

„Nicht Peter, sondern Petra", unterbrach ihn Mathilde.

„Wie?"

„Du hast schon richtig gehört. Sie heißt Petra."

„Sie?"

„Sieh du zu, dass du fertig wirst. Oder willst du etwa mit *der* Hose ins Restaurant? Und bitte zieh dir auch ein anderes Hemd an. Das trägst du schon drei Tage."

Gottfried sah an sich hinunter. Er hatte ein kariertes Hemd an, die bequeme beige Cordhose, die nicht am Bauch spannte und von Hosenträgern gehalten wurde. Er hatte deutlich zugelegt. Das fand zumindest Mathilde. Auch wenn sie nicht weniger rund war als er, warf sie ihm vor, zu oft in der *Jägerklause* zu sitzen, unnötige Zeit mit den anderen Schützen zu verbringen und einen über den Durst zu trinken. Zum Schwimmen wollte sie ihn bewegen, zum Nordic Walking oder zum Radfahren. Es reichte ihm voll und ganz, am Samstagmorgen vom Bergrücken zum Bäcker hinunterzulaufen und mit Brötchen und Tageszeitung wieder bergauf.

Gottfried wühlte im Schrank nach passender Ausgehkleidung und schloss sich im Badezimmer ein. Ein Mann ist ein Mann, dachte er, als er sein Spiegelbild betrachtete. Wie Peter wohl unten herum aussehen mochte? Ob er sich hatte operieren lassen? Widerlich! Gottfried versuchte, den Gedanken abzuschütteln, kämmte sich den Bart, verteilte die wenigen Haare über die Glatze, fettete sie ein und verletzte sich beim Kappen der Nasenhaare. Fluchend klebte er ein Pflaster auf die Wunde, die er am liebsten als Ausrede benutzt hätte, um dem Restaurant fernzubleiben. Doch alles überrollte ihn. Er kam sich wie ein fremdgesteuerter Roboter vor, als er wenig später mit einer nach Parfüm duftenden Mathilde und ihrem geschminkten Neffen, der das Piratentuch gegen einen Filzhut getauscht hatte, in einem Taxi saß. Das war Jahre nicht mehr vorgekommen. Und ausgerechnet sein Schützenbruder Helmuth saß am Steuer.

„Na, Gottfried, springt deine Karre bei der Kälte nicht an?"

„Bei einem Gläschen zuviel ist es so am bequemsten", murmelte Gottfried.

„Grund zum Feiern?"

„Meine Nichte aus Amerika ist heute angekommen", rief Mathilde von der Rückbank. Gottfried registrierte, wie Helmuth mit gerunzelter Stirn Peter im Rückspiegel musterte und leise mit der Zunge schnalzte. Die Neuigkeit würde wie ein Sturm durchs Dorf fegen. Gottfried lockerte den Schal, im Restaurant die Krawatte, doch die Hitzewallungen wollten nicht weichen. Er bekam nur wenige Bissen hinunter und kaum ein Wort über die Lippen. Am liebsten wäre er im Boden versunken. Mathilde dagegen stellte ihren Neffen allen Bekannten gegenüber stolz als die Nichte aus Amerika vor und schien das Gemurmel von den anderen Tischen und die neugierigen Blicke auf Peters knallrote, hochhackige Lackstiefel und den kurzen Rock gar nicht zu bemerken.

„Die Amis sind doch ein anderer Schlag, nech?", raunte ihm ein Bekannter zu, als sie endlich das Restaurant verließen. „Mit *den* Möpsen ist die doch bestimmt beim Varieté, nech?"

Gottfried brachte ein gequältes Lachen zustande. Am folgenden Tag lag er bis zum frühen Mittag mit Blähungen und Übelkeit im Bett. Einmal konnte er sich unbemerkt ins Gästebad schleichen. Er fand eine beachtliche Anzahl von Cremes und Schminktuben. Und auf dem Wäschekorb lag einer dieser dick gepolsterten Büstenhalter, wie er sie von den Damen aus dem Etablissement auf der anderen Seite des Berges kannte. Er verdrängte den Gedanken. Seine wilden Jahre waren vorbei und hatten ihm letztlich nichts gebracht als eine Ehefrau, die, nachdem sie von seinen Eskapaden erfahren hatte, einen

Rachefeldzug gegen ihn begonnen hatte, der nun darin zu gipfeln schien, dass sie ihn im Schützenverein, ach, im ganzen Dorf zum Deppen machte.

In den nächsten Wochen verschlechterte sich sein Zustand, je mehr er die Kontrolle über die Veränderungen in seinem Haus verlor. Mathilde und ihr Neffe räumten das gesamte Kinderzimmer aus und stapelten Sperrmüll auf dem Bürgersteig. Auch die Stofftiere landeten in einem Müllsack. Gottfried zog die beiden Teddybären heraus, die er Mathilde zu ihrer ersten Schwangerschaft geschenkt hatte. Tuffy und Tiffy. Ein blauer und ein rosafarbener Bär. Für einen Jungen oder ein Mädchen. Nach der ersten Fehlgeburt hatte Gottfried nie wieder Kinderspielzeug gekauft.

„Warum schmeißt du die weg?", fragte er Mathilde mit belegter Stimme.

„Petra ist ja wohl aus dem Alter raus." Sie nahm ihm die Teddys aus der Hand, stopfte sie zurück in den Sack und schloss diesen mit energischen Griffen. Am nächsten Tag kamen Handwerker und begannen im Obergeschoss eine Wand aufzustemmen. „Eine junge Frau braucht ihr eigenes Reich", widersprach Mathilde Gottfrieds Protesten. „Wenn Petra mal jemanden kennenlernt, einen netten jungen Mann ..."

„Einen netten jungen Mann?"

Mathilde zwinkerte ihm zu und stieg mit einem Teller Wurstbrote die Treppe hoch. Gottfried hörte sie mit den Handwerkern scherzen und zog sich resigniert ins Wohnzimmer zurück. Was hätte er tun können? Tagelang musste Gottfried den Lärm von Presslufthammer und Bohrmaschinen ertragen, dann waren ein Durchbruch vom Kinderzimmer zum Gästebad fertig, die Wände frisch gestrichen, eine kleine Kochecke eingebaut und neue Gardinen angebracht. Schließlich fuhr ein Transporter vor, und es wurden schicke Möbel in den ersten Stock getragen, wo sich nun neben Mathildes Zimmer das Reich des Neffen befand. Mathilde verkündete, dass Gottfried ab sofort oben nichts mehr zu suchen habe.

„Wer bezahlt das alles?“, polterte er, als ihm Mathilde und Peter einen Kleinwagen aus zweiter Hand präsentierten und einen LCD-Fernseher und eine Stereoanlage ins Haus schleppten. „Ich erwarte eine Erklärung. Haust du deine Rente auf den Kopf, oder hat der Herr Neffe geerbt? Auf der Straße kann er das Geld ja wohl schwerlich gefunden haben.“

„Nein, so einfach ist es nicht“, sagte Mathilde und kicherte.

„Also, woher kommt das Geld?“

„Von Petras Vater.“

„Ich dachte, die beiden hätten keinen Kontakt mehr. Oder hat dein Bruder seinem verkorksten Sohn eine Art Ablösesumme gezahlt, um ihn aus dem Weg zu haben? Kann ich mir schon vorstellen, dass ein Manager Schwierigkeiten bekommt mit so einem missratenen Nachwuchs wie Peter.“

„Petra! Ihr Name ist Petra!“ Mathilde hatte die Hände in die Hüften gestemmt und blitzte ihn wütend an. So hatte er sie selten erlebt. Überhaupt hatte sie sich in den letzten Wochen verwandelt. Irgendetwas war mit ihrem Haar geschehen. Es war kurz wie bei einem Igel und hatte eine andere Farbe, ja, das war es: Die Dauerwelle war verschwunden, und das Haar schimmerte in verschiedenen Rottönen. Mathilde trug nun jeden Tag Hosenanzüge, band sich kurze Tücher und manchmal sogar eine Krawatte um. Die Schürze hatte sie auch aus der Küche verbannt, wenn sie sich überhaupt mal an den Herd verirrte. Ihr Neffe hatte nämlich die Regie über die Kochtöpfe übernommen. Gottfried wurde nun nichts als Gemüse vorgesetzt. Lauch, Karotten, Kohl, Mais und riesige Mengen Salat, der ihm schon zu den Ohren herauskam. Kein Stück Fleisch auf dem Teller, seit dieser Kerl im Kleid aufgetaucht war. Da lebte ja der Schoßhund besser! Gottfried erwischte sich dabei, wie er versonnen auf die Schüssel mit dem Hundefutter starrte.

Er fühlte sich immer mehr wie ein ungeliebter Gast in seinen eigenen vier Wänden. Mathilde und er hatten nie viel über das Nötigste hinaus miteinander geredet, doch jetzt herrschte zwischen ihnen absolute Funkstille. Mit ihrem Neffen dagegen plapperte sie wie ein Wasserfall. Stundenlang redeten sie über Mode und Fernsehserien, feilten sich gegenseitig die Nägel und bürsteten den Köter.

In ihm nagte der Verdacht, dass irgendetwas mehr als faul war, doch gelang es ihm nicht, der Sache auf den Grund zu gehen. Die erste Gelegenheit ergab sich, als Mathilde und Peter eines Tages schon vor der Morgendämmerung aus dem Haus gingen – sie hatten eine ihrer geliebten Shoppingtouren geplant. Als gelernter Schlosser war es für Gottfried ein Kinderspiel, Peters Zimmertür mit einem Dietrich aufzuschließen. Nun stand er zum ersten Mal zwischen den violett getünchten Wänden und den schicken Designermöbeln. Ein Fremder hätte das Zimmer als das einer Frau identifiziert. Aus einem Korb, der wie ein Himmelbett aussah, sprang ihm Bonnie entgegen. Gottfried trat mit dem Fuß nach ihr und begann mit flatternden Händen, Schränke und Schubladen zu öffnen, doch bis auf Schachteln mit Perücken fand er zu seiner Enttäuschung nichts Auffälliges. Dann fiel sein Blick auf den Metallkoffer, der unter einem Stapel Seidenbettwäsche verborgen war. Die anderen Koffer standen im Keller. Warum dieser nicht? Er war schwer und mit einem Zahlenschloss versehen. Eine sechsstellige Kombination. Gottfried überlegte nicht lange. Er konnte den Koffer aufbrechen oder sein Glück versuchen. Fahrig drehte er die Zahlenräder und ruckelte erfolglos am Kofferdeckel, als Bonnie an seinem Hosenbein zu zerren begann.

„Dreckstöle!“ Gottfried griff nach dem Hund, der ein spitzes Jaulen ausstieß, und wollte ihn gerade in eine Zimmerecke schleudern, da fiel sein Blick auf die Hundemarke. War die Zahlengravur unter Bonnies Namen der Code? Gottfried hörte das Blut in den Ohren rauschen, als er die Kombination ausprobierte. Bingo! Er leckte sich den Schweiß von der Oberlippe und starrte in den offenen Koffer. Banknoten. Zu Bündeln geschnürte Dollarscheine. Was zum Teufel hatte das zu bedeuten? Schwer atmend blieb Gottfried Stunden, wie ihm schien, auf dem Teppich sitzen und nahm nichts als ein lautes Klingeln im Ohr wahr, und wie ihm das Herz, auf das er seine Faust presste, zu platzen drohte. Dann hatte er sich wieder so weit in der Gewalt, dass er sich aufrappeln, den Koffer verschließen und zurück in das Versteck schieben konnte, als wäre nichts geschehen.

Lange saß er in der Küche und beobachtete, wie der Sekundenzeiger vorrückte. Endlich hatte er genügend Mut gefunden, um bei der Auslandsauskunft anzurufen. Es musste eine einfache Erklärung geben. Er würde sie von Peters Vater einfordern. Er hatte ein Recht dazu. Seine Frau drehte durch, er selbst fühlte sich jeden Tag schwächer auf den Beinen, und er wusste sich keinen Rat mehr. Doch der Plan brachte keinen Erfolg. Weder in New York noch in einem anderen Bundesstaat der USA gab es einen Deutschen namens Hans-Josef Winter, schon gar keinen Banker. Womöglich hatte er aus Sicherheitsgründen seine Telefonnummer nicht verzeichnen lassen. Reiche waren so. Die hatten Geheimnummern.

„Hat sich Peter bei seinem Vater gemeldet?“, fragte Gottfried betont beiläufig, als er Mathilde am Abend einen Augenblick allein antraf.

„Petra hat keinen Kontakt mehr zu ihrem Vater.“

„Und warum nicht?“

„Hans-Josef ist ein solcher Egoist, er hätte nie Kinder haben sollen.“

„Wenn was passiert, sollte er doch wissen, wo sein Sohn ist.“

„Was soll passieren?“

„Ein Unfall, was weiß ich. Man weiß ja nie.“

„Kümmer du dich um deine eigenen Angelegenheiten“, versetzte Mathilde.

„Das *ist* meine Angelegenheit. Hans-Josefs Sohn wohnt schließlich unter meinem Dach.“

„Genau. Petra gehört nun zu unserer Familie. Sie ist nicht mehr Hans-Josefs Tochter.“

„Was soll diese Haarspalterei? Hans-Josef ist dein Bruder. Hast du wenigstens mit ihm gesprochen?“

„Den Teufel werde ich tun.“

Gottfried streckte die Hand nach Mathilde aus. Wenn er sie genau anschaute, fand er noch die zurückhaltende Frau in ihr, mit der er in der Alexanderkirche vor dem Traualtar gestanden hatte. Oft war sie ihm in jungen Jahren zu einsilbig und zugeknöpft erschienen, doch dass sie sich als Rentnerin wie ein Teenager aufführen würde, hätte er sich niemals träumen lassen.

„Mathilde, komm doch zur Vernunft. Ich bitte dich. So kann es nicht weitergehen. Die Leute reden ..."

„Das haben sie schon immer getan. Oder glaubst du, Elsbeth Meier und die anderen Tratschweiber haben schön den Mund gehalten, als ich dich jedes Wochenende sturzbesoffen irgendwo auf der Straße auflesen musste? Von deinen Frauengeschichten ganz zu schweigen."

„Musst du die ollen Kamellen aufwärmen?", schrie Gottfried. „Dies ist mein Haus! Und in meinem Haus dulde ich keine Perversen! Soll dein Neffe doch nach New York zurückgehen, da ist er unter seinesgleichen."

Gottfried merkte erst, dass ihm Mathilde ins Gesicht geschlagen hatte, als seine Wange brannte. Verdattert starrte er sie an. Dann packte er sie an den Schultern und schüttelte sie. „Ich schmeiße den Kerl aus dem Haus. Es ist mein Haus. *Mein* Haus, verstehst du? Hast du das kapiert?"

„Lass sofort Mathilde los!"

Gottfried hatte Peter nicht kommen hören. Er spürte einen spitzen Gegenstand im Rücken, ließ die Arme sinken und drehte sich langsam um. Mathildes Neffe stand mit einem Fleischmesser in der Hand vor ihm. Es glänzte im Küchenlicht. Blitzschnell schlug Gottfried mit der Faust zu, sah Peter wanken und griff nach dem Messer, das zu Boden gefallen war. Mathilde wollte Peter zu Hilfe kommen, der sich die blutende Nase hielt, doch Gottfried schob sie brüsk zur Seite, trat nach dem wild kläffenden Hund und zog seinen Neffen am Blusenkragen hoch.

„Und jetzt zu dir, mein Früchtchen. Du sagst mir jetzt, woher das Geld in deinem Koffer stammt. Und wenn ich nicht auf der Stelle eine plausible Antwort erhalte, rufe ich die Polizei."

„Das geht dich nichts an. Was schnüffelst du in meinen Sachen herum?"

„Leg endlich das Messer hin!", kreischte Mathilde. „Sonst kommt es noch zu einem Unglück!"

Gottfried versetzte Peter einen Stoß und eilte in den Flur zum Telefon.

„Das wirst du nicht tun!", rief Mathilde und stürzte ihm nach. „Das Geld ist aus Hans-Josefs Bank."

„Was soll das heißen? Eine lukrative Aktienausschüttung? In der heutigen Zeit? Das kannst du dem Papst erzählen. Mich brauchst du nicht für dumm zu verkaufen. Wer Geld in solchen Mengen in einem Koffer herumschleppt, hat Dreck am Stecken."

„Es ist auch mein Geld", erklärte Mathilde.

„Schwarzgeld, oder was? Und woher?"

„Von Banküberfällen."

„Willst du mich veräppeln?"

Mathilde setzte sich auf den Flurteppich und fing an zu lachen. Sie schlug die Hände an den Kopf, wiegte sich vor und zurück und lachte und lachte. Ihr Neffe gesellte sich zu ihr und kicherte ebenfalls los. Gottfried ließ das Messer sinken. Er fragte sich, ob er statt der Polizei lieber den Notarzt holen oder besser noch in der Klapse anrufen sollte. Er war nicht schlauer als zuvor. Hatte der Kerl seine Frau unter Drogen gesetzt? Das war doch nicht normal.

Doch an wen hätte er sich wenden können? Er ging in die Küche, legte das Fleischmesser zurück an seinen Platz und goss sich einen dreifachen Schnaps ein. Dann zog er seine Wachsjacke an, setzte die Schirmmütze auf und verließ wortlos das Haus. Die Kirchenglocken läuteten sieben Uhr. Er blickte zur Kirchturmspitze und überlegte, ob der Pastor die richtige Person wäre, um über alles zu sprechen. Der hatte doch zumindest ein Schweigegelübde abgelegt. Er verdrängte den Gedanken und lief an der Jugendherberge und dem jüdischen Friedhof vorbei den Hermannsweg hinauf. An der Tönstonne, einem flügellosen

Mühlenstumpf, der das Wahrzeichen Oerlinghausens war, blieb er stehen und blickte hinunter aufs Dorf. In den Häusern brannten Lichter. Rauch wand sich aus Schornsteinen. Wie friedlich das Leben hier zu sein schien. Nur bei ihm daheim war alles aus den Fugen geraten. Er lief weiter, bis zum Ehrendenkmal für die Gefallenen des 1. Weltkriegs. So machtlos und geschlagen kam er sich vor wie der tote Soldat, der, in Bronze gegossen, aufgebahrt dalag.

Drei Wochen später trugen Mathilde und ihr Neffe Koffer zu einem wartenden Taxi.

„Wir fliegen in die Sonne. Das Geld ist auch knapp geworden", erklärte Mathilde, klopfte Gottfried zum Abschied auf den Bauch, warf ihm lachend eine Kusshand zu und ließ ihn an der Gartentür stehen.

„Na? Strohwitwer?", rief Elsbeth Meier, die mit dem Besen stets hinter dem Treppenhausfenster zu warten schien und sofort in ihrem Kittel hinauseilte, wenn sie interessante Neuigkeiten in der Nachbarschaft erwartete.

„Mathildes Arthritis", sagte Gottfried mit einer Stimme, die nicht ihm zu gehören schien. „Der Arzt rät zum Klimawechsel."

„Gut, dass sie nicht allein fahren muss. Hat sich eure Verwandtschaft aus Amerika eingelebt? Ist hier ja bestimmt nicht so einfach ..."

„Alles bestens", brachte Gottfried hervor, schluckte hart gegen das Wasser, das sich in seinen Augen zu sammeln drohte, nickte Frau Meier zu und verschwand rasch im Haus.

Diesmal brauchte er keinen Dietrich. Peters Zimmertür stand sperrangelweit auf, und der Metallkoffer wartete geöffnet mitten auf der Schminkkommode. Er war leer bis auf einen weißen Umschlag, auf dem in Mathildes Handschrift „Friedchen" stand. So hatte sie ihn genannt, als sie sich gerade kennengelernt hatten. Fahrig riss er den Umschlag auf und verstand einen Moment lang nicht, was er da in der Hand hielt. Ein Flugticket nach Florida. Auf seinen Namen ausgestellt. Gottfried sank auf den Stuhl. Schneeregen schlug ans Fenster. Der Teutoburger

Wald war nur noch ein schemenhaftes Gebilde. Was weiß ich von meiner Frau?, dachte er. In Wahrheit, so erkannte er zu seinem Entsetzen, wusste er nichts.

Florida, dachte er. Das Bild einer glühenden Sonne schob sich vor sein inneres Auge. Das Gefühl von Wärme auf der Haut und Meeresrauschen im Ohr. Er griff nach einer von Peters Perücken, stülpte sie sich über, öffnete Schminkdosen und bemalte sich das Gesicht. Schließlich band er sich ein Tuch um Mund und Nase und betrachtete sein Spiegelbild. Es gefiel ihm. Ebenso der verbotene Gedanke, der sich in seinem Hinterkopf formte.

Stefanie Viereck

Sommerwende

Ich weiß noch genau, wann Tante mir zum ersten Mal von dem traurigen Soldaten erzählte, der gegen die Türken in den Krieg zog und nicht zurückkehrte. Es war an einem lauen Abend in dem Sommer, in dem Marek als Erntehelfer zu uns kam. Wir saßen am weit geöffneten Fenster, und die Vögel sangen so laut, dass ich manchmal Mühe hatte, Tante zu verstehen. Heute kommt es mir vor, als habe ihre Stimme schon schwach geklungen, aber damals ahnte ich nicht, dass dieser Sommer ihr letzter sein sollte. Und die Geschichte von dem Soldaten die letzte, die sie mir erzählte. Er sei Fahnenträger gewesen, sagte sie, ein Cornet, wie es in jener Zeit geheißen habe, und so jung, fast noch ein Kind. Ein sanftes Gemüt, sagte sie mit einem liebevollen Lächeln, und für einen kurzen Moment empfand ich Eifersucht, obgleich dieser Junge lange tot war.

Tante wohnte im Turmzimmer. So hieß es, weil es im Seitenflügel gleich neben dem Turm mit der großen Uhr lag. Da oben war sie ganz für sich, nur der Saal auf der anderen Seite des Treppenhauses wurde gelegentlich für Familienfeiern vermietet. Meine Eltern, die Zwillinge und ich bewohnten den Mittelteil. Tante hatte selten Besuch, und damals war ich die Einzige, die fast täglich zumindest für ein paar Minuten zu ihr ins Zimmer schlüpfte. Kaum hatte ich die Tür hinter mir zugezogen, hatte ich das Gefühl, in einer anderen Welt zu sein. Heller und stiller als das übrige Haus, so kam es mir hier vor. Mildes Licht, gedämpfte Geräusche und über allem ein schwerer Geruch von Lavendel, Moschus und teuren Zigarillos.

Tante – die eigentlich meine Großtante war, von allen aber nur Tante genannt wurde, als hätte sie keinen Namen – sah silbrig aus, ihr dünnes Haar, ihre durchscheinende Haut, der helle Schimmer, der an manchen Tagen ihre Augen verschleierte. Als junges Mädchen war sie mit einem Luftwaffenoffizier durchgebrannt, den man in Unehren entlassen hatte, ein paar Jahre lang hatten die beiden ein extravagantes Dasein in den Tropen geführt, dann war ihnen das Geld ausgegangen, der Luftwaffenoffizier hatte sich mit einer reichen Engländerin aus dem Staub gemacht, und Tante war reumütig in das Land ihrer Kindheit zurückgekehrt und hatte auf dem westfälischen Wasserschloss ihres Bruders Unterschlupf gefunden.

Obgleich sie seit nunmehr vierzig Jahren oben im Turmzimmer lebte, umgab sie noch immer etwas Fremdländisches, und wenn sie mit zierlichen Schritten ihren täglichen Spaziergang über den Hof und durch den Park machte, wirkte sie stets, als gehöre sie nicht hierher, als sei sie zu zerbrechlich für dieses Land mit seinen schweren Lehmböden und seinen langen nebelverhangenen Wintermonaten. Die meiste Zeit allerdings verbrachte sie in ihrem großen Ledersessel, las oder sah zum Fenster hinaus, und wenn sie zu erzählen anfing und ihre schmale Hand mit dem Zigarillo zwischen den Fingern durch die Luft fuhr, nahm alles, wovon sie sprach, nach wenigen Worten lebendige Gestalt an.

Sie lehrte mich zu sehen. Das Sichtbare und das Verborgene. Die Bilder am Himmel. Die gespiegelte Welt, die gleich unter der glatten, scheinbar schwarzen Oberfläche der Gräfte begann und in unergründliche Tiefen reichte. Die Gesichter an den ockergelben Wänden des Seitenflügels. Was für andere nur Risse in einem alten Gemäuer waren, wurde in den Worten von Tante zu einer Schar urtümlicher Wesen. Und dann war es ein paar Wochen lang der Cornet, von dem sie immer wieder erzählte, der meine Fantasie beflügelte und dem ich es gleichtun wollte, obwohl ich ein Mädchen war.

Tagelang lief ich durch die Felder, einen Strick um die Hüften, in dem ein Bambusstock steckte, mein Degen. Ich schimpfte ein paar Disteln Türken und schlug ihnen die Köpfe ab; dann besann ich mich auf das sanfte Gemüt, das sich mit diesem Gemetzel wohl kaum vereinbaren ließ. Ich beschränkte mich darauf, gesenkten Hauptes durch die Ackerfurchen zu marschieren, die sich von der Westfront unseres Hauses einen halben Kilometer lang bis zum Wald hinauf zogen, und mein Stock wurde zur geschulterten Fahnenstange. Ich wanderte unermüdlich, die eine Furche hinauf, die andere hinunter, und murmelte dabei vor mich hin: „Und der Mut ist so müde geworden und die Sehnsucht so groß." Ein Satz, den Tante so oft wiederholt hatte, dass er zu den Bildern des Fahnenträgers gehörte wie eine immer gleiche Begleitmelodie, die man erst wahrnimmt, wenn die Musik plötzlich aussetzt. Eine wohlige Wehmut überkam mich, denn bald würde ich tot sein und von allen Menschen verehrt werden.

Als das Getreide mir bis zur Hüfte reichte, kamen die Erntehelfer. Am ersten Abend lud mein Vater sie immer zum Essen ein, und wenn das Wetter es zuließ, wurde im Hof ein langer Tisch gedeckt. Sie kamen aus Polen, kräftige, meist schweigsame Männer, in deren Gegenwart ich mich wohl fühlte, weil sie mir mehr Beachtung schenkten als die heimischen Hofarbeiter, weil sie mir kleine Geschenke machten und offenbar Freude daran hatten, wenn ich mit ihnen auf die Felder hinausfuhr und ihnen bei der Arbeit zusah.

Marek fiel mir gleich auf. Er war jünger als die anderen, hatte schmale Schultern, halblange braune Locken und eine blasse Haut. Er sah nicht besonders kräftig aus, und ich fragte mich, wie lange er durchhalten würde. Meine Aufgabe war es, das Brot herumzureichen, und als ich Marek den Korb hinhielt, lächelte er mich an, sanft und ein wenig scheu. Plötzlich dachte ich, dass der Cornet genau so ausgesehen haben musste. Ich spürte, wie ich rot wurde, und mich überlief etwas, das sich anfühlte wie rieselnder Sand.

Am nächsten Tag verkroch ich mich auf den Heuboden über dem Kuhstall, lag da in der Dämmerung, in dem würzigen Duft eines vergangenen Sommers, und überließ mich neuen und verwirrenden Träumen, in denen ich auf einmal eine ganz andere Rolle einnahm. Ich war nicht länger der Cornet, der in einer seltsam kargen Ferne immer weiter der Sonne entgegenzog, sondern ich saß in einem langen blauen Kleid in unserem Innenhof am Brunnen, betrachtete den steinernen Engel und dachte hin zu dem sanften Soldaten, der Mareks Augen hatte, seine Locken, seine blasse unbehaarte Brust, die ich gestern in seinem weiten Hemdausschnitt gesehen hatte.

In den folgenden Tagen hielt ich ständig nach ihm Ausschau, legte es darauf an, ihm zufällig über den Weg zu laufen, und erstaunte meine Mutter, indem ich meine Hilfe anbot, sowie es galt, etwas in das Nebengebäude zu tragen, in dem die Erntehelfer untergebracht waren. Wenn Marek mir ein Lächeln schenkte, war ich selig, und zugleich fürchtete ich mich davor, weil mir jedes Mal die Hitze ins Gesicht stieg. Ich hatte das Gefühl, dass eine Veränderung mit mir vorging, die mir jeder sofort ansehen musste, aber in der allgemeinen Geschäftigkeit schien niemand etwas zu bemerken.

Meinen Vater kriegte ich während der Sommermonate kaum zu Gesicht, und meine Mutter war mit dem Einmachen beschäftigt, Kompott und Bohnen und Gurken, sie kochte Apfelmus und Marmelade, und bei allem, was sie tat, hingen die Zwillinge an ihren Rockzipfeln oder umschlangen ihre Schenkel. Sie winkte ungeduldig ab, kaum machte ich den Mund auf, und war ohnehin der Meinung, ich hätte nichts als Hirngespinste im Kopf, weil die Turmfrau, wie sie Tante gelegentlich nannte, mir mit ihren endlosen Geschichten jeden Sinn für die Realität genommen hätte.

Nur Tante saß wie immer in ihrem großen Ledersessel am Fenster, ließ, wenn ich zur Tür hereinstürmte, ihr Buch in den Schoß sinken und sah mich mit freundlichen Augen an. Anfangs erwähnte ich Marek mit keinem Wort, aber irgendwann hielt ich es nicht mehr aus. Ich erzählte ihr von dem Erntehelfer, der aussah wie der Cornet, beschrieb ihr Marek in allen Einzelheiten und berichtete mit hochrotem Kopf, wie oft er mich angelächelt hatte und dass er sogar meinen Namen wusste.

Tante sagte nichts zu alledem und tat auch, als bemerke sie mein Erröten nicht. Damals dachte ich, sie wolle mir über meine

Verlegenheit hinweghelfen, aber vielleicht bemerkte sie es wirklich nicht. Ja, der Cornet, murmelte sie schließlich abwesend, und dann erzählte sie mir von dem berühmten Dichter, der die Geschichte aufgeschrieben, und der vor vielen Jahren ein paar Wochen lang hier oben im Turmzimmer gewohnt hatte. Ich hatte mich nie gefragt, woher Tante die Geschichte kannte, aber dass sie aus einem Buch stammte, empfand ich als enttäuschend, beinahe als Betrug, mochte der Schreiber auch eine Weile hier gelebt haben. Ich ging fort, ohne ihr wie sonst die Wangen zu küssen, was ich eigentlich gern tat, weil ihre mit einem großen Quast gepuderte Haut sich kühl und samtig anfühlte.

Anfang Juli erfasste eine Hitzewelle das Land, gefolgt von drückender Schwüle und täglich drohenden Gewittern. Aber nicht nur die Atmosphäre war aufgeladen. Unter den Erntehelfern gab es Spannungen, und ein mühsam im Zaum gehaltener Zorn, so schien es, konnte jeden Moment losbrechen. Solange mein Vater oder unser Verwalter in der Nähe waren, arbeiteten die Polen stumm und mit verschlossenen Gesichtern, aber kaum waren sie unter sich, lieferten sie sich heftige Wortgefechte, ohne dabei ihre Arbeit zu unterbrechen. Dass ich ihre Streitereien mitanhörte, schien sie nicht zu stören, und natürlich verstand ich kein Wort. Bis auf den Namen Hermann, der immer wieder fiel. Aber einen Hermann kannte ich nicht. Mein Vater, dem die wachsenden Spannungen nicht entgingen, nahm gelegentlich einen der Männer beiseite und fragte nach dem Grund, aber er bekam immer nur zu hören, es habe nichts mit der Arbeit zu tun. Nichts, Chef, keine Sorge, alles in Ordnung.

Marek war der Einzige, der sich nie an den Streitereien beteiligte. Er verrichtete gleichmäßig seine Arbeit, zeigte trotz seiner schmächtigen Statur keine Anzeichen von Erschöpfung, und in den Pausen setzte er sich ein wenig abseits von den anderen. Manchmal spürte ich, dass er mich beobachtete. Das brachte mich in Verlegenheit, mein Gesicht brannte, ich rannte mit gesenktem Kopf umher, tat, als hätte ich Wichtiges zu erledigen, und wenn ich etwas rief, klang meine Stimme schrill und unnatürlich.

Eines Morgens hörte ich meinen Vater zu meiner Mutter sagen: Lisa ist verliebt. Ich fand es sonderbar, dass er das so sagen konnte. Verliebt. Wie er es auch von anderen gelegentlich sagte, von Reni, die ein bisschen zurückgeblieben war und unsere Hühner versorgte, oder von Alois, der im Park die alten Bäume beschnitt. Meine Mutter lachte auf: Sie ist zehn! Na und, gab mein Vater zurück. Aber was mich mit Marek verband, war etwas ganz anderes, etwas, das es noch nie gegeben hatte. Nur Tante hätte das vielleicht verstanden, aber die Furcht vor neuerlicher Enttäuschung hielt mich vom Turmzimmer fern.

Die seltsam gespannte Atmosphäre hielt an. Zwar hatten wir mit dem Wetter Glück, und das seit Tagen angekündigte Gewitter brach erst los, als die letzte Fuhre kurz vor Mitternacht und bei Scheinwerferlicht eingebracht war, aber die wilde Ausgelassenheit, die sonst auf die ungeheuren Kraftanstrengungen folgte, wollte sich nicht einstellen. Die Männer saßen stumm und verschwitzt an einem langen Tisch in der Scheune, auf deren Dach der Regen niederprasselte, aßen, nickten müde, als mein Vater ihnen dankte, tranken ein oder zwei Bier und verschwanden wortlos in ihren Unterkünften. Ich half meiner Mutter beim Aufräumen, so gut ich konnte, und als ich endlich im Bett lag, begann es draußen bereits zu dämmern.

Ich dachte an Marek. Ich fragte mich, wie lange er jetzt noch bleiben würde, und der Gedanke, er könnte schon in den nächsten Tagen mit den anderen weiterziehen, weil es bei uns keine Arbeit mehr gab, machte mir Angst. Dann überließ ich mich meinen Träumereien und malte mir aus, wir würden bei Nacht und Nebel miteinander fliehen, um in Mareks Heimat zu leben. Dort sah es aus wie in den Tropen, die Luft war erfüllt von vielfarbigem Gefieder und buntschillernden Insekten, die Blumen hatten Kelche von der Größe eines Milchtrichters, und Marek trug eine schmucke Offiziersuniform.

Als ich am nächsten Tag erwachte, schien die Sonne hell in

mein Zimmer und die Luft war frisch wie seit Wochen nicht mehr. Ich sprang aus dem Bett und lief in die Küche, aber dort war niemand, nur der halb abgeräumte Frühstückstisch stand verlassen da, und als ich zu den Nebengebäuden hinübersah, wusste ich, dass sie fort waren, Marek und die anderen, und dass er mir nichts hinterlassen hatte, keinen Gruß und kein Zeichen, nichts.

Beim Mittagessen brachte ich keinen Bissen hinunter, und danach war es eine Zeitlang, als hätte ich das Sehen verlernt. Die Welt erschien mir grau und eintönig und flach, obgleich die Dinge im spätsommerlichen Licht schärfer umrissen waren und die Farben mehr Leuchtkraft besaßen als in der weißlichen Hitze des Hochsommers. Doch ich ging mit gesenktem Blick umher und fühlte mich leer und verloren.

Schließlich wusste ich mir keinen Rat mehr und suchte neuerlich Trost bei Tante. Ich hatte sie wochenlang nicht gesehen, in meiner Erregung und meinem Kummer nicht einmal bemerkt, dass sie längst ihre täglichen Spaziergänge eingestellt hatte, und als ich jetzt wieder zu ihr ging, war sie noch abwesender als beim letzten Mal. Ihr Blick schweifte zum Fenster hinaus, und beinahe war sie mir unheimlich, weil ihre Augen aussahen wie leere Räume in der Dämmerung. Ich hockte mich auf die Fußbank neben ihrem Sessel und nahm ihre schmale Hand, die ganz kalt war. Da sah sie mich an und sagte: Schön, dass du da bist. Sonst sprach sie kaum. Ich nahm mir vor, sie nicht noch einmal so lange zu vernachlässigen. Wie krank sie war, wusste ich noch immer nicht, aber bald spürte ich die Bedrückung der Erwachsenen, die unwillkürlich die Stimme senkten, wenn von Tante die Rede war. Und mit jedem Tag schien sie sich ein Stück weiter von uns zu entfernen.

Das Seltsame ist, dass ich mich weder an einen Arzt erinnern kann noch daran, dass über Krankheit auch nur ein einziges Wort gesprochen wurde, dass weder meine Eltern noch die wenigen Freunde, die kamen, oder die zwei Frauen aus dem Dorf, die meiner Mutter beim Schlachten, Einmachen und gelegentlich auch beim Putzen halfen, den Zustand von Tante erörterten. Ich kann mich nur an das Gefühl erinnern, dass ihre Anwesenheit umso spürbarer wurde, je weiter sie der Gegenwart entrückte. Als sie keinen von uns mehr erkannte, kam es mir vor, als breiteten sich das milde Licht und die sanfte Stille des Turmzimmers nach und nach in allen Räumen aus und ließen die Zeit langsamer vergehen.

Am Tag der Beerdigung herrschte draußen vollkommene Windstille, die Sonne schien und verbreitete eine spätsommerliche Wärme, und nur die Verfärbung des Laubs zeigte an, dass der Oktober fast zu Ende war. In der Kirche machte ich mich klein, weil ich hoffte, mein Vater würde mich auf den Schoß nehmen wie früher. Das tat er zwar nicht, aber das Kleinsein empfand ich dennoch als tröstlich, und so behielt ich es bei, kauerte meist in meinem Zimmer und spielte mit meinen Puppen, verfiel in einen kindlichen Singsang oder hockte mich zu den Zwillingen, die ich sonst, aus Eifersucht vermutlich, mit Missachtung gestraft hatte, greinte wie sie und schmierte mir Marmelade um den Mund. Meine Mutter konnte schimpfen so viel sie wollte, es änderte nichts, und einmal sagte sie zu meinem Vater: Von wegen verliebt! Wenn das so weitergeht, muss ich ihr bald wieder die Flasche geben.

Ein paar Monate nach dem Tod von Tante wachte ich mitten in der Nacht auf, weil ich im Innenhof Stimmen hörte. Es war Anfang Januar, wir hatten seit Tagen Frost, und in meinem Zimmer war es eisig. Die alte Heizung konnte die hohen Räume selbst tagsüber kaum erwärmen. Ich lag wach und horchte. Damals schlief ich gleich neben der Eingangshalle mit Blick in den Innenhof und auf den Springbrunnen. In diesem Jahr hatte niemand daran gedacht, das Wasser abzulassen, damit das steinerne Becken bei Dauerfrost keine Sprünge bekam, und so hatte sich bereits eine fingerdicke Eisschicht gebildet. Wieder hörte ich Stimmen, raue, heisere Männerstimmen, und nach einer Weile überwand ich meine Furcht vor der Kälte, sprang aus dem Bett und trat mit bloßen Füßen ans Fenster.

Draußen schien ein dunstverhangener Mond, Bäume, Sträucher und Gräser waren mit winzigen Stacheln von Raureif überzogen und schimmerten weißlich. Im ersten Moment konnte ich niemanden entdecken, aber dann sah ich rechts vom Brunnen im Durchgang zum Kuhstall zwei Männer, die miteinander rangen. In dem kleineren meinte ich Marek zu erkennen und schrie leise auf. Der andere, der sichtlich stärker war, packte ihn mit der Linken an der Schulter, mit der Rechten im Nacken, stieß und schleifte ihn zum Brunnen und brachte ihn zu Fall. Mareks Kopf prallte mit solcher Heftigkeit auf das Eis, dass es zersprang. Da rannte ich schreiend aus dem Zimmer, durch die Eingangshalle und den gegenüberliegenden Flur entlang bis zum Schlafzimmer meiner Eltern. Ich stand an ihrem Bett und schrie, ich konnte nichts sagen, nur hohe schrille Schreie ausstoßen, und als ich endlich die ersten Worte hervorbrachte, als mein Vater mit mir ans Fenster trat und ich nach rechts auf den Brunnen zeigte, war da nichts als das diesige Mondlicht, der Raureif und die Stille der Nacht.

Mein Vater legte mir seine großen Hände auf die Schultern und zog mich an seinen warmen Bauch. Heute bleibst du bei uns, murmelte er schlaftrunken. Hast du kalte Füße!, sagte meine Mutter, als ich zwischen ihnen im Bett lag. Mein Gott, Kind, hast du kalte Füße!

Am nächsten Morgen war das Eis auf dem Brunnen unversehrt. Du hast einfach zu viel Fantasie, sagte meine Mutter. Und an meinen Vater gewandt: Besten Dank an Tante. Bemerkenswerte Hinterlassenschaft. Eine Tochter mit Kleinkindallüren und Wahnvorstellungen. Rede nicht so, sagte mein Vater. Bitte. Aber glauben tat er mir auch nicht.

Ein paar Tage lang überlegte ich, was zu tun sei. Wenn es wirklich Marek war, den ich in der Nacht gesehen hatte, dann brauchte er jetzt womöglich Hilfe. Bestimmt war er verletzt, lag vielleicht in irgendeinem kalten Verschlag und hatte niemanden, der sich um ihn kümmerte, weil seine Landsleute längst fort waren. Niemanden, der ihn vermisste, weil niemand etwas von ihm wusste. Niemand außer mir. Er war in Gefahr. Er brauchte mich. Die Vorstellung gefiel mir und ich beschloss, dass ich es halten wollte wie damals der Mann im Turmzimmer. Wenn er die Geschichte nicht aufgeschrieben hätte, hätte kaum ein Mensch von dem Schicksal des Fahnenträgers erfahren. Ich wollte Mareks Geschichte aufschreiben, ehe es für ihn zu spät war.

Am Sonntag nach dem Essen, als die Zwillinge Mittagsschlaf machen mussten und meine Eltern am Kamin Zeitung lasen, schlich ich mich in den Turm hinauf und öffnete leise die Tür zum Zimmer von Tante. Seit ihrem Tod war ich nicht dort gewesen, und die Erkenntnis, dass sie für immer fort war, traf mich wie ein kurzer scharfer Schmerz. Und doch ging von den Dingen, die sämtlich unverändert an ihrem Platz standen, eine sonderbare Besänftigung aus, beinahe so, als sei etwas von Tante selbst anwesend. Der ganze Raum, so kam es mir vor, sah silbrig aus, vielleicht, weil im Zimmer eine eisige Kälte herrschte.

Behutsam näherte ich mich dem kleinen Sekretär, an dem Tante in früheren Jahren so oft gesessen hatte, fand Papier und Bleistift und setzte mich. Ich schrieb ohne nachzudenken. Die Kälte, der Hof, der Brunnen, die Männer. Ich hatte alles genau vor Augen, und als Mareks Kopf auf das Eis prallte, schrie ich wieder leise auf. Ich erschrak und rieb mir die Augen. Ich fragte mich, ob ich das alles wirklich gesehen oder vielleicht doch nur geträumt hatte. Auf einmal hatte ich Angst. Und außerdem war ich steif vor Kälte. In aller Eile fügte ich hinzu: Danach habe ich nichts mehr gesehen. Dann faltete ich die Blätter zusammen, schob sie in einen Umschlag und schrieb darauf: An die *Abendzeitung*. Am nächsten Morgen auf dem Weg zur Schule gab ich den Umschlag am Bahnhofskiosk ab.

Zwei Tage später erschienen am frühen Nachmittag ein Mann und eine Frau bei uns auf dem Hof, die anders aussahen als Menschen, die Arbeit suchten oder mit meinem Vater über Getreidepreise verhandeln wollten. Der Mann hatte eine leicht ausgebeulte Anzughose und einen viel zu dünnen Wintermantel an, die Frau trug braune Cordhosen und eine halblange schwarze Lederjacke. Die Haare hatte sie zum Pferdeschwanz gebunden. Ich beobachtete vom Fenster aus, wie sie in dem kleinen Eingang links von der Freitreppe verschwanden, der zum Büro meines Vaters führte.

Kurz darauf wurde ich gerufen. Die Stimme meiner Mutter verhieß nichts Gutes. Als ich zögernd das Arbeitszimmer meines Vaters betrat, packte sie mein Handgelenk, zog mich zum Tisch, klopfte energisch auf die *Abendzeitung*, die meine Eltern sonst nicht lasen, die jetzt aber aufgeschlagen da lag, und sagte: Lisa, hast du diesen Unsinn geschrieben?

In der Rubrik *Fundsachen* hatte man meine Geschichte gedruckt, gekürzt und mit einem launigen Kommentar versehen, und die beiden Fremden waren Polizeibeamte, die, wie ich erst später erfuhr, seit Monaten einer Bande von Zigarettenschmugglern auf der Spur waren und jedem noch so kleinen Hinweis nachgingen. Sie hatten mich dank meiner Beschreibung der Örtlichkeiten mühelos ausfindig gemacht und stellten mir alle möglichen Fragen, ob ich wirklich einen der polnischen Erntehelfer erkannt hätte, ob ich gehört hätte, worum es bei dem Streit gegangen sei, und ob der andere Mann auch Pole gewesen sei. Nein, sagte ich, der andere war Hermann. Ich hatte keine Ahnung, warum ich das sagte, und danach sagte ich nichts mehr, steckte den Daumen in den Mund und wimmerte ein wenig, weil ich wusste, dass sie mich dann in Ruhe lassen würden. Sie sehen ja, sagte meine Mutter halb spöttisch, halb zornig, das Kind ist zur Zeit nicht ganz bei Trost. Und zu meinem Vater sagte sie später: Wie armselig muss es um unsere Beamten bestellt sein, wenn sie die Fantasien eines Kindes für bare Münze nehmen.

Aber die beiden ließen nicht locker. Bei der Erwähnung des Namens Hermann waren sie sichtlich hellhörig geworden, und ein paar Tage später kamen sie wieder, während meine Mutter beim Einkaufen war. Die Frau bemühte sich um mich, mit der Unbeholfenheit von Erwachsenen, die selten Umgang mit Kindern haben, und der Mann redete lange mit meinem Vater, fragte ihn nach den Streitereien unter den Erntehelfern und kam immer wieder auf diesen Hermann zurück, angeblich einer der Drahtzieher im Zigarettenschmuggel. Er hatte eine falsche Fährte gelegt, den Verdacht auf die Polen gelenkt, und der Beamte vermutete, dass es in den Streitereien darum gegangen sei, ob man ihn anzeigen oder sich auf eigene Faust an ihm rächen sollte, aber beweisen konnte er nichts von alledem. Zum Schluss sagte er zu meinem Vater: Sie sollten ein Auge auf Ihre Tochter haben. Und mir schärfte er ein, dass ich gegenüber Dritten den Namen Hermann um keinen Preis erwähnen dürfte und auch niemandem erzählen sollte, dass die Geschichte in der *Abendzeitung* von mir war. Das hatte ich natürlich in der Schule längst getan, aber wie so oft hatte niemand mir geglaubt. Ich sah den Beamten nicht an, sondern starrte auf seine Fingernägel, die lang und gelb waren, und nickte stumm.

Danach wurde ich krank, hatte wochenlang Fieber und durfte nicht raus, was meinen Eltern offenbar recht war, obgleich sie der Angelegenheit wenig Bedeutung beimaßen. Ich hingegen sorgte mich noch immer um Marek, und da ich mich obendrein der *Abendzeitung* im Geheimen verbunden fühlte, nutzte ich jede Gelegenheit, die Ausgabe des Verwalters zu ergattern, die manchmal bei uns in der Küche liegen blieb. Ende Januar entdeckte ich eine Meldung über einen Polen, der tot aufgefunden worden war, aller Wahrscheinlichkeit nach ermordet. Er hieß nicht Marek. Sondern Gregor K. Gott sei Dank nicht Marek. Ich dachte, dass ich mich nun nicht länger sorgen müsste, aber das bedeutete auch, dass Marek aus meinem Leben schwand. Ich wünschte mir nichts anderes, als mich zu verkriechen, und verbrachte, seit ich nicht mehr ansteckend war, die meiste Zeit mit den Zwillingen.

Mitte Februar musste ich wieder in die Schule. Und dann geschah etwas Seltsames. Jeden Mittag, wenn ich nach Hause ging, begegnete mir ein Bär. Er konnte sprechen, und ich wusste natürlich, dass in dem Bärenkostüm ein Mann steckte, aber es gefiel mir noch immer, mich klein zu machen, und ich ließ mich gern zu kindischen Albernheiten verlocken. Der Bär war nett. Manchmal brachte er mich mit seinen tapsigen Bewegungen zum Lachen und manchmal legte er mir seine große Pranke auf die Schulter, was tröstlich und auch ein bisschen unheimlich war.

Ich wusste nie, wann und wo er auf mich wartete, und obgleich ich ständig nach ihm Ausschau hielt, gelang es ihm fast immer, mich zu überraschen. Mitten im Gedränge kam er plötzlich hinter einer Litfaßsäule hervor, oder er stand auf einmal neben mir beim Bäcker, wenn ich mir eine Rosinenschnecke kaufte. Er schien genau zu wissen, wann meine Mutter mich im Wagen von der Bushaltestelle abholte, und wann ich das letzte Stück auf der schmalen Landstraße zu Fuß gehen musste. An solchen Tagen wartete er in einem kleinen Waldstück auf mich.

Einmal erzählte ich beim Mittagessen von diesen Begegnungen, aber meine Mutter winkte ungeduldig ab: Lisa, bitte nicht schon wieder irgendwelche Hirngespinste, die Kleinen glauben dir am Ende noch. Mein Vater sagte beschwichtigend, schließlich sei Karnevalszeit, und da könne es doch gut sein, dass irgendwer sich als Bär verkleidet habe. Meine Mutter schnaufte und sagte nichts, sah mich aber böse an. Frag doch die anderen, rief ich aufbegehrend und in dem greinenden Tonfall, den ich mir angewöhnt hatte. Alle hatten den Bären gesehen, die Mädchen in meiner Klasse, die Bäckersfrau, die Kleinen aus dem Kindergarten, die manchmal hinter ihm herliefen und ihn am Fell zupften. Der Bär allerdings schien sich nur für mich zu interessieren, und eben das schmeichelte mir. Tante hätte mich verstanden.

Und dann war er eines Tages verschwunden, ebenso unverhofft, wie er aufgetaucht war. In gewisser Weise war ich erleichtert. Ich hatte keine Lust mehr, das Kleinkind zu spielen, hätte aber auch nicht gewusst, wie ich dem Bären anders begegnen sollte, ohne ihn zu verletzen. Ich bedauerte nur, dass er mir seine Höhle nicht mehr gezeigt hatte. Das hatte er mir versprochen.

Wenige Tage darauf, als wir beim Mittagessen saßen, klingelte das Telefon. Mein Vater, der im Winter fast täglich mit uns aß, ging ins Nebenzimmer und nahm ab. Nach ein paar Minuten kam er zurück. Sein Gesicht war weiß. Auf die besorgten Fragen meiner Mutter sagte er nur: Später, und kniff die Lippen zusammen.

Sie redeten im Arbeitszimmer. Das taten sie immer, wenn sie ungestört sein wollten. Im Sommer konnte man sich unter dem Fenster verstecken, um ein paar Worte aufzuschnappen, im Winter musste man das Ohr ans Schlüsselloch legen und lief Gefahr, entdeckt zu werden. Aber diesmal redeten sie so laut, dass ich mich nur im Flur herumdrücken musste. Mein Vater klang zornig, meine Mutter hysterisch. Ich brauchte eine Weile, bis ich begriff, was geschehen war. Jener Hermann, nach dem die Beamten mich immer wieder gefragt hatten, war wegen Mordes an Gregor K. verhaftet worden. Bei der Verhaftung trug er ein Bärenkostüm.

Danach war meine Mutter eine Zeitlang sehr nett zu mir, holte mich jeden Tag von der Schule ab und ließ mich kaum aus den Augen. Zwei Wochen lang musste ich sogar bei meinen Eltern im Zimmer schlafen, und auch danach kam mein Vater noch ein paar Mal nachts zu mir, um zu sehen, ob alles in Ordnung war. Und dann, nach ein paar Monaten, war zum Glück alles wieder beim Alten.

Vier Jahre später tauchte Marek noch einmal bei uns auf. Zu jener Zeit las ich fast alles von dem Dichter, der einst im Turmzimmer gewohnt hatte. Nur die Geschichte von dem Fahnenträger las ich nicht.

Er kam mit den Erntehelfern, und beinahe hätte ich ihn nicht erkannt. Er war breiter und kräftiger geworden, hatte kurze Haare und einen sonnenverbrannten Nacken. Und auf der Stirn hatte er eine wulstige, schlecht verheilte Narbe. Er sagte: Hallo, Lisa. Als hätten wir uns gestern zuletzt gesehen. Ich starrte ihn an und brachte kein Wort heraus, aber ich spürte, wie mir das Blut ins Gesicht schoss. Endlich zeigte ich auf seine Stirn. Die Narbe, stammelte ich, wo hast du die her? Von hier? Er lachte und schüttelte den Kopf. Wie kommst du denn darauf? Und dann erzählte er mir, in dem Winter, nachdem er bei uns gewesen sei, habe er mit einem Burschen aus seinem Heimatort einen heftigen Streit gehabt, eines Nachts hätten sie sich am Dorfteich geprügelt, und er sei mit dem Kopf aufs Eis geschlagen. Es sei um ein Mädchen gegangen. Er grinste. Am Ende habe er gewonnen.

Dass er sich eines Mädchens wegen geprügelt hatte, kränkte mich. Es tat weh, nach all den Jahren und obwohl ich damals ein Kind gewesen war. Ein paar Tage lang musterte ich Marek verstohlen, seine Hände, seine Schultern, seinen roten Nacken. Dann wandte ich mich von ihm ab und las endlich Rilkes Cornet.

Gisa Pauly

Tante Sigruns eiserne Reserve

Das Haus gehörte zu denen, deren Eigentümer nichts mehr investierten. Es lohnte sich nicht. Dort wohnten Leute, die die Miete schuldig blieben, Kerle, die ihre Wut an den Fenstern, Türen und Wänden ausließen, wenn die Ehefrau gerade nicht zur Hand war, Jugendliche, die im Keller kifften, Kinder, die vor lauter Langeweile die Wände des Hausflurs bemalten und unter die Treppe pinkelten, weil ihre Eltern ihnen die Tür nicht öffneten. Ein Haus, in dem es niemals still war. Aber was hätte die Ruhe in den vier Wänden auch gebracht, wo doch um das Haus herum der Lärm brandete! Auf der nahe gelegenen Kreuzung herrschte immer viel Verkehr, auf dem Albersloher Weg stauten sich die Fahrzeuge vor der Ampel, Bremsen quietschten, es wurde gehupt, Motoren heulten auf. Und über diesem Verkehrslärm lag das Rauschen der Züge, die in kurzen Abständen die Hafenstraße überfuhren.

Als Christine ihren fadenscheinigen Mantel überzog, wurden die Wellen des Zug- und Autoverkehrs aufgewühlt vom Sirenenlärm der Feuerwehr. Die Wache war nur wenige Meter entfernt. Wenn die Löschfahrzeuge ausrückten, gab es immer einen Höllenlärm. Sie schalteten das Martinshorn ein, sobald sie in die Straße einbogen, damit auf dem Albersloher Weg alle gewarnt waren. Noch minutenlang war das Tatütata zu hören, und wenn es sich endlich verlor, würde das Baby der Nachbarn noch lange brüllen, weil es aus dem Schlaf gerissen worden war.

Besser, sie war dann weg. Armin regte sich immer schrecklich auf, wenn das Geplärr, wie er es nannte, durch die dünnen Wände drang. Und wenn die Mutter es mit einem Schlaflied versuchte, hämmerte er regelmäßig gegen die Wand. „Bei dem Gewimmer kann doch kein Mensch schlafen!"

Während Christine ihren Mantel zuknöpfte, warf sie einen letzten Blick durch die Wohnzimmertür. „Ich geh dann mal!"

„Bring was mit!“, hörte sie Armin noch rufen, ehe sie die Tür ins Schloss zog. „Irgendwas muss die alte Schachtel doch auf der hohen Kante haben! Und früher oder später ...“

Christine zog die Tür fest ins Schloss. Den letzten Satz wollte sie nicht hören. Es war immer derselbe, ehe sie zu Tante Sigrun aufbrach: „Früher oder später wirst du sie sowieso beerben.“ Für Armin konnte es gar nicht früh genug sein.

In fünf Minuten war sie am Hauptbahnhof angekommen. Sie nahm den Regio-Bus Richtung Sendenhorst, er war zum Glück nur schwach besetzt. Christine war froh, dass sie keinen Sitznachbarn hatte, der ihr seine Lebensgeschichte aufdrängte. Sie gehörte zu den Menschen, denen Wildfremde ihr Herz ausschütteten. Vielleicht, weil man ihr ansah, dass sie wehrlos geworden war in den zehn Jahren ihrer Ehe, dass sie sich schon lange nicht mehr auflehnte, oder deshalb, weil sie nie versuchte, eigene Lebenserfahrungen beizusteuern. Was hätte sie schon erzählen können! Dass sie unglücklich verheiratet war? Das waren viele. Dass sie Angst vor ihrem Mann hatte und sich nicht traute, die Scheidung einzureichen? Wer gab so etwas schon gerne zu!

Der Bus zuckelte die Wolbecker Straße entlang, irgendwann kam der Kirchturm von Albersloh in Sicht. Hoffentlich war Tante Sigrun zu Hause. Und hoffentlich ersparte sie ihr die Demütigung, ganz offen um Geld bitten zu müssen. Immerhin war sie ihre Patentante und die Einzige der Familie, die auch nach ihrer Heirat noch zu ihr hielt. Wenn Christine Hilfe erwarten konnte, dann von Tante Sigrun. Nur von ihr!

Der Bus bog nach rechts ab, überquerte die Geleise der Westfälischen Landeseisenbahn und fuhr nach Albersloh hinein. Am Teckelschlaut stieg sie aus und ging weiter zur Sendenhorster Straße, wo ihre Tante in einem alten Drei-Familien-Haus wohnte, das direkt an der stark befahrenen Straße stand. Dahinter dehnte sich ein Garten mit vielen Obstbäumen aus, der so groß war, dass an seinem Ende der Lärm kaum noch störte.

Christine schellte dreimal. Das war das verabredete Zeichen, damit Tante Sigrun wusste, dass ihre Nichte vor der Tür stand. Die Tante war ängstlich geworden mit der Zeit, und die größte Angst hatte sie wohl vor Armin. Wenn Christine dreimal schellte, wusste Tante Sigrun, dass sie allein gekommen war, schellte Christine zweimal, bedeutete das, dass Armin an ihrer Seite war. Dann hatte Tante Sigrun die Chance, sich zu überlegen, ob sie öffnen wollte. Meistens tat sie es nicht.

An diesem Tag summte der Türöffner schon Sekunden später. Christine drückte die Haustür auf und stieg in die erste Etage hoch.

Tante Sigrun drückte ihr Patenkind erfreut ans Herz. „Wie schön, dass du mich mal wieder besuchst!"

Obwohl Christine dreimal geschellt hatte, streckte Tante Sigrun den Kopf ins Treppenhaus und blickte vorsichtig übers Geländer. „Dein Mann ist nicht mitgekommen?"

Christine versicherte es nachdrücklich, dann war Tante Sigrun zufrieden. „Wenn Armin zu Besuch ist, muss man hinterher das Silberbesteck zählen."

Christine machte einen schwachen Versuch, ihren Mann zu verteidigen. „Er hat's nicht leicht. Schon zwei Jahre arbeitslos ..."

Aber Tante Sigrun ließ sie nicht zu Ende reden. „Wenn er nicht so faul und versoffen wäre, hätte er längst wieder einen Job. Und du hättest die Stelle in der Gärtnerei noch, wenn er nicht dort aufgekreuzt wäre und deinen Chef verprügelt hätte."

Christine wand sich aus ihrem Mantel. „Er dachte, der Chef hätte mir schöne Augen gemacht. Armin ist nun mal schrecklich eifersüchtig."

Tante Sigrun hängte Christines Mantel an die Garderobe. „Vor allem ist er schrecklich gewalttätig. Und arbeitsscheu und geizig obendrein. Wie lange trägst du diesen Wintermantel schon?"

Tante Sigrun wartete Christines Antwort nicht ab, sondern schob ihre Nichte ins Wohnzimmer. „Jetzt wirst du dich erst mal ein bisschen verwöhnen lassen. Du hast es nötig."

Christine sah der Tante nach, wie sie aus dem Zimmer wieselte, klein, drahtig, lebhaft, unverwüstlich. Wie sie selbst wohl in diesem Alter aussehen würde? Zermürbt, verbraucht, vor der Zeit gealtert? Tante Sigrun hatte nicht geheiratet, hatte ein langweiliges, aber sicheres Leben hinter einem Postschalter verbracht, über das Christine früher die Nase gerümpft hatte. Jetzt wünschte sie sich nichts sehnlicher, als über eine Rente zu verfügen, wie Tante Sigrun sie bezog, und den Tag zu verbringen, ohne dass ein Mann ihr reinredete.

Spitzendeckchen auf den Armlehnen der Sessel, bestickte Tischläufer und umhäkelte Blumentöpfe – früher hatte Christine mit Armin zusammen über dieses Spießertum gelacht. Damals, als sie Armin noch glaubte, dass nur diejenigen ein interessantes Leben führen, die gegen den Strom schwimmen. Davon, wie leicht man untergehen oder stranden konnte, hatte Armin nie geredet.

Tante Sigrun kam mit selbst gebackenem Marmorkuchen ins Zimmer, den sie liebevoll auf einem alten Kristallteller angeordnet hatte. In der anderen Hand hielt sie eine silberne Kaffeekanne, die einmal Christines Mutter gehört hatte. Nach deren Tod hatte Christine es rundweg abgelehnt, solche Spießeraccessoires zu übernehmen und sie gern ihrer Patentante überlassen. Armin war nur an Bargeld interessiert gewesen. Und das hatte er schnell durchgebracht. Gut, dass Tante Sigrun die Silberkannen, das Geschirr und das Kristall übernommen hatte, das alles wäre sonst längst bei einem Trödler gelandet.

Christine genoss den Marmorkuchen, den frischen Kaffee, die warme Stube und die Plauderei mit Tante Sigrun. Wenn auch die Themen immer die gleichen waren. Tante Sigrun erlebte nun mal nicht viel. Da waren lärmende Nachbarn und der Frisör, der sich von seiner Frau getrennt hatte, schon kleine Sensationen.

Die Stunden versickerten, die Dämmerung schlich sich unmerklich ins Zimmer. Irgendwann stand Tante Sigrun auf und knipste die Stehlampe an. „Tut mir leid“, sagte sie, „aber ich muss mich jetzt umziehen. Ich treffe mich mit meinen früheren Kolleginnen von der Post zum Rommé bei Geschermann. Du weißt doch, die Gaststätte am Bahnhof."

Christine erschrak. Sie hatte so sehr darauf gehofft, das Gespräch wie zufällig auf ihre finanzielle Misere lenken zu können, damit Tante Sigrun ihr von sich aus das Angebot machen konnte, ihr mit ein paar Hundertern unter die Arme zu greifen. Aber nun blieb ihr wohl nichts anderes übrig, als ganz offen darum zu bitten. Wie sie das hasste! Doch die Zeit drängte. Tante Sigrun betonte, dass sie pünktlich sein müsse. „Die anderen können ja ohne mich nicht anfangen."

Christine musste also mit der Tür ins Haus fallen. „Tante Sigrun, kannst du mir ... vielleicht ein bisschen Geld leihen?"

Auf Vorhaltungen hatte sie sich eingestellt, auf die Klagen, die sie tausendmal gehört hatte! „Wie konntest du nur diesen Mann heiraten!?" Und sie war entschlossen gewesen, die Ohren auf Durchzug zu stellen und Tante Sigrun nicht zu widersprechen, wenn sie nur bereit war, ihr ein paar Scheine in die Hand zu drücken.

Doch diesmal reagierte die Tante ganz anders. Kategorisch lehnte sie Christines Bitte ab. „Kurz vor Weihnachten habe ich dir Geld für einen Wintermantel gegeben. Und was ist damit geschehen? Armin hat es in die nächste Kneipe getragen."

„Aber nur, um beim Wirt seine Schulden zu bezahlen", gab Christine verzweifelt zurück.

„Schlimm genug, dass er welche hat!", antwortete Tante Sigrun rigoros. „Nein, mein Kind, von mir bekommst du kein Geld mehr. Ich bin nicht bereit, diesem Tagedieb sein faules Leben zu finanzieren. Du kannst nächste Woche noch einmal kommen. Dann ist meine Rente fällig, und ich kaufe dir einen schönen Wintermantel. Hier in Albersloh gibt es ein sehr gutes Textilgeschäft. Da werden wir schon was finden. Und er darf ruhig ein bisschen teurer sein. Ich habe ja noch mein Sparbuch."

Christine stiegen die Tränen in die Augen, aber die Tante blieb unerbittlich. Und prompt kam der Satz, vor dem Christine sich am meisten fürchtete: „Warum hast du diesen Kerl geheiratet? Und warum schickst du ihn nicht endlich zum Teufel?“

Christine verzichtete auf eine Erklärung. Die erste Frage konnte sie sowieso nicht beantworten, sie wusste heute selbst nicht mehr, warum sie Armin damals unbedingt haben wollte. Aber die zweite Antwort, die kannte sie genau. Armin hatte damit gedroht, sie fertigzumachen, wenn sie ihn verließ. Und Armin war ein Mann, dessen Drohungen man ernst nehmen musste.

„Ich spare für dich, mein Kind“, sagte Tante Sigrun. „Sobald du deinen Mann verlassen hast, bekommst du alles, was ich habe. Aber keinen Augenblick früher. Das fehlte noch, dass der Kerl mein sauer Erspartes durchbringt!“ Ein kleines Lächeln ging über ihr Gesicht. „Vielleicht könnten wir dann auch zusammen an den Bodensee fahren. Ich glaube, dort ist es sehr schön.“

Sie verließen zusammen das Haus. Tante Sigrun begleitete ihre Nichte zu der Haltestelle am Teckelschlaut, und Christine betrachtete es als gutes Omen, dass der Bus Verspätung hatte. Ein Wink des Schicksals, redete sie sich ein. „Du brauchst nicht zu warten“, sagte sie. „Geh ruhig zu deinen Rommé-Freundinnen. Der Bus wird bald kommen.“

Fest ballte Christine die Fäuste in den Manteltaschen, während sie Tante Sigrun nachblickte. Wenn sie um die Ecke verschwand und der Bus immer noch nicht gekommen war, würde sie es tun. Wenn er kam, solange Tante Sigrun noch in Sicht war, würde sie einsteigen und nach Münster zurückfahren. Wie sie Armin erklären sollte, warum sie mit leeren Händen kam, musste sie sich dann während der Fahrt überlegen.

Tante Sigrun winkte ein letztes Mal, ehe sie um die Ecke bog, dann war sie verschwunden – und der Bus noch nicht in Sicht. Also hatte das Schicksal entschieden! Damit beruhigte Christine sich, als sie zurückkehrte zu dem Haus, in dem Tante Sigrun wohnte. Wie gut, dass Christine wusste, wo ihre Tante den Wohnungsschlüssel versteckte, damit sie auch dann in ihre Wohnung kam, wenn sie sich auf dem Weg zum Briefkasten oder zur Mülltonne ausgesperrt hatte. Es war schrecklich, den einzigen Menschen zu bestehlen, der es gut mit ihr meinte! Aber was blieb ihr anderes übrig? Armin würde außer sich vor Wut sein, wenn sie kein Geld nach Hause brachte. Und an wem er seine Wut ausließ, das wusste Christine nur zu gut.

Während sie um das Haus herumging und vorsichtig nach den Fenstern der Nachbarn spähte, flüsterte sie den Satz in sich hinein, den sie hasste, wenn Armin ihn aussprach: „Irgendwann erbe ich es ja sowieso!“ Und sie ergänzte in Gedanken: ‚So bekomme ich es nur ein bisschen früher.‘

Es würde ja nicht viel sein. Tante Sigruns Haushaltsgeld und etwas Erspartes, das sie vermutlich in einem Schrank versteckte! Alles andere hatte sie natürlich zur Sparkasse gebracht. Aber zwei- oder dreihundert Euro würden schon reichen, um einen friedlichen Abend mit Armin zu verleben. Oder zwei oder drei Abende ...

Die Kellertür war nicht verschlossen, wie immer. Tante Sigrun hatte oft genug darüber geklagt. Aber die Nachbarn scherten sich nicht darum, dass sie sich vor Einbrechern fürchtete. „Kein Wunder“, hatte sie oft gesagt. „Die sind sogar aus der Kirche ausgetreten. Soll man von solchen Menschen Nächstenliebe erwarten?“

Christine lauschte, als sie im Erdgeschoss angekommen war. Doch anscheinend war das Haus menschenleer. Die Nachbarn, die unter Tante Sigrun wohnten, waren zum Glück beide berufstätig und kamen spät heim. Und der Student, der im Dachgeschoss direkt über Tante Sigrun wohnte, verbrachte die meisten Tage und vor allem die Nächte bei seiner Freundin in einer WG in Münster. Tante Sigrun hatte mehr als einmal geseufzt, dass es so was zu ihrer Zeit nicht gegeben hatte! Christine konnte also davon ausgehen, dass sie allein im Haus war.

Sie grub mit zwei Fingern in dem Blumentopf neben Tante Sigruns Tür, dann hielt sie den Schlüssel in der Hand. Mit zitternden Fingern steckt sie ihn ins Schloss. Die Blumenerde knirschte leise, als sie ihn drehte.

Erst im Flur hatte sie ihre Skrupel überwunden. Systematisch ging sie nun vor, suchte zunächst im Wohnzimmerschrank, dann in der Küche in allen Zucker- und Milchtöpfen, anschließend ging sie ins Schlafzimmer. Hinter der linken Tür des Schrankes stapelte sich Tante Sigruns Aussteuerwäsche, die nie zum Einsatz gekommen war, weil sich kein Ehemann für sie gefunden hatte.

Unter dem letzten der gut drei Dutzend Betttücher wurde Christine fündig. Sie hörte das Knistern an ihren Fingerspitzen schon, noch ehe sie den Stapel angehoben hatte. Hoffentlich reichte das Geld aus, sich Armins Freundlichkeit für die nächsten Tage zu erkaufen! Wenn er nicht Hinz und Kunz zum Bier einlud, würden ihr vielleicht sogar mehrere friedliche Abende bevorstehen, die sie ohne Armin, aber dafür mit Knabberzeug und Prosecco vor dem Fernseher verbringen konnte.

Christine zog eine Tüte unter den Betttüchern hervor, in der einmal Wurstwaren der Metzgerei Meyer gesteckt hatten. Sie war prall gefüllt. Christine betastete sie vorsichtig, ehe sie sie öffnete. Die Sache kam ihr plötzlich komisch vor. Wenn in dieser Tüte Geld steckte, dann musste es sehr viel sein. War sie hier vielleicht auf alte Liebesbriefe gestoßen statt auf Geldscheine? Oder auf andere Geheimnisse ihrer Tante?

Als sie die Tüte öffnete, hielt sie die Luft an. Nein, sie hatte tatsächlich Tante Sigruns eiserne Reserve gefunden! Aufgeregt schüttete sie die Tüte über dem Bett aus. Unzählige Scheine flatterten herab. Wie konnte Tante Sigrun nur so leichtsinnig sein, derart viel Geld im Wäscheschrank zu verstecken, statt es zur Bank zu bringen? Und warum verzichtete sie auf die Zinsen?

Mit fliegenden Fingern begann Christine zu zählen. Am Ende wusste sie, dass Tante Sigrun rund sechzigtausend Euro von ihrer Rente abgezweigt hatte. Wie war das möglich? Wie hatte sie das geschafft? Und warum war dieses Geld nicht auf ihrem Sparbuch gelandet?

In großer Eile richtete sie die Unordnung an, die für einen Einbruch typisch war. Sie riss alle Schranktüren auf, zerrte Wäsche und Kleidung heraus und warf alles auf den Boden. Sogar die Matratze hob sie aus dem Bett, als hätte jemand darunter nach Geld gesucht, und machte nicht einmal davor Halt, die Balkontür zu zertrümmern. Als ein schwerer Laster vorbeidonnerte, hatte sie mit Tante Sigruns Fleischklopfer zugeschlagen. Die Polizei würde zu der Ansicht kommen, dass der Dieb über den Balkon in die Wohnung eingedrungen war. Für einen sportlichen jungen Man war es kein Problem, sich am Rosengitter hochzuhangeln in die erste Etage.

Ein letzter Blick auf das Chaos, das sie angerichtet hatte, dann verschwand Christine in aller Hast. Mehrmals blickte sie sich um, während sie zur Bushaltestelle eilte, aber niemand schien auf sie aufmerksam geworden zu sein.

Zum ersten Mal seit Jahren küsste Armin sie wieder, und in der folgenden Nacht schlief er sogar mit ihr. Christine sah einer ruhigen Zukunft von einem guten Jahr entgegen. So lange würden die sechzigtausend reichen. Dass Tante Sigrun diese Summe in vielen Jahren zusammengespart hatte, die Armin in kurzer Zeit auf den Kopf hauen würde, verdrängte sie so gut es ging. Und als Armin sagte: „Du hättest es ja sowieso geerbt", nickte sie.

Dass sie in der Nacht nicht schlafen konnte, nahm sie als gerechte Strafe hin. Und als sie die Dämmerung hinter den Vorhängen heraufziehen sah, nahm sie sich vor, ihre Patentante von nun an noch öfter zu besuchen. Dieser Gedanke nahm ihr einen Teil ihrer Schuldgefühle.

Tante Sigrun rief schon am frühen Morgen an. Christine schaffte es, in erstauntem Tonfall zu fragen: „Du klingst so aufgeregt! Ist was passiert?"

„Und ob!" Tante Sigrun schnappte immer wieder nach Luft, während sie ihrer Nichte erzählte, dass bei ihr eingebrochen worden war. „Als ich vom Rommé zurückkam, war die Balkontür eingeschlagen! Sämtliche Schränke sind durchwühlt worden."

„Um Himmels willen!", sagte Christine in angemessen entsetztem Tonfall. „Ist was gestohlen worden?"

„Die Polizei meint, der Kerl ist gestört worden, als die Nachbarn nach Hause kamen, und geflüchtet."

„Was hat er mitgenommen? Ich hoffe, du hattest nicht viel Geld im Hause."

„Wo denkst du hin? Mein Portmonee hatte ich bei mir, und an meinem Schmuck war er anscheinend nicht interessiert. Ist ja auch nicht viel wert."

Christine wartete einen Augenblick. Als Tante Sigrun nicht fortfuhr, fragte sie vorsichtig: „Und deine Ersparnisse?"

„Die liegen natürlich auf meinem Sparbuch. Was denkst du denn von mir?"

Christine starrte die gegenüberliegende Wand an und stellte fest, dass es dort, in der Höhe von Armins Kopf, einen Fettfleck gab. „Es ist nichts gestohlen worden?", vergewisserte sie sich vorsichtig.

„Nein! Nichts!"

„Bist du sicher?"

„Was fragst du? Glaubst du mir etwa nicht?"

„Doch, natürlich", stotterte Christine. „Du musst es ja wissen."

„Das will ich meinen!"

„Du hast also großes Glück gehabt."

„Ja, kann man so sagen." Dennoch hörte sich Tante Sigruns Stimme keineswegs glücklich und erleichtert an. Sie klang sogar ausgesprochen deprimiert. Was war in Wirklichkeit geschehen?

Christine hockte noch lange ratlos neben dem Telefon, nachdem sie das Gespräch beendet hatte. Irgendwas stimmte hier nicht!

Armin wurde schon am Abend verhaftet. Er, der sonst an chronischem Geldmangel litt, hatte in seiner Stammkneipe an der Hafenstraße den dicken Max gegeben. Im Nu hatte sich herumgesprochen, dass Armin ein Ding gedreht haben musste.

Das erfuhr Christine, als Kommissar Strauss bei ihr erschien. Er betrachtete sie mitleidig, als sie ihn mit großen Augen anstarrte. „Mein Mann? Verhaftet? Aber ... wieso?"

Der Kommissar setzte sich. „Wie gesagt, er hat viel Geld ausgegeben. So viel Geld, dass einige seiner Kumpels misstrauisch geworden sind. So etwas spricht sich schnell rum."

Christine hatte das Gefühl, dass ihre Beine sie nicht mehr trugen. Schwer ließ sie sich Kommissar Strauss gegenüber in einen Sessel fallen.

„Die Scheine waren registriert", fuhr der Kommissar fort. „Sie stammen aus einem Einbruch bei Ihrem Onkel vor zwei Jahren. Sie erinnern sich?"

Christine erinnerte sich genau. Onkel Engelbert, dem jüngeren Bruder ihrer Mutter und Tante Sigruns, war viel Geld gestohlen worden. Man hatte ihn erpresst, weil jemand dahintergekommen war, dass er Stammgast in einem Bordell in der Nähe von Steinfurt war und, obwohl er auf die siebzig zuging, ein Verhältnis mit der Frau eines bekannten Kommunalpolitikers unterhielt. Onkel Engelberts Frau sollte nichts davon erfahren, wenn der Erpresser einen Batzen Geld erhielt. Anscheinend kannte er Onkel Engelbert nicht besonders gut, sonst hätte er wissen müssen, dass dem sein Geld wichtiger war als seine Ehe. Onkel Engelbert hatte die Polizei verständigt, nur zum Schein das Geld von der Bank geholt ... und dann vor lauter Aufregung einen tödlichen Herzinfarkt erlitten, als sich am Tag der Geldübergabe herausstellte, dass alles gestohlen worden war.

„Wir hatten damals die Putzfrau in Verdacht", fuhr Kommissar Strauss fort, „konnten ihr aber nichts nachweisen. Heute frage ich mich, warum wir nicht gleich auf Ihren Mann gekommen sind. Er wusste vermutlich von der Erpressung, kannte die örtlichen Verhältnisse, und sein Vorstrafenregister hätte uns auch zu denken geben müssen."

Kommissar Strauss erhob sich und streckte Christine zum Abschied die Hand hin. „Wissen Sie, wo Ihr Mann das Geld in der Zwischenzeit aufbewahrt hat?"

Christine schüttelte den Kopf. „Nein, keine Ahnung."

Es gelang ihr noch, den Kommissar mit relativ unbewegtem

Gesicht zur Tür zu begleiten, dann ging sie mit schleppenden Schritten ins Wohnzimmer zurück und sank entgeistert in ihren Sessel. „Tante Sigrun!"

Sie brauchte eine ganz Stunde, um sich von der Erkenntnis zu erholen, dass ihre Patentante gar nicht so spießig war, wie sie gedacht hatte. Und dann machte sie sich entschlossen auf den Weg zum Bahnhof. Christine zog ihren Mantel aus und legte ihn sich über den Arm, während sie auf den Regio-Bus nach Sendenhorst wartete. Ihr war warm. Der Frühling schien nicht mehr weit zu sein.

Bis Armin wieder auf freiem Fuß war, würde sie sich mit Tante Sigrun irgendwo niedergelassen haben, wo er sie nicht finden würde. Früher hatte sie angenommen, dass Tante Sigrun nirgendwo anders als in Albersloh leben wollte, nun aber war sie sicher, dass ihre Patentante auch bereit sein würde, mit ihr in Italien, Spanien oder sogar in der Karibik zu leben. Notfalls konnten sie auch an den Bodensee ziehen. Tante Sigrun hatte recht, da war es sicherlich auch sehr schön. Finanziell würden sie schon über die Runden kommen, auch ohne Onkel Engelberts Geld. Schließlich gab es ja noch Tante Sigruns Rente und ihr Sparbuch.

Mechtild Borrmann

Seltene Seerosen

22. Juni 2008, Bielefeld

Der Lautsprecher knisterte. „Meine Damen und Herren, in wenigen Minuten erreichen wir Bielefeld Hauptbahnhof. Sie haben Anschluss ...". Andrej wischte sich die Müdigkeit aus den Augen, gähnte und sah sich suchend um. Ein Industriegebiet zog am Fenster vorbei, auf den Dächern das gelbe Rund der Morgensonne. Er hob den braunen Kunstlederkoffer, den er mit einem Gürtel zusammengebunden hatte, aus dem Gepäcknetz und zog die graue Popelinjacke über. Vor fünfunddreißig Stunden war er in Kiew in den Zug gestiegen. Sein Rücken schmerzte vom ausdauernden Sitzen und Schlafen in unbequemer Haltung.

Prüfend griff er in die Brusttasche seiner Jacke, fühlte nach seinem Ausweis und dem Brief der Staatsanwaltschaft Bielefeld. Vor einer Woche hatte seine Mutter ihn erhalten. Sie war zum Dorfplatz gelaufen und hatte ihn aus der Telefonzelle angerufen. „Andrej", hatte sie in den Hörer gerufen, „Andrej, ein Brief aus Deutschland. Er ist nicht von Larissa. Andrej, du musst sofort kommen und ihn mir übersetzen."

Er arbeitete als Speditionskaufmann im Hafen von Kiew und hatte erst am späten Abend die vierstündige Fahrt in sein Heimatdorf machen können. Die Mutter war ihm, mit dem Brief in der Hand, auf der Straße entgegengekommen. In ihren Augen lag Angst, als sie ihm das Schreiben entgegenhielt. Sie weinte, als könne sie mit diesen noch grundlosen Tränen einem wirklichen Anlass zur Trauer zuvorkommen, ihn fortspülen. In der kleinen Küche las er die wenigen Zeilen, nahm ihre Hand und nickte ihre Befürchtungen wahr. Ihr Kummer war so groß, so schwer, dass sie vor seinen Augen zu schrumpfen schien. Bis zum Mittag des nächsten Tages sprach sie kein Wort. Dann erst fragte sie.

„Ertrunken", sagte er. „Tod durch Ertrinken." Dass in dem Brief auch stand, dass die deutsche Polizei von einem Gewaltverbrechen ausging, verschwieg er.

Seine Mutter hatte ihn angefleht nach Deutschland zu fahren. „Sie ist doch deine Schwester. Du kannst doch Deutsch." Mit beiden Händen hatte sie nach seinem Arm gegriffen und geflüstert. „Du musst nachsehen, ob sie ihr ein Grab geben, Andrej. Die Alten sagen, als die Deutschen hier waren, haben sie die Toten einfach in den Wald geworfen!"

Er hatte mit dem Staatsanwalt in Deutschland telefoniert. Nein, die Tote sei noch nicht beerdigt. Ob er kommen könne, um sie zu identifizieren. Die Tote habe sich illegal in Deutschland aufgehalten und sei eine Prostituierte gewesen. „Ein Irrtum", hatte er erleichtert ausgerufen. „Das kann nicht meine Schwester sein." Larissa war vor sechs Wochen als Au-Pair nach Deutschland gegangen. Sie hatte eine Aufenthaltsgenehmigung, ein Flugticket über Warschau nach München und die Einladung einer deutschen Gastfamilie gehabt. Er hatte diese Unterlagen mit eigenen Augen gesehen. Sie war auf keinen Fall illegal in Deutschland.

Noch am gleichen Tag versuchte er, Kontakt mit der Au-Pair-Agentur in Kiew aufzunehmen, über die Larissa vermittelt worden war, und erlebte die erste böse Überraschung. Die Agentur gab es nicht und auch Pjor Ludenko, Larissas Kommilitone, der ihr den Kontakt vermittelt hatte, war verschwunden und nie eingeschriebener Student an der Universität Kiew gewesen. Pjor, der am Tisch seiner Mutter gesessen und mit ihnen zusammen gegessen und getrunken hatte. Pjor, mit dem sie in der Gartenlaube der Mutter Larissas zwanzigsten Geburtstag gefeiert hatten. Pjor, der Larissa zum Flughafen gefahren hatte.

Andrej hatte seinen Freund Igor bei der Kiewer Polizei angerufen und ihn gebeten, den Flug zu überprüfen. Larissa war nach Warschau geflogen, aber dort verlor sich ihre Spur.

Eines der Messingschlösser an seinem Koffer ließ sich nicht

mehr schließen und begleitete seine Schritte mit einem feinen metallischen Takt, während er den Bahnsteig in Richtung Ausgang verließ.

Er betrat einen Tunnel, von dem die Aufgänge zu den Bahnsteigen abgingen. Die Schritte der Reisenden dröhnten von den kahlen Wänden wider. Einige Werbeträger warfen ein wenig Farbe in die Kargheit. Grelles Neonlicht nahm alle Schatten, vereinzelte die Ankommenden, lieferte sie aus. Erst oben, in einer Art Halle, gab es kleine Geschäfte und die Hoffnung, doch nicht am Ende der Welt ausgespuckt worden zu sein.

Im Bahnhof kaufte er einen Stadtplan und trat auf den Vorplatz. Es war kurz nach acht Uhr. Vor einem wässrig blauen Himmel zeichneten sich die Dachkonturen des Hotels Mövenpick ab. Dahinter lag, wie er seinem Stadtplan entnahm, die moderne, geschwungene Fassade der Stadthalle. Trotz der frühen Stunde war es angenehm warm.

Staatsanwalt Sattler hatte ihn an Hauptkommissar Thilo Remmers verwiesen. Andrej hatte von Kiew aus mit ihm telefoniert.

Er fand auf dem Stadtplan die Kurt-Schumacher-Straße, errechnete den Maßstab und machte sich zu Fuß auf den Weg.

Remmers war Anfang dreißig, trug Haare und Vollbart millimeterkurz und war eine bullige Erscheinung. Er hielt Andrej eine tellergroße Hand entgegen, sah ihn misstrauisch an und bat um den Ausweis und das Anschreiben der Staatsanwaltschaft. Beides studierte er eingehend. Dann gab er die Daten in seinen PC ein, nickte zufrieden und sagte freundlich: „Entschuldigen Sie, aber wir müssen schon sicher sein, mit wem wir es zu tun haben." Er reichte Andrej die Papiere.

Im Auto, auf dem Weg ins Städtische Krankenhaus, sprachen sie wenig. Remmers sagte: „Wir gehen im Fall Ihrer Schwester davon aus, dass es sich um eine osteuropäische Schlepperbande handelt", und Andrej zuckte zusammen. Sie fuhren in eine Tiefgarage und benutzten einen Aufzug. Andrej spürte, dass er immer noch hoffte, gleich in ein fremdes Gesicht zu schauen.

Aber dann war nur die Blässe fremd. Wie aus grauem Marmor gemeißelt lag sie da. Das grüne Tuch war unter ihrem Körper festgesteckt, legte sich wie ein perfekt geschnittenes Kleid um ihre zarte Gestalt. Ganz sacht strich er über die kalte Haut ihrer Wangen, ihres Mundes. Für einen Augenblick glaubte er, die Berührung müsse das Rot ihrer Lippen zurückbringen.

Noch einmal sah er sie am Tag ihrer Abreise. Das bunte Tuch um den Hals geschwungen. Der beige, kurze Mantel, die ausgewaschene Jeans. Mit freudiger Erwartung im Gesicht wickelte sie ihr langes braunes Haar im Nacken um die Hand und band es mit einem Gummi zusammen. Noch einmal sah er, wie er sie vor dem Haus in die Arme nahm und hörte sie dicht an seinem Ohr flüstern: „Nicht traurig sein Großer, ich komme doch wieder."

Er legte seine Wange auf ihre Stirn und die Totenkälte fiel ihn an, machte ihn unbeweglich und taub. Wie lange er so gestanden hatte, wusste er nicht. Aus weiter Ferne hörte er Remmers. Was er sagte, rauschte an ihm vorbei, aber die ruhige Stimme zog ihn zurück in diese karge Nacktheit aus Kacheln, Edelstahl und grünen Tüchern.

Sie fuhren zurück ins Präsidium. Remmers machte Kaffee und organisierte belegte Brötchen. „Sie müssen was essen", sagte er.

Sie redeten zwei Stunden. Andrej erzählte, was er in Kiew herausgefunden hatte. Er schweifte ab und verlor sich in Erinnerungen an eine lebende Larissa. Dass sie Sprachen studierte und in ihrer Freizeit Vorlesungen über russische Literatur besucht hatte. Von ihren unerschütterlichen Plänen, ihr Glück in Europa zu machen.

Immer wieder sah er den Pathologen das unnatürlich grüne Laken über ihr Gesicht ziehen und tat es ihm gleich. Legte seinerseits Tücher über die alten Bilder.

Er erfuhr, dass der Brief der Gasteltern an Larissa in einem abgelegenen Haus in Schildesche gefunden worden war.

„Das BKA hat ein Immobilienbüro mit Sitz in der Schweiz im Visier", sagte Remmers. „Eine Aktiengesellschaft mit Namen

SwissImmo. Sie kaufen in ganz Deutschland Häuser. Nach wenigen Monaten wird wieder verkauft. Ein unentwegtes Karussell, das kaum zu verfolgen ist. Dort werden die Mädchen untergebracht und von Stadt zu Stadt weiterverschoben."

Remmers ging zur Übersichtskarte. „Hier haben wir Ihre Schwester gefunden. Er zeigte auf eine blaue Fläche, auf der das Wort „Obersee" stand. „Und hier", er wies auf einen breiten Weg unweit des Sees, „liegt das Haus. Der Hinweis kam von einem Spaziergänger, nachdem der Mord an Ihrer Schwester in den Zeitungen stand. Er hat mehrere Male einen Geländewagen beobachtet, mit dem Frauen abgeholt oder ausgeladen wurden. Als wir ankamen, war niemand mehr da und alles penibel gereinigt. Nur den Brief haben sie übersehen. Er klemmte zwischen den Lamellen eines Heizkörpers. Es war die Einladung der Gastfamilie an Ihre Schwester. Diese Familie Lembert gibt es nicht, die Adresse ist ein Briefkasten. Aber wir hatten einen Namen und eine Anschrift in der Ukraine und nahmen Kontakt mit den dortigen Behörden auf." Remmers räusperte sich und sah zu Boden. „Dann konnten wir den Namen der Toten zuordnen."

Andrej dachte über seine Briefe an die Schwester nach. Zweimal hatte er an die Adresse der Gastfamilie geschrieben, hatte Larissa inständig gebeten, sich doch zu melden. Im zweiten Brief hatte er ihr Vorwürfe gemacht, weil sie die Mutter in Sorge ließ.

Ein neuer Schmerz fiel ihn an wie eine räudige Hündin und biss sich in seiner Brust fest. Wie hatte er annehmen können, sie habe die Briefe erhalten und sich trotzdem nicht gemeldet. Das hätte sie nie getan. Warum wusste er das jetzt in aller Deutlichkeit? Warum hatte er vor Wochen nicht so denken können?

Er hörte sie noch einmal sagen: „Ich melde mich, sobald ich kann."

Er stöhnte auf, ließ sich auf einen Stuhl fallen und schlug die Hände vors Gesicht. Remmers ging zum Fenster und schwieg.

Dann fasste Andrej sich. „Sie sagten, es gäbe vielleicht einen Zusammenhang mit einem anderen Fall."

Gemeinsam verließen sie das Büro und gingen über einen Flur in eine Art Konferenzraum. An der Stirnseite gab es eine Magnetwand mit Fotos und Dokumenten. Darüber stand: *Leichensache Obersee.*

Andrej fiel sofort auf, dass es zwischen den Tatortfotos mehrere Lücken gab und kein Bild von seiner Schwester dabei war. Er sah zu Remmers hinüber. Der nickte ihm zu.

„Ich dachte ... Wenn Sie die Bilder sehen möchten, können sie das natürlich, aber ich wollte sie nicht einfach so ..."

Andrej ging auf die Fotowand zu. Remmers wies auf eine Bildreihe am äußeren linken Rand. „Wir observieren seit längerer Zeit eine Gruppe polnischer und russischer Geschäftleute. Einige von ihnen reisen regelmäßig in die Ukraine."

Es waren mehrere Fotos, die insgesamt acht verschiedene Männer zeigten. „Erkennen Sie einen davon?" Andrej betrachtete sie genau, schüttelte den Kopf und spürte Enttäuschung. Hatte er wirklich gehofft, Pjor auf den Bildern zu entdecken?

Dann fiel sein Blick auf ein Foto, das offensichtlich in einem Straßencafé in einer belebten Fußgängerzone aufgenommen war. „Café Knigge" stand in roten, geschwungenen Lettern an der Fassade. Die Aufmerksamkeit des Fotografen hatte zwei männlichen Gästen gegolten. Andrej nahm das Bild von der Wand. Im Hintergrund, unter einer Markise, saß eine Frau. Sie trug ein dunkles Kostüm und das blonde Haar kinnlang. Er schätzte sie auf Ende dreißig und ..., er hatte das Gesicht schon mal gesehen. Aber wo?

„Was wissen Sie über diese Frau?", fragte er und tippte auf den Bildhintergrund.

Remmers sah ihn verblüfft an. „Nichts." Er nahm Andrej das Bild aus der Hand. „Wir haben nichts über sie. Eine Frau, die einen Kaffee trinkt."

„Ich habe sie schon mal gesehen." Andrej zuckte hilflos mit den Schultern. „Es kann nur in Kiew gewesen sein, aber ich weiß nicht mehr wo?" Remmers pfiff durch die Zähne und griff zum Telefon auf dem Konferenztisch. Er hielt sich nicht lange mit

Vorreden auf. „Ich brauche noch einmal alle Fotos aus dem Café." Er drehte das Bild um. „Das ist die Serie 28-506."

Über eine Stunde brachten sie damit zu, alle Bilder zu sichten. Sechs sortierten sie aus und legten sie, der zeitlichen Abfolge entsprechend, nebeneinander. Die Frau tauchte zum ersten Mal auf dem Bild mit der Zeitangabe 12.33 Uhr hinter den Männern auf. 12.46 Uhr. Sie ging in das Café. 12.51 Uhr. Es saß nur noch einer der Männer am Tisch. 12.58 Uhr. Der zweite Mann trat aus dem Café. 13.04 Uhr. Die Frau saß wieder an ihrem Platz. 13.06 Uhr. Sie zahlte und ging. Remmers fluchte: „Scheiße! Sie waren mindestens sieben Minuten zusammen im Café."

Gegen Mittag saßen acht Beamte am Konferenztisch. Remmers informierte die Kollegen und verteilte Aufgaben. Eine Stunde später waren sie wieder allein. Andrej holte seinen Stadtplan hervor und bat Remmers, ihm zu zeigen wo, Larissa ertrunken war. „Ich fahre Sie hin", sagte er, „ich muss hier auch mal raus."

Sie fuhren zum Obersee. Andrej, der bei dem Wort „Stausee" das Kiewer Meer vor Augen hatte, war irritiert. Der Obersee war ein Teich, nicht breiter als der Dnepr an seiner schmalsten Stelle. Die Sonne stand jetzt hoch und sie ließen ihre Jacken im Auto. Die Wege rund um den See waren belebt. Spaziergänger mit Hunden, Jogger und Radfahrer. Auf den Bänken saßen Alte und Mütter, die dem Spiel ihrer Kinder zusahen. Höckerschwäne zogen mit ihren Küken über das Wasser, Blässhühner hockten wie schwarze Tupfer im Gras, und am Ufer schillerten die grünen Köpfe der Stockentenmännchen in der Sonne. Auf dem Viadukt malte ein Schnellzug eilig eine rote Linie.

Remmers führte ihn vom See weg, an eine seichte Stelle der Jölle, kurz bevor sie in den See floss. „Hier", sagte er. „Sie war bewusstlos, als sie ins Wasser gelegt wurde. Wir haben eine hohe Dosis Barbiturat nachgewiesen."

Der schmale Wasserlauf war zu beiden Seiten dicht bewachsen, Gräser wiegten sich in einer kaum wahrnehmbaren Strömung. Ein Buchfink tschilpte übermütig in die Stille. Andrej war blind und taub. „Ich melde mich, sobald ich kann“, hörte er Larissa sagen. Immer und immer wieder.

Die Mutter mit ihren Sorgen hatte er beruhigt. „Deutschland ist aufregend“, hatte er Larissas Schweigen erklärt. Aber hatte er das auch gedacht? Hatte er das wirklich geglaubt? Mehrmals war ihm der Gedanke, sich an die Au-Pair-Agentur zu wenden, durch den Kopf gegangen. Er hatte es nicht getan. Warum hatte es ihn nicht gewundert, dass Pjor sich nicht mehr gemeldet hatte? Einmal hatte er, einer inneren Unruhe folgend, zum Telefon gegriffen, um bei der Auskunft die Nummer der Lemberts zu erfragen. Dann hatte er wieder aufgelegt und sich hysterisch geschimpft.

Er spürte noch einmal die feinen Stiche der Sorge. Er hatte sie erstickt. Er sah sich mit dem Telefonhörer in der Hand und wusste hier, an diesem schmalen Bach, dass er ihn aus Furcht zurücklegte. Aus Furcht, eine freundlich monotone Stimme könne seine Vorstellungen von Larissas Glück im fernen Deutschland zerstören.

Ein Kormoran landete lautlos in einer Weidenkrone und faltete die breiten Schwingen an den Körper. Das nasse Gefieder glänzte wie Onyx.

Auf der Rückfahrt waren sie schweigsam. „Ich hätte es wissen müssen“, sagte Andrej in die Stille. „Wenn ich nicht so feige gewesen wäre, könnte sie noch leben.“ Remmers schüttelte energisch den Kopf. „Nein!“, sagte er mit aller Entschiedenheit. „Machen Sie sich nichts vor. Wir hätten sie nicht gefunden.“ Leise fügte er hinzu: „Wir finden sie immer erst, wenn sie tot sind.“

„Was glauben Sie, warum sie sie getötet haben?“, fragte Andrej.

„Wir gehen davon aus, dass sie sich gewehrt hat. Vielleicht hat sie versucht zu fliehen.“ Remmers räusperte sich. „Sie hatte am ganzen Körper massive Verletzungen.“

Andrej schnappte nach Luft. Darum also war ihr Körper so fest in das grüne Tuch eingewickelt gewesen. Darum also hatte Remmers alle Bilder von ihr von der Fotowand entfernt.

Tränen traten ihm in die Augen. Zurück im Präsidium setzte Andrej sich in den Konferenzraum. Remmers brachte ihm einen Kaffee und fragte: „Haben Sie schon ein Hotel?“ Andrej schüttelte den Kopf. Er verdiente 3000 Griwna im Monat. Das waren nicht mal 300 Euro. Seine Ersparnisse waren zur Hälfte für die Fahrkarte draufgegangen und die andere Hälfte würde er für die Rückfahrt brauchen. Er würde schon ein Plätzchen finden, wo er die Nacht verbringen konnte. Aber das sagte er nicht. Stattdessen lächelte er Remmers an. „Darum kümmere ich mich später.“

Vielleicht war die Frage nach dem Hotel die versteckte Aufforderung, jetzt zu gehen. Aber wo sollte er hin? Was sollte er tun?

Seine Augen wanderten durch den Raum. Auf einem Sideboard lagen Plastiktüten mit Asservaten. Er ging hinüber. Ein verdrecktes blaues Herrenhemd und ein Slip. Die Sachen, die Larissa getragen hatte, als man sie fand. Der Gipsabdruck einer Reifenspur. „Ein Geländewagen“, hatte Remmers gesagt. Zwei Klarsichthüllen. In der einen der Brief, den sie zwischen den Heizkörperlamellen gefunden hatten. In der anderen der dazugehörige Umschlag.

Er nahm den Brief, den er vor wenigen Wochen schon einmal in Händen gehalten hatte. Er war mit einem Computer geschrieben.

Er erinnerte sich an den warmen Frühlingstag, als er angekommen war. Larissa, in einem kurzen schwarzen Rock und ärmelloser gelben Bluse. Sie hatte an der Küchenzeile in seinem kleinen Apartment gestanden, die Wangen gerötet vor Aufregung. „Die Einladung, Andrej. Ich habe die Einladung“, hatte sie gerufen und den Brief aus der Handtasche gezogen.

Unter „Bis bald. Ihre Familie Lembert“, stand jetzt handschriftlich eine Telefonnummer. 0038044-165168-4.

Er ging mit dem Brief zum Tisch und zeigte darauf. „Das hat Larissa geschrieben.“ Remmers nickte. „Die Nummer haben wir überprüft. Sie gehört zur Kiewer Universität.“ Er nahm einen

Ordner zur Hand und blätterte. „Moment ... Ja hier. Das Sekretariat für Literaturwissenschaften. Wir haben die Auskunft bekommen, dass Ihre Schwester dort im letzten Wintersemester ein Seminar über russische Dichter im 19. Jahrhundert belegt hatte."

Und dann sah Andrej es noch einmal vor sich. Ein kalter Winterabend. Er hatte zwei Tage frei und sie wollten zusammen die Mutter besuchen. „Ich habe noch eine Vorlesung über Lermontow. Kannst du mich anschließend abholen?", hörte er Larissa sagen. Er hatte in der Eingangshalle der Uni gewartet. Ein ganzer Pulk von Menschen war aus einem Hörsaal gekommen. Larissa hatte noch kurz mit einer Frau gesprochen, hatte ihr die Hand gegeben und war dann auf ihn zugekommen.

Andrej brach der Schweiß aus.

Die Frau hatte eine Mütze getragen, aber er war sich sicher. Es war das Gesicht auf den Observationsfotos.

„Irina weiß einfach alles über unsere großen Dichter", hatte Larissa im Auto geschwärmt.

Er warf die Klarsichthülle mit dem Brief vor Remmers auf den Tisch. „Sie ist Dozentin." Er schrie es fast. „Die Frau aus dem Café ist Dozentin an der Kiewer Universität. Ihr Vorname ist Irina."

Remmers sah ihn skeptisch an. „Aber wie ...?" Andrej zeigte auf die Telefonnummer. „Sie unterrichtet Literaturwissenschaften. Ich habe sie zusammen mit Larissa in der Uni gesehen."

Remmers schüttelte ungläubig den Kopf. Andrej sah auf seine Uhr. Halb fünf. Zu Hause war es dann halb sechs.

„Könnte ich mit einem Freund bei der Kiewer Polizei telefonieren? Er kann sicher den Nachnamen in Erfahrung bringen."

Es war 19.00 Uhr, als Igor zurückrief. Die Frau, die das Seminar gegeben hatte, hieß Dr. Irina Sidorov und war jetzt, wie auch schon in den letzten beiden Jahren, für drei Monate als Gastdozentin an der Universität Bielefeld tätig.

Kurz nach acht saßen noch einmal mehrere Beamten um den Konferenztisch und trugen zusammen, was sie über Irina

Sidorov in der letzten Stunde herausgefunden hatten. Die Stimmung war geradezu euphorisch. „Endlich ein Durchbruch", und „jetzt kommen wir weiter" hörte Andrej sie sagen, während der eine oder andere ihm auf die Schulter klopfte.

Irina Sidorov wohnte unterhalb der Sparrenburg in der Furtwänglerstraße. Das Haus im so genannten Musikerviertel wurde bereits observiert. Ein Staatsanwalt hatte das Abhören ihres Telefons vorläufig genehmigt.

Andrej hörte seinen Magen knurren. Er hatte Hunger, war erschöpft und seine Gedanken waren ein wirres Knäuel aus losen Enden. Er fürchtete, dass man ihn bald fortschicken würde.

Ein junger Beamter kam herein und legte einen Computerausdruck vor Remmers auf den Tisch. Der nickte zufrieden und las vor. „Eigentümerin der Wohnung ist eine Schweizerin. Sie heißt Marina Köpfel und ...", er sah triumphierend in die Runde, „sie ist Mitarbeiterin der SwissImmo." Er stand auf. „Das wird reichen. Ich besorge einen Durchsuchungsbeschluss."

Remmers Handy lag noch auf dem Tisch und krabbelte jetzt brummend auf eine Kaffeetasse zu. Joberg, ein noch recht junger Polizist, griff danach, sah auf das Display und ging ran.

„Wir brauchen keinen Dolmetscher", hörte Andrej ihn sagen. „Wir haben den Bruder aus Kiew hier." Andrejs Magen entspannte sich trotz des Hungers. Sie würden ihn fürs Erste nicht fortschicken. Zusammen mit Joberg ging er eine Etage tiefer in einen kleinen Raum voller Technik. Eine junge Frau saß an einem Computer. „Geortet habe ich ein Handy in Kiew-Mitte", sagte sie leise. Dann drückte sie eine Taste und spielte das soeben abgehörte Telefongespräch ab.

Irina Sidorov sprach mit einem Mann.

„Meine Terminplanung hat sich geändert. Ich habe Vorlesungstermine für Budapest. Ingesamt zwölf. In Warschau finden im kommenden Semester keine Vorlesungen statt."

Eine Männerstimme antwortete: „Wir haben ein Problem."

Irina bellte ins Telefon: „Was soll das heißen?"

Kurzes Schweigen. Dann sprach er weiter.

„Es gibt eine Anfrage an die Fakultät. In Deutschland konnte man die Herkunft einer seltenen Seerose bestimmen."

Irina sog hörbar die Luft ein.

„Wann war das?"

„Vor wenigen Stunden."

Dann war die Leitung tot.

Über die Bedeutung des Gespräches waren sie sich schnell einig. Die Mädchen waren bisher über Polen gekommen und Irina wollte, dass sie jetzt über Ungarn einreisten. Und der Mann hatte Irina mitgeteilt, dass Larissa identifiziert war.

Remmers kam mit dem Durchsuchungsbeschluss und bellte Anweisungen. „... und informiert den Kollegen vor dem Haus der Sidorov, dass sie gewarnt ist."

Eine Stunde später arbeiteten sich in der Furtwänglerstraße vier Beamte Stück für Stück durch die gewaltsam geöffnete Wohnung. Irina Sidorov war fort. Auf dem großen Polsterbett langen eilig hingeworfene Kleidungstücke. Die breiten, verspiegelten Schiebetüren der Schrankwand standen auf. Sie musste unmittelbar nach dem Telefongespräch durch den Keller und dann über ein Nachbargrundstück entkommen sein.

Die Polizei stellte zweiundzwanzig Ausweise von jungen Frauen sicher. Die Überprüfungen dauerten noch an, aber man wusste bereits von sieben, dass sie in der Ukraine und Weißrussland als vermisst galten.

Die neue Energie, die die Ermittler durch die konkrete Spur angetrieben hatte, war zusammen mit der Sidorov verschwunden. Im Konferenzraum vermischten sich Müdigkeit, Zorn und Enttäuschung, sammelten sich wie ein feuchtschwerer Nebel im Zimmer und verlangsamten die Bewegungen der Beamten. Bei Andrej zeigte die Nachricht von Irinas gelungener Flucht eine andere Wirkung. Wut zog seinen Rücken hinauf, versteifte den Nacken und legte sich über die Trauer.

Remmers bat ihn, sich die Wohnung anzusehen. „Vielleicht entdecken Sie irgendetwas, wofür uns der Blick fehlt", sagte er fast flüsternd, so als dürfe er diese Hoffnung nicht laut aussprechen, als würde sie sich auflösen, wenn sie einem Dritten zu Ohren käme. Immer noch gedämpft, aber jetzt dringlich, so als wolle er Andrej anspornen, fügte er hinzu: „Wenn sie es zurück in die Ukraine schafft, sind unsere Aussichten, selbst wenn wir Interpol einschalten, gleich Null."

Die Wohnung war mit wenigen, aber teuren Einzelstücken möbliert. Geschmackvoll waren moderne, eher robuste Möbel mit Antiquitäten kombiniert. Im gut fünfzig Quadratmeter großen Wohnzimmer hingen an den Wänden großformatige Ölbilder. Verwischte Stadtszenen, auf denen Menschen, mit feinen Strichen angedeutet, Eile und Vergänglichkeit signalisierten. Andrej stutzte und trat näher heran. Er wusste etwas über diese Bilder. Aber was? Er hatte sie noch nie gesehen, da war er sicher. Er suchte nach der Signatur. In der unteren, linken Ecke fand er ein W und ein T. Er trat zurück und entdeckte im Hintergrund der eigentlichen Szene, stark stilisiert, das Mutter-Heimat-Monument in Kiew.

Und dann sah er sich hinter dem Lenkrad.

An jenem Winterabend, als er Larissa an der Universität abgeholt hatte, waren sie über die Rejtarskaya stadtauswärts gefahren. Neben dem Eingang der Galerie Arteast hatte ein überdimensionales Plakat, mit einem solchen Bild, für eine Ausstellung geworben. Larissa hatte darauf gezeigt, den Namen des Malers genannt und gesagt: „Irina sagt, er ist einer der großen Künstler Kiews. Sie ist mit ihm befreundet."

Remmers trat auf ihn zu. „Haben Sie was entdeckt?" Andrej zögerte, starrte geistesabwesend auf das Bild. Sein „Nein" kam ohne Entscheidung, ohne sein Zutun. Remmers Satz: „Wenn sie es in die Ukraine schafft, sind unsere Chancen gleich Null", fügte sich in seinem Kopf nahtlos, wie ein Widerhall, an sein „Nein". Er wollte nach Hause.

Zwei Tage später flog Andrej zurück nach Kiew. Er hatte Remmers seine finanzielle Situation erklärt und gefragt, ob es nicht irgendeine Möglichkeit gäbe, dass er Larissa mit in sein Heimatdorf nehmen könne. Er war beschämt, als der Polizist ihm am nächsten Tag ein Flugticket und die Überführungspapiere in die Hand drückte.

Andrej fuhr direkt vom Flughafen aus zur Galerie Arteast. Die Ausstellung war seit zwei Monaten beendet, aber im Foyer fand er den Katalog mit der Aufschrift: „Kiew im Wandel. Stadtansichten von Wassily Tirmenko", und kaufte ihn. Noch am Nachmittag machte er die Adresse des Künstlers ausfindig und war erstaunt. Tirmenkos Atelier lag im Hafenviertel in einer Seitenstraße, unweit der Spedition, in der Andrej arbeitete. Auf der anderen Straßenseite gab es eine kleine, schäbige Bar. Hier verbrachten Hafenarbeiter ihre Abende und von diesem Tag an wurde sie auch für Andrej zum Stammlokal. Manchmal kam Tirmenko hinüber, trank Tee oder Wodka und unterhielt sich mit anderen Gästen. Er war gut siebzig Jahre alt, das dürftige Haar weiß, Kinn und Wangen unrasiert. Seine kleinen braunen Knopfaugen blickten aufmerksam.

Irina Sidorov wurde inzwischen mit internationalem Haftbefehl gesucht, und ab und an rief er Igor im Polizeipräsidium an und fragte nach, ob es eine Spur von ihr gäbe.

Nach fast vier Wochen, Andrej hatte jeden Abend vor der Bar, an einem der vier kleinen blauen Plastiktische auf dem Bürgersteig gesessen und den Eingang des Ateliers beobachtet, kam Wassily Tirmenko auf ihn zu, setzte sich an den Tisch und fragte freundlich: „Was macht ein junger Mann wie Sie jeden Abend in einem solchen Lokal?" Andrej hatte viel getrunken, um die bleischwere Hoffnungslosigkeit fortzuspülen, die ihn seit Tagen niederdrückte, und erfand halbherzig Gründe. Aber das Bedürfnis zu reden war übermächtig, und obwohl die Sorge, einen großen Fehler zu begehen, seinen Magen schmerzhaft zusammenzog, reihten sich die Worte fast gedankenlos aneinander.

Der Alte hörte zu, während er von Larissa erzählte, von seinen Tagen in Bielefeld und von Irina Sidorov. „Sie sind doch befreundet", warf er dem Alten hin. Der schwieg. Die Minuten füllten sich mit unausgesprochenem Kummer. Aus der Bar sickerten Gesprächsfetzen zusammen mit einem schwachen

Lichtschein auf den Bürgersteig. Als Andrej den Kopf hob, sah er in Tirmenkos Knopfaugen Tränen schimmern. Er wandte den Kopf ab, sah hinüber zu seinem Atelier und sagte nachdenklich: „Ich habe lange nichts mehr von ihr gehört." Er stand entschlossen auf. „Ich hole uns noch was zu trinken. Lassen Sie uns in Ruhe überlegen, was zu tun ist."

Zwei Monate später fand in einer privaten Galerie in der Altstadt eine Vernissage mit den neusten Werken von Wassily Terminko statt. Die Bilder standen nur am Tag der Ausstellungseröffnung zum Verkauf. In den Medien wurde sie als die letzte Ausstellung des Künstlers angekündigt, und alle kamen. Irina Sidorov war in Begleitung und Andrej, der mit einem Glas Sekt unruhig auf und ab ging, verschwand augenblicklich, als er Pjor an ihrer Seite erkannte. Terminko begrüßte sie freudig und sie erstand ein Bild für 120.000 Griwna, bezahlte bar und gab als Lieferadresse die Wohnung ihres Begleiters an. Sie sei viel unterwegs, lächelte sie dem Künstler entgegen.

16. November 2008, Kiew

Andrej saß nach einem zehntägigen Urlaub an seinem Schreibtisch und füllte Papiere für einen Container aus. Die Verladekräne ragten futuristisch vor einem Abendhimmel auf, an dem sich Indigo und Eisengrau vermischten.

Er drückte den Datumsstempel auf das Formular, als das Telefon klingelte. Igor war am Apparat. „Im Kiewer Wohngebiet Osokorky hatten wir einen Einbruch. Die Wohnung war verlassen, aber anhand der Papiere, die wir dort gefunden haben, gehen wir davon aus, dass sich Irina Sidorov und Pjor Lubenko dort unter falschem Namen aufgehalten haben. Ich dachte, das interessiert dich." Andrej schluckte. Sein Herz schlug ihm bis zum Hals. „Ja, danke. Was werdet ihr jetzt tun? Gibt es einen Hinweis, wo sie hin sind?" Igor schnaubte: „Nein, die sind weg. Die Wohnung war ein einziges Chaos, alles von unten nach oben gekehrt. Da hat jemand was Bestimmtes gesucht." Andrej bedankte sich und legte auf.

Er schob die Unterlagen für den Schiffscontainer beiseite und schrieb seine Nachricht an Remmers zu Ende: „... sie finden eine Liste aller Immobilien, die aktuell im Besitz der Swiss-Immo sind und außerdem eine Namensliste. Die Männer, die sich in Deutschland aufhalten, sind angekreuzt."

Er entnahm der Schreibtischschublade einen dünnen Hefter, schob ihn zusammen mit dem Brief in einen Luftpostumschlag.

Dann zog er seinen Mantel an und ging auf seinem Weg zu der kleinen Bar an einem Postamt vorbei.

In den nächsten Tagen würde man am Dnjepr die Herkunft zweier seltener Seerosen bestimmen. „Tod durch Ertrinken" würde auf dem Totenschein stehen. Aber das hatte er Remmers nicht geschrieben.

Marlene Koch

Das Versteck

„Das Wetter ist herrlich! Ich habe schon alle Sachen gepackt. Heute machen wir einen Familienausflug." Jonas sah mich mit leuchtenden Augen an. Er hatte die Hände in die Hüften gestemmt und ich wusste, es gab keine Widerrede.

Ich freute mich wirklich auf den Ausflug. Seit ich den Kontakt zu meiner Familie abgebrochen hatte und zu Jonas und seiner Mutter nach Hamm gezogen war, liebte ich es, die Sonntage mit ihnen und unseren beiden Kindern zu verbringen.

„Wo soll's denn hingehen?", fragte ich noch etwas schlaftrunken und musste im selben Augenblick anfangen zu lachen, als ich sah, wie mich Pia und Sophie mit ihren Nutella verschmierten Gesichtern anstrahlten. „Das wird nicht verraten, Mama!", riefen sie wie aus einem Munde.

„Nun iss erst mal was, damit wir schnell loskönnen", sagte Jonas, drückte mich sanft auf einen Stuhl und war im selben Augenblick im Flur verschwunden.

Während ich gemütlich mein Brötchen aß, meinen Kaffee trank und einen Blick in die Zeitung warf, waren Pia und Sophie vom Tisch aufgesprungen. Ich hörte sie in ihrem Zimmer lachen und schreien und freute mich über den Trubel um mich herum. Jonas war in die Küche gekommen, um die restlichen Sachen ins Auto zu laden und drückte mir im Vorbeigehen einen Kuss auf die Stirn.

„Wir haben echt zwei aufgeweckte Mädels", seufzte er nicht ohne Stolz in der Stimme, als in einem der oberen Zimmer etwas mit lautem Rums zu Boden fiel.

Bei dem Geräusch zuckte ich erschreckt zusammen. Ganz die überbesorgte Mutter. Beruhige dich, nichts passiert, dachte ich mir. „Wir sind ja gut versichert", erwiderte ich lächelnd.

Als ich aus dem Haus trat, stand unser Minivan, den wir uns extra für solche Anlässe zugelegt hatten, bereits voll bepackt und abfahrbereit auf dem Hof. Oma Ilse versuchte im hinteren Teil des Wagens gerade, die Mädchen davon zu überzeugen, ihre klingelnden und klappernden Spielzeuge gegen weniger geräuschvolle einzutauschen. Jonas hatte das Fenster auf der Fahrerseite heruntergekurbelt und machte eine einladende Handbewegung.

Erst als wir auf die A 2 Richtung Hannover fuhren, fiel mir ein, dass ich immer noch keine Ahnung hatte, wohin wir fahren würden. Mich überkam ein ungutes Gefühl und ich drehte mich unvermittelt nach hinten. Es zeigte sich mir ein Bild, dass ich am liebsten für das Familienalbum festgehalten hätte: Pia und Sophie starrten gebannt auf das Buch in Oma Ilses Händen, aus dem diese nun zu lesen begann. Sie waren völlig in die Geschichte vertieft und schienen meine Nervosität nicht zu bemerken. Das beruhigte mich etwas. Ich richtete meinen Blick wieder auf die Straße.

Nach einigen Kilometern sah mich Jonas unschlüssig von der Seite an. Ich spürte wie sich meine Muskeln anspannten. Jonas holte tief Luft.

„Wir fahren nach Jöllenbeck."

Die gute Stimmung war verflogen. Ich saß wie versteinert in meinem Sitz, nicht in der Lage auch nur eine Hand zu heben. Ich hatte gewusst, dass dieser Moment eines Tages kommen würde. Jonas und ich waren nun bereits sieben Jahre verheiratet und ich hatte ihm so gut wie nichts aus meiner Vergangenheit erzählt. Er wusste, dass ich in einem Stadtteil von Bielefeld aufgewachsen war, aber er kannte weder meine Freunde von damals, noch erzählte ich gerne etwas über sie.

Schreckliche Bilder stiegen in mir hoch, die ich aus meinen Träumen kannte. Dunkelheit. Kalte Erde. Ein lauter Knall. Kindergeschrei. Ich schüttelte mich.

Jonas musste meinen Schock bemerkt haben, aber er fuhr nun voller Vorfreude fort: „Pia und Sophie wollen mal sehen, wo die Mama aufgewachsen ist."

Das war das Stichwort und nun begann der hintere Teil des

Wagens wieder aufzuleben. „Ja, Mama, wir wollen deine Schule sehen!“ „... und deinen Spielplatz!“ „... und ein Eis!“, riefen die Mädchen durcheinander.

Ich verdrängte mein mulmiges Gefühl, indem ich ein paar Mal kräftig ein- und ausatmete: „Okay, warum eigentlich nicht. Fahren wir nach Jöllenbeck.“

Den Rest der Fahrt blieb ich still, während die anderen sich ausgelassen und lautstark über irgendetwas unterhielten. Ich hörte ihnen nicht zu. Ich musste mich erst an den Gedanken gewöhnen, nach über 20 Jahren in mein Heimatdorf zurückzukehren.

Als wir am Jöllenbecker Marktplatz ankamen, nahm ich zum ersten Mal wieder meine Umgebung wahr. Wir kamen an einer Buchhandlung vorbei und warfen einen Blick ins Schaufenster. Wie sich alles verändert hatte. Und wie doch alles gleich geblieben war. Ich sah sie noch genau vor mir, die Verkaufswagen, die zum Markttag immer auf diesem Platz standen. Wie die Menschen geschäftig herumliefen, um Brot, Obst und Gemüse zu kaufen. Ob die Bäckersfrau zu Weihnachten noch Plätzchen an die Kinder verteilte? Heute war der Marktplatz leer. Markt war immer freitags, erinnerte ich mich.

Wir kauften den Kindern ein Eis und setzten unseren Rundgang fort. Nach einer Weile stieg sogar eine gewisse Freude in mir auf, die kleinen Details zu entdecken, die schon seit 20 Jahren unverändert waren. Und die Unterschiede zu bemerken, die dieses kleine Dorf lebendig machten. Obwohl mir im Vergleich zu früher alles winzig klein vorkam, war auch dieses Dorf mit den Jahren beträchtlich gewachsen.

Mir fiel auf, wie wenig Erinnerung ich eigentlich an diese Zeit hatte. Langsam kehrten einige Bilder zurück. Kinder, die Fangen spielen. Im Wald Hütten bauen. Drachen steigen lassen. Geburtstagspartys. Kinderlachen.

Alle hörten mir gespannt zu, als ich ihnen die Geschichten erzählte. Ein Gefühl von Geborgenheit breitete sich in mir aus.

Ich fragte mich, warum ich nicht schon viel früher an diesen Ort zurückgekehrt war.

Wir fuhren weiter zu meiner ehemaligen Grundschule. Je näher wir dem Gebäude kamen, desto unruhiger wurde ich. Die Vorfreude auf ein weiteres Stück Erinnerung einer längst vergangenen Zeit paarte sich mit einer unbestimmten Anspannung. Dieses flaue Gefühl im Magen kannte ich nur zu gut. Ich hatte es schon als Kind häufig erlebt. Hatte dieses Gefühl auch heute noch manchmal. Ich verabscheute es.

Auf dem Schulgelände angekommen, liefen Pia und Sophie aufgeregt umher. Sie probierten die Hüpfspiele aus, die mit bunter Farbe auf den Boden gemalt waren. Jemand musste sie im Laufe der Jahre nachgezeichnet haben. Ich hatte große Lust, auch noch einmal den Zahlen zu folgen. Erst auf dem rechten Bein. Dann auf dem linken. Dann mit beiden gleichzeitig. Ich beherrschte mich.

Oma Ilse war nicht mehr so gut zu Fuß und setzte sich auf eine nahegelegene Bank. Von dort aus wollte sie einen Blick auf die Mädchen haben. Aber was sollte ihnen auch passieren an einem Ort, wo täglich hunderte Kinder spielten.

Pia und Sophie waren bereits weiter gelaufen und klammerten sich nun an die Turnstangen. „Schau mal, Mama, ich kann schon einen Purzelbaum!“, rief Pia und rollte sich ein wenig ungeschickt um die Stange. Sophie rutschte bei dem Versuch, es ihrer Schwester gleich zu tun, ab, und schlug etwas unsanft mit den Füßen auf den Boden. Aber die Stangen waren nicht sehr hoch und der Boden darunter mit Gummiplatten weich gepolstert.

„Passt bloß auf, dass ihr euch nicht wehtut!“, rief ich zu ihnen hinüber, während ich mich mit Jonas zu einem kleinen Rundgang aufmachte.

Ich zeigte ihm die Schulgebäude. „Dort oben war mein Klassenzimmer“, ich deutete auf ein Fenster, in dem selbstgebastelte Frösche hingen.

„So viele Quarktaschen. Die arme Lehrerin!", frotzelte Jonas.

Ich liebte seinen trockenen Humor. Er konnte mich auch in der düstersten Stunde noch zum Lachen bringen. Nie konnte ich ihm lange böse sein. Wenn er einen seiner Sprüche rausholte, die mich auch nach all den Jahren noch völlig unvorbereitet trafen, liebte ich ihn immer noch ein bisschen mehr.

Ich zeigte ihm das Fußballfeld und den Spielplatz, der völlig neu gestaltet war. Vor der Turnhalle blieb ich wie angewurzelt stehen. Ich starrte auf ein Gebüsch, das sich wie eine große, grüne Blätterwand erstreckte. Hier irgendwo musste er gewesen sein, der Weg zu unserem geheimen Ort. Er war schon damals gut versteckt, so dass die anderen Kinder ihn nicht finden konnten. Jetzt musste er völlig mit Blättern und Zweigen bedeckt sein. Gott sei Dank, schoss es mir durch den Kopf.

Plötzlich war die Erinnerung wieder da, an den Tag, den ich bis dahin verdrängen, aber nie vergessen konnte. Wir waren gerade in die vierte Klasse gekommen und die Kings des Schulhofs. Unser Revier machte uns keiner streitig. Wir waren mächtig stolz. An den Vormittagen besetzten wir die besten Spielgeräte oder spielten Fußball auf dem großen Platz. An den Nachmittagen aber trafen wir uns in unserem Geheimversteck. Hinter den dichten Büschen hatten wir einen großen Erdhügel entdeckt, in dem wir uns eine Höhle bauen wollten. Wir arbeiteten fleißig mit Händen und kleinen Schaufeln, doch wollten wir nicht recht vorankommen. Die Erde war steinhart. Doch nach einigen Wochen hatten wir ein Loch gegraben, in dem einer von uns bereits verschwinden konnte.

An diesem Tag brachte mein Freund Arne einen Nachbarsjungen mit. Ich war stinksauer, dass er ihm unser Versteck verraten hatte, aber Arne zog mich beiseite und zeigte mir, was er außerdem bei sich trug: eine große, graue Papprolle, an der eine Schnur befestigt war. Sie erinnerte mich an die Böller, die mein Vater gerne zu Silvester verschoss. Arne erzählte mir, dass die im Fernsehen es auch so machten und dass dies viel schneller gehe. Kinderlogik. Ich war nicht wirklich überzeugt. Trotzdem zündeten wir die Rolle an, warfen sie in das dunkle Loch. Wir versteckten uns, warteten, was passieren würde. Eine kleine Ewigkeit. Es passierte nichts. Stöckchenziehen. Wer verliert muss nachsehen. Arne und mir war klar, wer gehen würde. Eine todsichere Methode. Der Nachbarsjunge zog das kürzeste.

Ich spürte die gleiche Angst wie damals. Sie kroch langsam den Rücken hoch und krabbelte die Arme hinunter, so dass sich mir die Härchen aufstellten.

„Du bist ja kreideweiß!“ Jonas sah mich erschrocken an, „Was ist denn los?“

Sollte ich ihm alles erzählen? Wie Arne und ich weggelaufen waren, als der Junge in der Höhle verschwand. Dass wir ihn nie wieder sahen. Dass ich nie zu diesem Ort zurückgekommen bin. Dass ich kurz darauf wegzog. Sollte ich ihm sagen, dass ich vielleicht den Tod eines Jungen verschuldet hatte? Ein Unfall? Die Polizei rufen? Aber was sollte ich sagen?

„Nichts“, sagte ich abwesend. „Lass uns umkehren.“

Als wir zu der Bank zurückkamen, saß Oma Ilse in der Sonne. Von den Mädchen war weit und breit nichts zu sehen.

Günther Butkus

Ein perfektes Verbrechen

Warum es nicht tun? Ein kleiner Schubs, ein bisschen Druck und die Schlampe wäre hin. Aus die Maus. Er war kein Killer, aber auch kein Ladykiller mehr. Alt und außer Form geraten, wollte er sich nicht mehr anstrengen. Ins Theater, in Museen, in den Wald und aufs Rad und nachts, wenn er kaputt und nur noch müde war, kurz vorm Abdriften, stellte Simone die immer gleichen Fragen: Woran denkst du gerade? Geht es dir gut? Wie fühlt sich das mit uns an? Läuft alles noch richtig? Sicher, wir verstehen uns gut und streiten uns nur selten ... Aber treten wir nicht zu sehr auf der Stelle? Genau, so war es doch richtig, oder nicht? Warum musste ständig alles in Bewegung sein? Konnte sie ihn nicht so lassen, wie er war? Immer schon sollte er sich weiter entwickeln. Und gleichzeitig sollte er stark sein und sie aufbauen und zärtlich sein. Er mochte sie wirklich, aber es wurde ihm zu viel. No risk – more fun. Er war zufrieden gewesen, bis jetzt, aber sie wollte nicht locker lassen. Er war erst ein Träumer und dann nur noch faul gewesen. Verdient hatte er wenig und unregelmäßig. Mit Bauchansatz und ausgedünnten Haaren, ausgebrannt und ohne Kohle. Ohne Simone käme Hartz IV, oder nur noch die Straße.

Sie ging gerne nachts baden. Seit Jahren fuhren sie regelmäßig zu diesem Baggersee im Lippischen. Tagsüber war es in dem See sehr voll. Da blieben sie im Halbschatten liegen, schliefen, lasen jeder ein Buch oder in Zeitschriften. Und wenn sein Krimi so richtig spannend war, fühlte sie sich vernachlässigt ...

Das Wasser in dem See war kalt. Dieses Jahr hatte es noch nicht viele warme Tage gegeben. Schon 20 cm unter der Oberfläche wurde es eisig. In einem Meter Tiefe würde man es nur kurz aushalten können ...

Als sie wieder nachts raus in den See wollte, stellte er sich schlafend, reagierte nicht auf ihr Flüstern. Er wartete einige Minuten, dann folgte er ihr. Vorsichtig kroch er aus dem Zelt, versuchte keine Geräusche zu machen und schlich zu einer etwas entfernteren Bucht. Dort zog er seinen Neoprenanzug an, schlüpfte in die Flossen und setze eine Taucherbrille auf. Er war seit dem Bund ein guter Taucher und später wurde er ehrenamtlicher Rettungsschwimmer beim DLRG. Er näherte sich ihr vorsichtig. Es war dunkel, aber das Licht würde reichen. Er wollte sie überraschen, tauchte direkt unter sie, zog sie an den Füßen in die Tiefe, tauchte auf und drückte ihren Kopf so lange unter die kalte Oberfläche, bis sie nicht mehr zappelte ...

Er war fertig, schleppte sich ans Ufer und kroch erschöpft ins Zelt. Gerade, als er zufrieden eingedöst war, wurde der Reißverschluss aufgerissen. Simone kroch ins Zelt, trocknete sich ab, kuschelte sich in ihren Schlafsack und flüsterte in sein Ohr: Du, ist es noch gut mit uns? Er schrie auf und stürzte aus dem Zelt. Die Polizei konnte den Tod der 50-jährigen Beate S. aus Lippstadt nicht aufklären. Ein tragischer Unfall, stand am Montagmorgen in der Zeitung.

Die Autoren

Eike Birck, Jahrgang 1970, lebt seit ihrem dritten Lebensmonat mit Unterbrechungen in Bielefeld. Sie studierte Geschichte und Soziologie in Bielefeld und Cork, Irland. Auch wenn sie mit wachsender Begeisterung verschiedene Länder dieser Erde bereist, zieht es sie immer wieder zurück in die Teuto-Stadt. Als freie Autorin arbeitet sie u.a. für ein Bielefelder Stadtmagazin. „Tödlicher Abstieg" ist ihre erste Veröffentlichung.
Originalbeitrag, © beim Autor.

Dietmar Bittrich veröffentlichte im Pendragon Verlag sein bislang erfolgreichstes Buch: „Das Gummibärchen Orakel". Seither ist der Hamburger Autor häufig in Ostwestfalen zu Gast, ist dabei dem schwarzen Humor der Einwohner begegnet und hat sich ihre durchtriebenen Geschichten erzählen lassen. Zuletzt: „Altersglück – Vom Segen der Vergesslichkeit".
(www.dietmar-bittrich.de)
Originalbeitrag, © beim Autor.

Mechtild Borrmann wurde 1960 in Köln geboren und wuchs in Kleve auf, wo ihr neuer Roman „Mitten in der Stadt" (2009) spielt. Sie arbeitete u.a. als Tanz- und Theaterpädagogin. Heute lebt und schreibt sie in Bielefeld. 2008 erschien ihr Krimi „Morgen ist der Tag nach gestern".
(www.mechtild-borrmann.de)
Originalbeitrag, © beim Autor.

Günther Butkus, geboren 1958, lebt in Bielefeld. Veröffentlichungen: „Heute Nacht Morgen Du", Gedichte (1997). Herausgaben: „Die Beatles und ich. 33 Autoren, Künstler und Musiker über ihr persönliches Verhältnis zu John, Paul, George & Ringo" (1995); „Das Schrumpfkopf-Mobile. Geschichten und Gedichte vom Fressen und Gefressen werden" (1997); „Mord-Westfalen – Kriminelle Geschichten aus Ostwestfalen-Lippe"

(2008); Mord-Westfalen II – Kriminelle Geschichten aus Westfalen" (2009).
Originalbeitrag, © beim Autor.

Monika Buttler, Journalistin und Autorin, wurde in Berlin geboren. Magistra der Literaturwissenschaft, Germanistik, Philosophie. Seit 2001 Kriminalautorin. Zuletzt erschien u.a. der Krimi „Dunkelzeit". Die Autorin lebt in Hamburg.
(www.monikabuttler.de)
Originalbeitrag, © beim Autor.

Volker W. Degener, geboren 1941 in Berlin. Aufgewachsen in Niedersachsen, im Ruhrgebiet und in Düsseldorf. Ausbildung und Studium in Münster zum Diplom-Verwaltungswirt. Zunächst Fachlehrer an Polizeischulen, dann Leiter verschiedener Dienststellen, Pressesprecher des Polizeipräsidenten in Bochum und Kommissariatsleiter. Seit 2001 freier Schriftsteller. Zuletzt u.a.: „Denk von mir, was du willst – Zeitgemäße Aphorismen" (2008); „Friederike rabenschwarz", Kinderbuch, (2007).
(www.volkerwdegener.de)
Originalbeitrag, © beim Autor.

Monika Detering lebt und arbeitet in Bielefeld. Viele Jahre war sie als Puppenkünstlerin tätig, mit zahlreichen Ausstellungen im In- und Ausland. Durch ihre intensive Arbeit auf Langeoog wurde ihr die Nordseeinsel zur zweiten Heimat. Sie veröffentlicht seit 1998 Romane, Kurzgeschichten und Krimis, zuletzt „Es ist niemand im Haus" (2009).
(www.monika-detering.de)
Originalbeitrag, © beim Autor.

Joachim Grobe, geboren 1920 in Berlin, verbrachte seine Kindheit und Jugend in verschiedenen Städten Deutschlands, u.a. in Bielefeld, und lebt heute in der Lüneburger Heide. Grobe, ein Maler-Poet alter Prägung, veröffentlichte satirische Gedich-

te und Short Stories und errang Anerkennung als spätexpressionistischer Maler.
Originalbeitrag, © beim Autor.

Erwin Grosche, geboren 1955, lebt als Kabarettist, Schauspieler und Autor in Paderborn. Seit 2003 ist er Schirmherr von UNICEF Paderborn. In Paderborn spielt auch sein Kriminalroman „Der falsche Priester" (2007) um den Privatdetektiv Friedrich Maikötter, der sich gerne als Priester tarnt. Im Herbst 2009 wird mit „Miss Paderborn" Maikötters zweiter Fall erscheinen. Auszeichnungen: „Deutscher Kleinkunstpreis" (1999).
(www.erwingrosche.de)
Originalbeitrag, © beim Autor.

Iris Grädler, geboren 1963 in Halle/Westf., hat u.a. Literaturwissenschaften, Anglistik und Hispanistik an den Universitäten von Bielefeld und Granada/Spanien studiert. Sie ist Lektorin und lebt in Oerlinghausen und Berlin. Veröffentlichungen von Erzählungen und Lyrik in Literaturzeitschriften und Anthologien. Herausgeberin von mehreren Anthologien.
Originalbeitrag, © beim Autor.

Frank Göhre, geboren 1943, hat als Buchhändler, Bibliothekar und als Lektor gearbeitet. Seit 1981 lebt er als Roman- und Drehbuchautor für Film und Fernsehen in Hamburg. Sein Roman „St. Pauli Nacht" wurde von Sönke Wortmann verfilmt. Für das Drehbuch wurde er mit dem „Deutschen Drehbuchpreis" ausgezeichnet. 2009 erschien „Seelenlandschaften – Annäherungen. Rückblicke".
(www.frankgoehre.de)
Originalbeitrag, © beim Autor.

Max von der Grün gilt als einer der bedeutendsten Schriftsteller der Nachkriegszeit. Er wurde 1926 in Bayreuth geboren, absolvierte eine kaufmännische Lehre, war Soldat und drei

Jahre in amerikanischer Kriegsgefangenschaft. Seine Werke wurden millionenfach verkauft und größtenteils verfilmt. Er lebte bis zu seinem Tod 2005 als freier Schriftsteller in Dortmund. Im Pendragon Verlag erscheint seit 2009 eine 10-bändige Werkausgabe. Der vorliegende Text ist ein Kapitel aus dem Roman „Die Lawine" (1986), der im Frühjahr 2010 als Band VII der Grün-Werkausgabe neu herausgegeben wird.
(www.maxvondergruen.de)
Beitrag, © beim Autor.

Horst Hensel, 1947 im Ruhrgebiet geboren, stammt aus einer Arbeiterfamilie. Sein Studium in München und Dortmund absolvierte er auf dem Zweiten Bildungsweg, wo er zum Dr. päd. promovierte. Tätigkeit als Hauptschullehrer und Gastdozent an der Autorenhochschule in Leipzig sowie an der Tongji-Universität in Shanghai. Horst Hensels Bibliographie umfasst einige hundert Veröffentlichungen.
(www.horst-hensel.de)
Originalbeitrag, © beim Autor.

Marlene Koch wurde 1985 in Bielefeld geboren und verbrachte ihre Kindheit in Jöllenbeck. Nach Abschluss ihres Studiums zieht es sie nun in „die weite Welt" hinaus. Wo sie letztendlich landen wird, ist dabei noch völlig offen, sicher ist aber, dass sie immer wieder gerne nach Jöllenbeck zurückkehren wird. „Das Versteck" ist ihre erste Veröffentlichung.
Originalbeitrag, © beim Autor.

Michael Koglin, geboren 1955, lebt als freier Schriftsteller in Hamburg. Neben Kriminalromanen veröffentlichte er Kurzgeschichten, Theaterstücke und Drehbücher. 2008 wurde sein Krimi „Der du bist dem Vater gleich" mit Omen, dem ersten obdachlosen Ermittler der Krimiszene, veröffentlicht.
(www.michael-koglin.de)
Originalbeitrag, © beim Autor.

Arnold Küsters, geboren 1954 in Nettetal-Breyell, lebt und arbeitet in Mönchengladbach. Studierte Anglistik, Pädagogik und Psychologie. Seit 1986 Journalist für WDR/ARD u.a. Autor von Lyrik- und Prosatexten. Zuletzt erschien 2008 sein Krimi „MK Bökelberg".
Originalbeitrag, © beim Autor.

-ky (Horst Bosetzky), geb. 1938 in Berlin. Mitbegründer des „Neuen deutschen Kriminalromans". Seit 1971 zahlreiche, zum Teil verfilmte Kriminalromane. 1992 erhielt er den Ehrenglauser des Syndikats für sein Gesamtwerk und die Verdienste um den deutschsprachigen Kriminalroman. Letzte Veröffentlichung: „Bratkartoffeln oder Die Wege des Herrn" (2008).
(www.horstbosetzky.de)
Originalbeitrag, © beim Autor.

Sandra Lüpkes, geb. 1971, wohnt in Münster, wo sie als freie Autorin und Sängerin arbeitet. Die wunderbare Mischung aus Literatur und Musik macht bei ihren Lesungen einen ganz besonderen Reiz aus. Caren Miosga, Kulturjournal N3, sagt: „Sandra Lüpkes kann es – und sie kann es gut!" Im Herbst 2009 erscheint unter dem Titel „In Hermanns Schatten", ein Band mit Kurzkrimis.
(www.sandraluepkes.de)
Originalbeitrag, © beim Autor.

Eva Maaser, geboren 1948 in Groß-Reken. Studium der Germanistik, Theologie und Kunstgeschichte in Münster. Sie arbeite als Restauratorin, Antiquitätenhändlerin und Lehrerin. Seit 1984 lebt sie im westfälischen Steinfurt. Zahlreiche Veröffentlichungen in den Bereichen Kinderbuch, Historischer Roman und Kriminalroman. Ihr letzter Krimi „Der Clan der Giovese" erschien 2006.
Originalbeitrag, © beim Autor.

Renate Niemann, 1966 in Bremen geboren, wo sie heute nach Lehr- und Wanderjahren in Spanien und Portugal wieder lebt. Neben der schriftstellerischen Tätigkeit arbeitet sie selbständig im Bereich von Museen und Ausstellungen. 2008 erschien mit „Der Graumacher" ihr erster Kriminalroman.
Originalbeitrag, © beim Autor.

Sandra Niermeyer, geboren 1972 in Melle/Niedersachen. Sie lebt und schreibt in Bielefeld. 2006 wurde sie für den Glauser-Kurzkrimi-Preis nominiert und 2007 erhielt sie für eine Erzählung den Marlen-Haushofer-Literaturpreis der Stadt Steyr. Ihre Kurzgeschichten wurden in zahlreichen Anthologien und Zeitschriften veröffentlicht.
Originalbeitrag, © beim Autor.

Hellmuth Opitz, geboren im schneereichen Januar 1959 in Bielefeld. In der „Stadt, die es nicht gibt" verbrachte er auch seine Kindheit und Jugend. Mehrere Aufenthalte in London, Amsterdam und New York. Ab 1991 Texter in einer Werbeagentur, seit 1998 dort als Creative Director und Geschäftsführer tätig. Zuletzt: „Die Sekunden vor Augenaufschlag", Gedichte (2006). (www.hellmuth-opitz.de)
Originalbeitrag, © beim Autor.

Gisa Pauly, geboren 1947 in Gronau. Sie wuchs in Münster auf und war 20 Jahre als Berufsschullehrerin tätig. Seit 1994 ist sie freie Schriftstellerin, Drehbuchautorin und Journalistin. 2005 wurde sie mit dem Short-Story-Preis der Stadt Leverkusen ausgezeichnet. Ihr letzter Sylt-Krimi trägt den Titel „Die Tote im Watt" (2007).
(www.gisa-pauly.de)
Originalbeitrag, © beim Autor.

Heinrich Peuckmann wurde 1949 in Kamen geboren, wo er noch heute lebt. Aufgewachsen in einer Bergmannsfamilie. Abitur in Unna, Studium der Germanistik, ev. Theologie und Geschichte an der Ruhr-Universität in Bochum. Lehrer an einem Gymnasium. Zuletzt: „Zweites Leben". Kriminalroman (2008). (www.heinrich-peuckmann.de)
Originalbeitrag, © beim Autor.

Renée Pleyter, 1965 in Bremen geboren. Freiberufliche Autorin. Zum Schreiben ihrer Krimis und Kurzgeschichten zieht sie sich in die Abgeschiedenheit eines lothringischen Dorfes zurück. 2009 erschien ihr erster Krimi „Tödlicher Hermannslauf".
Originalbeitrag, © beim Autor.

Jürgen Reitemeier & **Wolfram Tewes** lernten sich in grauer Vorzeit, während ihres Studiums in Paderborn, kennen. Nicht etwa im Hörsaal, sondern beim Bier danach, in der Kneipe. Sie verloren sich dann später für viele Jahre aus den Augen. Bis sie sich eines Tages zufällig in Detmold wieder gegenüberstanden. Ebenfalls vor einer Kneipe. Dann, eines Tages, war es gesagt: „Wir schreiben einen Krimi!" Auf diesen erstaunlichen Entschluss tranken sie erst mal ein Bier. Dann gingen sie an die Arbeit. Mittlerweile liegt mit „Varusfluch" (2009) bereits der achte Krimi des erfolgreichen Schriftsteller-Duos vor.
(www.lippekrimi.de)
Originalbeitrag, © bei den Autoren.

Jobst Schlennstedt wurde 1976 in Herford geboren. Seit Anfang 2004 lebt er in Lübeck. Zwei Jahre später erschien sein erster Kriminalroman, der den Auftakt zu einer Kriminalreihe um den Lübecker Kommissar Birger Andresen bildete. Mit „Schatten unter den Linden" betritt zum ersten Mal der Herforder Kriminalkommissar Jan Oldinghaus die Bühne.
(www.jobst-schlennstedt.de)
Originalbeitrag, © beim Autor.

Jürgen Siegmann wurde 1963 geboren und lebt als Autor und Fotograf in Bielefeld. 1994 erhielt er den begehrten Kodak-Preis für seine Portrait-Fotografien. Siegmann hat bereits mehrere Kriminalromane veröffentlicht. Zuletzt erschien „Am Abgrund“ (2008), der erste Band mit dem Bielefelder Kommissar Lippe. (www.siegmann-krimi.de)
Originalbeitrag, © beim Autor.

Stefanie Viereck, geboren 1955 in Hamburg, studierte Volkswirtschaft und arbeitete als Journalistin für Rundfunk und Zeitschriften. Sie veröffentlichte Biographien, u.a. über die Dichterin Ricarda Huch. 1999 erschien der Erzählungsband „Isabel bei den Fischen“, 2002 der Roman „Der blaue Grund“. Heute lebt Stefanie Viereck als freie Autorin, Lektorin und Übersetzerin in Schleswig-Holstein und Hamburg.
Originalbeitrag, © beim Autor.

Willi Voss, geboren 1944, war Arbeiter, Bibliothekar und Journalist, ehe er nach einem längeren Aufenthalt im Nahen Osten freier Schriftsteller wurde. 1989 wurde er für „Das Gesetz des Dschungels“ mit dem Deutschen Krimi-Preis ausgezeichnet. Für das Fernsehen schrieb er eine Reihe von Drehbüchern für Tatort- und Großstadtrevier-Folgen. Im Herbst 2009 erscheint sein Krimi „Pforte des Todes“.
(www.willivoss.de)
Originalbeitrag, © beim Autor.

Marcus Winter ist seit über dreißig Jahren Kriminalbeamter in Nordrhein-Westfalen. So hat er als Drogenfahnder und Ermittler zur Bekämpfung der organisierten Kriminalität gearbeitet. Mit der Story „Die große Chance“ war er 2008 für den „Agatha-Christie-Krimipreis“ nominiert. Kurzkrimis u.a. in: „Im Kreis der Familie“ (2008).
(www.krimi-homepage.de)
Originalbeitrag, © beim Autor.

Klaus-Peter Wolf, geboren 1954, lebt als freier Schriftsteller und Drehbuchautor in Ostfriesland. Er veröffentlichte bislang über 60 Bücher für Kinder und Erwachsene. Den Anne-Frank-Preis erhielt er 1985 für das Buch und den Film „Die Abschiebung". Seine Bücher wurden in 24 Sprachen übersetzt und über 8 Millionen Mal verkauft.
Zuletzt: „Samstags, wenn Krieg ist", Neuausgabe (2009).
(www.klauspeterwolf.de)

Mord-Westfalen

Kriminelle Geschichten aus Ostwestfalen-Lippe

Krimi-Anthologie, Originalausgabe
392 Seiten, Paperback, Euro 12,90
ISBN 978-3-86532-111-4

Raffinierte Geschichten mit bösen Pointen, klug, witzig, abgründig. Und typisch ostwestfälisch: So dunkel wie Schwarzbrot. So gut abgehangen wie Schinken. Und so scharf wie gut gebrannter Korn. Entdecken Sie die Provinz, wo sie am tiefsten ist! Die erste große Krimi-Anthologie mit Schauplätzen in Ostwestfalen-Lippe hat sie alle: Krimi-Preisträger und Krimi-Legenden, einen Großmeister der Kleinkunst und einen Altmeister des „Tatort", einen Drogenfahnder und einen Staatsanwalt.

26 Stories von Horst Bosetzky alias -ky, Dietmar Bittrich, Monika Detering, Sabine Ernst, Erwin Grosche, Nina George, Frank Göhre, Norbert Horst, Sandra Lüpkes, Ulf Miehe, Heinrich-Stefan Noelke, Hellmuth Opitz, Willi Voss, Friedhelm Werremeier u.v.a.

Tatorte sind, neben vielen anderen, Bad Oeynhausen, Bad Salzuflen, Bellersen, Bielefeld, Bünde, Detmold, Gütersloh, Herford, Lippstadt, Minden, Paderborn, die Senne, Versmold, Werther sowie das Hermannsdenkmal, die Externsteine und das Kaiser-Wilhelm-Denkmal.

P E N D R A G O N - Verlag

Der falsche Priester
von Erwin Grosche

Ein Paderborn Krimi
Originalausgabe
208 Seiten, Paperback, Euro 9,90
ISBN 978-3-86532-076-6

Eine unheimliche Mordserie erschüttert Paderborn. Maikötter, Privatdetektiv, der sich bei seinen Ermittlungen gerne als Priester tarnt, hat andere Sorgen. Er muss einen untreuen Ehemann beschatten. Dass er nebenbei auch noch die Morde aufklärt und so in Paderborn wieder die übliche Ruhe einkehrt, versteht sich für den falschen Priester natürlich ganz von selbst.

Maikötters Spitzname war „Priester", und die Paderborner Unter- und Oberwelt kannte ihn unter diesem Namen. „Der Priester kommt, die Hölle naht", eilte ihm der Ruf voraus.

Erwin Grosche wurde 1955 geboren. Er lebt heute als Kabarettist, Schauspieler und Autor in Paderborn. „Der falsche Priester" ist der erste Fall von Maikötter.

PENDRAGON - Verlag